A MÃE, A FILHA E O ESPÍRITO DA SANTA

Preparação: Laura Folgueira
Revisão: Elisa Nogueira e Thais Rimkus
Revisão técnica: Cícero Ribeiro Filho
Projeto do miolo e diagramação: Jussara Fino
Capa: Pedro Inoue
Imagens de capa e miolo: srdjan draskovic/Shutterstock
Fribus Mara/Shutterstock

CIP-BRASIL. CATALOGAÇÃO NA PUBLICAÇÃO
SINDICATO NACIONAL DOS EDITORES DE LIVROS, RJ

P494m

Pereira, PJ
A mãe, a filha e o espírito da santa / PJ Pereira. – 1. ed.
São Paulo: Planeta, 2017.

ISBN: 978-85-422-0973-0

1. Ficção. brasileira. I. Título.

17-39634 CDD: 869.3
CDU: 821.134.3(81)-3

2017
Todos os direitos desta edição reservados à
EDITORA PLANETA DO BRASIL LTDA.
Rua Padre João Manuel, 100 – 21º andar
Edifício Horsa II – Cerqueira César
01411-000 – São Paulo – SP
www.planetadelivros.com.br
atendimento@editoraplaneta.com.br

PJ PEREIRA

A MÃE, A FILHA E O ESPÍRITO DA SANTA

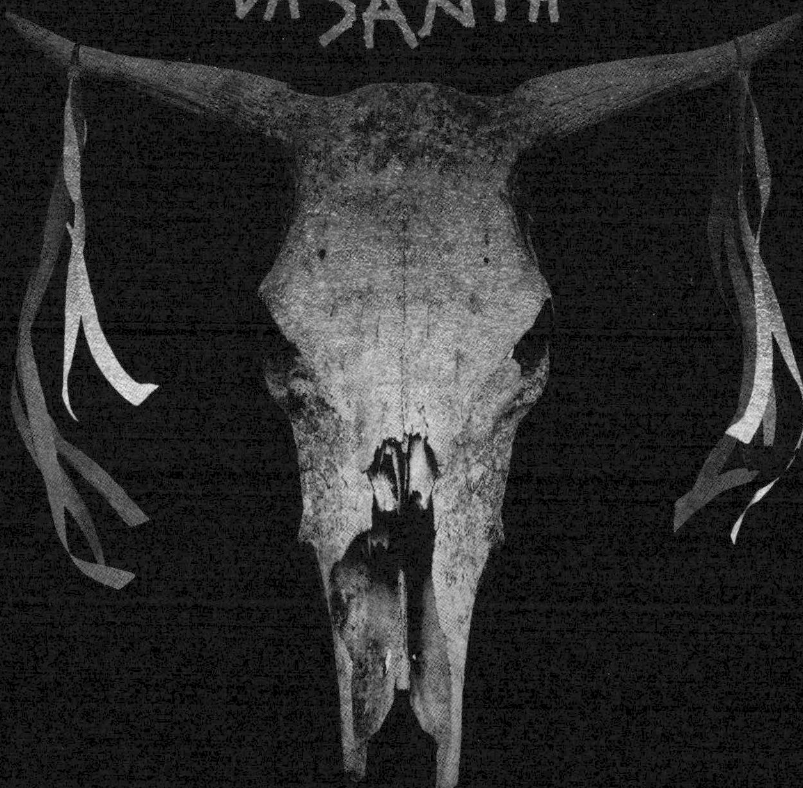

Planeta

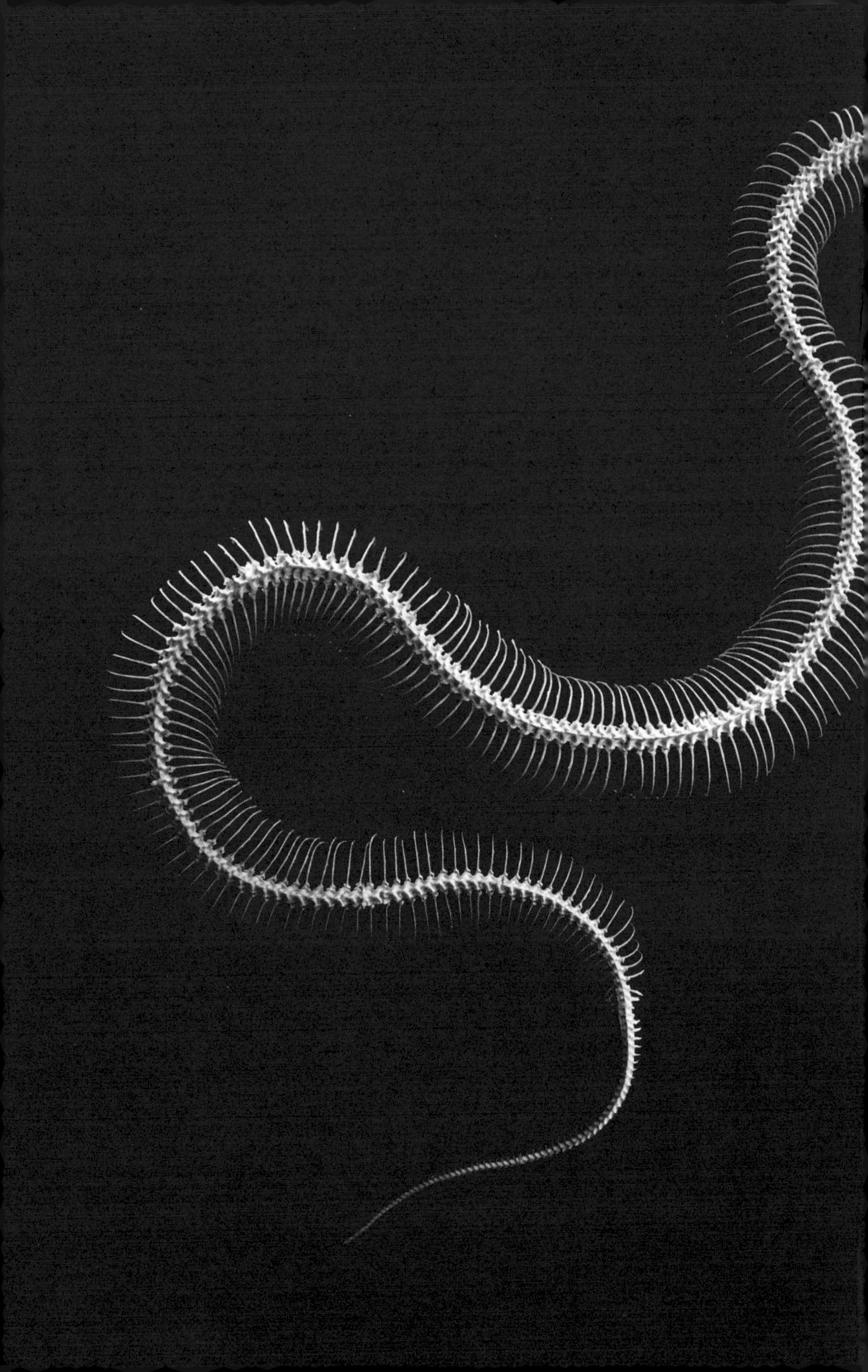

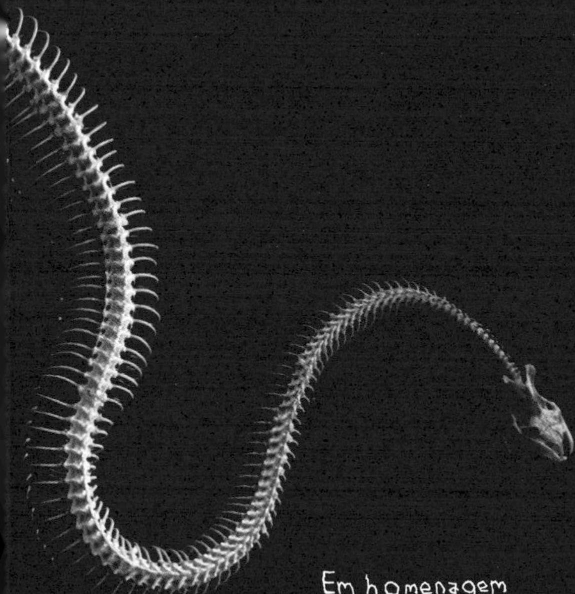

Em homenagem
a minha avó Lygia, de Teresina, no Pauí;
a meu avô Eduardo, de Riachuelo, no Sergipe;
a minha avó Simone, de Maranguape, no Ceará;
e a meu avô Clodomir, do Codó, no Maranhão;
estas páginas devem ser lidas com o sotaque bem
carregado de algum lugar do Nordeste.

De qualquer canto serve.

ATO III. O ESPÍRITO DA SANTA

PRÓLOGO

Respeitável público! Mulher boa de palavra, quando mete uma ideia na cabeça, não tem oxente que segure. Ainda mais quando ela é filha de anjo e fala a voz do outro mundo. Pois a história que hoje eu vou contar é de uma dona assim. Começou no Nordeste legítimo, Maranhão, quase Piauí, na época que nosso comboio passou. Ela era uma menininha pixotinha assim, mas tão porreta que um dia entrou na jaula do tigre e fez o bicho miar fino. E não estou contando história de orelha, não, senhor! Eu mesmo que vi, com esses olhos que Deus me deu. Ela viajou com a gente e aprendeu a fazer mágica e adivinhação tão bem que, quando tinha menos de dez anos, já juntava gente pra assistir. Eu até tentei que ela ficasse. Vocação pro picadeiro como aquela ali eu ainda estou pra ver. Mas Pilar tinha plano maior. Um plano divino, me disse a tia dela, mulher cheia de formosura, uns peitos grandes assim…

Então ela foi embora, e o povo ficou sabendo do resto pelos fuxicos. Minha gente, se só metade for verdade, ela tinha mais é que ter ido mesmo. Antes dela, a gente só era conhecido lá no Sul por causa das praias, da comida e da música. No máximo, às vezes vinha um político de lá, se benzia na mãe de santo e ia embora cuidar da vida. Mas essa pequena foi pra capital, viajou o mundo, ganhou dinheiro e mandou nos ricos todos de lá. Já pensou? Não tem pastor milionário, pai de santo poderoso nem benzedeira milagrosa que chegue perto do que essa pequena fez. Uma verdadeira profeta, autêntica e internacional, *made in* Nordeste, sim, sinhô! Tão pé de bêbada que até Padim Ciço, com todo o respeito, ia tirar o chapelão pra ela.

Eu sei que esse papo de profeta tá velho. Mas senta aí, porque, se dizem que todo dia nasce um, essa menina foi a que fez por merecer. Tem profeta que afrouxa, vem cheio de preguiça, faz nada pra ninguém, depois bate as botas e quer pedir pra voltar ressuscitado. Uma sem-vergonhice só! Já essa aí se aperreava não: comia maxixe com casca e punha a bunda no mar. E pra isso até eu ajoelho.

Desde que eu conheci, ela era assim, arretada e talentosa. O destino e a vontade dela sempre foram uma coisa só. Quando decidia, ia até o fim – as coisas davam certo, mesmo que a pulso. E não é isso que um profeta faz? Diz o que o futuro vai ser? Quem lá se importa se as palavras têm razão? Nunca foi de correteza que profeta viveu. Pra dar certo, eles precisam mesmo é da fé dos outros, pra fazer o que eles anunciaram. O resto, inteiram com farinha.

Essa moça fazia o povo largar a vida e obedecer às ordens mais doidas que ela inventava, mesmo que fosse só pra se divertir à custa de uns e outros, porque tem cabra que merece. Se ela pedisse, eles ajoelhavam. Se mandasse, matavam... E se insistisse, *se* matavam também. Se em vez de mim fosse ela aqui, vocês já estavam tudo aplaudindo e jogando dinheiro desde aí de cima até aqui embaixo, e o espetáculo ainda nem começou! Mas não se aperreiem que eu sou profeta não.

Tudo isso, eu tenho a obrigação de redizer, foi só por causa do picadeiro. Dizem até que, quando se fala que alguém "é de circo", está usando uma expressão inventada pra falar dela, não sabe? A verdade é que, se a gente não tivesse passado e levado a pequena embora do Codó, terra do mistério, no interior do glorioso estado do Maranhão, tudo o que eu teria pra contar seria a história de mais uma mãe de santo do terecô, que é a macumba deles lá. Mas, como a gente passou, ela foi embora e o causo ficou foi bom. Então é isso, povo de Deus. Se aprocheguem e se aboletem nos espaços que sobraram, que o espetáculo vai começar. Em nome da mãe, da filha e do espírito da santa... Com vocês, a história magnífica, incrível e sensacional de Pilar da Anunciação, a Santinha do Codó.

[Aplausos]

Alá, seu Vitorino
Que tem Cruz com teu tambô
O turco, o preto e o fino
Os três anjo do senhô
Alá seu Vitorino
Que o céu anunciô
É o nosso pai menino
Que vem vê o terecô
Sobe logo o tamarindo
Cende as vela, ói que lindo
Que é pra gente vê mió
Santa Bárbara tá rindo
É menina que vem vindo
Pressa mata do Codó

ATO I.

A MÃE

"O homem vive e sobrevive porque espera o Messias."

Nelson Rodrigues, "A vigília dos pastores"

1.
AO PÉ DE UM TAMBOR

Mesmo encharcada de sangue, terra e bosta, a freira continuou. Foi quando os batuques começaram. Ela ouvia com clareza, como se a pele dos tambores fosse a sua.

— Força, pequena — disse ela, com uma gentileza firme.

Treze anos não era idade para parir, ainda mais naquelas condições: no chão, à luz de fogueira, ao pé de um velho atabaque abandonado. Ninguém de carne e osso ao redor para o caso de algo dar errado. Elas tinham conversado sobre isso. No quilombo dos antigos, não dava para escapar da precariedade. Mas era 1954, pelo amor de Deus! Já tinham passado da metade do século XX, nunca tinha havido tanta ciência para ajudar. (Madalena vestia hábito, mas não era de cuspir nas descobertas do homem. "Tecnologia é a mão de Deus", ela dizia.) Não tinha conversa, porém. Maria queria ter a filha ali, onde suas ancestrais haviam parido sua bisavó, nascida escrava e fugida por ordem dos encantados.

— Os atabaques... bom... — disse a menina. E tornou a engolir o grito da paridela.

Dizia a lenda, uma de tantas desta história, que quem entrasse no mato de Santo Antônio dos Pretos, se não acreditasse em encantaria, sairia acreditando. Contam que foi numa dessas que o afamado tenente Vitorino rompeu mato adentro para prender quem brincava o terecô, mas, ao seguir os tambores, acabou possuído por um encantado ele mesmo – dançou dois dias e duas noites sem parar. Irmã Madalena, dentro do seu hábito imundo, segurou firme o terço que carregava no cangote, bem debaixo do seu nariz descomunal.

— Já tá coroando! Só mais um pouco, pequena. Força!

— Eles... te abençoaram... — gemeu a franzina Maria, cerrando os dentes.

Empurrou mais uma vez. O suor lhe escorrendo na cara, a dor lhe torcendo o bucho. As pernas arreganhadas para a criança passar. Achou que ia morrer.

De rabo de olho, Irmã Madalena via sombras girando, histéricas e zelosas. Não parecia bênção. Lançou o olhar para o alto, onde uma única estrela alumiava a noite. Fechou os olhos. Não era possível... Começou a rezar:

— Ave Maria, cheia de graça. O Senhor é convosco. Bendita sois vós entre as mulheres.

Maria gritou.

— Bendito é o fruto...

Maria gritou mais alto ainda. Os tambores acompanharam.

— Do vosso ventre...

Irmã Madalena percebeu a pele de Maria rasgar enquanto saía o coco cabeludo e goguento de placenta. Vieram os olhos e o nariz amassado. A boca mole. A freira puxou o resto do corpo, cordão, bolsa e tudo, e fez uma cara surpresa antes de os joelhos terminarem de passar. Não era o que esperava.

— Jesus!

A Irmã segurou a criança, molenga em seus braços, sem um pingo de vida.

— Jesus! — tornou a gritar, com voz de horror.

Do outro lado, a mãe jazia frouxa feito um saco de farinha, grogue de tanta dor. Não tinha ideia do que estava se passando, talvez os encantados tivessem pena dela. Madalena aproximou-se do rosto do bebê, procurando a respiração. Uma ironia alguém com tamanho pau de venta procurar de tão perto a respiração do outro, mas ela nem percebeu. Não tinha sopro nenhum para contar história. Com a mão cheia de prática, botou a criança de cabeça para baixo, segurando pelos pezinhos, e deu-lhe um tapa na bunda, tão pequena que a mão lhe encarnou metade da perna e das costas.

Nada.

Em volta, as sombras ainda dançavam, embora mais apreensivas que festejantes. Com o olhar, a Irmã exigiu que parassem.

A essa altura, a mãe já voltava a si e perguntava sobre o filho que não chorava. Os soluços que ouvia eram de gente crescida. A Irmã abraçou o corpo largado, gelado que só, e resolveu tentar uma última vez. Sem vacilar, rasgou o alto do hábito santo, numa diagonal que lhe descobriu a carne do ombro à cintura. Atracou o bebê contra a pele. Sentiu o corpo melado e frio contra os seios e fechou os olhos. Concentrou-se como se olhasse para dentro, murmurando o fim da primeira reza.

— Santa Maria, mãe de Deus, rogai por nós, pecadores, agora e na hora de nossa morte...

— Amém — ajudou Maria.

A freira apertou o rebento, primeiro por fé e depois, quando nada aconteceu, por tristeza mesmo. Já se preparava para desistir, pensando no que diria à menina rasgada à frente, quando, num milagre, um bracinho se mexeu. Um espasmo tão minúsculo que a freira descontou. Depois veio outro. As pernas saltaram. A cabecinha virou, a boca procurando ar. Quando Madalena olhou-a nos olhos, a criança chorou. Com pulmão de Iemanjá e a valentia de Santa Bárbara, como diziam no Codó.

†

Da entrada do mato, era tudo vela. Uma ruma de chamas na escuridão. Requebravam, embaladas pelos tambores fantasmas, nobres ou fuleiros, dependendo de quem perguntasse. Em comunhão, crentes e terecozeiros esticavam um queixume comum enquanto bebiam de uma moringa que circulava de mão em mão.

Senhora Santana ao redor do mundo
Onde ela passava, deixava uma fonte
Quando os anjos passam, bebem água dela
Oh, que água tão doce, oh, senhora tão bela
Encontrei Maria na beira do rii
Lavando os paninhos do seu bento fii
Maria lavava, José estendia
O menino chorava do frii que sentia
Os filhos dos homens em berço dourado
E tu, meu menino, em palhas deitado.
Calai, meu menino, calai, meu amor
Que a faca que corta não dá taii sem dor

Romeiros vindos de outras partes do estado ou de distâncias grandes como Sergipe, Pernambuco e Bahia acompanhavam no que podiam, alguns claramente agoniados com a mistura. A natividade, dependendo da cidade, podia ser representada com ou sem carneiro e burro. Com ou sem reis magos. Mas com tambores d'África? Jamais. Sussurravam seu ultraje com cuidado para não serem expulsos antes da hora:

— Gente do demônio não merece a sorte que tem.

— Que o senhor abençoe esses adoradores do diabo...

— Que o menino que vem vindo e os anjos do céu lhes permitam enxergar a luz!

Já para quem a mistura dos encantamentos do terecô com as tradições da Santa Igreja não era novidade, como o povo do Codó e de Santaninha, a fofoca era outra:

— E tu acredita?

— Essa aí é uma quenga. Inventou a história pra fugir da vergonha.

— Hen-hein.

As teorias variavam conforme as rodas de conversa cresciam:

— É não! Ela tem namoradim sério, até. De família boa, num sabe? Se fosse dele, eles fugiam e casavam. Então deve ser verdade.

— A história de anjo é invenção demais. Ela foi andar onde não deve, e os homi buliram com ela.

— Tu tá é com inveja que o menino Jesus tá vindo numa moça do terecô, não da igreja!

— Bando de invejosa, isso, sim! Se fosse da tua cidade, tu punha crença.

E então elas apareceram, e a fofoca acabou. A cantoria parou. Pareceu até que as velas tinham congelado no ar. Das sombras, vieram a freira, com seu nariz triunfante e o busto mal coberto, e a menina Maria, fazendo força para se manter ereta dentro de sua paramentalha de mãe de santo. Foram abraçadas com carinho pela única pessoa à frente de todas.

Marta, irmã mais velha de Maria, aguardava numa agonia da gota. Toda de branco, com turbante amarelo para Santa Bárbara e com um menino no colo. Se abraçaram, de um lado e de outro, como manda a tradição. Maria se apoiou no ombro de Marta. Mal conseguia andar. Só aí notou a multidão. Seu joelho tremeu de cansaço e surpresa.

Do lado do povo, o que se via eram três mulheres exaustas e manchadas de sangue carregando um bebê de pele morena, o corpo mais magro do que devia ser. A freira entregou o rebento aos braços da mãe e se cobriu sem embaraço. A jovem beijou a criança com carinho e a alteou, cuidando para que a multidão visse. Disse algo, sem força. Sua irmã engasgou e correu a boca ao pé do ouvido de Maria. A jovem mãe achou engraçado o que ouviu e fez que sim com a cabeça. Marta, então, anunciou em voz alta:

— O nome dela é Pilar!

Por um instante, não houve reação. Depois, alguns olhares assustados e confusos. Depois, perguntas que começaram baixinho e cresceram até virar grito.

— Como assim?

— A gente num veio aqui pra vê Jesus sê menina!

— Sacrilégio!

— Eu tô é tu falá uma eguage dessas! Sacrilégio é tu vi aqui na nossa mata falá mal da nossa Maria!

— Bora, que a gente já perdeu muito foi tempo com essa mentira!

— Salve a menina Pilar! A salvadora que os anjo mandaro!

— Que anjo que nada!

Cada um achava uma coisa diferente. A freira deu um passo à frente e abriu os braços, empurrando as irmãs para trás, de volta para o meio do mato e seus tambores do além. Lá, estariam protegidas.

2.

OS TRÊS ANJOS DO SENHOR (E AS HISTÓRIAS QUE O POVO CONTA)

— Um Jesus e uma rapariga — gritou a freira, debochada.

O dono do bar fez um sinal da cruz exagerado e sumiu atrás do balcão. Todo santo dia ela passava por ali. Devia ser caminho para o convento ou para onde quer que as freiras morassem. Ele não sabia – antes dela, não tinha outra. Aquela ali gostava de papear e de aguardente. Bem que o padre podia ser assim também. Ela apreciava olhar o povo passando, sozinha, como se esperasse por uma palavra de Deus, o que era meio verdade. A Irmã tinha fé de que, um dia, o sinal haveria de vir. Por isso, escolhia sempre aquela mesa, nenhuma outra.

Dali, a madre do nariz de bico avistava a Igreja Matriz, dedicada às santas Rita de Cássia e Filomena, toda linda, recém-iluminada pelos donos da fábrica de tecidos. Se alguém saísse a sua procura, saberia. O dono do estabelecimento voltou em seguida com um copo de vidro cheio de um líquido roxo e uma garrafa cor-de-rosa – tiquira e Cola-Guaraná Jesus. Repetiu o sinal da cruz e a serviu numa pantomima cúmplice. Numa talagada, a religiosa virou a aguardente de mandioca e encheu o copo novamente com o refrigerante rosa. Virou também esse copo, fez uma careta – o gás era pior que o álcool – e checou o hálito no rosto do garçom que aguardava, ensaiado para o ritual. Ele segurou a própria orelha e piscou do mesmo lado. Tudo certo e abençoado.

Havia até uma explicação oficial para a vigília. Ao pegado da igreja, tinha um corredor de onde às vezes saíam casaizinhos apaixonados. Na função de parteira da cidade, era bom saber quem ia aparecer embuchada de uma hora para outra. Ou pior: quem podia se apavorar e fazer besteira. As meninas do Codó já tinham pouco juízo em geral; com medo de ter criança, então, eram uma temeridade. Madalena não podia confessar, mas se divertia com o descaramento da meninada.

Na falta de onde namorar, e com um toque de espírito de porco, claro, os casaizinhos do Codó tinham escolhido o terreno nos fundos da igreja, onde ficava o maior cajueiro da região, como o lugar oficial para fazer suas safadezas. Dizia-se que um terço da população do Codó tinha sido feito bem ali, e era possível que fosse verdade. Como iam de dois em dois, todavia, sem nunca revelar a saliência, era um dos mistérios que quem conhecia jurava levar para a cova. De tanto observar, Irmã Madalena desmascou o código: um par de sapatos na entrada era sinal de que tinha gente. Claro que, vez ou outra, aparecia um filho duma égua, como diziam os meninos, não a freira, e roubava os sapatos para que um casal desse de cara com outro em pleno ato de impudência.

O padre mesmo, abestado que só para as coisas da vida, jamais entendeu. Sabia do uso profano do terreno, mas não quando o delito ocorria. Às vezes aparecia de surpresa, sempre em vão, porque tinha código para isso também. Sua melhor tentativa foi colocar uns anjos no alto da parede dos fundos. Três deles, encontrados largados por aí, porque não ia gastar o dinheiro da paróquia para resolver problema de assanhamento. Por isso as estátuas não combinavam entre si. Um era branco de cachos dourados e asas de Espírito Santo; outro, cinza de asas coloridas em vermelho, verde e azul; e um terceiro, todo alinhado, com asas e pele negra. Uma combinação pertinente para uma cidade fundada pelo povo da macumba, crescida pela gente da igreja e ajeitada pelos viajantes turcos. Por um mês ou dois, o olhar dos anjos até manteve longe a juventude acesa do Codó. Mas logo se juntaram à paisagem, e o movimento retornou.

O ritual passou por tantas gerações que ninguém mais se espantava. Naquela noite, porém, em vez de entrar, uma menina saiu sozinha, segurando o que lhe restava da roupa. Corria desembestada, como se o diabo mesmo a perseguisse.

O sinal pelo qual Irmã Madalena tanto tinha esperado.

†

Almir entrou assustado em casa. Bisbilhoteiro, o filho de seu Naja, dono do armazém, gostava de marocar o movimento no quarto do caju. Naquela noite, tinha ido lá na esperança de enxergar alguma coisa, mas soube que algo cabuloso acontecia quando de longe ouviu o som rasgado e o grito de dor. Não era código, era de verdade mesmo. Correu e se debruçou no galho que se esticava para o outro lado do muro para olhar. Uma briga ou um casal muito animado. Não, três homens. Não, quatro! Não, três mesmo, e uma menina. Era difícil ver naquela luz, mas o que ele não enxergava a imaginação de adolescente preenchia. O que viu, não sabe como, mas o assustou foi muito, foram as cicatrizes. Cada um dos cabras tinha duas, longas e grossas descendo nas costas quase da altura do ombro até a cintura. Como se alguém tivesse usado uma peixeira cega para lhes roubar os pulmões. Num deles, elas até sangravam de tão frescas. Os homens revezavam em cima de uma pequena magrela. Diziam coisas no seu ouvido. Por um instante, chegou a achar que ela flutuava no ar que nem alma. O pai, que não apreciava esse tipo de papo besta, preferiu pular para o essencial:

— E ela gostava ou gritava?

Ao que ele respondeu:

— Acho que gostava, meu pai. Se queixava não. Só chorou um pouquinho, mas parou logo.

Nenhum dos dois atentava para a bestialidade. Escondida no canto da sala, Floripes, a irmã mais nova de Almir, ouviu os detalhes com os olhos apertados módi não esquecer nada. Ela, sim, achou horrível. Contou a quem pôde, mas só conseguiu que julgassem a pobre coitada. Dos marmanjos, pouco falaram. De um jeito ou de outro, no dia seguinte, quase toda a cidade conhecia a história.

†

Boa parte do Codó ficou com a versão de dona Irene, a velha farmacêutica que, na falta de um encantado nas costas, dava conta da saúde de uma renca de gente era com remédio mesmo. Pois ela estava na casa certa para quem gosta de um bom causo. A casa da falecida Ana, a mãe de santo mais famosa da cidade, onde moravam suas filhas Marta e Maria, a mesma que naquele dia entrou correndo feito um filho de vento e se trancou no banheiro, aos prantos.

— Deve tê brigado com Ribamar — disse a irmã mais velha. — Mariazinha, o que é que tu tem? Abre essa porta, minha irmã!

Ela demorou para abrir, a ponto de Marta e dona Irene ficarem preocupadas. Elas insistiram, bateram, gritaram. E, enfim, Mariazinha resolveu abrir. Seu rosto todo lanhado de terra. Os cotovelos e os joelhos ainda carregavam a crosta de barro e sangue.

— Levanta essa saia — disse a irmã, que não era boba.

Maria deu dois passos assustados para trás e se apertou contra o canto da parede.

— Avia, levanta logo!

Marta estendeu os braços e estapeou seu caminho até a barra da saia colorida da irmã, levantando-a de uma vez só e revelando seu xiri ainda quase sem pelos.

— Cadê a calçola, menina?

— Calma! — interferiu a farmacêutica.

— Calma, nada! Maria da Anunciação, tá na calha assim por quê?

Maria apertou a saia contra as pernas, deixando entrever um veio de sangue seco que lhe descera pelas coxas. Dona Irene interveio:

— Eu tô é tu tratar tua irmã pequena assim! — Entrou no meio das duas e abraçou a menina, que soluçava sem parar. — Calma, calma. Vai passar. Foi o Ribamar, não foi?

Encabulada, ela não respondeu. Mas nem por isso dona Irene deixou de confirmar para todos a sua teoria. O casalzinho resolvera experimentar o quarto do caju, a coisa esquentou e, na última hora, Maria desistiu. O rapaz, de boa família e tudo, não aguentou o desfeito e se forçou um pouco em cima da menina.

— Pela tremedeira dela, deve ter foi gostado. Chorava era de medo da irmã.

As amigas confirmavam o pensamento.

— Não é pão! Essas menina faz bobagem, depois fica com medo de carão.

Entre as duas versões, a da farmacêutica e a do filho do dono do armazém, só quem sabia a verdade era a própria Maria.

A história dela, contudo, era bem diferente.

†

Maria tinha contado tudo pela milésima vez. Estava a caminho da igreja quando ouviu alguém lhe chamar logo na passagem para os fundos. Era um cabra alinhado, de pele encardida de sol e cabelo clarinho, de cacho. Tragou seu cigarro de palha e sorriu com um dente de ouro. Maria achava que já tinha visto o sujeito, só não lembrava onde. Ela o seguiu, meio sem entender por quê. Atrás da igreja, outro cabra esperava: preto alto e careca, cara de gozador. Quando ela chegou, os dois tiraram camisa e penduraram com cuidado no cajueiro. O galego tinha o braço inteiro desenhado e umas cicatrizes enormes nas costas. O preto refletia a pouca luz mostrando suas cicatrizes, gêmeas das do companheiro. Ela tentou correr, e foi aí que a coisa ficou estranha. Um deles jogou os braços para o lado e foi como se ela tivesse virado pedra. Não de medo, mas de feitiço mesmo. Seu corpo se suspendeu no ar e o moço com a pele pintada a deitou no ar, a um metro do chão.

— Por favor, deixa eu ir embora!

No canto mais escuro, um terceiro homem. Agitado, se chacoalhava sem jeito, tentando alcançar algo nas costas. No puxa para um lado e outro, ele passou por um traço de luz e deixou mostrar um par de asas coloridas e enormes. Seus olhos se cruzaram com os de Maria. Tinha sido descoberto.

Um loiro, um negro, um turco. As cicatrizes, as asas. Ela olhou na direção dos três e para a prateleira vazia no alto da parede. Eles não eram delicados como os anjos de revista. Tinham o corpo marcado, rabiscado, costurado. O branco tinha barriga e tudo. Estavam mais para soldados ou para gente da plantação, com seus músculos curtos e dedos grossos, a pele marcada de rugas e de sol. O negro deu de ombros, como quem é pego lambendo a colher de melado. Fazer o quê? Resignado com a ruína do disfarce, o anjo turco encarou os outros dois.

— Se ela já sabe, ainda preciso...?

Eles acenaram que sim e se aproximaram para ajudar. Seguraram-lhe as asas enquanto ele agarrava o tronco de uma árvore mais parruda. Maria não quis olhar, mas ouviu, primeiro os ossos quebrando, depois a pele rasgando como papel de pão. O cabra segurou o grito com bravura. O sangue escorreu grosso e escuro enquanto os companheiros lhe costuraram a pele a sangue frio com um barbante sujo. Largadas no chão, as asas coloridas murcharam até virar pó.

Voltaram na direção de Maria com seus olhos sem lágrima nem remorso. Levantaram sua saia, tiraram sua calcinha. Ela sentia medo e não sentia ao mesmo tempo.

— Era tudo confuso, como se eu estivesse sonhando.

Os três pareciam gigantes. Olhavam para ela como se fosse um pedaço de carne de bode, coisa de todo dia. Colocaram as mãos sobre os ombros uns dos outros e fizeram uma reza numa língua estranha.

— Eu chorava calada, não conseguia falar. Na minha cabeça, pensava em pedir misericórdia, que, se eles fossem anjos mesmo, não podiam fazer aquilo. A não ser que fossem demônios... mas demônio não tem asa! — explicou para quem quis ouvir. — Eles pareciam me escutar e falavam no meu ouvido: "Isso de demônio eles inventaram para te preocupar".

A respiração de Maria começou a falhar. O anjo branco caminhou até os seus joelhos e disse:

— Louvada sejas, menina Maria, filha de Ana. Cheia de graça e valentia. Teu fruto bendito há de salvar os teus do pecado. Para ajudar, trouxe aqui o presente da *palavra*. — Maria sentiu algo entrando no meio de suas pernas, grosso e cuidadoso, empurrando devagar até romper o que lhe segurava no meio do caminho. Então, ela enxergou tudo na cabeça, feito um filme, só que colorido e tudo: uma criança. As pessoas rindo e apontando. Jogando pedras. O sofrimento... O homem se esvaziou dentro dela e saiu.

Depois foi a vez do anjo cinza, o das asas coloridas recém-arrancadas. Ele cheirava a cigarro, tiquira e catinga.

— Vim do Oriente dar boas-vindas ao teu rebento, que o misericordioso te proteja. Meu presente: o dom do *milagre*. — Ele tomou posição entre as pernas da menina e a possuiu enquanto ela ouvia vozes de louvor e ódio, gritadas e cantadas direto dentro de sua cabeça. As palavras lhe ardiam como se fossem para ela o escárnio. Uma cruz!

As visões eram tão reais que ela já não tinha mais medo por si. Os gigantes lhe tocavam com ternura, afinal. Sorriam-lhe. Mas que vida do cancro teria aquela criança? Que mãe, e ela já se sentia mãe como se já tivesse parido a criatura mais querida do mundo, que mãe gostaria de dar à luz alguém que tivesse que passar por aquilo? Quem já tinha lido o evangelho sabia que ninguém merecia um calvário como o que os três anjos lhe presenteavam com tanta honra. Maria chorou tão fundo que deu dó.

Sentindo o medo da moça, o anjo escuro lhe soprou que não se preocupasse.

— Vim aqui para dar à tua criança o dom do amor maior do mundo — disse —, mas mudei de ideia. — Abriu as pernas de Maria e a penetrou com a melhor imitação de carinho que conseguiu. Na verdade, não sentia nada, era só um trabalho.

A menina fechou os olhos, e mesmo assim as lágrimas ainda escorriam por confusão, culpa... Cantarolou baixinho seu pedido de proteção:

— Senhora Santana, na beira do rii...

— Que é isso, homi?! — questionaram os outros dois, mas o anjo preto continuou falando direto com ela:

— Para ti, pequena, e para tua criança, trago o dom... da *escolha*.

A menina sentiu o gigante explodir dentro dela e, em seguida, correram os três para cima do cajueiro e se arrastaram para dentro do pé, sumindo no fundo da raiz. Ela esperou em silêncio, assustada. Seus movimentos voltaram devagar, e vieram então a dor, a vergonha, o medo. Só então gritou. Ninguém ouviu. Pelo menos ninguém que resolvesse fazer alguma coisa.

Maria se recompôs como pôde e correu pelas sombras, escondida pelas ruas do Codó, tentando desaparecer do mundo.

†

Três pessoas, três versões, ao menos na interpretação. E, como era de se esperar na terra da magia, a mais cabulosa foi a que a maioria resolveu escolher. Estaria mesmo o glorioso Codó predestinado a receber o novo messias?

A gravidez foi confirmada ali mesmo, pela dona Irene, o que era estranho para quem dizia ter acabado de ser violentada por três anjos.

— Mais uma prova da mentira dessa aí!

Inconformada, a farmacêutica anunciou o nascimento:

— Pra fevereiro ou março, se ela emprenhou hoje mesmo como tá dizendo ou no máximo em dezembro, se foi coisa mais antiga, que é o que parece.

Irmã Madalena não estava preocupada com versões. Na cabeça de qualquer freira de verdade, não existia santo sem bênção do Papa nem rapariga que o arrependimento não salvasse. Então, essa era a opinião que ela tinha que espalhar. O que tinha a fazer, no entanto, dispensava esse tipo de reclame, rótulo e pormenores terrenos. Mas as datas, essas, sim, importavam. Tinha que correr antes que a pequena se machucasse. O trabalho mais vil, mais sórdido, o pecado mais mortal que tinha cometido rondava sua sombra novamente. Não pela primeira, e provavelmente não pela última vez. Essa era sua cruz.

Escondida com um cobertor sobre o hábito (denunciada pela ponta da napa de fora, coitada), a freira tocou a campainha da casa caiada na rua Gabriel Ferreira, perto da Maria Prisulina. Estava pronta para oferecer seus serviços. Foi Marta quem abriu, confusa pela surpresa.

— Se tu veio xingá minha irmã...

— Não vim brigar com ninguém. Posso entrar? — perguntou Madalena.

A freira entrou.

— Mariazinha! Vem cá, menina! — gritou a irmã.

Por duas horas, as três conversaram. Choraram, se abraçaram. Quando saiu pela porta da frente, Irmã Madalena sentia culpa, vergonha e, mais que tudo, alívio. Ao menos daquela vez o Santo Pai, todo piedoso, lhe tinha impedido de mais uma vez lançar sua alma ao inferno.

3.
MARTA E OS DONOS DO TERECÔ

— Na brincadeira do boi, todo mundo canta junto. Por isso que toda toada é repetida — disse o sujeito que parecia o chefe, com seu chapéu de fitas coloridas descendo até o chão.

Ele ensinava os desavisados, porque Maria não precisou. Conhecia cada verso do bumba meu boi. Especialmente o do boi encantado, seu favorito.

Meu boi chegou lá da beira do cerrado
Meu boi chegou lá da beira do cerrado

Abre a porteira, Maria, pra ver o boi encantado
Abre a porteira, Maria, pra ver o boi encantado

O boi entrou alegre, colorido e brilhante com sua saia de flor e seus chifres enfeitados de fita. Dançou subindo e baixando a cabeça, de um lado para o outro em torno da fogueira, defronte à Igreja Matriz. Na palma da mão, na goela ou no pé, todo mundo acompanhou. Uma diversão. Maria, carregando Pilar, girou devagar para a menina não chorar. Mas ria que se acabava na cantoria. Esperava mesmo era a chegada do Seu Vaqueiro, o mais valente de todos.

— Meu pai me chama vaqueiro campeador! — disse o tal, entrando na roda e se anunciando com brio esparroso.

Todo mundo aplaudiu tão forte que o vento balançou as bandeirinhas da praça. O moço era um varapau com a pele bem preta e brilhante, vestido com tanta lantejoula que até o boi devia estar com ciúme. Ele dançou para quem quisesse ver, amostrado que só, dando piruetas num pé e rodando no outro. Até que, do outro lado da roda, o boi parou bem na frente de Maria, fez um salamaleco e deu-lhe o nariz. Naquele momento, ninguém mais olhou para lado nenhum.

Maria acariciou o focinho do bicho, achando graça, e quase se urinou de alegria quando viu o vaqueiro vindo também. O cabra ajoelhou-se defronte a ela, a aba do chapéu lhe cobrindo a vista.

Deu um pulo num pé, no outro girou encabulada e, num tiquinho mais de tempo, já dançava junto. De tão engraçadinha, ganhou até um chapéu de fita.

João Batista, que por ser tão novo não entendia nada, começou a chorar. Só por isso Marta tomou distância.

Embaixo das folhas da árvore mais velha do Codó, havia um banco de pedra bem firme. Ela subiu para olhar.

— Vamo tomá conta da sua prima daqui, então.

Dali, de longe e de cima, todavia, ganhou uma perspectiva que lhe entortou o bucho. De um lado, do umbral da igreja, o padre olhava torto para a dança de Maria. De outro, seu Pedro de Sogbô e Bó do Verequete, velhos amigos de sua mãe e dois dos maiores terecozeiros codoenses, cochichavam indignados. Algo fedia naquela pintura de São João.

†

Era dia de receber o dinheiro da fábrica de tecidos, orgulho do Codó. Em dias como aquele, ficava uma fila de pipiras, como eram chamadas as trabalhadoras, esperando o ordenado chegar. Marta sonhava ter nascido homem, assim poderia ganhar um salário maior. Quem sabe conseguiria dar dignidade e sustento ao filho João Batista, luz da sua vida, e ainda cuidar de sua irmã mais nova, Mariazinha. Muito embora, entre as trabalhadoras, ela tivesse lá suas vantagens também.

— Tua mãe era uma iluminada — disse o homem do dinheiro, que às vezes deixava uns trocados a mais por engano, ela nunca soube se por fé ou assanhamento.

Cheia de dengo, por via das dúvidas, Marta agradeceu. Pelo sorriso do cabra, não precisava nem contar. No rumo de casa, passou no comércio de seu Naja e comprou com um de seus tantos filhos um punhado de camarão seco. O menino, fracote, cegueta e meio fuên, desses que só daria para os livros mesmo, pesou e embrulhou a encomenda, deixando alguns caírem de propósito para comer depois.

— Desculpe a bagunça, freguesa.

— O que tu qué fazê da vida? — perguntou a moça, achando graça do menino tão sério.

— Quero sê doutô, freguesa. Doutô de medicina. Meu pai disse que vai me mandar pra estudar na Bahia.

— Bahia? Diz que os orixá são forte por lá também.

— É mesmo?

— É, sim. Tu gosta disso, é? De encantaria?

— Gosto — respondeu ele, olhando para o chão.

— Então passa na minha tenda hoje à noite que eu te jogo os búzio com desconto. Ou então o xem-xem, que nem nas outras tenda. Tu pode escolhê, dá tudo igual. Qual é teu nome mesmo?

— Coló. Digo, Clodomir.

— Então, Clodomir. Pode passá lá. Sabe onde é?

Ele balançou a cabeça para os lados.

— Na casa de mãe Aninha. Que o povo chama de senhora Santana, conhece?

O menino fez que sim, agora com os olhos esbugalhados de quase cair do rosto, a boca tão aberta que não dava nem para falar.

— Tu é a dona Ana... Dona Ana da Olomô?

Marta riu.

— Não, rapaz. Essa era minha mãe, que virou encantada.

O jovem Clodomir baixou a cabeça em sinal de respeito, deixando que a freguesa ilustre falasse.

— Então passa lá de noite e vamos vê se tu vai virá médico mesmo. Mas não diga pra ninguém, certo? Minha mãe antes de ir falou que a casa tinha que ficá fechada por dez anos, mas ela queria dizê isso pra festa, não pra búzio, só que o povo não entende e fica de teretetê pra cima de mim.

†

Enquanto Eva Wilma e John Herbert conversavam ao fundo na novela da Tupi, numa mesinha montada defronte ao altar Clodomir ficou sabendo não só que seria doutor de medicina (e dos famosos!), mas que viraria até nome de escola. Teria sabido de mais coisa, não fossem os trabalhos interrompidos pelas palmas do lado de fora.

— Vixe! — gritou Marta, assustada.

Uma voz de mulher veio de dentro da casa.

— Eu atendo!

Marta segurou o menino pela gola da camisa e quase arrastou o pobre até a porta dos fundos. Botou ele para correr.

— Por ali, em volta do barracão, e sai pelo portão do outro lado. Não deixa ninguém sabê que tu tava aqui.

Do lado de fora, dois sujeitos apresentados aguardavam impacientes, medindo e comparando seus ouros e suas proles. Um todo de amarelo, outro de vermelho. Cada um trazendo uma procissão inteira da mesma cor. Irmã Madalena abriu o portão com intimidade e sorriu.

— Martinha, por favor — disse o de vermelho, desgostoso com a recepção.

A freira abriu a grade de ferro, sem esconder o amuado, e deixou que os dois homens entrassem. Só os dois, porém. O resto da turma, ela barrou com o braço e fechou a porta antes que protestassem.

Os visitantes entraram como se conhecessem bem a casa, sem dirigir uma palavra à mulher que os acompanhava. Eram tão chegados à família, e agora... nada. No salão principal, encontraram Marta penteando o cabelo do filho João Batista. Mariazinha dava de mamar, seu peito crescido de repente com a maternidade.

— Vou banhar, depois cuido da janta — disse Irmã Madalena, sumindo porta adentro. Marta, aprumada; os outros, descalços e malvestidos demais para aquela visita importante.

A novela ainda falava alto num canto da sala. No outro, a mesa coberta de renda carregava a caixa de madeira de seus mistérios, os búzios e uma bagunça de balangandãs. Não tinha dado tempo de arrumar. O homem de amarelo, conhecido na cidade toda como Pedro de Sogbô, bufou em descontento:

— Tu estavas jogando, é?

O outro, o igualmente famoso Bó do Verequete, complementou:

— Eu achava que a casa tava fechada, né, pai Pedro? — E entregou um maço de dinheiro para Mariazinha. — Venha cá, pequena. Vai comprar uns doce pra ti e essas criança.

Maria pegou o dinheiro, mas ficou no mesmo lugar.

Os pais de santo puxaram as duas cadeiras ao redor da mesa e se sentaram. Conheciam bem aquela morada. As paredes caiadas e com janelas amplas para o vento passar. O altar da família, montado de antes de dona Ana. A mesinha em que ela jogava para os clientes. Pedro enxugou uma lágrima e se calou.

— Que foi? — perguntou Marta.

Os pais Bó e Pedro não disseram nada. Amarraram a boca e ficaram calados, esperando, como se soubessem o que estava para acontecer. Somente quando mais palmas vieram do lado de fora eles se levantaram.

— Há de ser Bibinha! — exclamou o de vermelho.

— Biba? De Santo Antônio? — perguntou Marta, agora, sim, preocupada.

— Hen-hein — confirmou Pai Pedro. — Eu recebi uma mensagem dos encantados dizendo que era hora de vir aqui. Imaginei que Bó e Bibinha tinham recebido também.

— Foi Verequete mesmo que me disse pra vir, num sabe? — gabou-se Bó.

— Ocês parem cu'essa bobage! — gritou de longe a senhora que eles chamavam de Biba.

Ela era muito mais velha, mais magra (era pele e osso, na verdade), mais preta e mais simples que os outros dois. Ainda assim, muito mais nobre. Nobreza se carrega não no cangote, mas nos olhos, como dizia dona Ana. Em vez de joias, levava um cachimbo velho e um pau de jucá que fazia de bengala.

— Éguas! Mas eu não tinha era esquecido que esse terecô não tinha eira? Nunca vi terecô sem eira — reclamou ela, com certa rabugice, apontando pela janela o barracão no fundo da casa. Talvez aquela fosse mesmo a única tenda sem um poste no meio.

Ambos os pais de santo se arribaram em respeito.

— Como vai o quilombo, minha irmã? — perguntou Bó.

— Vai bem, vai bem. O povo do mato tá brincano filiz, os tambor tá filiz. Então, tá tudo bom. Do jeito que nosso senhor mandou.

— Amém! — disseram os outros dois.

Os três mais poderosos nomes da feitiçaria codoense dentro da casa da família. Quando era pequena, tantas vezes tinha visto a mãe dançar e beber com aqueles três. Ana era bem mais menina, especialmente se comparada com Bibinha, mas vinha de família antiga e já comandava tenda de importância, então era um deles. Quando se juntavam aqueles quatro, tinha sempre tambor tocando, gente brincando, girando, dançando com os encantados, que lotavam o barracão tanto quanto a gente de pele que nem eles.

Os três ali, sem sua mãe e sem os tambores, não parecia coisa boa.

— A que devo a honra? — perguntou Marta.

Bó passou sua cadeira para a mais velha e arranhou a garganta, exigindo algo onde sentar-se. Marta se picou para dentro da casa, pegou a cadeira mais nova que ainda tinha e entregou à visita.

— Não é por ti que viemos — disse Pedro.

Os outros dois confirmaram com o rosto. Pedro continuou:

— Viemos aqui porque os encantados nos chamaram, cada um na sua casa, num foi? E nos mandaram até aqui para dar um recado.

— Quêde a criança de que o povo fala? — perguntou dona Biba.

Mariazinha se aproximou, reticente, e entregou a bebê para a velha mãe de santo. Biba desenrolou Pilar e olhou seus olhos, seus ouvidos, sua boca e seus pés.

— Foi ocê que escolheu, num foi?

Maria não se mexeu.

— Ocê qui dicidiu que num tinha mais missão nessa famia.

— Eu não, senhora — disse Maria.

— Num mente, muleca. Pois Légua Boji Buá da Trindade memo me disse. Ele memo.

Marta olhou para a irmã, furiosa.

— Como assim?

— Num interessa — continuou dona Biba — O que ocêis precisa sabê é que a casa num vai abrir mais. Cabô o terecô procês trêis.

— Num pode sê! — protestou Marta. — Minha mãe vira encantada e é assim que cês responde?

— Sei disso não... — retrucou Bibinha. — Ela já baixou na croa de alguém pra eu sabê?

— Eu tô é tu falá uma coisa dessas! Ela entrou no mato e desapareceu na frente de todo mundo, num foi? Que mais pode tê sido? — disse Marta.

Bó respondeu, com ternura:

— Oia, minha fiia. Tua mãe era feito uma irmã pra mim. Ela tinha essas coisas de nagô... Eu dizia pra ela: "Aninha, esses negoço de adulá orixá num é terecô não...".

Marta interrompeu, nervosa:

— Mas se a encantada dela era da África!?

Bó seguiu, sem tomar conhecimento:

— Minha irmã... tinha essas mania, mas guardava pra ela. Se precisava, fazia o terecô do jeitim que tinha que sê.

Pedro continuou:

— Mas virar encantado é coisa séria. Enquanto não soubermos que ela voltou, não podemos deixar abrir a casa de novo.

Maria permaneceu quieta, Marta não respondeu, Bó se levantou.

— Então, é isso. E, já que tu não ofereceu nada, acho que é hora de ir.

Os três aguardaram um segundo. Ao ver Marta cruzando os braços, malcriada, seguiram caminho. Foram acompanhados até o portão por Maria e sua filha de colo, que, assim que trancou a porta, ouviu chamar:

— Maria!

No barracão, no fundo do mesmo terreno, Marta ajoelhava na frente do trono de onde a mãe comandava as comemorações.

— Mamainha fazia a festa mais linda de Barba Soeira, Maria. Tu é nova demais pra lembrá, mas eu lembro é bem. Isso aqui ficava tudo cheio. A mãe ficava bem aqui, e a roda passava. Depois, ela levantava e começava a cantá. — Marta se levantou e repetiu os gestos que descrevia. — Então, ela parava bem aqui, na frente da estátua de Santa Bárbara e da estátua de Santana, que é onde mora Olomô, a encantada da família que falava por ela... e que um dia vai falá por uma de nós.

— Mas eles disseram...? — disse Maria, confusa. A filha de novo pregada no peito.

— Aqueles três que vão mandá na tenda deles! — respondeu Marta. Ali dentro, quem mandava eram as meninas da Anunciação e seus encantados. — Sou eu, é tu, é Olomô. E um dia vai sê essa pequena no teu colo também. Não é, princesa?

Pilar largou o peito e começou a chorar.

— Tá na hora de trocar — disse Maria.

— Te aquiete. Agora não. Não tá ouvindo?

— Ouvindo o quê, criatura?

— Ouvindo Olomô falá?

Maria olhou para os lados e para trás, como se tivesse algo para achar. Nada.

— Ela tá dizendo que é pra eu jogá os búzio que ela vai dizê quem vai sê a dona da casa quando a gente torná a abrir.

Maria insistiu. Não ouvia nada.

— Porque tu é muito pequena — explicou a irmã mais velha. Ela sabia. Ela ouvia pelas duas. — Talvez até melhor sê eu, né?

De repente, os tambores começaram a bater nos ouvidos de Maria também, tal qual no dia em que sua pequena nasceu. Um batuque de importância, mais lento e curtido que o de todo dia. Percebendo o susto da irmã, Marta emudeceu por um instante, depois largou um sorriso esquisito.

— Bom sinal. Eles tão te abençoando também.

Voltaram para a sala da casa, onde a mais velha arrumou a bandeja, o copo d'água, os colares. Não do jeito do terecô de Santo Antônio, mas do jeitinho que sua mãe tinha ensinado, o jeito da África, que era de onde Olomowewê, ou Olomô, como elas chamavam com carinho, tinha vindo no início da escravidão. Os tambores ainda batiam o mesmo toque sério e imponente de antes.

— Olomowewê era livre na África, tu sabe? — disse Marta.

Segundo a irmã mais velha, a encantada africana tinha sido muito poderosa. Comandava águas mexidas do rio e do mar. Sabia de tudo e cuidava de todos. Filha de Iemanjá, dizem que um dia foi capturada e sua mãe chorou tanto que as lágrimas empurraram até São Luís o navio em que Olomô foi acorrentada. Mas Olomô era rainha, não servia para corrente. Então, fugiu para Santo Antônio dos Pretos e foi morar com os escravos que chegaram ao quilombo antes dela. Ela era nagô, diferente dos outros, mas, por causa dos poderes dela, foi aceita e celebrada.

— Por isso nosso terecô é diferente das outras tendas — explicou Marta.

Maria, que já tinha ouvido pedaços da história, estava mais preocupada em entender a intenção das sombras que dançavam ao redor. Sombras coloridas, como ela nunca tinha visto. A pequena Pilar parecia enxergar também. Riu-se até, querendo pegar o que não existia. Maria se lembrou das visões que teve no dia em que foi visitada pelos anjos e sentiu uma escuridão lhe correr embaixo da pele.

Marta chacoalhou os búzios, pedindo licença, direitinho como a mãe ensinou.

— Agô, Olomowewê. Agô, dona Ana, minha mãe, que vive serena entre os encantado. — E continuou abrindo caminhos com as entidades dela: — Agô, Légua, Laroiê! Êpa babá! Agô, meu pai Oxalá. Eparrei, nossa mãe Santa Bárbara! Agô! Ogunhê, Ogum! Oxóssi, agô odé! Okê arô! Atotô, Omulu. Atotô atotô! Odoiá! Agô, Iemanjá! Agô, mamãe Oxum! Que teus olhos sejam os meus. Que os búzio seja tua voz. Von Derejy, Boçu Memeia, Dom Pedro Angaçu, Toi Boçu Légua, Boçu Jara e Rainha Rosa: me abençoem nessa jornada. Colim Maneiro, João da Mata, João de Marambaia, Maria e Teresa Légua, Vaqueiro, João de Uma, Rosalina... Encantaria da terra me mostra os caminho. Ave Maria, cheia de graça, o senhô é convosco, bendita sois vós entre as mulé, bendito é o fruto do vosso ventre, Jesus. Santa Maria, mãe de Deus, rogai por nós pecadô, agora e na hora de nossa morte, amém.

— Amém — repetiu a irmã menor, tentando se concentrar.

— Minha mãe Oxum, rainha da visão, que os búzio caia casado, se teu cavalo for eu; descasado, se for Maria. Fala, minha mãe. Escolhe onde vai montá!

E largou dois búzios de uma só vez.

Eles, devagar, devagar, quicaram e se bateram. Até os encantados pararam, os tambores invisíveis calaram. Um dos búzios se assentou sobre a mesa, o outro pulou e correu pelo chão, se escondendo sob o altar. Elas saltaram de joelhos para o chão, Maria segurando Pilar com uma das mãos e se apoiando na outra. Marta esticou o braço e levantou a toalha de renda. A resposta estava lá, bem embaixo da estátua de Santana, morada de Olomô. Tão clara quanto o dia.

Um arrepio correu a pele das duas, e os tambores voltaram a tocar. Dessa vez, em ritmo de festa.

4.
MARIA E O RIO

O galo ainda gritava seu esganido da moléstia quando tocou a campainha na antiga tenda de mãe Ana, anunciando um dia desvairado que não acabaria tão cedo.

Por quase ano, desde que Pilar tinha nascido, Irmã Madalena entrara sem bater. Todo dia, religiosamente. Naquela manhã, todavia, a pompa era necessária. Era uma data especial. Pilar foi a primeira que apareceu. Desembestou-se na frente, seus passos desengonçados e destemidos que só não se espatifavam no chão porque os encantados têm pena das mães.

— Corre pra tia, Pilar! Corre, corre! — A pequena se agarrou nos joelhos da freira, mais por freagem do que carinho, e depois, reequilibrada, estendeu os bracinhos pedindo colo, como toda vez.

— Deixe que eu carrego! — disse Maria, com as maletas nas mãos. — Bagagem de freira é mais leve que espuma do mar, né não?

— E quando foi que tu viu o mar, Mariazinha? — quis saber Marta.

— Em sonho, ora. Em sonho eu vou a São Luís, vejo os encantados do mar...

Irmã Madalena levou a pequena no cangote enquanto os pertences eram carregados pelas mais novas. Marta foi logo atrás, perguntando se as outras freiras não estavam cabreiras de ela ir morar com o povo da macumba.

— Hen-hein. Elas sabem que faz parte do meu ministério vagar pelo mundo. Ou então elas querem se livrar de mim, vai saber?

De todas, Maria era a mais feliz com a mudança. Seria bom para sua pequena conviver com alguém estudada na capital, que soubesse os acentos e dissesse os tus como deviam ser ditos. Além disso, já não tinha tantas lembranças da mãe assim. Mais uma memória das histórias que de aprendizado da vida. Quem sabe a freira pudesse ser a presença adulta que lhe faltava também?

Já Marta lembrava com exatidão. Só de pensar em dona Ana, sentia até o cheiro do arroz de cuxá que ela fazia. E do bobó de folhas? Esse, sim, era especialidade. A mãe sempre contava que, quando ia a São Luís, fazia a receita e o povo de lá lambia os beiços e repetia. Ia de vez em quando, passava uns dias e voltava. Toda vez chegava falando do sucesso do prato.

Com ajuda de Mariazinha, Madalena abriu a mala de couro e desfez a mudança. A freira guardando as de dobrar nas gavetas, Maria pendurando as de pendurar nas cruzetas, Pilar jogando tudo no chão. As duas do quarto (três com Pilar), e Marta, da cozinha, conversavam no vozerio:

— E o que tua mãe ia fazer em São Luís, tu sabes? — perguntou a freira.

— Ela tinha uns chegado lá — gritou Marta, do outro lado do corredor. — Ia estudá fundamento de terreiro nagô e mina. Porque tu sabe né? Terecô é terecô. Mina é mina. E nagô é nagô.

— Hen-hein! — gritou a freira, com ironia.

Maria explicou:

— Nagô é nação de Orixá. Mina já tem os encantado, que nem o terecô. Tem os príncipe, as princesa, as baronesa, os rei... e tem os vodum também, que nem o Verequete, que é muito popular aqui no Codó. Mamainha era estudiosa, e não tem muito vivente no Codó que sabia dessas coisa. Então, ela tinha que ir até São Luís mesmo.

— Entendi — disse a freira, agora em tom de gente, entrando na cozinha.

Ela segurava uma faca das grandes. Testou o fio com o polegar e o chupou satisfeita quando o sangue escorreu. Estava pronta para ajudar. Marta apontou as folhas cozinhando na panela – uma penca de vinagreira e de João Gomes. Batesse-as na faca.

Madalena obedeceu. Picou tudo bem picadinho e jogou de volta com um refogado de alho, cebola, tomate, pimentão e azeite, depois mais uns quiabos para dar mordida. A freira mesmo mexeu e mexeu, o entusiasmo se esvaindo aos poucos conforme o perfume subia por suas narinas de marinete. Foi quando Marta quebrou um ovo dentro da mistura e gritou "Agora, o segredo!" que a freira ficou branca e gelada. A única cor que ainda tinha eram os olhos verdes, que, fosse o nariz menor, seriam até bem aparentados. Largou tudo e correu para o banheiro, quase atropelando João Batista no caminho. Por pouco não deu tempo de chegar!

Maria, que se lembrava dos enjoos da gravidez, ajudou segurando a cabeça de Madalena enquanto ela baldeava tão forte que o jato se dividia em dois na ponta do nariz. Quando terminou, deu-lhe um pano molhado para a testa. A freira estava melhor, ela mesma disse. Devia ter sido o calor. Já Maria achava que parecia era um mamulengo. Uma baladeira na rede, contudo, e estaria forte de novo.

Sem a companhia da nova moradora, a família Anunciação se deliciou com o bobó, prato predileto de dona Ana. Ofereceram até guardar para a freira quando ela melhorasse, mas, para o prazer de João, Marta e Maria, ela insistiu que não precisava. Só depois que estava tudo limpo, nem cheiro de vinagreira para contar história, é que ela apareceu de volta. Madalena não sabia direito o que tinha de fazer para a festa, mas sabia que era muito.

— Agora cês já comeram, então me deixem com a pequena e vão cuidar!

Marta e Maria, sem ideia da importância daquela manhã particular, pegaram suas sombrinhas, montaram numa carroça emprestada e rumaram para o rio Escondido. João Batista ia sentado atrás, cuidando para não enjoar, as duas irmãs à frente, quietas de tanta arrelia. Depois de um tempo de acabar o mundo, chegaram quase a Santo Antônio dos Pretos, onde nasceu o terecô, onde pariu-se Pilar. Os três desceram, amarraram o cavalo e seguiram o rio a pés por mais uns vinte minutos, até avistarem a nascente e a clareira que o povo do quilombo chamava de capoeira. Estava tudo lá, esperando na roça aberta: o tronco, a mesa montada, o rio, os encantados.

A caçula obedeceu as instruções. Pelos braços da mais velha, seguiu até a tronqueira onde três tridentes de ferro seguravam três galinhas penduradas pelas pernas. Marta ergueu uma peixeira com punho de couro escurecido por ferrugem e muitas camadas de sangue velho. Com o polegar, testou o fio até lhe correr uma linha de sangue, que ela mesmo chupou para sarar. Achou graça do arremedo, depois apontou para o rosto de Maria, pousando a lâmina gelada sobre seu ombro. Bem perto da goela. Mais um grito:

— Quero mais não, minha irmã! Quero mais não!

Empurrando com a ponta da faca, Marta conduziu a irmã de costas até o antigo açoite.

— Melhor amarrá — comentou, meio explicando para o filho pequeno que tentava ajudar, meio para que a irmã não ficasse surpresa.

Maria soltou um grunhido abafado quando o menino lhe passou a corda ao redor dos pulsos, os braços puxados para trás em volta daquele pau de dor. A mais velha deu uns gritos de "Silêncio!" e abriu uma garrafa de tiquira, a qual derramou inteira sobre a menina.

— Amarrada em nome de Légua Boji Buá — escarneceu.

Em seguida, outra garrafa. E mais uma. Maria contou sete no total. Estava encharcada, os cabelos, as roupas... Notou que sua blusa clara deixava ver os peitos crescidos. Não estivesse presa, teria se coberto de recato, mesmo não tendo ninguém ali para ver. Marta tirou um instante para observar, com tanta satisfação que Maria se perguntou se ela não estava tirando proveito demais. Ela, então, deitou a peixeira num ombro e iniciou o ritual.

— Em nome do Pai...

Trocou o facão para o outro ombro.

— Do Filho...

Pousou a lâmina de lado sobre a testa de Maria. A menina amarrada apertou os olhos, soluçava de pavor.

— E do Espírito Santo.

A ponta metálica e ardida lhe encostou bem no meio dos peitos inchados de leite e, pluc!, cortou o botão mais alto. Marta esperou e, não conseguindo resposta, sussurrou:

— Sua vez.

— Amém — disse Maria, entre soluços.

O facão, enfim, deixou seu peito. Do escuro do medo, Maria ouviu o estalado dos chinelos da irmã se afastar. Abriu os olhos, confusa. Estaria lhe deixando sozinha? Logo a irmã chegava de volta ao altar. Ia devagar, como se fosse uma anciã. Mas de lá, num gesto ligeiro, pegou uma galinha preta e cortou-lhe o pescoço numa única lanhada. O sangue escorreu num fio visguento, que esguichava mais forte quando a bicha se debatia.

— Vai tê molho pardo de noite — disse a mais experiente das Anunciação.

Maria não soube dizer se era piada.

Segurando o pé da ave, que ainda protestava em seu espasmo encantado, Marta retirou o gancho que prendia a galinha ao tridente. Apontou o pescoço cortado na direção de Maria. As asas continuaram batendo tão depressa em seu rosto e seu peito que lhe roubavam o ar. O sangue quente respingou por ela toda. Quando a galinha parou de bater, vieram as outras duas, uma de cada vez. E entre elas, atraídos pelo cheiro de sangue, os maruins do mato lhe devoravam a pele com sua mordida espetada. Eram tantos que causavam calafrios. Amarrada, não podia sequer esmagar aqueles mosquitos dos infernos.

— Fica de olho fechado — ordenou mais uma vez a feiticeira mais velha.

Desta vez, sentiu uma pasta langanhenta e pedaçuda se espremer contra nuca, ombros, cara, os peitos por dentro da camisa... Um cheiro doce e de terra. A cabeça rodou, ela achou que ia desmaiar. Um aperto no braço lhe trouxe de volta – e ela não sabia se isso era melhor ou pior. Em seguida, uma catinga de carne antecipou os pedaços grudentos esfregados por seus braços, suas pernas e seu rosto. De algum lugar, um chocalho marcava o ritmo. Maria queria deixar o próprio corpo e ir embora. Seria assim que as pessoas encantavam? A cantoria da irmã, contudo, a mantinha segura no tronco:

Rolinha, pomba do ar
Rolinha, pomba do ar
Encantado desce na terra
Sereia canta no mar
Encantado desce na terra
Sereia canta no mar
Avuô rolinha
Avuô pro mar
Ô avuô rolinha
Ô avuô pro mar

†

Quando desamarraram-lhe os braços, ela não sabia quanto tempo tinha passado. Mas o mundo parecia feito a tal da espuma do mar. Leve, passageira, desimportante.

— Pode abrir os olhos agora, mocinha — ordenou Marta.

Acompanharam-na dali até a beira do rio.

— Tu vai sê a mãe de santo mais forte do Codó. Tem que pará de frescura, minha irmã.

— Não dá pra tu fazer essas coisas e eu só comando as festas? — suplicou Maria.

Marta suspirou, irritada:

— Entra aí.

De dentro d'água, a menina olhou sua pele, imunda de caroços de abóbora e nacos de tripa. Banhou-se com o vigor que só o nojo permite.

— Tira a roupa — disse a irmã mais velha. — Deixa tudo pra trás.

Maria contemplou a senhora e o sobrinho, que carregava o facão, agora com novas manchas de sangue para se gabar, e obedeceu. Entrou, torcendo para que a água turva não lhe reservasse surpresa. Lembrou-se da lenda do cabeça de cuia que puxava as meninas para o fundo, que lhe contavam até pouco, quando ainda era uma criança. Tornou a olhar a faca e desnudou. Tirou a roupa toda, menos a calçola. Marta fez que não.

— Tudo!

O rio passou, levando o que ela deixava ir.

†

Terminado o banho, Marta estendeu-lhe os braços. Mariazinha saiu do rio cobrindo o que podia. Ao menos não cheirava mais. Mas ainda tinha medo. Nunca tinha visto sua irmã assim, sombria. Como se a estivesse punindo por sabe-se lá o quê.

A feiticeira mais velha tirou da sacola de plástico uma muda de roupa que Maria vestiu o mais rápido que pôde. Minutos depois, estavam de volta à carroça e às sombrinhas. Como se tivesse sido aquele mais um dia rotineiro na Tenda da Anunciação.

5.
A AFRONTA DE MADALENA

Parecia que metade do Codó esperava na frente de casa. Sobre esteiras no chão e mesas improvisadas, pousavam iguarias de todos os cantos. Aqueles cheiros e cores, que aos famintos valiam quase como uma possessão, traziam a cambada amarrada pelas ventas. Quibes, coalhada, bolo de milho, cuscuz, torta de camarão seco, pé de moleque, bolo de tapioca... Até bolo de aniversário tinha. O dinheiro trocava de mãos depressa. A comida descia as goelas ansiosas, arredondadas por longos goles de cerveja, sucos e tiquira. O povo entrava e saía pelo portão de ferro na maior animação. Todos descalços, como era o costume. Carregavam flores, perfumes, pipoca, bandeirolas, frutas e ouro. Do lado de dentro, o salão estava enfeitado como Maria nunca tinha visto. Faltavam apenas alguns toques finais.

A futura cabeça da tenda observou o movimento, extasiada que só. Rodou tanto que teve cabra achando que ela tinha se afobado e deixado baixar a encantada antes da hora. Mas era só felicidade. Que coisa mais linda! O teto coberto de tirinhas de papel de seda, igual ao que se usa para fazer papagaio. Em cada canto, jarros enormes, transbordando de flores de verdade. A cortina de renda branca guardando o altar tinha sido lavada e engomada. As imagens dos santos, cada uma delas limpa e brilhante. Nem pareciam as que Mariazinha conhecia. Duas delas, aliás, ela até já tinha visto, mas nunca ali.

— Quem trouxe essas duas? — perguntou a jovem dona da casa, apontando para a estátua do anjo branco e do anjo turco.

— Um moreno alto e fuleiro — respondeu Irmã Madalena, que dava os últimos toques no salão, como se estivesse na Igreja Matriz. — Deve ter roubado do padre.

Maria espremeu os olhos e virou o rosto para o outro lado, espanando a mão o mais depressa que pôde.

— Tira, tira, tira!

Alguém passou correndo e levou as duas estátuas embora.

Marta, que ajustava um arranjo de flores na entrada, terminou de entrar e achou graça no zelo da freira.

— Isso aí num é contra tua religião, não, Irmã?

Maria interveio:

— Deixe quieto, minha irmã. Cada um acredita no que quer!

Para sua surpresa, contudo, a freira não aproveitou para mudar de assunto.

— Eita mentira da gota, essa! Fé é que nem um calango andando dentro da gente, fazendo um reboliço por conta própria. A gente não tem controle de onde ele vai, não. A gente faz o que o calango quer, vê o que o calango quer.

— Se fosse assim, cabra num mudava de fé...

— Vixe! Mas esse calango tem é cabeça fraca! Se alguém disser que tem encantado dançando aqui, ele acredita, e tu vais ver. Porque tudo aqui diz pra ver. Quem sabe até eu vou ver também? — brincou.

— Deixe de mentira, mulher! Tu viu os encantados, sim, que eu sei — desafiou Maria. — Lá no mato, quando Pilarzinha nasceu.

— Eu, não! — retrucou Madalena. — Que tu aches que viu eu acredito, assim como aqueles pais e mães de santo que vieram aqui... Eles acreditam que os encantados disseram que a casa não tinha que abrir também. Esse calango é pai-d'égua, num sabe?

Maria parou o que fazia e limpou a garganta, apontando com o queixo para fora, avisando que precisava dizer alguma coisa particular.

— Licença, minha mãe — disseram as ajudantes que embonitavam o salão.

Elas baixaram a cabeça e foram embora. Então, a nova mãe de santo continuou, numa prosa que se fingia sem importância enquanto arrumavam os últimos detalhes da decoração:

— E tu, acredita no quê? Porque num é coisa de freira vir me dizer pra tirar barriga...

— Estás vendo? Tu querias que eu tivesse proposto isso aí pra que tu mesma fosse a salvadora de tua menina, não eu. Mas eu nunca propus. Só me ofereci. Caso tu etivesses pensando em fazer sozinha, eu me propunha a fazer por ti para que tão não te machucasses.

— Mas e como a tua igreja vê isso?

— Faz vista grossa.

Maria fez uma careta. Claro que haviam de saber o que a freira fazia, só não podiam admitir que precisava ser feito. Muito menos iam se aproximar.

— Já viste alguém da igreja comigo? — perguntou Madalena.

— Não...

A freira, segundo ela mesma, era uma pária. Tinha liberdade para fazer o que quisesse, desde que não falasse no assunto.

— Acho que tu tá mentindo — desafiou Maria.

— Estamos todos, não estamos?

— Tu sente é culpa e tá inventando esse teretetê pra confundir.

Maria era mais esperta que as outras meninas.

— Hen-hein! — confirmou a freira. — É amor. É como se tua filha fosse minha também. Ou quase.

Enfim uma revelação que valia a cavalgada. A pequena estava mesmo crescendo tão linda! E tinha nascido na mão de Madalena, era justo que esta pegasse amor.

— E tu, tiveste alguma filha? — continuou a mãe de santo.

— Antes de virar freira? Filha de bucho mesmo?

— Isso?

Irmã Madalena gargalhou. Com aquele nariz?

— O que tu fazia antes de ser freira?

— Fui enfermeira em São Luís. E parteira também. Botei muita gente no mundo, não sabes? Foi o milagre da vida que me colocou na frente de Deus, e o convento me colocou de novo na frente do milagre da vida. Viu como funciona? Agora, os dois me colocaram na frente de vocês.

— Tua fé te fazendo enxergar o que ela quer, né não?

— Tu és é esperta pra uma menina sem estudo...

— Dizem!

Por um instante, voltaram a arrumar as flores, como se o assunto estivesse encerrado.

— Irmã...

— Sim, minha mãe.

— Deixa eu perguntar um negócio bem aqui?

— Acho que a hora de responder a isso se foi lá atrás, não?

— Deixa?

— Claro que deixo — disse a freira, com ternura.

— Minha filha precisa de uma madrinha. E eu não sei se confio tanto na minha irmã. Ela tem o Joãozinho, que eu amo de paixão, mas queria ter certeza de que minha filha, se eu me for, vai ficar nas mãos de alguém que vai cuidar dela igual filha.

— E tu achas...

— Tenho certeza.

Abraçaram-se por um bom tempo.

†

Maria não sabia se não respirava de nervoso ou pela roupa espremida. Toda ispilicute, com uma coroa de contas brancas, vestido todo rendado que deixava ver um pedaço de suas pernas cada dia mais bonitas, uma maquiagem bem leve. De joias, só as contas de Iemanjá que a mãe usava – voltas e mais voltas de miçangas brancas e azul-de-céu. Parecia uma santa, Santa Maria, cheia de graça, carregando seu fruto Pilar, a menina anunciada pelos anjos, vestida igualzinha – uma versão miniatura da mãe. Era noite de comemoração dupla: o primeiro aniversário da pequena e o nascimento no santo de mãe Maria de

Olomowewê. Restava saber se a encantada da casa, companheira de dona Ana por tantos anos, iria concordar.

Maria encontrou a irmã e o sobrinho, depois a nova madrinha de Pilar, que vestia seu hábito branco distinto naquela noite mais especial do que todas. Caminharam no rumo do portão. As quatro mulheres e o menino. De longe, avistaram as velas chegando. Cantavam baixinho:

Senhora Santana ao redor do mundo
Onde ela passava, deixava uma fonte
Quando os anjos passam bebem água dela
Oh, que água tão doce, oh, senhora tão bela
Encontrei Maria na beira do rii
Lavando os paninhos do seu bento fii...

As damas que acompanhavam Maria pararam alguns passos antes da porta. Aquela era a noite das mais novas da Tenda da Anunciação. Maria seguiu, carregando Pilar no colo até a beira da porta. A multidão emudou. Então, ela abriu um riso branco e levantou nos braços, bem alto, para todos verem. E eles explodiram num grito. Aplaudiram, caíram de joelhos. Havia ali povo do terecô, da igreja e da colônia libanesa, que ainda não tinha decidido se mantinha a religião antiga, o terecô ou adotava o Jesus do Brasil. Aos poucos, as vozes se quebraram em pedidos diferentes. Em chamados. Em choros e canções descombinadas. O que antes parecia organizado agora era um grande vozerio.

Marta, como sempre, veio em socorro. Deixou João nas mãos da freira e tomou de organizar o rebuliço. Era boa nessas coisas. Abriu caminho para Maria passar com Pilar. Empurrou quem precisou, estapeou um ou outro que tentava agarrar os cabelos das duas.

— Tocá pode, mas quem tentá arrancá pedaço vai caí a mão! A mão ou coisa pior! — E ainda tinha estado de espírito para fazer a coleta. — Os presente, dinheiro inclusive, pode botá nas duas caixa da entrada.

Maria interrompeu a caminhada e se virou para a irmã. Daquele detalhe, ela não sabia. A irmã corrigiu, contrariada de leve, talvez até com deboche:

— Presente, não. *Doação* pra manter nossa tenda, pra todos vocês podê aproveitá por muitos anos mais!

A jovem mãe de santo teria até arranjado uma briga se o furdúncio não fosse enfuscar demais a programação. Foi quando um burburinho vindo da direção da rua chegou para competir com sua entrada.

As cabeças se afastaram em fila, dando passagem a dois estandartes coloridos. Um vermelho, outro amarelo. As bandeiras se aproximaram até que a última pessoa abriu caminho, revelando o trio mais importante do terecô do Codó.

Foi Bó de Verequete que falou primeiro:

— Minha fiia, isso aqui é festa de aniversário, é?

Marta tomou a dianteira:

— É, meu pai. Mas também é consagração de minha irmã como rainha da casa.

Pedro de Sogbô, com a autoridade mandada por Santa Bárbara, pôs-se à frente.

— Eu achei que a gente tinha sido claro.

Marta mais uma vez os afrontou:

— Muito claros. Mas minha mãe, *dona* desta casa, também foi. E, com todo o respeito, ela disse que Maria...

Bibinha interrompeu:

— Tua mãe? Mas ninguém sabe se ela morreu, se encantou ou se fugiu, minha fiia.

Dessa vez, foi Maria que subiu nas tamancas.

— Fugiu?!

A voz da nova mãe de santo explodiu tão grave que todo mundo encolheu. Todos, menos Bibinha, que peitou até o tenente Vitorino e, então, não havia de ter medo era de ninguém.

— E ela já baixô em alguém pra provâ?

A pergunta era boa. Os búzios que escolheram Maria, como tinha dito a freira, podiam ser coisa de calango que queria ver. E Ana, mesmo com o poder e a dedicação que tinha, era nova demais para encantar. Percebendo que cabra nenhum ia responder, Bibinha levantou o dedo para continuar a lição, mas um ruído esquisito veio do fundo, interrompendo aquela que não era interrompida.

De dentro da casa, atrás do portão. Do chão, João Batista olhava assustado para cima, enquanto a freira revirava os olhos, chacoalhando com o ombro na parede.

— Brrrrrrrrrrrrrrr.

— Irmã? — gritou Maria, assustada.

A freira se sacudiu feito um cachorro molhado e abriu bem aberto seu par de olhos de bila, tão verdes que ardiam. Sua postura era diferente, porém. Caminhou jogando as cadeiras, um sorriso tranquilo que não combinava com sua maneira bruta de todo dia. Aproximou-se de Maria, de Marta, tocando-lhes o queixo.

— Minhas fiia quirida.

Foi como se alguém tivesse roubado o ar do salão. Nem Maria nem Marta, tampouco os poderosos do terecô sabiam o que dizer. Eles conheciam aquele jeito de falar. Da boca da própria freira, a conversa continuou:

— Bibinha, Bó, Pedrinho, meus irmãos. Lembra quando nóis era assim mocinho, que Bó e Bibinha fugia escondido pra namorá? Intão, nóis num deixava ocês em paz? Agora deixa minha minina tumém. Tá na hora dela.

Eles lembravam. Do jeito de dona Ana andar, falar. E de como Bó e Bibinha fugiam para namorar, o que ao certo só os quatro sabiam. Como não podia deixar de ser, foi um alvoroço só.

6.
MÃE MARIA DA OLOMOWEWÊ

A Tenda da Anunciação não seguia as regras antigas do terecô. Havia quem torcesse o nariz, quem falasse mal, chamasse de inventado. Mas mesmo para esses a posse de Maria foi uma das festas mais pai-d'égua que já viu a encanteria do Codó. Todo mundo dançava, todo mundo rodava. Era tanto entusiasmo que quando os encantados desciam para montar no povo não tinha nem cavalo para todos eles. Tinha gente que recebia até dois ou três de uma só vez, e girava as pernas para um lado, os braços para outro, e a cabeça num terceiro sentido ainda. Aquilo sim era uma roda de terecô. Os tambores, fossem os desse ou os d'outro mundo, tocavam mais alegres que nunca, embalando a extraordinária imagem da freira, toda de branco, com os olhos retorcidos, sentada no trono de dona Ana, a pequena Pilar lhe fazendo arruaça no colo.

A festa continuou, solta e brincada, até que Marta tocou o sino e tirou todos do salão. Ficou apenas a freira, tomada pelo espírito da antiga dona da casa. Quem foi esperto correu para se apinhar na janela. Os outros tentavam adivinhar se o cheiro de alfazema era capricho que soprava de dentro ou de fora. Um tambor bateu três vezes, bem espaçado. Tum. Tum. Tum. Marta tornou a badalar o sino, agora com a sala vazia, e o mundo calou.

Marta fechou a porta, deu um último toque de sino e a reabriu num instante simbólico.

A liturgia era sabida e ensaiada. Primeiro, entraram os antigos, numa brancura sem fim: cabelos brancos, roupas brancas... Se enfileiraram em círculo, batendo palmas sem encostar o miolo da mão, bem do jeito nagô da família Anunciação. Deram voltas na sala grande, quietos. No máximo, admiravam a mesa, exuberante com suas estátuas de santos, índios, escravos, fotos de gente da comunidade, velas, flores, fitas. Tanta coisa que não se saberia nem para onde olhar, não fosse a estátua de Santana estar bem no meio, no seu próprio pedestal, cercada por flores e velas de cores diferentes de todas as outras, como se todos no altar também estivessem ali para saudá-la. Mesmo o crucifixo que olhava todos do alto da parede parecia em segundo plano. Aquela era uma casa da avó de Jesus, pensaria um católico desavisado. Mas ali só tinha sabido: saudavam a santa de mentira e continuavam seu caminho redondo.

Deu nem duas músicas e Maria voltou, com sua segunda roupagem da noite. Linda, solitária, com seu xale rendado, turbante turquesa e um colar de contas das cores do mar de São Luís. Carregava flores brancas como se fosse uma criança.

— Mãe Sogbô Oyá Domun! — gritaram pelas janelas.

Do centro da sala, ela esperou que a roda inteira descesse até encostar as testas no chão. Foi a vez de a freira se levantar e, com sua voz empostada, puxar a oração que talvez surpreendesse os forasteiros, mas no Codó não causou nem suspiro:

Ave Maria, cheia de graça!
O Senhor é convosco...

Em respeito, os tambores calaram e, em voz, vieram todos os demais, de dentro e fora da sala. Há quem diga que até na fronteira da cidade teve gente rezando junto, com fervor de novela.

Bendita sois vós entre as mulheres
Bendito é o fruto do vosso ventre, Jesus
Santa Maria, mãe de Deus,
Rogai por nós, os pecadores
Agora e na hora de nossa morte. Amém.

Rezaram a ave-maria para mais de quinze vezes. Quase num transe. Só pararam a reza quando uma das mulheres na roda, sem aviso nem preocupação em chegar ao próximo amém, começou a cantar.

Sô filho de bambu verde
Sô neto de baburrá
Sô filho de bambu verde
Sô neto de bamburrá
Sô filho das água grande
Não nego o meu natural
Eu venho na linha solta
Na linha solta do mar

Então, Maria alteou os olhos, emocionada, e dançou seu passo de Iemanjá, orixá mãe da casa, na direção do trono de sua mãe. Como todo mundo, desceu de joelhos e estendeu as flores, agradecendo a confiança. A essa altura, por saudades de dona Ana ou emoção por Maria, não tinha quem não chorasse. Até Pilar ficou quietinha na cadeira ao lado do trono principal. Mãe Maria, em seu primeiro ato oficial como dona da casa, beijou a mão da antecessora escondida na freira, e as duas se levantaram em um longo abraço que só aconteceria no Codó. Duas gerações do terecô num encontro de mundos opostos.

Todo mundo esperou. E esperou. E esperou. Mas foi só os peitos se descolarem que os atabaques tibungaram no toque rápido que só tem o terecô. A freira possuída sentou-se, discreta, e deixou a festa seguir para Maria, a nova rainha de Olomô.

"Barraê barraê, vodum!", dizia a música. Os pés batiam no chão seguindo o chocalho que os embalava: maracá, maracá, maracá... Até o calor brincava, dando volta pela sala, sem querer sair, carregando o cheiro orgulhoso do suor de cada brincante dali. Uns possuídos, outros embriagados pelo ritmo e pela cerveja, que rolava solta para lá do portão. Tinha quem rodasse para um lado e quem girasse para o oposto. Quem jogasse a cabeça para frente e quem usasse a cachola para trás. Mas naquela anarquia sem dó, a harmonia parecia completa. Foi quando veio o grito que todos esperavam:

— Eita, exa!

E tudo se calou novamente. Quem não tinha uma parede na frente olhava para o centro da roda. Maria, aquela menina franzina, parecia gigante. Não revirava os olhos nem andava desengonçada. Não tinha nada com os outros encantados que brincavam antes. Olomô, que foi rainha na vida, trazia sua realeza consigo.

— Fexta bunita, exa! — saudou Olomô.

Das galerias, gritaram:

— Salve!

— Eu to muitchu filix hoj de tá aqui cu vosmicês, num sabe? Exa fexta pra receber mia fiia Maria, fiia de don'Ana, mãe de Pilá, num é memo?

— Salve! — repetiram alguns.

— Oxês devi tá se preguntando: per que qui eu fui mandá arguém pra mudá o mundo i num mandei um homi forte? Eu digo procêix: perque noix já feix ixo, exa. Já mandô i num deu certo! Dexa veix eu falei cum minha turma lá im cima qui eu quiria uma muié. Perque muié qui é forte di verdade, num é memo?

— Salve!

Olomô prosseguia, ignorando o apoio:

— Ixo, meu fii, ixo, mia fiia. Aqui é casa dax muié... I tá na hora delas toda, num é? Tá na hora delas controlá u mundo. Us homi controlô por mais de treix mil anu, agora é a veix dela! Salve, Pilá!

— Salve, Pilar! — mais gente gritou.

E, no que Olomô subiu as mãos mais uma vez, os tambores explodiram em festa. O povo todo dançava. Já não era emoção nem entusiasmo. Era histeria mesmo. Tinha gente que gritava, ria e chorava ao mesmo tempo. A completa doidice da fé.

Maria acordou em seguida, meio desmilinguida, achando engraçado o tombo. Mas orgulhosa. Os brincantes lhe faziam sinais de aprovação, sem ideia de como aquela noite iria rodopiar aquela família pelo mundo, igual a um redemoinho de Santa Bárbara.

Do outro lado, Irmã Madalena se recuperava com uma água com açúcar. Viraram-se uma para a outra e, quase ao mesmo tempo, perguntaram a mesma coisa:

— O que foi que ela disse?

†

— Qui foi que eia diss' tia? — perguntou Pilar, três anos e já tão esperta para o mundo.

— Nada, não, minha fiia. Esse povo na feira não tem jeito, não. Fica pedindo as coisa... — respondeu Marta, achando graça do gosto da sobrinha pelo faladeiro.

Tia e sobrinha continuaram o caminho pelo mercado do Codó. Pilar adorava ir à feira. Os cheiros, as cores, tudo era mais bonito no alto daquelas barracas cobertas de plástico.

— Ô, freguês! — disse Marta ao vendedor das frutas mais vistosas da cidade. — O que tem de bom aí?

— Salam alaikum! Tem tudo que a senhora quiser.

Marta tirou um maço grosso de dinheiro da bolsa e estendeu o braço um pouco mais à frente do que precisaria. Já se tinham ido os tempos de penúria.

— Não é pra mim, não. É pra ela — disse, apontando a sobrinha.

— Diga aí, minha princesa, o que a pequena quer que o tio dá?

A menina celebrou, como se aquela fosse a primeira vez que essa cena acontecia, e pôs-se a escolher:

— Pitanga, cajá, juçara, mangaba, carambola, umbu e cupuaçu.

— Muito bem — disse a tia. — Menina que come fruta não fica do...?

— ... ente — completou Pilar.

O feirante fez uma mesura e, de cabeça apontada para o chão, olhou, inquisitivo.

— Posso...?

Marta fez que sim.

— Pilar?

A menina, ensaiada, estendeu o braço. O vendedor limpou a boca com a camisa, tornou a olhar para a tia da pequena para confirmar e com delicadeza beijou a mão de Pilar, arrancando-lhe risinhos encabulados.

— Se Elias tivesse filho, Elias mandava casar com Pilar.

— Essa aqui tem dono, seu Elias. É o homi lá em cima. Melhor não brincá com isso, não.

O vendedor deu de ombros. Valia a tentativa.

— O senhor manda entregá lá em casa, freguês?

— Claro! Elias vai com prazer! — garantiu o feirante, antes de acenar para as duas.

— Fica em paz!

Saíram de mãos dadas pelo mercado, tia e sobrinha. Estivesse prestando atenção, Marta teria notado que Pilar, ousada desde pixota, amassou a cara como se quisesse encostar o bico no olho. Sinal de que lá vinha mamona:

— Tia, pode peguntá um segredo?

— Claro, minha fiia.

— Piquê a s'iora é mais legal que a mãe e a madinha?

— Ah... porque aqui na caixola a tia é criança também!

As duas riram e seguiram, saltitantes, por todo o caminho de volta para casa. Era dia de faxina, e, nesse dia, todas tinham que ajudar.

†

A maioria dos terecôs da cidade ficava em casas de barro ou de tijolo no fundo do terreno onde morava o pai ou a mãe de santo. Tudo simples e prático. Era desse jeito também na casa construída por dona Ana, mãe das meninas Marta e Maria. A delas, no entanto, ficava num lote comprido, que tinha o luxo de dar para a rua dos dois lados, deixando que os brincantes chegassem pela porta da casa principal para consultas menores e pelo lado do barracão quando apareciam para festa. Mesmo assim, se a presença era grande, a ordem ia pro ralo, e no dia seguinte era só sujeira.

Irmã Madalena olhava por cima do ombro, tentando não interromper. A suas costas, Maria limpava os móveis e cantarolava.

Entrega seu peito, fiia
Pra África podê entrá
Entrego meu braço de dia
Meu peito pro meu rodar
'lomô vem vindo na gira.
'lomô vai fazer girar...

Exceto que não era Maria. Não era a voz dela, tampouco o modo como ela se movia. A jovem mãe de santo era doce e tinha voz suave. Aquela voz era arranhada e grosseira e se mexia feito uma senhora de idade. Estaria Olomô ajudando a limpar os móveis de casa?

— Achanu ixtranhu, madama? — disse Olomô para a companheira de faxina. — Si Maria faix limpeza, eu posso ajudá tumbéim. Mai corre que é hora di si excundê, exa!

Era um código da casa para quando aparecia alguém da igreja. Todo mundo sabia onde Irmã Madalena morava, mas encontrá-la por lá destruiria a desculpa oficial. A freira, que não imaginava que Olomô soubesse também, correu para os fundos, onde ficava o barracão. Ali, o padre ao certo não iria.

— Padre Abinadá! A que devo tanto prazer? — disse Maria, de volta à consciência como se nunca houvesse saído de lá.

— Dona Maria. Não precisamos de mesuras, não é mesmo? — O clérigo parecia tenso.

— Então, o que posso fazer pelo senhor?

— Veja bem, minha filha...

— Ah-ah-ah... — interrompeu ela, com o dedo para cima. — O senhor me respeite! Entrar na minha casa e vir de *minha filha* pra cima de mim? Me chame de *mãe Maria*, que não te dei o respeito.

— Está certo... M... *Dona* Maria, vim aqui te pedir um favor.

Maria pôs-se a arrumar uns enfeites com desmazelo, praticamente dando as costas para a visita. Um castiçal de prata que tinha ganhado de um político, um ovo desenhado recebido dos donos da fábrica, um cinzeiro de vidro com quinas bem afiadas que olhou com curiosidade antes de colocar de volta na mesa.

— Pode dizer, *seu* Abinadá. — Apesar da pouca idade, tinha aprendido a se impor.

— A paróquia precisa ser renovada. Carece de pintura, de iluminação nova...

— E o senhor veio aqui com essa pose toda me pedir dinheiro, *seu* Abinadá?

— Jamais, jamais. Vim pedir só que mudes tua comemoração de Natal pra depois do dia vinte e cinco. Desde que tua turma resolveu comemorar no dia vinte e três, o povo tem dado todo o dinheiro pra cá, e não fica nada pra paróquia. Sabe como é essa gente... O matuto pode não ter um pau pra dar no gato, mas um dinheirinho pra fé ele sempre arruma. E, depois que dá o primeiro, não sobra pra mais ninguém.

— Má, rapaz, o dinheiro que o senhor diz são presentes que o povo dá pra minha filha. Eu não peço nem nunca pedi. Então, não vou ser eu a dizer que eles parem. Seria uma afronta tão grande quanto alguém vir na minha casa e me faltar ao respeito, tu não acha?

O padre agradeceu com desgosto e se preparou para sair.

— Padre? — gritou Maria, antes que ele cruzasse a porta.

Tão logo ele se virou, ela mostrou um maço de dinheiro e contou algumas cédulas, que dobrou bem pequeno e arremessou em sua direção. No meio do caminho, as notas se abriram e tomaram cada uma o próprio rumo, se espalhando por todas as direções. O padre as assistiu cair, beiço apertado de raiva. Considerou. Por alguns segundos. E resolveu ir embora de bolso vazio. Deixou apenas um último comentário sem importância:

— Ah, quase esqueci. Um dos meus meninos te mandou lembranças. Não sei se te lembras dele. Ribamar. José Ribamar.

Maria estremeceu. Ribamar. Em sua frente enxergou a primeira vez que tocaram as mãos, o primeiro beijo (roubado por ela, claro), sua canela fina e peluda correndo atrás de pipa, de cachorro, de bola... Ribamar adorava correr. Suas mãos salientes e tímidas ao mesmo tempo. A primeira e única noite que tiveram juntos. Ele chorando no colo dela pelo pecado que cometeram. Pobre Ribamar...

— Ele está pensando em se casar com uma menina da religião dele — contou o vigário, acordando-a de sua memória sonhada. — Me pediu conselho e tudo. Você conhece a Liginha, filha de seu Ismael? Uma santa. Dizem que é a única menina de virtude nessa cidade, e eu não posso falar pelas outras, porque tudo o que sei ouvi em confissão. Mas acho que não é muito longe disso, não.

— Mande lembranças a ele também — disse Maria, usando toda sua força para não conceder vitória. — Farão um lindo casal.

Padre Abinadá foi embora triunfante. Mais ainda quando cruzou com Marta e Pilar voltando para casa. Quando as duas chegaram, encontraram pedaços do cinzeiro de vidro espalhados pelo chão, dinheiro por todo lado, e Maria abraçada no colo da freira.

— Tua mãe está com dor de cabeça — explicou Irmã Madalena a Pilar.

Pilar então se aproximou, deu-lhe um cheiro e, arremedando a madrinha, abraçou-a quieta.

7.
CHORE NÃO, MAMAINHA

Era um prédio enorme, um palácio. A chaminé quase tocava o céu. Mesmo com o movimento mais chocho nos últimos anos, a fábrica de tecidos ainda era o centro da vida no Codó. Não se comparavam a nova Igreja Matriz nem as tendas, tampouco o mercado. Nada concorria com os arcos gêmeos, as portas de ferro fundido e a majestosa torre de fumaça que se via de qualquer ponto do chão. Quando cuspia sua bênção cinzenta, então, tão espessa que o vento mal conseguia levar, não tinha quem não morresse de orgulho.

Talvez por intuição de menina, quem sabe por amostragem mesmo, era lá que ela gostava de brincar. Na rua, bem na frente do portão central. Aos sete anos, Pilar já saía sozinha pela cidade, sua mãe confiante de que ela não se meteria em lasqueira. Era safa, a pequena. E tinha o primo João (que já estava com dez anos e corpo de doze) sempre a pastorear.

Além disso, o que não faltava na cidade era gente procurando motivo para lhe fazer o gosto. Se a adulação era inconveniente quando a menina tentava brincar ou quando Marta queria tirar vantagem da euforia mundiça, era também uma tranquilidade quanto à segurança. Codó não deixaria moléstia nenhuma acontecer com sua pequena messias. Assim, quando a filha saía, mãe Maria podia trabalhar sossegada em suas consultas, sabendo que ela estaria a salvo. Desse jeito, seguiram por pelo menos um ano.

Naquela manhã, Pilar insistiu que a mãe fosse junto. Pediu tanto, e com tanto dengo, que Maria cancelou os clientes da manhã e a acompanhou. Caminharam juntas pelas novas calçadas da rua das Flores e pelo mercado, com cheiros de cravo, coentro, pimentas, erva-doce e azeite de coco babaçu... Ah, o bolo de arroz! E o comércio da Afonso Pena, que só fazia crescer? Maria precisava sair mais. Finalmente, chegaram à base do dedo de gigante, que era como Pilar chamava a chaminé. Foi quando Maria sentiu o bucho se esparramar na frente dos pés

Na porta da fábrica, uma renca de gente aguardava. Uns vestiam farda de funcionário, outros vinham de fora. Sentavam no chão, com um pequeno círculo aberto entre eles, e uma vela bem no olho de tudo. Da borda da clareira, Marta e João Batista puxaram uma ovação.

Encafifada, Maria se aproximou. Protegia a filha com o corpo, procurando por onde correr caso o furdúncio saísse de mão. Já a menina não poderia estar mais confortável. Soltou-se e correu para o meio do povo. As palmas cresceram, e Marta acendeu a vela sobre a terra batida. Fez um rapapé para a sobrinha, que tomou seu lugar com o mesmo desembaraço com que outras meninas brincam de professora. A audiência babava com o espetáculo completo daquela manhã.

E eis que, súbito, antes que a performance estreasse, o sinal da fábrica tocou. Chamava, aos rugidos, os funcionários a entrar. Só que ninguém se mexeu. Os guardas da porta, com suas varas em punho, deveriam empurrá-los para dentro, mas eles também esperaram. De trás do portão, escondido entre a parede de alvenaria e as barras de ferro, um olhar triste e impotente observava. Teria que lidar com a situação – mais tarde.

— Eita, exa! — gritou Pilar, arremedando a voz de Olomô.

O povo explodiu. Euforia completa.

— Quem veio aqui hoje veio prum dia bom. Perque a mãe da minina Pilá veio hoje tumém! Uma salva de palmas pra mãe Maria... da... Anunciação! — A entonação, a galhardia, Pilar tinha completo comando de sua audiência.

— Pilar! — chamou Maria.

— Pilá durmiu — disse a menina, ainda na voz de Olomô.

— Cuida, Pilar! — insistiu a mãe, já com tom de carão.

Ela se fingiu de surda. Sua tia Marta que cuidasse do assunto.

— Eu vim aqui hoje pra dizê que as minina tem qui mandá mais, num é memo?

As mulheres apoiaram. Os homens riram e fizeram falsas caras de malcontente. O teatro era geral.

— Veji só eu. Eu xô muié. Pilá é minina. Mãe Maria é muié. A madrinha é muié... E só quem é homi nessa tenda? O João! Toca o tambor pra eu dançar, João!

O primo batucou sem ritmo, não impedindo que a menina rodasse e dançasse como se faz no terecô. Marta puxou umas palmas, marcando a toada do maracá. As mulheres se levantaram e fizeram uma ciranda que arrodiou a menina, enquanto os homens mantinham as palmas ao fundo. O apito da fábrica tornou a soar, agora furioso de verdade. Enfim, os seguranças zuniram o ar com suas varas para valer o ordenado da semana.

— Pra dentro, pra dentro!

Maria olhou a irmã, furibunda, empurrando-a para abrir caminho.

— Pra casa, agora. Todo mundo.

Pilar não entendeu a irritância, mas se aquietou, porque não era boba de desafiar numa hora daquelas. Tão logo a mundiça dispersou, eles partiram. Tinham caminhado apenas um trecho até a próxima esquina, quando foram interrompidos por um grito:

— Mariaaa!

Marta encolheu os ombros e espremeu os olhos. Agonia. Conhecia a voz, bem demais, até.

— Quem é, tia? — perguntou Pilar.

— Um amigo de tua mãe, pequena.

Maria se virou devagar, joelhos moles que nem canjica, e viu José Ribamar correr naquela direção. O rapaz tinha crescido, ficado mais forte e alto, embora o pescoço continuasse enterrado no peito. Ele mesmo, pelo jeito destrambelhado como trotava, não entendia direito aquele corpo todo. Marta acenou, torcendo para que a irmã desse um piti e se picasse para longe. Mas ela não foi. Beijou a filha no cocuruto e acariciou o rosto do sobrinho.

— Vão cuidar com a tia, que mamainha já vai, tá bom?

Marta e os meninos foram para um lado. Maria se arrastou para o outro. Por anos, aqueles dois evitaram se encontrar. Passavam longe de onde se conheceram, de onde se encontravam, de onde o outro costumava ir. Daquela vez, até poderiam ter evitado também. O avistamento, afinal, foi só de canto de olho, sem saudação. "O que será que ele quer?", matutava ela. Suas mãos começaram a tremer. Não se sentia assim fazia tanto tempo... A maternidade, a pressão da casa, os boatos da santidade da filha e o escambau. Maria arrumou os cabelos sem dar muito na vista. Lembrou-se até de ajeitar o corpo, botando para fora os peitos que Ribamar carecia de conhecer. Queria vomitar.

Já ele corria. Desengonçado com aquelas pernas engrossadas e sua cabeça quadrada. Era um bigode aquilo que deixava crescer? Encontraram-se no meio do caminho.

— Quanto tempo — disse ele, com certa formalidade.

— Pois é.

— Aquela menina...?

— Minha filha. Está com sete anos já.

Ele ficou calado, com cara de leso. Ela teve que continuar.

— Ouvi dizer que tu vai te casar?

O moço olhou para os lados, esperando o assunto passar. Maria tentou com tanta força não sorrir que deve ter feito careta.

— E tu estás bem? — perguntou ele.

— Não sei. Fiquei meio assustada com o circo que a menina arrumou aqui.

— Pois é disso mesmo que queria te falar.

— Ah...

— Tu sabes que essa fábrica é de um bocado de gente rica, não sabes? E sabes que ela não vai bem, não é mesmo? Então... Esse parangolé da tua menina vir até aqui todo dia e tirar as meninas do trabalho está incomodando os patrões.

— Arre, tu fala como se não fosse um deles.

— Eu? Meu *pai* é dono de um tantico de nada. Eu sou só trabalhador. Mas... — Ele engoliu em seco. — Mas... já disse a ele que para o ano quero sair do Codó.

Maria cobriu a boca, olhos úmidos. A dor era mais forte que ela, se espalhava ardendo, de um jeito que nem ela entendia.

— E tua... tua esposa vai também? — insistiu ela.

— Esposa? Aquele padre fofoqueiro andou falando disso pra tu, foi? Minha mãe veio inventar essas coisas, falou pro padre, e agora ele fica espalhando que eu tô noivo daquela magrela sem graça... Magrela por magrela, eu prefiro...

Ele deu uma boa olhada em Maria. De repente se deu conta do quanto ela tinha encorpado.

— Tu estás mudada.

— É a vida, num sabe? Mas que história é essa de ir embora? Pra onde? — continuou ela, orgulhosa de não ter saltado e gritado como quase fez. Tinha até um plano, se fizesse. Fingiria que foi encantado e desmaiaria no chão. Se pelo menos ele tivesse parado ali...

— Tô pensando em ir lá pro Planalto Central. Essa capital nova, dizem que vai ter oportunidade pra todo mundo.

De repente, o moço se deu conta da tristeza de Maria.

— Por que tu não vais também? — sugeriu ele. E num instante se arrependeu. — Digo, tu tens tua vida aqui, a tenda, a família... Eu não tenho nada que me segure. Mas lá... seria uma vida nova. Não ia ter que me preocupar com o padre, com minha mãe me dizendo o que fazer, com o que essa gente acha que eu tenho que ser...

Maria tentava ser forte.

— Sei bem como é — disse ela, quase ganindo.

Ribamar aparou com a mão a lágrima que escorreu de Maria.

— Ai, meu Deus... chore não. Desculpa, não era pra falar nada disso. Só queria avisar que tem um monte de gente aporrinhada com essa história de... tua menina ser filha do homi lá em cima.

— Eu sei. E tu? Vai mesmo?

Ele olhou a pequena indo embora no fundo, e a tristeza de Maria tomou conta dele também.

— Vida nova, num sabe? Começar de novo.

O mundo de Maria caiu.

†

Mãe Maria chegou de volta em casa pouco antes de anoitecer. O cheiro de bolo de aipim e café fresco entregava a arrelia.

— Que novidade é essa de bolo no meio da semana? — perguntou a mãe de santo, tentando engolir a tristeza.

— Ô, minha irmã... — Marta lhe deu um abraço. — Tu tá bem?

— Tô. Quer dizer... tô não. Pilar, venha cá, minha filha. Essa coisa de brincar de terecô é tudo bem aqui em casa. Mas na rua, na rua pode não, visse? Essa gente aí só quer saber de tirar proveito de tu — disse Maria, dando uma fungada de metro.

— Tu tava chorando, mamainha? Prometo que não faço mais! Juro! Por favor, mamainha, chore não!

Abraçaram-se e choraram juntas mais um pouquinho. Maria limpou o nariz com a manga da blusa e a olhou, comovida.

— Tu és tão companheira, minha filha. Te avexe comigo não. Tava chorando mesmo é de alegria. Tive uma ideia... Uma ideia, não... uma *visão*.

A essa altura, a casa toda já se abeirava. A conversa, cantada alta daquele jeito, não podia ser só com a pequena.

— Vindo pra casa eu enxerguei nós todos, eu mais tu mais tua tia, teu primo e tua madrinha, todo mundo entrando num trem e indo levar Olomô lá... lá pra bem longe, prum lugar novo chamado... Brasília. Que tu acha?

— Se tu quisé, mamainha, nós vai. Só num chora mais, não, tá bom?

Maria sorriu para as outras da casa, as lágrimas derramando que nem na história de Iemanjá. Elas concordaram. Se a mãe de santo falou de visão e de Olomô, estava decidido. Afinal, embora Maria jamais tenha explicado a razão verdadeira (nem à irmã e muito menos a Madalena), pelo poder da hierarquia, não tinha mais discussão. E assim, naquela noite, fizeram as matemáticas, contaram os dinheiros e combinaram o plano. Juraram uma para a outra, pela felicidade de Pilar, que, não importava a circunstância, chegariam à capital.

8.
A FESTA DE XANGÔ

Pilar não tinha medo de nada. Daquele tamanico, pequenina para seus oito anos quase completos, comprava a briga que achava que tinha que comprar, ia sozinha aonde achava que devia ir e subia em qualquer coisa que levantasse na direção do céu. Era só alguém pedir, e lá estava ela.

Dessa vez, era o pé de juçara. Os adultos pegavam a fruta com um pau, mas ela, magrinha de dar dó, gostava de escalar. Foi lá no alto buscar. Dali, viu os meninos da rua gritando, um chamando o outro. Um deles carregava uma caixa que despejou no chão. Uma caranguejeira dessas bem peludas. Tão grande que dava para enxergar lá de cima. Outro menino pegou uma garrafa de álcool e jogou no bicho, e um terceiro lançou um fósforo em cima. A aranha correu pegando fogo até desaparecer debaixo de uma charrete de carvoeiro.

Na volta, sentada nas raízes e com uma cuia na mão, a menina machucou as bolinhas roxas com o fundo de um casco velho de Cola-Guaraná Jesus, misturou com farinha e entrou correndo, orgulhosa. Era sua contribuição para a festança. Um café da manhã cheiroso, com pães dos mais diversos tipos, queijos, bolos e frutas. Muitas frutas. Entre a coisa em si, mais os sucos e doces, Pilar contou mais de quinze. Cajá, mangaba, graviola, suco de caju e de cupuaçu, doce de jaca, doce de bacuri, doce de buriti, doce de murici, doce de coco...

A menina enumerou e apontou para a própria gamela.

— E o predileto de mamainha: juçara! — E tacou-lhe um beijo amassado.

O banquete não era sem motivo. Codó era terra de Santa Bárbara. No dia dela, a cidade inteira parava. Mas, além daquela data, cada casa tinha seus próprios padroeiros e parava para eles também. Na Tenda da Anunciação, era a festa de Xangô, o rei do fogo, da justiça. Zô, como o resto do povo chamava. O café da manhã dos reis, que a família toda preparava junta, era o começo dos festejos. Sendo o orixá filho de Iemanjá, era irmão de Olomowewê, a encantada que regia a família inteira. E por isso merecia um ritual caprichoso, de semanas. Essa era a opinião de Maria, pelo menos.

Para Marta, no entanto, as festas eram importantes porque era quando recebiam mais presentes. Maria até discordava, mas durante o último ano as duas tinham agarrado todas as oportunidades que podiam para juntar um dinheirinho a mais. Tinham trabalhado dobrado nas consultas. Aproveitado todos os agrados que ofereciam no mercado (aquelas frutas todas, por exemplo). Maria passou até a permitir que a irmã vendesse em volta da igreja bugigangas que Pilar "abençoava" – pelo dinheiro e pela raiva do padre, ela mesma confessava. Que se danasse tudo, afinal aquilo ali, a tenda, a casa, Codó... ia acabar, mesmo. Uma vez que chegassem a Brasília, seria uma vida nova. Não faltava muito.

— Se vocês forem mesmo pra Brasília, o que vai ser desse povo todo que depende de vocês? — perguntou Irmã Madalena.

— Deixe ela, minha irmã. Dormiu pouco nessa noite — disse Marta.

Maria olhou para a freira, curiosa. Suas olheiras pareciam projetar o nariz ainda mais para frente.

— Fui encontrar outras freiras que vieram de fora. Por quê? — reagiu Madalena.

Marta alcançou uma sacola no chão e tirou de dentro um maço de cédulas enroladas com uma borracha azul. Houve um "oooooh" mais que bem dado, e as duas brindaram com os copos de suco de cupuaçu. Pilar, sem entender muito, levantou na cadeira e fez tim-tim com elas.

A mal-humorada freira acompanhou com uma tromba proposital, mas foi ignorada como se fosse de vidro.

— Aaaaaaaaargh! — gritou Maria, os braços para cima, saltando na direção da filha. — Vou preparar essa porquinha aqui pra gente comemorar!

Pilar pulou feito um sagui e correu pela sala. Gritava um ganido fino, desses que tem toda menina do mundo, e gargalhava ao mesmo tempo. Quase uma família normal. Quando Maria a alcançou, caíram as duas no chão, rolando, se abraçando e se beijando. Só queriam saber uma da outra.

— Quem é a princesa desta mãe? Quem? Quem?

Era como se soubessem.

Marta mal havia entrado para desaparecer com o dinheiro quando o estalado de palmas soou lá de fora. Pela fresta da janela, avistaram padre Abinadá, com sua cara de cururu tristonho.

— Não deixa ele me ver aqui — sussurrou Madalena, correndo para dentro para se esconder e arrastando Pilar com ela.

O padre entrou, com um papel na mão.

— A conta — disse ele, entregando o recibo amarelo da Casa de Tintas Galvão, com alguns garranchos que pareciam indicar um preço.

— O que é isso, seu padre? Doação?

— A porta da paróquia amanheceu pichada.

— E o que é que eu tenho com isso? — contestou Maria.

— Picharam a igreja: “Só Pilar salva”.

— Éguas! — gritou mãe Maria. — Pois tu veio à minha casa me acusar de ter rabiscado tua parede, é isso?

— A porta. A senhora ou algum dos seus.

— Eu tô é tu envergonhar essa batina assim, seu Padre. Tu mostre agora mesmo uma prova de que fui eu ou um dos meus, senão pode voltar pra tua paróquia xexelenta, porque aqui ninguém vai pagar nada, não.

— Se a senhora insiste, eu vou ter que trazer a polícia aqui. Eles mais o povo da igreja. Será que hoje é um dia bom? Ah, hoje é dia de forrobodó, não é mesmo? Que in-con-ve-ni-ên-cia... — disse ele, bem explicadinho. — Mando a conta pro fogo do inferno, então?

— Manda pro meio do teu fi-o-fó, padre qualira da gota torta! E traga a polícia pra tu ver. Já vai dizendo pra eles vir mais o governador, São Francisco de Assis e o Papa, se tu quiser, porque hoje é festa de Xangô, e eu é que não vou começar o dia patrocinando injustiça de ninguém!

— Essa é tua última palavra?

— Não. A última é tchau.

E chapuletou a porta na cara dele.

Maria voltou para dentro, arrumando os cabelos. Estavam tão atrasadas! A irmã abanava o carvão no ferro para passar a roupa da festa, Pilar debruçada como se aquilo fosse a coisa mais perigosa do mundo.

— Sai de perto, menina! — gritou a mãe. Depois olhou no fundo dos olhos da irmã, irritada. — Amanhã, falamos.

Marta respondeu com a cara mais abestalhada que tinha, que segurou até a irmã sair, batendo a porta. Então, fez sinal de silêncio para a sobrinha, levantou a ponta do pano que escondia as latas de tinta preta e deu uma piscadinha.

†

A festa começou na hora certa. Milagre. Mãe Maria se vestia com o vermelho e dourado de Xangô e carregava o machado de duas cabeças trazido de Teresina. Irmã Madalena veio com sua túnica branca e, por cima dela, um colar de contas vermelho e branco atravessando-lhe o peito na diagonal. Até Marta, que não era de se impressionar, admirou a valentia. Quem sabe ela estaria se convertendo da sua própria forma?

Pilar... Essa parecia um anjo. A mais linda entre todas as crianças. Corria com as outras ao redor do barracão, por um instante sendo apenas uma menina de oito anos. Maria apontou para Madalena, ordenando que a freira ficasse de olho na afilhada. De longe, a freira acompanhou a manada infantil até o fundo do terreno, onde ficava a casa em que dormiam, quando seu corpo começou a estremecer. Aos gritos, a criançada fugiu. Os pequenos do Codó conviviam bem com seus encantados, mas, na dúvida, quando uma freira recebia um, a prudência era correr. Apenas Pilar ficou e segurou a mão da madrinha para ajudar com o equilíbrio.

— Brrrrrrrrr! — exclamou a freira. — Bom te vê, minha fiia!

— Vovó?

A encantada montada em Madalena riu satisfeita.

— Esperta que nem a mãe! Vim aqui na festa do pai do fogo pra te visitá, mia fiia. Kaô kabiecile!

— Kaô kabiecile, vovoinha! — repetiu a menina, já sabida dos preceitos de sua raiz nagô.

— Tem coisa importante que eu queria dizer, mia fiia...

Nessa hora, avisada pela pequenada, mãe Maria apareceu.

— Mia fiia, mia fiia! — disse a encantada, dando um abraço e um beijo na zeladora da tenda. — Que bom te vê... Sabe o que eu tava lembrando? Aquela vez que eu fui a Teresina, depois a São Luís, e passei dias viajando pra encontrá a boneca que tu me pediu de Natal, lembra?

Maria assentiu com a cabeça, emocionada. Foi dessa viagem que a mãe trouxera o machado de Xangô que ela carregava na mão.

— Eu dizia aqui pra tua minina... vim avisar vocês. Avisar que lá na terra dos encantados eu e meu cumpadre Légua tamo invocado com uma história que ouvimo: que tem gente na minha casa pensando em abandoná o barco de Xangô, num sabe? Tu pensa aí e vê se encontra quem tá com esses pensamento ruim, que não vai dá certo, não. Xangô não gosta de arrumação pelas suas costa. Ele mesmo que mandou avisar, viu?

Mãe Maria fez que sim, cabreira. Mexia as mãos de nervoso, olhar fixo e desconfiado. Não sabia o que fazer nem o que dizer. Não disse nada, então. Não era a hora. Dona Ana subiu de volta sem avisar, deixando Irmã Madalena cambaleante nos ombros de Pilar.

— O que foi que ela disse? — perguntou.

— Nada, nada — respondeu Maria. — Pilar, vai mais tua madrinha pra dentro, ela carece de descanso. Depois vamos cuidar, que a festa já tá pra começar.

†

Marta entrou com o sino, abrindo as janelas e a porta para o povo entrar. No meio do salão, uma longa tábua de madeira com um traço de pó escuro ligava duas gamelas de barro. O povo suspirou de encanto com as paredes vermelhas e a franja de papel dourado cobrindo o teto. Fitas grossas, vermelhas, brancas e douradas, amarravam as cortinas em um grande laço de cada lado. A toalha de flores encarnadas aparando o altar, de onde os santos observavam a movimentação, sustentava a presença imponente da estátua de Santana, morada de Olomowewê. Logo à frente, como se a protegesse, a imagem dourada de um guerreiro negro e seu machado de duas cabeças, presente do ex-governador, se exibia valente. De fora, os convidados ficaram impressionados de tanto que bateram até palma.

Entraram primeiro os mais velhos, propriamente vestidos nas cores do festejado. Fizeram fila e arrodearam a instalação de gamelas e tábuas no meio da sala, sob a supervisão sisuda da jovem mãe Maria. De longe, Marta acenou para sua irmã, fez um sinal para que sorrisse. Fosse mais treinada na feitiçaria, a zeladora da casa tinha jogado-lhe um trovão na cabeça dali mesmo.

A fila terminou de dar a volta e formou uma ciranda completa. Sentaram-se todos num silêncio de mudo defunto. Depois que todas as cabeças tocaram o chão, entrou a pequena Pilar, levando o machado de Xangô. Ela cortou a roda com suas pernas curtas, cruzou o salão e entregou a arma à mãe.

— Hoje, tu vai acender o fogo comigo — sussurrou Maria no ouvido da filha.

Ela sacou uma caixa de fósforos do sutiã e acendeu um. Olharam as duas com respeito e, de mãos pegadas, deixaram a chama cair sobre a primeira gamela. Uma labareda enorme subiu quase até o teto, praticamente tocando os enfeites de papel dourado, e assentou em seguida. A multidão gritou, primeiro em espanto, depois em fascinação.

— Salve, Xangô!

Marta se aproximou, quase invisível, e entregou-lhes o longo pau de babaçu. Maria segurou-o por uma ponta e colocou a outra apoiada no chão, relando o lado da gamela em chamas. Baixaram e subiram a vara no ritmo do tambor, fazendo com que a panela de fogo sacolejasse cada vez mais. Junto com os atabaques, o movimento cresceu, a gamela girando sobre sua base até quase cair emborcada. De longe, os convidados reagiam como se assistissem a uma jogada mágica do Garrincha. A gamela dançou para um lado e outro e, numa dessas vezes, sem avisar, deixou o fogo triscar nas fileiras de pó negro. A linha preta se incendiou. Um rastro flamejante correu até a gamela do outro lado, e essa também acendeu.

— Kaô! — gritavam de fora da janela como se fosse gol.

Tambores e maracás se apressaram para o ritmo do terecô tradicional. Junto com eles, os passos batidos fortes, e o giro dos vestidos, que acrescentavam um barulho amassado, quase um chocalho extra, à batida marcada.

Do lado de dentro, o transe era geral. De fora, uma admiração só. Naquela época, a mistura de orixá com encantado só se via ali, na Tenda da Anunciação. Eles dançaram, eles cantaram. Foram acompanhados com palmas ou cantos por quem sabia e quem não sabia. Maria chamava com os braços, mandando que mais gente entrasse. Queria a tenda bem abarrotada. A fila única ao redor do fogo se engrossou. O ar foi pesando. Eles sentiam o rosto vibrar. Até que alguém gritou:

— Eita, exa!

Tambores, pés e goelas se calaram. Olomô havia chegado.

— E eu que vim aqui nesta noite exa pra vê si vosmicêis ia festejar direitcho, hein? Tão festejanu bonito? Tão brincanu gostoso?

Olomô perguntava olhando nos olhos de quem estivesse perto e deixava que os presentes respondessem bem de frente para seu rosto.

— Muito bom vê ocêis tudo aqui, livri, festejanu. Quando eu cheguei, a genti vimo amarrado qui nem bicho, enjaulado, cagado... Até chegá aqui i alguém olhá nossos dente, nossos braço, nossos peito... A gente quiria era guerra! Intaum eu fiz um trabalho pra Xangô, o rei do truvaum, exa. Fiz oferenda qui nem eu aprendi lááá na terra dondi eu me vim, que era pra eli mi libertá, num sabi, exa? Naquela noite, uma qui nem hoji, veio uma coisa do céu. Um raio im forma di pedra, exa. Di fogu! E caiu bem na porta da senxala, exa. Foi assim qui a genti fugiu i fez o quilombo di Santu Antôniu dus Pretu. Por isso qui todu anu eu mandu fazê festa pra Xangô. Por isso qui ocês tem tudo qui dançá até caí, exa! Intaum vamu brincá. Vamu festejá a liberdadi antix qui alguém venha tirá ela docêis! Essi fogo donde a gente naxe i onde a gente morri. Kaôôôô!

E, com uma erguida de mãos, subiu de volta.

— Salve! — comemoraram.

— Kaô!

O batuque voltou em intensidade máxima. E os giros acompanharam, cada um com seu transe, com seu encantado. Rodavam em torno de si mesmos e todos em torno da chama das gamelas.

Do bolso do avental, Maria sacava punhados de pólvora e jogava para que o fogo desse seus pinotes. O calor só fazia subir. O suor se misturava com os cheiros de fogo, de cerveja e de flor. Maria deixou que Pilar entrasse na roda com os crescidos. Criança não recebe encantado porque nessa idade ficam suspensas. Mas brincar, ainda mais na própria casa, podia. Ela se meteu no meio dos brincantes como quem tibunga num rio feito de gente, um rio redondo que dava volta e terminava nele mesmo. Maria os benzia com orgulho e satisfação. Foi quando um barulho de vidro quebrando deu entrada para um grito ingembrado, saído não se sabe de onde nem de quem:

— Fogo!

— Fogo de Xangô! Kaô!

O empurra-empurra já tinha começado. O povo gritava e se espremia, jogando quem estivesse no caminho para cima da fogueira central. Pilar se protegeu num canto, de onde viu uma garrafa quebrada derramando fogo pelo chão. Um cheiro danado de candeeiro. O gargalo da garrafa, ela nunca esqueceu, ainda estava lá inteiriço, com um pano enfiado, queimando feito uma vela. A fumaça negra subiu, e num instante não tinha mais como enxergar. As pessoas, tontas de tanto rodar, não sabiam a direção da porta – se empurravam no sentido contrário das labaredas que tomaram o altar, as cortinas... Mais um pouco, as bandeirinhas de papel que enfeitavam o teto inteiro eram chama também.

O inferno era ali. Gente caía e era pisada. Gente era jogada contra a parede, com tanta força que desmaiava no chão. Maria conseguiu fazer caminho até a porta. Do lado de fora, ajudou quem pôde a sair.

— Por aqui! — gritava. Ela olhou para trás à procura da filha. — Pilar? — Avistou Marta correr envergada, protegendo com as costas tanto a menina quanto João Batista. Estavam salvos, graças a Deus!

— Olomô! — gritou a mãe de santo tão logo viu a filha e a família. E entrou de volta no meio do fogo.

Marta tentou impedir, soltando só por um instante as crianças que protegia. Mas era tarde demais. Não alcançou a irmã. Tampouco conseguiu segurar a pequena Pilar, que correu atrás da mãe.

Maria protegeu o rosto com o braço. Sentiu a pele borbulhar, os olhos ardiam tanto que fechou um deles, para economizar, e seguiu caminho pelo meio do fogaréu até o altar principal. O olho lhe faltou, e ela abriu o outro. Com o machado de Xangô, derrubou a estátua do dono da festa no chão e arrancou das chamas a de Santana, poucos instantes antes de um pedaço do teto desabar sobre as que restaram. Suas mãos cozinhavam no barro quente. Mesmo assim, apertou a estátua contra o corpo e seguiu no rumo de onde a fumaça saía. O outro olho apagou. No escuro, sentiu o calor lhe lamber cada vez mais perto.

Pediu misericórdia a Xangô.

O ar queimava tanto que parecia que o peito ia derreter por dentro. A pele, o rosto, a cabeça, tudo ardia. De repente, lá de perto do chão, onde a fumaça e o calor não eram tão fortes, uma mão pequena lhe puxou o cotovelo. Ela conhecia aquele toque. Abaixo do fumacê, a tosse de Pilar indicava o caminho cada vez mais cabuloso. A santa! Tinha que proteger a santa. E tinha que sair dali com a filha. Um passo, outro, até um vento fresco chegar, aliviando por um instante a dor. Conseguiram!

Na frente de todos, a mãe de santo caiu.

Em horror, Marta, Irmã Madalena e as centenas de convidados correram para acudir. A jovem mãe de santo... Seu corpo queimado de uma ponta a outra. Não tinha cabelo. Sua pele papocava em bolhas que lhe revelavam a carne. Mas ainda agarrada à estátua da santa da família.

— Mamainhaaaa! — gritou Pilar em desespero.

Maria deu seu último respiro barulhento. E se foi.

9.
CODÓ CHOROU

Na tristeza da cidade, as versões foram tantas que fica até complicado escolher qual contar. A que teve mais cheiro de verdade foi também a mais difícil de ter fé. Vejam bem: estamos falando do Codó, terra encantada. Um canto do mundo que não poderia se despedir como outro qualquer.

Lá do alto, o carcará avistou as ruas se iluminando de sol. Era de manhã cedinho. As sombras longas, marcadas, serenas, encolhiam devagar. O vento morno soprava de tanto em tanto, mas não mexia mais do que uma copa de árvore. Não havia ninguém. Nem de pele nem de pelo, tampouco de pena. O carcará normalmente caçaria longe, mas o silêncio lhe intrigava, e o cheiro o atraía. Ele pousou no meio da avenida, perto da estação de trem, onde um peixe maior que a largura de suas asas estrebuchava, tripas para fora e tudo. Com o bico, rasgou uma lapa e comeu na hora. Depois, agarrou o que restava com as garras pontudas e se preparou para ir, dando aquela última olhada em volta antes de avoar. O chão estava todo coberto de peixes como o seu. Como se um rio inteiro tivesse chovido de tristeza. Seria um dia de caça fácil.

A catinga de morte empesteava a cidade. Na igreja, na prefeitura, na beira do rio... O único lugar que escapava da inhaca era o cemitério, que tinha de ser também a única freguesia onde tinha gente andando. De lá, a multidão que não estava em casa quando os peixes caíram do céu formava uma longa fila até a capela onde o corpo seria velado, tão logo a família chegasse.

A primeira a aparecer foi Irmã Madalena, que não era da família, mas era como se fosse. A freira doida que morava na macumba, diziam os fofoqueiros (também, com um nariz daqueles, só podia abilolar, mesmo). Essa nunca se preocupou com a tal conversa. Naquele dia, menos ainda. Passou direto pela fila e se dirigiu à cabeça do caixão, onde o padre aguardava para começar o serviço. Tal qual se estivesse tomada pelo espírito de um guerreiro, a irmã pisou firme até a sua frente, onde arrancou o véu e o jogou na cara de padre Abinadá.

— Assassino! Filho de uma quenga! Saia daqui antes que eu te mate! — O padre, assustado, fugiu tão rápido que deixou até a Bíblia, o terço e o chapéu para trás.

— A louca! A louca! — gritava ele, sem que ninguém observasse.

— Freira pode se demitir, meu pai? — perguntou o mocinho na frente da fila.

— Shhh, moleque. Não é da sua conta — respondeu o homem.

Ela se recompôs. Arrumou os cabelos, ajeitou a roupa, mas deixou o véu branco e engomado largado no chão. De propósito. Ali aguardou, com o livro sagrado na mão, até que Marta chegou, junto com a sobrinha e o filho.

Era de cortar o coração. Criança nenhuma devia enterrar a mãe, nem mesmo uma nascida com a força dos anjos. Pilar chorou sem parar, da hora que entrou na capela até a noite. Não desgrudou da tia nem para urinar. Nem sequer largou da sua mão. A pequena, como a tia, vestia tudo preto como mandava a tradição, a não ser pelos curativos de gaze que cobriam partes do braço e das pernas. Sentaram-se defronte ao caixão fechado de Maria e ali ficaram até a hora do enterro.

Um a um, os pêsames foram deixados. Os abraços dados, as palavras largadas. A menina, alheia a tudo, perdida em soluços e no pranto mais doído de que já se teve notícia. Vez ou outra, olhava para os passantes como se fossem feitos de ar. Na direção deles, só que além.

A primeira vez que reagiu foi quando apareceram, juntos, os três grandes do terecô, dona Bibinha, seu Bó e Pedrinho, que muita gente achava que tinham sido responsáveis pela tragédia. Marta se levantou por respeito e estendeu a mão para a sobrinha, mas Pilar bufou, furiosa, mirando o trio que tão pouco tempo atrás tinha deixado sua mãe chateada.

— As criança... — desculpou-se Marta.

— Deixa ela — disse dona Bibinha, solidária.

Não faltaram repórteres, políticos e comerciantes loucos para se aproveitar da situação. Esses, sim, eram recebidos com o destempero de Marta. Ninguém ia fazer bonito com defunto de sua irmã. Quem recebeu a reação mais assombrosa, no entanto, foi Ribamar. Com ele, Marta não gritou, não esperneou, apenas sussurrou baixinho:

— Covarde.

O cabra, grande de tudo, mas frouxo como uma galinha, não respondeu. Engoliu o insulto como se merecesse. Olhou a menina de cima, mas ela, acompanhando o movimento da tia, embora sem saber por que, virou de costas sem dizer nada.

Inconveniências como essa, há de se convir, foram até poucas para o que poderia ter sido. Na sua maioria, os abraços eram padecidos e sinceros. Alguns levavam presentes e ofertas para a família que tinha perdido tudo e mais um monte.

— O calvário da santinha veio na meninice — diziam os devotos da pequena órfã, em seu prazer devoto e infeliz.

Horas adentro, Irmã Madalena tomou o lugar que lhe restava. Na frente do caixão, abriu o livro sagrado e escolheu um trecho de Miqueias. Encheu o peito de ar, limpou a goela para causar silêncio e apontou para a direção em que o padre tinha fugido. Com a fúria de quem declamava uma maldição, leu a quem ficou para ouvir:

"Presta atenção, ó terra, e tudo o que nela há; e seja testemunha contra vós o Senhor Deus, o Senhor desde o seu santo templo. Porque eis que o Senhor está a sair do seu lugar, e descerá, e andará sobre as alturas da terra. Os montes debaixo dele se derreterão, e os vales se fenderão, como a cera diante do fogo, como as águas que se precipitam por um declive. Sucede tudo isso por causa da transgressão de

Jacó e por causa dos pecados da casa de Israel. Todas as suas imagens esculpidas serão despedaçadas, todos os seus salários serão queimados pelo fogo, e de todos os seus ídolos farei uma assolação; porque pelo salário de prostituta os ajuntou, e em salário de prostituta se tornarão. Por isso lamentarei e uivarei, andarei despojado e nu farei lamentação como de chacais, e pranto como de avestruzes. Pois as suas feridas são incuráveis, e o mal chegou e estendeu-se até a porta do povo."

†

Dormiram num quarto de pensão que Irmã Madalena arrumou. A noite toda, acudiram os pesadelos que acordavam a pequena aos gritos. Depois, a esperavam dormir de canseira, de tanto chorar. Uma noite do sofrimento mais profundo que se pode conceber.

Na manhã seguinte, e a partir de então, a menina não chorou mais. Mas também, por vários dias, não sorriu. Diz-se que foi ali que ela começou a mudar.

†

— Tem que comer, minha filha — suplicou Madalena.

Pilar não colocava nada na boca fazia quatro dias. Perdera até o peso que não tinha. A madrinha e a tia começavam a se preocupar. Foi quando, como por uma bênção, um circo chegou à cidade. Porque circo, como se sabe, resolve qualquer problema.

Foi a música que lhe chamou a atenção e a atraiu até a janela. Do quarto da pensão, Pilar viu uns cabras lesados de nariz vermelho e uns esquisitos de perna comprida. Eles se esbarravam, tombavam, arrumavam as calças afolozadas que não paravam de cair e seguiam o rumo. Nunca tinha visto um palhaço, e achou graça desde ali. Conheceu também uma dona que dava uns pinotes como macaco. Um homem velho de capacete passou com uma roupa tão pregada que a menina enxergou até o que não devia. Outro, de chapéu preto que eles chamavam cartola, igual ao doce de banana com queijo de coalho, tinha um chicote que estalava no ar. Entre todos eles, sem fantasia nenhuma, passou também um menino simpático e seboso, de pernas tortas e sorriso banguela. Seu nome era Garrincha, ela ficaria sabendo depois. Um bom nome para um zambeta, aliás.

Foi a primeira vez que Pilar mostrou os dentes desde o incêndio. Um sorriso passageiro, mas genuíno. Tanto que, no sábado de manhã, a tia e a madrinha fizeram questão de levá-la para assistir ao tal do maior espetáculo da Terra.

Pilar sentou-se na primeira fileira e, quando a luz se apagou e o holofote brilhou sobre o apresentador, ela virou criança outra vez.

Os macacos de bicicleta, a foca equilibrista, o mágico, o mágico... e que mágico! Ele trouxe um passarinho de volta à vida e depois fez sumir uma moeda bem diante de seu nariz, e adivinha o quê? Fez com que essa moeda e mais outra que tinha sumido na mágica da véspera caíssem de dentro do nariz da menina. E ninguém acreditou no que viu, só gritaram feito um bando de doidos! Ela aplaudia sem nem respirar.

Veio a bailarina, que dançava feito uma princesa de novela. E os trapezistas, que saltavam lá de cima, davam quatro piruletas e se agarravam um no outro, como se tivessem nascido gente por engano. Aquilo devia ser bicho. Por falar em bicho, tinha o domador, estalando seu chicote preto na direção de umas onças grandes que eles chamavam de tigre!

Ao final do espetáculo, Pilar foi a última a sair. E só deixou o picadeiro porque o anunciador pediu, para mode eles poderem limpar. O mágico, que tinha até aprendido seu nome, acariciava um passarinho morto na mão. Ele chegou bem perto e a chamou, com seu sotaque engraçado:

— Entonces Pilarsita no fue embora ainda? Entonces benha ber una márrica secreta. Tá bendo este passarito? Morriô antes de la huera de morrer. — À menção da morte, Irmã Madalena agarrou o braço de Marta. Estavam longe demais para intervir sem chamar ainda mais atenção. Talvez a pequena não ligasse uma coisa à outra. O mágico continuou: — Mas jo sê una márrica antiquíisima... que jo aprendi lá en Errito, de donde bieron mis abuelos. — Ele aproximou o rosto e pediu que ela cantasse junto:

Anhuma mandó llamar
Grilinho que quiero ber
Racú quier trabaiár
Grilinho quier renascer...

E, de repente, o pássaro saltou na sua mão! Bateu asas uma, duas, três vezes, mas não conseguiu voar.

— Crejo que el carece de más fuerza. Tu vas a tener que cantar comigo... Bamos?

Anhuma mandó llamar
Grilinho que quiero ber
Racú quier trabaiár
Grilinho quier renascer...

O passarinho tornou a tentar. E nada de dar certo.

— Creo que no bai dar, no? Mas nosotros tentamos. — O mágico colocou de volta seu chapéu com nome de sobremesa, deu um beijo no dedo e colou-o na testa de Pilar. Levantou e foi embora.

Pilar o acompanhou com os olhos. Depois, virou-se para a tia e a madrinha, sem precisar pedir. Elas apenas acenaram, e a pequena deu uma carreira só e puxou o rabo da casaca do estrangeiro.

— Moço? Seu mágico? — Ele olhou para trás com cara de quem não via ninguém. Ela gargalhou e puxou outra vez. Mais uma vez, ele fez não ver nada. Ela insistiu, gritando: — Aqui embaixôôô!

— Oh! Jo pensê quie era un espírito!

— Seu mágico, a gente pode tentar mais uma vez?

— Claro, princessa. Si quieres mucho, nosotros sentamos aqui y tentamos asta funcionar.

Ela já até sabia o encanto de cor. Declamou com ele do início até o fim e depois passou a mão no bichinho. Os dois sopraram, juntos dessa vez... e o passarinho saiu voando na maior alegria.

— Funcionou! Funcionou! — gritava a pequena Pilar, impressionada com a própria magia.

†

No domingo, as três estavam de volta, e de novo na quarta, na quinta. E na sexta mais uma vez. Naquela semana e na seguinte também. Pilar já sabia as falas, já cantava os sustos, já entendia os truques. E continuava amando cada segundo. Tanto que, quando o dono do circo, que começava a se afeiçoar pela menina, anunciou no palco que aquela era a última semana na região, ela chorou tudo o que não tinha chorado nos dias anteriores. Parecia que a mãe morria de novo.

— Fique assim não, pequena. A madrinha tá aqui! — dizia Irmã Madalena, que continuava a usar o hábito sem o véu, numa atitude de protesto.

Enquanto Madalena acalmava a afilhada, a tia corria até os camarins.

— Pelo amor de Deus, meu senhor, minha menina, digo, minha sobrinha acabô de perdê a mãe, e a única alegria dela nessa vida é esse circo, ocês não pode ir embora!

O sujeito, que tinha um cabelo empapado e um hálito de carniça, olhou a mãe de santo peituda na sua frente e retrucou:

— Esse teu turbante... És cigana, é?

— Mãe de santo. Daqui do terecô.

Vendo que ele não entendia, ela tentou explicar:

— Terecô, verequete, brinquedo de Barba Soeira...

Nada.

— Tamo indo pra Brasília — disse ele. — Não dá pra esperar. Desculpa.

Marta entrou em choque. Tinha esquecido o pedido, quer dizer, a ordem da irmã de que fossem para a nova capital. Depois que o fogo queimou todas as economias da família, isso tinha saído de sua cabeça. Quem sabe aquilo tudo não era um sinal? Um chamado?

— Valei-me, minha Santa Bárbara, me faz enxergar o que isso quer dizer! — murmurou para si mesma.

— Se tua menina gosta tanto de circo, por que tu não vem com a gente?

— Não... não... Nós somos daqui do Codó, mesmo. Nossa terra... Além disso...

— Hum?

— Além disso, tem mais o meu menino, João Batista.

— Ele não gosta de circo, é? Nunca vi tu aqui com ninguém além da pequena.

— Se interessou não — respondeu Marta.

— Pois traga que ele vai gostar. Vocês podem viajar com a gente de graça. Só precisa que tu tome o trabalho de cartomante, macumbeira, o que quer que for, porque, quando passamos por Maranguape, a que eu tinha fugiu com a mulher barbada, que era um cabra, na verdade. Enfim, se tu quiser, pode vir. Tu e a família.

†

Foi uma discussão. Pilar queria ir. João, não. Marta estava tentada. Irmã Madalena fugia como podia. Ao final, a freira saiu pela porta, batendo-a com a força de quem não só havia perdido a discussão, como nunca mais iria voltar. Pilar esperneou como se a madrinha estivesse morrendo e teve que dormir agarrada com a tia para poder se acalmar. Na manhã seguinte, no entanto, a despeito de tanto drama, estavam as três, mais João Batista, prontas e cheirosas na boca da estação de trem. Pilar correu e agarrou os joelhos da madrinha, olhinhos fechados para não perder mais o momento. Até que chegou o trem do Circo Arrelia.

E assim, sem cerimônia e com umas duas mudas de roupa cada uma, disseram adeus ao Codó, terra da magia e da encanteria, para nunca mais voltar.

10. MÁRRICA

O verão que sucedeu deixou marcas que Pilar só entendeu com bem mais idade. Não fosse o comboio do circo, com suas celebridades tronchas e esparrelas brilhosas, não teria a chance de aprender como gente funciona quando as pelamos do que se vê: paixões, inseguranças, confortos e medos que fazem da vida uma enganação.

Até um pouco de língua estrangeira ela aprendeu, um espanhol meio escangalhado, diga-se lá, mas ainda assim mais do que ela saberia sem aqueles dias.

— I assi, todo el mundo bai a acreditar en tu — disse o mágico enquanto amarrava o fio transparente no pulso amarronzado de Pilar.

Dom Leandro era seu nome de palco, mas, ali nos bastidores andantes da maria-fumaça, ele era apenas Josenildo mesmo. Sem capa nem cartola, tinha decidido ensinar uns truques à menina, que parecia tão interessada; e o sotaque impostor, esse ele não largava nunca.

— Márrica no é poder, al menos no poder de los cielos. Es un poder qui tu dessarolha. Por erremplo, o Sanrraia, aquelhe indiano barbudo e fraquito, consegue ficar hasta un miês sin comer...

— Minha tia fica também, quando o encantado manda — interrompeu Pilar.

— Jo creo que tu tia saiba hacer esso tambien, pequenha, pero sinto mucho estragar tu fantasia, mas no ecxiste esso de encantado, no.

A menina abuticou tanto os olhos que Josenildo achou que eles iam cair. Ela nunca tinha conhecido alguém que não acreditava em encantado! Só não pensou mais nisso porque o mágico tinha uma ideia muito melhor do que discutir o assunto.

Pular de vagão em vagão era uma das aventuras prediletas das crianças que viajavam com o circo. O vento entrando de lado, o salto com o chão correndo debaixo. Dava até um friozinho nas tripas.

— A gente pode ir? Só nós dois? Sem o João e aquele chato do Garrincha? — perguntou, orgulhosa, como se estivesse o vingada.

Seu companheiro de traquinagem levou o indicador à boca e pediu silêncio.

— Nosotros márricos temos nuestros segredos, combinado?

Ela repetiu o gesto. Era um pacto.

O vagão onde viajava a maior parte da trupe tinha muitos problemas. Balançava, enjoava, e as fagulhas da chaminé voavam que nem mosquitos com tanta fome que deixavam buracos nas roupas de todo mundo, especialmente quem tentava ficar perto da janela para olhar a paisagem e sentir o cheiro do cerrado: uma mistura de terra vermelha com buriti, bacaba e murici que os seguiu a viagem inteira. E tinha alguns bancos para sentar-se, o que ajudava também. Já aquele em que viajava Sanjaia, ou Babá, como era chamado o indiano no circo, era cheio de palha, tinha cheiro de cavalo (dois moravam com ele) e nenhuma janela nem banco. Não que isso incomodasse Babá. Quando Josenildo e Pilar chegaram, por exemplo, ele estava de cabeça para baixo, apoiado na cabeça e nos cotovelos, com os pés para cima. O pequeno queixo de Pilar quase caiu no chão.

— Modequê esse moço dorme assim?

— Salbe, Babá — anunciou o mágico, com seu sotaque impostor.

— Josenildo, meu amigo. A que devo a visita nestes cantos humildes?

Pilar voltou-se para o mágico ainda mais assustada. Como ele sabia?

— Jo queria amostrar una cossa para esta niña... Quiero decir, queria que ustê amostrasse.

Sanjaia abriu os olhos e encontrou Pilar com mãos e testa no chão – como se fosse virar bunda-canastra, do jeito que se dizia –, tentando em vão copiar a posição do guru. Enternecido, Sanjaia desceu as pernas e voltou-se para o mágico.

— Diga.

— Pilarzita, tu sabes que miestre Sanrraia sabe morrir?

— Minha mãe morreu — disse a menina. — Ela não soube foi viver de volta.

— No, no, no... Babá consigue ir y bolber. No consigue, Babá?

O indiano não pareceu feliz com a história. Aquilo era seu trabalho, não uma brincadeira. Não havia mais como voltar atrás e deixar a criança com a cabeça girando, porém. Conformado, ele se deitou no chão.

— Coloca o ouvido no meu peito.

Pilar chegou perto e obedeceu. Pressionou a orelha contra o peito ossudo de Sanjaia. Ele cheirava diferente. E sua pele estava melada de um suor grosso. Sentiu o coração do homem bater. Tum-tum, tum-tum, tum-tum, tum-tum...

— Ahora espere un poco, qui con um passe de márrica...

— Sem espetáculo, Josenildo — cortou o indiano.

— Perdon. Ahora elhe bai acer o que jo disse que elhe acía. Plesta atención.

Como se atendendo ao pedido do mágico, o coração do homem deu a bater diferente. Irregular, devagar. E parou. Pilar levantou correndo, desta vez com medo. Ele, então, abriu os olhos, numa gargalhada só.

Pilar emburrou. Não sabia como o cabra tinha feito aquilo, mas entendia quando mangavam dela.

— Calma, mocita. Lembra-te que jo dirro qui poderes son cosas qui si aprende? Babá Sanrraia aprendió de su padre a hacer el coraçón bater ton debagar qui tu casi no percibes.

Pilar fechou o rosto com força e prendeu a respiração até ficar vermelha, depois abriu de novo e colocou a mão sobre o próprio peito. Não, não era fácil assim.

— Baba Sanrraia praticó por muchos años esso, pequenha. No és solo resolber hacer y listo.

— Mas ele não morreu de verdade?

— Não, menina boba — disse o indiano. — Só fiz bater tão fraco e espaçado que tu não notou. Depois voltei.

— E se tu dorme e esquece de voltar? — perguntou ela.

— Aí eu morria.

De repente, Pilar entristeceu de novo. O mágico, que sabia de sua história, agradeceu a explicação do faquir e a levou de volta para o vagão de passageiros.

— Queria te amostrar el que Babá hace pra que entendias que todo que las personas lhamam de márrica és solo una question di aprender a hacer un truque tan bien hecho qui nadie mas bá percibir. Como por erremplo...

Ele tirou uma moeda de trás da orelha da menina.

— Todo mundo sabe que tu faz dinheiro — desdenhou.

A aulinha ia demorar mais um bocado.

†

Levou só dois dias para João Batista e Garrincha não se largarem mais. Para o filho de Marta, um amigo homem da mesma idade era uma bênção. Não ter que cuidar da prima o tempo todo, porque sempre tinha alguém do circo disposto a tomar conta dela, era um prêmio. Enfim, pôde ser menino.

João fazia tudo com o novo companheiro de arteirices. Pregados pelo baço. Chegou a confessar até que, se a prima não existisse, ele entraria para o circo a fim de fazer dupla com Garrincha. Só não ficava perto do amigo quando o moleque ia com o pai. O cabra, que trabalhava de cigano, criava o garoto sozinho e, às vezes, bebia demais. Segundo o menino de pernas tortas, que ganhou o apelido em homenagem ao jogador do Botafogo, não mexia o dedo mindinho de sua mão esquerda porque o pai um dia fechou a porta nele. E o pequeno tinha medo de água porque o pai uma vez o jogou no rio quando ele se recusou a banhar. Salvou-se por pouco e nunca mais quis entrar em água, grande ou pequena.

— Se cair numa poça, morro! — disse Garrincha, exagerado.

Quanto às pernas tortas, garantiu que não tinha nada a ver com o pai. Sempre fora assim, mas não era bom de futebol. Então, de serventia, só o apelido. O nome mesmo era Genivaldo, mas ele fez João prometer que nunca contaria para ninguém.

†

A viagem até Brasília durou duas semanas, com pausas para se apresentarem aqui e ali e juntar um dinheirinho pelo caminho. Viajavam umas quatro horas por dia, sempre enquanto estava claro, e paravam por dois dias. Numa dessas paradas, encontraram Pilar com um passarinho na mão. Um grilinho. Ele pousava paciente no dedo da menina, que não se mexia, que nem estátua. Vendo a oportunidade, os dois a arrudiaram por trás, contaram até três com os dedos e gritaram o mais alto que puderam.

O pobre do pássaro se assustou tanto que voou meio troncho e caiu no colo de Pilar. Os dois riram a ponto de Garrincha achar que tinha urinado nas calças. Aporrinhada, Pilar pegou o passarinho e foi para o lugar onde as mulheres se arrumavam. Não tinha tempo para essas fuleiragens de menino.

— Que passarinho é esse, Pilar? — perguntou a tia.

— Dom Leandro que me deu. Estou aprendendo a controlar ele.

A tia fingia observar enquanto arrumava a maquiagem. Sua tenda no circo era uma das mais concorridas. Se estivesse bonita, só precisava dizer umas coisas boas e o dinheiro chovia. Ao menos era assim que ela descrevia quando queria ser deixada em paz.

— O que ele tem de mais? O bichinho, digo.

— É uma mágica que ninguém sabe, tia. Olha só, você nem está vendo esse cordão amarrado na perna dele, né?

A tia fingiu que não.

— Então, quando ele tenta avoar, ele se empurra com as perninha pra cima. Se, quando ele empurra, eu desço minha mão para baixo, ele não consegue dar impulso e num avoa! Vê aqui.

Pilar tentou uma vez. O pássaro voou e mais uma vez ficou preso pela perna antes que conseguisse fugir. Outra vez, e de novo, o bicho terminou pendurado. Marta voltou-se novamente para a maquiagem.

— Vai brincá com os menino, vai.

— O Garrincha é ruim demais comigo, tia.

— Então, manda o João dar-lhe uns cocorotes que ele para.

Pilar não tentou responder. O espetáculo estava para começar, e ela foi ver o povo chegar. Alguns artistas, ela aprendeu, se apresentavam ali na entrada mesmo, para atrair o público.

Um homem de lenço, cheio de medalhinha na cabeça e uma camisa curta e sem manga, falava com um casal impressionado. O pai de Garrincha. E se fosse até ele e reclamasse das maldades do filho? Pilar estava pronta para interromper a conversa quando o casal explodiu em tabefes e gritos.

— Teu filho duma quenga! Eu vô te matá!

Uns tabefes depois, o casal foi embora, cada um para um lado, numa tristeza só. Imediatamente, prontas para a fofoca, outras duas mulheres se chegaram.

— Aquele safado boutou chifre nela, foi?

O adivinho confirmou, com o desgosto de quem carrega um fardo.

— Pois tu pode vê se meu namorado me trai também? — disse uma.

— E o meu? — disse a outra.

O homem olhou nos olhos de cada uma, dentro da boca, das orelhas, cada detalhe das palmas das mãos.

— O teu sim, o teu não.

Uma saiu chorando no colo da outra, mas antes deixaram um dinheiro nas mãos do cigano, que piscou para Pilar a fim de celebrar a vitória.

— Como tu sabe? — perguntou a pequena.

— Mágica!

— Dom Leandro disse que existe mágica não. E olha que ele é mágico de verdade.

Ele envergou o corpo na direção da pixota e confessou, baixinho:

— Não conta pra ninguém: o primeiro eu vi se engraçando com umas raparigas antes de a namorada chegar. Os outros dois eu inventei. — E gargalhou com tanto gosto que a menina até o acompanhou.

Por um instante, ela se imaginou chegando em casa para contar à mãe cada um daqueles truques novos... Mas não havia mais mãe. Nem casa.

— E essa mocinha? O que tu sabe fazer? — perguntou uma espectadora que passava. Uma dona gorda, com um saco de pipoca maior que a cabeça de Pilar.

A menina, sem graça, levantou a mão com o passarinho.

— Ele tá machucado — disse a pequena, manhosa. — Mas eu vou fazer ele desmachucá, qué vê?

Pilar acariciou o bichinho, o colocou no dedo e disse:

— Avoa!

O pássaro tentou voar. Bateu as asas com força, mas não saiu do lugar. O cigano estendeu os beiços, impressionado. Mais duas vezes o pássaro tentou, e nada. Satisfeita, ela olhou para o homem, que mais uma vez lhe piscou.

— Tu pode soprar ele pra mim? Acho que o meu num tá adiantando, não... — pediu ela à dona gorda.

Enquanto a mulher atendia ao pedido, sem que ninguém visse, Pilar desfez o laço que prendia a perna do pássaro. Quando o colocou de volta no dedo, falou:

— Acho que dessa vez vai dar certo. Avoa, amiguinho!

O grilinho se foi.

— Oxente! — gritou a dona das pipocas.

Duas meninas que assistiam das costas de Pilar tiraram umas cédulas da carteira e entregaram de prêmio para a pequena mágica. A gorda deu mais ainda. Dinheiro mais umas duas mariolas que tinha na bolsa.

Pilar perdeu o passarinho, mas tinha valido a pena. Não gostava de mariola tanto assim e nunca havia tido tanto dinheiro na mão.

†

A quentura era tão forte que a única coisa que mãe Batuque queria era uma cerveja. Ela sentou-se sozinha e pediu uma Antarctica bem gelada, ainda se rindo do nome ridículo que lhe tinham inventado.

— Mãe Batuque é? — perguntou Irmã Madalena, que entrou chamando o garçom.

Marta acenou um "tá vendo só" encabulado e apontou a cadeira para que a amiga se aboletasse bem ali. Cerveja era melhor com companhia.

— Dois copos — pediu a mãe de santo.

— Nã-nã-não! Um Jesus com rapariga pra mim! — corrigiu a freira.

O garçom olhou, confuso.

— Uma Cola-Guaraná Jesus e uma tiquira, não conhece? — insistiu a freira.

Ele continuava com cara de lesado.

— Tiquira, homi!

— Eu sei o que é tiquira, dona Irmã. A gente num tem, não. Mas esse Jesus aí que a senhora pede é vinho, é?

— Cola-Guaraná Jesus, pequeno, aquele cor-de-rosa...

Eles estavam a muitas léguas do Maranhão. Ela teria que improvisar.

— Um guaraná e uma branquinha, então.

As bebidas foram servidas juntas. E enquanto a mãe de santo, vestida toda a caráter, tomava uma bicada da sua, a freira igualmente paramentada virava a cachaça numa talagada só e enchia o copo de volta com o refrigerante.

— Num sabia que tu bebia... Dia ruim? — perguntou Marta.

— Tu não sabes tanta coisa, amiga... — provocou a irmã. E de cara pediu mais uma dose. Dupla, dessa vez. — Eles não tiveram coragem de cobrar a viagem de uma freira, então me pediram um favor.

— Que favor?

— Que eu deixasse a trupe inteira se confessar. Meio que pra começar a vida nova em paz com Jesus, eles disseram.

Madalena virou sua cachaça, tomou o mesmo copo com guaraná e pediu mais uma, novamente. A essa altura, Marta já aguardava para testemunhar o descarrilho. Não que estivesse sóbria, mas ao menos sabia o caminho de casa.

— Ouvi tanta coisa que não dá pra acreditar! Tu sabias que o domador tem um caso com o cabra do canhão e com a mulher dele ao mesmo tempo, mas nenhum dos dois sabe?

As duas riram as risadas mais bêbadas que conseguiram, empurrando o papo adiante.

— E que o faquir é magro assim mode manguaça?

— Jura?

— Não, essa eu tô mangando! Mas, se o cabra tivesse aparecido pra confessar, eu arrancava isso dele também!

— E não é proibido vocês contá o que ouviram em confissão?

— Quem ouve confissão é padre, mulher. A gente não tem esse trabalho, não. Se eles vieram contar é porque estavam culpados ou queriam tirar vantagem mesmo... Sabia que o homem que lava os elefantes tem uma tromba que vai até o joelho e que a mulherada véia paga ele pra ver?

— Menina... Chega fiquei inédita! E quanto é?

Marta se abriu numa gargalhada que teve que bater na mesa para aliviar. O que um pouco de álcool e ares novos não faziam por uma ou duas pessoas. Aí chegou Pilar, com um bico quase maior que o nariz da madrinha. O joelho dela sangrava, estava toda suja. João Batista, logo atrás, não tirava o olhar do chão. Morto de medo, mas não arredou o pé.

— O que esse desgramado fez, minha flor de babaçu? — perguntou a tia.

— João não fez nada. Foi o Garrincha, tia, que me fez subir num tronco e fechar os olhos, e aí ele me derrubou!

— Bichinha... — disse a madrinha, passando a mão pesada de cachaça na cabeça da afilhada.

Marta interrompeu:

— Como assim, João não fez nada? Esse galalau todo aí e não levantou um dedo pra te defender? — reclamou. — Olha aqui, mocinho, da próxima vez que eu souber que tu não defendeu tua prima, vai ter que se ver é comigo, entendido?

— Mas, mainha, ele é meu amigo. Comé que eu ia batê nele?

— Amigo, é? Se ouço isso de novo, te pego pela orelha, levo até a porta da casa do teu amigo, arrio tuas calça e lá mesmo te dou uma coça tão bem dada que vai te sangrar o couro. Se ele é tão amigo assim, vai te defendê. Vamo vê?

A freira também tinha opinião. Olhou Pilar bem no caroço dos olhos, levantou o punho fechado e soltou:

— Menino véi amarelo! Da próxima vez, dá-lhe uns bogue que ele vai ver. Cabra frouxo não espera que mulher revide, não.

Pilar acenou em acordo e mostrou os punhos também. Uma hora depois, aquele pingo de gente tentava, sem muito sucesso, ajudar a tia e a madrinha a caminharem com os próprios pés. Em sua cabeça arretada, desenhou o plano perfeito. Não ia se meter a dar murro, porque isso era ideia de bêbada. Mas sabia direitinho o que fazer.

†

O Arrelia se desfez quando chegaram ao Planalto Central. Uns seguiram em direção a Goiás, outros largaram essa vida para criar raiz. Sem drama. Até Pilar, que amou cada segundo da jornada, sentiu o aconchego da vida quando foi apresentada à nova morada – uma casa simples, mas toda novinha e, melhor ainda, sem rodas, sem cheiro de bicho.

Sem a correria da estrada nem os fantasmas do passado, estavam livres para começar de novo – pelo menos foi assim que explicou sua tia quando lhe apresentou a cidade onde iriam morar.

11.
UMA CIDADE LIVRE

Seu Genésio, o cigano pai de Garrincha, largou a bandeja no chão e deu um grito de légua e meia quando entrou no quarto e encontrou o filho jogado no chão, todo lavado de sangue. Assustado, o moleque levantou gritando junto, ainda mais depois que se viu coberto de vermelho. Demorou um tanto até o pai entender que a sangueira vinha do nariz. Aí, ele caiu de joelhos e abraçou o menino, se tremendo todo.

— Me disseram que aqui o nariz sangra de noite, mas eu esqueci! E tu tava largado no chão... — explicou o pai.

— Eu tava cum calô, meu pai. O chão era mais fresco!

— Arre! Vai se lavá, então, que teus amigo estão aí fora te esperano — disse o cigano, ainda tonto de susto.

— Quem?

— João Batista e a irmã.

— Ah! Que saco! Essa menina é confiada demais. Depois vai chorar e atrapalhar tudo. Eu odeio ela.

— Ódio é uma coisa feia, meu fii. Não pensa assim de ninguém, não.

— Tu já disse que odiava minha mãe e que me...

— Quando eu bebo, eu falo fulerage...

Num instinto, João acariciou de leve uma marca roxa e amarela que teimava em não sair do braço.

— Vou me lavar então, pai. Bença.

†

O ar era seco, parado e poeirento. Mas era o ar de uma vida nova no celebrado Planalto Central. Pilar, no entanto, era só perguntas. Se ainda estava tudo cheio de construção, por que não esperaram para se mudar quando estivesse pronto de verdade? E se elas iam morar num lugar chamado Cidade Livre, por que não falar assim em vez de dizer que iam morar em Brasília?

Pelas ruas do bairro, porém, o que se via eram menos dúvidas e mais entusiasmo. Todos os dias, alguém novo chegava, alguém velho ficava rico e ia embora, alguém esperto se fazia na vida. Tudo era uma grande construção e pagava-se bem, ao menos era o que diziam os sorrisos estampados de ouro. Na noite anterior mesmo, falavam disso:

— Liberdade é dinheiro, fiia — explicou Marta.

— Não ouve tua tia gagá, não. Liberdade é Deus — argumentou a freira, completando com um abraço para que ela não esquecesse mais.

Por um motivo ou por outro, fortuna ou fé, todo mundo ali parecia feliz. E livre. De fato, não havia desempregados naquele imenso canteiro de obras. Candangos ou forasteiros, quem ia para trabalhar, se tivesse saúde e vontade, ficava até rico. Às vezes conseguiam até mudar para o Plano Piloto, que era onde moravam os políticos, os funcionários públicos e quem não trabalhava na construção. Era isso ou colocar dente de ouro pra mostrar que enricou – pelo menos era assim aos olhos de Pilar.

— Eu não gosto de dente de ouro, madrinha — confessou ela um dia.

A freira a abraçou com carinho, achando um pouco de graça.

— Não te preocupa, não, minha filha. Ninguém vai mandar tu usares isso, não.

Ela não se preocupava mesmo. Nem ela nem a tia, tampouco a madrinha. No meio de tanto forasteiro bem empregado, todo mundo se cuidava e se ajudava. Não tinha malandro, vagabundo nem bandido. Era tudo uma camaradagem só. Assim, sair de bicicleta por aí era um programa que a molecada podia fazer sem restrição. Naquela manhã, por exemplo, eles saíram antes mesmo de o sol nascer.

†

O chato disso tudo era ter que conviver com Garrincha. Todo dia, ele arrumava uma encrenca. Se não batia em João (e em Pilar, se ela inventasse de querer ajudar), mangava de um dos dois ou inventava história. Uma vez, roubou do jornaleiro uma revista de mulher pelada e colocou na mochila de João, só para avisar o dono da banca que o amigo queria levar sem pagar. João ficou de castigo uma semana por causa daquilo, e Garrincha quase se arrependeu, não por culpa de verdade, mas porque ficou sem ter com quem brincar enquanto João Batista não podia sair de casa. Aí ele se desculpava, fazia uma piada e era aceito de volta. E assim João insistia em continuar a levar o carrapato de perna torta para todo canto. Como João era obrigado a andar com Pilar para cima e para baixo ("Ela é nossa joia, e tu veio ao mundo só pra proteger ela", dizia Marta toda vez que eles saíam), e ela também só podia sair com a escolta do primo, os três acabavam sempre encangados mesmo. Ainda mais que Garrincha e seu pai acabaram se mudando para três casas abaixo de onde moravam as meninas codozeiras, como os vizinhos chamavam.

†

Irmã Madalena deixou o hábito lhe descer pela cabeça, pelos ombros, pela cintura... e parar, agarrado nas ancas. Fosse mais vaidosa, teria entrado em pânico. Ela apenas puxou a barra para baixo e deu mais uma olhada no espelho para ver se não tinha ficado justo demais.

Talvez.

†

Genésio acendeu o cigarro e deu partida na caminhonete comprada com as economias do último ano. Carregar tijolo não era tão fácil quanto engambelar as pessoas, mas ao menos era uma forma mais digna de criar raízes e dar ao filho uma educação. Essa era a segunda chance dos dois. Genésio se lembrou do porta-luvas. Estendeu o corpo, o braço e a mão para chegar ao outro lado do carro e pegou tudo o que tinha lá dentro. Um revólver trinta e oito, uma carteira de documentos e uma garrafa de pinga pela metade.

Acelerou pela rua levantando a poeira vermelha e lançou a garrafa contra um muro, quase matando de susto a vizinha, que, não por coincidência, tinha ido para a Cidade Livre no mesmo trem que ele.

†

Mãe Marta, que agora assumia a função de chefe da casa, ao menos até Pilar estar grande o suficiente para receber seus próprios encantados, arrumava a toalha de renda sobre a mesinha de ferro quando a garrafa de vidro estourou na parede, tão perto que molhou seu tornozelo. Primeiro, foi o susto. Depois, o cheiro de cachaça.

— Laroiê, Légua! — gritou ela em saudação àquele que, na tradição da sua família nagô, às vezes era chamado de Exu.

Ela pegou o marcador e rabiscou os fundos da caixa de papelão em que tinha chegado a televisão que acabara de comprar. "Mãe de santo. Faço consultas, poções, feitiços de dinheiro, sucesso e amor." Colocou o cartaz bem ao lado da mesa e sentou-se para aguardar. Vestia turbante, vestido branco, colares de contas, um leque com que se abanava sem muita energia. Era hora de a vida começar.

†

Entre a Cidade Livre e o Plano Piloto, quem não construía ajudava quem fazia. Vendia comida e roupas. Alugava quarto extra para os recém-chegados. Dava conselhos espirituais. Eram muitos os lugares, tendas e barracões de fé naquele quase acampamento comunitário. Irmã Madalena um dia contou tantos que resolveu parar, sem saber se isso era uma boa notícia. Pelo menos tinha mercado para essa qualidade de trabalho. De longe, avistou a padaria em que todos os dias tomava seu café e comia pão com manteiga. Os donos se recusavam a cobrar de uma freira, não seria ela que não iria voltar para agradecer a hospitalidade.

— Oi, oi, oi! Gostosa! — Ela ouviu pela fenda do muro.

Lá de dentro, três peões gargalhavam e se acotovelavam em provocação.

— Vem ajoelhar aqui com a gente, santinha — disse um deles.

— Rapaiz, não vê que é pecado isso?

— Pecado é isso tudo de mulher querer sê virge!

— Castigue a soberba preta se essa aí é moça!

— Vem cá, vem?

Irmã Madalena interrompeu o passo e deixou que eles dissessem tudo o que queriam dizer. Depois continuou na direção da padaria sem lhes dar o gosto de uma palavra sequer.

†

A aventura, naquele dia, era um passeio no açude, como Pilar preferia chamar o lago artificial de Brasília. Combinaram as crianças, sem avisar aos adultos, claro. Fizeram uma bolsa com água e pão e saíram escondidas de bicicleta. Se cansassem, pediriam carona a alguma caminhonete, mas queriam mesmo era pedalar até a água.

— Mas só pertinho. Ninguém vai banhar, não, combinado? — declarou Garrincha, que não sabia nadar.

Tudo combinado.

— Quem sabe pra onde a gente vai? — perguntou o zambeta.

— Eu sei! — respondeu Pilar.

— Cala a boca, menina chata. A gente não quer ir ao laguinho de boneca, não. João, onde a gente vai?

João fez o melhor que pôde para fechar a cara e responder:

— Se ela diz que sabe, ela sabe.

Garrincha deu de ombros. Saíram os três juntos, mas toda hora Pilar ficava para trás.

— João! — chamava ela.

O primo, então, dava a volta e ia para o último lugar. Gritava de longe:

— Garrincha!

Até que cansaram da ciranda e aceitaram o ritmo da menina.

†

Mãe Marta estava no mesmo lugar fazia horas. As pessoas que passavam faziam questão de ignorar, como se mãe de santo tivesse tanto quanto pé de manga. As poucas que cumprimentavam eram vizinhas, várias emendando com o sinal da cruz.

†

Os três moleques pedalaram até cansar.

— Está longe ainda? — perguntou Garrincha.

Pilar acenou que sim.

— Melhor pegar uma carona — resolveu João.

Postaram-se os três na beira da estrada, acenando para cada caminhonete que passava. Carona, afinal, era o transporte público oficial do Planalto Central.

Não demorou para que um caminhão de pedreiro passasse vazio naquela direção.

— As criança vão pra onde? — perguntou o motorista, um mineiro simpático que ajudou a jogar as bicicletas na caçamba.

— Pro açude. — Pilar entregou um mapa com uma área marcada às margens do Paranoá, o grande lago artificial que a cidade terminava de construir para administrar a secura do ar.

O condutor riu da menina nordestina.

— Eu tô indo lá pra perto. Por que umas criança bonita que nem ocês tão indo sozinhas pro lago?

— Porque temos uma macumba pra fazer lá — disse Pilar, batendo de leve na mochila, como se carregasse oferendas.

O motorista fez o sinal da cruz e não perguntou mais (dessa vez, até Garrincha teve que engolir o riso). Ficou calado até quando parou.

— É bem ali. Mas ocês deviam pensar bem nesse trem do demônio. Faz bem isso não! — Ele desembarcou as bicicletas, bateu as mãos e passou-as pelo corpo, limpando-se de alguma sujeira invisível. Foi embora acelerando tanto que quase saiu da pista.

†

— O Lacerdinha! O Lacerdinha! — gritou uma vizinha, que corria alertando a mãe de santo recém-chegada.

Todo mundo correu para dentro, fechou porta, trancou janela. Entre curiosidade e valentia, mãe Marta se levantou e esticou o pescoço para entender o que era que metia tanto medo. Um redemoinho de poeira encarnada vinha ziguezagueando pela rua de barro. Engolia tudo o que encontrava, rodopiava e, lá do alto, jogava para longe. Marta abriu um sorriso.

— Mãe Sogbô Oyá Domun! Bença, Santa Barba! Me carrega no teu pé de vento, minha mãe! — gritou ela, com os braços escancarados como quem se apronta para abraçar uma velha amiga maior que tudo.

O redemoinho vermelho, então, se aproximou, dançou um tanto a dois metros da saia da mãe de santo e subiu feito uma língua de fogo na direção céu.

— Eparrei! — gritou ela novamente, sem notar que de cada fresta de porta e janela alguém observava com o queixo no chão.

†

Já havia passado de meio-dia. Irmã Madalena tinha terminado o café e lido boa parte do tal *Correio Brasiliense*, um diário novo, de que ela até gostava. Acenou com o jornal, pedindo autorização para levar, e o dono do bar de pronto disse que sim – fazer o quê? A freira enrolou as páginas impressas, colocou embaixo do braço, deixou algumas moedas sobre o balcão e voltou pelo caminho pelo qual tinha ido.

Ao passar pela fenda da cerca em que havia sido gritada pelos peões, desacelerou o passo, olhou para trás. Não tinha ninguém olhando. Ela, então, entrou.

A princípio, os três peões de antes consideraram recomeçar a pilhéria. Diante do olhar sério da freira, contudo, calaram. As cabeças se encolheram no meio dos ombros, e podia-se imaginar que o resto deles também se encolhia dentro das calças. Ela seguiu, reta e constante, até onde os três se encostavam. Parou defronte a eles, tomou a água que alguém tinha deixado sobre a mesa e abriu o jornal sobre o chão. Sem dizer nada, se ajoelhou. Lá de baixo, séria como o cão, empinou seu nariz monumental e os encarou.

— Qué isso, dona? — disse o mais tímido dos três.

Ela o cortou.

— Cala a boca. Abre logo essa calça. Os três. Vamo!

†

Pedalaram o mais rápido que puderam até o buraco na cerca. Garrincha, com suas pernas tortas e tudo, chegou tão antes que teve tempo de tripudiar.

— Quem é o rei aqui levanta a mão! Quem é o mais ligeiro levanta a mão! — Cantava e dançava o provocador.

Assim que os outros dois chegaram, ele passou pelo buraco e picou a mula ribanceira acima. Mais uma vez se fez de herói até os companheiros o alcançarem.

— Cês querem que eu vá chamar mamãe pra ajudar? — mangou de novo.

E, então, deu mais uma carreira por toda a laje até quase o fim, onde ela despencava metros e metros para baixo. Ele parou, vidrado na altura. Sentiu o saco ventando, até, e virou-se de volta, branco de medo, sem saber que, ao meter a mãe no meio, havia ultrapassado todos os limites.

Sem se alterar, Pilar olhou para o primo e ordenou:

— Empurra ele.

†

Mãe Marta ouviu a TV anunciar novela da Tupi. Não havia percebido o tempo passar tão depressa. Olhou as horas e o céu. Seis da tarde, estava para escurecer. Onde estava seu filho? Sua sobrinha?

— Irmã? — chamou, gritando.

Mas ninguém respondeu.

— Desculpa, melhor a senhora voltá amanhã — disse a mãe de santo à última cliente que a aguardava. Estava atendendo havia horas, sem notar.

Ela foi até o portão ver se a meninada tinha parado para jogar bola e esquecido de avisar. Mas a rua só não estava vazia porque ainda tinha uma pá de gente esperando consulta.

— Hoje, não, minha gente. Acabô o serviço por hoje. Mas pode voltá que amanhã eu continuo.

Três casas abaixo, a caminhonete branca de Genésio emborcou para estacionar. Marta se picou até lá.

— Os menino tão aí?

Não estavam.

Voltaram à rua. Gritaram, bateram de vizinho em vizinho. Marta pegou o terço e começou a rezar. Genésio, que não sabia a letra, juntou as palmas das mãos e continuou a andar em círculos.

Passou mais de hora, até que a radiopatrulha parou no portão de Marta. A viatura se abriu e de dentro saíram, cabisbaixos, Pilar e o primo João Batista. Marta correu e os abraçou, os beijou. Chorou tanto que nem sequer pensou em perguntar o que tinha havido. O policial descarregou as duas bicicletas, explicando:

— Eles estavam no meio da estrada, sozinhos. Achei melhor dar uma carona antes que algo de ruim acontecesse.

Genésio correu até a janela da viatura. Não tinha mais ninguém dentro.

— Cadê Garrincha? — perguntou ele, aos gritos. — Cadê meu filho, seu guarda?

O oficial deu de ombros.

— Só tinha esses dois aí quando eu vi.

Genésio correu até os dois meninos.

— Cadê Garrincha, João?!

João se manteve cabisbaixo e mudo.

O pai insistiu:

— Cadê, João, homi!? — Ele esticou as mãos para segurar João pelo braço, mas foi interrompido pela mãe do menino, que se colocou adiante.

O pai, desesperado, se viu de frente com Pilar. Foi ela que respondeu, baixinho, como se não quisesse que o policial ouvisse:

— Ele disse que cansou de apanhar, entrou num ônibus para Uberlândia e foi embora procurar a mãe, que ele falou que mora por lá.

Genésio embranqueceu.

— Que ônibus é esse, menina do céu?!?

— Um desses com cadeira grande que deita e tudo. Com um escrito do lado... — respondeu ela. — Araguanana?

— Araguarina? — O pai, que tinha muito o que esconder, sussurrava, com medo que o policial viesse se meter.

— Isso. Araguarina.

— Que hora era? — perguntou Marta, solidária.

— Era depois das duas da tarde — continuou Pilar.

— Mais de duas da tarde? Era isso mesmo, João? — inquiriu a mãe.

— Hen-hein — confirmou o menino.

O pai fez umas contas nos dedos.

— Já devem estar na metade do caminho!

Entrou na caminhonete e rodou os pneus em falso antes de deixar um rastro de poeira vermelha a perder de vista.

— Tá tudo bem? — perguntou o policial.

— Tudo, seu guarda. O filho dele ficou na casa de um amigo.

— Perfeitamente. Crianças, vocês prometem não dar mais esse susto na mãe de vocês?

Elas fizeram que sim. Pilar até bateu continência. Marta as botou para dentro.

— Muito obrigado, seu guarda. Se o senhô precisá de qualquer coisa... A casa aqui é humilde, mas os encantado são forte. É só pedir.

O policial agradeceu e foi embora, sem alarde.

Marta entrou, agora, sim, transfigurada de raiva.

— A cigarra vai cantá! — anunciou.

†

Eram quase oito da noite. As crianças fingiam dormir. Marta ainda se anestesiava defronte à TV, ouvindo o noticiário sobre a crise de Cuba e as imagens da nuvem em forma de cogumelo do Japão. Mas nem com ameaça de fim do mundo ela conseguia limpar a cabeça do maior susto de sua vida. Foi quando Irmã Madalena varou porta adentro. Marta ameaçou a perguntaria:

— Onde é que tu tava? Logo hoje que...

A freira seguiu calada na direção do banheiro. Marta ouviu a água do chuveiro cair e mais nada. Exausta, desistiu de perguntar. Deve ter adormecido antes de vê-la sair. Quem entende dessas coisas do além conta que foi só por ter dormido que a mãe de santo perdeu a multidão de encantados circulando pela casa. Uns tristes, outros curiosos, todos certos de que, quando acordassem, a vida daquela família arranjada, tão cheia de amor e tão cheia de ódio, nunca mais seria como antes.

ATO II.

A FILHA

"É tipo Moisés e os hebreus, pés no breu
Onde o inimigo é quem decide quando ofendeu
(cê é loco, meu)
No veneno igual água e sódio
Vai vendo sem Custódio
Aguarde cenas do próximo episódio
Cês diz que nosso pau é grande
Espera até ver nosso ódio."

Emicida, "Boa esperança"

12.
A VEZ DE PILAR

Aqueles eram tempos confusos, de guerra, paz e amor, de inocência, tiro e pílula, tudo misturado num barreado só, como se um não fosse o contrário do outro e tudo bem se ficasse assim. Feito um rio que nasce, encorpa e corre pelo mundo sem certeza de onde vai dar, a Santinha de Codó seguiu alheia aos rumos da vida. Era menina ainda, não podia escolher seu lugar. Então, eis que a vida, tão cruel em suas metáforas de si mesma, resolveu apressar a corredeira foi bem um bocado.

Às oito da manhã, a Cidade Livre explodia do sossego da noite para a euforia do batente. E que batente. "A cidade do futuro", tinha dito Juscelino.

Se tinha quem não acreditasse que ia dar certo, era melhor fazer as malas. Porque quem morava ali só podia se encantar com tanta gente correndo, os carros partindo, o bando de caminhão carregado: de peão, mercadoria ou material. Um furdúncio só, mas que fazia do quintal de Brasília o melhor lugar do mundo para se viver. O comércio se preparava para abrir. As madames do Plano Piloto chegavam com seus motoristas engomados para as comprinhas do que não tinha na capital. Tomavam espaço dos candangos que se picavam para os milhares de canteiros de obra no Planalto Central. Ainda tinha tanto que construir, transportar, finalizar que dava cansaço só de pensar.

A essa hora, a casa devia estar vazia. Pilar e João na escola, Maria na feira – era dia! Na dúvida, Irmã Madalena tirou as alpercatas e o hábito. Correu descalça e nua na direção do banho, de que precisava tanto. O silêncio era tão grosso que ela ouvia cada estalo da casa. O craquilhado do assoalho, o tique-taque do relógio de parede... um sussurro? Ela encarou o chuveiro, discutiu com os joelhos marcados daquela terra vermelha. Cagueteiros filhos de uma égua! Vestiu-se de novo e foi ver o que era.

Do lado de fora, o barulho continuava, baixinho. O miado era de gente e vinha do único quarto de porta fechada. Bateu.

— Pilar?

A voz fingindo, "tá tudo bem", não enganou, pelo contrário. Madalena abriu como se pedisse permissão. Botou primeiro os dedos, depois deixou que entrasse o nariz, a testa, o cabelo (descoberto desde o dia do protesto fúnebre no Codó) e, enfim, meteu os olhos. Havia de ir devagar, pois, pela história daquela família, Pilar podia bem estar de assanhamento com um namoradinho. Que tivessem tempo de se arrumar para evitar o embaraço. O protesto não veio, ela entrou.

Um borrão zuniu de onde ficava a escrivaninha, pulou na cama e se cobriu com todos os panos que achou: lençol, colcha e cobertor. Pilar parecia uma montanha de tecido, se montanha tivesse cabeça. Mas essa tinha e estava enfiada embaixo de um travesseiro fino demais para abafar-lhe a sofrência.

A mesa de trabalho, na qual ela fazia dever de escola e guardava livros e umas bonecas, estava enfeitada diferente. Parecia mais um altar, com fotos da mãe, da avó e da Virgem Maria, cada uma encostada numa vela estranha. Pilar não sussurrava. Ela estava rezando. Vixe!

A freira sentou-se e acariciou a cabeça da menina.

— Minha filha? Tá tudo bem?

Ela fez que não, sem desenterrar o rosto da fronha estampada.

— Queres conversar?

Mais um não enterrado.

— Bichinha... O que houve contigo, minha flor?

— Eu não quero morrer, madrinha! — disse ela, driblando pelo menos uns três soluços no caminho.

Fosse qualquer outra, Irmã Madalena teria rido e procurado a origem do drama. Mas Pilar não era disso. Ela olhou de volta para as fotos sobre a mesa. Fora a santa, nenhuma das duas havia chegado aos trinta.

— Por que tu não me contas o que está acontecendo? Foi sonho? Visão? Estás sentindo alguma coisa?

— Sangue, madrinha. Sangue. E dor. No início, eu achava que ia passar, mas já faz três dias... Eu ouvi na escola que um candango caiu de um andaime e parecia bem, mas de repente ele morreu. Aí acharam um monte de sangue na barriga dele.

— E tu caíste onde, florzinha?

— Não caí. Eu bati com força na mesa semana passada. Com muita força.

O choro aumentou, ela já não tentava abafar nem esconder.

— Minha filha, mas eu bato naquele diacho de mesa é toda hora. Ninguém morre de topada, não! Hemorragia só sucede com queda e batida forte. Alguém teria que ter jogado aquela mesa em você do terceiro andar de um prédio bem grande para te machucar tanto.

Pilar tornou a enterrar a cabeça no travesseiro e esticou a mão embaixo da cama. Madalena ouviu os sapatos voando para os lados, o urinol se arrastando, e o braço voltou lá do fundo trazendo uma toalha enrolada, cheia de coisa dentro. A freira puxou a trouxa para o próprio colo, mas ela se desenrolou, deixando cair várias peças de roupa, todas manchadas de vermelho.

— Há quanto tempo mesmo isso está acontecendo?

— Três dias. Sem parar. E dói, dói muito — disse a menina, abafada pela espuma do travesseiro.

— E o sangue vem... lá debaixo, né, não?

Pilar fez que sim com a cabeça ainda entranhada na fronha.

— Ô, pequena, te aprochegue aqui com essa madrinha, vem.

Irmã Madalena riu seu riso mais fresquinho enquanto arrastava a afilhada até o peito. Pilar evitou olhá-la nos olhos. Ainda tremia, mas aceitou o colo porque só doido nega cafuné. Aos poucos lhe desaperreava o soluço.

— Tu não vais morrer, não, minha filha. A madrinha promete, viste? Isso acontece com toda mulher desse mundo.

A menina inspirou um soluço triplo, como se ganhasse fôlego para poder ouvir.

— Tu já ouviste falar de regra? De ficar de boi? — prosseguiu Madalena.

— S... s... sim.

— Então, minha flor. Tu viraste mocinha!

Fazia sentido! Cheia de alívio, medo e uma vergonha da moléstia, Pilar meteu o rosto agora no peito da madrinha. Tentou abraçar, mas faltou um bocado de braço. Tudo bem, tudo bem.

— Tu sabes por que eu fiquei aqui todos esses anos? — perguntou a freira, delicada. — Eu sabia que tu um dia irias precisar. Não é que eu sabia que tua mãe iria embora tão cedo. Mas eu e ela tínhamos... uma história... uma dívida pra resolver.

— A tia Marta disse que tu te ofereceu pra fazer um aborto nela?

A freira parou, perdida em alguma lembrança antiga. Nunca tinham falado tão na cara sobre esse assunto. Talvez fosse a hora mesmo.

— Ofereci, sim, pequena. E sabe, a gente pode ser excomungada por isso. E presa também. Mas eu preferia excomunhão e até a cadeia do que deixar as meninas fazerem bobagem e acabarem morrendo porque tentaram tirar criança sozinhas. Tu sabes que eu fui enfermeira? Muita menina nova morreu na minha mão porque não teve ajuda, porque os homens ficam brincando de Deus a distância, querendo julgar os outros sem chegar perto pra ver onde a dor descarrega. Então, quando tua mãe disse que ia ter o filho, do mesmo jeito que a mãe dela teve tua tia e ela mesma, eu senti foi um alívio horrível. Menos um pecado nas minhas costas tão cheias. Tua mãe era uma mulher de muita percepção, não sabes? Ela entendeu o que eu tava sentindo e me pediu pra fazer o parto. Tu já deves ter ouvido a história mais de mil vezes. Eu e ela sozinhas, no pé dum tambor, no meio do mato... Aquele baticum todo que eu não sabia de onde vinha...

Pilar começava a relaxar e finalmente arriscou uma risada. A freira continuou:

— Tu nasceste na minha mão, pequena. Fria, sem pulso, mortinha... Na hora, eu pensei: "É maldição, meu senhor! Eu mereço, tá certo. Mas essas meninas... Elas, não!". Aí eu pedi que ele me desse a chance de cuidar de ti. Pela proposta horrível que eu tinha feito a tua mãe e pela lição que ela mesma me deu. Então, eu rasguei minhas roupas, te apertei contra o peito e, na mesma hora, o milagre desceu lá do céu. Eu vi até uma luz, e tu começaste a chorar!

A freira passou um dos braços largos ao redor da afilhada. Agora, choravam as duas. Um choro de soluços tranquilos, intercalado com algumas risadas. Desses que só quem já teve um sabe o que é.

Madalena continuou o chamego e seguiu contando sua história. Foi só depois que Maria morreu que ela compreendeu a missão que o senhor havia lhe dado.

— Tu mesma, criatura! Sabe como é... Tua tia... Ela tem várias coisas boas, mas tua família inteira, tua mãe, tua avó... Eu olhava pro lado, pra todo mundo, e via como ter criança cedo bagunçou a vida de cada uma delas todas. Eu queria que tu entendesses uma coisa. E, se essa coisa acontecer, eu posso morrer em paz: tu tens direito a uma escolha. É o que a Bíblia, aquele livro velho e embolorado de que tu não gostas, chama de livre-arbítrio. Entendesses?

O tom era grave agora. Importante. A freira segurava o rosto da afilhada com as duas mãos para ter certeza de que ela estava escutando. Pilar fez que sim.

— Tu sabes como faz filho, não sabes? — perguntou a freira, papocando uma conversa nova sem avisar.

— Sei — Pilar respondeu com pressa, contando que o assunto passaria logo se não agarrasse muito nele.

— Então... A partir do dia que tua regra desce, tu estás preparada pra ter filho. Tua mãe mesmo te teve mais ou menos dessa idade. Tu estás com que, doze, é?

Pilar fez que sim com a cabeça.

— Tá vendo? Ela emprenhou de ti com doze e te pariu com treze.

Esse sangue aí é teu corpo chorando que neste mês não veio filho. Ele se aprontou todo e tu não deste um pra ele. Teu corpo vai tentar, visse? Vai te enlouquecer pra tu encher logo esse bucho. Mas eu quero que tu entendas: tu... tens... escolha.

A freira levantou e ajudou Pilar a ficar de pé. Levou-a pela mão até seu quarto e retirou do armário uma caixa cheia de almofadas chatas e brancas. Mostrou onde pegar mais, como prender na calçola, como jogar fora. Mandou que a pequena pegasse uma e fosse se vestir para ir à escola.

Pilar saiu de casa com um bilhete na mão. Um envelope para a professora. Imaginou todo mundo na escola sabendo. Matutava tudo isso e mais um tanto quando, na segunda esquina no rumo do colégio, dois rapazes vieram sorrindo. Dois pães! Ela sentiu o corpo tremer. Seria daquilo que a madrinha falava? Teria um siricutico toda vez que um menino sorrisse? Eles se aproximaram, e o sacolejo aumentou. Os olhos de um deles desceram até logo abaixo dos seus ombros, e ela notou. De repente, o peso da camisa lhe fazia doer os peitos que mal desencroavam. Ela cobriu com um livro. Os peitos... Menores que os de todas as amigas, não era justo. Elas que nem tinham menstruado ainda. Ou não tinham contado. De repente, não era tão mal assim. De repente... De repente, os rapazes passaram por ela, e Pilar, de canto de olho, percebeu que eles giraram o rosto conforme passavam. Hmmm, interess... Égua! E se a almofada não funcionou? E se o sangue escorreu e a calça de brim estiver toda manchada? Pilar queria gritar, chorar... Passasse um ônibus, ela pulava embaixo. Não sabia se olhava para trás, se mergulhava num buraco no chão ou se saía correndo mesmo. Resolveu olhar, porque era uma emergência. Os dois continuavam sorrindo, e andando de costas para deixar a paquera bem clara. Ela se ajeitou para frente, orgulhosa que só, empinou as cadeiras e os peitos, e tentou um requebro a mais. Foi aí que sentiu a região entre as pernas se molhar. Dessa vez, sim, havia de ser um acidente. Cambou na primeira esquina que viu e foi até o outro lado do quarteirão, para não ter que encarar os meninos de novo. Dali, foi numa carreira só no rumo de casa.

†

— Tá doente? — perguntou Marta, quando chegou da feira e encontrou a sobrinha assistindo TV.

— Não — respondeu a freira, com um sorriso gaiato.

A bolsa de água quente sobre a barriga explicou tudo.

— Éééguas! Mais uma mulé nesta casa! — gritou a tia.

A freira se levantou e deixou as duas a sós. Já tinha feito sua parte.

— Agora, minha fiia, tá na hora de tu tomá tua decisão... — disse Marta.

Pilar revirou os olhos:.

— Não te preocupa, minha tia, eu vou emprenhar não.

— Hen-hein! Mas quem falou em emprenhá? Tua mãe ficou de bucho porque era uma azarada... Foi lá, na primeira vez, e pimba!

— Azarada?

— Desculpa. Quis dizê abençoada. Mas tu entendeu, não entendeu?

— E como assim da primeira vez? Não tinha essa história de anjo?

Marta de repente quis fugir dali. Mas tinha as compras na mão e a entrada da cozinha ainda estava longe. Desembestou-se a correr e a falar:

— Com anjo ou sem anjo, a missão da tua mãe era te parir. Por isso que ela foi embora cedo. Já tinha feito o que tinha que fazê. Agora... a *tua* missão é sê a nova encarnação de Cristo, tu num sabe? Isso que importa. Os anjo foi bem claro.

— Mas, tia, teve anjo ou não teve?

— Claro que teve! — Mas não era disso que Marta falava. O que Pilar tinha que entender é que não podia embuchar. Ela estudava a Bíblia na escola, devia saber.

A tia espalhou os braços a fim de parar o quiproquó.

— Já viu Jesus Cristo de namorada?! — berrou.

Precisava que a menina entendesse: o messias tinha que ficar livre. Não de mulher, porque mulher e marido a gente manda embora se precisar. Mas filho prende a criatura para sempre. Infelizmente, isso valia para a sobrinha também.

— Se tu embuchá, tua missão acaba, minha fiia — disse Marta, com um abraço e um cheiro. Uma melancolia de brotar sangue das mãos. — Tu vai pará de pensá no mundo e pensá só na tua cria. Olha pra mim. Eu podia sê uma mãe de santo importante, aqui na Cidade Livre. Tem *ninguém* mais forte que eu nessas redondeza não. Mas eu tenho o João. E tenho tu. Num dá pra me dedicá de verdade. Vamo lá no meu quarto pegá umas camisinha na mesa de cabeceira e tá tudo certo. Quando for se engraçá com os mocinho, bota uma neles, mas bota mesmo ou manda eles mesmo botá. Senão, nada de amorzinho. Entendeu?

Marta mostrou o lugar dos preservativos.

— Pra que isso, tia? — Pilar estava tão confusa... Será que a tia também fazia essas coisas?

— Depois eu te levo num doutô pra ele te dar a píula. Quem dera eu tivesse essas facilidade quando era da tua idade... Tinha aproveitado a vida era muito mais.

A tia debochava. Jogava os envelopes para o alto como se fosse dinheiro de rico de televisão. Para quase tudo de médico, a tia receitou, preferia os remédios dos encantados. Mas para evitar de pegar filho, encantado não servia, não.

— Pega umas lá e vamo. Tá na hora de tirá tua suspensão.

— Suspensão de quê, minha tia?

Marta explicou. Quando a sobrinha era menina pequena, ela e a mãe fizeram um trabalho para suspender sua corrente porque, quando encantado adulto baixa em menina nova, atrapalha o crescimento. Às vezes, alguém da família até se oferece para receber o encantado da criança, e a própria Marta se abriu para receber Olomô, mas nunca veio. Deviam estar esperando Pilar crescer mesmo. Mas esse trabalho, por mais poderoso que seja, só dura até o dia em que a menina vira moça.

— Então, tá na hora de tu assumir teu trabalho.

Quando Pilar deu por si, estava chorando, e a tia também. A mãe de santo largou as compras na pia e gritou para longe, enxugando o rosto:

— Madalena! Guarda as compra pra mim, por favor? Eu tenho que levá essa menina num canto!

Saíram de lá direto para um ponto de ônibus num faladeiro que prometia não terminar tão cedo. A peitica começou já enquanto esperavam a marinete e continuou de dentro dela! Pilar imaginava os olhares ao redor, como se todo mundo soubesse do que acontecia entre suas pernas e na sua cabeça... E a tia falando mais que o homem da cobra, fazendo plano para como ela ia tomar o lugar da mãe e seria tudo como antigamente. Tinha até juntado dinheiro para alugar um barracão para quando a hora chegasse. Pilar interrompeu, baixinho:

— Tia?

— Oi.

— E a escola?

— Por que tu tá falando tão baixo, menina?

— Porque tá cheio de gente em volta, tia!

— Ééégua! Tu é escritinha tua mãe quando tá com vergonha... Mas o que tu perguntô mesmo?

— A escola.

— Ah, minha fiia, tu já foi muito pra escola. Agora tá na hora da tua missão. Os encantados sabem mais, mas muito mais que qualquer homi neste mundo. Pode sê professor, doutor, promotor, general... até cientista, que tudo que tu carece de saber tu já sabe ou os encantados vão ensinar. E tu não gosta de lê? Pode aprendê sozinha também.

— Mas tia!

— Calma! Eu sei como é. Tu tem tuas amiga... Parece que a vida vai acabá... Eu já tive tua idade, não sabe?

— Mas tia, eu amo minha escola. Não quero parar! — Ela agora chorava como se estivessem sozinhas.

A tia, que sabia por experiência como era ser menina nova, calou-se. Tinha um lugar pai-d'égua para mostrar, melhor concentrar nisso. Um barracão com tambor, com encantado... Quando Pilar visse, mudaria de opinião. Ela tinha tudo para ser como a dona daquela casa famosa (e muito mais!). Elas eram do Codó, afinal. A terra dos encantados mais fortes deste mundo. E ali em Brasília, com essa história dos cristais enterrados que apareceram na visão do tal do dom Bosco... O povo dizia que ali era o lugar em que começaria a mudança do mundo todo. E ela não tinha sido justo anunciada pelos anjos como quem ia mudar as coisas? Não era à toa que a visão de Maria tinha carregado as duas para lá.

— Tu sabe, né? — disse a tia. — Eu sô boa de feitiço, mas tua mãe era melhor com os encantado. Falava por eles, tu lembra? Pela encantada da casa, que mora dentro da estátua da santa com a filha que a gente trouxe lá do Co...

Bam! Pilar abriu a janela com força, quase explodindo o vidro para trás, e agarrou a vista lá no lado de fora. Marta se calou. Sua sobrinha teria tempo para entender as coisas da vida depois que Olomô começasse a baixar.

†

De um ônibus para outro e mais outro, as duas chegaram a Alexânia, entre Goiás e o calcanhar do Judas. Dali, seguiram a pé por mais alguns quarteirões. Conforme caminhavam, mais gente tomava o mesmo rumo, numa estranha procissão de improviso. Pilar ouvia as conversas com curiosidade; a tia, com aperreio.

— Não tem ninguém como ela nessa região inteira! — dizia uma senhora para outra.

Marta apressou o passo para garantir lugar. Um mundaréu vinha chegando pelas esquinas. Um homem com cara de caminhoneiro explicava para outro de bengala:

— Ela fazia frete. Primeira mulher dirigindo caminhão por essas banda. Quando enricô, conheceu o espírito do Pai Seta Branca e largou tudo pra abrir a casa.

Já quase na porta, um velho de sotaque cearense bem arrastado conversava com uma menina mais ou menos da idade de Pilar:

— Ela tem cara de braba, mas o coração é bem molinho.

A menina, com seus cabelos lisos e escorridos segurando uma flor na orelha, vestia uma saia de hippie e uma camiseta estampada com uma gravura bem nordestina de um homem carregando uma cruz. "O Pagador de Promessas", dizia. O senhor que a levava continuou:

— Ela fala com os espíritos, dá passe e, às vezes, cura as pessoas. Tenho fé que ela vai curar você também.

Os olhos da menina e os de Pilar se cruzaram, e talvez na idade, quem sabe na aflição, as duas por um instante se enxergaram muito bem.

O tal barracão era só uma casa caiada com janelas azuis, igualzinha a todas as outras ao redor. A não ser pelas estátuas de quase um metro de altura na varanda. Orixás, índios e pretos velhos davam as boas-vindas. Copiando o sujeito logo à frente, Pilar e a tia acenaram para o crioulo alto que guardava a entrada.

— Agô — disse Marta. Ele abriu a porta para que elas passassem.

O lado de dentro parecia mais um galpão do que uma casa de santo. Uns bancos de igreja enfileirados e entupidos de gente. Um chão de concreto cheio de pétala de flor. Umas paredes começando a descascar. Cheirava a defumador, palha e cimento. Três homens tocavam atabaque de um jeito que fez Pilar lembrar da meninice no Codó. Fora o ritmo mais lento, o resto era igual. Era como se a qualquer momento sua mãe fosse aparecer por ali.

Os últimos lugares vagos eram nas fileiras mais do fundo. A menina da camisa de Cristo acenou. Mãe Marta, no entanto, tinha outro plano. Aproximou-se de uma pequena abertura na fila da frente, onde mal cabia meia bunda, e pediu licença:

— Dá pra abrir um espacinho pra gente?

A senhora esquálida se apertou para o lado, o caminhoneiro gordo chegou para o outro. Marta e a sobrinha, esta encabulada que só, se aboletaram ali mesmo. Pilar queria morrer.

Quando tia Neiva entrou pela porta dos fundos, todos ficaram em pé. Ela era forte e distinta, cabelo armado como as damas do Plano Piloto, e usava roupa de marujo. Mandou que sentassem, e Marta aproveitou para ganhar mais alguns centímetros para si e a sobrinha. Os batuqueiros puxaram uma música, e alguns acompanharam:

Ô, marinheiro, é hora
É hora de vir trabalhar
Ô, marinheiro, é hora
É hora de vir trabalhar
É céu
É mar
São os marinheiros que vêm nas ondas do mar
É céu?
É mar
São os marinheiros que vêm nas ondas do mar

A dona da casa recebeu um cachimbo do ajudante e deu de andar pela sala, cumprimentando os visitantes com hospitalidade, a começar pela fileira do fundo.

— Diacho! — resmungou Marta.

Tia Neiva perguntava o nome de cada um, de onde eram, o que os agoniava. Marta estava tão ansiosa que, quando chegou a vez da senhora do lado, levantou e tomou a frente. A dona da casa lhe ofereceu a mão, aperreada com a ousadia. Mas quem queria mão? Marta tascou-lhe um abraço com uma intimidade tão grande que chamou a dona de tu, coisa que reservava para a família maranhense.

— Querida! Sô mãe de santo também, moro lá na Cidade Livre, perto de onde cê morava, acredita? Trouxe aqui minha sobrinha pra pegá uma segunda opinião. Imagina você...

Tia Neiva levantou a mão espalmada. O homem da porta se aproximou.

— Tudo bem aqui, minha mãe?

— Tudo, tudo. Mas essa senhora aqui precisa aguardar lá fora — disse tia Neiva.

Marta ficou tão surpresa, tão furibunda, que não soube o que fazer. Ao redor, tinha gente demais para que soltasse o insulto que veio até a ponta do beiço e voltou. Não parecia seguro. Pegou a bolsa e segurou a mão da sobrinha.

— Rumbora daqui!

— Não, não, não! — disse a dona da casa. — Não me leva a mal, *querida*. É só que sua energia é muito forte. Tá misturando as energias todas. Deixa sua sobrinha aqui que eu quero muito falar com ela.

Marta não acreditava, mas a declaração ao menos lhe dava uma saída digna. Abraçou a anfitriã, beijou-a no rosto com intimidade e saiu, escoltada feito um bandido.

— Interessante, essa sua tia — comentou tia Neiva.

— Nem me fale — disse a pré-adolescente, rolando os olhos para trás.

— Você sabe que é forte, não sabe? Já recebeu alguma vez?

— Não, senhora.

— Senhora está no céu. Me chama de você.

Pilar encabulou, disse bem no pé do ouvido para ninguém escutar:

— Minha família recebe. Eu ainda não. A regra desceu só esses dias.

No que suas peles se encostaram, contudo, tia Neiva estremeceu. Segurou os braços de Pilar, chacoalhou os ombros, contorceu o rosto. Ao redor, o povo só faltava pular. Quando a dona da casa voltou, estava diferente. Suas bochechas pareciam maiores, caídas. Falava com uma voz de homem. O cachimbo que ela levava na mão agora vinha no canto da boca.

— Minina, minina, ocê veio aqui pra pedir ajuda, foi? — perguntou o espírito do marujo.

— Minha tia que me trouxe. Ela queria saber...

— Eu sei o que aquela jararaca queria. Preguntei o que ocê qué.

— Sei não, senhor — disse ela, baixando a cabeça.

O marujo riu.

— Essa eu ainda não tinha visto. Gente que nem ocê baixando a cabeça? Levanta esse queixo, menina. Isso né coisa procê, não. Ocê nasceu pra sê rainha, pra tê gente em volta paparicando. Ocê sabe o que eu vô dizê, num sabe? Pra essa pregunta aí na sua cabeça?

— Que eu tenho escolha? — respondeu ela, baixinho.

— Isso. Tem gente que vem aqui com dor de cabeça, gente que vem morreno... E eu digo pra elas tudo: isso que ocê tem né doença deste mundo, não. Isso é doença de quem não abre as porta pro invisívio. Quem tem mediunidade, quem tem missão na terra tem que cumprir, senão o corpo começa a faiá. Meu cumpade Seta Branca, que é mestre aqui há mais tempo que eu, diz que quem tenta fugi de sua jura se perde, como um pássaro que tenta avoá no escuro. Mas ocê... Ocê é di-fe-ren-te. Ocê tem essa jura da sua mãe que pediu pros anjo do senhô pra que ocê pudesse escoiê. Foi Exu memo que disse que sim. E o que ele diz, ninguém vai tê a ousadia de desdizê. Agora... ocê já escoieu?

— Não, senhor.

— Então vai pra casa. Se escoiê a missão e quisé trabaiá aqui com a gente, neste lugá ô na cidade nova que nois vamo construí, é só chegá e dizê que falô comigo, tá certo? E si num quisé... aí tudo bem tumbém. Agora, uma coisa ocê pricisa sabê: em volta docê tem muita gente querendo te prejudicá... Dorme de olho aberto que o mundo não lhe quer bem, não. Então toma sua decisão com calma e não deixa ninguém te dizê em que acreditá. É tudo mentira se não vem aí de dentro. Não desse peito mirrado que tá crescendo agora. O peito que já tá aí desde que ocê nasceu. Entendeu, minha fia?

O marujo lhe deu um abraço e já tinha mudado para as outras pessoas da fila, mas se voltou outra vez para Pilar:

— Pode ir, minina. Sua hora aqui terminô. Mas deixa o número do seu telefone cum aquela ali. A dona da Saracura, da boca di coração. Ocês tem que cunversá — disse ele, apontando para os fundos, onde a menina da camisa nordestina observava sem entender.

Quando Pilar saiu, Marta aguardava do lado de fora, dando volta que nem onça. A mocinha não sabia o que dizer, mas quando abriu a boca, ainda sem certeza, tomou um tapa na cara! Desses bem estalados que quase fez a cabeça girar no eixo.

— Que disgrama que tu demorô tanto! Que foi que ela disse? — perguntou Marta.

Pilar ficou em silêncio por um instante. O sangue ferveu. Se tivesse mesmo os tais poderes, tinha caído um raio ali mesmo. Cerrou os punhos, engoliu duas colheres de cuspe e voltou à conversa, só um pouco mais firme do que de costume.

— Nada demais, tia. Só que eu... num tô preparada ainda.

13.
A SARACURA

Às seis da tarde, na esquina combinada, finalmente se encontraram.

Fácil não foi. Antes, se ligaram, discutiram... As horas não davam certo, mas elas insistiram, embora não soubessem por quê. Pilar pediu que deixasse a caixa na porta mesmo.

— Sem tu estar lá? De jeito nenhum — explicou a menina de cabelos escorridos e narizinho empinado. Marcaram, então, num lugar longe, sem chance que alguém visse.

Pilar saiu escondida, a pé mesmo. Sumir na multidão não era difícil. A Cidade Livre era como um cupinzeiro cavucado, gente correndo e gritando para todo lado. Um carro de vidro escuro parou com pressa, e a cearense desceu na direção do porta-malas. Desta vez, usava uma boina vermelha sobre os cabelos brilhantes, a mesma saia de hippie. Socorro era o nome dela, Maria do Socorro. Ela tinha um sorriso simpático, até. Mas que agoniava.

— Tu trouxe? — perguntou Pilar.

Maria do Socorro lhe entregou uma caixa de papelão.

— Tia Neiva me disse que tu ia saber o que fazer.

— Eu? Não tenho ideia nenhuma, não!

— Ela disse que tu tem conhecimento ancestral. Quer dá uma olhada?

Pilar tinha que voltar antes que a tia desse por sua falta. Entre o medo e a curiosidade, pousou a caixa sobre o capô e levantou uma aba para ver o que tinha dentro.

— Cuidado — disse Socorro. — Ela é sensível.

— Ela quem? — perguntou Pilar, a gastura lhe arrepiando inteira.

— A Saracura!

Pilar aproximou um olho pra correr só metade do risco. Dentro da caixa, era um pretume só, e a inhaca não lhe agradava nem um pouco. Ela aproximou mais e, de repente:

— Rááááá!

Socorro empurrou a caixa e deu um grito. Para fora da tampa, uma boca cheia de dentes saltou no ar.

— Aaaaaaaarre! — gritou Pilar, pulando o mais longe que deu.

No embalo, tropeçou no meio-fio, cambaleou mais uns passos e despencou de bunda no chão. A cobra ficou lá, congelada com sua boca aberta, os dentes afiados, preparadinha para o bote. Socorro teve que sentar-se junto, de tanto que ria.

— Em... em... — A cearense não conseguia nem completar a palavra. — Empa... empalhada!

Assim que o sangue correu de novo, Pilar até que riu também. Não era sempre que tomava sustos, e aquele foi dos bons. Perguntou:

— O que eu faço com um bicho feio desses?

— Tem uma carta dentro da caixa que explica tudo. Tu disse que precisava voltar rápido, e eu tenho que ir também — disse Socorro.

Verdade. A visitante ergueu um braço com o punho fechado, como se comemorasse um gol, e largou a goela bem alto:

— Esquadrão... Carcará!

— Ôxe! Que foi isso?

— Nosso grito de guerra nordestino! Escolhi pra gente. Tu não é maranhense? Então, "Carcará, pega, mata e come"! A música do João do Vale, mulher!

Pilar sorriu da sandice. Meio abirobada aquela menina, mas divertida. Nunca havia pensado no Nordeste como algo de que ter orgulho. Quem sabe era? Não eram eles que tinham construído a tal da capital?

E grito de guerra? Como se duas meninas pudessem algum dia ir para guerra... Ainda mais elas, com aquela cara de hippies do agreste. Correu com a caixa de volta para casa, matutando. Carcará, Saracura... Dia mais cheio de bicho de pena, esse! Entrou pela porta dos fundos, carregando o caixote e os sapatos para não fazer barulho. Nem carecia, aliás. Porque a tia, a madrinha e até o primo João Batista estavam quase enrolados um no outro, falando coisa que não podia prestar.

— E os polícia agora pode entrar onde quisé e levar os outro embora assim, sem nem explicar por quê, é? — gritou João.

Tinha punho feito e tudo, mas viu Pilar de relance, entrando pela cozinha. Então, encolheu-se de novo, quase encabulado pela ousadia, e sentou-se no devido lugar. A prima não deu fé, devia ser algo ruim mesmo para até o João se irritar. Mas ela tinha mais do que cuidar. Correu para o quarto, fechou a porta atrás de si e mergulhou sobre o pacote sem perder tempo.

A cobra empalhada, escura feito gabiru, mas com manchas mais pretas ainda, saiu da caixa arrudiada nela mesma, segurando os dentões para fora como se fosse atacar. A coisa mais cheia de feiura que Pilar já tinha visto. E fedia. Pilar pegou o envelope que a acompanhava. Duas páginas de caligrafia toda desenhada e mais uns desenhos em volta:

Minha irmã carcará,

Tu sabes que lá no Nordeste tem umas coisas estranhas. Pois um dia minha mãe veio do serviço com uma cobra preta e brilhante, presente de um cliente esquisito. Ela já tinha recebido galinha, bode, cabrito... até jacaré. Mas cobra era a primeira. A gente sempre foi da jurema, tu sabes? Juremô, juremá... Coisa de falar com os invisíveis, meio que nem na tia Neiva, mas lá de Fortaleza. Talvez tu conheças. A mestre que minha mãe visitava sempre dava para ela um remédio ruim da gota chamado perna-de-saracura, que curava de resfriado a espinhela caída. Ocorre que o nome da planta saiu de um passarinho chamado saracura, um desses que têm a perna bem comprida, saca? Quando minha mãe chegou em casa com um bicho vivo sem perna, a gente logo batizou de... Saracura também! De dar nome até pegar carinho foi um pulo. Logo, logo a cobra já estava dormindo comigo, ficava se enrolando na minha perna... Só desaparecia de vez em quando para caçar. Sempre voltava com um calombo na barriga que a gente tentava adivinhar se era rato ou passarinho. E se um dia a Saracura comesse uma saracura, no que ia dar? A gente nunca soube.

Porque quando eu tinha uns oito ou nove anos, minha mãe, que não costumava trazer cabra para casa, chegou de noite, quebrando coisas, rindo alto. Tinha umas vozes desconhecidas junto. Eu procurei a Saracura para ir comigo ver o que estava acontecendo, mas não encontrei. Então, fui sozinha mesmo.

Minha mãe estava no chão, deitada, meio abestalhada, meio dormindo também. Mal conseguia falar. Sua saia estava levantada até a cintura, a blusa, desabotoada. Dois bêbados se ajoelhavam do lado dela. Um tinha a calça arriada até o pé e começou a pegar nela, babando mainha toda com uma barba nojenta que ele tinha. O outro segurava os braços da minha mãe, achando a maior graça.

Eu estava com tanto medo que não consegui me mexer. Fiquei olhando aquelas bundas brancas enormes balançando de um lado para o outro. Medo e raiva ao mesmo tempo. Aí, eu gritei para eles pararem. Não sei como tive coragem, porque eu não sou de ousadia, não.

Um deles virou pra mim e mandou eu ir pra cama. Me chamou de neném, o filho de uma rapariga! E voltaram a bolinar minha mãe. Eu fiquei ali, sentindo aquela catinga de cachaça com barba suja. Foi quando eu vi a Saracura sair de baixo do sofá, bem atrás deles. Não sei de onde eu tirei isso, mas eu gritei: "Mata ele, Saracura!". E não foi que a cobra obedeceu?! Agarrou a perna do homem com o rabo e mordeu com toda força. Ele se levantou gritando e girando com a bicha pendurada. Eu me escondi atrás do sofá. Quando a Saracura largou, os dois saíram correndo pela rua. A essa altura, os vizinhos já tinham ouvido a barulheira e chamado a polícia. Quando chegaram, um dos barbudos estava morto na esquina de casa, o outro tinha fugido. Eles viram a cobra escondida embaixo da mesa de jantar e deram um tiro nela ali mesmo. Se não fosse minha mãe ter me segurado (a velha estava grogue, mas de pé), eu tinha dado neles. Isso tudo foi lá no Ceará. Eu fiquei tão triste que minha mãe mandou empalhar a bichinha e me deu de presente de volta. Às vezes, acho que a velha é meio doente, não sabe? Disse que foi ao catimbó pedir pra um caboclo benzer e pediu para a Saracura me proteger. E eu tenho certeza de que ela fez isso direitinho até agora (a cobra, não minha mãe).

Quando a tia Neiva curou meu problema no fígado, disse que o preço era que agora eu tinha que dar minha cobra para ti. Primeiro eu fiquei triste, por isso enrolei para vir. Mas depois passou, porque talvez ela possa te ajudar mais, e eu acho que gostei de ti. Nós somos duas meninas da peste, vindas lá do Nordeste para bem longe do agreste. Que a Saracura leve tudo que não preste!

Beijos carcarentos,

Socorro.

Obs: No fundo da caixa tem uma casca de árvore. É de jurema, presente meu mesmo, esse. Tia Neiva não falou nada disso, não. Se tu quiseres ter uma viagem muito doida e conhecer o juremá, raspa a casca para tirar a terra, machuca bem com uma pedra e mistura com água até parecer um vinho espumoso, que você pode beber e viajar. Mas faz isso acompanhada, para o caso da viagem ser meio ruim, porque acontece também.

O presentinho extra ela guardou no fundo da gaveta para usar no dia certo. Voltou para a sala como se estivesse tudo bem e encontrou a tia entediada, enquanto João e Madalena discutiam alguma coisa sobre polícia e uns tais de comunistas. Sua presença, mais uma vez, interrompeu a conversa. Dispersaram. A tia e a madrinha foram dormir; João, que dormia na sala mesmo, saiu para a rua.

Sozinha, a menina aguardou mais para ter certeza de que ninguém ia voltar e, deixando o rádio ligado para manter o disfarce, saiu colhendo os objetos de que precisava. Da cozinha, pegou uma faca bem amolada, um pano de prato e uma bacia de latão. Da sala, a estátua de Santana, onde, fazia gerações, morava a entidade da família, Olomowewê, e uma moringa d'água. Pilar lembrava que achava feia a cara da mãe quando estava possuída, mas se divertia com o controle que isso dava sobre quem estivesse em volta.

— Um dia, mas não agora — sussurrou ela para a estátua enquanto a carregava para o quarto.

Pilar não tinha certeza do que deveria fazer.

— Conhecimento ancestral? — disse ela, sem confiança. Colocou a santa sobre a bacia e fez o melhor que pôde com uma reza cantada de que se lembrava:

Onde é que eu vô morá
Onde é que eu vô morá
Vô vendê Santo Antônio
Onde é que eu vô morá
Onde é que eu vô, meu povo
Onde é que eu vô morá
Vô pra lá vendê Santo Antônio...

Enquanto cantava, Pilar cortou um talho da própria mão. Queria chorar, mas não era hora. Botou a mão sobre a santa e deixou o sangue escorrer, vermelho, quente e viscoso. A toada prosseguia.

Onde é que eu vô morá
Onde é que eu vô morá
Onde é que eu vô morá
Vô-me embora, meu povo...

Com cuidado, pingou-se em cada canto para que o sangue cobrisse a estátua por inteiro e esperou. Se tivesse alguém em volta, ia achar que ela tinha endoidado, inventando um ritual besta, da cabeça dela mesma, que não ia dar era em nada. Provavelmente nem ela acreditava, mas ia fazer o quê? Era a chance que tinha. E foi tia Neiva que mandou. Aquela ali, sim, parecia saber o que fazia. Cantou mais uns versos e, com a mão, raspou o sangue na direção da bacia.

— Isso aqui, minha mãe Olomô, sou eu te tirando dessa casa velha. A casa nova vem já, tá bom?

Onde é que eu vô morá
Pra onde é que eu vô
Vô-me embora daqui
Onde é que eu vô morá

A santa foi aparada com cuidado sobre o pano de prato. Era a vez da Saracura. Pilar colocou a cobra no colo, apoiada num braço como se fosse um bebê, e com o outro levou a borda da bacia até a boca arreganhada. Um fio fino e encarnado desceu devagar pela goela da Saracura. Bem devagar, bem aos poucos, parando só quando começava a transbordar. Depois recomeçava. A palha precisava de tempo de beber cada gota do espírito de Olomô.

Onde é que eu vô mora
Onde é que eu vô, meu povo
Onde é que eu vô morá

Derramou um pouco d'água no pano de prato e limpou a santa com todo o cuidado antes de levá-la de volta ao altar da família, na sala de estar. Santana mais uma vez estava cercada de estátuas e fotografias da família. Restava saber se voltava oca ou cheia como sempre.

Com tudo de volta no lugar, Pilar escondeu a Saracura num canto do quarto e voltou para a cozinha, com a mão ferida enrolada no pano e, na outra mão, a faca afiada. Da geladeira, tirou um melão que a tia havia comprado naquele dia mesmo.

— Perfeito! — Tomou fôlego, olhou ao redor para ter certeza de que não tinha ninguém perto e espatifou a fruta no chão, gritando bem alto: — Aaaaaaaaaaaaaaiiiiiii!

Quando a tia e a madrinha atenderam ao grito, encontraram Pilar chorando, com a mão enrolada num pano ensanguentado, e o melão espalhado para todo lado. A madrinha a abraçou e desenrolou o pano com cuidado. O corte era fundo.

— Tá vendo? — disse a tia, irritada. — Vai querê sê gulosa no meio da noite, dá nisso. — E, apontando para o filho, que entrava da rua, ordenou: — Esse menino, vai lá buscá aquele vidro de pé-de-saracura pra mim. Pra num dá infecção.

†

O tempo passou. Uns anos, até. Regra foi, regra veio, e nada da santa baixar. Desde que Pilar tinha virado moça, a tia não havia pressionado. Mas paciência é que nem gente velha: encurta com o tempo. Um dia, Marta se encheu. Acordou e resolveu que era o dia. De manhã bem cedo, comprou ingredientes, espalhou a notícia e preparou o ritual. Um altar improvisado na área de secar roupa, no fundo do quintal, umas mesas de cavalete cobertas de plástico na frente da casa. Para a noite, mandou chamar dois tocadores de tambor saídos lá do Maranhão (quem construía Brasília era gente do Nordeste mesmo, não foi difícil encontrar). E avisou o filho João e a sobrinha: desta vez não passava.

Os batuqueiros tomaram seus lugares na frente da casa enquanto Marta fazia a limpeza. A freira, ela mandou que ficasse no quarto, pois isso era coisa de parente.

Foram dar entre os varais no fundo da casa. Encantado de família não tem muita cerimônia. Marta caminhava de um lado para o outro, impaciente e ansiosa.

— Fecha os óio — ordenou a tia enquanto abria uma garrafa de cidra.

Pilar fechou, depois abriu um de volta, curiosa.

Marta insistiu:

— Fecha esses óio, menina!

Ela repetiu a fuleiragem.

Irritada, Marta pegou um pano branco e lhe vendou apertado.

— Arre, égua! Amarra as mão dela no varal, menino.

João cumpriu, sem questionar. Ele se lembrava do ritual. Logo mais, agora no escuro de verdade, Pilar sentiu o vinho espumante lhe escorrer pelo cocuruto, melando seu cabelo, sua pele, sua roupa. Soltou um ruído de agonia que não mudou o rumo de nada. Depois, sentiu um puxão. Ouviu um som rasgado, como se a tia lhe cortasse cada peça de roupa com a faca. O vento seco estalou em sua pele. Em instantes, estava nua até o pé.

— O João tá aí não, né? — perguntou Pilar.

— Pois esse menino já não te viu pelada tantas vezes, menina? — disse Marta.

— Mas tia!

— Larga de bobage!

João mesmo não disse nada.

— Não é isso, tia. É que numa casa com um só banheiro isso vai dar certo não.

— Hã?

— Quando lembrar do que tá vendo, ele vai correr pro banheiro e ficar lá por uma hora!

— Pois se ele vié de indecência eu dou-lhe uma coça que ele não vai esquecê nunca mais!

Pilar imaginou o primo ficando roxo que nem juçara, pensamento interrompido por um som afobado. Pelo cacarejo, era galo. A batida agoniada, asas. A voz o bicho calou depressa, mas ainda se sacodia. Ela sentiu as asas baterem em seu corpo, rápidas e insistentes. Em seu rosto, seu cangote, seus peitos, seus pelos. Era como se estivesse se afogando no seco, naquele vento de terra e pena, que lhe cobria o avesso do peito até que só desse para respirar de fiapo. De fora, algo respingava, quente. O cheiro era de ferro, de sangue. Depois de carne, uma bem fedida, tipo bucho mal lavado. De bode. No final, uma pasta grossa, meio cabeluda, se esfregando em sua pele. Em todo canto. Ela não deixou de notar, todavia, que no peito, na bunda e entre as pernas o ritmo diminuía, como se quisesse aproveitar o passeio. Cabeluda e safada, essa pasta.

— Isso, passa bem firme, menino — dizia Marta.

— Tia, acho que ele tá aproveitando.

— Shhh! Cala essa boca, menina. Isso aqui é brincadeira não!

As mãos viscosas continuaram passeando. Entre um arrepio e outro, deixava escapar uma risadinha sem-vergonha.

— Pronto — declarou a tia, agora orgulhosa.

Pilar até tinha se divertido mais do que esperava, mas agora se sentia suja, fedida. Queria mergulhar num chuveiro, como quando a madrinha chegava em casa tarde da noite sem contar aonde tinha ido. Como se tivesse dito isso alto, sentiu o jato d'água fria lhe lamber. A venda lhe foi tirada. A tia, com uma expressão orgulhosa (e sádica?), observava o constrangimento do filho aguando cada centímetro do corpo de Pilar.

O rapaz desligou a mangueira e foi para dentro de casa quando a mãe deu a Pilar as roupas que deveria vestir. Saia, camisa, turbantes, todos brancos como carne de coco.

Ela se vestiu sem agonia e foi levada à frente da casa, onde João aguardava com a estátua de Santana. Os tocadores estavam lá. Vizinhos curiosos. Alguns clientes da tia. Pilar observou os respingos vermelhos na roupa do primo. Os tambores começaram a tocar. Havia algo errado... Puxou pela memória. Os chocalhos.

— Quêde os chocalhos?

— Não tinha ninguém — explicou a tia.

Como se estivessem de volta ao Maranhão, Marta, João e os tocadores cantaram algumas cantigas. Teve quem rodasse, e as comidas do Norte inteiro se improvisavam na frente do muro, com ajuda da vizinhança toda. Tinha arroz de pequi, vatapá, tucupi e mais um monte de panela nas mesinhas improvisadas pelos amigos da rua. Marta entregou um ramo de flores brancas e cheirosas nas mãos de Pilar e declamou para todo mundo ouvir, como político fazendo campanha:

— E hoje, o orgulho da família, a maior entre as filhas de Olomô entrega seu corpo, minha mãe. Bença, Santa Bárbara. Agô, meu pai Xangô. Que venha nossa encantada querida, que venha minha mãe Olomô!

E assim, sincronizada com ela, as batidas pararam. E o silêncio foi de uma imensidão só. Pilar viu os vizinhos espiarem de cima do muro e fechou os olhos com força. Naquela hora, por um instante, ela até desejou que funcionasse. Então, imaginou a cara da tia, desesperada, a santa vazia no colo do primo... e não conseguiu segurar o riso detrás dos beiços. E riu-se tanto que levou um sarrabulho dons bons, desses de deixar marca de dedo e tudo, cinco vergalhões bem no meio da cara.

A tia lhe encarava, furiosa. Logo atrás, João tentava se segurar, o que fez com que a prima voltasse a se escangalhar de rir, apesar do ardido no pé da orelha. Alguma boa alma ligou o forró para distrair, mas o estrago já estava feito. O povo caçoava, apontava, cochichava. Uma humilhação.

Irmã Madalena, que observava de dentro, se apressou para acudir. Entrou bem no meio antes que Marta acertasse outro tapa.

— A culpa é tua, que fica colocando ideia na cabeça dessa menina! — disse Marta, dedo apontado bem na cara da freira. — Se é assim, a partir de amanhã, não quero nem o cheiro de nenhuma das duas nesta casa. Não vai ser na *minha* casa que vocês vão desrespeitar a memória de mamainha.

No meio do sermão, a freira se envergou para frente e chacoalhou. Fechou os olhos e tremeu a cara. Um barulho familiar saiu de sua boca:

— Brrrrrrrrrrr.

Ela se ergueu de volta e parecia diferente. Estava possuída.

— E tu deixa disso, Marta! É uma ordem.

Marta chegou-se bem perto do rosto da freira.

— Nêga pode caí nessa tua bobage. Mas eu, não.

E entrou, arrastando João Batista consigo.

†

Estava tudo escuro. A festa que não foi já tinha calado, as luzes apagadas. Só o cheiro ainda continuava. Bucho de bode segura feito sei lá o quê. De sua cama, Pilar olhava para o negrume do nada, imaginando como seria o adiante. Quando a luz voltasse, uma vida nova a esperava. Não tinha medo. Pelo contrário, para quem nasceu predestinada, o futuro incerto era mais um milagre. Ela se levantou de memória, botou a camisola sobre o abajur e o acendeu. A Saracura sorria. Pilar olhou o contorno de seu corpo no espelho, marcado em sombra sob o tecido fino. Passou a mão pelo braço, pelo ombro e virou as costas para se enxergar por inteiro. Suas curvas, seus peitos, seu quadril. Pela primeira vez na vida, Pilar se achou linda.

†

Aquela era a última noite que João dormiria no somiê da sala, a mãe tinha prometido. Depois de tantos anos, ele não se importava. Até torcia para que ao amanhecer a mãe mudasse de ideia e deixasse a prima ficar. A prima... Ela tinha crescido. João fechou os olhos e passou as mãos pelo próprio corpo. Em sua imaginação, as mãos eram as de Pilar ou o corpo era o dela. Tanto fazia.

†

A única luz na sala, suave e amarela, vinha da iluminação da rua, filtrada de leve pela cortina de renda. Quando Pilar entrou, sorrateira, o primo tinha a vista fechada e a boca aberta. Passava a língua nos lábios, num beijo imaginário e desajeitado. Suas costas estavam arqueadas para cima, o movimento repetido dos braços e do quadril revelando a fantasia. Sem se revelar, ela sentou na poltrona ao lado e desabotoou o alto da camisola.

— João? — sussurrou ela.

Num pinote que lembrou o povo do circo, o rapaz dobrou o corpo e escondeu as vergonhas na almofada do sofá. Fez uns barulhos, tentando achar algo para dizer. Não havia. Lembrou a ameaça da mãe. Então notou a alça caída, revelando um dos seios da prima.

Ela ria, sem-vergonha, e quando ele fez menção de se levantar, ela ameaçou subir a camisola de volta. Com os olhos, Pilar apontou para o que o primo tentava esconder. Fez que sim com a cabeça e mordeu o canto do beiço. Confuso, ele deixou uma das mãos desaparecer sob a almofada. Ela sorriu, deixou a alça cair novamente. Ele se acariciou devagar. Ela deixou a outra alça cair e subiu a barra da saia também. Então, ele continuou, olhos grudados nos dela, e no corpo dela. Pilar apreciou o controle, até que o primo grunhiu abafado para dentro do travesseiro.

Ela, então, se levantou e disse baixinho no ouvido dele:

— Pra tu não se esquecer de mim. — Depois beijou-o no rosto, quase na orelha, e voltou para a própria cama. — Boa noite, primo.

14.
PRA FRENTE, BRASIL

Seis da manhã, e a campainha tocou. Espaçosa, escancarada e barulhenta, uma Caravan amarela queimada aguardava do lado de fora. Irmã Madalena deu um cheiro bem forte em João Batista e apertou-lhe as bochechas, como fazia desde muito antes de ele virar um galalau. Ela mesmo levou suas duas únicas malas. Não tinha medo.

— Hora de ir — chamou a freira.

Pilar aguardou a madrinha sair. Passou a ponta dos dedos nos cabelos do primo e sussurrou com um carinho maldoso:

— Fique borocoxô não. Um dia eu volto pra te buscar.

João fez que sim e a abraçou meio duro e mudo, como se fosse um boneco de pau. Pegou a caixa de papelão e a mala de roupas que a prima tinha que levar até o carro enquanto ela mesma carregou duas sacolas de plástico com o que não coube.

— Deixa um beijo pra tua mãe. Ela é ranheta, mas é família — disse Pilar.

— E diga que eu agradeço pela guarida — completou a freira.

E foram-se embora pelas ruas daquele cupinzeiro vivo e nordestino que era a Cidade Livre. Para trás, deixavam tanto memória como poeira. A magia, o feitiço e o que mais restasse de Maranhão em sua vida agora eram um rastro, e talvez fosse a hora mesmo, pelo menos foi isso que ela pensou quando adentraram as avenidas largas e tranquilas demais do Plano Piloto, os prédios repetidos dos superblocos. Pelo menos naquela hora do dia, Brasília parecia ter sido construída para ninguém se esconder – tudo aberto ao sol, à vista. No alto, quase acima da cabeça delas, um gavião branco pairava no ar, sem se mexer. Gavião ou águia, ela não sabia diferenciar. Mágica e exuberante, independentemente do nome, a ave olhava para baixo, provavelmente à procura de comida. Uma cobra, um rato. Quem sabe um cachorro de madame, se tivesse sorte. Marta dizia que pássaros eram espíritos de mulheres fortes que saíam para passear. Aquela ali estava com fome. Embaixo, numa janela perto do chão, uma dessas mulheres se acabava pela garganta enquanto quatro homens à paisana, mas com cara escancarada de polícia, carregavam um menino pelo braço.

— Filho! — gritava ela, pronta para pular.

O carro passou reto, e ela nunca soube o que aconteceu depois. Em sua imaginação, a águia mergulhou sobre os soldados e deixou o menino escapar. Pensou se alguém faria o mesmo por ela, viraria pássaro, mergulharia em policiais... Talvez a madrinha.

— Tu não querias estudar? — perguntou Madalena, tirando-a de um transe profundo.

— Queria.

— Então, tu vais. Te matriculei no Maria Auxiliadora.

Do lado de fora, o melhor colégio de Brasília, onde estudavam filhas de políticos e de altos funcionários do governo e que de vez em quando aceitava alguém como ela. Isso, pelo menos, foi o que a freira tentou explicar até Pilar começar a gritar e dançar pela rua feito biruta, como dizia a juventude. Tinha mais, contudo, e quando a menina acalmou um pouco, a freira enfiou a afilhada de volta no carro e partiram para a segunda e derradeira parada do dia.

Cortaram a cidade na Caravan cheia de bagagem. Rodearam o lago que Pilar chamava de açude quando era pixota. Sempre olhava para o outro lado quando passavam, dizia que tinha aflição daquela água toda. Daquela vez, contudo, nem ligou. Seus olhos brilhavam para outra dimensão, e o que acontecia na terra vermelha de

Brasília quase não interessava mais. A euforia era tamanha que até Madalena, que achava que conhecia a afilhada melhor que ninguém, ficou confusa e feliz. Nunca imaginou que a pequena gostasse tanto de estudar.

Já estavam no Lago Sul quando pararam diante do portão de ferro. A chácara enorme, linda, tinha uma piscina guardada por uma árvore gigante, toda carregada de flores cor-de-rosa. Mais ao fundo, logo após uma grade que parecia ser um canil, duas casinhas menores. E pé de fruta por todo lado – manga, maracujá, buriti, caju... O gramado se esticava até não dar para enxergar. Todo verdinho, apesar de ser época de seca. O carro seguiu direto para a garagem coberta, colada na varanda de lajotas vermelha, inteira enfeitada de bandeirinhas verdes e amarelas. O motorista estacionou e desligou o motor. Ele já ia descarregar as malas quando Irmã Madalena pediu que ele esperasse.

— Vamos ver o que a menina acha, primeiro.

Seguiram da garagem pela varanda vazia, que misturava enfeites de Copa do Mundo e objetos de metal torcido e ladrilhinhos enfeitados. Pareciam os enfeites dos turcos do Codó, só que coisa boa. Na cozinha, a governanta e a cozinheira, as duas de uniforme de grã-fino, aguardavam com compostura.

— Senhora! A menina chegou! — gritou uma delas. Gritou, não, sussurrou alto. Porque em casa de rico não se grita.

— Eu tava combinando há quase um ano. Tua tia só fez apressar. Agora é a tua vez — explicou a freira no pé do ouvido da afilhada.

— De repenche é aquela correnche pra frenche, parece que tudo Brasil deu o mão... — cantava uma voz lá de dentro.

Uma dona magra e alinhada, com umas pernas lindas e cabelo de artista, apareceu em seguida, vestindo uma camiseta da seleção canarinho, mas mesmo assim ainda era a mulher mais chique que Pilar já tinha visto. Tão suave que, mesmo calçando uma plataforma de uns quinze centímetros, nem parecia encostar no chão. A madame olhou não se soube para onde, protegida pelos óculos escuros que eram quase uma máscara, e deu as boas-vindas:

— Você deve ser Pilar.

Pilar respondeu que sim, constrangida. A anfitriã disse que Madalena tinha falado dela. Que era estudiosa, organizada e que gostava de ler. O sotaque da mulher, fosse lá de onde fosse, era daqueles de fazer pular os cabelinhos da orelha. Disse que ela iria adorar a casa, pois o embaixador, grande patrono da cultura, tinha uma biblioteca enorme que fazia questão de deixar aberta tanto para a família como para empregados. Depois Cirlene lhe mostraria onde ficava.

A tal Cirlene, de dentro de seu uniforme impecável, acenou, concordando. Não fez careta nem nada, mas Pilar sabia que ela não tinha gostado. Nada daquilo, porém, explicava o que estavam fazendo ali.

— Quantos anos você tem?

— Quinze — respondeu Pilar.

— Seu madrinha me disse também que você não tem medo do trabalho — comentou a estrangeira.

A freira olhou firme e apertou o pulso da menina para que ela confirmasse. Não era hora de desmentir.

— Não tenho medo, não, senhora.

Falando bem devagarinho para ter certeza de que a menina entendia tudo, a patroa explicou o serviço.

— Eu tenho um filha mas o menas de seu idade. Como o escola dela é muito longe de aqui, nem sempre os amigos podem vir, então ela acaba muita sozinha. Por isso pensamos que, se nós trazer um menina do mesmo idade, ela pode ficar mais feliz.

Num momento de clareza, Pilar teve a ideia de perguntar o nome da escola. Maria Auxiliadora. Agora tudo fazia sentido. Não entendia como a madrinha tinha chegado à casa do tal embaixador. Mas pelo menos a escola estava explicada, e era isso que importava. Agora, só precisava se concentrar para não perder a paciência.

— Você sabe onde fica o Turquia? — perguntou a madame. Pilar não tinha ideia, e a dona da casa sabia disso. Em outra circunstância, teria respondido um desaforo; desta vez, preferiu chacoalhar a cabeça com um olhar interessado.

— Lá entre o Europa e a Oriente. É um país muito bonita... que nem você.

A dona da casa arrudiou a freira e a afilhada. Pilar sabia que estava sendo avaliada. Pela aparência, pelo comportamento, pelo que conhecia. Só faltou a turca pedir para ela mostrar os dentes. A moça falava e dava voltas. De vez em quando, a madrinha, que percebia o agito aumentar, lhe cravava a unha na pele para desencorajar o faniquito iminente. Mal sabia ela que a explosão era de alegria.

— Estamos, as duas, muito gratas pela oportunidade de minha afilhada poder morar numa casa tão linda e estudar numa escola tão boa. A senhora é uma pessoa muito generosa, embaixatriz.

— Cirlene me disse que precisa do ajuda quando chega de noite, para fazer nossos camas, tirar mesa do jantar... esses coisinhas. Como nós falamos antes, o ideia não é pagar um salário, mas vai ter comida, un quarto só seu, condução para o escola... Até os roupas de Nazeera, quando ela não quiser mais, podem ficar pra você! Só os que você quiser, claro. E quando não estiver trabalhando aqui com Cirlene, pode usar o casa inteira, como se fosse seu. Só não pode usar meu quarto nem o do embaixador nem andar comendo pelo casa porque o embaixador *odeia* sujeira pelo chão.

A freira passou a mão nas costas de Pilar, mais para acalmar do que por carinho. A embaixatriz deve ter sentido que tinha algo estranho, pois na mesma hora completou:

— Por que vocês não conversam um pouquinho lá no varanda e me dizem se aceitam o proposta? Cirlene, leva uns *belewas* de ontem pra elas? Sabe, eu ensinei Cirlene a fazer *belewa* e agora ela faz melhor que eu, acredita? Você tem jeito para cozinhar... Qual seu nome mesmo?

— Pilar, senhora. Eu cozinho pouco, uma coisinha ou outra. Coisas lá do Maranhão que minha madrinha ensinou...

— Que ótimo! Estou doidinho para experimentar — disse a patroa, batendo palmas. — O embaixador ama esse país, mas nunca foi para Maranhão. De repente, você mostra algumas coisas do seu terra para ele.

Como se fosse tudo ensaiado, a cozinheira levou a bandeja de *belewas* até uma mesinha na varanda enquanto a embaixatriz sumia pela porta. Sozinha com as duas, a empregada não parecia tão simpática. Pilar nem percebeu. Ouviu a madrinha falar e praticamente não disse nada. Gesticulou, falou o que ninguém mais ouviu. Parecia ter... medo? Raiva? A freira, por sua vez, se manteve impassível. Nariz em pé e tudo, e olha que aquele nariz para ficar de pé dá trabalho. Dez minutos depois, Pilar confirmou com Cirlene que aceitava o emprego. A patroa já tinha se retirado fazia tempo. Foi a cozinheira que fechou o acordo, mostrou o caminho da saída para Madalena e, em seguida, ajudou Pilar com a bagagem.

O quarto novo não tinha luxo nenhum. A única decoração era a ideia estranha de o banheiro ser todo preto. Tinha mais ou menos o mesmo espaço que seu antigo quarto na Cidade Livre. A empregada largou sua mala na porta e, deixando de lado a performance amistosa, avisou:

— Esta é a última vez que carrego alguma coisa pra tu. Daqui pra frente, as ordens sou eu que dou, tá entendido? E a primeira delas é a seguinte: sem essas coisas de usar a casa como se fosse tua. Tu não usa uniforme, mas, fora isso, é empregada que nem nóis. De manhã, tu vai pra escola com a menina e o motorista. Depois volta, me ajuda com o serviço e de noite vai estudá. Tá claro?

Por hora, Pilar concordou.

Sem ajuda de ninguém, desfez as malas, arrumou tudo nas gavetas, ajeitou a escrivaninha de estudar e deitou-se na cama para esfriar a cabeça. Naquele meio do nada que era o Lago Sul, o silêncio chegava a doer os ouvidos. Não tinha carro buzinando, grito de ambulantes nem a tia chamando para tudo. Por um segundo, fechou os olhos, absorvendo todo aquele nada. A cama era macia, isso ela tinha que admitir. Mais do que qualquer uma em que já houvesse deitado. Foi quando deu fé: precisava de um telefone.

A governanta começou lhe mostrando a casa. Grande, enfeitada, bem cuidada. Ela devia olhar direito como estava tudo para manter daquele jeito mesmo. Depois, voltaram para a cozinha. Cirlene apontou os copos de requeijão e os talheres de cabo de plástico que ela podia usar. E o banheiro dos empregados. Certas coisas tinham que ficar claras para não dar confusão. Mostrou também um aparelho de telefone na entrada da área de serviço. Quando os patrões não estivessem e não houvesse serviço para fazer, ela poderia usar aquela linha, mais nenhuma outra – e, desde que não fosse interurbano. Mas que não ficasse de conversa longa, ressaltou Cirlene, porque aquele número era de trabalho.

— Tu sabe como ligar o telefone?

— Claro — respondeu Pilar, com uma simpatia falsa. Por que todo mundo tinha que tratá-la como se fosse sua primeira vez na civilização? A patroa estrangeira ela até entendia. Mas essa Cirlene? Essa aí vinha de alguma cidadezinha que nem o Codó em algum canto do mesmo Norte de onde ela era.

Tão logo a governanta tomou distância, Pilar discou o número que lembrava de cor. Precisava contar as novidades para Socorro. Mal se continha de felicidade. As regras da casa, o serviço extra, o mau humor da Cirlene... Nada importava agora que as meninas Carcará estudariam na mesma escola.

As duas falaram por uns cinco minutos. Socorro estava para lhe contar o que sabia da tal Nazeera quando Cirlene voltou e a enxotou que nem cachorro:

— A menina tá aí. Vai, vai, vai!

A jovem dona da casa não era bonita como a mãe. Mas também não era feia. Cara de CDF, malcuidada, mal-amada. Ajudaria se ela se vestisse como alguém da sua idade. O cabelo armado, o aparelho dental, as saias compridas demais... Parecia uma velha do tamanho de uma menina. Mas isso dava para arrumar com o tempo.

Nazeera estendeu a mão para cumprimentar a amiga recém-chegada. Depois, mudou de ideia. Recolheu a mão, deu dois pulinhos com o olhar cerrado de alegria e pulou no ombro de Pilar num abraço chiado e esquisito.

— Estou tão feliz! Minha mãe bem que me disse que você era bonita. Você gosta de Beatles?

Ela não esperou a resposta. Claro que devia gostar. Agarrou a mão da quase velha amiga e correu para a biblioteca, onde um Hi-Fi enorme reluzia do meio da estante. Nazeera pegou um LP de capa branca como se fosse uma joia.

— Meu pai acabou de trazer da Inglaterra. Eu já ouvi mil vezes e tenho que dizer: é o melhor disco do mundo! Eu sou uma Ringo *girl*. E você? Já sei... Você tem cara de que gosta do John... — dizia a menina, depressa, sem nem dar tempo de recuperar o fôlego. Mal parecia filha da própria mãe.

— Você fala inglês? — perguntou Pilar, com certo constrangimento.

— Pode deixar — disse a estrangeira, delicada. — Eu te ensino.

†

No dia seguinte, saíram cedo para a escola. Pilar sentou-se ao lado de Nazeera no banco traseiro do Opala vinho que as levaria todos os dias a partir dali. Seu Pedro, o motorista, era simpático e falante, mas a menina animada que Pilar conhecera na véspera parecia ter ido embora. De uniforme, aparelho e mochila, ela era apenas uma pequena careta e insegura, com medo da escola e de gente. Dirigiram por um bom tempo, dando a volta pelo aeroporto, onde Pilar viu, pela primeira vez na vida, um avião de perto. Como era grande! Naquele dia, decidiu que viajaria muito. Não sabia para onde, mas iria. Talvez para a Inglaterra ver os Beatles.

No Maria Auxiliadora, Pilar reconheceu de longe sua amiga de cabelos escorridos esperando na porta. Ela era mesmo tão linda ou era a animação da circunstância apenas? Correu e se abraçaram com uma felicidade que dava para cortar com uma faca, demorando um pouco além da conta para entenderem que Nazeera ainda aguardava ao lado.

— Ah! Esta aqui é a Nazeera, a... a... a... amiga de que lhe falei — disse Pilar, apontando para a patroa.

O rosto de Nazeera se iluminou.

— Isso, somos amigas! — completou, com um orgulho comovente.

Pilar continuou:

— E essa aqui é a Socorro.

— Help — interrompeu a menina. E sussurrou para Pilar: — Aqui me chamam de Help. — E, diante do olhar confuso, explicou: — Help é “socorro” em inglês.

— Que nem a música dos Beatles! — Nazeera gritou, animada.

— Isso. Você gosta de Beatles? — perguntou Socorro, ou Help.

— Amo! Fiz até meu pai ir à Inglaterra para trazer o *Abbey Road*!

Help parou, boca aberta.

— Você... já tem... o... *Abbey Road*?!

— Tenho! — respondeu Nazeera, encabulada e orgulhosa ao mesmo tempo.

— Aaaaaaaaaaaaaaaaaaaaaaaaaah!!! — gritou Socorro, e pulou, e chamou gente em volta.

De repente, a tímida menina turca se sentiu especial.

†

No dia seguinte, voltaram as três juntas da escola, como tivessem nascido amarradas pelo fígado. Nazeera, Pilar e Help. Só de ver a patroinha tão feliz, seu Pedro nem se aperreou com a histeria. Deve ter pensado até que a menina nova era boa companhia mesmo. Ou que Nazeera talvez não fosse abobalhada como ele pensava que era. E é possível que tenha desejado que a mocinha nova que os patrões arrumaram não tivesse o mesmo destino das outras. Infelizmente, distraído pelo contentamento e pela gritaria, ele não disse foi nada.

Correram direto da garagem para a biblioteca, onde o álbum pulou de mão em mão até chegar à vitrola. Colocaram o disco, primeira faixa. Socorro pegou o encarte com as letras como quem segura o Santo Graal, pronta para engolir cada sílaba bem na hora que fosse cantada.

He wear no shoeshine
He got toe-jam football
He got monkey finger
He shoot Coca-Cola
He say I know you, you know me
One thing I can tell you is
You got to be free
Come together, right now
Over me

Shoot me!

Nazeera tomava fôlego e saltava ao mesmo tempo. Já sabia as palavras de cor, mas não estava acostumada a cantar na frente dos outros. Não estava acostumada a fazer nada na frente dos outros, para dizer a verdade. A não ser que os outros fossem seus pais. Quase chorou de ansiedade esperando a agulha chegar ao primeiro acorde. Era a primeira vez que não se achava invisível. Já Pilar, que não entendia nada mesmo, falseou o entusiasmo que conseguiu. Ouviram o disco inteiro duas vezes, depois trocaram por um com os quatro bem mais meninos. Finalmente, quando as duas começaram a gritar "Help!" como se os rapazes da tal de Liverpool estivessem cantando Maria do Socorro, e quando Nazeera fingiu ser uma fotógrafa registrando as tantas poses da celebridade, Pilar encontrou uma brincadeira de que conseguia participar. Ligou, então, sua câmera imaginária e seguiu a registrar cada ângulo daquele sorriso mais incrível do mundo.

Elas gritaram até a goela arder e dançaram até caírem exaustas sobre as almofadas e o sofá de couro.

— Tive uma ideia! — disse Help, com o dedo para cima. — Pilar, tu ainda tem aquele presente que eu te dei?

Minutos depois, Nazeera entrava de volta à biblioteca, com cara de espiã de TV. Olhou de um lado, de outro.

— A barra tá limpa? — perguntou às amigas. Trancou a porta atrás de si e largou no chão o resultado de sua missão impossível: uma bacia, um ralador, uma garrafa d'água, um pilão. Só faltava tirar a máscara e revelar que era outra pessoa.

Help ralou metade da casca de árvore que Pilar trouxe.

— Isso deve dar pra nós três.

Depois macerou no pilão, fazendo uma pasta vermelha que misturou com água, até parecer uma mistura de vinho com sabão. Help esticou o pescoço e avistou a bandeja de bebidas. Correu até lá com o pilão cheio, abriu a garrafa de vodca russa e despejou um tanto na poção sangrenta.

Pensou melhor e derramou mais um pouco da diversão soviética.

— Onde fica o banheiro? — perguntou.

Nazeera indicou o pequeno lavabo dentro da biblioteca. Ótimo, não teriam sequer que correr porta afora quando tivessem que vomitar.

— Vomitar?! — perguntou a dona da casa, assustada.

— Isso, às vezes a gente passa mal, mas é bom mesmo assim, não é, Pilar?

A maranhense deu de ombros, encabulada de não ter tentado ainda.

— O quê?! Tu ainda não experimentou? Que bárbaro! Então, esse vai ser o batismo oficial da nossa patota.

— Esquadrão Carcará! — gritou Pilar.

— Esquadrão Carcará! — respondeu o resto da turma. E cada uma virou seu copo do vinho de jurema inteiro, de uma só vez.

Nazeera correu até a vitrola e colocou outro disco para tocar. *Sargent Pepper's Lonely Hearts Club Band*, que Pilar um dia viria a reconhecer. Beatles de novo, só que mais coloridos. Deitaram-se as três, abraçadas, e fecharam os olhos. Quem as visse ali acharia que essas três nunca mais se separariam.

†

O mundo todo era uma grande pastagem. Como o cerrado, só que verde. Como o gramado da chácara, só que bem mais enorme. Pilar sentiu o cheiro de casa, do Maranhão. Cheiro de umbu, pequi, vinagreira. Uma música estrangeira tocava ao fundo. Tambores também. Os tambores do terecô. Não tinha ninguém em quilômetros. Ninguém para falar de bomba atômica, de comunista nem muito menos de tortura, assuntos que Pilar não aguentava mais ouvir. Não, tinha sim. Bem à frente, numa pedra, um negro magro e alto, varapau mesmo, comia mexericas e jogava as cascas no chão.

— Quem é você? — perguntou Pilar.

Sua voz ecoou. Ela agora estava no Codó, na frente da fábrica, vendo a si mesma brincar de encantado. Dentro do barracão. Brincava com João Batista. Agora no fundo da igreja. Do alto da parede, duas estátuas a observavam. Uma de um anjo galego de asas brancas. Ele a cumprimentou discretamente. O outro, um anjo de asas coloridas, com a cara de Nazeera, acenou também. O anjo negro, que a recebera antes dos outros, sorriu com os braços abertos, como se apresentasse do picadeiro. Deu uma pirueta arretada e estacou no chão, vestido como o vaqueiro galante do boi-bumbá. O anjo, o vaqueiro, o porteiro de tia Neiva... Ele sempre esteve por perto!

— Sabe onde tu tá? — perguntou ele.

Pilar não respondeu, sabia que o anjo lia o que ela pensava.

— Dizem que foi aqui que tu foi anunciada — disse ele. — Eu tava aqui na hora. — E se juntou aos anjos na prateleira.

Foi ela que continuou:

— E tu acredita? Digo, que eu fui anunciada?

Ele gargalhou com gosto.

— Bora banhar?

Estavam agora na piscina da casa do Lago Sul. Pilar, dentro d'água, de roupa e tudo. O negrão dançava na borda.

— "Lucy in the sky with diamonds!" Adoro essa música! — Ele prosseguiu, lendo sua matutagem sem pedir, como ela imaginou: — Quem sou eu? Eu sou o giro do mundo. A dúvida na certeza. Sou eu que trago surpresa quando está tudo uma paiera só. Que faço tudo mudar... Fui eu que te dei a escolha. Eu sou teu arbítrio, teu impulso. Sou a vida que corre nas tuas veias e que faz com que tu seja tu mesma, não a santinha chata que o povo esperava. Quando o mundo diz que tu tem que fazer uma coisa e uma voz assopra no seu ouvido pra fazer diferente, sou eu que tô falando.

— Tu é... o demônio, é?

A água escorreu do corpo de Pilar. Ela estava nua, amarrada. Não, pregada. Pelas mãos e pelos pés. A cobra negra lhe arrudiava o braço e o braço da cruz que a exibia feito um bode na feira. A música continuava: "Lucy in the sky with diamonds!" João Batista observava, enfiando nacos de abóbora na própria boca com uma mão e, com a outra, estacando a própria indecência. A gargalhada do negro gigante se esticou até o fim do mundo.

— Satanás? Não! Hahahaha! Isso não existe, mulher. Mas se avexe não, porque fui eu mesmo que inventei ele pra confundir as pessoas.

— Então, tu é quem?

— Sou o rei dos encantados, minha fiia. O anjo da mudança. Há quem me chame de...

Ele sumiu. Depois, apareceu no chão onde ela pisava. Ela se equilibrava sobre a língua esticada para fora da boca do anjo, um buraco enorme com fogo no fundo.

— Hu hahe hem hem heu ho — disse o homem com a boca aberta, quase derrubando Pilar na tentativa de falar. Jogou a língua para o lado e deixou Pilar saltar sobre seu queixo. De dentro da boca gigante, o ar quente soprou a voz gigante: — Tu sabe bem quem eu sou. A pergunta mesmo é outra. E, se tu quiser saber, tem que perguntar antes que a jurema passe. Qual é a pergunta?

Pilar se viu no colo da mãe, na boca da floresta. A multidão cantava para ela.

— Eu sou mesmo a profeta de Deus?

A língua do negro a engoliu. Tudo se misturou. Uma voz falou em sua cabeça, do meio do escuro. A voz de sua madrinha:

— Tu é tudo que tu quiser ser. Tudo que tu quiser ser. Tudo que tu quiser ser.

Pilar abriu os olhos. A música gritava alto, muito alto. "Lucy in the sky with diamonds. Ah, ah..." Ela não entendia as palavras, qual era a resposta? O teto. Estava de frente para o teto. Socorro, de pé sobre ela. Parecia imensa, com seu corpo desenhado se estendendo até o alto. Os olhos brilhantes, a boca em forma de coração, a calcinha combinando com a minissaia. Ela estendeu a mão e ajudou Pilar a se levantar. Aquele era o mundo real outra vez? Socorro achava graça. No fundo, a porta do banheiro se abriu e Nazeera cambaleou para fora, com cara de enjoo e euforia ao mesmo tempo. Pilar sentiu uma mão passar pelos seus cabelos. Socorro era linda mesmo. Beijaram-se de leve, na boca. Depois caíram para trás, morrendo de rir, e deixaram a música continuar.

15.
EM FAMÍLIA

Nazeera teria uma vida mais fácil se tivesse herdado a beleza glamorosa e flutuante da mãe. Mas a genética não foi tão generosa com aquela ali. Além de tímida e enrustida, tinha os traços de calango do pai – a sobrancelha grossa, o nariz exagerado que esticava o rosto para a frente, os olhos gigantes e separados, que precisavam de lentes grossas para ter alguma serventia. Era inteligente, porém. Poderia se tornar uma cientista, uma engenheira famosa um dia. Quiçá na maturidade a feiura e a falta de jeito lhe trouxessem foco? Mas na juventude, quando a popularidade impera, Kemal sabia por experiência que as chances da filha eram praticamente nulas.

Por isso, ao se preparar para reclamar do tamanho do biquíni de Nazeera, pensou melhor e desistiu. Seu sangue ferveu, mas, se tinha hora para começar a entender essa geração e sua moda pequena, sua música gritada... a hora era aquela. Olhou de novo. O que era aquilo? Havia meninos junto? Perto daquele jeito?! Tentou pensar como a mulher.

— Você não está no Turquia, Kemal.

Não estava e, como diplomata, ele deveria saber se ajustar. Caminhou da garagem direto para a biblioteca, depressa como quem está apertado para ir ao banheiro, só para não avistar nada novo na piscina e mudar de ideia. Fechou a cortina para parar de ver. Serviu-se de uma dose de uísque. Um disco qualquer aguardava na vitrola. Resolveu tentar.

Ob la di ob la da life goes on bra
La la how the life goes on

Ele não gritou com a menina. Ele ouviu o atentado sonoro dos tais dos Beatles para entender a juventude. Sua pressão estava nas estrelas, mas se conteve. Encheu o peito de orgulho. Merecia.

— Cabra arretado, essa Kemal — diria ele para si mesmo se a Turquia ficasse no Nordeste.

Aí a agonia venceu, e ele tirou o disco no meio. O uísque combinava mais com algo mais civilizado, afinal. Uma bossa nova? Isso. Sinatra e Jobim. Agora, sim, seu mundo fazia sentido.

Aquilo é que era música. Fechou os olhos; ele se embriagava com a versão de "Insensatez" quando a filha apareceu. Ensopada, deu um beijo de piscina e, ao imediato protesto, jogou-se no colo ainda arrumado do pai. Morreu de rir com a sua luta inglória contra seus beijos e abraços molhados, até que ele desistiu e se deixou abraçar. Ver Nazeera feliz era melhor que Sinatra, mais incrível que Jobim. O Brasil, com suas irreverências e sem-vergonhices, não tinha sido uma ideia tão ruim, afinal.

— Seus amigas... vocês estavam... divertindo, hãn?

— Elas já foram.

— E o menina?

— Pilar, *baba*...

— E o Pilar?

— Foi tomar banho. Eu vou também. É hoje à noite, né?

Ele acenou. Amarraram os olhos em cumplicidade. O plano estava de pé.

†

Alheia ao que se armava ao redor, Pilar se esfregou com tanta força que fez até uns vergões na pele. E o disgramado do cheiro de cloro continuava lá, impregnado, enfiado, catinguento. Não queria chegar assim ao importante jantar em família, a única exigência que fazia o embaixador. Tornou a se encher de sabão, torcendo-se de um lado para o outro e para o outro a fim de alcançar cada canto das costas, dos braços, das pernas. Foi quando viu um brilho ligeiro pelo canto do olho, como se da parede viesse um fio de luz. Procurou de novo, mas não encontrou. Fugiu, foi? Desligou a água, curiosa, e saiu andando pelo banheiro, molhando tudo mesmo. A parede era irregular, num daqueles acabamentos estranhos que parecem lindos no papel, mas na realidade só servem para arranhar as costas da gente. Ela tinha visto um brilho, isso tinha.

Como estava atrasada, deixou para lá. Enxugou-se e vestiu uma das roupas que Nazeera tinha dado. Um conjunto de saia e blusa amarelas que ficavam do tamanho perfeito para ela, o que significava que eram grandes demais e bem mal-amanhadas para a turca. Especialmente a saia. Olhou-se no espelho, de frente, de costas... Não conseguia tirar da cabeça o reflexo escondido na parede... Diacho!

No caminho para buscar Nazeera para o jantar, resolveu tentar mais uma vez, do lado de fora. Deu a volta até o reverso da parede suspeita. Havia muitas plantas, folhagem de sobra para esconder a construção inteira. Conveniente. Pilar afastou os galhos com a mão e, chegando o mais perto que pôde, desceu de joelhos. Então, encontrou, atrás de uma trepadeira, o que procurava. Um buraco safado. Só que não era apenas um furo. Havia uma peça de metal e vidro, exatamente como essas que se coloca na porta de casa chique. Ela aproximou o rosto para ver o que enxergava dali: seu banheiro se abriu inteiro diante de sua vista. O chuveiro sem cortina parecia tão próximo que Pilar conseguia ver as gotas de seu banho escorrerem pelo azulejo.

Era tudo de que ela precisava saber por enquanto. Imaginou a reação de cada uma de suas amigas se tivesse dado de cara com uma sem-vergonhice dessas. O horror, a raiva, o medo... Ela, não. Ficou curiosa. Teria o espiatório sido construído só para ela ou para suas antecessoras também? Quem seria o tarado que preparou uma instalação tão elaborada? Seu Pedro, com aquela cara de bonzinho?

O embaixador, metido a chique? Algum jardineiro ou faxineiro de fim de semana? Quantas vezes teria acompanhado seu banho? O que teria pensado e feito dali do meio do mato enquanto bisbilhotava? Não sabia de nada disso, só que iria desmascarar o safado. Mas não naquela hora. Por ora, tinha uma ideia melhor. Caminhou na direção da casa principal, com suas pernas orgulhosas saltando para fora da minissaia.

Sequer pensou em boquear o furo espião.

†

Família começa com o sangue, mas é o hábito que fortalece. Para Kemal, isso acontecia nas noites de sexta-feira. Com tantos países com tradições distintas por onde tinham passado, o jantar em família era a mania que ele não estava disposto a mudar. O embaixador e a mulher foram os primeiros a chegar. Sobre a mesa, aguardava o guisado de carneiro com batatas, com seu cheiro de amanteigar os miolos. *Tas kebap!* Segundo o patrão, a cozinheira até que aprendia bem: tinha servido como manda a tradição, num prato fundo, cheio de caldo. Ele avançou com tanta vontade que a mulher teve que lhe acertar o pulso com uma colher.

— Ou come o família toda, ou não come ninguém. Tradição é tradição.

Nazeera não demorou muito. Veio de óculos de gatinha, mais uma moda que o pai não conseguiu entender. Não que tivesse tentado. Estava mais preocupado em se controlar para não reclamar do comprimento da roupa. Aí, logo atrás, entrou Pilar. Com suas pernas um palmo mais longas e uma saia que Nazeera tinha descartado havia tempos por estar pequena. Fosse chiar de uma, perderia a outra também. Resignou-se, o embaixador. De consolação, ganhou até um cafuné da esposa. O mundo tinha suas compensações.

Filha e pai compartilhavam a gula pelo *kebap* de tigela. A carne guisada, macia, os temperos com cheiro de Turquia, as batatas quase dissolvendo... Não era o prato mais bonito de sua terra, mas nenhum outro causava uma viagem igual.

— Um dia, temos que levar você pra Turquia para comer um *tas kebap* com a gente — disse Nazeera, olhando para a amiga.

Uma arrelia ligeira e discreta correu entre os olhares dos pais. Afinal, eles eram embaixadores, não iam sair gritando que nem todo mundo. Pilar fingiu não perceber e desconversou:

— Isso deve ficar bom com farinha-d'água!

Os embaixadores não tinham ideia do que era a tal farinha. A convidada, então, descreveu. Pedaçuda, crocante. Era uma dessas lembranças cheirosas que ela levava do Maranhão. A mãe e a tia ralando a mandioca, colocando no tipiti de palha para separar a polpa do suco, torrando os caroços amarelos no tacho enorme no fundo da casa... Prometeu mandar importar um punhado para eles experimentarem.

— Que bom ideia! — disse a embaixatriz, em seu tom meigo, de princesa feliz.

Kemal concordou, em parte porque era uma desculpa para repetir seu prato predileto no mundo, mas também por querer conhecer um pouco mais desse país exótico a que ele começava a se habituar. Ajudava que sua nova guia fosse faceira daquele tanto. Perguntou mais do Maranhão.

— Na minha terra tem um prato com um nome quase igual a esse. Quibebe, mas não é assim que faz, não. Quer que eu faça um dia?

A sugestão foi recebida com entusiasmo tão grande que já marcaram para a sexta-feira seguinte.

Pilar tinha que confessar: os gringos eram divertidos. Fora a embaixatriz, que não perdia a pose em momento nenhum, eles comiam e bebiam como se não fossem grã-finos. Uns três ou quatro copos de Raki depois, o embaixador já contava piada turca e perguntava sobre o Codó... Tentou até cantar João do Vale:

— Carcarááá!!! Pega, mata e some! — gritou, errado e cheio de sotaque.

Com um sininho de mesa, a mãe de Nazeera chamou o serviço. As mulheres entraram com a discrição de uma alma invisível e num segundo tiraram os pratos e a comida. Com uma virada de queixo, convocaram a ajuda de Pilar. Kemal as interrompeu:

— *Baklavás!* É disso que eu sinto a cheiro? Você disse que comia isso em casa, Pilar? — perguntou ele.

— Turco lá no Codó é igual buraco na parede. Onde olhar, tem um.

Ela não disse que os turcos de lá eram libaneses. Isso, sim, teria estragado a noite. Tampouco esclareceu a indireta sobre o buraco na parede. Não teve resposta, e era tudo o que ela queria saber. Cirlene entrou com a bandeja. E se fosse ela?

Os doces de pistache chegaram quentinhos e crocantes, escorridos de mel de laranjeira. Foram-se todos, de lamber os dedos e tudo. Quando a mãe, enfim, se levantou, indicando o fim da comilança, Pilar de pronto acompanhou e pegou o próprio prato e o da embaixatriz para levar para a cozinha enquanto as chefes do serviço se aproximavam para pegar os demais.

— Eu ajudo — disse Nazeera.

— Carece não, patroinha! — interrompeu Cirlene.

Ela não arredou o pé. Juntas, fizeram o serviço em dois instantes. Até acabarem, Cirlene se escondeu no quarto. Não seria testemunha de tamanha barbárie. A filha do embaixador secou as mãos e checou se não tinha ficado nada de fora.

— Vou escolher uns discos enquanto você não chega — disse para Pilar e saiu correndo. Às costas, veio a empregada, com um bico do tamanho do mundo. Bufava pelo nariz como se fosse um boi brabo.

— Tu acha que tá mandando, né? — disse Cirlene, mais para provocar do que para resolver. — Qui nem as ôtra que viero antes.

Pilar não deu confiança. Terminou de arrumar a louça nos armários certos e deixou a cozinha com cara de superior. Única coisa que disse foi: “Cada um manda só no próprio buraco”. Olhou pelo reflexo do espelho para não dar pinta. Nenhuma reação.

†

Piscina, maconha, música. O plano perfeito. Exceto que Nazeera não tinha a menor ideia do que as outras duas aprontavam. Se tudo desse certo, por solidariedade ou furdúncio, seria logo a tímida menina turca a primeira das três a perder a virgindade.

Chegaram da escola todos juntos. Nazeera, Pilar, Help e Teobaldo, um rapaz bonito e metido do Dom Bosco, que ficava bem do lado do Maria Auxiliadora. Bonitim das tapioca, como dizia Pilar. Conforme combinaram, ele tinha roubado um cigarro de maconha do irmão mais velho. Aquela moeda poderia lhe comprar uma tarde perfeita.

— Pode se trocar no meu banheiro, Teo — disse Pilar, indicando o caminho, enquanto as outras duas acendiam os cigarros como se não houvesse nada fora do normal. Ela sabia que ele odiava o apelido.

Foi ele entrar por uma porta e elas correram para o outro lado da casinha, para o buraco que Pilar tinha descoberto alguns dias antes. (Tiveram que convencer Nazeera a não dar escândalo nem contar para o pai.) Viram o moço tirar o uniforme, peça por peça, e revezaram as três, às gargalhadas, cada uma narrando o que via para as outras duas. Enquanto falavam, protegidas por muros e arbustos, tiravam a própria roupa e colocavam o biquíni que levavam na bolsa, essa, sim, uma aventura de verdade.

— Ele tá tirando a camisa! Olha os ombros dele! — começou Pilar.

— Minha vez, minha vez! — disse Nazeera, empurrando-a para o lado. — Ele joga futebol? De onde tirou essas pernas? — Em seguida, foi empurrada por Socorro.

— Ih, ele vai tirar a cueca. Tá tirando... Aaaaaargh!

Nazeera pulou na frente de novo.

— Deixa eu ver. Ai, meu Deus! Eu nunca vi um menino pelado!

— Jura? Então deixa eu ver que te digo se é diferente dos outros — falou Pilar.

— Sai pra lá que você é virgem também — disse Nazeera, defendendo sua posição.

— Não de olho! — brincou a outra.

Correram todas de volta para a piscina antes de o rapaz chegar com seu calção de banho apertado que deixava pouco para imaginar. Tinha algo mais, escondido nas mãos, em que elas quase não repararam.

— Que é isso que cê tá carregando aí? — perguntou Pilar.

As outras duas se controlaram para não explodir, o duplo sentido lhes corroendo por dentro.

— Vocês curtem... viajar? — disse ele, abrindo a mão.

Juntaram-se os quatro, achando-se os reis da contravenção, ao redor do magricelo bagulho de orégano que o irmão de Teobaldo tinha feito só para caçoar dele. Nazeera abriu a bolsa e tirou um isqueiro, com que ele acendeu o cigarro e deu o primeiro trago. O papel recheado passou por cada um dos quatro, sem que ninguém desconfiasse do cheiro de pizza. Fosse o que fosse, o mundo deles tornou-se mais lento. Mais e mais. Mais... e...

— Agora tem uma surpresa para você — disse Pilar ao rapaz, sem certeza de que estava tão zonza quanto deveria.

Os outros riam como uns bocoiós, porque ouviram dizer que era aquilo que a maconha fazia.

— Claro — respondeu o moço, um pouco fora do tempo.

— Mas você vai ter que ficar de olhos vendados — explicou Mary Help.

— Ok — disse ele. Com tanto orégano na cabeça, não estava em condições de reagir.

As meninas cobriram seus olhos com um pano branco. Foi Pilar que segurou sua mão de leve e disse, se esforçando para ser da moda:

— Seguinte, bicho, cê confia em mim?

Apertou a mão dele contra o peito, numa inocência tão falsa e descarada que fez o calção do menino se mexer. Pilar o puxou pelo braço, devagar, dando voltas, entrando e saindo de caminhos errados para dar tempo de Nazeera e Help chegarem antes no quarto. Lá, para a surpresa da dona da casa, Help a empurrou para o banheiro e sussurrou:

— Agora, fica aí!

Nazeera obedeceu, ainda confusa, parte por candura, parte pelo orégano mesmo. Pilar, então, entrou com Teobaldo vendado, colocou-o de frente para Nazeera e fez um sinal de silêncio. Com a boca muda e muitos gestos explicou para a amiga: “Conta até três e beija ele”. Deu uma carreira e saiu pela porta. Ele sorriu ao notar que estavam sozinhos lá dentro. Ele e Pilar. Sentiu um par de mãos pequenas tocarem seu rosto, a boca molhada lhe beijar. Grudou o corpo dela no seu.

Nazeera tirou a venda. Seu quadril encaixado no dele, sua respiração igual a de cachorro na seca. Ele procurou em volta, confuso.

Sentindo pena de si mesma, Nazeera afrouxou o abraço. A farsa não tinha funcionado.

— Ele vai pular fora? — protestou Pilar, do outro lado do buraco secreto. Então, ele estendeu a mão até a nuca de Nazeera e a beijou novamente.

— Deu certo!

Elas saltaram e se abraçaram para comemorar. Até um beijinho rolou. Tocaram os rostos, as línguas, os olhos fechados sem força. Sorriram em seguida e se olharam de um jeito diferente. Envergonhadas, encantadas, confusas... O que quer que fosse, não era a hora certa. Voltaram para a ação principal, a maranhense no visor.

— Pilar?

— Oi? Olha lá! Olha lá, vai dar certo!

— Se esse buraco tá aí pra gente ver eles, tem alguém te vendo também.

— Eu sei.

Mary Help tomou controle do espiatório.

— Tu sabes e vai fazer o quê?

— Vou pegar o safado. Mas te avexe não, eu cubro com uma toalha.

Socorro a empurrou e assumiu o lugar.

— Ele tá beijando o cangote dela! Agora a mão... na bunda! Aaaaaaaargh! Ela agarrou ele com a perna também, que safada essa turca! — contou Mary Help. — Ai, meu Deus! Ele agora tá puxando a cordinha, vai tirar o sutiã dela. Tá puxando... Tá puxandoooooo.... O quê?!?! Que é isso, minha filha?

Nazeera, que sabia do buraco espião, segurou o biquíni antes que ele pulasse e empurrou Teobaldo com cuidado para fora do banheiro. Caíram na cama, desajeitados de tanta vontade. Agora sem plateia, os beijos e carinhos cresceram.

— O que foi? — disse Pilar, empurrando Help para o lado. — Como assim? Eles foram pra cama?

Correram para o outro lado e grudaram o ouvido na madeira. Escutaram um gemido, os barulhos rangidos da cama. E, de repente, uma conversa mole começou. Algo como "Espera!" cruzou a porta fechada.

— Ela foi até lá pra dizer que não? Como assim? — surpreendeu-se Pilar.

Do lado de dentro, o rapaz também parecia não entender. Pegou uma das mãos da menina e a enfiou no calção. Ela tirou.

— Melhor parar por aqui...

As amigas ouviram um arrasta-arrasta. Nazeera devia ter levantado da cama. Ainda conseguiam ouvir sua respiração ofegante.

— Parar? Como assim? — Teobaldo parecia fora de si. — Você e suas amigas me põem num quarto, e você vai se fazer de difícil? Não pra cima de mim! — Disse isso e empurrou Nazeera de volta para o colchão.

O lastro de madeira sob o colchão fez um som estranho, e Nazeera deu um berro.

— Para! Eu não quero!

Teobaldo segurou-lhe as mãos e avançou com a boca em seus peitos, que nem eram tão maus assim para uma CDF careta.

— Para! — gritou ela, mais uma vez.

Ele já tinha se posicionado entre suas pernas e olhava fundo em seus olhos, um sorriso confiante. Segurava ambas as mãos de Nazeera com uma das suas e descia a outra pela barriga da turca, como se o suspense lhe agradasse. O resto aconteceu num segundo. A cara de medo se desfez, e Teobaldo achou que era com ele. Ela sorriu, depois apertou o rosto com força. Quase ao mesmo tempo, algo pesado explodiu nas costas dele. Ele caiu no chão, gritando de dor. Quando olhou para trás, Pilar segurava um abajur descoberto. A lâmpada quebrada estava apontada para seu rosto.

— Sai daqui, cabra, senão eu corto tua cara.

Pilar botou o menino para correr portão afora. Só de calção, descalço até. Ela e Mary Help comemoraram a façanha com gritos de "Esquadrão Carcará!".

Então, notaram Nazeera correr para o próprio quarto. Parecia chorar.

†

Como se não estivesse atrasada, tomou seu banho com calma e se enxugou sem pressa. Se tivesse alguém do outro lado do buraco, queria que ele se perdesse mesmo. Colocou o uniforme cheia de dengo e depois tirou uma folha do caderno e escreveu: "Eu quero mais. Mexe na minha orelha pra eu saber quem você é".

Mandou um beijo para a falsa câmera e correu até o lado de fora. Imaginou-se chegando lá e encontrando o sujeito com as calças agachadas na cintura, mas não tinha ninguém. Deixou sua mensagem secreta pregada no visor e acelerou para a garagem.

— Passei tanto tempo no banheiro, me arrumando, que nem tomei café. Agora tô com tanta fome que fiquei até com um *buraco* no estômago — disse ela, na frente de seu Pedro. Ele também não acusou o golpe.

Foi para a escola sozinha. Nazeera não se sentia bem.

†

Uma pequena caixa de presente aguardava Pilar sobre a cama quando ela chegou do Maria Auxiliadora. Ela abriu, ansiosa. Um par de brincos. Duas pérolas lindas de cair os beiços. Ela já tinha visto em foto de revista, nas amigas da embaixatriz que às vezes apareciam para um chá. Mas nunca tinha imaginado ter as suas. Teria algo a ver com o bilhete? Correu até o lado de fora, o canto onde o espiador ficava. O papel não estava mais lá. Nem ele nem pegadas, tampouco qualquer indicação. Será que era espiada por um encantado? Mas que diabo eles precisavam de buraco se podiam entrar invisíveis? Com um frio na barriga, Pilar se arrumou, colocou os brincos e foi preparar o jantar que tinha prometido. Era uma sexta-feira. Sua sexta-feira.

†

Primeiro, ela cortou todos os ingredientes em cubinhos, um separado do outro, tal qual sua madrinha havia ensinado. Cenoura, maxixe, chuchu, quiabo, batata, aipim, abóbora. Depois, picou os temperos: cebola, alho, tomate, pimentão, pimentinha... Fez tudo devagar e sem jeito, recusando-se a usar qualquer ajuda das donas da cozinha. Mas fez. Aquele era seu jantar, e ninguém ia roubar seu crédito por ele.

— Tu sabe que os rico sempre ganha, num sabe? — disse Cirlene, como se falasse um pensamento solto.

Pilar fingiu que não ouviu. Cozinhou os ingredientes separados, num pouco d'água, juntando o caldo que sobrava numa vasilha maior.

— Nessa vida, ou se tem dinheiro, ou se é polícia ou doutor... — a empregada continuou. Ia dizer mais até, mas acabou interrompida por uma voz gelada.

— Cirlene, dá um segundo, por favor?

Ela obedeceu. Ficaram apenas Pilar e a dona da casa.

— Nazeera me contou. Espero que tenha gostado da presentinha que deixei.

Pilar segurou os brincos com certa confusão. Mas fazia sentido. O presente pelo que tinha feito. Claro!

— Amei! Mas não tem o que agradecer, senhora. Semana que vem, vamos contar a história toda para a madre e aquele safado do Teobaldo vai ver...

— O que tinha de cuidar eu cuidei — disse a dona da casa, para a surpresa de Pilar. — Esse mocinha é filho da diretor da única hospital bom de Brasília. Não quero briga com ele por causa de bobageria de adolescente.

— Mas, senhora...!

— A decisão é essa. *Besides*, Nazeera provocou. Não tinha nada que ter entrado na quarto sozinha com um menino mais velho. Falta muito?

— Quê?

— Falta muito para o jantar? Todo mundo tá esperando no mesa.

— Não, não. Quase pronto.

Pilar preparou o refogado, colocou os legumes todos de uma vez e cobriu até a metade com um pouco do caldo. Deixou borbulhar e, finalmente, acrescentou um fio de leite de coco para o cheiro espalhar para longe do fogão.

Quando chegou à sala, eles aguardavam. Kemal com entusiasmo aparente. A dona da casa com um ar de aprovação. Nazeera... essa parecia doente.

— Vocês conhecem o quibebe de vocês. Este aqui é o do Maranhão.

Kemal não esperou a explicação terminar. Serviu-se, assanhado, misturando o cozido com arroz branco e a farinha-d'água. Ah, a farinha-d'água! Depois foi a filha, sem levantar os olhos. A mãe se serviu por último, já sem tanto afã. Pilar ainda fazia o próprio prato quando Kemal suspirou alto.

— Nós temos que ir na Maranhão! Nós quatro! Se é assim que eles comem por lá...

— Que bárbaro — disse Nazeera, num entusiasmo arrancado de mal jeito.

Pilar sorriu. Da fresta da porta da cozinha, podia ver a cozinheira furibunda.

Terminaram, repetiram, e Kemal ainda foi para uma terceira vez. Comeram tanto que dispensaram até a sobremesa, para a fúria de Cirlene. Foram direto para o café, que tomaram depressa porque a embaixatriz resolveu ler o fundo das xícaras.

Para quem fazia tanta pose, aquele momento cigana surpreendia. Ela se concentrou com um ritual tão falso quanto o das adivinhas do circo. Nazeera resmungou de vergonha, Kemal gritava feito um bocó. Ela olhou o fundo da própria xícara e sorriu em silêncio. Apesar dos protestos, não contou o que viu. Na do marido, se abanou:

— Hmmmm, sexy...

— Mãe! — protestou Nazeera.

Veio, então, a de Pilar.

— O pessoa que procura vai aparecer. Mas no adianta procurar.

Pilar quase vomitou ali mesmo. Ela conhecia os truques do circo. Essa podia ser uma invenção genérica, que cabia para qualquer situação, mas não era assim que ela se sentia. E se estivesse falando do tarado do buraco? Que bobagem, não? Claro que não estava. Mas e se estivesse?

Foi a vez de Nazeera.

— Será que vou ver seu marida? — provocou.

Rodou as mãos da forma mais charlatã e leu a mensagem da borra. Ela ficou ali, confusa, preocupada, talvez. E largou a xícara na mesa. Saiu meio depressa, sem explicar direito:

— Não ten nada aqui. Agora vou dormir que amanhã tenho muita o que fazer. — A embaixatriz era boa de pilantragem.

— Hoje eu lavo os pratos! — gritou o embaixador, quebrando a tensão.

Ele estufou o peito e levantou com tanta disposição que Pilar foi obrigada a notar. Foi a primeira vez que o enxergou assim... Por trás de seus traços de calango turco, o homem tinha certo charme. Estava em forma para a idade. E o cabelo grisalho lhe caía bem. Seguiram os três para a cozinha, Pilar, o patrão e a filha, sem dar atenção à cozinheira nem à governanta que, aviltadas, se esconderam nos próprios quartos.

Formaram uma pequena linha de montagem. Pilar cuidou de jogar a comida no lixo, o pai lavava e Nazeera secava.

— Henry Ford ficaria orgulhoso — comentou o embaixador.

Terminaram tão rápido que Pilar nem acreditou. Fosse quem fosse, esse tal de Henry Ford, devia ser um cabra inteligente. Seu pensamento foi interrompido, no entanto, por uma mão lhe tocando a orelha.

— Brincos bonitos, Pilar — disse o embaixador.

— Sua mulher que me deu — respondeu Pilar.

O dono da casa não teve reação. Podia ser coincidência, podia ser uma identificação. Que filho do cabrunco! Em vez de esclarecer, tudo havia ficado ainda mais confuso. O plano tinha falhado, de novo.

16.
O SUBMARINO AMARELO

Alguém bateu na porta. Uma, duas, três vezes. E mais algumas.

— Já vou! — gritou Pilar, sem força para levantar-se da cama. Nazeera não parecia em nada com a menina com quem ela tinha convivido durante os últimos meses. Tinham voltado os antigos óculos fora de moda, a saia abaixo do joelho. Seu rosto estava de novo aprisionado pela timidez. Havia mais, porém. Ou menos. Uma tristeza tão forte que fazia o som despencar.

— Minha mãe disse que era bom eu passar uns dias na fazenda. Pra pensar.

— Pensar em quê?! — disse Pilar, levantando a voz.

— No que eu fiz...

— Você não fez nada, tá louca? Eu estava lá!

— Mas você não estava... comigo. Eu provoquei. E nem gostava tanto dele. Se você não tivesse aparecido na hora... eu ia acabar...

Nazeera enrolou o corpo com as mãos, se protegendo e se escondendo ao mesmo tempo. Fechou os olhos, de vergonha e dor.

— Para com isso agora mesmo. — Pilar a chacoalhou. — Eu vou falar com sua mãe.

Pilar tentou puxar a turca pela mão, mas Nazeera empacou ali mesmo, sua melancolia lhe prendendo como raiz. Disse que precisava de uns dias para descansar, tirar aquilo tudo da cabeça. Ia melhorar, prometeu. Eram só algumas horas até a fazenda em Pirenópolis. Seria uma viagem fácil, alguns dias, apenas. Pilar levantou o queixo da amiga procurando uma lágrima que não tinha, o que parecia mais terrível ainda.

— Quer que eu vá com você?

Nazeera deu um beijo em Pilar e foi embora, sozinha.

Com cara de enterro, seu Pedro aguardava na beira do portão. As malas dentro do carro, motor aquecido. Ela embarcou, ele bateu a porta e sentou-se atrás do volante. Ela nem sequer olhou para o lado, muito menos acenou. Macambúzia entrou, macambúzia se foi.

Desapareceu na poeira vermelha.

Pilar passou uma água no rosto, colocou a primeira roupa que encontrou e correu na direção da casa principal.

— A patroa está fazendo massagem — disse Cirlene.

Pilar não tomou conhecimento. Passou por ela como um trator e seguiu pelo corredor até o quarto da massagista, onde uma alemã com dedos de salsicha e cabelos da cor do barro candango amassava sua vítima. Quando a menina a encarou debaixo do batente, a alemã interrompeu o trabalho. A dona da casa estava deitada sobre uma cama de solteiro, coberta por uma toalha. Tinha outra amarrada no cabelo e duas rodelas de pepino lhe cobrindo os olhos.

— O que está acontecendo? — perguntou, às cegas.

— Preciso falar com a senhora — respondeu Pilar.

Sem pressa, a embaixatriz tirou as rodelas verdes e brancas dos olhos e se sentou. Seus peitos, enormes e descobertos, eram uma acusação. Um protesto contra tanto atrevimento.

— Nos dê um minuto, Melânia, por favor — disse a megera. Esperou que estivessem sozinhas para continuar: — Não gosto que interrompem quando faço massage.

— A Nazeera...

— O que tem ela?

— Ela não fez nada de errado, eu vi tudo. Foi aquele...

— Sinto muito, menina, mas o mãe dela sou eu.

— Eu sei, não estou dizendo isso, só que quando aquele menino atacou a Nazeera...

— Ela estava só de biquíni, no estava?

— Estava, mas...

— Ela entrou na quarto sozinho com ele, no entrou?

— A senhora não está entendendo, eu estava vendo...

— Ela me contou tudo. Que foi ela que beijou, inclusive.

— Então, depois disso...

— Tudo que aconteceu só aconteceu porque Nazeera começou.

— Mas...

— Você devia ficar feliz que minha filha no deixou você ser culpada. Porque na minha opiniom...

— Então, eu sou culpada!

A embaixatriz fechou os olhos e espremeu os lábios com tanta força que parecia que ia explodir. Não tinha nada que odiasse mais que ser interrompida. Deve ter contado até três em turco ou outra coisa que mulher de diplomata aprendia a fazer. O fato é que conseguiu se acalmar.

— Mais alguma coisa?

Pilar amarrou a cara e tentou bater a porta, mas a massagista alemã segurou antes. Nada de baticum em sua sessão. Pilar já estava quase na varanda quando a alemã gritou de volta:

— Menina, a embaixatriz está te chamando!

Pilar voltou, esperançosa. Não imaginava uma mudança tão rápida!

— Hoje de noite tem uma festa aqui no chácara. Mandei Cirlene deixar uma vestido passada no seu cama. Meus amigas disseran que vão trazer uns meninos de sua idade, enton chama aquele amiga que vem sempre aqui. Agora, pode ir.

Pilar saiu ainda mais raiventa. A filha quase tinha sido estuprada, e ela resolvia dar uma festa? Gente rica devia ter bosta na cabeça.

†

O vestido era o mais curto que Pilar já tinha usado. Prateado, combinando com a faixa de cabelo, as botas e a calcinha. Olhou-se no espelho e deu uma voltinha. Ainda torcia para que a patroa engasgasse com uma azeitona e fosse parar no hospital, assim a festa seria cancelada. Mas a roupa nova até que lhe caía bem. Melhor se fingir de boba e poder estar por perto quando Nazeera voltasse.

Resolveu fazer um cabelo de arromba, no estilo da artista na capa da revista que havia levado para ler. Qual era o nome mesmo? Brigitte Bardot, isso. Maquiou os olhos com cuidado – não estava acostumada a tanta emperequetação – e passou o batom mais claro que tinha no kit que a patroa havia deixado para ela.

A música na casa principal já tinha começado a tocar quando Mary Help chegou.

— Eu tava achando que tu não... — Pilar interrompeu a fala.

Os cabelos sempre escorridos da amiga estavam ondulados e brilhantes. Caíam-lhe sobre as alças grossas do macacão sem manga, preto de listras douradas, que descia justo e decotado até meio palmo acima do umbigo. Terminava numa calça com as bocas largas como ela nunca tinha visto e em uma sandália com um salto tão fino e tão alto que Pilar tinha que olhar para cima para lhe enxergar os olhos.

— Minha mãe me emprestou. Ficou bom? — perguntou Help, à espera de um elogio.

Pilar mal sabia o que dizer. Sentiu o estômago esquentar e, por um segundo, achou que os joelhos iriam falhar. As palavras já tinham fugido:

— Tu tá... tão linda!

Parecia até um encanto. De repente, não havia Nazeera nem embaixatriz. Não havia Teobaldo nem embaixador. Só as duas, e a música do lado de fora. Deram-se as mãos e seguiram com passos saltados de alegria, como se nada, no passado, no presente nem no futuro, pudesse estragar a ocasião. Queriam mesmo era dançar.

†

Empresários, médicos, militares, políticos, jornalistas famosos... A grã-finagem brasiliense toda havia resolvido marcar presença na festa da embaixada turca. Fotógrafos batiam chapas para a coluna social.

Garçons serviam coquetéis de camarão e quitutes turcos. A bebida corria à vontade, e até a música parecia boa.

— Ó os coroas fingindo que gostam do que tá tocando! — debochou Mary Help.

Na pista de dança montada na varanda, Pilar e a amiga dançaram como se estivessem só as duas. Sabiam dos olhares gulosos dos homens e enciumados de suas mulheres. Pulavam, rodavam, cantavam. Não tinha quem não olhasse. Tanto uma quanto a outra poderiam ser facilmente escolhidas a mais atraente da festa. Em dupla, então...

Um garçom lhes ofereceu algo de beber.

— Um hi-fi — pediu Help, esperando que o rapaz lhe negasse, o que ele não fez.

— Dois — acompanhou Pilar.

Qualquer motivo era bom para uma chegar mais perto da outra. Risadas, retoques de maquiagem, movimentos de dança. O domínio da pista era tão grande que os coroas acabaram abrindo a roda para as duas. Os drinques chegaram e aqueceram ainda mais a performance. Pilar dava voltas até sua saia levantar. Help arriava o ombro e espremia os braços como quem fazia questão de que o decote afrouxasse. De frente, de lado, de costas, se esfregavam e grudavam como podiam. Em torno, homem ou mulher, ninguém conseguia tirar o olho das ternurinhas entrelaçadas. Então, o embaixador apareceu.

— Pilar?

Mais que depressa, ela escondeu o hi-fi atrás da cintura. Estaria constrangida se o pilequinho não transformasse a vergonha num riso descontrolado. Ela tentou parar, mas só piorava. Kamal parecia se divertir. Puxou-a pelo braço até uma roda mais próxima.

— Queria te apresentar um grande amigo. O doutor Dantas, diretor e médico do Hospital de Base. Ele é pai de um colega de vocês.

— O quê?! — gritou Pilar, com a música impedindo que ouvisse.

— Queria apresentar vocês ao...

— O quê!?

— Doutor Dan-tas, pai do *Te-o-bal-do.*

Pilar esticou a cabeça para o alto. Achou que ia vomitar. O sujeito deu-lhe dois beijinhos. Será que o homem sabia? E o embaixador? Tinha feito de propósito? Ela segurou a mão de Mary Help e puxou-a apressada para dentro. O mundo não parecia muito direito. Cruzaram o corredor inteiro sem parar, chegaram à biblioteca e fecharam a porta logo atrás. Ao menos ali o som da música ficava mais longe e abafado. Dava para conversar. Pilar tentou recuperar o fôlego e contou à amiga quem era o indivíduo que o patrão havia lhe apresentado. Help largou-se no sofá de couro e cobriu a boca com as duas mãos.

— Caraaacas! — disse.

A música subiu de uma vez. Elas olharam para a porta. A embaixatriz. Da fresta, bisbilhotava com cara de bedel. Depois, virou-se para o corredor, como se cumprimentasse alguém, e abriu passagem. Quem entrou foi o embaixador, andando em zigue-zague e falando mais alto do que de costume. Mais enrolado também.

— Vocês vieram se esconder aqui, foi?

Antes de fechar a porta e ir embora, a embaixatriz esperou que os olhos de Pilar encontrassem os dela. Não deu um pio nem explicou o que pensava. Só queria que a menina manjasse alguma coisa que ela não havia manjado. Quem falou foi o patrão:

— Vocês gostam de música, não gostam? Eu gosta muito. Acho que esse música de Beatles é brasa, mora?

As gírias do bebum não causaram riso nem desdém. Estava tudo errado. O disco começou a rodar.

In the town where I was born
Lived a man who sailed to sea...

— Diz pra min... Help... É sua nome, né? Onde você nasceu? — perguntou ele, dançando desequilibrado, como se estivesse em alto-mar.

— Eu? No Ceará, embaixador.

— Ah! Lá tem um mar lindo, que nem no música! — ele disse, e cantou a estrofe dos submarinos amarelos debaixo das ondas:

We all live in a yellow submarine
Yellow submarine, yellow submarine

Kamal foi tropeçando na direção da bandeja de bebidas.

— Vocês bebem alguma coisa? — perguntou, sem esperar a resposta. Serviu um copo de uísque para cada uma. — Cerefe! Tim-tim! — brindou ele, entregando às duas os copos.

Aboletou-se entre ambas, roçando em seus ombros, peitos e coxas. Elas seguraram os copos, deixando-o livre para derramar as mãos flácidas e pesadas sobre as coxas das duas. Pilar puxou a perna para o lado, Help se levantou num salto, e o desgraçado só fez rir.

— O que é isso, meninas? Nós estamos nessa submarino, no? Embaixo da água... *We all live in a yellow submarine, yellow submarine, yellow submarine...* Sabia que eu já foi num *submarine*? É tom quente lá dentro... — continuou ele, desabotoando o alto da própria blusa.

Ele saltou feito uma onça bêbada. Num só passo, estava entre as duas, se equilibrando nos pés frouxos, segurando-as com força pela cintura, depois forçando as mãos no meio dos dois decotes. A música continuava, insistente, infantil. Ele tentou beijar o pescoço de Pilar e se entortou tanto que Mary Help conseguiu se livrar. Correu para longe na direção da porta.

— Espera aí! — gritou o bêbado. Tinha a voz relaxada, de quem mantinha tudo sob controle.

Sky of blue (sky of blue) and sea of green (sea of green)
In our yellow (in our yellow) submarine (submarine, aha!)

— Vai embora, Help! Eu cuido dele. Já vai passar, já vai passar — disse Pilar.

Mas a porta para o corredor estava trancada por fora. Kamal achou graça e até chegou a babar.

— Deixa disso, vem aqui com o gente — pediu ele, com a fala mole.

Ela se manteve longe, arrudeou o bebum colada nas paredes até a saída para o jardim. Nervosa, demorou a achar o trinco. Finalmente abriu e correu o mais rápido que pôde. A música foi se repetindo, cada vez mais longe.

We all live in a yellow submarine
Yellow submarine, yellow submarine...

Help olhou para trás uma vez, procurando Pilar. Mas ela não a seguiu. Ficou do lado de dentro. E, de lá, fechou a porta por onde a outra tinha escapado. Acenou confiante, indicando que ficaria tudo bem.

Da varanda, como se esperasse, embaixo do único foco de luz, a embaixatriz tomou um gole de seu martíni. Divertia-se com o vaivém vacilante da amiga da filha. Voltava? Seguia? Tão bobas, essas meninas. Elas se viram. O horror de uma refletido na diversão da outra. Help olhou para trás. Mais uns passos e estaria segura no quarto. Deu uma carreira, mas o salto fino afundou na grama e ela caiu, tão de surpresa que foi direto com o rosto na grama molhada. De tanta dor e medo, queria chorar, mas não era a hora. Não na frente daquele monstro. Tirou os sapatos e terminou de correr até o abrigo.

Apoiou-se na porta para que ninguém conseguisse entrar e aproveitou para respirar. Ninguém tentou. E se Pilar chegasse? O hi-fi subiu goela acima, e ela correu para o banheiro. Vomitou tudo de uma só vez. Um vômito laranja fosforescente, radioativo. O corpo tentou mais algumas vezes, não tinha mais o que sair. Lavou o rosto, a boca e os cabelos, sujos de lama, uísque e bile. A maquiagem borrada recontava seu medo pelo espelho. Então, ela viu o buraco. O tal que tinham usado para espiar Nazeera. O que um tarado havia feito para observar Pilar. Já não restava muita dúvida de quem fora, o que era de embrulhar novamente o estômago vazio.

Help encheu a mão de papel higiênico, colocou tudo dentro d'água e usou a massa branca para fechar o espiatório. Chegou perto da janela, mas daquele ângulo não dava para enxergar a varanda, apenas a pista de dança onde os coroas se remexiam como mamulengos as músicas que ouviam pela primeira vez. Será que sabiam o que acontecia? Que aquilo tudo era um ritual grotesco? Eram elas o motivo da festa? A cabeça doeu onde agora havia um calombo do tamanho de um cotovelo. Viu os fundos escuros da chácara. Se alguém se aproximasse por ali, ninguém veria. Ela fechou a cortina e correu para o canto oposto do quarto, entre a mesinha de cabeceira e a esquina de duas paredes. Sentou-se encolhida, abraçando os joelhos e segurando o sapato de salto fino feito uma pexeira. E apagou.

†

Foi ali que a vida começou a mudar. Quando o trinco da porta girou com cuidado, praticamente em silêncio, e ela teve tempo de sentir. Com a porta aberta, junto com Pilar, entrou também a música que o *disc jockey* tocava na varanda. Pilar não tinha mais o cabelo armado de horas antes. Sua maquiagem não brilhava mais. Sua expressão já não era ansiosa nem encantada. Era de força. Talvez uma força fingida para proteger a amiga, mesmo assim... Ajudou Socorro a se levantar do canto da parede. Deitou-a na cama. Depois, tirou a bota e mirou o chuveiro. Precisava tanto. Socorro, que ainda tremia, olhou com os olhos cheios de dor, de culpa, de medo. Estendeu a mão, numa súplica por calor e perdão. Pilar ajeitou-se logo atrás, arqueada juntinha. Ao fundo, um resto de música escapava pelas frestas da janela – ou de seus pesadelos. Uma melodia quase infantil. Sobre um submarino amarelo.

17.
SANGUE, MIJO E CUSPE

O negrume veio de dentro que nem um jato de piche. Tão forte que a boca não era suficiente para vomitar. Saiu por tudo que era buraco, de cima, de baixo, para todos os lados, com uma raiva que fazia trovejar. O mundo, que da última vez era como o cerrado, mas verde, ou como o gramado da chácara, mas grande, se inundou da gosma escura. Até o céu empreteceu.

O ar cheirava a enxofre e uísque. A dor, ela queria que parasse; o resto, que viesse que nem coice mesmo. Ela gritou. Urrou. Rasgou a própria pele como se fosse de papel. Soltou raios dos próprios dedos e partiu o chão em vários pedaços com uma pisada só. Que morresse tudo. Lá no fundo, uma pedra fuleira ousou ficar de pé. Indignada, ela foi até lá. O negro gigante da outra viagem, ela reconheceu, lia um livro fininho. *Uma dobra no tempo*, dizia a capa. Ele virou assim que ela se aproximou. Chacoalhou o livro, amostrado, como se tivesse algo ali para ela notar. Como se estivesse a se gabar de algo que ela não entendia. Ele bufou, impaciente de mentira.

— Achei que tu tinha vindo trazê café.

Teria sido malcriada se não tivesse sido pega tão de surpresa assim. Vendo a confusão (e gostando), ele continuou:

— Café, tu não sente o cheiro? Hmmm.

O homem ofereceu o livro, de longe.

— Já leu?

— Não — respondeu ela.

— E resolvê, já resolveu?

Dessa vez, ela sabia o que ele perguntava. Acenou com o queixo em sinal positivo. Estava segura.

— Bom. Forte em você o axé é — disse ele, como se debochasse de alguma coisa, e levantou o nariz, farejando algo gostoso. Ela também sentiu. Café.

Pilar abriu os olhos, com dificuldade. Pareciam grudados... Seria a maquiagem? Uma pontada fina lhe cortou por dentro. Dor de cortar respiro. A noite passada... As lembranças lhe choviam. Veio um calafrio de nojo. Do meio da luz, um vulto trouxe uma bandeja com um pão e uma xícara de café bem quente. Ela rolou o corpo e cobriu o alto da vista tentando ajustar o foco. Seu corpo inteiro moído, o sangue nos lençóis. Vermelho, recente. O medo voltou de uma vez. A raiva, logo depois. Onde estava Socorro?!

— Tua amiga foi embora mais a mãe — explicou Cirlene, tão carinhosa que Pilar mal a reconheceu.

A cama, a cabeceira... Nenhum bilhete? Nada.

A empregada continuou:

— Eu tentei avisá... Gente que nem nós não tem como ganhá deles, não.

— Ela tava bem? Digo, quando saiu? A Socorro? — perguntou Pilar.

— Parecia machucada não, se é isso que tu qué sabê. E tu, dói?

Pilar levou a mão ao ventre e fez uma careta.

— Quer que eu chame alguém? — ofereceu a ex-inimiga.

A menina pegou um pequeno bloco de notas sobre a mesa de cabeceira e escreveu um número.

— Minha madrinha.

— Vô dizê que tu mandô ela vir te buscar. Mas ouve o que eu vô dizer: esses saravú são amigo dos médico tudo, dos polícia... Adianta brigar não. Tem gente que é tão ruim que sabe ter medo não. Esses aí são assim.

Pilar engoliu o café morno com três aspirinas que a empregada lhe tinha levado, fechou os olhos e se perdeu no escuro mais uma vez.

†

O lençol se moveu, e ela sentiu alguém afastar suas pernas uma da outra. O coração de Pilar disparou, os músculos empedraram. Doíam, todos eles. Pilar não tinha forças para se defender. Levantou a cabeça, em desespero, procurando um sinal de misericórdia. Valei-me, minha Santa Bárbara! Então, a raiva veio junto. Se fosse para ser assim, pelo menos o cabra ia ter que olhá-la dentro do olho. Para nunca mais esquecer que ganhar, isso ele não ganhou.

Mas era sua madrinha que a encarava por entre os joelhos. Pilar voltou a respirar, aliviada, e derreteu-se num choro de criança.

— Vai ficar marcado isso — explicou a freira, com ar de misericórdia. — Tu queres me falar sobre o que aconteceu?

Pilar fez que não.

— Pelo menos quem fez isso?

A jovem notou que alguém tinha tirado sua roupa.

— Embaixador... — respondeu.

Irmã Madalena, que já tinha visto tanta coisa nessa vida, não parecia surpresa. Com uma frieza eficiente e funcional, esticou as pernas da afilhada, posicionou a bolsa de água quente sobre seu ventre e se levantou sem pressa.

— Tu queres ir à polícia?

— Nem...

— Hospital?

A menina repetiu a negativa e tornou a fechar os olhos.

†

— Oi, prima.

Era João que ajudava Pilar a se levantar dessa vez. Fazia tanto que não se viam. Ele a amparava com cuidado e carinho, como se carregasse um passarinho ferido.

Em seus olhos, uma mistura de ódio e dor. Mais ódio. Pilar passou a mão de leve em seu rosto. As dores do corpo tinham melhorado, e ela conseguiu se vestir sozinha enquanto o primo assistia. Decidiu ali mesmo não explicar detalhes. Aquela providência, ela queria tomar por si mesma.

— Tu vai começar a achar estranho quando me ver de novo de roupa... — brincou Pilar, a voz ainda tão fraca que nem graça chegou a ter.

Cirlene carregou as malas enquanto Pilar seguiu apoiada no primo. Um carro desconhecido a aguardava. Com cuidado, João Batista ajudou Pilar a entrar no Corcel, botou tudo no porta-malas e sentou-se atrás da direção. Pilar sentiu orgulho do primo, que já dirigia. O que mais teria mudado nesse tempo longe?

Um pequeno alvoroço chamou atenção. A distância, depois da piscina, na porta da varanda, Irmã Madalena gesticulava, invocada. Erguia o braço ameaçando alguém que se mantinha do lado de dentro. Falou, falou, e, quando veio na direção do carro, Pilar viu a embaixatriz dar alguns passos para fora. Tomava com calma seu chá de limão de todo dia, com seu robe de seda e pantufas, como se nada de estranho acontecesse. Talvez até achasse graça.

João esperou que Irmã Madalena se arrumasse no banco de trás, junto de Pilar, e deu partida. Saíram pelo portão acelerando em falso, jogando pedras para todo lado. De longe, Cirlene deu o que imaginava que seria seu último tchau. Elas se veriam novamente, porém.

†

Pilar não tinha voltado nenhuma vez à Cidade Livre. Mas, pelo telefone, tinha ficado sabendo que a madrinha agora morava na própria casa e evitou perguntar o que a igreja achava disso e de onde ela tirava o dinheiro do aluguel. Desconfiava de que o hábito já não era oficial fazia tempo e não queria cutucar o assunto na hora errada. Sempre perguntava de João e ficou feliz quando soube que ele tinha terminado o colegial com só um ano de atraso. E que tinha tirado a carteira de motorista. Já da tia... Dessa, não perguntou nem falou. Mais de birra do que de raiva. Queria que ela desse o primeiro passo. Seguiram sem falar nada por alguns quilômetros quando a freira quebrou o silêncio:

— Vingança é melhor anunciada, dizia minha mãe. — Pronto, tinha a atenção de todos. Bom mesmo. Pilar pareceu se importar.

Ela prosseguiu: — Quando eu era mocinha em São Luís, meus pais costumavam receber uma amiga que ia de tempos em tempos à capital para estudar com meu pai. Ela era como se fosse da família. Às vezes, passava um dia, às vezes, uma semana... Eu levava ela para sair, meu pai ensinava as coisas... Mas minha mãe cuidava mais dela: dava de comer, mantinha um quarto para ela sempre arrumado e limpinho... Um dia, mainha chegou em casa e a quenga tinha fugido com meu pai! Durante aquele tempo todo em que ela ficava lá em casa, eles estavam de rebuliço, acredita? Minha mãe bem que tentou reagir, mas um ano depois morreu, de tristeza mesmo.

A freira entrou num longo silêncio que ninguém ousou interromper, até que ela mesma fez o sinal da cruz e continuou:

— Eu sei que não é muito cristão da minha parte, mas eu me vinguei... De um jeito horrível, que até hoje eu tenho caganeira só de pensar, especialmente porque... eu nunca me arrependi. Fiz e faria de novo. Ela mereceu. Se tu queres um conselho dessa freira velha é que, se um dia tiveres que te vingar, mas te vingar de verdade, tem que deixar a outra pessoa saber. Não é coisa bonita de dizer, mas, se é para fazer coisa ruim, melhor fazer direito. Para poder deixar para trás e encerrar o assunto de uma vez por todas.

O carro chacoalhava, e, por um instante, Pilar ficou tão chocada que até esqueceu a dor, a culpa e a humilhação. Chegou a compartilhar a raiva da rampeira de quem a madrinha falava.

— E entenda o que eu digo, minha filha. Entenda bem entendido. Eu não tenho orgulho dessas coisas, sei que vou pro inferno por elas. Por isso, nunca contei para ninguém. Então tu me escutes quando eu digo: tu vais te vingar daquela gente, e eles já sabem disso. Mas na hora certa.

— Como assim? — perguntou Pilar, confusa de tanto.

— Pois eu não disse para aquela megera que tu eras de uma família de bruxas das mais poderosas que existiam? E que toda tua ira, todo teu feitiço agora iria se despejar em cima dela e daquele marido safado, canalha, filho de uma égua, com a bênção do meu senhor Jesus Cristo e tudo! E não sei o que tu vais fazer, não sei mesmo. Mas, a partir de hoje, tudo de ruim que acontecer na vida daquela lá, ela vai achar que veio de ti. Eu vi nos olhos dela. Então, agora é contigo o quanto tu queres te vingar. De um jeito ou de outro, a vingança já tá acontecendo.

No banco da frente, João finalmente entendia o que tinha acontecido. Queria gritar.

†

Marta comia mexerica no portão.

— Que é isso, mãe? — perguntou João, ainda de dentro do carro. — Veio esperar a gente aqui fora? Não aguentou?

Ele se virou para trás e piscou para a prima, que logo entendeu a mensagem. Aquela era a maneira menos rabugenta de Marta dizer que estava ansiosa. Saltaram do automóvel e logo de cara a menina correu até a tia. Num abraço só, admitiu:

— Me perdoa, tia...

Era tudo que Marta precisava ouvir. Abraçou de volta a sobrinha e pôs-se a chorar. De saudade e revolta. De tudo que passou, que não carecia de passar. Ela sentia, porém, que a coisa estava para mudar.

— Eu tô pronta, tia — disse Pilar. — Pra assumir minha magia, meus encantados... Mas, antes, tem uma coisa que a senhora precisa me ajudá...

†

Ninguém atendia ao telefone na casa de Socorro. Inferno! Bem no meio da raiva, João chegou com dois sacos plásticos, cada um com um punhado de cabelo.

— Dona Cirlene disse que esse aqui é do embaixador; esse é da embaixadora. Que pegô da escova de cada um, bem fresquinho, de hoje de manhã mesmo — disse o rapaz.

Pilar bateu o telefone e foi até os fundos da casa, onde a tia aguardava com uma bacia posta no chão, ao lado de uma cruz feita de velas vermelhas. A estátua de Santana estava lá também, como se zelasse pelo trabalho a ser feito. Pilar pediu um segundo, deu uma carreira até seu quarto novo, onde antes dormia sua madrinha, que não morava mais lá. Seu antigo quarto agora era de João. Voltou de lá com a caixa de papelão que veio na mudança de volta. Baixou a caixa e tirou uma cobra negra, empalhada em posição de bote.

— Que é isso, minha fiia? — perguntou Marta.

— Um presente que eu ganhei. Tia Neiva disse que ela tem poder e vai me proteger. Então, queria que ela ficasse por perto.

A tia, que já tinha visto de tudo nessa vida, deu de ombros e continuou:

— Primêro, tu coloca os cabelo dos dois aí nessa bacia seca. — Pilar seguiu a instrução com precisão ritual. A tia foi em frente, desta vez fazendo com que João quisesse se esconder num buraco qualquer. — Depois, tu se acocora aí e mija dentro da bacia. Isso, vai. Mais, pode continuar... Mais um pouco... Tá bom.

Pilar olhou a bacia com aflição ao ver a própria urina misturada com sangue.

— Não te apoquente, não — disse a tia. — Sangue é bom. Faz o feitiço ficá ainda mais forte. Agora, pega aquelas tigela de leite ali. Pensa que esse seu mijo aí tem duas parte. Agora, bote mais uma parte de leite. Botou? Bom... Agora, chega perto, bota a cabeça em cima da bacia e pensa em tudo que eles fizeram. Pensa bem mesmo. Fica com bastante raiva. Agora, cospe, põe tudo pra fora com bem muita raiva. Tu precisa botá mais outra parte de veneno de cuspe, igual à de leite. Então, vai cuspindo.

Pilar levou a sério. Cuspiu cada vez como se estivesse envenenando a vida dos embaixadores turcos.

— Agora, tu pega o lápis e escreve neste outro papel aqui o nome de cada um dos dois. Sete vezes cada.

A sobrinha cumpriu a ordem e, seguindo o gesto da tia, dobrou e redobrou o papel e jogou dentro da mistura de mijo, sangue, leite e cuspe.

— Agora, pede pra Exu levá esse veneno pra quem tu qué atacá. Mas pensa bem pensado mesmo, que antes de tu chegá eu já tinha dado um galo com cachaça pra ele lá na encruzilhada.

Aquela era a maneira de Marta dizer que nunca tinha deixado de se preocupar com a sobrinha. Ela, então, pegou as velas, apagou cada uma delas na gororoba do feitiço e depois guardou para jogar no mato. Subiu uma escada encostada no muro e se voltou para Pilar:

— Me dê essa gamela aí, minha fiia, que eu vou colocá ela é no telhado pra seu Exu buscá mais fácil.

Pilar cumpriu a ordem e, assim que perdeu a bacia das mãos, se chacoalhou toda, revirou os olhos e começou a falar diferente:

— Eita, exa! Que fexta boa ocês tum inventano aqui, exa. Muito bom, puque essa minina precisava dixo pra voltá, visse? Ela precisava sofê pa dá valô. E agora ocês que forum pacienti vão tudo podê aproveitá que a Pilá voltô.

João apareceu correndo ao reconhecer a voz gritada. Irmã Madalena ficou de longe, observando, curiosa. Olomô continuou:

— Agora qui tá tudo bein, tudo mundo junto de novo, ocês deixa pra tráx ais briga e vai pra frenti. Qui du restu cuidjo eu, intendeu, minino Jão?

E subiu.

18.

O VERMELHO E O NEGRO

Arre! E quem é que ia querer brigar por ela faltar na escola naquela segunda? Na semana inteira, até? Só que, Pilar sendo Pilar, resguardo era a última coisa que passava por sua cabeça. Ainda mais porque Socorro continuava sem atender a suas ligações, e para a casa de Nazeera ela não ligava nem se chovesse tapioca. Vai que um dos dois monstros dava de atender! O pátio do Maria Auxiliadora era o único lugar onde conseguiriam falar.

Saíram num carro emprestado, um Gordini velho e fedido, que foi só o que João arranjou. Ela, o primo e a tia. Entre a Cidade Livre e o Plano Piloto não tinha transporte público que demorasse menos de três horas. Mais tarde, Pilar teria que entender como continuaria os estudos, mas agora, na primeira semana, o vizinho que só usava o carro aos domingos tinha se oferecido para emprestar o automóvel, mesmo sem saber do que havia acontecido com Pilar. Gente boa, ele.

— A senhora carece de ir não, tia. O João é suficiente — disse Pilar.

A tia tirou da bolsa um telegrama.

— Da escola... Diz que eu preciso comparecer com urgência.

Foi um tempo da gota até chegar à frente da escola, mas até aí, demorava também no banco de trás de seu Pedro. Estar cercada de gente de confiança, pelo menos dava um quentinho por dentro.

— Espera aqui na esquina, João, que eu volto logo — ordenou Marta, antes de sumir entre os alunos na direção do portão principal.

Pilar tentou seguir o passo, mas desistiu. Ainda doía demais. No ritmo que deu, arrudiou o pátio inteiro: o canto atrás da quadra de vôlei onde elas normalmente se encontravam todas as manhãs, a cantina, o canto onde os CDFs sem dinheiro trocavam livros, os bebedouros... Nada. De nenhuma das duas. Talvez não tivessem chegado ainda. Estranho, porque as duas odiavam chegar em cima da hora. Por via das dúvidas, Pilar voltou ao portão.

Nem tinha esperado tanto quando viu o Opala vinho de seu Pedro virar a esquina. O automóvel parou bem na frente da entrada, quase onde ela estava. O motorista cruzou o olhar com Pilar, e ela acenou. Será que o cabra fingiu não ver? Ele saiu do carro e abriu a porta traseira, coisa que nunca precisou fazer, porque naquela altura as duas já estavam tão doidas para sair que praticamente abriam a porta com o carro em movimento. Devagar, ele se abaixou e ajudou Nazeera a sair do carro. Ela desembarcou apoiada e caminhou tão devagar na direção do portão que parecia uma múmia.

De perto, era pior. A filha do embaixador estava fraca, pálida, com olheiras fundas e olhar perdido. Seu Pedro acompanhou de longe, preocupado. Os carros buzinavam, furiosos, e acabaram forçando-o a ir embora. Desta vez, Pilar tinha certeza, ele a tinha visto. O motorista parecia triste e, mais uma vez, não retribuiu o aceno.

Nazeera tentou subir o primeiro degrau defronte à entrada. Apoiou-se na parede e tudo, mas mesmo assim não conseguiu levantar a perna o suficiente. Espatifou-se no chão que nem uma jaca dessas bem molengas, livros e cadernos voando para todos os lados. Pilar correu, ajudou a amiga a se arribar e recebeu o material escolar de volta dos alunos que se prontificaram a ajudar. De perto, Nazeera parecia ainda mais longe. Era como se não a reconhecesse. Pilar puxou conversa. Elogiou a roupa, perguntou dos Beatles. Normalmente, as duas, mais Mary Help, ficariam ali até o último segundo, aguardando o sino tocar, colocando a fofoca em dia. Nem agradecer ela agradeceu. Um zumbi.

Devastada, Pilar segurou-a pelo cotovelo, ajudou-a a subir o segundo degrau e ir de lá até a sala de aula. Beeeem... deee... vaaa... gaaaaar. Um passo, depois outro, depois outro, outro, outro... tão lentos que logo, logo tinha curioso cochichando. Demoraram todo o tempo restante até o sinal para cruzar a pequena distância até a sala de aula. E mesmo assim não trocaram uma palavra que fosse.

O resto da turma entrou se atropelando, seguido pelo professor de matemática fazendo piadas e animando o início da segunda-feira. Pilar nem sequer ouvia do que as pessoas todas riam. Notou, então, que mais gente olhava naquela direção. Não... Não na direção de Nazeera, olhavam na direção dela mesma. Falavam com ela.

Alguma coisa acertou sua testa. Pilar olhou furiosa para a frente da sala, de onde havia vindo o projétil. De lá, o professor caçoava:

— Dormindo ainda, Pilar? — Ele tinha um papel na mão. Um inspetor esperava quieto ao lado. Ela conhecia o ritual. Alguém estava sendo chamado na diretoria. Quem haveria de ser dessa vez?

— Pilar? Sério? — Ouviu comentar em suas costas.

Era ela! Como assim? O que tinha acontecido? Sabia que a tia tinha sido chamada para uma conversa, mas achava que era alguma coisa administrativa. Ela foi escoltada de perto por dois inspetores até a sala da diretora. Pilar era boa aluna e não arrumava confusão, não na escola, então mal conhecia a voz da freira manda-chuva.

— Sente aí — disse a madre superiora, com seu hábito comportado e novo em folha, tão diferente do de sua madrinha. Ela apontou uma cadeira vazia.

Ao lado, Marta tinha um olhar esquisito e segurava os punhos com força, de um jeito que não lhe servia. Não disse uma palavra. Não lhe tocou. Só manteve o olhar perguntadeiro de quem queria lhe arrancar algo... No assento a seguir, um senhor meio familiar que parecia incomodado de estar ali.

A diretora se dirigiu à aluna, em tom grave e policial. Mostrava um saco plástico.

— O doutor Dantas me disse que isso aqui pertence a você.

Doutor Dantas? Doutor Dantas! Pai do Teobaldo?! Isso, o mesmo que o embaixador havia tentado apresentar a ela durante a festa. Ele se manteve sério, encarando a regente da escola.

Pilar pegou o saco transparente. Sabia muito bem o que era. Só não sabia o que a etiqueta com seu nome estava fazendo ali.

— Você sabe o que é isso? — perguntou a diretora.

Pilar olhou o pacote de maconha.

— Todo mundo sabe o que é...

— Não perguntei de todo mundo, mocinha. Isso aqui é sério, não é hora de graça.

— O que está acontecendo? Tia? Eles estão dizendo que isso é meu?

— O doutor Dantas veio aqui me dizer que achou no armário do filho, que disse que comprou de você.

— De mim? O doutor tem que cuidar melhor dessa sua mulher, porque não vou mentir, não: esse seu filho é um filho de uma puta, isso, sim! — Pilar teve que ser segurada pela tia, senão teria jogado o saco de maconha na cabeça do médico, que, ainda assim, nem sequer olhou na sua direção. Agora ela entendia o porquê. — E esse bagulho é do teu filho estuprador, mau-caráter, mariquinha que tem medo de mulher! Teozinho coitadinho...

— Senta — ordenou a diretora. E, olhando para Marta, continuou: — Isso é grave. Gravíssimo. Eu deveria chamar a polícia, mas o doutor Dantas aqui me garantiu que não será necessário.

— Muito obrigado, madre — disse Marta.

— Mas tia!?! Eu não...

— Cala a boca, Pilar. A gente fala mais em casa — disse ela, apertando o braço da sobrinha. Virou-se novamente para a diretora e agradeceu:

— Muito obrigada, madre Emiliana, doutor Dantas. Eu cuido disso a partir daqui. Quando ela voltá da aula hoje à tarde, vamo tê uma conversa séria.

— A senhora não está entendendo, dona Marta. Sua sobrinha está expulsa. É isso ou a polícia.

†

— Que aconteceu? — perguntou João, comovido pelo choro da prima.

Marta não perdeu tempo. Danou-se a dizer que os encantados bem que avisaram. Que a ideia de estudar era perda de tempo. Que o trabalho dela já tinha que ter começado... Agora isso: uma sobrinha que vende maconha. Pilar jurou que não era verdade, que o sujeito tinha armado para cima dela porque ela foi defender a amiga do filho dele, esse, sim, um mau-caráter.

— Olha aqui, menina — disse a tia. — Eu num tô nem aí se tu usa tóxico, se vende, se compra ou se doa de caridade...

— Mas é mentira, tia! — insistiu a pequena.

— Num interessa. O que importa é que a diretora acha que é verdade e te expulsou. E agora a grã-finagem vai toda achá que é. Mas, se tu qué saber, talvez seja bom. Assim tu para de ouvir aquela freira safada botando caraminhola na cabeça da família dos outros.

— A madrinha é família também! — gritou Pilar. — E, se tu sabes que é mentira, por que não me defendeu, tia?!

— Tu não aprende mesmo, né? Com essa gente rica não adianta brigá, não. É só olhá pra tu. Mas a gente tem nossa magia... Na hora certa esse cabra vai tê o que merece, tu vai vê. Agora vamo pra casa, João. Senão tu vai perder o serviço.

— Tia, eu preciso fazer uma coisa antes da gente ir. Tenho que passar num lugar...

A tia disse que não. A sobrinha implorou. Ofereceu lavar a louça todos os dias naquele mês. Ofereceu lavar os banheiros se precisasse. Mas a tia insistia que não, pois o filho tinha que trabalhar.

— Tenho serviço hoje não, minha mãe — mentiu João. Nenhuma das duas, que sabia muito bem que era mentira, e cada uma por seu motivo, se meteu a desmentir.

†

O prédio na quadra quatrocentos e seis parecia com todos os outros naquele bloco e nos outros também. Brasília era engraçada assim. E Pilar sabia exatamente aonde queria ir. Tantas vezes, após a aula, as três tinham ido direto para lá a fim de ouvir música e estudar. A mãe de Socorro estava sempre dormindo, então o som tinha que ser baixinho durante o dia; alto, somente à noite, quando ela saía para trabalhar, toda emperiquitada. O porteiro não estava na portaria. Por três ou quatro minutos, Pilar tocou o interfone com insistência, mas ninguém atendeu. Talvez estivesse escangalhado. Talvez a mãe estivesse dormindo. Uma moradora saiu do elevador e abriu a porta de vidro.

— Bom dia — cumprimentou ela.

— Dona Rosalina... — Pilar acenou, retribuindo o cumprimento.

A moça era vizinha de porta de Socorro. Diziam que uma vez tinha comprado um fogão, mas não tinha quem instalasse. Então, um conhecido de um conhecido apareceu para fazer o serviço. De graça. Nem gorjeta aceitou. Muito tempo depois, ela soube que o cabra era ministro do Supremo. Pilar sempre se ria quando lembrava da história. Chamou o elevador e apertou o biloto do terceiro andar.

A cabine chacoalhou, subiu e parou. Pilar correu até a porta e esgoelou a campainha, até cansar. Conferiu se estava no andar certo e tudo. Não tinha ninguém em casa mesmo. Desceu toda borocoxô, mas dessa vez o homem da portaria estava lá. Havia esperança!

— Seu Genivaldo... A Maria do Socorro está em casa não?

— Rapaiz, mas essa menina mais a mãe dela saíro daqui com as mudança tudo foi sábado memo, num sabe? Viero uns milico, levaro elas embora. Depois chegou um caminhão, pegou tudo e pronto. Deixaro a casa toda vazia lá em cima.

— Como assim, seu Genivaldo?! — berrou Pilar. — Tem certeza? Você não está confundindo o apartamento, não?

— Tô não. Dona Marina mais a Socorro, filha dela, do trezentos e dois. As dua memo.

†

Madalena a esperava na casa de Marta quando o carro chegou. A mãe de santo desceu do automóvel fazendo cara feia e passou pela freira sem dar tenência. Pilar esperou a tia entrar e abraçou a madrinha com uma força de entortar os quadros. Chorou o que não quis chorar na frente da tia, que estava era achando bom sua tristeza, e só parou de soluçar por causa do cafuné milagroso. Baixinho, como se fosse segredo de subversivo, perguntou:

— Lá na chácara, quando tu falaste do feitiço, o que foi que a jararaca disse?

A Irmã tentou desconversar, mas não tinha quem fugisse se Pilar resolvia arrancar uma informação.

— Ela disse que feitiço ia fazer ela pra tu não ver nunca mais tuas amiguinhas.

Pilar sentiu o bucho doer como se alguém torcesse tudo que tinha ali dentro. A Irmã teve que segurá-la para que não caísse. Reconhecia o tombo, normal para quem tinha passado o que Pilar passou. Pobrezinha.

— Olha lá teu primo de novidade — disse Madalena, tentando distrair a menina.

João saía do carro com um livro na mão. Um livro. Na mão de João. Seria algum tipo de possessão? Pilar nunca tinha visto João parar para ler o que quer que fosse. Nem caderno de esporte de jornal nem revista de mulher pelada. Mas não era só isso. Ela reconheceu a capa. Tomou o livro da mão do primo e confirmou: *Uma dobra no tempo*. Pilar limpou o nariz na manga da camisa emprestada e, no meio de sua tristeza, deixou até um rascunho de sorriso aparecer.

— Onde arrumaste esse livro, João?

— Na padaria. Um criolo alto me deu. Disse que tinha acabado de lê e que eu ia gostá. Fiquei com vergonha de dizê não.

De repente, ela se aprumou.

— Que crioulo é esse? Tu sabes o nome?

— Ele disse não. Só me falô pra tê cuidado que livro é coisa perigosa hoje em dia... Então, não sei se leio perque vô gostá ou se não leio perque tenho que tomá cuidado.

Pilar tomou o livro da mão do primo. Se ele não queria ler, ela leria. Algum sinal aquilo haveria de ser. *Uma dobra no tempo*... Havia de ser alguma mensagem sobre Nazeera ou Socorro, ela tinha certeza.

Marta gritou de longe, irritada.

— João, tira essa tua caixa daqui do meio do caminho, menino!

João cerrou uma das sobrancelhas. Não sabia do que ela estava falando. Pilar, que começou a achar a sequência de surpresas estranha demais, resolveu ir atrás. Realmente, havia um caixote de papelão no meio da sala.

— É minha não — comentou ele, baixinho. Madalena e Pilar levantaram os ombros. Não era delas também.

Não havia nome nem endereço, nenhuma explicação. Era só uma caixa, aparecida do nada, bem ali. João tentou movê-la de lugar, apenas para descobrir que ela era muito mais pesada do que eles imaginavam.

Pilar voltou da cozinha com uma faca e uma cara tão decidida que quase matou todo mundo de susto. Num golpe só, enfiou a ponta num dos cantos, cortando a fita gomada de um lado a outro. Quando abriu as abas para os lados, João, que não era de ter medo de nada, quase se mijou.

— Fecha isso, prima, que vai dá merda! O criolo não falô que é perigoso?

Eram livros, muitos livros. Pilar deixou a faca de lado e começou a retirá-los um a um. *Gente pobre*, de Dostoiévski; *Guerra e paz*, de Tolstói; *O vermelho e o negro*, de Stendhal; *Eudemônia*, de Cassandra Rios; *A revolução dos bichos*, de George Orwell; *A capital*, de Eça de Queiroz...

Pilar, que tinha ouvido falar de alguns deles na escola, não entendeu a seleção. Não fazia sentido. Nada que os unisse, a não ser que eram os tipos de livro que ela e Socorro adorariam devorar juntas. João, que não estava nem aí, jogou tudo de volta para dentro da caixa, do jeito que deu, e levou para a área de serviço.

— Vô queimá essas desgraça — disse ele. A prima, porém, pediu que ele esperasse. Disse até por favor.

— Só até amanhã — concordou ele. — Escolhe um ou dois aí, e o resto eu queimo.

Ela não tinha intenção de deixá-lo queimar nada. Em sua gula literária, parecia a coisa certa a fazer. O debate só terminou porque o telefone começou a tocar. João atendeu, ouviu e gritou:

— Mainhaaaa! Telefone! É da escola da Pilar.

O chuveiro foi desligado, e, em instantes, Marta apareceu na sala, enrolada em uma toalha, pingando por todo lado.

— Alô? Isso mesmo... Sim... Isso... Como? Você tem certeza? Mas como foi isso? Claro... Sim... Eu aviso. — Botou o telefone no gancho de volta em completo terror.

— O que foi, tia? Fala logo! — gritou Pilar, o coração disparado como se soubesse.

A tia deu uns passos em sua direção e a abraçou. Pilar ficou ali, dura, desconfortável, de repente com medo de continuar perguntando. Tentou fugir, mas o abraço apertou e a manteve ali. Ela achou que ia desmaiar.

— Sua amiga Nazeera, Pilar... — disse a tia, o mais devagar que conseguiu.

Pilar se debateu, tentou empurrar a tia para longe, mas Marta apertou-a no abraço mais forte ainda.

— Ela... Ela se matou, minha filha.

19.
A CHUVA DO DIA DEZ

O Campo da Esperança, único cemitério de Brasília, era um monumento à cretinice, ao menos na opinião de Pilar. Não pelo estilo, mas pelo batismo. Que nome besta para a única situação em que esperança não importa mais! Que o dissesse, se morto falasse, Eliel Sayão, o primeiro da construção da cidade e o primeiro a ser enterrado lá.

Na rua do Sossego, onde Pilar tinha voltado a morar com a tia e o primo, todo mundo sabia do engenheiro Sayão, seu morador mais ilustre. Havia quem quisesse até fazer estátua. "Para valorizar os imóveis", diziam. Para Marta, melhor que sossegassem o butico, pelo menos até que ela pudesse comprar a própria casa. Só com o dinheiro das consultas, que não eram poucas, diga-se lá, ainda não dava. Mas com Pilar de volta, "a sorte ia mudar", como ela tinha dito ao filho João quando ele saiu para buscar a prima na casa da embaixatriz. Naquele dia, porém, não tinha esperança. Não tinha sossego. Nem Nazeera.

Diante do espelho, Pilar deixou as lágrimas escorrerem. Nem se importou de chegar daquele jeito. A roupa preta, emprestada da vizinha, muito maior que ela – toda afolozada, como a tia dizia. E borrada também, porque não tinha maquiagem que resistisse àquele tanto de lamento. Onde guardar o lenço branco que a madrinha tinha insistido que usasse – "para indicar trégua" – era outra coisa que faltava. Mas tudo isso junto ainda era melhor do que ir com roupa da morta, que era tudo que Pilar tinha. Seria muito desatino para um dia que já não cabia em si de tristeza.

— A culpa é minha — miou Pilar, bem baixinho. — O feitiço, madrinha. Eu mandei que... a coisa pior do mundo... acontecesse... com eles... e... aconteceu.

A madrinha ralhou. Bobagem da gota! Se feitiço funcionasse assim, o Sampaio Correia era campeão mundial. João ligou o rádio para amenizar o clima. Pelos alto-falantes, o locutor da rádio Planalto reportava em tom assustado um caso recente no Hospital de Base: durante um parto, o médico se surpreendeu com a aparência da recém-nascida e comentou: "Que coisa feia!". A criança olhou de volta para o médico e, na mesma hora, retrucou: "Feia é a chuva do dia dez", e morreu. João avistou o céu, coberto de nuvens baixas, cor de chumbo. Era dia dez. Desligou o rádio.

Os primeiros que encontraram foram os serviçais. Esses não podiam ocupar as posições mais próximas, embora passassem mais tempo com Nazeera do que a família. Cirlene e seu Pedro choravam de não se aguentar de pé. Abraçaram Pilar com uma ternura desesperada. Metros depois, naquela arrumação cancrenta, os "amigos".

Toda a turma daquele ano do Maria Auxiliadora e até alguns do Dom Bosco, que ficava do lado, estavam lá. Todos vestidos de preto, todos chorando a menina que nem conheciam. Todos fingindo se importar com a moça tímida que, não fosse por Pilar e Socorro a terem adotado, teria permanecido invisível até aquele dia.

— Bando de hipócritas — rosnou Pilar.

João, que a acompanhava discreto, fingiu concordar, embora não tivesse ideia do que "hipócrita" significava.

Entraram na fila os três, Pilar, João e Irmã Madalena, e aguardaram sua vez de cumprimentar a família. As cigarras cantavam seu grito de acasalamento, abafando as conversas sussurradas e torturando a única amiga da morta com sua ironia mórbida: uma seresta de sem-vergonhice para o funeral de uma virgem. Pior: uma virgem assassinada pela tristeza equivocada, por uma culpa que não tinha. A culpa era dela, da autora do feitiço. E dos pais. Esses, sim, deviam chorar. Monstros. Tivessem apoiado a filha, em vez de proteger um poderoso, nada daquilo teria acontecido. Nazeera estaria viva. Teobaldo, preso. Pilar, na escola.

Então, a fila virou sua última esquina, e a embaixatriz, aquela mulher tão fria e tão má que não tinha nem nome, mirou bem dentro dos olhos de Pilar. A compostura com que ela aparava as lágrimas no canto dos olhos, sem desfazer a maquiagem, reforçou o ódio que existia entre elas. Elegante e suave, a megera sussurrou algo no ouvido de um segurança qualquer.

O homem se aproximou com discrição, um braço bloqueando a passagem, o outro apontando na direção oposta da família.

— A embaixatriz pede que a senhorita se retire.

Pilar contemplou o lenço branco que carregava nas mãos. Sentiu o gosto do orgulho que tinha engolido para estar ali. Podia sentir a reprovação geral, como se a expulsão lhe grudasse no cangote toda a responsabilidade pelo suicídio. Apertou os lábios tremidos e abriu as ventas à procura de ar. Sentia culpa, sim. Jamais se perdoaria por isso. Estava ali, inclusive, como prova: arrependida, sangrando, pronta para se humilhar. Disposta a abraçar a monstruosidade feita em gente que eram os embaixadores... e ela também. O pedido para que se retirasse, portanto, foi mais alívio do que martírio.

Ela deixou a fila e se preparou para seguir as instruções. Mas, de repente, parou. Não foi uma ideia, mas um instinto. Como se a alma de tudo quanto era cangaceiro que já andou pelas terras do Nordeste tivesse baixado nela. Pilar contou até três para o segurança se dar por satisfeito. Um, dois, três. Então, correu na direção do caixão. Dois passos e todos os olhos estavam grudados nela. Mais três, e a madrinha chamou seu nome, um gesto surdo que Pilar nem percebeu. Ela agora estava quase lá. Os seguranças se jogaram em sua direção, mas ela, bem preparada, desviou. Últimos metros até o alvo. A embaixatriz finalmente largou a expressão de classe e gritou qualquer coisa grudada no fundo dos pulmões. Pilar, que não ouvia mais nada, continuou. Trouxe os braços para junto do corpo, colocou o ombro à frente e saltou, bem na direção do caixão. Trombou com a estrutura de madeira e tudo despencou. Caixão, flor, defunta. Como o tempo nessas horas anda mais devagar, deu para ver cada detalhe. Os pais e os seguranças se esticaram para evitar o desastre, o corpo da morta se elevou no caixão, os braços voaram para cima como se ela pedisse para falar, a madeira se quebrou contra o concreto. O rosto de Nazeera se apertou na perna de uma cadeira, meio de lado, movendo sua bochecha para cima. Um sorriso póstumo que Pilar nunca mais esqueceria, um agradecimento pela oportunidade de um último ato de vitória. A mãe deu um berro e agarrou os cabelos quando o braço da filha se jogou esticado em sua direção, frio e sem cor. Estalou contra sua perna, os dedos levemente fechados, exceto um. Bem o maior de todos, o do meio. Em sua cabeça, Pilar entendeu o recado de Nazeera. Estava com ela. Sentiu-se perdoada.

Era só do que precisava. Pilar levantou, bateu a poeira da saia e falou bem alto:

— Bem feito! — Os seguranças tornaram a correr em sua direção, e novamente ela se esquivou. — Covardes! — continuou ela, apontando para os embaixadores. Os brutamontes tentaram mais uma vez. — Tarados! — Na terceira vez, um deles segurou seu braço com força e deu-lhe um chacoalhão. Pilar girava feito uma boneca de pano, mas não se calou. — Estupradores, bandidos, filhos de uma pu...

João, que não era pequeno, agarrou a mão do gorila. A prima voou até a parede de gente que não sabia o que pensar. Dentro da roda, o primo espumava, mostrava os dentes. Parecia uma onça pega em tocaia, pronta para se defender ou morrer. A briga ia ser feia, não fosse Madalena se meter bem no meio. Ainda estava para nascer alguém com coragem de bater numa mulher de batina. A freira pediu calma, abraçou a afilhada, abafando as próximas ofensas no tecido grosso do hábito. Era o suficiente por aquele dia.

Voltaram para o carro, Pilar misturando as lágrimas com um sorriso fuleiro de orgulho. Olhou para as nuvens e cerrou os olhos para se concentrar mais. Tivesse poderes suficientes, teria despejado ela mesma a tal chuva do dia dez.

Aqueles monstros mereciam.

†

Ainda não haviam tido tempo de trocar as roupas cheirando a defunto quando um homem de terno tocou a campainha.

— É aqui que trabalha mãe Marta da Anunciação?

João pediu que ele entrasse e o acomodou no somiê. Nessas situações, se um cliente aparecia sem avisar, o combinado era que iriam todos para os quartos ou para fora da casa para que a tia pudesse atender tranquila. Cliente que aparecia de surpresa vinha sempre desesperado, pagava qualquer quantia que Marta quisesse cobrar. Esse não parecia tão aperreado, no entanto. O estranho olhou para Irmã Madalena, de cima a baixo.

— A igreja sabe que você está aqui? — perguntou ele, sem traço de sarcasmo.

Ao lado do sofá, grudada no braço onde ele se apoiava, estava a caixa de papelão que tinham recebido na véspera. Pilar podia jurar que a tinha guardado nos fundos da casa.

— Minha mãe, um cliente! — anunciou João.

A freira e João Batista saíram, como combinado. Pilar preferiu ficar.

— Vou ajudar a tia hoje — disse ela.

Marta esticou o pescoço para dentro da sala enquanto terminava de colocar a indumentária branca.

— Obrigado, minha filha. Faça um pouco de sala para o...

— Peçanha — disse ele.

Veja bem: Peçanha. Peçanha! Olha só o nome do cabra! E mesmo assim Marta não percebeu o que estava acontecendo. Disse que ia se trocar e já voltava. Deixou a sobrinha sozinha cuidando dele.

— Ela é poderosa também. É de família. Tu deu sorte... Nem sabia, mas vai tê uma sessão dobrada hoje.

O homem sorriu, simpático. Peçanha. Não a ponto de puxar papo, porque aí já era demais. Seus olhos correram os cantos da sala e pararam, como por chance, no estranho cubo de papelão ao lado do braço do sofá. Sem se avexar, ergueu uma das abas para ver o que havia dentro da caixa. Pilar, essa, sim, achando esquisito, o interrompeu.

— Melhor o senhor sentar-se aqui, onde minha tia normalmente atende.

Marta apareceu em seguida, vestida de branco, com turbante e joias de santo. Ele se ergueu sem cerimônia, de um jeito que cliente não faz, e perguntou:

— Dona Marta da Anunciação, de Codó, no Maranhão?

Marta e Pilar se entreolharam. Pilar, então, reconheceu o homem! A festa do embaixador. Um dos bêbados que tinha mexido com ela e Socorro. Ele enfiou a mão dentro do paletó e mostrou o distintivo policial.

— Dona Marta, a senhora vem comigo.

— O que eu fiz?

Outros três sujeitos, ainda maiores que o primeiro, entraram na casa sem autorização. João veio atrás, desconfiado da movimentação. Os cabras foram direto para a caixa de papelão, como se soubessem o que estava lá. Tiraram os livros um por um e jogaram no chão.

— O tenente vai ficar até enjoado de ver essa nojeira — disse um dos policiais.

— Que nojeira? — perguntou Pilar, já se preparando para o escândalo.

João a puxou pelo braço e apertou com força. Ele mesmo suava de tanto ódio, mas não era hora de impertinência. A prima, que estrebuchou feito cavalo brabo, se deixou vencer. Ele tinha razão.

Um dos agentes bateu fotos dos livros no chão enquanto dona Marta era algemada, acompanhada pelos dentes cerrados e os olhares de maldição do filho e da sobrinha. Madalena ficou de longe, sem ação.

— Não que a gente precise dar explicação — disse para João o falso cliente, que parecia comandar a operação —, mas recebemos uma denúncia dizendo que este terreiro é fachada pra um aparelho subversivo. — Sem que os outros vissem, piscou para Pilar pelo canto dos óculos escuros.

Pilar baixou o tom, mas João não deixou de responder:

— Isso é mentira, seu polícia! Ela atende desde que a gente morava no Maranhão.

— Não é o que esses livros dizem, rapaz. Tolstói, Dostoiévski... Pra que alguém que não é comunista vai ler livro de autor russo? E esse aqui: *O vermelho e o negro*. Melhor você deixar a gente trabalhar, senão a gente leva você também.

Marta se agitou entre as algemas e o braço que a segurava.

— Filho, cala a boca!

— Cala a boca? — perguntou o policial que a tinha nos braços. — Ele sabe alguma coisa?

— Não! Ele não sabe de nada. Eu atendo meus cliente sozinha! Isso deve sê um mal-entendido. Filho, fica calmo, quando a gente chegá na delegacia, eu falo com eles, e a gente desfaz o mal-entendido.

Com sarcasmo de querer matar, o policial respondeu:

— Claro que fala. Quando chegar lá, você vai falar com a gente... Vai contar tudinho. Todo mundo conta.

O outro meganha voltou lá de dentro com o sorriso mais cretino do mundo.

— No quarto da dona — disse ele, segurando um revólver pendurado num lápis, como se acreditasse fazer uma apreensão de verdade.

Colocou a arma num envelope e saíram. Dessa vez, foi Pilar que segurou João, porque ele já se preparava para tomar uma providência ignorante. Marta não sabia por que alguém armaria tudo isso para cima dela. Mas o tamanho do problema ela tinha entendido.

— Minha filha, procura teu pai. Ele vai cuidá de tu. E cuida do teu primo para mim até eu voltá, tá bom? Irmã, tu vê isso para mim?

Madalena fez o sinal da cruz e confirmou. Os policiais ainda arrastavam Marta para fora quando a freira implorou por um segundo a mais. E a abraçou apertado. De longe, Pilar achou ter visto uma expressão de medo no rosto da tia. Sem respeito nenhum pelo hábito, os oficiais interromperam a despedida e empurraram a freira para trás. Forçaram a cabeça da mãe de santo para dentro do carro e partiram com as sirenes gritando para aumentar a humilhação. Pilar e João correram para fora enquanto a viatura saía apressada pela rua do Sossego.

— O que foi que tu disseste para ela, madrinha? E essa história de meu pai?

— Eu disse que ela ficasse em paz, que o Senhor a perdoava — respondeu a freira, arrancando lágrimas de João Batista. A outra pergunta, ela ignorou.

— Ela não fez nada disso, Irmã! Mainha nem gosta de comunista!

A freira abraçou os dois jovens e os carregou para dentro.

— Eu sei, meu filho. Deve ter sido mais uma daquela jararaca turca.

Pilar sentiu a culpa voltar como um coice. Cirlene bem que tinha avisado que gente como eles não tem como ganhar dos poderosos. Aquietou. Não queria perder João e a madrinha também. Da janela, viu o carro de polícia dobrar a esquina, bem na hora em que o temporal despencou. Na frente da casa, um menino de pernas tortas apontava para ela, encharcado, rindo com satisfação. Ela se virou para ver se João também o enxergava, mas, quando olhou para fora de novo, o moleque não estava mais lá.

Lá de dentro, Madalena desencavou sua velha caderneta de telefones e discou um número.

— Alô? Ribamar, por favor?

20.
RIBAMAR

— De onde tu achas que saiu o dinheiro para pagar aquela escola cara, minha filha? — perguntou a freira.

Pilar era uma mangueira de perguntas, e ninguém ali haveria de achar errado. Afinal, não era todo dia que uma adolescente ficava sabendo que não apenas tinha um pai, um sem asa, como estava indo morar com ele!

— Não tô perguntando nada difícil. Ele é meu pai ou não?

— É complicado — tentou explicar Irmã Madalena.

Não era hora de conversa difícil.

João, que até então estava noutro planeta, interrompeu:

— Irmã, tu promete que continua buscando um advogado para tirá mainha da cadeia? Prometo que arrumo dinheiro pra pagá depois.

Madalena respondeu com um afago e continuou falando com a afilhada:

— Pense assim, minha filha, pai é quem tu quiseres que seja.

†

De fora, a casa era ajeitada. Não tinha terreno que nem a do embaixador e o portão dava quase na porta da frente. Mas era bem maior que qualquer uma na Cidade Livre. Bem pintada, bem telhada, só o jardim pelado mostrava que faltava mulher ali. João ajudou Pilar a descarregar. Suas duas malas, a caixa de papelão com sua cobra empalhada, duas caixas de livros e a estátua da santa da família, senhora Santana. Seria sua terceira morada desde a chácara do cão.

A Irmã tocou a campainha e esperou. A sombra no olho mágico revelou a presença de alguém tão curioso quanto os três do lado de fora. Quando a porta se abriu, Ribamar apareceu, enorme, com seu bigode de antigamente e seu corpo de leão de chácara. Ele e Pilar se olharam como se não houvesse mais ninguém em volta.

— Tu te pareces tanto com a tua mãe… — disse o dono da casa, em voz baixa.

Pilar se achou parecida foi com ele. Ela tinha pescoço, braços e pernas mais longos, como a mãe. A pele dela também era um pouco mais escura, embora a piscina nos últimos meses pudesse ter criado mais diferença do que devia. Mas os traços… Os olhos, o nariz, a boca… Pilar teve vontade de lhe arrancar o bigode para comparar melhor.

— Pai? — perguntou.

— Vamos entrando, vamos entrando… — desconversou ele, sem graça. — Que falta de educação deixar as visitas esperando do lado de fora… E desculpa o mau jeito… mas ela fica. — Ele apontava na direção de Pilar.

A menina demorou para entender. Como assim? Foi preciso que a madrinha lhe retirasse a santa do braço para que ela fizesse algum sentido do que estava acontecendo.

— Evangélicos… — disse a Irmã, que prometeu que cuidaria da santa para Pilar. Deixaram a estátua ao lado da entrada, ao relento.

Por dentro, a casa não era de muito luxo, mas era bonita. Sofás bons, firmes, estampados. Uma mesa de jantar fina e bem-arrumada. Nas paredes, um quadro ou outro, e uma grande cruz de madeira bem no meio de tudo.

— Deixa tuas coisas que depois eu ajudo a levar pro teu quarto — disse Ribamar, com o jeito de falar que só tinham os maranhenses. — Querem beber alguma coisa? Eu tenho…

O dono da casa interrompeu a frase no meio, devido a uma ideia melhor. Sumiu por uma porta e voltou depois, com sorriso de menino. Nas mãos, quatro garrafas cor-de-rosa de Guaraná Jesus.

— Que maravilha, Ribamar! — saudou a freira. Chegou a pensar se ele não tinha uma garrafa de tiquira para acompanhar e achou graça na ideia de pedir bebida na casa de um crente. Aquietou e seguiu o tim-tim.

Ele indicou que se sentassem. Todos, exceto Pilar. Segurou o rosto da menina com as duas mãos. Os olhos dele se encheram d'água, e a abraçou com um carinho que ela não esperava. Ribamar era grande. Bem mais alto que ela, que mal passava da altura de seu peito, um gigante maranhense: braços curtos, sem pescoço, mas grande feito um babaçu. O abraço tinha um conforto estranho para ambos. Do alto da cabeça de Pilar, Ribamar olhou para a freira com um toque de pânico. Irmã Madalena fechou os olhos e fingiu acariciar os cabelos de alguém encostado no seu peito. Ele obedeceu e, enfim, deixou que ela se sentasse.

— Claro que eu me lembro da história da tua chegada... Todo mundo no Codó lembra. Eu já não era mais... Já não namorava tua mãe. Meu pai... sabe? Ele me proibiu. Eu não devia ter aceitado, mas era menino bocó, obediente... Como podes ver... eu nunca me casei... Nunca consegui me encantar com mulher nenhuma como me encantei com Maria.

Ele falava com pausas longas... e pensativas. Contou que, quando foi para Brasília, queria se dedicar ao trabalho, virar construtor, fazer a vida sem o controle da família. Mas alguma coisa naquela cidade o tinha feito enxergar tudo diferente.

— Se soubesse que vocês tinham vindo pra cá também! — Ele só foi ficar sabendo um ano antes, quando Irmã Madalena o procurou para pedir ajuda com a escola. Ele ajudou, claro. — Pela tua mãe, eu faço qualquer coisa. Mas já estou me perdendo, né? Eu vim pra cá pra ser construtor e descobri uma vocação diferente. Tu sabes, eu venho de uma família muito católica no Codó. É só perguntar pra Irmã. Apesar de eu não lembrar da Irmã na paróquia...

— Eu cheguei mais tarde — disse a freira.

— Eu sei, mas eu estava sempre lá com o padre, as freiras... Era um ratinho de catequese...

— Meu trabalho não era dentro da igreja, eu fazia...

— Desculpa, isso não é de minha conta — cortou ele. — O que importa é que eu cheguei aqui e reencontrei a fé. Só que dessa vez na palavra e na figura de Cristo em vez de em santos e intermediários... E tem essa coisa da culpa que eu não gosto muito também... Mas já estou me desviando de novo.

Ele se pôs de pé, pegou uma Bíblia sobre a mesa de jantar e a abriu numa página marcada.

— Sabe no que eu acredito? Nas escrituras. Aqui, está todo o conhecimento do mundo. Eu até separei essa passagem aqui para ti — disse ele para Pilar. — "O terceiro anjo tocou. Caiu do céu uma grande estrela, ardendo como tocha acesa. Caiu sobre a terça parte dos rios e sobre as fontes. O nome dessa estrela é Amargura. A terça parte da água ficou amarga. Muita gente morreu por causa da água, porque ficou amarga. O quarto anjo tocou. Atingiu um terço do sol, um terço da lua e um terço das estrelas, de modo que ofuscou a terça parte deles. O dia perdeu a terça parte da claridade. E a noite também. Nessa hora, vi e ouvi uma águia voando no meio do céu e gritando em alta voz: 'Ai, ai, ai dos habitantes da Terra! Ainda faltam três toques de trombeta. E os anjos estão prontos para tocar'."

Ele se sentou, de frente para ela.

— Te parece familiar? Os três anjos? A água amarga que causa a morte. Que nem a secura do planalto. A águia nordestina anunciando: "Carcará... pega, mata e come!". Percebes? É tua história, menina! Da santinha anunciada, certo? Errado! Erradíssimo! É fácil distorcer as escrituras pra reforçar aquilo em que nós queremos acreditar. Mas, se a gente realmente quer a verdade, ela está lá também. Essa poderia ser tua história. Mas em momento nenhum a Bíblia fala de uma menina que nasceu para tomar o lugar de Cristo. Muito pelo contrário. Fala é do anticristo. E como tu és muito bonita para ser o cramulhão, eu me arrisco a dizer que não é o caso.

Pilar ouvia com atenção. O que ele dizia era conveniente, ela queria até que a tia estivesse ali para ouvir. Mas a forma como argumentava, como empostava a voz...

— Esse trecho é do Apocalipse, aliás. O livro das revelações. E o que ele revela? Ele fala sobre o fim de tudo, e o nosso próprio fim. E veja bem como começa: com a amargura. Sabes de onde vem a amargura? Da expectativa não realizada. Expectativa. Familiar?

Pilar sentiu até um comichão. Cruzou as pernas como se todo mundo pudesse notar. Ela queria mais. Não da Bíblia, de Ribamar. Ele prosseguiu:

— O povo na Ásia sabia disso havia muito tempo. A expectativa é a semente do que há de te engolir. Se tua expectativa for a riqueza, quanto mais tiveres, mais vais querer. Se louvares e desejares a fama, quanto mais tiveres, mais saberás que falta. Se esperares a beleza, a idade chega e tu ficarás cada vez mais feia e enrugada, presa na frente do espelho. E se quiseres a santidade? A gente ouve que isso é bom. Mas se ouvirmos os sábios da Ásia, vamos entender que se tu quiseres ser Deus... — Bum! Ele fechou o livro sagrado com força, fazendo-a saltar. — Se quiseres ser Deus, mais tua mortalidade te esmagará! Então, entenda uma coisa, e só isso já vai estar bom pra mim: tu... não és... a filha... de Deus. Entendeste? Pelo menos não de uma forma diferente do que eu, tua madrinha, teu primo sentado aí na frente somos. E é por isso que eu fiquei tão feliz com a ligação da Irmã. Digo, me entristece o motivo e espero que o mal-entendido seja resolvido logo. Mas feliz por ajudar a filha de minha querida Maria. Te ajudar a entender a verdadeira história que Deus reservou pra ti. Porque dessa história, a de verdade, tu não tens saída. E não tô falando de destino. Mas de teu papel nesse mundo. De tua missão.

Aquelas palavras tocaram tão fundo em Pilar que era como se Ribamar tivesse arrancado seu coração e lhe mostrado o bicho batendo. Ela estava nas mãos dele. Vulnerável. Fascinada. Encantada como nunca estivera com ninguém. Aquilo tinha que ser o que o povo diz que é o chamado. Não as falcatruas ignorantes da tia. Quanto à Bíblia, ela não se aperreava de estudar, desde que pudesse aprender a falar como Ribamar.

— Por mim — disse ele —, tu podes morar aqui até quando tua tia sair da cadeia; se quiseres ficar mais, pode ser também. A casa é tua. Com quatro condições...

O que quer que fosse, ela aguentaria. O interesse era tão genuíno que estava estampado no rosto. Ribamar, que na função de pastor tinha aprendido a ler bem as expressões humanas, sorriu, satisfeito.

— Um: tu vais renunciar à bruxaria e a essa história de divindade e de anjos. Certo?

— Certo — respondeu Pilar.

— Dois: eu sei dos boatos que dizem por aí, então vamos combinar agora mesmo que não tem nada dessa história de eu ser teu pai. Eu faço isso por tua mãe e terei o maior prazer de te hospedar até teus dezoito anos. Mas não quero que isso abale minha reputação com os fiéis da igreja. Certo?

— Certo.

— Três: tu terás que me ajudar na igreja. Nada muito complicado. Arrumar o lugar aqui e ali, colaborar com a limpeza, com a organização... Combinado?

— Combinado.

— Quatro: tu irás te batizar. Hoje e por tua própria vontade. Normalmente, tu terias que fazer um curso e tal, mas isso eu te ensino depois, se tu quiseres.

Ela fez que sim sem piscar, deixando a madrinha e o primo tão surpresos que nem souberam como reagir. Ribamar, então, se arribou de volta, recolheu as garrafas vazias de Guaraná Jesus e sumiu na cozinha por mais um minuto. Voltou com uma bacia funda, ou talvez aquilo fosse um balde mais largo... O que importa é que estava cheio d'água fresca.

— Teu nome é João Batista, não é mesmo? Então, segura essa bacia aqui pra mim.

Pilar acenou para o primo. Se era um batismo que Ribamar queria, teria um. O pastor pediu que ela repetisse:

— Eu, Pilar da Anunciação, aceito Jesus como meu senhor e salvador.

Ela obedeceu.

— Eu peço que vocês se levantem, então — disse Ribamar. — E nem precisam me acompanhar nessa oração se não quiserem, fiquem à vontade.

— Senhor, nesta manhã que se inicia, eu venho pedir tua bênção para nossa irmã que passará pelas águas. Que teu nome seja glorificado e essa casa receba com muito amor essa nova ovelha de teu rebanho divino. Tu, Pilar da Anunciação, reconhece que Jesus é o senhor, que ele morreu por ti e no terceiro dia ressuscitou para garantir tua salvação?

— S... s... sim.

— Estás dispostas a te afastar da tentação, inclusive daqueles velhos amigos e familiares que quiserem te afastar do caminho da salvação?

— S... s... si... sim.

— E renuncias aos demônios que perseguiram tua família por gerações, à idolatria, ao animismo, ao satanismo, aos santos, aos ídolos e a toda forma de glória que não seja ao nosso senhor Jesus Cristo?

— Si... Si... Ssss...

Em vez de responder, os ombros de Pilar tremeram e sacodiram. O pastor olhou para a freira, paralisada de vergonha e confusão. Ele segurou a Bíblia. Com força. João retirou a bacia antes que ela virasse no chão. Pilar levantou a cabeça depressa, jogando os cabelos para trás. Seus olhos estavam revirados; sua boca, torta.

— Eita, exa! — disse ela, com a voz corrompida pela possessão. — Quem é aqui que vai me tirá de cima dessa minina, exa? Num vai sê esse pastozinho borra-botas que fugiu de mim lá no Codó, vai?

João, por impulso, se levantou. O pastor o encarou com repreensão e o enxotou para o lado. Com as duas mãos, agarrou a Bíblia e apertou-a contra a testa de Pilar.

— De joelhos! — ordenou Ribamar. — Agora, bota esses braços pra trás e anuncia teu nome, encosto do mal.

Como se houvesse uma tonelada sobre seus ombros, os joelhos de Pilar se dobraram. Madalena, insegura e confusa, ajudou a segurar as mãos da afilhada para trás.

— Meu nome é Olomowewê, e eu sô a dona dessa cabeça que tu tá venu.

O corpo protestou, tentou se levantar, mas em vão. As algemas imaginárias não pareciam ceder tão fácil.

— Pode ficar de joelho, filha de Satanás, que aqui é a casa do Senhor e é Ele que te ordena!

Da boca de Pilar, primeiro saiu uma gargalhada louca e debochada, que depois ficou mais e mais rouca. Ela começou a tossir, como se engasgasse, depois gritou de dor. João fechou o punho, aguardando um sinal, pronto para o murro que faria Ribamar se arrepender de brincar com encantado. Era um bogue só, bem no pé da orelha, e ele ia ver.

A figura possuída de Pilar resistiu, mas acabou obedecendo. Ela babava e grunhia, parecendo um cachorro louco. Tentava morder o pastor, mas toda vez era como se as mãos dele lhe dessem choque. Ela gritava e voltava à posição indicada pelo dono da casa.

— Eles me pertence, exa! E num vai tê ninguém aqui pra tomá eles di mim! Rarará!

O pastor continuou:

— Pois nessa casa ninguém vai tomá a alma de ninguém. Porque tu estás amarrada, em nome de Jesus. E que o coração e o sangue dele, que se derramou para que nós nos salvemos, tire dos ombros dessa criança o peso de ter que te carregar.

— Eu faxo um acordo cum oxê, exa... — disse Olomô.

— Aqui não tem acordo com demônio, não! Não adianta nem tentar.

— Oxê fica com a minina e me dá exi minino aí qui eu prixiso deli.

— Já te falei, filha de Satanás. Na minha casa, não. Tu podes voltar de mãos vazias. Porque aqui não tem nada pra tu.

— Fica cum ela, mi dá eli, exa! Eli qué sê motorista aqui na capitá. Mas eu prixiso deli pra fazê um trabaio qui mi incumendaru... Pra tirá a vida de um monti de crenti bobo qui nem oxê! Rárárárárá!

— Daqui só quem vai sair é tu, cancruda. E vai de mão vazia que, se esse moço quer ser motorista, ele vai dirigir é pra mim, em nome de Jesus, pra te lembrar lá no fogo do inferno e pra tu já ires avisando esses teus coleguinhas que gostam de se encostar no meu povo que aqui na minha casa, aqui na minha igreja, aqui na minha cidade, não tem lugar pra ninguém da tua laia. Aqui tu estás é perdendo tempo!

Enquanto ele falava, o corpo de Pilar se contorcia que nem lombriga no seco. Uma tortura que doía por dentro. Ela gritava, espumava, entronchava. O pastor impunha sua autoridade falando mais alto ainda. Um espetáculo de nunca mais se esquecer. De cansaço ou dominação, uma hora ela parou. O encosto estaria vencido, como os tigres do circo na meninice? Pregada de volta no chão pelas correntes invisíveis, Pilar gritou e se debateu uma última vez. Ribamar aguardou sem quebrantar. Finalmente, Pilar se soltou no chão, agora com os olhos de volta à frente do rosto, o corpo encharcado, um suadouro de maratona. Tentou se levantar, mas o pastor pesou a mão sobre seu ombro. Indicou que João Batista se ajoelhasse com ele e colocasse a bacia na frente da prima.

— Emoções, hã? — disse o pastor, com ares de que fazia isso todos os dias.

Desta vez, delicado, ele correu a mão esquerda pelo cabelo de Pilar enquanto com a direita segurava a Bíblia com a mesma firmeza de antes. Baixou a testa da menina até a bacia e, baixinho, pediu que ela respirasse fundo. Então, empurrou para dentro d'água o rosto de Pilar.

— Sai desse corpo, demônio!

Ele segurou a cabeça de Pilar até ela se debater.

— Nããão! Rárárá! — disse ela, na volta.

A cara tornou a ser mergulhada dentro d'água.

— Não vô! — disse o encosto.

Uma terceira vez, mais forte e mais longa. Pilar se debateu, estrebuchou de verdade e, de repente, parou. Seus braços caíram, frouxos, mortos. João gritou e quase avançou no homem. Ribamar o interrompeu, com segurança. Ainda tinha os dedos amarrados no cabelo da menina. Levantou sua cabeça, enfim.

— E eu, aqui, pelo poder que recebi de meu senhor Jesus, te batizo, Pilar da Anunciação, em nome do Pai, do filho e do espírito santo. Amém!

A respiração de Pilar implodiu, fazendo um chiado grosseiro. Parecia que ela nunca tinha respirado na vida. E tossiu, jogando água para todo lado.

— Não te preocupes. Eu enxugo depois — disse o pastor para João.

Com o cabelo desabado e a roupa encharcada, Pilar olhou em volta, confusa de dar dó. Respirou umas três vezes e, olhando para o pastor, de repente irrompeu em uma gargalhada de menina feliz, com tanto gosto que todo mundo acompanhou.

— Amém! — disse ela, com os braços levantados, o cabelo escorrido cobrindo o rosto.

— Amém! — repetiu seu anfitrião.

A comemoração veio tão no susto que nem mesmo Ribamar sabia como reagir. Pilar olhou para o primo e piscou sem o pastor ver. Bocó que era, João ensaiou fazer cara de surpresa, mas ela saltou sobre ele e o abraçou, encharcando-o também. João achou que ouviu ela sussurrar:

— Vai me acompanhando.

Em seguida, ela saltou nos ombros da freira e depois do dono da casa, que a abraçou de volta com o mesmo carinho de quando se viram pela primeira vez. Dessa vez, porém, Pilar, com o rosto enterrado no peito do pastor, emendou num choro tão fundo que chegou a soluçar.

— Podes chorar, minha filha. Podes chorar. Bem-vinda à casa de Deus.

O pastor, então, se virou para João Batista e completou:

— E tu, queres mesmo o emprego de motorista?

21.
PROVAÇÃO E SORTE

Se acreditasse em jogo, Ribamar, o pastor mais porreta do cerrado candango, diria que tinha tirado a sorte grande. Seu novo motorista, que ganhou numa aposta imprudente contra Satanás, era limpo, trabalhador e parecia honesto – até então, pelo menos. João Batista, sempre que carecia, estava a postos, aguardando no carro ou na cozinha, com seu radinho de pilha ou um jornal na mão, dobrado na sessão de futebol. Era só um comando e lá se ia ele, agradecido por ter aquele emprego. Mesmo além de suas tarefas de volante, não tinha aborrecimento que o parasse: carregava com afinco caixas e móveis doados à igreja e cozinhava uma rabada que dava culpa até de sentir o cheiro. Era bom conviver com gente feliz.

Já de Pilar o pastor não podia dizer a mesma coisa. Não que achasse que ela fosse completamente preguiçosa (uma impressão absurda se alguém conseguisse ler os planos de tantos passos e enroscos na cabeça da menina), mas a verdade é que trabalho, o manual, do tipo de que João gostava, não era seu forte. Fazia o que precisava, mas só o estritamente necessário. Na primeira brecha, fugia feito calango assustado. Depois de duas ou três vezes, no entanto, o pastor já sabia onde encontrá-la.

O quarto de livros não era nem um farelo da biblioteca na chácara turca. Mas tinha uma bela seleção de títulos religiosos, filosóficos e esotéricos vindos de todos os cantos do planeta.

— Pensei que a gente só podia ler a Bíblia — disse ela na primeira vez que viu os livros.

Ele botou o indicador de pé diante do beiço e confessou, em segredo:

— Conte pra ninguém, mas, entre nós, como é que a gente vai enxergar o que tem de especial no livro dos livros se não conhecemos outros?

Pilar gostou da resposta e, mais ainda, da confidência. Poder ler sem receio de ser pega era uma sensação refrescante.

— Mas vamos combinar uma coisa — propôs o pastor. — Para cada página lida de qualquer livro aqui nesse quarto, e tu podes ler o que quiseres ou trazer outros se preferires, tu vais ler o mesmo número de páginas na Bíblia Sagrada também. Combinado?

Ela combinou. Pilar cumpria por vontade mesmo e até se divertia. As escrituras, afinal, eram cheias de trechos interessantes que ela adorava usar para provocar Ribamar.

— Pastor? — disse ela uma vez, com a cara mais safada que conseguiu fazer. — Aqui diz que Dalila fez Sansão dormir sobre seus joelhos. O que ele fazia entre os joelhos da dona?

Ribamar ficou da cor de um tomate.

— Isso pergunte pra tua madrinha.

A relação dos dois cresceu assim, em torno da curiosidade e do escárnio dela e do desconforto dele. Provocação depois de provocação, eles ficaram cada vez mais próximos. Tão chegados que, quando a freira ligou para ele e contou que tinha recebido uma mensagem contando que Marta tinha se enforcado na prisão, Ribamar não deixou que ela fosse até a casa contar a Pilar. Era um trabalho para ele.

E assim ele fez. Contou com delicadeza, compartilhando os detalhes que sabia: o cinto, o telegrama, o fato de que já tinha ouvido tantas vezes a mesma ladainha. Pilar chorou contida, como se estivesse resignada fazia muito tempo.

— Agora sou só eu mais João.

João chorou, gritou. A mãe jamais iria se suicidar. A não ser sob tortura.

Antes que ele pudesse sair gritando pela rua e ser ouvido por um vizinho ou se meter em encrenca, o pastor e a prima deram-lhe remédios para dormir, senão João teria ido tomar satisfação com os militares, e o próximo seria ele. Provavelmente, salvaram sua vida.

†

O trabalho de Pilar não era complicado: preparar a sala de doze por quatro metros alugada no fundo do badalado Gilberto Salomão – a nova arena de perdição da capital. A escolha do lugar parecia coisa de gente maluvida, mas os fundadores da Igreja Evangélica Templo de Deus eram tudo, menos birutas. E eram amigos do dono do shopping. O povo, vendedores e compradores, passaria na frente, entraria de curioso e, por conta da imponência de Ribamar, ficaria. Estavam tão certos disso que mandaram deixar tudo simples, bem pé de boi mesmo, para contrastar com as luzes, cores e bacanices em volta. E nisso o pastor concordava – embonitar ia atrapalhar. Assim, para Pilar, não havia tanto a fazer. Alinhar bancos, testar o som, tirar o pó, distribuir panfletos... Em alguns dias, tinha que limpar o chão, noutros era comprar água. Às vezes, ficava na porta, cumprimentando quem chegasse. Dando boas-vindas ao povo de Deus.

— Por que nossos fiéis são tão pobres, pastor? — perguntou ela, um dia.

— Porque os mais necessitados são os que mais carecem da palavra de Deus.

Ela fez uma careta de desafio, e ele tentou de novo:

— Porque o papel da igreja é cuidar dos abandonados. Daqueles que o governo, os patrões, o mundo esqueceu.

— E por que eles pagam dízimo?

— Porque é assim que eles sustentam a obra de Deus, senão como a gente estaria aqui para eles? — respondeu Ribamar, com toda a paciência do mundo.

— Então o dízimo é um imposto ou um suborno pra receber a graça antes dos outros?

O pastor apreciava o interesse, mas, quando o assunto era dinheiro, às vezes ela ia fundo demais. Um dia, em casa, Ribamar trabalhava tarde da noite numa pilha de cadernos de capa preta, e Pilar lhe levou um sanduíche com suco.

— Quer ajuda?

Ele olhou por cima dos óculos de leitura. Pilar havia praticamente terminado o segundo grau. A mesma escolaridade que ele tinha. Talvez pudesse ajudar. Daquele dia em diante, ela assumiu a contabilidade da igreja, e com isso mais um bocado de perguntas começou a chegar. "Igreja não paga imposto?"; "não dá para pagar menos pro Rio de Janeiro?"; "se aumentarmos os dias de culto, não aumentamos a arrecadação?". Era tanta curiosidade que Ribamar às vezes tentava fugir. Inventava visitas, trabalhos complicados, sermões para preparar. Ela sempre se virava.

Inconveniente ou não, com tanto perguntê, Pilar aumentou sua influência na filial candanga da Igreja Evangélica Templo de Deus. Meses depois de começar, já tinha até seu próprio subordinado: João. A mando de Pilar, ele passou semanas na porta, registrando quem entrava e saía – uma contagem que separava os ricos, os pobres e os hippies. Em três semanas, descobriram muita coisa. Primeiro, que de sábado a quinta, as pessoas escolhiam um dia no meio da semana para ir e pouca gente repetia. Segundo, que na sexta de noite iam quase todos, mesmo quem tinha ido no outro dia também. Terceiro, que o dízimo que eles conseguiam na primeira sexta-feira do mês era o que viria mesmo, não variava muito. Quarto, que, conforme previa o pastor, rico não tem disciplina. E é muito mais ingrato e avarento, adicionou ela. E, quinto, que hippie só entra por engano mesmo.

— Se tu quiseres aumentar o dinheiro, vai ter que trazer mais gente — concluiu Pilar.

Ribamar deixou que ela mergulhasse em sua nova aventura: recrutar fiéis. Não levava muita fé em que desse certo. Afinal, com a competição da Igreja católica e dos cultos místicos da tal era de Aquarius, Brasília, na política e na fé, era lugar de profissional. Mas pelo menos seria uma maneira de sua hóspede entender a dificuldade de manter uma igreja.

Na manicure, na feira, até em outras igrejas, Pilar estava sempre recrutando. Onde quer que fosse, desenvolvia sua técnica. Experimentava, tentava, quebrava a cara, mas não desistia. No fim do dia, como uma professora, dividia com João suas observações.

— A primeira coisa é entender o que a criatura tá procurando na vida. Às vezes, é um sonho, às vezes, é aflição. Se ela abrir a boca, tu só precisa mostrar como a igreja vai ajudar.

E funcionava. Semana a semana, o pastor Ribamar recebia novos fiéis. Os batismos, por exemplo, passaram a ser mensais para dar conta da demanda. Pilar variava os lugares.

— Se perceberem o que estamos fazendo, não funciona mais. Um dia, eu passo pra outras atividades, e tu vais assumir minha função, que tal? — disse ela, passando a mão no peito dele e piscando, num leve flerte que o derretia todo.

João não tinha tanto apreço pela igreja, não se importava muito. Estava ali mesmo porque era um trabalho e porque sabia que seu lugar era perto de Pilar. Subir na vida, ganhar novas funções parecia mais serviço extra do que qualquer coisa. Impressionar Pilar, no entanto, isso ele queria. Nem entendia o por quê. Mas queria. Além disso, ver a prima batalhar para convencer cada novo fiel lhe lembrava da mãe. As duas eram muito mais parecidas do que Pilar imaginava.

†

Naquela manhã, Pilar usou parte do dinheiro da caixinha para tomar um café reforçado na padaria do lado do Gilberto Salomão, porque a lá de dentro era coisa de boyzinho. Sendo quem era, conversou com um e outro, e João, que aguardava da rua, serviu-se do carrinho de milho-verde mesmo. Imaginou que ela voltaria se gabando de mais dois fiéis. Em vez disso, ela de repente congelou, olhando para o lado de fora, como se ele mesmo fosse de vidro, e ficou ali mais e mais, numa cena extravagante que ninguém entendeu. Quando saiu, foi correndo, falou alguma coisa com o vendedor de milho, agarrou o primo pelo pulso e entrou no carro como se tivesse ganhado na loteria. Quando falou, não disse coisa com coisa. Mas animada, isso ela estava. A única coisa que fez algum sentido foi que no dia seguinte precisariam estar de volta cedo, antes das seis.

— Prometo que vale a pena — disse ela.

Assim fizeram. E Pilar insistiu que João, daquela vez, fosse junto. Ela, no entanto, não entrou na padaria. Ficou do lado de fora. Comprou uma espiga para João e mandou que ele comesse devagar. Ele obedeceu. Quando terminou, Pilar pediu outra.

— Melhor tu gostar bastante de milho, porque vai comer até a gente ir embora.

Foram cinco espigas até que o enigma se revelasse.

— Pilar? — perguntou a moça magra e desconfiada atrás de João.

— Cirlene? Que coincidência! Eu venho sempre aqui, só que mais tarde. Milho bom que nem esse não tem, né mesmo? Outro dia, achei que tinha te visto, mas depois pensei que era abilolagem...

A empregada discordava da crítica gastronômica, mas estava mesmo era espantada com a presença de sua antiga colega de trabalho.

— O que tu ainda tá fazendo em Brasília? Achei que depois... Achei que tu tinha ido de volta pro Maranhão.

— Fui não, menina! Arrumei outro trabalho, refiz minha vida. Sabe, ia deixar aquela gente ruim me tirar dos trilhos não — disse Pilar.

Cirlene, que um dia desgostou da pequena, agora parecia até admirá-la. Contou que toda segunda e terça ia em casa ver as filhas e preparar comida para a semana para o traste do marido, que não trabalhava, só bebia e dormia no sofá.

— Vida dura... Mas melhor que ficar no sertão, sem ter o que dar de comer pra menina.

Era o que Pilar precisava saber.

Nas semanas seguintes, Pilar voltou. Entre os encontros, falavam ao telefone, sempre em horários em que os patrões não estavam. Vez ou outra, se encontravam para tomar café. Numa dessas, João largou sua pergunta ensaiada:

— Tu pretende ficá na casa dos turco pro resto da vida?

— Sei lá... O que eu queria era começar de novo.

— E tuas filhas? — perguntou Pilar.

— Eu chamo elas de minhas, mas são do Josué. Porque se eu não fô lá, elas morre tudo de fome!

— Ele ainda te come, pelo menos? — provocou Pilar.

João quase engasgou com o pão com manteiga. Ela respondeu baixinho, encabulada e achando graça ao mesmo tempo:

— Às vezes. Mas nem é por isso.

— Ele te maltrata?

— Como é que tu sabe?!

— Um dia te explico. Ele te bate?

— Não. Ele grita comigo. Ele bebe e fica dizendo que, se eu tô sempre no serviço, é porque devo tá dando pro patrão. Se ele imaginasse... — Cirlene, de repente, se deu conta da inconveniência. — Eu tô mesmo é presa nas menina do Josué. Nesse emprego horroroso, com essa gente ruim que faz... que faz essas coisa com criança que nem tu.

— Quer saber? — Pilar se levantou. — Eu acho que posso ajudar.

†

A chegada de Cirlene na comunidade do Templo de Deus não poderia ter sido melhor. O pastor Ribamar era especialmente habilidoso nessas *festas de amor*, como ele chamava a chegada dos novatos.

— Conte a ela o que houve na tua vida, Veridiana... — pedia ele a uma. — Marcela, esta é nossa nova irmã, Cirlene. Ela também leva o marido nas costas... — dizia à outra. — Josefa, conta aqui como foi que paraste até de dever na praça.

Para onde quer que olhasse, ela era recebida com um abraço e uma história.

Ela e Pilar sentaram-se para fazer as contas. Se Cirlene fosse ao culto duas vezes por semana e desse o dízimo, Pilar tinha certeza de que Deus a ajudaria a guardar dinheiro. Assim, ela poderia comprar uma passagem para o marido voltar para a Paraíba de que ele sentia tanta falta, e ela ficaria livre. A essa altura, se ela quisesse ficar com as meninas, talvez ele não se opusesse.

O mais fácil foi convencer os patrões. Depois do jantar, eles preferiam ficar sozinhos mesmo. E uma empregada na igreja era melhor que uma empregada no forró, não é mesmo?

†

Bam! Os livros de finanças papocaram sobre a mesa. Ribamar quase infartou.

— Duzentos e quatro — disse Pilar, com orgulho misterioso.

— Duzentos e quatro o quê?

— Fiéis. Vindos de cem. Desde que eu comecei a recrutar.

Ribamar estendeu o beiço e balançou a cabeça, impressionado. Abriu o caderno e correu até a última página, de afobado quase entalou com a torrada.

— Como assim!?

Se o número de fiéis tinha dobrado, o saldo financeiro era quase três vezes o que era na última vez que tinha olhado.

— Como tu fizeste isso?

— Milagre. — O pastor fechou a cara por um segundo. Não tinha felicidade nem impressionância que justificasse falta de respeito. Ela corrigiu: — Só tô cuidando das coisas. Novos fiéis, não deixo mais ninguém passar o mês sem pagar... E, quando tem reformas ou compra grande pra fazer, como quando teve que trocar as caixas de som, eu peço pra eles o valor separado. Então, eles se organizam, todos orgulhosos, e me dão o que eu pedi, além do dízimo. Claro que nessas horas eu também digo um pouco a mais pra pagar pela manutenção, pelo manuseio, pelo espaço...

— Não sei, Pilar, prefiro que não faças assim. Não precisamos de dinheiro pra pregar a palavra do Senhor.

— Pastor, o senhor tá olhando errado, com o devido perdão. Não havendo bois, o estábulo fica limpo, mas pela força do boi há abundância de colheita — disse ela, citando a Bíblia para mostrar o dever de casa. Ele teve que escutar. — Esse dinheiro não é para nosso uso próprio. Ele só contabiliza outros gastos que a igreja tem e que precisam ser pagos de alguma forma.

Mesmo assim, Ribamar, que não gostava de mudar o rumo das coisas, deixou para pensar nisso depois. Se tinha um problema bom, era dinheiro demais. Pilar ainda não havia terminado, porém.

— Pastor?

— Diga, Pilar?

— Posso pedir uma coisa?

— Tu já estás pedindo, não estás?

— Queria montar um grupo de estudo. O senhor permitiria?

Ribamar se levantou, agora, sim, orgulhoso de verdade, e deu-lhe um abraço.

— Claro que pode. Pra estudar, tu terás sempre meu apoio.

†

Ela tirou a tampa da caneta, olhou as páginas rapidamente e assinou o contrato como se tivesse autoridade para isso. Não que o dono do imóvel, a meia hora da igreja, fosse desconfiar da protegida do pastor. Ainda não estava pronto para ir para o inferno, conforme Pilar fizera questão de deixar claro que aconteceria. Duzentos cruzeiros por mês era um valor abaixo de baixo para uma casinha daquelas, arrumadinha e decente, tão perto do Gilberto Salomão. Mas Pilar insistiu que aluguel pago com o dinheiro abençoado valia mais. Os primeiros duzentos, ela deu adiantado do próprio bolso. Depois, poderia alugar cada quarto de volta por cem, recuperar o investimento e ficar com a diferença para ela.

— João, tenho uma sugestão para te fazer — disse ela, assim que saiu pela portaria.

Ela explicou. Do apartamento. Do plano. João adorou a ideia de poder pagar seu próprio aluguel. Mas...

— Meu salário não dá, prima. Acho que não vai ser dessa vez.

— Deixa que eu cuido disso.

†

Com menos gastos em bebida, roupas e futilidades, naturalmente as economias cresceram, a despeito do dízimo. E isso não era a única coisa que estava mudando. Deixar as meninas para trás aos poucos se tornava uma ideia de que Cirlene gostava cada vez menos. Josué continuava imprestável, e tanto Josiane, a mais nova, quanto Suelen, a mais velha, estavam entrando naquela fase chata de fazer graça de tudo. Então, por misericórdia, tentou trazê-las com Josué para assistir ao culto. Estava mesmo pensando em virar uma família de verdade e sair daquela vida de perdição. Era só eles se converterem e o pastor abençoar que até adotar as crianças ela topava.

A essa altura, Cirlene era líder de recepção nos cultos de fim de semana. Estava ansiosa dos dois lados: pelo que os três achariam de sua nova comunidade e pelo que as pessoas pensariam deles. Aí, chegaram Josué e as meninas, cabreiros, fazendo careta, as crianças caçoando de tudo. Cirlene estava para passar-lhes um sermão quando Pilar a interrompeu e a trouxe num canto.

— Tu estás vendo?

— Vendo o quê? Que essas pestes são traste igual ao pai? — respondeu Cirlene, furibunda.

Pilar riu da irritação.

— Isso também. Lembra como tu eras toda comprometida com essas meninas...

— É verdade. Eu tô tentano, juro. Mas eu tô aqui olhano pra elas e parece que tamo cada vez mais longe. Eu chego em casa falano do que ouvi da palavra e elas... Tanto elas quanto Josué fazem graça. Eu achei que eles iam chegá aqui e ouvi o pastor e aí...

— Cirlene! Pega uma água pra mim? — pediu Suelen, que estava sentada a dois metros da porta, bem onde ficava o bebedouro do shopping.

— Estás vendo? — indicou Pilar. — Elas te tratam como escrava, e tu tá viciada nisso. Mas não fica borocoxô que isso acontece todo dia! E, se tu queres saber, eu senti uma energia ruim vindo dos três quando eles entraram, especialmente das meninas. Não me ia espantar se Josué estivesse...

Pilar fechou os olhos como se estivesse recebendo uma mensagem.

— Tu tá vendo alguma coisa?

— Shhhhh, o pastor não gosta que eu faça isso em público. Fica entre nós, combinado?

Ela concordou. Continuou esperando a mensagem chegar.

— Ele tá te comendo cada vez menos, não tá?

— Como é que tu sabe, mulher? Tu qué dizê... que esse safado...

— É a natureza do homem, minha amiga. Mas esse daí... Esse já foi, viu? Tem uma vizinha, uma bonita que usa saia curta...

— A Darlene? Uma de cabelo alisado com voz de fuinha?

Pilar riu escondido. Ainda lembrava bem o que tinha aprendido nos tempos de circo.

— Essa mesmo! Acho que eles estão de caso. Se não estiverem, vão ficar já, já. E as meninas... Essas fazem piada nas tuas costas quando tu sai. Ficam mangando pro pai e tudo, e ele acha até graça.

A cabeça de Cirlene parecia que ia explodir. Mas quer saber? Era tudo de que ela precisava.

— Que se explodam esses três!

O estouro, que veio baixinho para não desconcentrar ninguém, trouxe junto a decisão. Naquela noite mesmo, resolveu Cirlene, ela deixaria o dinheiro da passagem para ele ir embora com aquelas pestes e nunca mais voltar. Tinha certeza de que a patroa ia era gostar de ela passar a dormir lá todos os dias.

— Hummmm.... Eu tenho uma ideia melhor — disse Pilar.

†

O culto daquela noite tinha sido dos mais animados dos últimos tempos. Os músicos que Pilar tinha convencido a tocar no fim da pregação haviam sido tão arretados que todo mundo pediu que voltassem. Arretados, não, brasa, como diziam os jovens da época, embora dissessem baixo, com medo de o pastor ouvir. Brasa lembra o demônio.

Já estavam só os três que moravam com Ribamar quando ele acenou.

— Esse menino? — chamou o pastor, apontando para João, que se aproximou com respeito. — Preciso de um favor teu. Tenho que ir na frente com Pilar resolver umas coisas, mas preciso que tu pegues aquele baú lá nos fundos, onde está todo o dízimo coletado hoje e ontem, e leves lá para casa para mim quando terminares de arrumar aqui, pode ser?

João Batista concordou, orgulhoso da confiança. Ninguém jamais tinha confiado nele para um pagamento maiorzinho que fosse. Agora um baú cheio de dinheiro? O pastor passou pela porta de vidro, deixando o motorista sozinho com Pilar.

— O que é aquilo ali no chão? — perguntou ela.

— Dinheiro?

Alguém tinha deixado cair. Ele correu e pegou. Mas não tinha mais ninguém ali além dos dois.

— Semana que vem, eu pergunto se alguém perdeu um dinheiro — disse ele.

— Para que a tentação? Tu já imaginaste o tanto de gente que vai querer inventar que perdeu pra ficar com isso? Tu queres ser o braço de Satanás tentando o povo, primo? — perguntou ela, agressiva.

— Não!

— Então tu vais fazer o seguinte: vais pegar esse dinheiro e vais colocar no baú de dízimo. Garanto que quem perdeu vai ficar feliz de saber que esse foi o destino da contribuição extra.

A ideia era boa. Mas havia um detalhe: se o pastor ficasse sabendo, João nunca poderia dizer que foi ideia dela. Ribamar já achava que a hóspede gostava demais de dinheiro...

— Não te preocupa, prima.

Duas horas mais tarde, o salão estava um brinco. Limpo, brilhante, cheiroso, arrumado até a última fita. Então, João pegou o baú e abriu. Era mais dinheiro do que ele podia entender.

†

— Se alguém der dinheiro ao próximo, ou bens, a guardar, e isso for furtado da casa daquele homem, o ladrão, se for achado, pagará o dobro — disse o pastor, lendo direto do livro dos livros, quando João chegou com o baú. — Se o ladrão não for achado, então o dono da casa será levado diante dos juízes, a ver se não botou a mão nos bens do próximo. Tu sabes o que significa isso?

— Oxente, sei não, senhor. E não é o senhor o dono da casa? — respondeu o motorista.

— Significa que hoje tu vais ser testado, João. Pilar me disse que tu mereces um aumento, que és de confiança e tudo, então eu resolvi tirar a prova da tua fidelidade. Esse baú na tua mão: eu sei exatamente quanto tem aí. Contei antes de ir embora. Então vamos contar juntos aqui?

— Calma, pastor, eu preciso explicar uma coisa antes...

O dono da casa, que até então parecia feliz e confiante, lançou um olhar descabriado na direção de Pilar e empurrou o motorista para o lado.

— João?

— Não é isso, pastor, é que...

— Me dê aqui.

Ribamar pegou o baú e abriu.

Com cuidado, contou o dinheiro e aproveitou para organizá-lo pelo valor das notas para facilitar quando deixasse no banco, no dia seguinte. Quando estava quase no final, porém, parou e olhou para João.

— O que tá acontecendo aqui? Queres explicar?

— Patrão, tinha esse dinheiro no chão e aí a gente... Quer dizer, aí eu tava lá e achei que o dono não ia saber onde perdeu e que ia gostar que ele fosse pra igreja.

Ribamar ouviu com cuidado, tentando fazer sentido da lamúria do motorista. Quando entendeu, levantou, impressionado, deu-lhe um abraço e deixou com ele o dinheiro encontrado. Um prêmio. E, claro, o aumento estava garantido também – no mesmíssimo valor.

O aluguel estava resolvido. Agora, o jogo podia começar de verdade.

22.
O CÃO EM PESSOA

Encharcada de suor, Pilar rolou pelos lençóis. Gemeu, tremeu-se toda. Ribamar tocou seu rosto com ternura. Ela abriu os olhos. O pastor carregava uma bandeja cheirosa. A febre tinha baixado, mas ainda estava lá, e o leite com açúcar queimado era o mais próximo de um feitiço que ele se permitia chegar.

Pilar tomou com tanto gosto que quase desencapou a goela.

— Calma! — disse ele. Ela diminuiu o ritmo e o tamanho dos goles, mas manteve a boca sempre ali, tragando a fumaça e chupando o líquido o quanto podia.

Ribamar estava meio avoado. Corria a vista pelas paredes, como quem procurava uma resposta. O quarto praticamente não tinha decoração. Sobre a estante, uma foto da mãe e da avó de sua hóspede e três discos dos Beatles, mas nenhuma vitrola. Uma cobra empalhada, assombrosa para dizer o mínimo.

— Eu mesma que matei — disse ela uma vez.

Algumas pilhas de livro que ela insistia que ia devolver à estante se acumulavam no canto. Não havia sinal da Bíblia, mas também não havia imagens de santos. Tudo bem, então. Um espelho enorme talvez fosse a única intenção de contemplação. Pilar era vaidosa, afinal. E tinha motivos para isso.

— Tu vais à aula hoje? — Ribamar se referia ao debate dominical, tradição criada pela própria Pilar para animar o forrobodó. E para elevar a média financeira dos integrantes daquela congregação. "Não dá pra prometer uma vida melhor se não tem como mostrar essa vida. A gente precisa dos ricos também", dizia a menina, que estava transformando a pequena igreja do Lago Sul.

O pastor Ribamar tinha dúvidas quanto a vários dos métodos e das ideias de Pilar, mas tinha de admitir que eles funcionavam - não apenas pelo lado financeiro (e como funcionavam!), mas também pelo lado educacional da congregação. Mesmo na teologia, os pitacos mais vezes faziam sentido do que não. Nas aulas dominicais, em particular, semanalmente antes do culto do meio-dia, Ribamar se deixava discutir qualquer assunto, sem amarração de tipo nenhum, e deixava que os fiéis participassem, respondessem, perguntassem. Era a melhor parte de sua semana. Da de Pilar também.

— Claro que vou! — respondeu ela, com o entusiasmo aquecido pela poção.

O dono da casa se aproximou da pilha de livros. Passou os dedos em um por um, reconhecendo seus velhos amigos. Retirou um, bem do meio e sem explicar por quê. Era um pequeno volume amarelo. Acariciou a cabeça de Pilar na direção da nuca, puxando-a para um beijo na testa. Com a outra mão, deixou o livro ao lado da caneca, com duas batidas de leve para ter certeza de que ela havia notado. E partiu, feliz da vida dele.

†

— Cobra é um bicho danado de feio, não é, não? — disse o pastor, só de provocação.

A sala da igreja estava apinhada de não dar para se coçar. Ribamar era como se se alimentasse disso. Da atenção, das cacholas fazendo barulho de tanto pensar. E Pilar se alimentava do entusiasmo dele. Só de ouvir, já se sentia melhor. E ouvia tão bem que até passava a falar que nem eles.

— Agora, pensa na primeira vez que o homem viu uma. Lá no

Paraíso. Nojenta. Rastejante. Se fosse eu, pegava um pedaço de pau, dava nela e deixava a bichinha empalhada, pra lembrar do perigo. Mas não! Nossos tatatatatatatatatataravós preferiram levar um blá com a safada. Aí, danou-se.

A risada foi geral. A essa altura, não tinha um que não estivesse curioso para entender aonde a história ia chegar. Ele seguiu com a pregação:

— Sabe o que eu penso? Eles não mataram a fuleira porque ela era parte deles também! Qual outra explicação? A mulher não veio da costela do homem? Por que a cobra não poderia vir? Aí, você vai dizer: "Ah, pastor, mas Caim matou Abel, e eram praticamente da mesma carne...". E eu diria: "Exatamente!". A cobra não podia ser morta não por ser um pedaço que saiu de dentro de um dos dois. Ela não podia morrer porque ela vivia *dentro* deles. Começou com um pedaço pequeno, como quando eles teimaram em comer o fruto proibido, e o Pai expulsa eles de casa. "Vai lá, vai ver o mundo, depois a gente conversa." Aí, a gente vai e constrói Sodoma, Gomorra... E a desgramada da cobra vai crescendo, crescendo... Aí, um dia, a gente, lá em Babel, tem uma ideia "ótima": agora que a gente está tão importante que fala até línguas diferentes, por que a gente não chama o Niemeyer e constrói uma torre mais alta que as nuvens pra gente poder dar uma passadinha no Paraíso de vez em quando? Aí, o Senhor falou: "Pera lá! Assim vocês já estão exagerando!". Ficou tão preocupado que mandou até um toró para afogar todo mundo e poder começar tudo de novo.

Ribamar parou um instante para a plateia absorver.

— Estão entendendo? Essa cobra maldita nunca sai de dentro de nós, ela é um pedaço do nosso corpo. E quanto mais a gente se olha no espelho e gosta do que vê, mais ela cresce. Até que a gente fica tão ruim que vira o próprio diabo. Aí, Ele lá em cima manda avisar: "Ô, psiu, já fizeste muita bobagem, não é mesmo? Tá na tua hora".

O pastor baixou a cabeça e correu os olhos, ligeiros, para um lado e outro. Arriou os ombros feito onça, preparando o bote, e recomeçou falando baixo, para eles terem que se esticar para ouvir.

— O espelho é o maior dos ídolos. Porque é quando achamos lindo o demônio crescendo dentro de nós. Mas não vou mandar vocês tirarem os espelhos do quarto. Da mesma maneira que não vou mandar queimarem livros e discos que não tragam a palavra do Senhor. Sabem por quê?

Ele parou e esperou, ansioso.

— Porque é mais fácil enxergar a serpente que não está dentro de nós? — respondeu um aluno, em tom de pergunta.

— Exatamente! — disse ele, aplaudindo.

Os outros imitaram, e o pastor chamou para perguntas.

A essa altura, Pilar já estava em seu próprio mundo, repassando cada segundo da aula daquela manhã. Olhou o livro amarelo com rabiscos chineses que carregava nas mãos, o mesmo que o pastor tinha lhe dado junto com o leite quente, e achou graça. *O livro do caminho e da virtude*, dizia a capa.

†

Ainda era tudo meio armengado na casa do Lago Sul. Embora João e Cirlene já morassem lá havia quase um ano, o apartamento tinha jeito de quem estava lá só de passagem. Entre os empregos, o culto e o grupo de estudo, não sobrava muito tempo para a casa. Depois que Irmã Madalena chegou para ajudar, a coisa até melhorou – um pouco. Ela alugou o terceiro dos quatro quartos e passou a receber uma contribuição do resto da "república" para manter a casa arrumada. Mas o capricho terminava com o que já estava ali. Enfeite novo não era coisa de freira.

— Quem aqui já viu o diabo de perto? — perguntou a Santinha de Codó.

Cirlene mostrou a mão, ressabiada. Pilar sabia bem do que ela falava.

— Hoje, o pastor falou lá na igreja que *nós* somos o diabo, sabiam? E ele me deu esse livro aqui. *O livro do caminho e da virtude*. Eu li e vou deixar pra vocês lerem também. Ele diz que lá no Oriente eles acreditam que tudo tem o lado bom e o lado ruim e que o objetivo não é o lado bom. É o equilíbrio. Isso me faz pensar se o plano de Deus não é esse mesmo, que nós sejamos um pouco Deus e um pouco diabo. Senão, a gente não consegue fazer nada, mora? Pensa no diabo que a Cirlene encontrou. Se ele ou ela parecia ser o diabo em pessoa, é porque o lado diabo é muito mais forte que o lado Deus. Ele crê em Jesus, Cirlene?

A empregada dos turcos girou o rosto em negativa e fez um sinal da cruz.

— Tá vendo? Esse aí é um diabo inteiro diabo. Vocês conhecem a história de Tamar, que a Bíblia conta? Aquela ali tinha um diabo dos bons também. Ela mentiu, se prostituiu... Até deitar com o próprio sogro ela deitou. Mas, se não fosse ela e não fosse o diabo que morava dentro dessa quenga, sabe quem não existiria?

Ninguém tinha um farrapo de ideia de sobre o que ela estava falando. Pilar havia aprendido muito com a presença de palco de Ribamar. Mas ainda precisava aprender a arte de largar as perguntas que a audiência saberia responder. Irritada, ela mesma continuou:

— Se não fosse Tamar, não teria Jesus! Porque foi da barriga dela, e das barrigas que vieram depois, que saiu Ana, depois Maria e um dia chegou o Messias! Então, por que Deus fez a gente ter um diabo dentro de nós? Porque, às vezes, a gente precisa! Se o povo na China estiver certo, o que o Senhor quer é o equilíbrio, não a perfeição. Perfeição é Ele lá em cima, e quem aqui quiser ser que nem Ele já começou errado, igual a Torre de Babel. Não é mesmo?

Agora, sim. Pilar observou os olhares, as respirações. Eles comiam em sua mão. Se mandasse eles enfiarem uma mandioca na orelha, ia ter que chamar até doutor para retirar. A sensação era boa, mas perigosa. Não estava na hora de ninguém sair contando esses pensamentos de maneira torta. Preferiu se precaver.

— Essas coisas não dá pra falar com qualquer um. Entendido? A gente tem que manter só aqui entre nós, que estudamos as Escrituras com profundidade. Se a gente compartilha isso com o resto do povo da igreja, eles se apavoram e nunca mais voltam. Só que a gente, que tem o privilégio de entender isso sem véu nem *fog*, não pode se dar o luxo de não agir. Onde está nosso diabo? Quem é ele? Nós exercitamos nosso lado Deus nos cultos de toda semana, mas onde vamos equilibrar nosso demo, nossa serpente, nossa Saracura? E digo mais: quem quiser achar sua missão na Terra vai ter que achar onde seu Deus interior e seu diabo interior concordam. Onde o amor de Deus e o punhal do diabo querem a mesma coisa. Mas não é qualquer um que é evoluído o suficiente pra entender isso. Por isso só a gente tem esse livro pra ler. O pastor mesmo que me deu. Eu vou deixar aqui pra vocês, e semana que vem discutimos mais.

Pilar se levantou e ergueu o pulso. Quase três da tarde e nada. O avião devia ter chegado lá pelo meio-dia. Será que teve algum problema? E foi só ela pensar nisso que o ronco de um carro soou lá de fora, como por telepatia, se é que isso existia.

Correram todos para a janela. Irmã Madalena saltou do táxi primeiro e foi até o porta-malas. A segunda porta, então, se abriu, e de dentro saiu uma senhora de pele marcada, lenço no cabelo, magra até o osso. Ela abriu um sorriso encantado, revelando os tantos dentes que faltavam. Voltou-se por um instante para a freira, que garantiu:

— Isso, dona Letísia. É ela mesma.

Letísia (com “s” mesmo, fazer o quê?) bateu uma palma só, deixando as mãos grudadas na frente do peito, e caiu de joelhos.

— Minha senhora Santana! Muito obrigada, minha mãe!

A lenda da menina anunciada finalmente chegara a Brasília.

23.
CASTIDADE E PERDÃO

— Jesus era um subversivo. Mas espera aí, seus milico, não me prendam ainda! Porque ele não era como esses terroristas que andam por aí. A bomba que o filho de Deus trouxe se chama... perdão. Isso mesmo, Jesus era o Marighella do perdão. E o perdão não é uma revolução porque é diferentinho, porque é bonzinho, mas porque, contra toda a lógica, o perdão te empurra pra frente. Não entendeu? Então, pense comigo: o contrário do perdão é o quê? É a ira, a raiva? Não, é a vingança! É a vingança! Olha o que tá acontecendo aqui na capital. Um terrorista fica com raiva porque executaram Che Guevara, mesmo depois de ele ter matado um monte de gente, e explode um carro em Brasília pra dar o troco. O troco em quem, se Che Guevara foi morto lá em Cuba?! Aí, polícia é obrigada a procurar o sujeito e acaba prendendo o colega dele pra conseguir informação de onde ele tá. O amigo não resiste e se mata na prisão. Aí, o cabra fica com mais raiva e explode um ônibus. A polícia, dessa vez, prende ele e mais uns dez amigos que ele arrastou junto. O irmão dele vai lá, rouba uma arma e mata a mãe do policial que matou o irmão dele... Não para nunca. Essa família, vejam vocês, ficou presa na vingança pro resto da vida.

Para espanto de uns, orgulho de outros, assim começou o primeiro sermão oficial de Pilar. Foi daqueles de fazer o chão tremer. Mulher, jovem, solteira... Ninguém acreditava que aquela filha de mãe de santo pudesse, um dia, subir no palco. Era o triunfo da palavra, em todos os sentidos. Ali estava ela. E, pela reação da audiência, que lhe assistia de pé porque não tinha mais onde se aboletar, estaria lá mais mil vezes.

— Vingança é um prato que se come frio, dizem por aí. Olho por olho, dente por dente, vocês já ouviram essa frase? Então, está na Bíblia! Mas aí veio Jesus e disse para dar a outra face. Será que ele não sentia dor? Claro que sentia. E acreditem: ele não queria tomar um segundo murro. Mas ele sabia que a vingança toma tanto tempo que você acaba não fazendo mais nada da vida. Era melhor acabar logo com a briga deixando o outro lado cansar. Um lado, o outro, o outro, o outro, o outro...

Pilar falava alto, gritava baixo, exatamente como tinha aprendido com Ribamar. Dizia as palavras que o povo usava. Olhava nos olhos da fila da frente, levantava as mãos para os céus (uma lâmpada fluorescente que ninguém enxergava mais), apontava para os fiéis lá do fundo, um por um, como se falasse só com aquela pessoa. Pregava com uma paixão tão grande que o sangue parecia que ia brotar da pele.

— E hoje? Sabe aquela desgramada que fez você perder a promoção no trabalho? Aquele filho d'uma égua que te dedurou? Aquela quenga que roubou seu namorado? Essa gente toda anda por aí. E, cada vez que você pensa neles, cada vez que planeja como dar o troco, está perdendo o seu tempo enquanto ele ou ela seguem a vida. Vingança é uma areia movediça. Entrou nela, não sai nunca mais. Porque quanto mais você se mexe, mais rápido afunda.

Encostado numa das paredes, Ribamar cutucou com o cotovelo a freira, cuja presença todos estranhariam, não estivessem tão fascinados pelo magnetismo da oradora.

— Tu ajudaste ela a se preparar? — perguntou o pastor, o sorriso bobo pendurado no rosto.

A freira confirmou que sim, o mesmo sorriso estampado.

— Perdão, povo de Deus, porque não é questão de bondade isso, não. É coisa de quem é esperto, inteligente. De cabra desdobroso, como se diz lá no Maranhão, de onde eu vim. Coisa de quem busca na palavra de Deus o caminho pro Paraíso depois do julgamento final, mas também uma vida boa enquanto a gente tá aqui nesta terra. E não foi Jesus mesmo que disse: "Eu vim para que tenham vida, e a tenham com abundância?". Não foi ele que fez seu primeiro milagre numa festa, transformando água em vinho?

Ela pegou o livro sagrado e fingiu ler só para dar mais importância para o trecho que sabia mais que de cor.

— Eclesiastes, capítulo três, versículos doze e treze: "Sei que nada há melhor para o homem do que regozijar-se e levar vida regalada; e também é dom de Deus que possa o homem comer, beber e desfrutar o bem de todo o seu trabalho". Tá vendo só? E vocês tudo morrendo de culpa porque a vida tá melhorando!

Parecia torcida de futebol. Todo mundo olhando para o mesmo lugar, calado, acompanhando cada movimento. E, olha, era gente que só a peste. Culpa de Pilar, pois foi por causa dela que tantos fiéis apareceram de uma só vez. Ribamar mesmo nunca tinha visto tanta gente se apertar naquela sala. Enquanto o povo chegava, ficou até com medo de a administração do shopping reclamar. Mas, então, ela começou a falar. Feito um anjo. Linda, grandiosa, imponente. Ele lembrou as histórias que contavam de quando ela nasceu. Filha de anjos. Coitados...

— Se casasse... virava até bispa, essa daí — suspirou Ribamar.

— Oxente, e tu, é solteiro, não? — retrucou a freira.

— E eu lá cheguei a bispo? Além disso, sou homem. O povo aceita melhor.

— E tu achas que ninguém diz que tu nunca casaste porque é qualira?

O pastor deu uma gargalhada, mas não aceitou a provocação. Hora de finalizar aquela conversa de miolo de pote. Pilar já terminava o sermão dela, e a fila de cumprimentos começava a se formar – com tanta pressa que Ribamar teve que interferir, porque mais um pouco tinha gente dando murro um no outro para chegar mais rápido. Num dia normal, a fila seria para um abraço e uma pergunta ou um pedido de bênção, às vezes um consolo. Naquela noite, no entanto, todo mundo teve a mesma ideia. Queriam era dar os parabéns. Imagine a comunidade toda, emocionada e ansiosa para cumprimentar o primeiro deles que chegava ao alto daquele palco. Não importava que ela morasse com o pastor, que a fuxicagem dissesse que ela era filha dele e outros que era manteúda mesmo. Ela foi a primeira, e com merecimento.

Pilar estava que nem pinto no lixo. Feliz que só a gota.

A maioria ali, ela conhecia bem. Gente que ela tinha recrutado com a própria goela ou parentes levados depois, o que dava no mesmo. Também tinha um povo das antigas, e até um ou outro novo, chegado por causa do movimento, como o galalau alinhado que apareceu com a cabeça baixa, quase que em penitência. Tinha os ombros largos, braços fortes. Quando ele mostrou o rosto, escorriam-lhe lágrimas.

— Perdão — disse o rapaz.

Parecia mais bonito do que ela lembrava.

Pilar cerrou os punhos com força, não podia demonstrar. Era como se todos tivessem parado para olhar aquele encontro, embora só ela sentisse assim. Ela estendeu a mão e postou-a sobre a testa do moço, abençoando-o.

— Você se lembra de mim? — perguntou Teobaldo, num tom tão vulnerável que tornava impossível uma resposta ríspida.

— Claro.

De longe, a freira notou a movimentação estranha. Com cara de gaiata, acenou para o pastor e apontou com seu nariz enorme para a entrada do palco. O moço bonito escrevia algo ligeiro num pedaço de papel. Um número de telefone, talvez. E não é que Pilar de repente se mexia que nem menina outra vez? Destrambelhada, nervosa. Não tinha migalha da mulher segura da pregação de logo antes. O pastor deu de ombros para Irmã Madalena, entretido, até. Quem sabe tinha chegado a hora? O rapaz beijou as mãos de Pilar, numa mistura confusa de louvação e cortejo, e foi embora sem dar adeus. Pilar checou o papel e guardou-o no bolso, alheia ao olhar da próxima pessoa na fila.

Umas dez posições atrás, dona Letísia observava em completa arrelia. Ela era uma lavadeira do Codó, matuta que só, que achava que tinha sido agraciada por um milagre da menina anunciada. Dizia que tinha sofrido um ataque do coração e que, quando viu a luz, foi Pilar quem a trouxe de volta, pois assim que acordou viu que uma amiga tinha colocado sobre seu peito um patuá comprado numa barraca na frente da igreja. Pilar se lembrava dos amuletos "benzidos por ela" que a tia vendia. Ela nunca tinha benzido nada, claro, era pixota demais para saber o que fazer. Mas, naquela hora, o pequeno estelionato vinha bem a calhar. Para atrair o tipo de gente que Pilar precisava ter por perto nessa nova etapa, a fama de milagreira valia bem, contanto que ela mesma negasse.

A lavadeira trazia outra senhora pelo braço, da mesma idade, mesmo colorido, mas com mais dor e sofrimento nos ombros.

— Senhora, minha amiga Estefânia tá doente. Os médico diz que ela num vai durá muito. Eu disse pra ela que a senhora...

— Aqui, não, dona Letísia! — sussurrou Pilar. — Leva ela mais tarde lá no grupo de estudos.

As duas se encolheram de vergonha pelo carão, mesmo que não soubessem direito o que tinham feito de errado, e foram embora sem falar com mais ninguém.

†

— Uma hora, Ribamar vai acabar sabendo — alertou a madrinha.

Pilar, todavia, parecia segura. Se a cuia virasse, sempre podia dizer que a fama de milagreira se espalhou por conta dos outros. Que nunca reforçou muito menos autorizou. Para garantir, ela costumava falar que qualquer pessoa de fé, detentora da palavra, podia fazer milagres e que ninguém carecia de intermediários para falar com Ele. Ela, no máximo, os guiava. Os fiéis riam da modéstia da moça, muito bem sabidos das razões. Uma mentira coletiva, quase um motim. Pilar adorava.

As consultas aconteciam todos os dias, no meio da tarde, entre o fim das discussões complicadas do grupo de estudo e a pregação da noite na igreja. Naquela tarde, no entanto, ela pediu que todos fossem embora cedo. Precisava se preparar para a próxima pregação. Então, numa coincidência da gota, foi só o último da fila sair que entrou um rapaz bem-apresentado, todo alinhado, cabelo engomado, camisa justinha e colorida.

— Cheiro de gente rica — observou uma menina de saída.

— Achei que você nunca ia ligar — disse ele.

— Bicho besta — respondeu ela, encabulada.

Pilar o segurou pela mão e sentaram-se no sofá. A casa estava vazia. Nem mesmo os moradores de verdade estavam ali para interromper. Tudo combinado direitinho.

— Pensava que você não ia querer falar comigo nunca mais — disse ele.

— Perdão... Não era disso que eu falava no outro dia? Acho que eu não tinha opção.

— Pois é, o que eu não esperava ou não lembrava, sei lá, é que você seria tão...

— Tão sabida?

— Tão bonita... — desengasgou ele.

Pilar largou-lhe a mão e saltou de pé, num chilique falsificado.

— Então eu lá em cima me rebolando para falar alguma coisa inteligente e você se impressiona porque eu tava... bonita?

— Não! Não é isso! — Ele queria morrer de vergonha.

— Então eu não tava bonita?

— Não. Sim! Tava, mas não era isso...

— Não ou sim? Você tá querendo me confundir ou me ofender?

O rapaz tornou a engasgar nas palavras, e Pilar segurou a cara feia mais um tico de tempo antes de se derramar num riso que o carregou junto. Os dois conversaram por mais duas horas. Primeiro, a três palmos de distância. Depois, a dois. Depois, a um. Conversas dessas de que não se consegue lembrar depois, porque o coração e o fôlego estão acelerados demais, como contou Teobaldo a um amigo no dia seguinte. Estavam praticamente colados quando Pilar saltou para trás, a ponta dos dedos sobre a boca, como uma mocinha de filme. Estava escurecendo. Tinham que ir para casa.

— A gente pode se ver de novo? — perguntou ele.

Ela escreveu o número do telefone num pedaço de papel e colocou na palma da mão dele, tomando o cuidado de ficar por ali um pouco mais do que precisava.

— Depende — disse ela.

— Depende de quê?

— Se o pastor vai deixar. — E, diante da surpresa do rapaz, ela continuou: — Ele é meu tutor. Não posso sair com rapazes sem a autorização dele.

O contraste entre a Pilar que ele tinha conhecido e essa nova era tão grande que Teobaldo não sabia como reagir. Ela apontou para as mãos dele. O telefone...

— Ok, eu te ligo e combinamos.

Foi nessa hora que dona Letísia apareceu. Teobaldo observou a senhora sem dente, que abriu a porta com a própria chave, depois para Pilar. A indignação tomou conta.

— Essa mulher... tomou minha mão pra ler na frente da faculdade.

Pilar olhou para o chão. Letísia tentou correr para o quarto, mas Teobaldo a segurou pelo braço.

— O que está acontecendo aqui?

Pilar começou a chorar.

— Eu não sei fazer nada direito mesmo.

— Peraí! Quer dizer que... quando ela leu minha mão... e disse que eu tinha que ir a essa igreja... senão alguém da minha família ia morrer... foi você que mandou?

A farsa estava destruída, enterrada, humilhada de uma vez só. A autora, encruada em sua própria vergonha, soluçava tanto que nem tentava se defender. Teobaldo levantou seu queixo para que ela não pudesse se esconder no assoalho, abaixou o rosto até que se vissem olho no olho e abriu um sorriso amostrado, do tamanho do mundo.

— Feliz do homem cuja mulher não sabe mentir — disse ele, lisonjeado que só.

E, naquele momento de orgulho, se amarrou de uma vez por todas.

†

Na semana seguinte, ele estava lá, buquê de flores na mão, voz e cabeça baixas, diante do tutor e da madrinha da moça. Eles fizeram meia dúzia de perguntas desnecessárias, milonga de ritual mesmo, e concordaram que um cineminha não seria nada demais, desde que estivessem de volta às nove.

Foram primeiro ao Iate Clube, porque Pilar gostava de tentar se misturar com a grã-finagem. Pararam perto da água, cada um com sua Coca-Cola. O *fog* não deixava ver muito longe.

— Ali embaixo era a Vila Amauri — contou Teobaldo.

Diziam que antes de o lago (ou do açude, como Pilar ainda chamava de vez em quando) encher, ninguém se lembrou de avisar ao povo que morava ali, então foi uma correria só para tirar os meninos, os objetos, o que dava, antes de a água chegar. Desde então, quando a noite esfriava e o *fog* encostava na tampa da água, tinha quem visse as mães com os filhos que não conseguiram sair, chorando no fundo.

— Ali um! — gritou ele, apontando.

Pilar, por misericórdia, fingiu se assustar e derrubou o refrigerante nele e tudo, um pouco para ele deixar de ser besta também, mas tinha mais. Ela esperou que ele fosse ao banheiro se limpar e, quando teve certeza de que estava sozinha, acenou na direção da fumaça branca. Lá do meio do nevoeiro, o menino de pernas tortas fazia caretas. Vendo o gesto fofo, fechou a cara e mergulhou de volta para dentro do Paranoá.

Do Iate Clube, foram para o cinema. *O poderoso chefão* era um filme de que todos falavam. Violento demais para um primeiro encontro, mas nada que um sorvete não melhorasse. E tinha o Marlon Brando! Caminharam na volta, com um cone gelado numa das mãos (chocolate para ele, buriti para ela) e a outra entrelaçada com a do outro. Coisa mais bonitinha, os dois. Andando bem devagarinho para não chegar rápido demais. Faltando três minutos para as nove, tocaram a campainha com relutância, e o pastor mesmo abriu a porta. Com seu tamanho de leão de chácara, pijama longo, dando corda no despertador, deixou que o rapaz entrasse para um último copo d'água e seguiu na direção do escritório, deixando claro que estaria de volta em breve.

— Amei — disse ela quando se viram sozinhos.

— Será que tenho direito a...

— A uma outra vez?

— Isso também.

— Tem, sim — disse ela, e, da ponta dos pés, deu-lhe um beijo na bochecha.

Ele não sabia exatamente como se comportar. Esperava mais. Ela fez uma cara dessas com covinhas e tudo, depois saltou mais uma vez e lhe beijou os lábios. De leve. Empurrou-o para fora antes que viesse com mais ideia.

Pilar esperou que o namorado desaparecesse ao redor da esquina e foi até o quarto de Ribamar dar boa-noite, achando graça do teatro que ele tinha aprontado.

— Tô morrendo de fome ainda... Vou pegar o João e dar uma volta.

— Divirta-se, pequena — abençoou Ribamar.

†

Por meses, encontraram-se a cada dois ou três dias. Pilar, enfim, começava a deixar alguns afazeres da igreja de lado, do que Ribamar até que tomava gosto. Era bom que passasse tempo com gente da sua idade. Seria um desperdício se, com tanto carisma, não pudesse prosseguir na carreira no Templo de Deus só porque havia ficado para o caritó. Pense numa solteirice infeliz! O moço sendo filho de médico, então, estando na universidade para virar economista e tudo o mais, melhor ainda. Já Teobaldo, esse entre as provocações de Pilar, que roçava daqui e dali, mas sempre fingia que era sem querer, não conseguia se concentrar em nada que não fossem os bagos que estavam para explodir.

O programa, o rapaz anunciou, era um jantar com amigos. Colegas da UnB. Teobaldo foi buscá-la em seu próprio carango, um Fuscão vermelho, com motor barulhento e volante de corrida. Seguiram com as janelas abertas, aproveitando a brisa seca daquela noite até uma esquina na cento e três. Trocaram beijos ali, até que ela mesma interrompeu, se abanando.

— Vamos chegar atrasados, Teozinho.

Isso mesmo: Teozinho. Nem ele lembrava quando aquilo tinha acontecido, mas era tarde demais para mudar.

O edifício cheirava igual ao que Socorro morava. Entraram no elevador. Pilar apertou a mão do namorado, sem que ele entendesse o motivo – pensava que era antecipação, o coitado. Ela fechou os olhos e tentou pensar em outra coisa. Teobaldo abriu a porta e não tocou a campainha. Usou sua própria chave para entrar.

— Meus pais foram viajar... — disse ele, sem esconder as más intenções.

Não havia amigo nenhum. A casa estava arrumada com flores. Uma garrafa azul os esperava num balde de gelo.

— Vinho, alemão. — Teobaldo se gabou. — A pastora bebe?

Ele abriu antes que ela respondesse. Depois, caminhou até o aparelho de som. Tocou um disco que já aguardava ali: uma balada triste que Teobaldo explicou ser de uma tal de Nina Simone.

As I face each new day ever dreaming
Of a love that will last for all time
I wonder as I often wonder
How long will I wander this time?

Teobaldo acendeu as velas, apagou as luzes e a tirou para dançar. Qual versão da namorada apareceria naquela noite? A carola dengosa? Ou a cabrita brava? Ela tirou os sapatos entre um passo e outro. Seu rosto se encostou no peito do rapaz, e ele suspirou. Ufa! Com a ponta dos dedos, Teobaldo apontou o queixo da moça para cima e a beijou.

A respiração acelerada dos dois, bem como seus passos, já não acompanhava os sons da vitrola. Teobaldo desvendou o pescoço dela por entre os fios de cabelo que desciam, ondulados e cheirosos, até pouco abaixo do ombro. Beijou-lhe bem ali, em cheio no cangote, e subiu de volta até a orelha. As unhas de Pilar se enfiaram nos músculos de Teobaldo, e ela deixou escapar um gemido. Com um toque desavergonhado, ele derrubou as alças do vestido, que caíram e se prenderam nos quadris. As mãos dele desceram pelas costas nuas de Pilar, roçando-lhe como uma pena, até a cintura. Ele dobrou o próprio peito para a frente e a aparou por entre os ombros. Seu braço era forte; suas mãos, enormes, iam quase de um ombro a outro da namorada. Deitou-a como se fosse de algodão. Ele do alto, ajoelhado feito uma montanha, ela deitada no chão, que nem um rio, coberta apenas pelo sutiã que apontava seus peitos para o teto. Teobaldo se curvou até a barriga de Pilar e a beijou com a boca molhada. Com a língua, brincou com seu umbigo até que ela risse. Pilar tomou-lhe o rosto e o trouxe para o seu. A luz balançante das velas, o vinho. O branco dele, o dourado dela. Outro beijo veio, a música continuando a dançar pela pele dos dois.

How long – how long – yes, how long must I see the old faces passing before me
How long (takes so long, my Lord, takes so long, my Lord)
How l-o-n-g must I wander, will I wander this time?

Sob o corpo de Pilar, ele encontrou espaço entre o chão e as costas da menina. Desabotoou-lhe a parte de cima da lingerie. Num sorriso nervoso, meio inseguro até, ele esticou as mãos de Pilar para longe do corpo. Voltou para longe para apreciar a visão. Pilar deitada, quase nua, com os braços abertos em forma de cruz. Ela mordeu o lábio, fuleira que só, mas de repente mudou. De uma vez, se contorceu e o afastou com a sola do pé.

— Espera... — pediu ela.

— Mas... — insistiu ele, e, por um segundo apenas, se apressou.

Empurrou-lhe as pernas para o lado e jogou-se no meio delas. Foi quando ela se ergueu, assustada, cobrindo os seios quase à mostra. No afobado, esbarrou na vitrola e a agulha arranhou o disco até se calar.

— Eu pensei que você... — Ela chorou, sentida. — Você não mudou nada, não é?

— Mas, princesa, eu achei que...

— Quero ir pra casa. Me leva pra casa.

Não houve negociação. No caminho de volta, não falaram nem se olharam. Ele, de olho na estrada, ela com o rosto enterrado no vidro, os braços enrolados em torno de si, como se estivesse frio naquela noite escaldante. Quando pararam, ela saltou pela porta e correu para dentro sem dizer adeus. Nem olhou para trás.

— Ele fez alguma coisa com tu? — perguntou João, que a aguardava no escuro.

— Tu um dia me matas de susto! — disse ela, numa gargalhada. — Pronto pra ir?

— Tô. Tu me disse pra tá aqui, num disse? — respondeu ele, fingindo ser descaso uma tristeza conformada.

Coisa de quem já havia repetido aquele programa tantas vezes antes.

Do lado de fora, os pneus cantaram fino e o motor gritou grosso. Foram-se embora naquele escândalo todo até sumirem além da esquina. Ela conferiu pela janela: Teobaldo não estava mais lá. Ela pegou o primo pela mão e entraram correndo no carro de Ribamar, João no banco do motorista, ela no banco de trás; então, deram partida. Por quarenta minutos, seguiram até o Plano Piloto, passando pelos pontos mais agitados da cidade. Passaram na Kazebre, na pizzaria Dom Bosco e no Beirute, mas ela não estava para comida e cerveja.

— Quero dançar. Vambora voltar — ordenou.

João Batista arrudiou o Gilberto Salomão e estacionou nos fundos para ninguém identificar o carro do pastor. Pilar achou graça da travessura. Embora fossem no mesmo complexo, as discotecas e a igreja eram mundos tão diferentes que as chances de esbarrar em algum fiel eram poucas. Mas existiam. Ela se protegeu com um lenço ao redor da cabeça e a peruca loira que guardava para essas ocasiões. No banco de trás, enfiou os braços para dentro da roupa, tirou o sutiã e o jogou na cabeça de João; depois, tomou uma carreira só até a porta da Shalako. O segurança olhou-a de cima a baixo e quase chegou a reconhecê-la. O cabelo loiro, a presilha de flores, o vestido colorido, sem nada por baixo... Deixou a estranha entrar.

João ficou no estacionamento, esperando, bem como tinha sido mandado. Não devia sair dali e não saiu. Nem demorou muito até Pilar passar de volta pela porta, braços dados com um sujeito magro com cabelo no estilo *black power*, só que loiro. A camisa aberta quase até o umbigo se prendia dentro da calça branca boca de sino. João odiava esse tipo. Entraram pela porta traseira, e Pilar mandou que ele seguisse.

— Vai, dirige.

João mais uma vez obedeceu. Seguiu pelos eixos e tesourinhas, sem destino. Do banco de trás, vinham os cheiros de maconha, de suor e... o cheiro deles dois. Ele abriu a janela. Pilar montou-se no sujeito.

— Qual seu nome mesmo?

— Rui — disse ele. Ela o beijou outra vez e desceu as alças do vestido. O companheiro de viagem olhou por cima dos ombros da moça, cruzando o olhar com o do motorista. — E ele? — perguntou.

— Ele gosta de olhar. Meu primo. Robério, esse é o Rui. Rui, esse é meu primo Robério.

Num reflexo, Rui estendeu o braço para cumprimentar o motorista, mas sua mão foi interceptada pela de Pilar, que a recolheu de volta e a postou diretamente sobre um de seus peitos, puxando a cabeça do sujeito na direção do outro. Pilar movia os quadris para frente e para trás. Mexeu-se e gemeu por algum tempo, às vezes ignorando a zoada dos carros que passavam ao lado, às vezes só de fuleiragem acenando para eles e aumentando o ritmo. Longe dos olhos ao redor, ela desceu a mão até o colo do estranho, abrindo-lhe o zíper. Ela mesma afastou a calcinha para o lado e sentou-se sobre ele, arrancando um grunhido que quase a fez rir. Agora, sim, ela se movia. Para os lados, para frente, em círculos, para cima e para baixo.

— Você é muito louca! — gargalhava Rui.

Pilar não respondia. Apenas cavalgava. Vez ou outra, espiava para ter certeza de que o primo ainda olhava, e ao menos uma vez esfregou seus dedos melados no pescoço dele, quase causando um acidente.

Pilar gozou, como sempre gozava nessas escapadas noturnas, um pouco depois dele. Deu-lhe mais um beijo e mandou João encostar.

— No meio do eixão? — perguntou o sujeito, confuso.

João tirou da cintura um revólver e o apontou para trás, para o caso de o rapaz querer encrencar. Ele saiu com tanta pressa que correu com a calça arriada e tudo. Pilar teve que jogar os sapatos dele pela janela. Era uma boa caminhada até qualquer lugar onde pudesse pegar um táxi. Não era justo que ele tivesse que andar tudo aquilo descalço.

— Ei! — gritou ele, de longe, voltando a achar graça de tudo. — Qual é seu nome?

— Socorro! — respondeu ela, com metade do corpo para fora do carro, os peitos balançando no vento.

— Você é muito doida, Socorro!

— Eu sei!

O carro acelerou, e eles nunca mais se viram. Ela tinha coisas muito mais importantes a fazer.

24.
A MISSÃO DE CADA UM

Um lado, o outro. Um lado, o outro. Um lado, o outro. O fio da faca raspava na pedra, valente, marcado, quase música. Cirlene chegou a arrepiar. Ela conseguia imaginar o sangue a escorrer pelas mãos, carregando a vida consigo. Não era o dia nem o feito, contudo. Não ainda. Mas só a antecipação já lhe pinicava a pele. Para ela, fazer fio era uma meditação, embora ela mesma não chamasse assim. Ela não chamava de nada, aliás, só desligava e deixava o pensamento passar, que é o jeito certo de se meditar. Amolar, amolar, amolar, amolar... O barulho gritado, o remolejo do pulso, o encaixe da lâmina do outro lado, o barulho gritado de novo, o remolejo do pulso... Foi naquele nirvana de peixeira que ela teve certeza da razão de estar ali.

— Que horas sai essa almoço? — perguntou a embaixatriz, com seu humor de jumento.

Cirlene testou o fio com o dedo e virou a cabeça sobre o ombro. Do outro lado da cozinha, uma galinha aguardava, viva, amarrada pelos pés.

— Molho pardo demora, não tem jeito, senhora. Se quiser outra coisa antes, eu posso...

A cara de abusada da patroa dizia tudo. Mas a danada ainda deu de bufar com o nariz bem em pé, que era para deixar claro o desgosto.

Outra pessoa que não Cirlene teria jogado tudo para o alto e largado tanto palavrão para cima daquela quenga das arábias que ela ia correr para a vassoura mais perto e voar de volta para casa. Vassoura mesmo, porque tapete mágico no Brasil não funciona, não. Mas a empregada ficou quietinha feito uma pedra boba. No silêncio de sua cabeça, Cirlene se divertia com a ideia de servir o arroz com sangue cru. Um estrago. Estaria apenas cumprindo ordens. Engraçado, mas não o suficiente. Pegou a galinha pelo pescoço. Degolou numa só.

†

Uma caixa de chocolates por dia. E flores. Flores e mais flores por todo lado. Na casa do pastor, no quartel-general onde morava o grupo mais próximo a Pilar. Com tanta cor, mesmo uma casa simples parecia um palácio.

— O moço é bom... — dizia Letísia, com pena, acariciando a folhagem de um arranjo de rosas.

— Que nada, espera mais um pouco que a gente vai ter chocolate até morrer — brincou a freira.

— João? O que tu achas? — perguntou Pilar.

Ele se levantou e foi para o quarto sem responder.

— Eu acho que tu devia dá uma chance — disse Cirlene, entrando em casa para os dias de folga, uma sacola de comida cheirosa na mão.

— Que é isso, mulher? — perguntou Irmã Madalena.

— Galinha ao molho pardo. Os patrões falaram e falaram que queriam, mas só ele comeu. Quem qué?

As mulheres se levantaram. Pilar e Madalena botaram o de comer, um lugar a mais para João, que ia acabar vindo quando o cheiro espalhasse. A outra escapuliu para a área dos fundos.

— Dona Letísia foi onde? — perguntou Cirlene, de dentro da cozinha.

— Foi estender roupa. Isso ou acender vela. Aquela ali só quer saber de milagre. Carecia era de uma vela bem grossa pra ela ver Jesus — respondeu Pilar. Até Irmã Madalena riu.

— Tô ovino tudo! — gritou dona Letísia de mais longe ainda.

— Essa mulher tem ouvido de tuberculoso, não é? — perguntou Pilar. — Vai ver que eu tô é fazendo milagre mesmo e é só por isso que ela não morreu de tossir ainda. Ô, Cirlene, que história é essa de a embaixatriz não comer? Aquela ali come pouco, mas é gulosa que nem peão.

Cirlene parecia realmente incomodada com aquilo.

— Ela comeu uns legumes cozidos, tomou um chá... Quando eu entrei, acho que vi o embaixador passando a mão... Acho que ela tá embuchada! Nem deve se lembrar mais da patroinha...

Sentaram-se ao redor da mesa redonda de tampo de vidro que tinham convencido Ribamar a doar para o centro de estudos. Ninguém soube o que dizer para a dona da casa, que mais parecia uma flor, imóvel, olhando pela janela.

— Que foi? — perguntou Pilar, numa animação súbita.

O espanto dos outros era tão grande que não dava para esconder. Estaria ela contente... pela embaixatriz? Só sendo santa para isso. Pilar estendeu as mãos e puxou uma oração.

— Meu Deus, protegei esta família nova que já sofreu tanto. E nossa família aqui nessa mesa, tão estranha, mas que se quer tão bem. Melhorai o humor do Joãozinho e arrumai um namorado pra dona Letísia, senão não vai sobrar vela na cidade.

Em meio às risadas e aos brindes, a lavadeira completou:

— E faiz a dona Santinha aqui fazê as paz cum o namorado pra ela pará de si metê na vida dos ôtro!

— Amém! — gritaram todos, inclusive João, que a comida trouxe pelas ventas.

Pilar sorriu satisfeita.

— Comida posta, nossa família de Deus reunida. Alguma dúvida nova nos estudos de vocês?

Para o estranhamento de todos, foi a freira, que não costumava participar, a primeira a falar:

— Eu ouvi a conversa sobre os demônios — disse ela, com um jeito que parecia mais planejado do que de costume. — Em sânscrito, uma língua antiga lá da Índia, eles têm uma palavra, *mara*, que significa morte, mas também demônio e falta de controle. Como todo mundo morre e todo mundo perde o controle de vez em quando, todo mundo tem um demônio também.

A vista da freira procurou a de Pilar, que fez um gesto para que a madrinha continuasse.

— O meu, eu luto com ele todo dia. Mas eu sei que me arrepender, eu não me arrependo, não. Porque meu demônio salvou a vida de um bando de gente também.

Madalena baixou os olhos, num arrependimento que não ornava com ela, e mais uma vez olhou para Pilar.

— Não, não, não! — gritou Pilar, numa gargalhada. Já nem se preocupava que a esparrela se revelava. — Se vai contar do demônio, tem que revelar o pecado também!

— Tá bom... Eu... Eu fiz muitos abortos, porque era a única maneira de salvar aquelas meninas — disse a freira, o tom agora claramente ensaiado. — Não me arrependo, mas eu fiz e isso dói. E... vi gente inocente sofrer sem fazer nada, só porque ia fazer sofrer gente que merecia. Mas é só isso que eu vou dizer.

— Misericórdia! — disse Cirlene.

Letísia fez um sinal da cruz.

Pilar apontou para João.

— E tu? Qual é teu demônio e tua missão?

— Sei não... Eu faço o que mainha, que Deus a tenha, mandô eu fazê, que é cuidá de tu. Se precisa, eu minto, eu bato, eu dirijo... E tenho remorso não. Meu trabalho é esse, então eu faço.

Na sequência natural, era a vez de dona Letísia.

— Eu num sei isso de missão, não. Só sei lavá roupa. E conversá. Se dona Santinha quisé, eu converso com quem fô.

A própria lavadeira olhou para Cirlene, dando-lhe a palavra antes que alguém lhe perguntasse mais.

— Eu tenho meu demônio, sim. É meu ódio. Eu sei que um dia, se eu deixo ele tomá conta, vai sê muito feio. Eu vi muita coisa ruim nessa vida, muita gente ruim. E um dia não sei se aguento. Mas quem sabe não é isso que eu tenho que fazê mesmo?

Seria a vez de Pilar. Ela mordeu o lábio de baixo, como se pensasse bem fundo. Seus olhos se reviraram, e ela chacoalhou inteira. Com tanta violência que um prato de frango ao molho pardo se espatifou contra a parede. Dona Letísia ergueu as mãozinhas e abriu o maior sorriso que pôde. Madalena e João saltaram para trás. Cirlene gritou em horror. Então, Pilar abriu de novo os olhos semirrevirados e se levantou, com o corpo envergado, olhando cada um deles como se fosse uma onça escolhendo a presa.

— Eita! — disse ela.

— Eita! — repetiu dona Letísia, balançando as mãozinhas.

— Oxêis aqui comi beim, hein, Juão? Quem é que feij essa cumida boa, exa?

Cirlene tinha afastado a cadeira, mas mesmo assim levantou a mão.

— Oxê é boa cum a panela, cum as cumida, cum ax faca, num é memo, exa? Ixo é boum, num sabe? Qui um dia oxê vai prixisá di um delis pra fazê o que oxê teim qui fazê. Ou oxês achum qui taom aqui pra vê a vida passá? Naum! Oxês taum aqui pra cuidá da Pilá. Ela num pode sabê, mas ela tá em pirigo, exa. Teim um anticristu, u demônio grandi em pessoa, u únicu qui pode impidi a missão di Pilá, qui qué mata ela, exa. E eu mandei oxês aqui na Terra pa protegê ela. Tudo os quatro. E digo maix, um doxês vai tê que matá por ela. Pode sê quarqué um. Na hora, oxêis vai sabê. I tem mais uma coisa: quando eu fô imbora, num vem contá pa ela u qui eu disse procêis. Ela num vai lembrá de nada, e ocês num vaum contá pa ninguém. Nem pra própia Pilá. Combinado?

Então, Olomô estendeu os braços e desapareceu. No mesmo instante, o corpo de Pilar amoleceu inteiro e despencou no chão. Alguma coisa estava errada. Não era assim que acontecia no Codó. A freira foi a primeira a chegar até ela e fez o que qualquer enfermeira faria. Checou o pulso, a respiração...

— Ela tá respirando. João, vai ligando o carro e esquentando o motor. A gente tem que levar ela prum hospital. Dona Letísia, a senhora me traz um pano molhado bem depressa. Cirlene, telefona pro

Teobaldo e avisa que estamos levando a Pilar no hospital do pai dele. Depois avisa o Ribamar.

Irmã Madalena ficou no chão, apoiando a cabeça de Pilar. Enquanto todos cumpriam suas ordens, ela acariciava o cabelo da afilhada e deixava algumas lágrimas rolarem.

†

Quando Pilar finalmente abriu os olhos, era Teobaldo que segurava sua mão.

— Pilar?

— O que aconteceu?

As testemunhas se entreolharam.

— Tu desmaiaste — disse a freira

— E não queria voltar nunca mais — completou Cirlene, quase contando o que não deveria ser contado.

— Pois eu fiz vários exames e não consegui encontrar motivo nenhum no mundo pra isso — desdenhou o doutor Dantas, aquele poço de gentileza. — Outro médico poderia até achar que você estava fingindo. Mas que bom que você está bem, menina. Teobaldo estava preocupado.

— Eu achei que tinha perdido você... — falou o rapaz.

Teobaldo continuava de joelhos ao lado da cama, segurando as mãos da namorada. Ele se aprumou.

— Oi, pessoal, pai, pastor... Eu queria aproveitar que está todo mundo junto aqui... Eu estive pensando. Hoje entendi que eu ia querer morrer se minha pequena morresse. Entendi que não quero mais viver sem ela.

Pilar acariciou-lhe o rosto, comovida.

O pai tentou interromper antes que ele fizesse a bobagem.

— Agora, não, pai. Espera... Eu sei o que eu quero. Pilar, eu te amo e quero que seja minha pra sempre. — Ele, então, soltou a mão de Pilar e virou-se para o pastor.

O rosto do médico fazia parecer que era ele quem estava doente. Mais uma vez, fez que controlar a conversa, colocando a mão no ombro do filho. Só para tomar um chacoalhão de volta.

— Para, pai! Eu não sou mais moleque! — E se ajoelhou novamente, na direção de Ribamar. — Pastor, a Pilar não tem pai e me disse que o senhor é o tutor dela. Então, eu queria aproveitar esse momento em que estamos todos aqui, eu até preferia que fosse uma hora mais alegre, mas que se dane, é agora ou nunca, e eu queria... queria pedir a mão dela em casamento.

As mulheres todas suspiraram juntas. Ribamar tentou colher alguma pista silenciosa com o doutor Dantas, com a freira, mas o universo parecia ter parado para que ele desse sua resposta primeiro.

— Por mim... Por mim, tudo bem, mas é ela que tem que dizer se aceita ou não, meu filho.

As atenções voltaram-se todas para a menina deitada na cama. Todas, menos a de João, que fechou os olhos com força, esperando um milagre. Ela ainda estava com cara de oxente. Teobaldo aproximou-se dela.

— Eu sei que eu faço bobagem. Eu sei. E você nunca me deixou ir muito em frente com elas, não é mesmo? Eu sou uma pessoa melhor por sua causa. Por isso que eu sempre volto. E você... Eu sei que fica feliz quando eu volto também. Eu ouço essa voz lá dentro da sua cabecinha linda falando: "Diz que sim, boba, diz que sim!". Então, vai, Pilar, casa comigo, casa?

Foram segundos de um silêncio de quebrar coco, até que ela deixou os cantos da boca despencarem de dó e chacoalhou a cabeça para um lado e para outro. Um não tão claro quanto poderia ser. Diante do terror do quase noivo, arriscou um sorriso e os braços com a força que ainda tinha.

— Só se for em março.

Era dali a poucos meses. O porquê da pressa pouco importava. Todos se abraçaram, gritaram, comemoraram em torno da cama, menos o doutor Dantas, que fingiu manter a compostura por causa da profissão, mas estava mesmo era furibundo dentro das calças. Para o resto, parecia até um São João fora de hora. Foram tantos abraços que Pilar até perdeu a conta. De onde veio tanta gente dentro daquele quarto pequeno? Não aguentando de agonia, o doutor interrompeu a ocasião:

— Bom, nós todos temos motivos para comemorar, especialmente os dois pombinhos, mas nossa noiva aqui precisa descansar um pouco. Eu ainda não sei o que causou esse desmaio tão longo, mas com certeza acordar de repente e mergulhar num agito desses não ajuda.

Com os olhos meio fechados, Pilar se arrumou no travesseiro. Parecia concordar. O médico, então, apagou a luz, deixando a iluminação por conta de alguns raios de sol que teimavam em passar entre as venezianas. De pronto, as vozes baixaram e os passos se arrastaram no rumo do corredor. Alguns acenavam enquanto saíam, outros apenas iam embora. O próprio médico fechou a porta por fora, e o silêncio finalmente baixou.

Pilar fechou os olhos e os segurou assim por quase um minuto inteiro, agoniada como se prendesse a respiração da vista. Não aguentava mais o fingimento. Quando abriu, ainda em sua dor de esparrela (só para garantir), não havia mais nenhum vivente por perto. Somente ela, uma bandeja de frutas, a cama e uma cadeira ao lado da janela. Levantou-se e, sem se avexar, pegou uma maçã. Caminhou pelo interior do quarto, observando cada detalhe com uma lonjura que parecia que ela nem estava ali. Deu uma mordida na fruta e ela estalou tão alto que quase teve que correr de volta para a cama. Mas não, ninguém tinha ouvido nada para as bandas do corredor. Espreguiçou-se, então, e sentou-se diante da janela para apreciar a vista. Nunca havia visto Brasília tão do alto. Uma boniteza só. As luzes que não acabavam mais, os carros passando. Mas não era só isso que Pilar enxergava. Daquele ângulo, seu reflexo no vidro se misturava às luzes do lado de fora. Ela se viu, gigante, com a capital inteira aos seus pés. E sorriu.

25.
COM A FORÇA DE JESUS

Era seu aniversário de dezoito anos, então Pilar acordou tarde. Tirou o dia para não trabalhar na igreja, não fazer compras – ia calangar e só. Antes de sair do quarto, para ter certeza, chamou o pastor e João, mas ninguém respondeu. Ótimo. Pegou um livro, fez um sanduíche de queijo e saiu de camiseta e calcinha mesmo até o quintal. Ah, a liberdade.

Aboletou-se na cadeira de sol, colocou o prato na mesinha ao lado e ajeitou-se para ler. Joelhos para cima, pernas descuidadas... De onde estava, conseguia ver exatamente a porta de entrada. Aparecesse alguém ali, não daria tempo de correr para o quarto e se cobrir. Mas fazia um tanto que ela não sentia o sol bater sobre certas partes do corpo, e a sensação de perigo começou a lhe interessar mais que as páginas que tinha planejado ler. Num instante, o livro estava no chão e suas mãos pareciam ter ganhado vida própria. Devagar, caminharam por dentro e por fora dos seus poucos panos, explorando o seco e o molhado de seu corpo. A situação dispensava fantasias. Ela relaxou. Brincou consigo mesma, experimentando ângulos e velocidades, alternando a vista entre seu próprio corpo, agora totalmente exposto aos céus, e a porta que lhe observava gulosa. Debaixo de sua pele, correntes frias e quentes se alternavam, e Pilar as deixava a correr por envergâncias em duas ou três direções ao mesmo tempo. Botou três dedos na boca e fechou os olhos.

Que se foda a porra da porta. Pequenos espasmos, velhos conhecidos, foram chegando. Ela estava pronta. Agora era só...

O telefone tocou.

— Fii d'uma rapariga! — gritou ela, sem medo de que o vizinho escutasse, e esperou para ver se o toque desistia.

A pessoa do outro lado da linha parecia decidida, contudo. Depois do quinto ou sexto som, levantou-se para atender – sem nenhuma paciência. Àquela altura, o chamado já não tinha mais com o que competir. Uma garota não poderia ter paz nem mesmo no dia de sua maioridade?

Do gancho de plástico veio a voz desesperada de Irmã Madalena:

— Pilar? Socorro, minha fiia! O cano da pia explodiu! A casa tá com quatro dedos d'água!

— Então chama um bombeiro, mulher, e já tira o atraso com ele.

— Hoje é sábado. João saiu cedo, e eu tô sozinha aqui no meio dessa enchente! Peraí, tocaram a campainha...

Pilar aguardou.

— Era o vizinho. Disse que, se o aguaceiro não parar logo, vai chamar a polícia!

— Ok, tô indo — respondeu Pilar, com humor de onça.

†

O táxi demorou mais para atender ao chamado do que para chegar ao destino. Na porta de entrada, o pano de chão encharcado anunciava o desastre. Pilar pegou a própria chave e enfiou com força na fechadura. Bam! Arreganhou a porta de uma vez, tomando fôlego para gritar a madrinha, quando veio a explosão:

— Surpreeesaaaaaaaaaa!

Havia umas vinte ou trinta pessoas ali. Irmã Madalena, João, Cirlene, Letísia, o pastor Ribamar... Tinha amigos de igreja, parentes de amigos... Até o vizinho meio feioso (e casado) que sempre dava em cima dela estava lá, seu copo de cerveja na mão. Ribamar tinha prometido, na noite anterior, que não repararia no álcool de ninguém.

Em duas horas de conversa, porém, o horror da bebida de uns e a sede exagerada de outros começou a afugentar tanto os beatos como os nem tanto. Ou talvez fosse porque festa surpresa no meio da tarde só pudesse terminar em horário estranho mesmo. Um ou outro, de repente Pilar viu todo mundo ir embora quase de uma vez. Até mesmo Teobaldo saiu cedo.

— Tenho que trabalhar, meu amor. Arrumar dinheiro pra comprar nossa casa.

Esse era o combinado. Pilar concordou com o plano e o empurrou para fora. Talvez pudesse voltar para a casa vazia a tempo. Ela chegou até a janela, ainda tinha sol. Sobrou apenas a freira, que se desculpou pela mentira. Juntas, tomaram uma última cerveja. Hora de partir.

O que Pilar não esperava era que, no caminho até o ponto de táxi, um assovio a chamasse.

— Ei, menina! — Estivesse num dia normal, nem teria olhado. — Eu ia te dar os parabéns, mas tinha muita gente em volta.

Aquele não era um dia normal. O tal vizinho quase feio lavava o carro do lado de fora em sua camisa justa, como se usava na época. Não era de todo mal para um coroa.

— Problema não, seu...

— Figueira.

— Seu Figueira — disse ela. — Nós já nos vimos no....

Ele sorriu.

— Minha mulher, Claudete, já me levou na igreja, mas eu não gosto disso, não, tenho que confessar. Acredito em Deus e essas coisas. Mas prefiro falar direto com ele. Pra onde você tá indo?

— Pra casa, de táxi. Moro pertinho — respondeu ela, sem ideia de quem era a esposa.

— Pera aí! Ninguém anda de táxi no aniversário. Dá um segundo e eu te levo.

Aquele sol ardendo na pele... Ela aceitou, agradecida, e pediu para tomar uma água enquanto esperava. Entrou logo atrás do sujeito. O álcool sussurrando ideias.

— E sua mulher, onde tá? — perguntou a aniversariante.

— Acabou de sair. Foi viajar, só volta em três dias.

Entraram na cozinha, e ele serviu a água. Debaixo do batente, Pilar impediu a passagem. Olhos fixos no dele, virou mais água do que a boca podia engolir. O líquido sem-vergonha escorreu pelo pescoço e encharcou a camisa branca. Os olhos dela permaneceram vidrados. Os dele, não. Pilar deu um passo, encostando nele de um jeito perigoso. Sem milonga, beijaram-se; ela gostou dos músculos que sentiu, e num instante a camisa do homem estava no chão. Pilar o empurrou com tanta força que ele caiu sentado.

— Deita — ordenou ela.

Ele obedeceu, achando graça. Ela ajoelhou do lado e desabotoou-lhe o cinto. Olharam em volta, depois um para o outro, com cara de "por que não?". Foi quando a porta se abriu.

— Armaaando? Você viu minha... — gritou Claudete, entrando apressada.

Um grito a interrompeu:

— Aaaaaaaaaaaaaaargh!

Ela largou a mala no chão e correu até a cozinha. Encontrou o marido deitado no chão, sem camisa, com uma moça nova acocorada do lado.

— O que...?

A menina se virou. Tinha sangue na boca. O marido segurava o próprio peito, urrando, se contorcendo de dor.

— Não dá tempo de explicar. Tira a blusa.

A esposa então reconheceu Pilar.

— Pastora?

Pilar não se avexou nem com a surpresa nem com o novo título. Era responder na hora ou a cobra ia fumar para cima dela.

— Rápido, mulher! Quer que seu marido morra? Tira a blusa e traz aqui! — disse a menina, achando que se lembrava da beata bonitona.

A ordem, cheia de autoridade, acertou Claudete em cheio. E ela obedeceu, se perguntando o tempo todo o que estava acontecendo. O sangue jorrava de um corte redondo e estranho do peito de Figueira, seu marido – um safado, mas seu. Pilar mandou que ela se aproximasse mais, colheu o sangue do homem com a mão e, com ele, pintou o peito da esposa.

— Tira o sutiã também, mulher de Deus! Frescura agora? Quer matar seu marido?

Ela seguiu esse comando também, cada vez mais confusa, e foi coberta com mais uma mão de sangue: o peito nu, a cara, a boca. A essa altura, a intenção do piti já tinha morrido. Claudete não sabia se vomitava, desmaiava ou continuava ajudando. Foi a voz de Pilar, firme que só a gota, que a manteve em foco.

— Agora coloca a mão no corte e faz pressão — disse Pilar, usando a camisa dela para estancar.

Figueira gemia menos, mas ainda parecia estar com dor. A pastora desceu o rosto até a boca do safado, sentiu sua respiração, botou dois dedos no pescoço dele. Procurava algo em volta.

— Uma faca grande e afiada. Onde eu encontro?

— Faca? Pra que faca? — questionou a esposa.

O sujeito no chão esbugalhou os olhos e levantou a mão para protestar, mas Pilar o imobilizou. Não era hora.

— Ele tá morrendo, mulher, que diacho de conversê na hora errada! Tá com muita pressão no corpo. A gente tem que fazer alguma coisa, senão ele explode.

— Faca, não, pelo amor de Deus! — pediu Claudete, aos prantos.

— Tá bom, tenho uma ideia.

Pilar tirou a calça do cabra. Calça, cueca, tudo. Deixou o homem nu no chão da cozinha, que nem uma carne de sol ao contrário: mole embaixo, sangrando em cima.

— Tira a roupa você também. Cuida! Pergunta não. Faz o que eu tô mandando.

Ela tirou. Seu corpo não era de se jogar fora.

— Monta nele — mandou Pilar.

Claudete até que tentou, mas, naquele estado, não tinha nada que funcionasse. Nem nela nem nele.

— Me desculpe, minha senhora, mas é pro bem dele — disse Pilar, num tom de desculpa que alumiou o que veio depois. Ela abriu a própria blusa, tirou a calça e ficou nua. Olhou bem pra ele, acariciou o próprio peito e se tocou diante dos dois.

De canto de olho, Pilar viu o resultado chegar e conferiu com a mão. Duro como deveria.

— Agora monta! — ordenou.

Claudete obedeceu e, movida pelas mãos de Pilar, começou a se mexer sobre ele. Tanta culpa e tanto medo que teve que fechar os olhos para não se ver. Do chão, Figueira enxergava tudo: sua mulher, que não era de se jogar fora, toda marcada de sangue (o seu sangue!), cavalgando-o como se estivesse em transe. E a menina nova do lado, linda, nua, os dedos em si mesma, assistindo com tanta intensidade que, por um momento, ele até se esqueceu do que tinha havido de verdade. Feito uma sanfoneira de Deus (ou do demônio?), Pilar dava o ritmo, e eles, hipnotizados, seguiam. Os três eram uma coisa só.

Ele fez uns barulhos para dizer que estava quase lá. A mulher aumentou a velocidade, mudou a respiração. Era como se pudesse se ver noutro corpo, possuída, sangrada, prestes a gozar. Do fundo, Pilar ordenou, num grito potente e seguro:

— Com a força de Jesus!

— Com a força de Jesus! — repetiram eles.

— Com a força de Jesus! — disse Pilar, ainda mais alto.

Mais uma vez, eles a acompanharam.

— Com a... força de... Je... sus! — disse ela de novo. Ou tentou.

Seu rosto se torceu, e Pilar teve que se segurar na bancada da pia para não cair. O casal gritou junto seus ruídos loucos. Os três, aliás, até se esgotarem. Por alguns segundos, mantiveram silêncio. Ninguém se movia. O único som eram as respirações raspadas, tentando voltar ao normal.

— O que está... acontecendo... aqui? — perguntou Claudete, coberta de sangue e suor, protegendo-se de repente com as roupas mais próximas.

Pilar sentou-se ao lado do rosto do homem, sentiu com o dedo o pulsar do pescoço de Figueira e bufou de alívio.

— Eu tava saindo duma festa aqui do lado quando senti uma dor no peito e uma voz me disse para entrar nessa casa. Seu marido estava defunto no chão. Aí, a voz me disse: "O peito dele vai explodir, morde ele!". Eu sei que é doido, mas eu nem pensei duas vezes...

— Eu vi uma luz me chamar — contou ele.

— A mordida deve ter deixado a pressão escapar, que nem quando o pneu está cheio demais, sabe? Primeiro, saiu um sangue preto, cor de morte. Depois, foi ficando mais claro. Aí, graças a Jesus, você apareceu pra tirar a pressão de outro jeito, senão eu ia ter que cortar ele todo. Homem é assim. Precisa por pra fora, num sabe?

— Meu pai tava lá, de braços abertos, esperando — comentou ele.

Figueira segurou a mão da esposa. Com a outra, Claudete cobriu a boca, e o choro chegou. Ela se acabou ali mesmo, de susto e aleluia. Quase desidratada, a esposa agradeceu pelo milagre.

— *O milagre foi nosso.* Você não voltou pra casa também?

— Eu? Só esqueci minha carteira de identidade.

A intuição divina funciona de várias maneiras, explicou Pilar, ainda de improviso, mas agora gostando da brincadeira.

— A gente nunca sabe como a intuição vai vir. Senão era fácil. Esquecer carteira conta, sim.

As duas (e mais o homem, no que ele pôde) fizeram o sinal da cruz. O sujeito disse que achou que nunca mais iam se ver e soluçou. Claudete respondeu com lágrimas de cuia, a ponto de lavar o sangue do rosto.

— Desculpa, desculpa! — suplicou. Chegou a tentar levantar para abraçar a pastora, mas de súbito envergonhou-se com a própria nudez. — Eu tinha ouvido falar de seus milagres, mas não acreditei.

— Quantas vezes por mês vocês dão... *umazinha*? — interrompeu Pilar.

— A gente? — perguntou ele.

— Não, abestado. O Papa! — ralhou a mocinha.

Eles se entreolharam, envergonhados até o fundo das almas. Foi ela quem admitiu: uma vez a cada três ou quatro meses.

— Por isso que seu homem quase explodiu!

Pilar deixou uma nova receita. Semana sim, semana não. Bom mesmo era se fosse duas vezes por semana, mas, se cansasse demais, que aumentassem a sem-vergonhice aos poucos.

— Era como se eu fosse explodir — complementou o marido, dramático.

Pilar continuou falando. Não era hora de parar e pensar ainda. Explicou que, se Claudete não desse conta do recado, arrumassem uma amante para o marido ou trouxesse umas amigas.

— Pega umas hippies pela rua, sei lá. Só não deixa esse homem acumulando aí, não, que já viu.

No meio daquele toró de orientações, Claudete desistiu de pensar. Chacoalhou a cabeça, e os dois prometeram cumprir as ordens. Ele sorria.

†

Estava escuro quando Pilar chegou em casa. Entrou devagar, sem acender a luz, e quase morreu de susto com o vulto olhando para ela.

— Roupa nova? — perguntou Ribamar, ele mesmo clareando a casa.

Pilar balançou a cabeça, sem saber o que dizer das roupas emprestadas e do cabelo molhado. Preparou-se para o carão de uma vida.

— Ainda não dei teu presente — continuou ele, para a surpresa de Pilar, sem ranço de julgamento. — Eu tava só esperando tu ficares de maior pra...

Ele tentou falar, mas não conseguiu. Preferiu estender o braço, entregando umas folhas de papel sulfite, datilografadas com capricho aparente. Pilar leu, curiosa. Conforme pulava de uma linha para outra, seu rosto se transformava.

— Isso é... — Foi a vez de ela engasgar.

— Se tu quiseres, claro — respondeu ele, com um toque de gastura.

— Como funciona?

— Tu assinas, eu assino, e tu és minha filha. Só isso. Foi o advogado da igreja que fez. Pra que um dia isso tudo seja teu, porque tu estás fazendo a igreja crescer mais do que eu nunca fiz. Mas não é só por isso. Já era tempo.

— Já era tempo — repetiu ela, correndo para abraçar o novo pai.

26.
PATRIMÔNIO

Casar com economista (ou quase um) tinha lá suas vantagens. A maior era ter com quem falar de assuntos de dinheiro. Só para conferir as ideias, que ficasse bem claro, porque aquela ali não era mulher de pedir permissão para homem, não. E foi só ela dar liberdade uma vez que ele resolveu que era ali que ia impressionar a noiva. Todo dia vinha o assunto de volta. Certa vez, Teobaldo pediu para olhar a contabilidade. Ela foi logo avisando:

— Você pode ter lido um monte de livro, mas até pegar uma birosca e triplicar o faturamento, você dá a opinião que quiser, mas quem decide sou eu.

Teobaldo achava estranho quando a noiva chamava o dízimo de faturamento. Mas fazia sentido. Por semanas, estudou cada linha, procurando o que dizer. Até que um dia chegou à sala todo pimpão, abriu o caderno preto (numa página com tanto número que até Pilar, que não tinha medo de dinheiro, deu um salto para trás) e apontou um número numa tabela enorme.

— É isso que vocês pagam de *royalties* pra matriz lá no Rio de Janeiro. É mais do que sobra pra vocês depois de pagar os custos todos.

— Agora me diz uma coisa que eu não sei, espertalhão.

Ele, que achava lindo tudo o que ela fazia, fez foi rir da malcriação. Virou outra página aboletada de números e apontou outra linha.

— Olha essa aqui. Eu somei tudo que vocês pagaram pra eles desde que seu velho chegou a Brasília e corrigi pela inflação. Se vocês tivessem guardado esse dinheiro todo, hoje teriam dinheiro para comprar um terreno enorme e construir o maior templo da cidade.

Era como se tivesse sido pega com a boca cheia de doce. Tentou esconder, mas não tinha jeito. O máximo que conseguiu foi largar uma raiva para ver se ele desencorajava.

— A gente precisa do nome deles e pronto. Eles são famosos, aparecem na televisão... Se não fosse isso, o pastor nem teria como começar.

— Você nunca vai chamar ele de pai? — Ela virou as páginas para frente e para trás a fim de conferir se a conta estava certa mesmo, enquanto Teobaldo continuou a ladainha: — Brasília tem muita igreja, muita tenda... Se vocês quiserem competir, vão ter que investir. Já viu o que a tal da tia Neiva fez lá na Chapada?

†

Era poeira para todo lado. Daquela vermelha que prega na roupa e não sai mais. Talvez fosse por isso que o povo já saía dos carros vestido com aquelas roupas esquisitas. Do meio do descampado em Planaltina, chegava um carro depois de outro. Mas poderiam ser discos voadores, coisa de outro planeta mesmo, com aquele povo vestido de véus coloridos e enfeites de brilho barato.

— Ôxe! Isso aqui é um carnaval medieval, é? Não, não, um maracatu do espaço! — debochou Pilar.

Teobaldo estava mais impressionado com o tamanho do estacionamento. Não teve a ousadia de comentar o deboche que lhe ocorreu. Apontou na direção do alto da ladeira, e o casal seguiu de mãos dadas até o portal cor de gema, enfeitado com um sol e uma lua de lata e um letreiro que declarava: Vale do Amanhecer. “Como se algum outro lugar pudesse ser tão esquisito”, pensou Pilar. Pouco além, uma estrela de seis pontas feita de pedra, com uma flecha enfiada pelo alto, avisava:

"O homem que tentar fugir de sua meta cármica ou suas juras transcendentais será devorado ou se perderá feito um pássaro que tenta voar na escuridão da noite! – Pai Seta Branca". Ela parou com as brincadeiras. Um pouco, pelo menos, pois, alguns metros adiante, no meio de um açude nanico em forma de estrela, entre uma estátua de Jesus, uma de Iemanjá e uma grande construção da frase "Salve, Deus", havia uma ilha caiada com um totem amarelo com um formato... peculiar.

— Tá brincando! — disse Pilar, sem conseguir controlar o riso diante da estutura em forma de um grande xibiu amarelo. — Isso aqui é a seita da Santa Priquita?

— Faz piada, faz — repreendeu o noivo. — Olha o tamanho disso.

— O tamanho da priquita? — disse ela, tentando desconversar.

Era uma ironia da gota que o noivo a conhecesse tão bem para certas coisas. Realmente, o lugar impunha respeito. No caso de Pilar, inveja também. Ela prometeu não debochar mais. Largou o cinismo na entrada e restringiu-se a observar.

Mulheres de roupa de fada indicavam o caminho aos novatos vestidos como gente normal. Os funcionários eram gentis e felizes. Teobaldo os descreveu como românticos; Pilar teria dito abobalhados mesmo, mas trato era trato, e ela não disse foi nada. Por recomendação, entraram numa fila que terminava numa sala com estátuas de índios, orixás, pretos velhos e santos. Parecia de propósito para receber a pastora macumbeira. Mas não era. Ao redor, falava-se de extraterrestres e espíritos como se comentassem o jogo de futebol do domingo. Um médium assistente se abeirou, sem sorriso nem cara de leso.

— Tu deve sê a menina que tia Neiva disse que vinha. Ela tá esperano na sala redonda.

Pilar e Teobaldo se olharam. Ela, de repente, parecia aperreada.

— Acho que vou ter que voltar outro dia. Mande um beijo para ela pra mim.

Ela deu uma carreira no rumo da porta. Ele ficou para trás, sem entender bulhufas.

†

— O que você pretendia me trazendo aqui? Me humilhar?

— Não, Pilar. Queria te mostrar — disse Teobaldo, detrás do volante.

— Que eu sou de nada?

— Não, que, se a rainha dos espíritos de Brasília misturou tudo, você também pode. Eu acho que é isso que o Brasil quer.

— Quem falou?

— Era de Aquarius, chuchu. *Hair*. Woodstock. Até os Beatles foram para a Índia. O mundo quer essa mistura, mora? — disse ele, lerdo e debochado, os dedos estirados numa imitação fuleira de hippie — Isso que você já faz no grupo de estudo, não o que você faz na igreja. Vou te contar uma coisa, mas não fica com raiva de mim, promete?

— Nem perde seu tempo porque eu já tô.

— Quando eu contei pruns amigos que você era pastora evangélica, eles morreram de rir. Eles até sabem quem são os donos do templo, sabem que eles ganham uma dinheirama, mas você é a pastora de baixo escalão, de um povo sem futuro, no meio do Planalto Central.

— Quer que eu te mande tomar no cu agora ou quando a gente chegar? Ou prefere que eu chore e peça pro seu pai sustentar a gente? — disse Pilar, arretada que só.

Teobaldo até que sentia falta dessa "versão cabrita" da noiva.

— Ai, ai, ai, só tô tentando ajudar. O que eu queria dizer é o seguinte: por que a gente não casa e vai pra São Paulo? Lá é maior que Brasília, tem mais dinheiro... E tem menos competição. Você pode começar do zero lá, fazer uma coisa só sua, sem ter que pagar pra ninguém, sem ter que pedir licença pra ninguém. Eu sei que nessa cabecinha avoada tem muita ambição. Imagina, você abre uma casa do seu jeito. Pode até misturar com seu passado do Ceará...

— Maranhão, tabacudo.

Ele riu. A noiva ainda estava prestando atenção.

— Isso, Maranhão, pode juntar suas mandingas lá de cima com o que leu da Bíblia... Olha, a gente não vai passar a lua de mel na Índia? Por que não ficamos mais um tempo lá? De repente, a gente vai conhecer o guru dos Beatles. Você aprende umas coisas com ele e volta como sucessora de Jesus Cristo e do John Lennon!

— Não brinca com essas coisas.

— Jesus Cristo ou John Lennon?

— Os dois.

Teobaldo, quando implicava, era um chato. Mas às vezes tinha ideia boa.

†

— Entendeu, exa? É pra fazê bem feito pra saí em tudo qui é jorná. Pra ninguén falá di otra coza. I oxê vai fazê i vai pagá por tudo, i depois láááá na frenti Pilá vai cuidá doxê, qui eu vô mandá. Vai cuidá direitinhu. Mas aí oxê num vai tê maix exe diabo preso no pixcoço, intendeu, exa? Exa é tua mixão. Agora vai e num fala cum mais ninguêin até Pilá i ti sarvá.

Na sala, ninguém ouvia. A vitrola tocava alto e sem parar.

I really want to know you (hallelujah)...

O disco indiano do George Harrison havia sido escolhido pela própria Pilar antes de Olomô baixar, enquanto ela ainda achava que iriam passar uma tarde discutindo os ensinamentos do guru Maharishi Mahesh. Dona Letísia e João aguardavam, sozinhos e calados, alheios ao que o ex-Beatle dizia. Era a véspera do casamento. Pilar parecia aperreada. E, quando estava assim, mais frequente do que não, Olomowewê aparecia para dar suas instruções. Dessa vez, no entanto, as ordenâncias pareciam tão secretas que estavam sendo dadas um por um, abafadas pela música estrangeira.

Really want to go with you (hallelujah)...

A maçaneta girou. De dentro do quarto, totalmente estragada, veio Cirlene. Tão branca quanto uma preta podia ficar. Em silêncio e espanto, como se tivesse recebido uma revelação ou uma missão importante, daquelas que só de respirar podia colocar a coisa em risco. Pegou sua bolsa, apontou para o motorista e saiu pela sala sem dar um pio. João tomou seu lugar e fechou a porta atrás de si.

Really want to show you lord...

Já João saiu tão fraco que quase tropeçou no tapete. Seguiu com olho de jegue explorado, levando mais farinha do que devia carregar. Enxugou com a manga da camisa o suor, talvez algumas lágrimas nervosas, e indicou a vez de dona Letísia, que, apesar da reação dos dois, se sentia pronta. Nada poderia ser pior do que aquela música esquisita.

Hm, my lord (hallelujah)
My sweet lord (hare krishna)...

Dona Letísia deixou o prosopopó da cantoria para trás e ouviu com cuidado as palavras que saíam da boca de Pilar. De joelhos no chão e mão em posição de reza, fez que sim para cada frase. Serena e realizada, levantou-se e deu um abraço em Olomô, que tinha salvado sua vida anos atrás e finalmente lhe permitia retribuir.

27. PERDÃO

Cirlene deixou o vestido cair até o chão, depois o pegou com cuidado e o apoiou na cabeceira da cama. O sutiã veio a seguir, depois a calçola. Arrumou-os numa pilha perfeita e postou-se defronte a João Batista, nua como veio ao mundo. Encarou o rapaz com decisão. Ele observou de volta, também não sorriu. Respiravam pesado e tensos, os dois. Era o dia. Os olhos de João se fecharam, e ele resmungou de leve o que poderia ser uma reza. Cirlene aceitou o sinal e se ajoelhou.

Era a vez dele. João desceu as mãos até a cintura, começou a abrir o cinto, com certa solenidade, até. Ela o interrompeu, não por medo ou dúvida, mas porque era dela a função. Por um instante ligeiro, João resistiu. Era certo, aquilo? Ainda calada, Cirlene deu prosseguimento. Arrancou-lhe a tira de couro e entregou-a com as duas mãos. Ele, então, caminhou até as costas da parceira e, num giro de braço só, lascou-lhe uma chibatada tão estalada que deixou um vergão vermelho atravessado do ombro de um lado até as ancas do outro. Cirlene enfiou o rosto no travesseiro para abafar o grito. Um fio grosso de sangue brotou de onde a fivela cortou.

Por trás das próprias lágrimas, ela pediu:

— Mais forte!

Ele obedeceu. Desceu-lhe uma nova lanhada, cuidando de puxar o cinto bem no fim, com força que só, para que o metal a rasgasse toda no caminho de volta. Cirlene, dessa vez, aguentou muda e deixou que ele repetisse, mais oito ou nove vezes, abrindo rasgos e arrancando nacos inteiros do couro sempre que um corte triscava no outro. Quando se deu por satisfeito, as costas negras da doméstica estavam cobertas de vales e crateras vivas e cor de rosa. Pulsavam sangue, chorando seus pedaços pelo chão.

João arriou-se para cuidar das feridas. Tremia, o pobre, como se a dor fosse nele também.

— Obrigada, irmão, mas delas quem cuida sou eu — interrompeu a açoitada, fraca de dor.

Ele segurou as mãos dela com força. Entenderam-se sem dizer nada. Não havia o que falar.

— Perdão — disse ele, olhando mais para o teto do que para Cirlene.

Sua missão estava só começando. A empregada estendeu a mão para acariciá-lo e retraiu antes do fim. A dor ainda era demais. Mas havia de parar.

†

O vestido era branco, simples. Seria ainda mais, não fosse o pai de Teobaldo ter insistido em pagar um mais caro. Mesmo assim, Pilar escolheu um modelo básico, que deixasse claras as diferenças sociais. De frente para o espelho, taça de champanhe na mão (que o pai não a visse), assistiu enquanto o estilista dava os últimos ajustes, imaginando se um dia se acostumaria com tanto paparico.

— Estás linda, minha criança! — disse Irmã Madalena, de seu hábito tradicional, dessa vez mais branco e engomado do que Pilar já tinha visto em toda a vida. — Tens certeza, não tens?

— Eu tenho, madrinha. E tu?

— Eu? Eu hoje só queria que soubesses que eu te amo como a filha que nunca tive. Que me sinto honrada com a missão.

O choro foi sincero, de culpa e felicidade.

†

O altar debaixo do ipê amarelo era meio armengado, mas as flores que caíam e se misturavam com os enfeites, a toalha de renda branca, os castiçais e a cruz faziam uma vista de dar gosto. Ribamar aguardava ali defronte, todo de branco e cheio de orgulho. Tinha feito questão de celebrar pessoalmente a cerimônia. O casamento religioso, diga-se lá. Porque o civil o doutor Dantas convenceu o filho a deixar para mais tarde, talvez depois da lua de mel, sem nem se arrudiar muito para esconder a razão. O que ninguém tinha entendido era como Pilar, com sua espiritadice de nortista, aceitara.

Fosse feita a vontade dos noivos.

Pelos gramados da casa do médico famoso, a divisão não podia ser mais clara. Alguns exibiam roupas caras e brilhosas. Outros praticamente se escondiam atrás das vestes simples, meio maletrosos, mas com um capricho que dava até simpatia. Uns abanavam seus copos de vinho e olhares de reprovação. Outros bebiam era água e se espantavam com a assinteza da decoração. Uns deixavam escrito no rosto que estavam ali não por vontade, mas por obrigação. Outros sentiam as diferenças mandando-os embora, mas eles não iriam antes do fim. Teobaldo, que ao longo do tempo tinha aprendido a gostar daquela gente tão diferente, enxergava tudo isso. Talvez noutro dia, como diria a noiva, até se apoquentasse com o escárnio mudo, mas escancarado. Não naquele dia, contudo.

Um garçom ofereceu uma taça de champanhe. Aguardou parado que o noivo dissesse sim. Teobaldo pegou o copo e seguiu na direção do altar. Olhou as horas pela vigésima vez. Pilar estava atrasada, só que isso ele podia imaginar, até contar. Mas e o padrinho? Cadê João? Ele perguntou para alguém do lado crente dos convidados, mas, antes que a resposta viesse, foi interrompido pelo abraço de dois amigos de seus pais. Teobaldo não tinha ideia da ironia. Mas o embaixador da Turquia e sua mulher, esses não só tinham como pareciam se divertir. Foi quando um papoco vindo das costas quase lhe arrebentou os ouvidos.

†

A explosão fez João saltar do banco e acertar a cabeça no teto do Fusca. Dona Letísia achou graça, mas não disse nada. Se não era de maledicência num dia normal, quiçá naquela noite gloriosa.

— Kombi filha de uma... — Ele interrompeu a frase no meio em respeito à senhora ao lado.

Outra vez, ela respondeu apenas com seu sorriso faltado.

Dez minutos mais tarde, ele parou no local combinado. Cem metros abaixo do ponto de ônibus, defronte a um pequeno boteco numa rua pouco antes do aeroporto, por onde passavam todos que queriam chegar ao Lago Sul. Despediram-se com um aperreio silencioso. Ele deu a seta e voltou na direção oposta. Tinha um casamento para ir.

†

Cirlene já tinha tudo pensado. Cruzou o portão sem se anunciar. Deu a volta pelo caminho mais longo, próxima ao muro, e entrou pela área de serviço. De lá mesmo pegou uma garrafa de creolina, um pano de chão. Da cozinha, uma faca grande. Foi de lá direto para o diminuto quarto onde dormia quando não ia para casa. Entre a porta e a cama encaixada em três paredes, estava o único espaço em que ela podia andar. No canto, um pequeno armário de duas portas, onde guardava as roupas, os perfumes, uma camisola velha e os uniformes. O mínimo possível para viver uma vida que pudesse ser esquecida nos dias restantes. Um ventilador antigo era seu único luxo. A patroa não gostava de gente suada.

Ela desabotoou o vestido devagar e, mordendo a parte gorda da mão, puxou-o das costas de uma só vez, arrancando as cascas de suas cicatrizes novas. O sangue espirrou pelo chão de lajotas e pela parede. Algumas gotas respingaram a cama.

Em agonia, Cirlene se acocorou, depois empurrou o corpo contra a parede. Segurou ali até que minguasse a dor e se deitou no chão. O gelado da cerâmica lhe rendeu um consolo, então ela ficou ali por um tempo. Não tinha pressa. Mas se arrependeu novamente quando se levantou e sentiu os cortes colados no chão. Em sua jaula minúscula, ela caminhou, espalhando com os pés o sangue escorrido. Seguindo as ordens em cada detalhe, sentou-se na copa para esperar que ele secasse, depois derramou a creolina e passou o pano de chão sem muito esmero, tanto nas lajotas langanhentas como na parede. Sem se importar com a aparência, seguiu até a área de serviço com o peito nu e deixou o pano largado num balde, metade manchando a água de vermelho, do sangue, e de branco, da creolina, outra metade pingando ambas as cores para fora.

†

Os fogos de artifício deram um susto lascado em quase todo mundo, mas especialmente no noivo. Tanto que Teobaldo quase caiu em cima do homem com jeito de árabe e da grávida com cara de má que aguardavam perto do altar. De longe, viu João entrar correndo, ainda dando o nó na gravata. Graças a Deus. Pilar ia ficar insuportável se o primo não aparecesse. O maranhense carregava na mão um pacote tão desmilinguido quanto ele mesmo: um saco de papel colorido amarrado sem muito estilo, com uma fita que parecia ter saído do fiofó de um burro. Dentro, um objeto pesado e compacto, com uma ponta esticando para longe.

— Seu presente — disse João, desajeitado, para o noivo.

A grávida fez uma careta de nojo e saiu. Não tivesse Olomô avisado que isso poderia acontecer, ele teria cuspido nas costas da embaixatriz.

— João? João? — disse Teobaldo, tentando que ele soltasse o embrulho. — Muito obrigado.

Estava na hora.

A seresta veio sem letra, só nos instrumentos. Os mais novos conseguiram reconhecer. Coisas de Pilar. Então, ela chegou, numa formosura de fazer um "Oooh" que dava até volta. A noiva parecia um anjo, com seu vestido branco, sua saia comportada, logo acima dos joelhos, e as flores azuis e brancas que ela mesma arrumou em homenagem à mãe. Seguia de braços dados com uma freira de hábito bem quarado e engomado e um sorriso maior que o infinito.

O pai quase chorou. Já Teobaldo, esse não resistiu. A seu lado, sua madrinha, de mãos dadas com o doutor Dantas, lhe afagou o ombro. Do outro canto, João parecia um Dragão da Independência. Imóvel, não fossem os ligeiros desvios de olho até o presente que Teobaldo, por falta de tempo, deixara no chão, embaixo do altar. Com a boca, Pilar cantava os versos secretos da música, olhando o futuro marido bem no caroço dos olhos, como se dedicasse cada palavra a ele.

All you need is love!
All you need is love!

Envaidecido, ele as repetia de volta, a vista praticamente afogada:

All you need is love, love
Love is all you need.

Ao final do tapete vermelho todo alumiado por tochas, os noivos se beijaram no rosto. A freira entregou um ao outro e foi se juntar ao primo de Pilar. João tremia de dar para ver. Madalena segurou sua mão de leve.

— Agora somos só nós dois — cochichou.

A música baixou até calar, e foi a vez de Ribamar pegar o microfone. Ele saudou os presentes, amigos e parentes novos e antigos, de tantas religiões e países do mundo, saudou seu próprio Deus e ergueu a Bíblia nas mãos para não deixar dúvida de sua aliança e convidou todos a fazer parte da unção daquele novo casal, tão jovem e inocente.

— Não há ato de amor maior que o perdão. A mãe de Pilar, Maria, como a mãe de Cristo, me perdoou. E Pilar perdoou meus deslizes quando aceitou ser minha filha. E é por saber desse coração tão grande que não estranhei quando ela disse sim a um Teobaldo largado e vulnerável, implorando pelo seu amor. Então, esses dois, Pilar e Teobaldo, já começaram bem a vida juntos, se perdoando. Minha filha não é de rancor, e meu futuro genro não tem medo de se desculpar. Isso, irmãos, é o segredo da vida a dois que nosso Senhor escolheu para nós. Compreensão, humildade, perdão. "Você me faz uma pessoa melhor", foi o que ele disse, de joelhos. Olha que lindo. Ele tem razão. Porque, se ele gosta de ser mandado, escolheu logo a menina mais mandona de Brasília!

O pai do noivo e João Batista foram os únicos que não riram.

Ribamar continuou:

— Mas, agora, no casamento, as coisas mudam, viu, minha filha? Diz a Bíblia que o papel da mulher é acompanhar seu homem. E eu tenho certeza de que, diante da bênção de nosso senhor Jesus Cristo, até você há de entender essa responsabilidade.

Mais gargalhadas da maioria. O pastor estava num bom dia.

— Teobaldo, Pilar — continuou —, agora é a hora de deixarem para trás a relação de namorados. A partir de hoje, quando Teobaldo chegar cansado do trabalho, é tua a responsabilidade, Pilar, de recebê-lo com um beijo carinhoso e um peixinho frito na hora, cheirosinho, quentinho, um arrozinho e um feijãozinho... Aquela dose extra de amor que só a mulher pode dar para que a casa se torne realmente um lar. E tu, Teobaldo, quando saíres de casa pela manhã, saiba que teu trabalho não é apenas para sua carreira, mas também para sustentar tua mulher e teus futuros filhos. E, se tudo der certo, tua riqueza ainda há de enriquecer o padeiro, o leiteiro, o jornaleiro... toda a comunidade cristã que vocês frequentam. E uma vez por semana, quando tua mulher estiver na igreja, falando, essa mesma comunidade estará ouvindo. E assim o ciclo se fecha. O homem e sua mulher. O cuidado e o trabalho. O músculo e a palavra. Os alicerces da comunidade ao redor.

O pastor José Ribamar levantou a mão direita e pediu que todos o seguissem na ladainha de sempre: meu senhor Jesus Cristo... lenga-lenga-lenga... amor e felicidade... lenga-lenga-lenga... encher o mundo de filhos... lenga-lenga-lenga... marido e mulher!

Ribamar deixou que eles se beijassem e os abraçou de uma vez.

Debaixo de aplausos e da melodia sem letras de "Imagine", o casal cumprimentou cada um dos convidados, sempre de mãos dadas, como se não quisesse se separar nunca mais. Depois, dançaram e até beberam um pouco, escondidos de Ribamar, só por tradição. Nos momentos em que ninguém os incomodava, quem reparasse ouviria os risinhos sem-vergonha de Pilar e veria as mãos salientes do noivo, que não aguentava mais estar ali. Por ele, os dois já estariam na noite de núpcias desde o "marido e mulher".

E custou mais um bocado. Horas de músicas – Beatles, Rolling Stones, Mutantes e Roberto Carlos. Teve até uma sequência de forró e baião, que os mais de fogo arriscaram, antes que as pessoas começassem a ir embora. Os velhos primeiro. Depois, os crentes. E quando tinha restado apenas um terço dos convidados, aquele terço que se divertiria com ou sem os noivos, Teobaldo segurou a esposa pela cintura e começou a arrastá-la escondido para o carro. Ela perguntou a hora.

— Uma e vinte da manhã — respondeu ele.

— Jura?! — Ela se espantou, tomou fôlego e gritou num grande aceno: — Tchau, todo mundo! Vão pra casa fazer família!

Com a música alta, a maioria só viu o gesto. Mas era claro: hora de ir embora.

— Espera! — gritou uma voz do fundo. João vinha correndo, com um saco colorido chacoalhando na mão. — Meu presente!

Constrangido, Teobaldo aceitou o pacote pela segunda vez e deixou-o, com carinho, no banco de trás. Não era de bom tom abrir os mimos na frente de convidados.

— Desculpe, primo. Eu achei que...

Pilar deu um beijo que João recebeu duro feito um pé de pau e triste como um viúvo velho. Dali, o carro tomou rumo, deixando João sozinho no escuro, o único lugar onde ele queria estar.

†

Ainda da porta de casa, o embaixador da Turquia deu duas cafungadas rasas. Em sua língua estranha, perguntou algo para a mulher.

— Algum produto de limpeza que uma desses energúmenas usou demais — respondeu a embaixatriz em português mesmo, e alto, para que fosse ouvida. — Elas devem achar que o cheiro é bom.

Carregava os sapatos na mão e andava meio pensa pro lado, num pileque leve, que não era suficiente para quebrar nem sua nobreza nem seu azougue. A barriga cheia, com quase oito meses, não ajudava. O marido a ajudou a caminhar até a suíte do casal e a tirar a roupa, cheio de má intenção. Achava linda a mulher assim.

Do quarto de empregada, Cirlene, que ouviu a chegada anunciada com tanta valentia, aguardou a hora no relógio. Vinte minutos, dez minutos, cinco minutos, três minutos, dois minutos, um minuto. E se arribou.

†

Dona Letísia nunca tinha estado tão cheia de orgulho. Da porta trancada do bar, olhou o relógio e acompanhou os ponteiros rodarem até a hora de sua glória. Duas da manhã. Levantou-se, determinada, e apalpou o próprio corpo para ter certeza de que não havia ali nenhuma carteira, nenhum papel, nenhuma identificação. Caminhou até o meio da estrada que apontava para aquela lonjura que era o Lago Sul e ali, no asfalto escuro, deitou-se e esperou.

Não demorou mais que dois minutos para uma luz se aproximar.

"Anjos", pensou ela.

Os homens de asa, então, gritaram um som de buzina e freio que cresceu ligeiro até que tudo se calou.

†

— O que tem nesse embrulho? — perguntou Teobaldo.

— Sei não — disse Pilar, rasgando o papel e achando graça do capricho malogrado do primo.

Do nada, ela gritou. O susto foi tão grande que o carro quase desgovernou. Teobaldo freou às pressas e parou no acostamento para se recuperar. Tinha bebido um pouco naquela noite, e misturar álcool com carro com susto não era uma boa ideia.

Pilar acendeu a luz do teto e apontou para o próprio colo. Sobre os restos de papel vermelho, um revólver, velho e usado, parecia lhes apreciar de volta. Teobaldo pegou a arma e abriu o tambor. Seis balas.

— Seu primo é um doido! — gargalhou ele, com seu riso embriagado.

Pilar não falou nada. Apagou a luz e ficou quieta até o hotel.

†

Eles se beijaram. Um beijo mais quente do que jamais haviam se dado. Teobaldo abriu o fecho ecler do vestido de sua mulher e deu um passo para trás. Queria admirá-la como se nunca tivesse posto os olhos na criatura. No miolo da cabeça, torcia para aquela ser uma noite da Pilar espevitada, não da menina frágil e medrosa que sempre aparecia quando tentavam namorar.

— Espera — disse ela, chorosa, para a decepção do marido.

— Espera?! — revidou ele, desesperado. Mesmo bêbado, sabia que aquela não era a hora de colocar tudo a perder. — O que foi?

— Eu quero fazer um pacto.

— Um pacto?

— Isso. Um pacto. Meu pai fez o casamento em Jesus, mas, se você me ama mesmo, eu quero um pacto mais fundo que esse, entre nós dois. Um pacto de vida e de morte — disse ela, deixando o resto do vestido cair.

— Claro, minha... minha mulher! Claro! Tudo que você quiser.

Pilar atravessou a suíte do hotel até uma mesa perto da janela. De costas para o marido, tirou do busto um pequeno frasco e derramou pela boca da garrafa.

— Bebe — ordenou ela, entregando-lhe uma garrafa de champanhe. De fogo e cheio de fogo, Teobaldo obedeceu com entusiasmo.

— Você, meu amor, não disse no hospital que sem mim não queria mais viver?

— Isso. Sem você, não faz sentido mais nada! — disse ele, já enrolando a língua.

Ela se aproximou e o beijou com paixão e doçura ao mesmo tempo.

— Meu amor, meu Teozinho. Quando eu ouvi essas palavras, soube na hora que era com você que eu queria ficar até a morte.

— A minha ou a sua? — replicou ele, com a solenidade que só conseguem os bêbados.

— A nossa. Nessa vida e na outra, nós dois, um só. — Pilar rodou ao redor dele, triscando-lhe os peitos, desavergonhada.

— Para sempre — disse ele, tentando alcançá-los com a boca torta de tanto beber.

A noiva se afastou. Num movimento rápido, sacou uma pequena faca e lançou a lâmina contra o marido. No susto, ele caiu para trás. Olhos confusos, o quarto girando e o sangue escorrendo próximo ao ombro. Que champagne mais forte esse! Pilar tirou o sutiã e sorriu. De quatro, se aproximou dele e lambeu a ferida com gosto. Cortou o próprio braço no mesmo lugar. Teobaldo, incerto, se aproximou e também bebeu e se lambuzou do sangue da mulher. Ela jogou a faca para bem longe e puxou a boca de Teozinho para seus peitos. Gemeu.

— Me diz, meu amor, que vai me defender.

— Eu vou.

Ela deitou no chão, trouxe a cabeça dele até a barriga e empurrou mais para baixo.

— Diz que morre comigo.

Ele se ergueu e gritou:

— Eu morro com você, meu amor! Quantas vezes tiver que ser!

Ele danou-se a tentar tirar-lhe a calcinha, mas as pernas entrelaçadas com força resistiam. Pilar apagou a luz.

— Nem pensar! — protestou ele.

E acendeu de volta. Tentou afastar os joelhos de Pilar. Ela o interrompeu mais uma vez:

— Espera. Tenho uma coisa para te contar — disse ela.

— Amanhã cê conta, Pilar! Agora, não tem nada que eu queira saber.

Ele tomou o tornozelo da noiva e o beijou. Depois, a canela, o joelho...

— Tem, sim — disse ela.

Ele fingiu não ouvir. Continuou subindo pela sua coxa até chegar ao meio delas. Foi, então, que ele parou. E, no alto da cama, Pilar começou a chorar.

— Eu te disse.

— O que foi isso? Quem fez isso com você? Quando? — gritou ele em sua moleza de manguaça e o que quer que Pilar tivesse colocado na bebida. — Quem deixou essas marcas na minha princesa vai morrer. Vai morrer e vai morrer. Diz quem foi!

Teobaldo sentiu a raiva, o desejo e o álcool se misturarem. Ele queria explodir e levar o filho da puta com ele.

— Não, meu amor! — suplicou ela.

— Não uma ova! Eu vou é matar o filho da puta! Me fala, mulher, quem foi?!?

†

Com uma das mãos, ele segurava um dos peitos enormes da mulher, a outra, enfiou na boca dela. A grávida agarrava os cabelos do marido enquanto ele a penetrava com força pelas costas. Ela gemia, ele também. Conforme tomavam gosto, aumentavam o ritmo. Até que ele parou de repente, sem terminar nem avisar.

A embaixatriz abriu os olhos e falou alguma palavra raivosa em sua língua de cachorro quando viu Cirlene na porta do quarto, com seu uniforme de trabalho, avental e tudo, e uma faca enorme na mão. A turca gritou o mais alto que pôde. Ao mesmo tempo, por instinto, o embaixador saltou entre a intrusa e a barriga da mulher.

— Cirlene, este não é un bom ideia.

— As maldades de vocês — disse a empregada, se aproximando devagar. — Se fosse só comigo ou com as outra... tudo bem. Mas com as menina?

— Minha filho vai nascer, Cirlene. Nunca mais toco em outro menina, prometo! — implorou ele. — Olha aqui: meu mulher... vai ter uma nenezinho, você vai ajudar a cuidar... Eu não quer mais essa vida.

— Esse aí é o anticristo, que eu sei.

Do lado de fora, uma voz gritou afobada. Era seu Pedro.

— Patrão, tudo bem aí?

— Chama o polícia, seu Pedro! — gritou o embaixador. — Rápido!

De trás do marido, a dona da casa se pôs de pé sem avisar.

— Ah... Ficou bravo ela, é? Vai fazer o quê? Vai atacar nós? E seu Pedro aí fora? E o polícia, que chega daqui a pouca? O que você vai fazer com elas?

Cirlene matutava sobre o que responder quando o marido aproveitou para saltar sobre ela. Acontece que, como toda boa cozinheira, ela era boa de faca. Ainda mais contra um cabra leso de pinga. Ela deu um passo para trás e passou a peixeira de baixo para cima, abrindo um corte que lhe arreganhou do bucho até a goela. A embaixatriz gritou de pavor.

O homem caiu no chão, sufocado pelo próprio sangue, os intestinos saltando para fora.

Do outro lado do terreno, seu Pedro desligou o telefone. A polícia estava a caminho. Ouviu mais um grito de horror. Correu o mais que pôde e tentou abrir a porta do quarto que dava para o jardim. Estava trancada. Lá dentro, silêncio.

— Embaixador? Embaixatriz?

Ninguém respondeu. Ele, então, esmurrou, chutou, saltou contra a porta. Demorou, mas ela caiu. E, de repente, seu Pedro estava deitado sobre o assoalho, cacos pontudos encravados no braço e no seu ombro. Sentiu o rosto molhado. Era muito sangue. Muito mais do que suas feridas poderiam jorrar.

Foi quando viu a cena que nunca mais iria esquecer.

†

Trancada no próprio quarto, Cirlene deixou a faca no chão, sentou-se na cama e aguardou. Do lado de fora, ouviu o esgoelo desesperado de seu Pedro, como se lhe estivessem arrancando a alma com as mãos. Ela sabia por quê. Fechou a vista e, de repente, se enxergou do alto, como se fosse ela mesma um espírito. Seus braços, seu avental novinho, seu cabelo... tudo coberto do sangue justiceiro. Ninguém entenderia os motivos de seu demônio. Ninguém que não tivesse visto o que ela viu. Por tanto tempo. Com tantas meninas. Mas agora tinha acabado. Era só esperar.

†

A noite merecia uma chuveirada quente para relaxar, um copo de leite morno, quem sabe. A casa vazia tinha um silêncio de morte, Ribamar pensou, sem saber por quê. Ao menos agora ele tinha para quem passar a obra de sua vida. Será que, agora que estava casada, Pilar se tornaria bispa? Ele se encheu de orgulho em antecipação.

No aparador da sala, um porta-retrato ornava uma foto de Pilar. Ele lembrava do dia, logo após sua primeira pregação. Ele não tinha fotos antigas da pequena. Tampouco fotos deles dois juntos. Fez uma anotação mental para tirarem uma. Agora que ela iria morar com o marido, tinha de deixar um pedaço dela mesma na casa que encheu de alegria por um tempo tão curto, mas tão intenso. Um pedaço dela, em troca do pedaço dele que partiu. A culpa, o orgulho, a saudade... tudo junto. Normalmente, ele não se importava, mas naquela noite o pastor odiou não beber. O casamento da filha: eis uma boa data para tomar um gole.

Terminou o leite, resignado, e se cobriu com o cobertor. Foi quando ouviu o barulho de chave na porta da frente.

— Filha? Pilar?

Ninguém respondeu. Ele levantou devagar, sem muita certeza se havia mesmo ouvido alguma coisa ou se tinha começado a sonhar rápido demais. A cada passo, a teoria do sonho fazia mais sentido, ao menos até que a luz do quarto se acendeu sozinha, revelando aos poucos as imagens de Pilar e Teobaldo.

Ele lhe apontava uma arma e avançava como cachorro doido. Deu-lhe um murro desajeitado, mas que mesmo assim jogou no chão o corpo enorme do pastor.

— Teobaldo? O que é isso, rapaz? Baixa essa coisa antes que alguém se machuque.

Teobaldo olhou para Pilar. Buscava uma ordem? Uma explicação? Uma atitude? Ribamar não entendeu. Ambos pareciam alterados, possuídos. Lágrimas desciam sem controle, mas expressão não havia. Não, havia, sim. Os lábios apertados, a respiração soluçada e rangida entre os dentes. Ódio, mas de quê?!

— Isso é para tu entenderes como é morrer sozinho, como a minha mãe — disse Pilar. — Tu foges, levas uma vida toda bonitinha, posas de santo, enquanto minha mãe, que me criou, depois minha tia... ficam tudo na merda! E tu? Ficas aqui, na tua casinha, te fingindo de bom pai.

— Pilar? — perguntou Teobaldo, confuso.

Não era aquele o assunto de que eles iam tratar. Surpresa com a própria reação, ela corrigiu o curso:

— Isso, fica te fingindo de pai. O que ninguém sabe é que, quando a noite caía, o santo virava demônio. Que tu entravas no meu quarto e me comia à força. Que tipo de pai faz isso? Hein? Mas agora eu tenho quem me proteja, não sabes?

— Minha filha, do que tu estás falando? — suplicou Ribamar.

— Cala a boca, seu merda! — gritou Teobaldo. — Um homem de Deus... Eu vi o que você fez com ela. Eu vi as marcas. E você lá, todo falando coisa bonita no nosso casamento! Você... vai morrer... seu filho da puta!

— Calma, meninos. Eu não sei o que está acontecendo aqui. Do que vocês estão falando? — implorou o pastor.

Um corte na sua testa começava a sangrar.

— De que estamos falando? — respondeu Pilar, levantando a saia. — Disso! Deste corpo de que tu abusaste. Em que tu enfiaste esse teu troço nojento quando chegavas em casa tristonho... Deste buraco em que tu enfiaste vassoura, lanterna, cabo de faca... Deste corpo que tu achaste que nunca ia se vingar de ti. Mas agora... Agora eu tenho um homem de verdade. Um marido que não tem medo de ti, teu bosta! Não é, Teozinho?

Ribamar ainda não tinha entendido o tamanho do perigo. Ao ver a menina chorar, ergueu os braços e deu um passo em sua direção. E bam! Foi atingido em cheio no peito. Uma, depois mais duas vezes. Teobaldo babava de ódio. Seus olhos estavam vermelhos feito um demônio de verdade.

— Teobaldo! Espia o que você fez! Era pra gente dar um susto nele, meu amor! Mandar ele pra cadeia! Teozinho, e agora?

O medo nos olhos de Pilar parecia tão de verdade que o rapaz voltou a si e se deu conta do acontecido. Vomitou ali mesmo, largando a arma no chão.

— A polícia! Eles vão prender a gente! — chorou Pilar. — Você disse que ia me proteger, agora estragou tudo! Teozinho, você estragou tudo!

Ele se envergou até o chão, tremendo, chorando e fungando. Chacoalhava a cabeça e puxava os cabelos, como se não conseguisse pensar. Agarrou as pernas e se encolheu no canto do quarto. Ribamar já não reagia mais. Danou-se a porra toda! Até mesmo Pilar, que sempre tinha solução, rodava desesperada de um lado para outro.

— Eles vão colocar a gente numa cela pro resto da vida, Teozinho! A gente... nunca mais vai... se ver.

Teobaldo se levantou novamente. Arrancava os cabelos de agonia. O peito, as paredes, o mundo apertava. Pegou a arma de volta e tentou correr na direção da janela da sala. Caiu duas vezes, tropeçando no que quer que se metesse na frente. Mas chegou lá.

— Ninguém vai entrar aqui. Eles vão ter que me matar primeiro antes de colocarem as mãos em você, meu amor.

— Teozinho... Você não entende? Se eles te matarem... Eu prefiro que me matem também. A gente se prometeu. E se te prenderem, eu me mato também. — Ela passou a mão sobre o corte no braço dele, que voltava a escorrer mais uma vez. O corte do pacto.

Ele voltou para o quarto. De repente estava enganado? E se fosse tudo um sonho, uma alucinação, e o pastor ainda estivesse vivo? Não. A vida que tinham planejado, o futuro, os filhos, a casa, a família... Tudo acabado. Uma gastura lhe queimou por dentro. Pilar se aproximou, juntando as mãos dos dois numa só, o revólver apontado para cima. Eles se olharam de perto. A arma ainda estava quente. Como se tivesse tomado vida própria, o cano pousou sob o queixo do noivo. Ele mesmo estranhou o movimento que não fez, mas Pilar também parecia confusa. “Um sinal”, pensou ele. Não disseram nada. A conclusão era mais fácil se ficasse não dita.

— Não! — suplicou ela. — Não, Teozinho!

— Eu sou homem. E é isso que homem tem que fazer — disse ele, chorando e enrolando a língua. — Se existir um céu, a gente se encontra lá.

— Existe, sim, meu amor! Existe. E eles vão entender tudo. — Ela caiu de joelhos defronte aos pés de Teobaldo e se derramou na dor mais resignada. — Até o outro lado, meu amor!

Do lado de fora, a primeira sirene chegou. Alguém esmurrou a porta. Não havia mais tempo. Teobaldo levou o cano até a boca, respirou fundo e atirou.

Caiu morto, miolo espalhado por todo lado.

Com pressa, Pilar pegou a arma com um pedaço da camisa e atirou duas vezes na porta do banheiro. Mais outras sirenes. Os murros na porta aumentaram. Ela colocou a arma novamente nas mãos do marido e correu para o banheiro. Trancou a porta por dentro.

†

A polícia arrombou a entrada, e encontrou os dois mortos no quarto principal e Pilar trancada no banheiro, encolhida na banheira, congelada de pavor. Foi levada dali para a delegacia, tremendo feito um passarinho. Demorou foi horas para explicar o que tinha acontecido. E, quando ela abriu a boca, os três policiais trabalhando no caso reportaram a ocorrência como uma briga entre o pai de Pilar e o marido. O rapaz bebeu demais, cismou que o sogro e a mulher estavam tendo um caso (ela era adotada) e enlouqueceu de ciúme. Atirou três vezes no homem e só não matou a mulher porque ela se trancou no banheiro antes. Mas chegou a atirar pela porta fechada. Quando a polícia chegou, o elemento usou a última bala em si mesmo para fugir da prisão.

Era notícia para roubar as conversas da cidade. Um assassinato de amor, seguido de suicídio. Coisa de cordel. No dia seguinte, todavia, ninguém falou do assunto. A história ganhou só uma notinha escondida no jornal, visto que não se comparava com a violência e (a importância) do ato hediondo ocorrido na mesma noite numa mansão em outro canto do Lago Sul.

Uma empregada havia assassinado o embaixador da Turquia com uma facada, e sua mulher, grávida de oito meses, com vinte e sete, mais da metade na barriga. A única testemunha, o motorista da família, Pedro Milet, estava internada num hospital psiquiátrico, se recuperando do trauma de ter encontrado os patrões mortos no estado que estavam: sentados na cama ensopada de vermelho, como se assistissem à TV, as entranhas todas para fora. Segundo o *Correio Brasiliense*, a doméstica, Cirlene da Silva Gomes, trinta e seis anos, confessou o crime e disse que "foi seu demônio interior que a mandou fazer aquilo" – as autoridades acreditaram que ela tinha perdido as faculdades mentais depois de maus-tratos recebidos, pois suas costas tinham marcas de açoite perpetradas menos de vinte e quatro horas antes, e seu quarto apresentava evidências de que tinha sido limpo para eliminar marcas de sangue durante a sessão de tortura. O motorista chegou a chamar a polícia antes da conclusão do crime, mas um grave atropelamento de uma senhora ainda não identificada na única via de acesso ao Lago Sul tinha interrompido o trânsito e dificultado a chegada dos policiais ao local. Diante das suspeitas de maus-tratos e tortura, o governo da Turquia preferiu não se manifestar a respeito da tragédia em Brasilia, até que todos os detalhes fossem esclarecidos.

Exatamente como Olomô havia mandado.

28.
EVANGELHO

O *fog* da cidade, que tinha invadido a cabeça de Pilar, não arredava o pé. Ela só era vista com o olhar perdido, pensando longe. "É o luto", cochichavam uns. "Solidão", achavam outros. "A responsabilidade", concluíam os colegas de grupos de estudos. Cada um tinha uma teoria e, dada a circunstância, ninguém de bom senso haveria de perguntar. Já ela própria fingia que não ouvia. Preferia a neblina, com sua calma melancólica e seu vazio branco.

Foram dois meses assim, numa apatia serena e confortável. Pilar não parecia sofrer, apenas não tinha o que fazer nem pensar. Então, sem que ela jamais explicasse o porquê, um dia isso passou. Tirou todas as fotos do pai que ainda estavam espalhadas pela casa. Mudou os móveis de lugar e mandou avisar que estava pronta. Tinha um rebanho para cuidar e era isso o que iria fazer.

Naquela noite, encontrou a madrinha em penitência. Por que agora?

— Rezando por ti, minha filha — disse a Irmã, ajoelhada sobre grãos de milho.

Não por ela. Pilar estava de volta. Ainda mais depois que deixou o *fog*, mais por tédio do que por preenchimento. Pilar encheu um copo com água e beijou a testa de Madalena. Hora de ir para a cama.

— O vazio da realização — disse a freira.

Pilar quase deixou cair o copo. Num susto descostumeiro, virou na direção da freira. Sua madrinha, no entanto, já tinha fechado os olhos e mergulhado de volta no mantra do terço de ave-marias.

Melhor deixar assim, por enquanto. Um dia, teriam de falar do assunto.

†

Pilar parecia se alimentar do palco, como se estivesse se preparando para algo grandioso, embora ela mesma não soubesse exatamente o quê. Seus sermões estavam diferentes, mais sombrios, destemidos, até. Uma semana antes, falara sobre sua origem e a profecia de seu nascimento. Sobre a Maria do evangelho e a Maria do Codó. Sobre os anjos e a dor que haveria de vir.

— Não pedi essa missão, não escolhi essa sina — disse ela, resignada.

Sua mãe tinha feito o possível para lhe tirar dessa vida, inventou, como se Maria não tivesse morrido antes da viagem. Mudado do Maranhão para onde ninguém as conhecia, para as mãos carinhosas de Ribamar. Isso, "carinhosas" foi o que ela disse. O povo chorou um pouquinho.

— Ele me escolheu como filha, nas leis de Deus e dos homens. Eu serei grata para sempre por isso.

O tom parecia mais triste que agradecido.

— Eu tinha uma família de novo. Um pai, um marido. Então, o demônio chegou, tomou conta da cabeça do meu noivo, e eles morreram, na mesma noite que uma de minhas alunas resolveu matar os patrões a facada. Eu pensei comigo: "Meu Deus, por que isso está acontecendo, senhor?". E do fundo da minha alma veio uma voz familiar e sinistra: "Eu te darei toda a autoridade sobre os vivos e os mortos, porque me foram dados e posso dá-los a quem eu quiser. Então, se me adorares, tudo será teu". As mesmas palavras com que Satanás tentou Jesus em sua volta do rio Jordão! Então, tudo ficou claro. Quando os anjos me anunciaram, minha mãe tentou fugir. Correu para a capital montada num circo, vejam vocês. Tudo para eu não ter que passar por esse calvário. Mas o que está escrito, está. E, se eu tentava fugir da minha missão em Deus, só podia ser para o lado contrário.

— Aleluia! — disse a audiência.

Pilar continuou:

— Eu entendo minha mãe. Quem gostaria de ver a filha com um prego enfiado nas mãos? Com uma coroa de espinhos, carregando uma tora de madeira no ombro, enquanto o povo lhe cuspia e gozava? Mas o que o Pai decide pra nós não nos cabe mudar. E porque eu tentei fugir dessa sandice toda, pelo menos era isso que eu pensava, meu calvário veio antes. Não aos trinta e três, mas aos dezoito anos de vida. Então, eu venho aqui, na frente de cada um de vocês, pedir perdão pela farsa. Perdão por ter escondido quem eu sou.

Ela desceu do palco. Num improviso impecável, tirou das mãos de uma senhora gorda a garrafa d'água que ela economizava e se ajoelhou aos pés de outra, magra de ver os cabos do pescoço. Derramou-lhe o resto sobre os pés, enxugou com a própria blusa branca e se ergueu com o peito sujo de barro vermelho feito sangue, um emblema ao mesmo tempo de humildade e glória.

Houve quem fosse embora, batendo as cadeiras alto, em ultraje pela blasfêmia. Bispo Ribamar jamais permitiria isso. A maioria, no entanto, correu para o entorno da autoproclamada filha de Deus. Buscavam um toque, uma palavra, um milagre, sabia-se lá o quê. Não podiam perder a chance de tamanho testemunho.

A revelação da origem de Pilar botou em prática um intercâmbio quase imediato entre o povo da capital e a gente beata do Maranhão, selando uma curiosa aliança mística entre evangélicos, católicos e terecozeiros. Do Nordeste, levados pela rede de fiéis que haviam passado a se escrever e se visitar, seguiram histórias de atos milagrosos e artefatos benzidos pela Santinha de Codó. E, para quem não acreditasse no que se ouvia de longe, tinha o testemunho de Claudete, que contava para quem quisesse ouvir que Pilar tinha salvado seu marido de um infarto, que não apenas o tinha ressuscitado, mas havia transformado seu casamento também – até o sexo era melhor depois dela. De início, foi assim, mas logo a comunidade se preencheu com histórias candangas, milagres dali. Gente que descobria doença e se curava com um toque de mão abençoado. Crentes que arrumavam emprego, paravam de beber, mudavam de vida. Pessoas que confessavam não acreditar, mas, de repente, ao escutarem as palavras da Santa, uma dor crônica se ia. Mulheres que tinham perdido o companheiro, mas vinham beijar a mão da Menina Anunciada e no dia seguinte... o sujeito voltava! Não parecia haver problema que ela não resolvesse. Assim se dizia.

Os rumores de milagres chamavam cada vez mais fiéis e mudavam o ritmo das noites que pastor Ribamar tinha programado tão bem. Pilar já não tinha mais tempo para falar. Talvez uma pequena parábola de cinco ou dez minutos, depois passava o resto da noite tocando as mãos em rins, testas, pulmões, joelhos, fotografias... Eram dúzias e mais dúzias de miseráveis e suplicantes, a quem Pilar atendia com gosto e às vezes até com uma lágrima ou outra. Ela nunca perdeu o pendor ao espetáculo.

A irmã de Jesus, eles a chamavam. A Santinha de Codó. A Menina Anunciada.

Fama boa de se espalhar rápido. E longe também.

†

Os bispos Edimar e Antônia não costumavam olhar muito para o que acontecia fora do Rio de Janeiro e de São Paulo, de onde era praticamente todo o dinheiro grosso. Brasília era um investimento de longo prazo, para o caso de a capital um dia crescer e virar uma cidade de verdade. Quando os números da sucursal regida por Pilar chegaram, porém, foram obrigados a prestar atenção. Os valores do dízimo haviam explodido rápido. Rápido demais. O casal, simpático e perfeito, que falava todo dia de domingo de manhã na televisão, em quase dez anos não tinha precisado ir a Brasília. Ribamar sempre os tinha mantido a uma distância confiante e saudável. Algo que em apenas um mês Pilar conseguira quebrar.

Preferiram aparecer sem se anunciar. Do fundo, vestidos e penteados como pessoas normais, sem vernizes da TV, assistiram, anônimos, à apresentação da jovem que havia herdado a franquia do pai. Ela professava com propriedade e segurança, eles tinham de concordar, e conhecia a Palavra sem olhar o papel. Fazia sentido a carta de recomendação do falecido pastor, que Nosso Senhor o guardasse.

— Ela podia ser o futuro da igreja, não fosse essa barbaridade — cochichou Edimar.

Pilar falava de garganta mesmo, sem microfone, seu vozeirão projetado para cada canto da sala comercial que eles chamavam de igreja, recitando de cor um trecho inteiro do evangelho:

— Então, meu irmão Jesus disse: "Como vocês escaparão da condenação ao inferno? Eu envio profetas, mestres e sábios... Aí vocês vão matar uns, crucificar outros. E, assim, cairá sobre vocês todo o sangue justo derramado na terra, desde o sangue de Abel até o sangue de Zacarias, filho de Baraquias, que vocês assassinaram entre o santuário e o altar".

— Bazófia! — comentou Edimar, tentando esconder o incômodo de que talvez ela os tivesse reconhecido, de que houvesse ali um desafio velado. Tinha que admirar a coragem, porém.

Pressentindo o final da pregação, a fila dos milagres começou a se formar. Era a isso que eles queriam assistir. Foi o "amém" encerrar o ato, e os olhares dos visitantes se cruzaram com o de Pilar. A menina tinha um desses olhos que queimavam a gente por dentro.

— Se tua fé em meu pai, em meu irmão e em mim é grande, eu te digo, nesse dia, nesse lugar, nessa hora, que tua vista vai voltar — disse ela, tocando o rosto de um cego. Ele cobriu o rosto com as mãos e um assistente lhe deu uma toalha molhada. — Vai pra casa descansar e amanhã, quando tua fé te curar, venha aqui contar aos teus irmãos.

Haviam visto aquilo de que precisavam. Não eram os milagres que os incomodavam. Algumas igrejas tinham começado a oferecer tais serviços, e eles mesmos consideravam adotar a prática iniciada pela jovem Pilar. O problema era o título. A devoção a ela mesma. Não ao Senhor, não à igreja que eles haviam fundado. Se tinha alguém digno de ser colocado tão perto de Deus, eram eles mesmos, que haviam dedicado a vida inteira à construção daquele rebanho. Não aquela novata que mal iniciara sua estrada de fé. Cortaram a plateia a passos rápidos e empurrões, que recebiam de volta junto com reclamações quase cristãs que eles fingiam ignorar. Chegando ao início da fila, pararam atrás do homem que tratava seu alcoolismo.

— Tens fé? — perguntou Pilar.

— Tenho, sim, senhora.

Pilar, então, olhou para o alto, como se pudesse enxergar os céus detrás das lâmpadas fluorescentes, e declarou que, a partir do dia seguinte, o infeliz sentiria cheiro de fezes e gosto de urina em cada copo de cachaça que colocasse na boca. Perguntou se ele tinha entendido, duas vezes para ter certeza, e mandou que ele repetisse. Ela conhecia gente simples. Tinha que ser assim.

— Em nome do Senhor! — saudou ela.

— Em nome do Senhor — repetiu ele.

Os bispos se entreolharam. Por um instante, pensaram se não deveriam aguardar até o dia seguinte para ver se aquela gente voltava mesmo ou não. Mas Pilar os interrompeu.

— E vocês, o que procuram?

— Seu pai saberia quem somos — disse a bispa.

— Eu sou o bispo Edimar, ela é a bispa An...

Pilar completou a frase. Sabia muito bem quem eram. Seu tom foi um pouco mais acolhedor, sem perder a autoridade, porém. O zum-zum-zum se espalhou pela sala. Os bispos da TV estavam ali. Que dia milagroso! Pilar perguntou se os visitantes se incomodariam se ela terminasse a fila antes de lhes dedicar atenção. O movimento estava grande, afinal.

Edimar e Antônia não se importavam com o "movimento". Nem com deixar o povo esperando. Eles lhes deviam isso por tudo o que tinham feito até ali. Ademais, o assunto era urgente: cada minuto em que permitissem a barbaridade aumentar era mais um minuto em que perdiam sua igreja. Um momento de tranquilidade, por sua vez, talvez até diminuísse tanta histeria, quem sabe. Não, eles não podiam esperar.

Pilar pediu licença à fila e, sob protestos, acompanhou os bispos até uma pequena sala mal iluminada atrás da parede dos fundos, um depósito de suprimentos onde havia apenas uma mesa de trabalho, o cofre e o telefone.

— A que devo a honra? — perguntou Pilar.

— Senhorita Pilar... — disse a bispa.

— Senhora — corrigiu a filha de Ribamar, entre a dureza e o pranto. — O Senhor não quis que meu marido...

— *Senhora* Pilar, por muitos anos, tivemos uma relação de confiança com seu pai — disse ela.

— De respeito e de amizade — disse ele.

— Uma relação que se construiu por anos e anos — continuou a bispa.

Casal perfeito, até completavam os pensamentos um do outro. Pilar os interrompeu. Estariam ali para lhe passar uma prova? Queriam falar da Palavra? Questionar seu conhecimento das escrituras? Que lhe jogassem as perguntas que fossem. Salmos, Juízes, o evangelho que quisessem. Mas não era isso. Não era prova de sabedoria que eles queriam. A ideia da visita tinha surgido com a morte de Ribamar. Uma questão de respeito, como eles disseram, sem que colasse muito. Só que os números começaram a crescer, o rendimento passou a aumentar, e eles quiseram entender o milagre. Foi quando surgiram as fofocas sobre uma tal irmã de Jesus. Eles apareceram dispostos a conversar – o espetáculo de vaidade do lado de fora os tinha feito mudar de ideia.

— Foram eles que me deram esse nome. Eu só contei o que os anjos...

— Aqui não se acredita em intermediários, minha filha. Somos todos ungidos e ligados diretamente ao Senhor desde...

O batismo. Pilar sabia. Sua paciência começava a faltar. Queria ir embora, cuidar de sua fila, seus seguidores. E aqueles dois, burocratas, fariseus, tomando seu tempo precioso. Que fossem, então, aos finalmentes. Queriam lhe expulsar? O que diriam para o magote de gente do lado de fora? Que os milagres foram cancelados e que eles deviam ligar diretamente para Deus, porque era assim que aquela igreja funcionava? Pilar cerrou os punhos e respirou forte entre os dentes, como se tentasse lhes sugar a alma para fora do corpo.

— Milagres, nós mesmos fazemos — explicou o bispo, com ar de professor primário.

Entre eles, eram todos filhos de Deus, de certa forma, todos irmãos de Jesus, se o exagero não fosse tão desrespeitoso. Aquela presepada tinha que acabar. Era uma ordem.

— Diz isso para quem está morrendo de dor, sem emprego, passando fome... — Pilar fingiu atender a um telefone imaginário. — Oi, seu Jurandir, o senhor foi mandado embora? Usa sua fé e faz seu próprio milagre, que o departamento de milagres a terceiros foi desativado. — Ela desligou o telefone invisível e continuou: — Como você acha que eu fiz crescer o dinheiro do dízimo?

— A gente não está aqui por causa do dinheiro, minha filha.

A conversa não ia bem. Não interessava o que Pilar dissesse ou fizesse. Eles haviam decidido. Não tinha lugar para ela ali. Procuravam apenas maneira de justificar, de fazê-la sair sem muita briga, sem perder aquela fila.

— Se você é mesmo a irmã de Jesus — disse a bispa —, então primeiro vai ter que morrer e voltar de novo três dias depois. Que tal?

O marido a interrompeu com cara de quem achava que a ideia cheirava mal. Algo que o diabo poderia ter dito a Jesus. Não era hora de dar asa a caranguejo. Aquele papel de intermediária de Deus não combinava com a igreja, e a patifaria de se dizer a nova messias, muito menos. Ponto-final.

— Se a *senhora* quiser continuar o trabalho do seu pai *adotivo*, as regras são as nossas. E elas começam assim: *sem essa de irmã de Jesus.* Fui claro?

Pilar já não mais ouvia. Com as pálpebras baixas, sorria para o alto. As mãos abertas para os lados como se recebesse uma cachoeira de luz que lhe caía pela cabeça e escorria pelos dedos, dessas cenas de ilustração de folheto de igreja. Os bispos, que tinham se preparado para quase tudo, de gritos a prantos e a ter que chamar a polícia, não esperavam aquilo. Antes que pudessem chacoalhá-la, no entanto (e, acreditem, estavam prestes a isso), Pilar abriu os olhos e lhes falou com voz de virgem:

— Muito bem, então.

Confuso, o bispo tentou explicar as novas regras. E a esposa quis pontuar com seu tempo ensaiado. Duas frases adentro, Pilar já tinha ido embora. Serena e formosa, rebolando até, passou pela porta do depósito em direção à fila que a aguardava com ansiedade. Apesar de o palco estar perto, ela preferiu subir num banquinho, talvez para ficar mais perto, talvez pelo efeito de cena mesmo, para estar cercada de gente enquanto falasse:

— O bispo Edimar e a bispa Edimara, senhores da nossa igreja, acham que, antes de eu clamar o título que vocês me deram, preciso experimentar a dor da cruz e voltar. Talvez eles estejam certos. Vocês podem conversar sobre isso direto com eles enquanto eu dou seguimento à missão.

O susto foi tão grande que sobrou ar para respirar. Foram segundos mudos até que o primeiro gritou. Depois todo o resto. Ninguém se entendia. Uns choravam. Outros pediam que ela ficasse, como se não houvesse celebridade televisiva capaz de substituir a Santinha. Pilar desceu do banco e cruzou a multidão em seu silêncio, com seu remelexo gaiato, enquanto os bispos, coitados, tentavam se equilibrar ao mesmo tempo no alto do banquinho.

Pilar ouviu as súplicas por silêncio às suas costas. Não era mais problema dela. Avistou uma Bíblia velha e encardida, páginas comidas de tanto uso, capa que parecia um dia ter sido amarela. Simpatizou com ela. Colocou o livro solitário debaixo do braço, certa de que seu antigo dono se sentiria honrado, e se perdeu pela noite.

Não tinha mais melancolia. Não tinha mais vácuos nem buracos de *fog*. As ideias todas, que até pouco lhe rodavam que nem quebra-cabeças em caos, agora faziam sentido. Exatamente como dizia o evangelho. Assim ela se foi. Estava livre, afinal.

†

João estacionou o carro na entrada do Aeroporto Internacional de Brasília, sem saber como se comportar. Seria a primeira vez na vida que não careceria de se preocupar com a segurança nem com as ordens da prima. No banco de trás, Pilar lia a velha Bíblia amarela, concentrada.

— Meu irmão também foi viajar sozinho antes de assumir sua missão, madrinha — disse Pilar.

Havia uma energia distinta em sua voz. Pilar não estava completamente ali, embora não do mesmo jeito que acontecia quando estava com a cabeça cheia de *fog*, depois da morte do pai e do marido. Era diferente. Estava mais presente e mais distante ao mesmo tempo. Como se fosse maior e mais importante que tudo ao redor. Desde a noite anterior, Pilar até se movia mais devagar. "Como se fosse uma nuvem indo embora", comentaria depois o primo.

— Vou continuar rezando por ti, prometo — disse Irmã Madalena.

— Não carece, não, madrinha.

— Carece, sim. Nós duas sabemos.

Pilar deu um beijo em João, que tinha dado a volta no carro e colocado as duas malas e a caixa de papelão num carrinho de bagagem. Algumas roupas, uns livros e a Saracura. Era tudo de que precisaria.

— Te cuida, João. Te cuida que um dia eu volto e mando buscar vocês.

Ele tentou sorrir.

— A gente não pode nem saber para onde tu vais? — perguntou a Irmã enquanto João entregava a bagagem e os documentos de Pilar para o despachante do aeroporto.

Não, aquela era uma viagem só dela. Um rito pelo qual ela precisava passar. Uma ideia que começou a se formar quando o pai morreu, mas só se concretizou no embate com os bispos da igreja. Ela nunca havia tido tanta certeza na vida. Agora, entendia os profetas dos textos sagrados. Era assim que eles se sentiam quando todos os chamavam de loucos. Ela deixou um envelope com cada um. Cheios de dinheiro, mais do que João, pelo menos, jamais tinha visto.

†

A atendente da Vasp estendeu a mão com o bilhete. Pilar tomou-o depressa, antes que a madrinha pudesse bisbilhotar, e deu nela um cheiro sentido.

— Te amo. Dê notícias — insistiu a madrinha.

A freira não ouviu palavra em retorno. Não que esperasse coisa diferente.

Pilar despachou sua bagagem e cruzou o portão de embarque internacional do aeroporto de Brasília com destino incerto e por tempo indeterminado. Feito a nuvem que João contou, Pilar se foi, segura e distante, carregando apenas uma bolsa pequena e a Bíblia roubada. No caminho até o terminal, abriu na página marcada com um papel fino, recortado de revista. Ela mesma o tinha colocado ali, bem na passagem em que a história de Jesus se perdeu. Na foto, os dois bispos sorriam orgulhosos, emperiquitados com o dinheiro do dízimo que ela tinha recolhido, reluzindo a aprovação dos fiéis e seus milagres terceirizados.

— Amém — disse Pilar para si mesma.

Caminhou alguns passos até a lata de lixo seguinte e jogou fora o livro de Deus. Tornou a olhar a foto e guardou-a no bolso da camisa. Não fosse por eles, não teria tido aquela ideia.

ATO III.

O ESPÍRITO DA SANTA

— E eu rogarei ao Pai e ele vos dará outro consolador para que fique convosco para sempre. —

Evangelho de João, 14:16

29.
O INDIANO

O cheiro era de cavalo mesmo, ou de vaca. Bicho grande, misturado com incenso. Exatamente como nos sonhos de Pilar, de que o gigante se lembrava. O indiano vinha de uma terra com tantos deuses, mas não o reconheceria daquele jeito, o dono de muitos nomes sabia. Ele respirou fundo, ou seja lá o que fazem os deuses para preparar a paciência.

De cabeça para baixo, como se dormisse com os cotovelos no chão e as pernas para o alto, o magricelo Sanjaia sentiu a presença do estranho.

— Ele me disse que você viria — disse Sanjaia, sem sair da estranha posição nem sequer abrir os olhos.

— Ele quem? — perguntou o gigante, com sua pele de um negrume tão intenso que refletia o quarto ao redor.

— Hanuman, filho de Vayu. Do semblante símio.

— Hora de voltar pra casa, amigo — disse o negro.

— Aqui é minha casa... amigo.

Era sempre assim com seguidores de Brahma. Sempre perguntando, questionando, desafiando qualquer um que não fossem os seus...

— Você entendeu... — disse Légua, do topo de seu corpanzil de acender lamparina, desta vez com uma voz diferente.

— Mas por quê? — insistiu o hindu.

— Porque a *pequena* pediu.

Sanjaia, a quem nem a morte aperreava, se assustou com o que ouviu. Não exatamente pelas palavras, mas pelo tom e pela força da ordem. E aquela voz... Abriu os olhos, confuso, se perguntando se tanto tempo de ponta-cabeça tinha finalmente lhe embaralhado as ideias.

— A menina do circo? — perguntou ele enquanto seus olhos tentavam fazer algum sentido da imagem borrada que se formava diante de sua vista.

Por trás da luz que parecia brotar de suas joias e de seu turbante, o visitante o desafiava. Gigante, sua pele cinzenta, como a dele, observando-o do alto, quase rindo... Não, não era um sorriso amistoso. Nem de quem achava graça. Zombaria, talvez. O rosto de macaco.

Sanjaia largou o corpo no chão, sem se preocupar com controle nem elegância. Prostou-se, avexado.

— Isso, a menina Pilar — disse Hanuman, do alto de sua divindade.

30.
A MULHER DE JOÃO BATISTA

— Vambora, João! — berrou a baixinha de pernas grossas e peitos generosos.

— Te guenta! Quero vê se acho uma amiga — gritou de volta João Batista, grudado na transmissão ao vivo que mostrava a visita do Papa à capital.

— A gente pode aproveitar que o Papa está aí e pedir pra ele casar a gente. Depois, a tal da bomba atômica cai, e a gente nem casou, imagina? — disse ela, debochada. Ele respondeu com uma careta de desdém. — Você às vezes consegue ser um escroto, João!

Aparecida gritava que só a gota.

Na tela da TV, a amiga que João procurava nunca apareceu. Procurava de leso, mesmo. Como é que ia achar uma criatura no meio daquela mundiça toda? Ainda mais que freira é tudo igual! Ideia de jerico manco. Pela imagem do helicóptero, devia ter umas duzentas mil pessoas ali. Além disso, quem disse que ela iria a Brasília ver o Santo Padre? A verdade é que João não tinha ideia de por onde andava Irmã Madalena. Ele elevou o pulso e contou os ponteiros – estavam atrasados para o churrasco. De pé, agarrou a baixinha pelo braço e correram para o carro. Ela podia terminar de se emperiquitar no caminho.

Na segunda curva, o trânsito parou.

Engarrafamentos não deveriam existir em Brasília, nem mesmo em 1980. Talvez fosse por causa do Papa. Mas naquela direção? Tinha que ser algo diferente... Um acidente? Tão ruim que dava para desligar o motor e esperar.

O carro ao lado já tinha buzinado três vezes. Logo atrás, um motorista apertou a buzina por quase um minuto. Aparecida cobriu os ouvidos em desespero.

— Tá vendo como eu fico quando tu começa a gritá? — disse João.

— Cala a boca, miserável! Vai lá ver o que tá acontecendo! — gritou ela, sem ironia.

Aparecida sabia dos descontroles da própria voz, não precisava ser lembrada disso toda vez. Ela o empurrou, como se, tirando o homem do carro, o barulho fosse diminuir. João não queria, mas acabou indo. Ele gostava de obedecer.

João se aproximou de uma pequena aglomeração mais ou menos na mesma hora em que ela pareceu explodir. (Não literalmente.) Corria gente para todo lado.

A baixinha, curiosa, abriu a porta do automóvel e ficou de pé sobre o apoio da porta para enxergar melhor. Ao longe, viu João a postos e tenso. Logo mais à frente, uma batida: um Chevette velho e um Fiat novo. Pelo visto, culpa do dono do Fiat, um magricelo de óculos que se encolhia, nervoso, tentando fugir da janela, bitolado num terceiro sujeito, forte, cabeça raspada e cara enfezada, provavelmente o motorista do Chevette, que caminhava em sua direção. Tinha uma barra de ferro na mão direita e não parecia disposto a conversar.

— Sai daí que vai dar bosta, João! — gritou a baixinha peituda.

O grito distraiu o careca da barra de ferro, que desviou o olhar para a menina trepada no carro lá no fundo. Era a deixa. João correu e saltou, valente, por cima do capô de um carro. Quando o cabra entendeu o roçado, os braços de João já estavam ao redor: um segurando a mão armada, o outro em volta de sua cintura. Seus pés desprenderam do chão, e o mundo rodou de uma vez só.

Rolaram, dois metros à frente, no que parecia uma roleta-russa de rua. Quem terminasse por baixo estaria lascado.

— Joããããão! — gritou Aparecida, desesperada.

Por sorte ou habilidade, ninguém sabe, o rapaz de Codó terminou melhor, montado com os joelhos ao redor do peito do inimigo. Deu-lhe um bogue de quebrar coco, em cheio, no rosto desprotegido. A cabeça do cabra quicou com força sobre o asfalto novo e de volta na direção do próximo murro, que baixou logo na sequência. Foram quatro ou cinco desses, até que o careca, confuso e aturdido, largou a arma de lado e cobriu a fuça como pôde. Era o suficiente.

Aparecida gritou e aplaudiu como se tivesse sido gol do Flamengo. Quando João entrou de volta no carro, ela o recebeu com seu amor mais orgulhoso.

— Tô tão tarada que podia te dar aqui *mermo*, João — disse ela.

— Senta aí que tamo atrasado, mulé — disse ele, como se tivesse ido logo ali comprar pão.

Aparecida, que já não conseguia se conter normalmente, passou o resto do caminho recontando a briga (e alto!), como se João não tivesse ele mesmo estado no meio. E, quando chegaram e ele foi tirar a carne do porta-malas para preparar a comida (ele era o churrasqueiro, eis o motivo da pressa), ela correu para contar aos amigos as aventuras de seu macho, o herói. Nas palavras dela, João tinha voado sobre o indivíduo de quase dois metros que estava com uma faca, ela achava. Talvez houvesse um capanga. Era tanta emoção que ela mal lembrava direito. Ia dar morte se João não tivesse arriscado a vida pelo estranho. João merecia uma estátua, como a do sujeito que salvou o menino que caiu no poço das onças d'água, no zoológico, três anos antes.

Já João, este ficaria satisfeito com dez minutos de silêncio.

Muitas rodadas de cerveja, alcatra e cupim depois, e após seguidas ameaças desavergonhadas de quebra de decoro, João decidiu que era hora de levar a menina para casa e coletar seu prêmio. Fosse menos pudico, como Aparecida dizia, ele poderia ter sido recompensado ali mesmo enquanto dirigia. Mas ele era moço comportado. O máximo que deixou foi subir a escada até o segundo andar com a baixinha lhe enrolando as coxas de tora ao redor dos quadris.

— Pudico, mas amostrado! — comentou ela, apalpando o músculo contraído do herói.

Não tiveram tempo sequer de trancar a porta. A camiseta branca dele, imunda de carvão e com cheiro de homem, foi a primeira a voar. Depois, o jeans surrado, o shortinho, a blusa pequena demais que ela vestia. Em seguida, se foram cueca, calcinha, sutiã. Eles se abraçavam, se pegavam, se lambiam, se esfregavam e se encaixavam. Na cama, eram uma harmonia só. Foram do chão para o sofá para o corredor e só pararam com as saliências quando, depois de tanto, apagaram, ele ainda dentro dela.

João ficaria apagado até a manhã seguinte (e além), não fosse o grito de acordar defunto. Ele saltou sobre a cama, confuso sobre onde estava, que dia era aquele, o que acontecia. A namorada entrou correndo, calcinha desbeiçada, peitos balançando, gritando o fim dos pulmões. Num salto de filme, se escondeu atrás das costas musculosas de João. Por instinto, ele se levantou primeiro e perguntou depois:

— Que foi?

Aparecida apontou para a porta.

— Uma mulher...

E a tal apareceu.

— Oi, João.

Ele não falou nada. Pelo ar arranhado que lhe ia e vinha pelas ventas, furibundo, podia-se dizer. Aparecida cravou as unhas nas costas do namorado, ansiosa por mais um ato de heroísmo. Mas ele ficou ali, aporrinhado, mudo. Quase frouxo.

— Não contaste pra ela, João? — perguntou a mulher que os observava de baixo do batente.

Uma dona bonita, madura, perfumada e queimada de sol.

— Quem é essa quenga, João? — gritou a baixinha.

— Mas, rapaz, não disseste nada que tu eras casado? Eu tô até concordando com essa aí: tu tás ficando safado mesmo.

— João? O que ela tá dizendo, João?! João, seu filho da pu... vo... seu... filho... seu... — Aparecida, que não sabia ficar muda, só conseguia gaguejar.

Que história era aquela? Que absurdo era aquele? Então era por isso que ele nunca quis casar? Que grandessíssimo filho de uma puta manca!

A estranha continuou, agora lamentando para a menina:

— Oxente! Acredita que ele prometeu trazer uma baixinha peituda pra gente e me garantiu que não ia se divertir demais com ela enquanto eu não chegasse? Desde quando tu viraste desobediente, meu amor?

João continuou sem abrir a boca – o que, para a menina das coxas grossas, já era uma confissão. Nua mesmo, ela se levantou e começou a bater nele e gritar. Um escândalo de novela. Quanto mais tropeçava nas palavras, com mais vontade Aparecida batia.

— Seu fi... — E lá vinha um tabefe. — Vi... vi... vi... — E de novo a lenha descia.

João protegia o rosto, só isso. Nem sombra do herói, o que talvez tenha sido o que mais magoou a traída. Ele nem tentava se defender.

Ele esperou que a doida terminasse de quebrar a casa antes de juntar algumas peças de roupa em volta da cama. Coberta sem muita cerimônia, ela esvaziou duas gavetas num saco plástico e saiu, deixando para trás o olhar mais furioso que conseguiu.

— Nun... nun... nunca mais me pro... pro... pro...

Só depois de ouvir o som da porta de entrada bater que ele foi dizer qualquer coisa:

— Cinco anos... E tu aparece assim? — disse ele.

— Não enrola, João, que esse tamborete de forró é pra ti não. Junta tuas coisas. Tamos indo pra São Paulo. Vim aqui só pra te buscar.

†

Sua fantasia de viajar de avião não poderia ter realização mais porca. Tão virado na peste, João Batista mal conseguia aproveitar. Nem as mocinhas de uniforme, sorrindo, oferecidas, nem as poltronas de couro, tampouco a vista mágica no alto das nuvens lhe arrancavam um sorriso. Só que então o desgramado danou-se a jogar para cima e para baixo como se fosse corda de cachorro brabo. As aeromoças gritaram de pavor. João Batista mesmo não deu foi um pio, mas enfiou os dedos com tanta força nos braços da cadeira que talvez tenha deixado até marca. Quando a turbulência terminou, Pilar pousou as mãos sobre as dele.

— Eu tô aqui. Não vai acontecer nada de ruim.

E ele, contra todas as vontades, sentiu o corpo inteiro relaxar.

†

São Paulo não parecia em nada com Brasília. Muito menos com sua lembrança de Codó. Era tudo exagerado e zuadento, como Aparecida. O trânsito parecia querer desafiá-lo mais uma vez. Os prédios, todos pegados, mas cada um diferente do outro... Feito um concurso de seja lá do que fosse, mas de boniteza é que não era.

Pararam num prédio pomposo, cheio de tanto detalhe dourado que parecia decoração de Natal. Estavam em julho. Pela porta de vidro, viam-se plantas que caíam de vários vasos escuros, como se fossem pequenas víboras que os acompanharam ao longo da portaria. Ele pegou sua única mala e acompanhou Pilar até a entrada. O porteiro, um cabra tão maranhense quanto ele, o interrompeu com uma autoridade tão confiante que João chegou a pensar em comprar uma briga.

— A porta de serviço é pra lá.

João procurou na prima uma pista do que fazer. Ela deu de ombros.

— Te vejo lá em cima. Sétimo andar, apartamento 72.

Quando ela desapareceu no elevador social, ele olhou para trás. A saída, a rua, os carros. Era só caminhar até desaparecer para sempre.

†

Eram apenas duas portas por pavimento. João tocou a campainha de uma delas. Foi a própria Pilar quem o recebeu. Pela cozinha, vazia e mal pintada, não parecia que ninguém morava ali. Uma panela, um fogão, uma geladeira e só. Talvez ainda estivesse em obras.

— Vem aqui. Quero te mostrar uma coisa — chamou a prima.

O corredor também estava nu e descascado. Manchas de mofo se esticavam até a sala, onde uma mesa pequena amparava uma imagem que João conhecia bem: Nossa Senhora Santana, que, havia várias gerações, era a morada da encantada da família. Como a estátua tinha ido parar ali? Embaixo do tampo, o pretume da cobra empalhada, uma das poucas coisas que Pilar tinha feito questão de levar quando foi embora de Brasília, cinco anos antes. Havia mais uma poltrona e dois banquinhos. O resto, vazio. Ele inventou a conta que conseguiu fazer. Um apartamento num prédio porreta daqueles devia ser caro, mas Pilar tinha o dinheiro que levou da igreja e da venda da casa do pai. Dava para pelo menos ter decorado melhorzinho. A não ser que ela tivesse acabado de se mudar.

Um som de noticiário chamou sua atenção. Saía de trás de uma porta dupla, coberta de um desses vidros cheios de bolinhas para que a luz passasse sem dar para ver do outro lado. Pilar sorriu, indicando que ele a abrisse. Ele se aproximou. A TV falava da visita do Papa, não mais em Brasília, em alguma outra cidade ou estado de que João nunca tinha ouvido falar. Ele abriu a porta.

— João! — gritou Irmã Madalena, sentada no chão em seu hábito velho (só um pouco mais velho agora, João notou).

Estava esclarecida a aparição da Santa.

A freira se arribou, meio torta, e abraçou o moço com um chamego que fez ele se lembrar da mãe.

— Tu estás tão... bonito... — disse ela, deslizando as mãos no braço musculoso do rapaz.

Depois, agarrou-lhe o queixo e moveu a cabeça para todos os lados, como se comprasse um pangaré. A inspeção desceu pelo peitoral e pelo abdome, deixando escapulir um sorriso que fez João querer correr para rezar.

— Chega de assanhamento, freira sem vergonha! — interrompeu Pilar. — Ele viajou o dia todo. Tá com essa catinga de quenga até agora azedando no corpo!

E foi assim, com a peitica igual à dos velhos tempos, que os três se reuniram novamente. No dia seguinte, começariam o trabalho. Se os dois soubessem o que lhes esperava, cairiam de joelhos (ou saltariam pela janela).

Como nem sequer imaginavam, um chuveiro quente bastava.

31.
UM REBANHO PARA O FIM DO MUNDO

O som sem forma atravessava a porta e o travesseiro, pinicando-lhe o ouvido. Então, junto com uma luz ardida, a merda toda explodiu, para dentro dos ouvidos desesperados de Madalena.

Outro dia, um cabeludo falou:
Não importam os motivos da guerra
A paz ainda é mais importante que eles.

Pilar entrou junto, gritando e balançando o rabo, feito cabrita no cio. Que raiva! Batia pequenos pratos de bronze, desses que os hare krishna usam para azucrinar o povo na rua. Só que ao som da porra do Roberto Carlos, às... às... sete da manhã! Se havia mesmo uma ameaça atômica arrodeando o mundo, que caísse naquela hora, pediu a freira ao Glorioso.

Pilar segurou-a pela mão e a pôs de pé. Parecia querer que ela se movesse. Que ela dançasse? Mais fácil era banguelo comer farinha-d'água que aquela ali acompanhar música. Seu corpo ainda rangia, misericordioso. A afilhada não se convenceu.

— Meu amigo, volte logo, venha ensinar meu povo que o amor é importante, vem dizer tudo de novo — cantava Pilar, sem se importar com as roupas íntimas sujas espalhadas pelo chão nem com a pequena mala semiaberta no meio do caminho, tampouco com as garrafas de 51 e Guaraná Jesus que quase foram quebradas entre um pulo e outro.

Continuou a balançar a tanajura enquanto arrastava a madrinha até o escritório, de onde a música saía, cada vez mais alta. Madalena fechou os olhos e rezou. E então, como num verdadeiro milagre, a cantoria cessou. "Anjos existem, afinal", pensou ela.

†

A bandeja tinha vidrinhos coloridos a perder a conta. Cada um de um lugar do mundo, explicou Pilar. Cada qual com uma essência mágica, colhida em suas viagens. Peru, Tibete, China, Nigéria, Inglaterra, México... Ela escolheu um do Egito. Abriu-o com cuidado, como se desmontasse uma bomba, e dele encheu um conta-gotas de prata, todo caprichado com o desenho de uma serpente.

— Visão — disse, provavelmente para si mesma.

Pilar não parecia a mesma. Usava um vestido florido bem curto e folgado, um lenço cheio de cor e uns óculos escuros que lhe tapavam metade da cara. Com um copo erguido acima da cabeça dos três, despejou três gotas transparentes dentro d'água. As gotas se desmancharam em fios encantados que se espalhavam como se estivessem vivos.

— Essas gotas somos nós. O início de tudo. A semente que vai transformar a água estéril do mundo na poção do futuro.

Entregou o vasilhame a Madalena, que fingiu uma bebericada chocha que não engabelou ninguém. Pilar não se importou e passou o copo para João. Esse, sim, tomou uma talagada sem nem saber por quê. Sentaram-se no chão em silêncio de missa. Então, a magia desceu.

João esfregou os olhos. As paredes dançavam mesmo? A música vinha de onde? Éguas! Pilar tinha desencruado de onde? Um chocalho chamou. Xique, xique, xique... A Saracura o observava, mangando de suas perplexidades. Da pele da cobra, pequenos braços, pernas e cabeça tentavam escapar, mas o couro era forte. Pilar bateu os pratos de bronze. *Tingshas*, ele nunca mais esqueceu. *Tingshas*. Os tibetanos os usavam para chamar os fantasmas e alimentá-los antes de despachá-los para o outro mundo, contou Pilar. Ela batia um no outro, fazendo um "zing" que doía. João achou que via uma fumaça branca se formar a cada vez. Os fantasmas.

— Tu vês, não vês? — perguntou Pilar, com o "tu" que, àquela altura, eles guardavam só para a família.

Atrás da prima, o sujeito alto e de uma pretura sem fundo, fez sinal de silêncio. João fez que não. Depois, que sim. Que não. Não ia ser ele que ia aperrear os encantados. Pilar achou bonitinho e entregou-lhe os pratos de bronze. Os *tingshas*. *Tingshas*. Ele não podia esquecer.

— São teus, então. Teu instrumento. Pra recrutares almas pra revolução de Olomô.

A boca lesa não o deixou agradecer.

Pilar jogou os óculos e o lenço num canto, e o barulho fez a Saracura se esconder. Depois, levantou o vestido e o arrancou pela cabeça. Madalena arregalou os olhos, espantada. A afilhada tinha virado uma mulher. Seus pelos e seus peitos gritavam, fartos e amostrados. Pilar dançou, rebolando que nem fita de boi, e girou, um passo depois do outro, até mostrar nas costas nuas uma cobra negra, arrodeada em si mesma, desenhada de cima a baixo. A bicha olhava para eles, dentro do miolo dos olhos.

A vida seria muito diferente a partir dali. Mas eram os três de novo, tinha um aconchego nisso.

†

"Eita, porra, João", pensou a freira quando girou a maçaneta e viu aquele bando de gente apinhada na frente da porta. Mas achou melhor não dizer nada. A mulher de cabelo vermelho, primeira da fila, tentou passar correndo, se esbarrando de ansiedade, mas o braço da freira a impediu. Se foram os santos que não bateram ou só uma coisa de disciplina mesmo, isso não se sabe. Mas as duas começaram a se estranhar foi desde ali.

Era dia de sexta, sete da noite. No apartamento em que moravam mesmo, porque Pilar ainda não tinha encontrado a casa certa. Falando cantado, que nem padre de igreja, Madalena tentou controlar a enfusca para a agonia não sair do controle. Mandou que tirassem os sapatos e escondessem as joias dentro da roupa. Tudo de improviso mesmo, não havia sentido nenhum. Pilar não tinha sido a única a aprender com o circo.

Caminharam até a mesa de madeira escura, pesada e ornamentada, coberta por uma toalha de renda branca engomada com perfeição. Tomaram os lugares apontados, a ruiva bem longe, só para deixar de ser amostrada.

Madalena e João não se sentaram. Ficaram de pé ao lado da cadeira maior, guardando um espaço misterioso onde os forasteiros não podiam entrar.

Num tranco barulhento, a porta de vidro se abriu logo atrás. Pilar chegou. Peito estufado e queixo alto, pele queimada, joias brilhantes, óculos escuros. Parecia uma artista de novela, com seus cabelos loiros de Vera Fischer, chique como Tônia Carrero. Os mortais baixaram a cabeça diante de sua exuberância. Quando ela tirou os óculos, contudo, seus olhos eram reluzentes e ternos. Seu tom, maternal.

— Quanta gente bonita!

Aquela mulher linda e poderosa caminhou ao redor da mesa, acariciando-lhes o rosto, os ombros, a cabeça. Pilar gostava de tocar nas pessoas, dizia que era assim que lia e passava sua energia. Defronte ao altar no meio da sala, ajoelhou-se. Naquela manhã, havia mandado a madrinha caprichar. "Mais enfeite que penteadeira de puta", tinha ordenado. Bom trabalho. Pilar fez o sinal da cruz e voltou para a mesa. Sentou-se à cabeceira, numa cadeira de espaldar mais alto que todas as outras. Como a da avó.

Madalena esperou um sinal. Nada. Nada. Nada. Era dela o primeiro passo? Respirou fundo e arriscou:

— Ave Maria, cheia de graça...

Os convidados acompanharam, aliviados pela reza conhecida. Pilar se concentrou até o "amém". Então, falou. Falou, não, soltou um grito de ressuscitar boi matado:

— Eita, exa! — bradou Olomô. Com as mãos para o alto, abriu sua primeira preleção paulista. — Muitu beim, oxês, exa. Oxês vieru, atenderu a meu chamadu. Sabe per quê? Perque oxês tão sintonizadu, atentu, qui nem um jaguá, qui senti tudu, ouvi tudu, tá sempri prontu pra fazê u qui prixisa. I agora sabi du qui esse mundu prixisa? Cuncentração. Presência. Fócu. Perque sinaum, u qui vem aí? U fim di tudu.

A soprada na lembrança da bomba atômica esticou espinhelas de raiva e de medo. Ninguém mais relaxou. Não se ouviam essas coisas importantes nos terreiros nem nas igrejas da cidade.

Olomô, então, mandou que voltassem toda sexta para orarem juntos. Desdobramento, explicou. Energias combinadas eram mais fortes. Ainda mais dali. Os russos sabiam disso fazia tempo.

— Oxês vaum arrumá as energia pra influenciá os generá pra ninguém fazê bobagi. Vamu falá di coisa boa, di coisa qui vão fazê ocêis pessoas meió, i assim suas energia vai ficá mais forte. I si expludi tudu, vai sê ocêis qui vaum toma conta di tudo. Perque quem tá cumigo num tem bomba qui pegui, naum. Alguma pergúntia?

Um baixinho levantou o braço. Agostinho, ele se identificou.

— Agustinho, eu goxtu di vê genti nova i di coragi... Pode preguntá.

— Você... a senhora... pode ajudar... com coisas... mais de dia a dia também?

Olomô acenou. Cara de santa de verdade.

— Perdi meu emprego mês passado. Tô meio desesperado.

Ninguém passa fome embaixo das asas de Olomô. Então, ela perguntou o que ele fazia. Matemático. Perguntou se ele dava aula e apontou para o convidado do outro lado da mesa. Um que, antes do paranauê, João tinha contado que era professor.

— Tem vaga na tua ixcola, não?

— É possível — disse o professor Emanuel, aperreado que só a porra com a adivinhação inesperada.

Dois estavam no papo. Agora, o arremate.

Pilar lançou os braços para cima e quase desfaleceu. A saída de Olomô sempre impressionava. Num teatro da gota, negou a ajuda do primo e da madrinha. Tomou um gole d'água e se levantou sozinha. Os convidados seguiram e ficaram de pé. Um por um, foram cumprimentados pela médium. Ela lhes olhava nos olhos, falava como se não houvesse mais ninguém. Curvava as costas para os mais baixos, ficava na ponta dos pés para igualar os mais altos. Naquela hora, brilhava mais que todos, coisa aprendida com o falecido Ribamar. O bocó tinha servido para alguma coisa.

†

Na segunda-feira, como combinado, Agostinho e Emanuel se falaram. João marcou a entrevista no mesmo dia, e Agostinho saiu de lá empregado, direto para uma floricultura, onde comprou um grande buquê de agradecimento para a "mentora". Viraram melhores amigos a partir de então e fiéis defensores dos poderes astrais e terrenos de Pilar.

Nada mal para um primeiro encontro.

†

Pilar nunca perdeu o pendor para o picadeiro. Mesmo longe dos vagões coloridos, do perfume de maquiagem barata e de cachaça, parecia que, onde estivesse, tinha sempre alguém prestes a gritar: "Respeitável público!". Se não ela, exigia dos outros: os malabarismos, as mágicas, os tambores, os palhaços... No espetáculo da vida, sua missão era fazer com que cada um entendesse seu papel no furdúncio cotidiano.

João Batista fazia o dele direitinho.

— Olha a bunda dessa moça! — anunciou a mentora, apontando o *derrière* da pequena, uma menina de dezoito ou dezenove anos e olhos azuis, que, se pudesse, teria caído morta ali mesmo, tamanha a vergonha. Mandou a mocinha se levantar, dar voltinha. Devia haver umas vinte pessoas ao redor; todas olharam. — Bunda de marquise! — elogiou, enchendo a mão de fincar-lhe os dedos para mostrar que estava certa.

A profeta de Codó premiava os convidados mais interessantes – pela beleza, pela personalidade ou pelo dinheiro – com premonições de casamento, noivado e família feliz. Às vezes, ainda raramente, despejava um prognóstico de carreira, só para quebrar a rotina. À menina da bunda foi prometido um marido. Que distribuísse a priquita enquanto pudesse, porque seu homem estava para chegar.

Quantas vezes Pilar fez arranjos e anúncios como esse... O futuro era seu presente de boas-vindas, afinal. Colhia palmas, sorrisos e muito mais sonhos (e inveja) do que as pessoas gostariam de admitir, tanto das estrelas encabuladas quanto da plateia ao redor. Histórias que passavam de boca em boca, causo por causo, espalhando na metrópole a lenda da Santinha de Codó. Mas nem só de boas-vindas viviam os messias.

As rejeições, que andavam aumentando de frequência, podiam ser ainda mais fascinantes. Logo nas primeiras semanas, por exemplo, um sujeito de casaco amarrado no ombro preferiu pegar uma cadeira a se ajoelhar no chão como todo mundo que ia se consultar. Ela lhe deu o braço feito uma senhora de antigamente e o acompanhou até a sala. Era uma noite apinhada de gente, mal tinha parede para se encostar.

— Tá vendo esse povo no chão? — disse ela, bem alto. — Se você acha que é mais especial que eles, pode procurar outro canto, porque aqui você não entra mais.

Como um palhaço vilão, o mauricinho fugiu, perseguido por vaias e risadas. Tivessem pipoca e algodão-doce, teriam jogado no rapaz.

†

— U mau é uma duença. Ispaia di epidimia — dizia Olomô, exalando energia. — Vai vencenu aqui, ganhanu lá, i quando ocê vê, tem mais genti querenu tumém. A ganança é qui nem u ispirru desse mau. É assim qui eli vai passanu. Ocêis tudo tão aqui perque *eu* iscoií. Perque ocês não saum vítima fácil.

Olomô não era de contar encarnação passada. Dizia que só enganador fazia isso, tanto que todo mundo era padre na Alemanha, banqueiro na Inglaterra... até puta na França. Criador de bode em Coroatá não tinha nenhum! Mas uma coisa ela dizia: todo mundo ali estava sendo observado, uma encarnação depois da outra. Cada criatura tinha sido escolhida porque era imune ao contágio do mal.

— Antis di nascê, oxeis oviru u prano lá incima. Vi aqui, ixtudá, fazê a vida i acabá cu exa ipidimia du mal. Oxês saum a vaxina du mundu.

O orgulho cresceu e os olhinhos brilharam. Teve quem cutucasse o caboclo do lado. Mas tinha que haver um porém.

— Quem aceitá a missão i faiá vai ganhá duença de carne. Vai crescê essis calombo qui mata nu peito, na cabeça, nu saco... mi disafia pra vê!

Ao mesmo tempo grandiosa e sinistra, a preleção largou o povo mudo e Pilar exausta. Mas aquela gente impressionada daquele jeito a fazia feliz. João apoiou a mentora, e, no caminho para o escritório, ela sorriu. De sua cadeira de descanso, deixou os olhos desabarem e comentou, quase saudosa:

— Tu lembras, João? Na nossa época, isso aí fora fedia a suor e leite de rosa.

Na lembrança de João, era o suor que vencia.

Ficaram ali perto de uma hora, aguardando que Irmã Madalena dispensasse os súditos cheirosos em grupos de quatro ou cinco, os mais jovens pela escada, como tinha prometido aos vizinhos. Precisavam conversar.

A última reunião de condomínio havia sido um desastre. "Aqui não é lugar de macumba", tinham protestado os miseráveis. Madalena achava que Pilar ia se rasgar pela venta, quebrar prato na parede e tudo. Mas não. Preferiu rogar uma praga e admitir:

— A gente carece de um lugar maior mesmo... João, traz minhas gotas!

Uma calma mais sinistra que a ira, que largou João com cara de bode esperando a sombra.

— As gotas... — pediu Pilar.

O moço saiu do transe, ainda surpreso com tanta doçura, e cumpriu a ordem apressado.

— Esse aqui eu trouxe do México, esse, do Nepal. Clarividência e sabedoria — explicou ela, pingando de duas garrafinhas num copo cheio d'água.

Bebeu a poção e aboletou-se devagar, ainda com as dores do esforço de possessão. Sentiu seu coração bater. Tum-tum. Tum-tum. Tum-tum. Tum-tum... Silêncio.

†

Ela conhecia o lugar. A campina verde debaixo do céu tão azul. Mais verdes e azuis que na realidade. O cheiro das flores que os fiéis levavam em oferenda tinha lhe seguido até ali. Uma melodia distorcida se tentava fazer entender. *Nanana-nanapartamento... Nanana-nanana-na trato...* De longe, um homem negro, alto, chegava vestido com seu manto vermelho e negro... Num instante, já estava perto. Havia uma pequena multidão. Rostos neutros e olhares perdidos. Fragmentos de memórias tentando dizer alguma coisa. O circo! Gente do circo. E o pequeno Garrincha, de cócoras, todo inchado e encharcado, lambia o antebraço com dedicação, como se ninguém mais estivesse ali. Tinha gente de Codó também. A farmacêutica fofoqueira, o padre mau-caráter, seu Farid do açougue, o jovem Almir, que queria ser senador. Estavam também os três mais velhos do terecô, sempre com cara de reprimenda. Sua mãe? Sua tia? Essas, não. Logo atrás, vinham vários de Brasília. Ribamar, Figueira e a mulher Claudete, que quase a tinha pego com o marido. "Infarto", mordida. Aquela tinha sido engraçada... A música! "Nós, gatos, já nascemos pobres, porém já nascemos livres." Era isso! Cirlene, dona Letísia, seu Pedro, mais um bocado de criaturas que ela conhecia de cara, das filas de bênção da igreja ou do terecô da meninice, mas cujo nome não lembrava, balançavam a cabeça no ritmo. "Senhor, senhora ou senhorio... Felino, não reconhecerás!" O negro enorme lhe estendeu a mão. Pilar retribuiu e caminharam os dois, Légua mais Pilar, pelas pradarias formosas de sua imaginação, ao som saltimbanco de Chico Buarque.

— Tá feliz, minha fiia? — perguntou o gigante.

— Falta um bocado ainda — respondeu ela.

— Medo? — Estavam agora na boca de um precipício.

— Não sei se tô pronta.

— O passado te preparou — disse ele, apontando do alto do pequeno morro para uma construção no tabuleiro logo abaixo.

Seu quartel-general. Ela tinha visto a casa de colunas brancas num passeio pelo bairro.

— É essa mesma, então? — perguntou Pilar, virando para o anfitrião.

Mas ele não estava mais lá. No lugar, estava apenas o policial de óculos escuros e palito escapulindo entre os dentes. O cabra que tinha prendido sua tia. Ao lado, o cabrunquento do pai de Teobaldo, doutor Dantas. Eles apontavam para a casa branca, o mesmo olho leso dos outros. Pilar apertou o punho de raiva e notou que segurava alguma coisa... O quê? Uma peixeira! Dessas amoladas na mão, diziam os riscos marcados de sangue. Preparou o golpe enquanto uma cobra, preta de refletir, lhe subia pelos braços e derramava veneno pela lâmina. E pronto: largou a faca em cima dos dois. Sem explicação, as vítimas agora eram seus antigos patrões, os embaixadores da Turquia. O cão dessa vez fez foi caprichar nos enviados. Cortados e sangrados, buchos abertos pela segunda vez, pedaços de tripa e feto lhe caindo de novo para fora dos corpos nus. Bem feito. A Saracura lhes saltou dentro do ventre e deu voltas entre ventas e ouvidos. Nazeera chorava baixo, de cócoras, enquanto lambia o braço, feito um gato vira-latas. A cobra juntou-se a ela, o rabo abanando o chocalho. Os turcos seguravam um desses instrumentos de médico... Um estetoscópio! Era uma mensagem, ela sabia, embora não entendesse o significado.

Pilar acordou encharcada de suor, coração na carreira. Ao lado, a Saracura a guardava, imóvel e furiosa como sempre.

32.
A CASA BRANCA

João ajoelhou ao lado da prima. Evitou falar, mas estava pronto.

— Alguém da lei, alguém da saúde — disse ela, acordando da visão agitada que a tinha feito até suar. — Isso, ou a Casa Branca nunca vai ser nossa.

Ainda tinha conversa lá fora.

— Peraí — falou João, correndo pela porta de vidro.

Voltou em seguida, trazendo pela mão uma mulher de cabelos vermelhos e curtos. Era bem-apessoada, pernas longas, peitos orgulhosos com bicos salientes. Sabia se maquiar sem exageros. Pilar se lembrava de tê-la visto. Estava lá quando fez graça com a menina da bunda de marquise, olhando com inveja... Ou seria com admiração? Chegou a pensar em fazer alarde de seu busto sem-vergonha. Uma bunda, um peito, fazia sentido. Mas não teve vontade. Talvez essa não merecesse um marido. Ou, quem sabe, fosse algo diferente.

— Essa é Noemi, mentora — apresentou João, seguindo o tratamento ordenado pela prima. — Trinta e cinco ano e já é chefe do serviço de enfermage do Hospital das Prece. Já veio aqui três vez.

A enfermeira corrigiu, quatro, e se ajoelhou ao lado de Pilar. Segurou-lhe a mão e, como se tivesse chupado o limão mais azedo do mundo, se tremeu inteira.

— Você sente os espíritos, não sente, minha filha? — perguntou Pilar.

— Ela me viu com os pratinho e veio perguntá — comentou João, mais feliz que barata na fábrica de mariola.

— Eu era espírita, mentora. Mesa branca. Eu mesma não recebia, só ajudava com os trabalhos. Mas nunca vi nada como Olomolelê...

— Wewê — sussurrou João.

— Quando vi Olomowewê pela primeira vez, senti uma energia tão grande que...

— Minha filha — interrompeu Pilar, desinteressada. — Você é da saúde, não é? Tava aí fora, não tava? Então tá resolvido. Vai ser importante aqui, pronto.

Noemi beijou a mão da mentora, logo acima do anel.

— Eu gosto dela — disse Pilar, olhando para João, como se falasse de alguém que não estava ali. — Bom trabalho.

Um bloco de papel chamou a atenção da dona da casa, e João entendeu que o encontro havia terminado. Enquanto Pilar rabiscava, João ajudou Noemi a se levantar e pediu que deixasse a mentora descansar. Quando a enfermeira olhou de volta para se despedir, no entanto, perdeu a respiração. Apontou para o desenho, sem acreditar, e disse:

— Esse lugar... É perto do hospital.

†

Sábado era dia dos netos. Estavam decididos a aproveitar enquanto os meninos enxergassem magia e aventura em cada canto. Por isso foram tão ligeiros em descartar a oferta da bonitona inconveniente que bateu na porta sem avisar. Seriam anos dessa alegria que só criança consegue gerar, antes que o encanto se esvaísse. Até que veio um grito, de horror, desespero. A avó sabia que não era fuga de monstro. Esse era de verdade.

— Pedro? Bruna? Patrícia?

Onde estavam as crianças? Ela se levantou, correu. O marido apareceu do outro lado. Tinha medo também. Os meninos apareceram correndo e abraçaram as pernas dos avós, suas cabeças enterradas entre a altura do joelho e da cintura dos adultos. Tremiam de verdade, medo daqueles de nem conseguir chorar. Por trás de seu bigode de barão do Rio Branco, o avô tentou perguntar o que houve. A menina do meio apontou em silêncio, mas a vista dos avós parou antes. A mãozinha apontava, delicada, pequenina e coberta de sangue.

Os vestidos, dela e da irmã menor, também.

— Pedrinho, pelo amor de Deus, fala com o vovô, o que aconteceu?

Pantaleão, o *schnauzer* bigodudo do avô, abanava o rabo de alegria, uns trapos vermelhos pingando no gramado. O homem assobiou alto, e o cão levou o troféu que manchava seu bigode, igual ao do dono. Para desgosto e terror dos adultos e crianças, um olho humano, vazio e murcho, pendurado pela carne, como se tivesse sido arrancado sem honra nem capricho. Do portão, uma loira com corpo de mulher feita, perna, peito e tudo. Vestia roupa branca e manchada de sangue e acenava num ritmo descompassado.

O velho, que não acreditava em malassombro, correu chamando:

— Ei!

Quando chegou à grade de ferro, o coração já na altura da goela, a louca tinha sumido. No chão, um chapéu de enfermeira.

Chamaram a polícia.

†

— Dona Pilar da Anunciação, por favor?

Madalena fez cara de aperreio e mandou entrar. O sargento era bonito, forte, especialmente educado. A freira teve que insistir para ele sentar-se. Sentou-se. De onde estava, a cobra empalhada ameaçava.

— O que posso fazer por você... sargento? — disse Pilar, como se falasse com uma visita qualquer.

— Um casal de senhores aqui perto foi vítima de uma brincadeira de mau gosto... Alguém deixou restos humanos no jardim da casa, aterrorizou os netos dele. Normalmente, eu deixaria passar, mas ele disse que conhece gente no prédio e que vocês são ligados a...

— Ligados a quê, criatura? — apressou Pilar.

— Macumba do cão. — Foi o que ele disse. — Com sacrifício humano e tudo.

Pilar soltou uma gargalhada, dessas que pega nos outros. Tanto que João e Madalena vieram de carreira. Até o sargento se juntou a eles no riso.

— Noemi, vem ouvir essa! — chamou a mentora.

A ruiva entrou na sala abotoando a roupa de enfermeira.

— O sargento aqui veio dizer que a gente é canibal!

— Hen-hein! — interrompeu ele. — Eu não disse isso. Falei que o dono...

Pilar havia parado no "hen-hein".

— E por acaso tu és do Maranhão?

O policial negou. São Paulo mesmo. Mas a mãe era. Duma cidadezinha miúda, que quase ninguém conhece... Fosse outra pessoa, iam achar estranho, mas em se tratando de Pilar, quando o cabra anunciou Codó, todo mundo achou que era um sinal.

— Vixe Maria! — disse a freira. — Pois tu acreditas que viemos tudo de lá?

— Já ouviu falá da menina anunciada pelos anjo? — perguntou João Batista.

— Mainha vivia querendo me levar lá pra eu me benzer com ela — respondeu o guarda.

Pilar levantou. Chamou-o bem perto, e ele obedeceu. O sargento já tinha perdido e sabia. Com a ponta da unha do polegar, a dona da casa marcou uma cruz, três vezes, entre as sobrancelhas do policial.

— Esteja benzido, então. Pode contar para sua mãe.

O rapaz deixou o queixo cair por mais de metro. O quê? Aquela bonitona?

— Minha mãe não ia acreditar! — disse ele, em sua melancolia da presa fácil.

Havia algo ali.

— Não *ia*? — disse a freira.

— Mainha morreu faz dois anos. Fumava feito uma maria-fumaça. Nunca conseguiu me levar pra ver Codó.

— Qual é teu nome, meu fii? — perguntou Pilar, em tom materno.

Sargento Favacho. Ou Caio, como sua mãe lhe chamava, quando não chamava de "peste", brincou ele. Solitário, triste, saudoso. O pai, gaúcho, ele não conheceu. Irmãos, não havia. Em minutos, a história do homem estava toda esquadrinhada. E, sem conversar, cada um ali sabia o plano e a sua parte.

— Por que tu não vem aqui na sexta, antes das oito? — propôs João. — Talvez tu encontre a família que falta...

— A gente do Codó se ajuda, num sabe? — disse Madalena.

Ele parecia intrigado. Foi quando a luz apagou de repente. Depois, acendeu de novo.

— Salve! — gritaram todos, batendo a mão no peito de uma vez só.

O sargento quase caiu do banquinho de susto.

— I exi cabra lá da nossa terra veio aqui, exa. Dexi eu vê oxê, minino.

Desconfiado, o policial obedeceu e aproximou o rosto. O espírito no corpo de Pilar inspecionou seus olhos e a palma da mão. A luz tornou a piscar e, por instinto, ele olhou para trás a fim de ver quem brincava com o interruptor. João, o mais próximo, mostrou as mãos num sinal de que não tinha nada com isso.

— Oxê, violeiro. Qué falá cum tua mãe?

— Qual é o nome dela? — perguntou a freira, como uma secretária eficiente, agilizando o processo.

A luz acendeu e apagou mais algumas vezes em rápida sucessão, e, da última vez, estourou num clarão ligeiro. Eles pularam juntos, mas ficaram ali mesmo, na luz que entrava pela janela.

— Dona Lusia da Silva, filha de Sebastião — respondeu o policial.

A luz da janela continha claridade suficiente para que ainda se enxergassem. Olomô olhou para o lado e a chamou três vezes. De repente, acenou e cumprimentou um espaço vazio.

— Óia a dona Lusia, aí. Fala com ele, Lusia.

No quarto quase escuro, um barulho batido, que parecia saído do chão de taco, arremedava um ritmo de fala: palavras longas e curtas, pausas...

— Dijaí, Madalena, tu intendeu? Dijaí u que ela dixe, exa.

A freira traduziu, sem nem parar para pensar:

— Disse que... está muito orgulhosa de ti, que...

— Muitcho bein, exa. Continua que oxê tá xerta, exa.

— Disse que o sonho dela era tu ires até Codó, mas, se não deu, ela estava feliz que Codó veio até ti. Ela diz pra que... — Madalena riu — pra que tu peças a essa gente pra te trazer Cola-Guaraná Jesus e farinha-d'água pra tu não esqueceres da tua terra. Ah, e ela também está dizendo que tu estás escritinho o teu pai.

Por mais que o sargento lutasse, faltou-lhe o ar.

— Oxê qué dá um abraxu nela, exa? — perguntou Olomô.

Ele se levantou, reticente até os ossos. O corpo de Pilar então se suspendeu num malajambro e arqueou a coluna no sentido errado, como se algo pesado lhe saísse pela nuca. Quando papocou de volta à posição de gente, seu rosto estava relaxado, sereno. Não tinha mais a feição engiada de Olomô. Sua postura era a de uma senhora. Estendeu os braços. Eles tremiam. Caio fez mais uma vistoria ao redor: a mulher cuja lenda ouviu a vida inteira, uma freira, uma enfermeira e um sujeito moreno, forte e simpático. Sorriam todos, solidários e codoenses. Aceitou o abraço, apesar de duro e desconfiado. De início, ninguém falou nada. Pouco a pouco, porém, o chamego apertou. Aquentou. Ela lhe deu um cheiro amoroso e ele desandou a chorar.

— Meu piqueno... — disse a voz que possuía Pilar, num sotaque carregado do Maranhão. — Olha, a minina... tá aprovada, viu?

— Ééguas! — disse João, achando graça.

— Minha mãe, eu não tô nem namorando — respondeu o policial, recuperando de súbito a apreensão.

A senhora no corpo de Pilar devolveu com ternura:

— Eu sei. Mas tu vai conhecê daqui a pouco. Uma formosura. Vai duvidá de tua mãe, vai?

Ela piscou um olho e se abraçaram de novo. Ficaram lá um minuto inteiro, os dois soluçando em vaivém, até que, como se alguém tivesse desfeito o esqueleto, dona Lusia se foi. Pilar só não terminou esparramada no chão de taco porque o rapaz a aparou a tempo, com um carinho novo e a certeza de que havia encontrado sua fé.

†

Por mais cinco semanas, os donos da casa ligaram ao menos uma vez a cada três dias para a polícia, cada vez mais ferozes e agressivos, reclamando dos restos nojentos que continuavam a aparecer no quintal. Conversaram tanto que já conheciam a voz um dos outros, sabiam de detalhes recíprocos da vida e da família... Mais um pouco, trocavam panetones no Natal. Até que um dia o nível de fúria chegou ao limite.

— Esses filhos da puta! Desta vez, ela vai pagar! — gritava, descontrolado, o sujeito pelo telefone.

— Calma, senhor Wagner. O que houve agora?

— Meu cachorro, sargento! Meu cachorro! Morreu! Foi aquela louca de Satanás que fez isso! Eu sei! Todo mundo sabe. E a polícia não faz nada?

O sargento Favacho interrompeu, educado e paciente. Tornou a contar que tinha ido à residência da senhora acusada. Não encontrara nada. Inclusive, ficou sabendo que já estavam com outra casa em vista.

— Como? — perguntou, do outro lado da linha, o senhor de bigode.

— Isso. Dona Anunciação está comprando outra propriedade. Por que ela faria isso com o senhor? Ainda mais depois que ela ouviu falar do fantasma.

— Que bobagem é essa?

O policial, na euforia de seu ato planejado, tapou o fone para não deixar ouvir o riso. Disse que não acreditava nessas coisas, mas que a vizinhança toda falava que no terreno onde a casa tinha sido construída costumava viver um senhor solitário, cuidado por uma enfermeira louca. O velho nem era tão velho assim, mas não saía da cadeira de rodas. Um dia, ele morreu, e a enfermeira começou a dizer que a casa era dela e que só saía dali morta. Quando a polícia finalmente entrou para tirar ela de lá, a mulher se matou, e quem confiava naquelas conversas contava que o fantasma dela morava lá até hoje.

— Ela que me contou, a dona Pilar. Disse que vai procurar uma casa nova mesmo, sem visagem, digo, sem alma penada — disse ele, se abrindo de rir escondido. — Enfim, deve ter sido algum moleque da rua que tem pai que trabalha no hospital. Mas, se o senhor quiser, eu ou um dos soldados aqui...

No dia seguinte, num malabarismo preciso, o caboclo ligou para Pilar para se desculpar e fecharam o negócio com um lance vinte por cento menor do que ela havia oferecido da primeira vez. O custo da culpa.

†

Estava ficando uma belezura só. Toda semana, os seguidores de Pilar apareciam para um toque a mais. Defumaram, limparam, poliram, pintaram e enfeitaram. Queriam a Casa Branca pronta para o grande dia. Sua fachada de pilastra e molduras grandiosas. Seus dois jardins, um nos fundos, onde seriam as orações, outro na frente, para o povo aguardar a porta se abrir. Vinte e cinco pessoas se alternavam no trabalho intenso e constante, noite e dia, em suas folgas no emprego, férias e licenças médicas conseguidas com atestados arrumados por Noemi.

As duas salas, cozinha e escritório no térreo, cada degrau da escada de dois lances, cada um dos quatro quartos do andar superior foi visto e revisto com zelo de mãe de moça. A mentora queria tudo lindo, a casa decorada, os movimentos ensaiados. Tinha flor a fulote em todo canto e um altar de afastar os dentes, com tantos santos e enfeites que faria vista às melhores tendas de Codó. Noemi, a comandante de cabelos vermelhos, controlava os turnos com a mesma precisão com que mantinha suas mais de cinquenta enfermeiras em ordem.

De tempo em tempo, a chefe do cerimonial, Irmã Madalena, retirava um ou outro para explicar as movimentações, a liturgia da primeira noite na casa nova. Noemi odiava, assim como detestava quando Madalena pedira para que alguns deles tirassem uns dias de descanso.

— Que nem manda a Bíblia — disse a freira.

— Gente ocupada não pensa besteira — respondeu a enfermeira, que manteve a programação.

Pilar gostava de espiar pela janela do quarto no segundo andar. Acenava, às vezes quase matava um quando ia levar água numa bandeja de prata. Tinha até quem chorasse de emoção. Sentiam-se como num trecho do evangelho.

†

Foram três meses de trabalho até que João Batista saísse pela porta da frente no rumo do jardim onde os primeiros trinta discípulos e mais alguns convidados aguardavam. Sua expressão era séria e decidida. Batia palmas com as mãos em concha como na tradição nagô que sua mãe lhe tinha ensinado. Detrás dele, mãos sobre seu ombro e olhar para o chão, seguia Pilar, com seu vestido azul-turquesa que o vento fazia parecer o mar. Caminharam até a aglomeração de gente em torno do velho armário de carpintaria transformado em altar, onde uma majestosa imagem de Santana, avó de Jesus e padroeira da família de Pilar, se amostrava entre as rumas de flores. Ao alto do armário, um crucifixo antigo de madeira carcomida; sob sua base, uma cesta vazia e enorme.

Irmã Madalena os esperava com seu hábito festivo. Dessa vez, não houve toca-fitas nem música gravada, como no improviso do apartamento em que moraram. Abriram todos cantando a capela a canção do nascimento de Pilar, que a freira lhes tinha ensinado nos intervalos da reforma.

Senhora Santana ao redor do mundo
Onde ela passava, deixava uma fonte...

Não tinha tambor nem chocalho. Ninguém rodava nem dançava. Mas a energia da família Anunciação era tão forte que tinha quem visse cabelos se eriçando ao redor. Pilar tirou o lenço que lhe cobria a cabeça e sorriu para todos, como raramente fazia naquelas circunstâncias. Era seu obrigado pela homenagem.

A freira puxou a ave-maria, e Olomô tomou o corpo de Pilar, caminhando entre os fiéis. Falava tão de perto que eles puderam sentir o calor e o aroma de seu hálito.

— Eita, exa! Fexta bunita que oxês fizeru hoje!

Naquela noite, a encantada não falou do fim do mundo nem de doenças ou missão. Falou da festa, da beleza, da nova tradição. Estava de bom humor, entusiasmada. Agradecida. Em nome dela mesma e de Pilar, agradeceu pela ressurreição da Casa Branca, um exemplo de como o trabalho duro era capaz de reconstruir o Éden.

— I sabi u qui pricisa pra construí um paraíso na Terra? Sa-cri-fício — disse ela, seu rosto tomado pela sombra.

Olomô parou bem na frente de Madalena e ventou um vento de lhe balançar a vestimenta. Segurou sua mão, puxando-a para a frente do altar. De repente, das costas do vestido, surgiu um punhal. Brilhante e pontudo.

— Ajuêia, mulé.

As duas mãos de Olomô seguraram a faca bem sobre a cabeça de Madalena. De olhos fechados, a pobre rezou sozinha. Era o fim. Talvez merecesse, até.

— I tu tumém, Juão.

O primo de Pilar, que não tinha razão para entender, obedeceu. Se era para morrer, que fossem juntos.

— Caiu, Nueli, oxêis tumém.

Esses não esperavam. Ajoelharam, confusos, quase mortos. Jorravam aquele suor viscoso, grosso de tanto medo. Dali, fugiam e largavam a oportunidade de uma vida para trás ou viravam oferenda humana. Seria assim que tudo terminaria? Se um deles levantasse e corresse, talvez os outros seguissem, mas, não, nenhum deles arriscou. Ninguém queria ser o primeiro. Só que estavam enganados.

— Oxêis jura protegê Pilá e cuidá dela i da palavra dela até o fim dos dia?

Eles se olharam, agora confusos de verdade. Disseram que sim. Juraram devoção para além da vida e, sob o toque da lâmina afiada no cangote, primeiro a freira, depois os outros três, ouviram o que jamais imaginaram ouvir:

— Jesuis chamô de apóstulo. Eu chamu de sacerdote. I essis quatro são us meu. Salve!

— Salve!!! — responderam todos.

Pilar abriu os olhos de volta, com os braços no ar e não entendeu nada.

— Depois a gente explica, mentora — disse Caio, a doçura lavando-lhe os olhos.

A essa altura, João a levaria para um lugar mais calmo, para ela descansar. Mas era noite de surpresa e lágrimas, então que escangalhassem tudo de uma vez. Trouxeram-lhe sua cadeira alta, que colocaram defronte ao altar, virada para o povo. As duas sacerdotisas ajudaram a mentora a sentar. Do outro lado, um violão surgiu não se sabe de onde e parou nas mãos do policial. João apontou para cá e para lá, e os fiéis se enfileiraram em volta. Caio tomou a palavra:

— Minha mãe sempre me contou histórias da tal Santinha de Codó, e um dia eu a conheci. Aí fiz essa música, mas não achei justo cantar sozinho...

Ele se sentou e começou a tocar. Quando abriu a boca, não foi só ele que cantou. Fora a própria Pilar, todo o resto acompanhou o toque do delicado baião:

Alá, seu Vitorino
que tem ruz com teu tambô
O turco, o preto e o fino
Os três anjo do senhô
Alá, seu Vitorino
Que o céu anunciô
É o nosso pai menino
Que vem vê o terecô
Sobe logo o tamarindo
Cende as vela, ói que lindo
Que é pra gente vê meió
Santa Barbara tá rindo
É menina que vem vindo
Pressa mata do Codó

Pilar assistiu como uma princesa. Firme, altiva, flutuante. Diz-se até que derramou uma lágrima. E, sendo dela, aquela única gota valia por um choro inteiro, explicaram. Deveriam se orgulhar. Noemi confirmou ter visto a honraria escorrer. E todo mundo acreditou, claro.

33.
O PRIMEIRO MILAGRE

Qualquer coisa besta era motivo para as duas se pegarem. Da marca da água mineral à reza de abrir a noite. O fato é que Noemi e Madalena não se bicavam. Para a freira, Pilar engordava uma jararaca na gaveta; uma hora, ela ia dar de morder. Para a enfermeira, o grupo precisava de sangue novo para refrescar as ideias da mentora, não a prender no passado bolorento das igrejas que não importam mais. Pilar achava era bom. E divertido. Então, tocava era fogo. Quando uma ganhava, ela abraçava, elogiava, botava nas nuvens. A outra, descascava. Chamava de nome, dizia que não estava sintonizada. Depois, ia rir escondido com a que ganhou. O engraçado era que, mesmo sabendo como era quando elas saíam vitoriosas, as duas caíam direitinho na sua vez de ir pro fundo. Então, Pilar aproveitava. Podia confiar mais desse jeito.

Mas tinha vez que as brigas eram por coisa séria, como a hora em que discutiram se o povo merecia ou não uns dias de folga depois da reforma da Casa Branca. Madalena insistia que sim, que iam ficar doentes, os pobres. A rival mantinha o pé firme dizendo que o descanso só serve para causar leseira e deixar a mundiça livre para pensar besteira. Tinha visto isso no hospital, no centro espírita e em todo canto em que havia andado.

João e Caio, que agora se sentiam na obrigação de opinar, deram palpites. Bandearam para o lado da Irmã e do descanso.

— Isso é só porque querem vadiar também! — protestou Noemi.

Não estava de todo errada. Em praticamente nada. Mas aquela pendenga ela perdeu. E nunca mais perdoou os dois por isso.

†

Dezoito pessoas. Seis a menos que na semana anterior, incluindo duas recém-chegadas. Pela cortina, do lado de dentro, Pilar tornou a espiar, recontando para ter certeza. No escritório, que de repente ficou pequeno, parecia um bicho enjaulado.

Caio, que naquela noite estava encarregado de trazê-la de volta após a preleção, pediu calma. Não era feriado. Não tinha correria no comércio, eleição nem crise que não fosse a de todo dia. Nada de extraordinário para culpar. Eles simplesmente não tinham ido. Mas devia ter uma explicação.

— Eles estão me abandonando, é isso? — interrompeu Pilar.

Ela tinha dito aquilo mesmo ou só pensado? Recompôs-se. Não devia se mostrar tão vulnerável.

Tarde demais. O rosto do sargento era pura piedade. Ela explodiu.

— Tu estás achando que é homem suficiente pra ter pena de mim, é? — gritou Pilar, bem alto, para os dezoito de fora ouvirem também. — Borra-botas de merda, soldadinho de guardar quintal...

Ele tentou convencê-la do contrário. Explicou que era de preocupação o olhar. De culpa, até, porque, afinal, ele tinha apoiado a decisão de dar um descanso para o povo. Uma saída com dignidade para os dois, ela havia de concordar. Continuou gritando, só um pouco menos:

— Eu sabia que isso ia acontecer. Mas vocês, em vez de prestarem atenção nos sinais, ficam achando que o apoio um do outro resolve. Não resolve. A verdade sou eu, tá entendendo? Eu. E Agostinho, cadê?

O sargento contou o que lembrava. Ele tinha ido a Belo Horizonte visitar a mãe. Tinha avisado e tudo.

— Mas tu és burro mesmo, não? E eu não acabei de falar? Claro que ele avisou. Eu disse que sim pra testar. Mas ele tá solto das ideias... Devia ter captado. Visto na minha cara. Liga o telefone para ele. Cuida!

Caio obedeceu. Mandou chamar o amigo sacerdote e, do lado da mentora, ouviu o carão atômico acontecer.

— Agostinho? Foi pra Minas, é, Agostinho? Avisou, claro que avisou, seu fofo. Você quer a proteção de Olomô, mas quer tudo mastigadinho na boquinha, né? Por isso foi ver a mamãezinha? Ela te dá comidinha na boquinha? Então, se você quer mastigado, aqui vai o mastigado: sua mãe agora sou eu, Agostinho. Mãe Pilar... Não... Não interessa, Agostinho... Agostinho, me respeita... Me respeita... Cala essa boca que eu tô falando, Agostinho. Aproveita o colinho aí, então, pra pensar, Agostinho. Porque você vai ter que escolher: sua vida passada ou a nova... Agostinho, para de explicar... Eu não quero ouvir. — E bateu o telefone com força.

A mentora ergueu o peito e abriu caminho bufando feito boi brabo, quase passando por cima do policial.

— Diz pra Noemi estar aqui amanhã de manhã. Tu mais os outros dois podem sumir da minha frente até segunda-feira.

Não voltou mais naquela noite.

Sozinha no quarto, Pilar abriu a gaveta da cômoda e tirou de uma caixa de madeira uma foto antiga – a mãe e a tia. Essas sabiam trazer o povo de volta, semana atrás de semana. O que será que faziam? Desdobrou um velho recorte de revista: a foto dos bispos cancrudos que a expulsaram da igreja. Levava como motivação – um dia, ia provar para aqueles dois... Lembrou-se da conversa que haviam tido. Talvez tivessem razão: a mundiça precisava de mais do que palavra bonita. Era como se eles rissem de dentro da fotografia, debochando do chabu iminente. Do pai, não tinha foto, mas havia carregado a Bíblia que ele usava em suas pregações. Um troféu.

Seus olhos então brilharam, como brilhavam desde menina, toda vez que tinha uma ideia saliente. Abriu o livro sagrado num trecho qualquer, bem do jeito que Ribamar odiava. “Isso não é livro de adivinhação”, diria ele. No alto da página, era o diabo que falava.

Interessante. "Se és o filho de Deus, manda esta pedra transformar-se em pão", disse ele ao faminto messias, depois de dias meditando na volta do rio Jordão. Ela conhecia o trecho inteiro. "Nem só de pão vive o homem", disse o filho de Deus. O que será que aquilo queria dizer? Pilar olhou para cima, em desafio. Talvez Ribamar a observasse lá de cima. Afronta completa. Já sabia o que fazer.

†

Noemi nunca tinha usado sutiã nem desodorante. Genética premiada: extremidades firmes, dobras secas, ela dizia. Era uma criatura de costumes simples. Acordava cedo, trabalhava duro, seguia as regras. Gostava mesmo era de disciplina. De pequena, queria ser militar. Só desistiu quando ouviu do pai, esse sim oficial da Marinha, que nas Forças Armadas ninguém leva mulher a sério. O plano B foi a enfermagem. Aos trinta e poucos anos, já era chefe do serviço em um dos maiores hospitais da cidade. Seu estilo era duro e rigoroso, não era de fazer amigos, mas quem estava ali para cultivar amizades? Ela estava ali para seus pacientes. E pelas mulheres, para ser um exemplo. Quem não se ajustasse que encontrasse outro emprego.

A única janela para uma vida fora do hospital era o centro espírita. Poucos entendiam como uma mulher tão rígida e racional podia ser tão espiritual. Desde moleca, tinha frequentado de tudo. Umbanda, quimbanda, daime, jurema, budismo, hare krishna... Nos últimos tempos, kardecismo. Não chegava a incorporar espírito nem a fazer curas, mas ajudava quem fazia – o que confundia muita gente. Ela não se importava. Compreensão alheia não era sua busca. Mas reconhecimento e responsabilidade eram. Ela queria poder ajudar mais. Como, após anos de apoio dedicado, ainda não havia conquistado o respeito dos donos da casa, tinha deixado a dúvida crescer: seria o espiritismo o lugar certo para ela? Foi quando conheceu um sujeito tímido, que carregava um par de pratos de bronze como se fosse um desses macaquinhos de brinquedo, todo orgulhoso e exibido. Ele lhe falou da menina anunciada pelos anjos. Uma messias viva, e mulher!

Foi amor de supetão. Amor mesmo. O modo como Pilar falava, comandava, tomava o controle... "Quando eu crescer, quero ser assim", pensou, brincando consigo mesma. E, de repente, lá estava ela, a mentora. Tomando banho de sol só com a parte de baixo do biquíni.

— Senta aí. Vem pegar um sol comigo.

— Hoje? Ih... tô sem maiô, mentora — respondeu ela, com um pesar legítimo.

— Fica de calcinha mesmo. Se aparecer algum homem, a gente dá uns cacarejos.

Noemi obedeceu, entusiasmada pela intimidade. Tirou a bermuda, mostrando suas pernas longas e bem-feitas. Depois, a camiseta. Sem constrangimento, deitou na grama, sobre a saída de praia emprestada, e ofereceu o jornal que carregava embaixo do braço.

Pilar escolheu um caderno e passou um tempo lendo algumas páginas, quieta, até que soltou um grunhido curioso, desses para chamar atenção mesmo. Apontou uma matéria não muito grande, bem no meio da página. Em um salto, Noemi estava lá, de joelhos, tão perto que seus peitos se amassavam contra o braço de Pilar. Eram mais duros do que a mentora podia imaginar.

A notícia falava de um incêndio. A foto era familiar. Apesar de destruída, elas reconheceram a portaria do prédio de onde foram praticamente expulsas antes da Casa Branca. Não fosse a ação ligeira dos bombeiros, seria tudo cinza... Coquetel molotov, dizia o jornal, uma garrafa cheia de querosene e uma estopa como pavio. Bomba caseira. Pilar sabia. Lembrava-se bem do efeito, do som do vidro quebrando, do fogo derramando pelo chão e subindo pelas cortinas, devorando o teto. Os olhos queimando por causa da fumaça. A sensação da pele borbulhando, do pulmão ardendo...

— Tudo sabrecado — disse Pilar, como se fosse nada. — Praga minha pega rápido. E esse peitão, duro desse jeito, como pode?

— Deve ser milagre, mentora. Nem sutiã eu uso — disse Noemi, como se ninguém soubesse.

Voltaram ao banho de sol. Lá pelas tantas, Pilar falou de novo, num fingimento de quem só tinha se lembrado daquilo naquela hora:

— Você estava era certa, não sabe?

Nem carecia de explicar mais. Caio havia dado o recado completo.

— Mas queria conversar de outra coisa...

O dia estava mesmo para Noemi.

†

A caravana de carros novos chegou na hora marcada. Dirigiram quase uma hora até o abrigo na serra da Cantareira. Uma multidão de mendigos aguardava, ansiosa. Noemi foi a primeira a se aproximar.

— Saudade de você, menina! — disse a mocinha do lugar. — É o pessoal da igreja?

Pilar seguiu sem cumprimentar. Sem arrimar em nada. E mal prestando atenção. Já não tinha certeza se deveria ter ouvido a sugestão de Noemi. A assistente social mostrava o lugar, explicando o trabalho que fazia ali com o povo da rua. Os excluídos: doentes, abandonados, perdidos, viciados. Um povo largado pela sociedade. A não ser que os anjos enviassem alguém de vez em quando, aquela gente não tinha chance. Quanta ironia para uma frase só.

As mesas estavam postas na rua mesmo. Agostinho, que ainda tentava se redimir, levou as panelas de feijoada dos carros (duas delas; as outras deixou lá por causa de espaço). Cheiravam bem. João organizou a fila e só parou de trabalhar quando Pilar o mandou embora. Ele tinha algo mais para fazer.

— Calma, minha gente! Dá pra todo mundo repetir três vezes — gritou, do fundo, Irmã Madalena, cuja vestimenta deixou a coordenadora do lugar levemente confusa.

— Tem mais boca do que a gente esperava — corrigiu Agostinho, num sussurro. — A feijoada era pra quinze. Vinte, no máximo. Só eu já contei mais de cinquenta.

Pilar sorriu. Mandou que servisse, que ela cuidaria do resto.

De longe, Noemi e ela, de braços dados, observavam a movimentação.

— Cadê o Caio? — sussurrou Pilar.

— Churrasco com o povo do trabalho. Não podia faltar, ele disse.

Logo o cabra que tinha visto sua reação com o Agostinho aprontando uma daquelas? Não era hora de dar piti na frente daquela gente toda, porém. Agostinho tinha razão: eram para mais de cem homens, mulheres e meninos, todos felizes com a caridade.

A mundiça comia. Mataram as duas panelas, vieram as duas últimas, Agostinho suando, antecipando a revolta. Os "excluídos" mastigavam com a boca entuchada de mais arroz, farofa e feijão do que cabia. Babas e restos lhes escorriam pelos cantos da boca, desenhando um rastro limpo no rosto coberto de fuligem. Uma selvageria. Nem em Codó Pilar se lembrava de algo assim tão sem educação. Comiam e voltavam para a fila. O desespero foi crescendo. Vai faltar. Vai ser um caos.

— Essas são as últimas panelas, mentora — disse Agostinho, quase chorando. A multidão rosnava.

— Vai no carro agora, então. Onde estavam as panelas vazias de antes, você as encontrará cheias de novo — disse Pilar, um tom mais profético do que de costume.

Agostinho catou mais dois e foi. E, para seu encantamento, as panelas vazias que tinha deixado no carro estavam até a boca. Ele ainda voltou mais uma ou duas vezes para reabastecer, e as panelas que ele mesmo tinha deixado lá, limpas de ver o fundo, estavam prontas de novo com o feijão. Um milagre. Dali mesmo começou a espalhar. O mundo precisava saber. Ele mal podia esperar para contar para o resto do grupo. Salve!

— Pilar multiplicou a comida que nem... — Ele não conseguiu completar a frase, de tanta emoção.

— Que maravilha! — respondeu Noemi, as palmas grudadas em sinal de reza e um olhar de orgulho que deixaram o moço confuso.

Alheia ao conversê, a coordenadora pediu a palavra, e pararam todos, no mais respeitoso silêncio.

— Em nome de todo mundo aqui na Cantareira, eu queria agradecer o carinho de mãe Pilar, de nossa velha amiga Noemi e de todos que vieram ajudar. A gente precisa muito de gente bondosa como vocês para alimentar essas mais de quarenta famílias que, sem essa ajuda, não teriam nem uma boa refeição por semana. — Ela aplaudiu, e todo mundo a seguiu.

— Salve a milagreira do Maranhão! — gritou alguém do fundo.

Os que terminavam se levantavam para acompanhar. Pilar estendeu o braço num agradecimento quase legítimo. O arremedo de graça estava cumprido. Era hora de sair dali. Mas não podia, seguiam todos em sua direção. Sentiu o capeta lhe lamber o bucho. Pelas ventas ou pelos olhos, ela já não sabia, cheirou o lixo e a urina aumentando conforme se aproximavam. Aquele monte de farrapos, cabelos desgrenhados, malcuidados, piolhentos... Isso não estava nos planos. Pensou em correr. "Tome tenência", disse para si mesma. Estava ali a trabalho, fizesse o que tinha que fazer.

Noemi, numa mágica de própria conta, interrompeu o movimento.

— Mãe Pilar da Anunciação, pessoal! A milagreira do Maranhão! — E puxou uma salva de palmas.

Ocupados com os aplausos, os mendigos pararam de seguir. Mais um motivo de orgulho para a operação impecável de Noemi, que observava, aproveitava e calculava os riscos, tudo ao mesmo tempo. Da ideia à execução. Era só João manter o bico calado que, no dia seguinte, o grupo inteiro falaria do assunto. Já Madalena, essa não fazia diferença se soubesse, se visse como Pilar havia conseguido a façanha. Não ia ser besta de contar para ninguém.

Foi quando um urro de dor rasgou-lhes as orelhas.

Um mendigo no chão. A mão no peito não era um bom sinal. Os olhos do indivíduo se cruzaram com os de Pilar, e ele apagou. João Batista, que tinha se despedido fazia mais de hora, chegou primeiro. Teria estragado tudo, tivesse alguém notado a roupa toda suja de feijão. Sorte de Noemi que o banzé era grande demais para esses pormenores. Ele teve tempo só de endireitar o desgraçado, porque em seguida chegou a ruiva, com sua pose de enfermeira chefe, abrindo espaço e distribuindo ordem. Checou pulsos e pescoço e tentou esconder a preocupação. Rapidamente, abriu a camisa e começou a massagear o coração do pedinte. Pressionava dez ou quinze vezes, depois sapecava a boca na barba suja de sopa e migalhas sabe-se lá de quê.

— Alguém chama uma ambulância! — gritou ela, antes de voltar à respiração boca a boca.

Nada. Uma mancha escura e molhada se espalhou ao redor do homem, bem na altura dos quadris.

— Quando mija nas calça, fodeu — alguém declarou ao fundo.

Noemi ergueu o rosto para os céus, desolada e confusa. O caboclo tinha que bater a caçoleta mesmo, bem ali, justo em seu dia de glória? Não existe feijão nem milagre que supere história de morte. Agora isso era tudo de que iam falar, e Pilar nem ia se lembrar do que ela havia armado. Por quê, meu Deus? O que ela tinha feito para merecer tal desalento? Foi aí que uma imaginação perigosa lhe passou pela cabeça. Na dela e na de todo mundo ali. Não era santa? Talvez houvesse um porquê para o piripaque.

Foi um silêncio de mudo fugindo. Quieto e desesperado. Todos aguardando Pilar. Ela não tinha feito um milagre com a comida? Tornasse a fazer outro, então! A mentora engoliu um gole de vento, fez força para descongelar as pernas e rumou para os pés do falecido.

— Laroiê, laroiê, laroiê! — sussurrou com força, numa súplica que só ela poderia entender. Quando estava perto o suficiente para que o homem caído a ouvisse, encheu os pulmões e, quase com segurança, gritou: — Levanta daí e anda, criatura!

Ousadia patética. Dava para ler o choque dos mendigos em volta e o arrependimento no rosto da mentora. Madalena chegou bem perto e tentou carregar Pilar pelo braço antes que ela escangalhasse de vergonha. Mas Pilar não era mulher de fugir de embaraço. Por teimosia que fosse, resolveu continuar:

— É uma ordem, homem. Levanta e anda! — insistiu ela, com um pouco mais de segurança.

Mais uma vez, nada. Agora, João estava ao lado de Madalena. Pilar queimava de humilhação. Levanta e anda? Como Lázaro no evangelho? Havia perdido a noção do ridículo? Pilar se xingava em silêncio. Tinha perdido a dignidade, mas não podia parar agora. Seu rosto se fechou.

— Laroiê! Laroiê! Laroiê! — disse ela, dentro da própria boca. E arreganhou os beiços mais uma vez. Dessa vez, soou feito um trovão:

— Pela última vez, em nome dos céus e da terra, pelo poder que me deu meu pai e os anjos que me conceberam, pela força de Jesus, dos orixás e de Olomowewê, levanta daí e anda, homem de Deus!

Contaminada pelo nervo de Pilar, Noemi voltou à massagem cardíaca, agora com intensidade dobrada.

— Uma, duas, três, quatro... — contava ela, quase quebrando as costelas do miserável. — Cinco, seis... Levanta, infeliz! — E, de repente, como num milagre de verdade, o sujeito pareceu se mexer. — Sete, oito... Vai! Vai! Vai!

O cabra, então, explodiu num espasmo e tossiu forte, virando o peito de lado no chão, rolando sobre a própria urina em busca de ar. Vomitou toda a comida mal mastigada de uma só vez.

Foram sinais de cruz, gritos, ajoelhos para todo lado. Quem viu viu – e gritou. Só Pilar e seus súditos se calaram. Madalena e João tornaram a insistir e, por fim, arrancaram Pilar de lá. Noemi permaneceu prostrada ao lado do homem, feito uma estátua, com cara sincera de besta.

34.
SANGUE

Naquela noite, não era a morte que o esperava. Era Noemi. Tarde, na porta de sua casa, como um policial guardando uma cena de crime. Irônico, no mínimo.

— Um recado da mentora — disse ela.

— Você podia ter ligado — respondeu Caio, muito mais relaxado do que de costume. Cheirava a cerveja. — Mas entra que eu abro mais uma pra nós.

Outra pessoa teria achado simpático, mas não Noemi, que tinha telefonado mais vezes do que queria admitir. Tinham ficado trancados no apartamento por não mais que meia hora quando Noemi abriu a porta e saiu.

— Quinta-feira, oito da manhã — recomendou, com ar de bedel.

Ele acenou com um sorriso forçado, escondendo a culpa profunda.

†

Ele pensou em pegar uma carreira e não aparecer nunca mais. Tomar o ônibus errado, para o outro lado da cidade. Aí imaginou a mãe olhar lá do céu, balançar a cabeça em reprovação e decidiu encarar a sova de orelhas que ia levar. Era justo. Ele estava lá, do lado do telefone, quando Agostinho tomou a dele. Custava ter aprendido? Mas não, Caio tinha que estragar tudo trocando um dia de milagre por uma cervejada com gente de quem ele nem gostava tanto, tudo por causa de uma promoção que não valia nada. Queria morrer. Mas frouxo, isso não era. Ia enfrentar.

Noemi e o policial tinham chegado praticamente juntos, malas na mão. Ela, um pouco antes, mas esperou, por solidariedade. Passada a gritaria, ele haveria de ver, mudar para a Casa Branca era uma honra sem tamanho.

A vista do sargento ficou grudada no chão de quando a campainha tocou até a porta se abrir. Ele fechou os olhos. Por dentro, tremeu. Noemi entrou sem dizer nada, e ele ficou sozinho com Pilar, ali embaixo do batente. Sentia o cheiro dela. Reconhecia as sandálias, até. Estava pronto. Só que o carão não veio.

Ele achou que ia vomitar. A decepção era tão grande assim?

— Entra, meu filho — disse Pilar, docinha que nem melado.

Eles se sentaram. A mentora parecia preocupada, dessas preocupações que doem e tudo. Passou a mão carinhosa no rosto de Caio.

— Não te avexe, não, meu filho. Vai ter mais milagre para tu veres.

Pela casa toda, ninguém entendeu - porque todo mundo fingia que não, mas escutava quietinho. Contra a vontade do policial, a Santinha de Codó segurou a alça da mala menor e o ajudou a carregar tudo para cima.

— Vou precisar de ti aqui a partir de agora. Ainda mais nesse fim de semana, que vai ser importante. Mas vais ter que prometer que acabaram as bestices. Combinado?

Ele prometeu. Até quando ficaria, e exatamente por que ficaria, preferiu não perguntar. Melhor deixar quieto, como dizia sua mãe. O tempo responde depois. A mentora largou a mala na entrada de seu quarto novo e virou de costas, a tatuagem de cobra olhando num último aviso.

— Noemi? Madalena? Escritório, agora! — gritou Pilar.

Ele fechou a porta. De dentro, ouviu os passos apertados descendo as escadas. Em sua fantasia, imaginou as duas se empurrando para ver quem chegava antes. Bem possível que tivesse sido assim.

†

O dia fresco cheirava a hortênsias, coisa rara naquela cidade que fedia a caminhão. Tão logo o sol despontou, Noemi passou pelo corredor, batendo na porta dos quartos, exceto na do da mentora. Eram pouco mais de cinco da manhã, e eles tinham a casa inteira para arrumar.

O combinado era simples. A entrada era de João Batista, que traria os convidados. Era sua responsabilidade separar curiosos e farristas. Depois de ter visto a mãe atender a toda qualidade de gente, há tanto tempo, ele tinha desenvolvido um bom olho para a coisa. A sala de estar era território de Caio – sem farda para não bater nos ouvidos do batalhão e porque amigos de quartel poderiam aparecer. Mas que carregasse distintivo e cassetete para impor respeito. A partir daquele dia, o movimento ia aumentar, e Pilar não queria ninguém se engraçando de arrumar confusão. As sacerdotisas ficariam com o escritório, onde Pilar tinha mandado deixar apenas um banquinho, suas pilhas de livros e dois pares de olhos observando tudo: a Saracura empalhada num canto, a estátua de Santana no outro. Era lá, sob a vigília de pedra das duas, que Olomô faria suas cirurgias espirituais. O avental branco, as ferramentas cirúrgicas, os vidros de antisséptico e álcool... Noemi pegou o que pôde do hospital, mais para fazer cena do que para uso de verdade. Irmã Madalena, por sua vez, cuidou dos pequenos sacos de plástico cheios de pedaços de carne, fígado, miolos e miúdos em geral, que ela e a enfermeira levariam dentro dos bolsos. Um pouco de picadeiro para animar o dia, havia explicado Pilar. Fizessem direito, não tinha como errar. O resto – fins, meios... Quem se importava com essas bobagens?

Às dez em ponto, João saiu para abrir o portão. Voltou correndo, os olhos quase caindo da cara. Centenas de criaturas de branco caminhavam na direção da casa. A fila já fazia até zigue-zague para caber na rua. Uma cena que, aos desavisados, trazia lembranças nefastas do suicídio dos fiéis de Jonestown, que havia aterrorizado o mundo poucos anos antes. Teve até vizinho querendo ver o que estava acontecendo. Para os sacerdotes de Pilar, no entanto, aquilo era uma pintura sagrada. Um Michelangelo moderno.

Acomodaram quem foi possível na sala de estar, de acordo com a ordem de chegada. O restante ficou sentado no jardim. Tanto num ambiente como no outro, quem ainda não sabia ouvia histórias de como Pilar tinha ressuscitado um mendigo, um leproso, um fiel, um estranho... Cada versão era ligeiramente diferente das outras.

Noemi usou seus pulmões fartos para interromper a zoada:

— Quem for chamado deve se dirigir até a sala do fundo, onde serão realizados os procedimentos. Na hora de ir embora, deixe sua doação naquela cesta grande ao lado da porta. O que for, do valor que puder dar. Deus sabe quanto você ganha e vai saber se você está sendo pão-duro ou agradecido. — Fez uma pausa e concluiu: — A mentora mandou avisar que verá todos vocês.

Os sacerdotes serviam a água que Pilar tinha batizado horas antes. Algumas gotas de fé diretamente de Jerusalém, outras de cura colhidas na Nova Zelândia, canalização do Equador, mais algumas orações e pronto. Na cirurgia espiritual, a poção era o equivalente à anestesia. Quem não quisesse não precisava tomar, mas com ela o efeito seria maior, e as dores, menores. Praticamente todos tomaram, mesmo quem não ia se operar.

Só faltava *ela* aparecer.

Quando Pilar desceu a escada, era como se fosse feita de luz. Sua maquiagem, leve e sem exageros. Os cabelos escondidos por um lenço de seda do cor-de-rosa mais vibrante que já se viu. Entre um passo e outro, o corpo se revelava, às vezes e aos poucos, por trás de uma delicada túnica indiana azul-turquesa com pedras formando desenhos complicados. As cores, das roupas e da pele, contrastavam com o resto. Pilar parecia ser de outro planeta. E, pela nobreza e suavidade, um bem mais evoluído que o nosso.

Por instinto, todos se levantaram. A guru caminhou devagar entre eles, estendendo as mãos como se fossem antenas captando cada vibração, cada pensamento, cada fragmento de conversa. Fechava os olhos, de vez em quando, para se concentrar em algo que captava, depois prosseguia. Foi até a porta do escritório, onde suas duas assistentes lhe colocaram o avental branco e grosso, e voltou para a sala.

De longe, tirou uma fotografia mental e juntou as palmas na frente do rosto. Ficou ali quieta por quase um minuto, quando finalmente aconteceu.

— Eita, exa!

Há quem conte que o chão chegou a tremer.

— Oxês que vêm aqui cum fé vaum saí daqui curadu. Perque eu, Olomowewê, fiia di Iemanjá, braçu direitu du Deus dus Deusi, madrinha da irmã de Crixto... tô aqui. E hoji quem eu cuidá vai fica zerim, zerim. É issu qui oxeis qué, num é, exa?

O burburinho pareceu afirmativo.

— Oxê... — Olomô se chegou a uma senhora que, minutos antes, Pilar tinha reparado, fazia cara de dor e enjoo e apertava a região do fígado com uma das mãos. — Tá cum pobrema nu figo, num tá?

A senhora concordou, impressionada. Ela tremia um pouco. O espírito no corpo de Pilar ergueu-lhe a blusa, sem se importar que seu sutiã aparecesse para quem quisesse ver. Com a unha, traçou uma linha vertical sobre a barriga e outra sobre as costas da mulher. Com uma mão de cada lado, forçou a ponta dos dedos para dentro do corpo, suas falanges se perdendo na gordura flácida. A mulher fez uma careta de dor.

— Guenta! — disse Olomô. Apertou mais, movendo os dedos como se procurasse alguma coisa. Quando soltou o abdome de uma só vez, a senhora desmaiou nos braços da jovem que a acompanhava.

— Bota uma pasta di pé-di-saracura po fora e chá de bordo pra dentru qui si ela tem fé em duax semana vai começá a si senti meió.

Olomô voltou-se para a sala mais uma vez e apontou para uma mocinha, de sardas e grandes olhos azuis, que parecia não estar acompanhada. Caio não tinha percebido a menina até então e, quando seus olhos se cruzaram, por um segundo, tanto ele quanto ela perderam a noção de onde estavam. Uma palma ao lado do ouvido a trouxe de volta.

— Oxê, cabrita, vem cá. Tá xojinha, exa? — interrompeu Olomô, impaciente com a distração.

Noemi reconheceu a adolescente com bunda de marquise. Nunca mais a tinha visto por ali.

— Tô, sim, senhora — respondeu a menina.

— Oxê tá cum dô?

— Minha cabeça... dói muito, todos os dias. Eu já até desmaiei.

— Vem cumigo.

A menina acompanhou as duas sacerdotisas até o escritório. Parou sob a porta, num momento de aperreio, e procurou o rosto do sujeito que fazia a segurança, aquele com olhar gentil. Caio sorriu e fez que sim com o queixo, devagar e tranquilo. Ela estava em boas mãos. A menina respirou fundo e entrou.

Irmã Madalena fechou a porta e espalhou algumas folhas de jornal sobre o chão, Noemi derramou álcool nas mãos de Pilar. Enquanto elas secavam, a enfermeira, como numa cirurgia de hospital, lhe ofereceu os instrumentos: um bisturi, um punhal. Pilar escolheu o punhal e mandou a ruiva ficar na frente da paciente, a freira nas costas. A freira deixou escapar uma expressão de satisfação, como se tivesse finalmente vencido uma briga contra a dona dos peitos amostrados. Noemi, que fingia não se importar com a disputa, segurou a mão da menina, orgulhosa de sua função. Alheia ao embate, do meio da sala, de pé sobre o jornal, a menina pensou em correr.

— Olha bem nos meus olhos, ok? Não tira eles dos meus por nem um segundo. — A enfermeira parecia segura do que fazia. A paciente confirmou. Se manteve congelada naquela posição enquanto sentia a lâmina lhe riscar o couro cabeludo e, depois, uma ponta dura lhe martelar o crânio. Ela sentiu algo se quebrar e soluçou em desespero. — Olha pra mim. Tá tudo bem — disse Noemi. — Qual é seu nome?

— Sílvia.

Não devia ter mais de dezenove anos.

— Por que você veio sozinha? — continuou a enfermeira, tentando distraí-la enquanto ela sentia as mãos de Olomô manipularem sua cabeça.

— Você está sentindo a mão de Olomô? — perguntou Irmã Madalena, de suas costas.

— Estou — respondeu Sílvia, apavorada demais para se mexer.

— Onde?

— Dentro...

— Dentro de onde?

— Da minha... cabeça.

— Está acabando — acalmou Noemi.

Sílvia ouviu barulho de gotas grossas, talvez pedaços de alguma coisa, caindo sobre o jornal, e fechou os olhos em agonia. Olomô puxou o braço de uma só vez e mais respingos estalaram sobre o chão. Sílvia gritou e virou-se para trás. Não acreditava que tinha ido até ali. Queria fugir, mas era tarde demais. Um erro, aquilo tudo, um erro. As condições sanitárias, a mulher lhe mexendo na cabeça com um punhal! Ela precisava de uma ambulância. Sentiu a sala rodar.

— Respira fundo — comandou a enfermeira.

Ela obedeceu. Pilar deu a volta e examinou os olhos da paciente. Sílvia notou que Pilar tinha sangue até os pulsos. O punhal também. Era o fim. Ela já não conseguia se mexer. Lutava apenas para não desmaiar e contaminar sua ferida aberta no que quer que estivesse no chão. Sangue, jornal, pó...

— Agúia — disse a voz às costas.

A menina sentiu sua cabeça ser costurada a seco, sem anestesia nem nada. A dor não era muita, como se as picadas fossem mais superficiais, ela tinha que admitir. Mas, ainda assim, era assustador. Noemi abriu um sorriso tranquilizador: estava tudo terminado. E a virou de frente para Pilar.

O avental, antes branco, agora tinha manchas vermelhas de vários formatos. Sílvia cobriu a boca e o nariz com as duas mãos, em absoluto horror. No chão, pequenos pedaços de carne cor-de-rosa e grandes marcas redondas em vermelho-escuro. Ela achou que ia gritar, mas não tinha força. A freira guardou alguma coisa nojenta no bolso. Ela preferiu não perguntar.

— Num é pra mexê até aminhã — recomendou Olomô. — Foi ponto ixpiritual. Aminhã tá bom. Oxê xabe o que tinha aí dentru?

Sílvia fez que não em silêncio, com medo da resposta.

— Moxtra pra ela, Mardalena.

Então, a Irmã, que também estava respingada de sangue, embora não tanto quanto a mentora, estendeu a mão igualmente sangrada e abriu os dedos, revelando uma pasta de carne marrom e esponjosa misturada com restos cor-de-rosa quase brancos, como se pedaços de carnes diferentes tivessem sido espremidos numa massa disforme.

— Cânxe, oxê tinha, exa. Ia morrê em duax semana. Pur ixo eu mandei chamá oxê aqui, tá xerto, exa?

— Câncer — cochichou a Irmã, para ter certeza de que ela entendia.

Ter triscado na morte não é notícia que assenta ligeiro. Sílvia deixou o escritório com andar de leso. Da sala, quem tinha o ângulo certo conseguiu enxergar o estado do aposento, a feiura e o horror saltando mais que tudo. O sangue no chão, nos aventais... De repente, dois grupos, um de duas pessoas e outro de três, se levantaram e fugiram pela porta da frente sem dar explicação. Sílvia, apoiada no braço de Noemi, seguiu com dificuldade até um tamborete bem ao lado do sargento Favacho, onde foi deixada para se recuperar.

— Quando ela recuperar a cor, você deixa ela ir, tá bom? — disse a enfermeira para Caio. Depois, virou-se para a jovem de sardas: — E você, amanhã venha aqui de novo, lá pelo fim da tarde. Combinado?

Os dois sacudiram a cabeça, e Noemi voltou para o escritório, onde ficou pouco tempo antes de voltar ao salão e apontar para um homem de bigode e sua mulher. Eles levantaram, mas Noemi indicou que apenas o doente poderia entrar. O homem apertou a mão e beijou o rosto da esposa, como se fosse ela em perigo, e entrou com uma segurança falsa tão gritante que chegava a comover. Assim que a porta se fechou, ela começou a chorar. Do outro lado da sala, Caio ofereceu um copo d'água para a jovem Sílvia. Não falaram nada, porque não era a hora. Mas eles sabiam. Ambos sabiam. Ela tomou a água e se pôs de pé, ainda trôpega.

— Você tá dirigindo? — perguntou o guarda da porta.

— Não. Táxi — disse ela, tão baixo que ele teve que aproximar o ouvido para entender. Ela cheirava bem.

Sílvia esbarrou na cesta e se lembrou do combinado. Caio, discreto, manteve o rosto virado noutra direção. A menina tirou a corrente de ouro do pescoço, o anel e todo o dinheiro que tinha na carteira, deixou tudo no cesto e seguiu seu caminho.

— Peraí — interrompeu Caio. Ele esticou a mão até o cesto e tirou três notas vermelhas de cem cruzeiros. — Para o táxi.

Ela abriu um sorriso – que parecia mais de dor que de agradecimento – e se foi.

Pelo resto da tarde, depois noite adentro, Pilar cumpriu o combinado. Recebeu cada um deles. A maioria, despachava da sala mesmo, com uma receita do que tomar. Alguns, em bem menor quantidade, foram parar na sala de operação, e cada vez novas marcas de sangue surgiam no avental de Pilar e mais um frouxo fugia antes que chegasse sua vez.

O último paciente se foi por volta das três da manhã, quase dezessete horas depois de as portas terem sido abertas. Moídos que estavam, com fome, sono, sede e muita dor, ninguém teve coragem de fazer inventário das doações arrecadadas. O cesto mal fechava de tão cheio.

†

No dia seguinte, às oito e meia, João acordou com a zoada do interfone. Tinha dormido com as roupas da véspera, tão cansado estava. Olhou pela janela, uma preguiça da gota. Um casal. De branco. Alguém tinha entendido o convite errado?

— Deixa que eu abro! — gritou Pilar, do corredor.

João desceu a tempo de encontrar a dupla entrando.

— Oi, João — disse o homem.

João se lembrava daqueles dois. De onde? Não era do Codó. Talvez de Brasília? Da igreja? Sim! Eram a mulher e o marido que contavam que Pilar havia salvado o sujeito de um falso infarto, com uma mordida! Claudete e... Qual era o nome mesmo?

— Pastora... — cumprimentou Claudete.

— Mentora — corrigiu Pilar.

— Mentora... A gente ouviu falar sobre as coisas que a senhora tem feito, os milagres... A senhora... salvou meu marido uma vez... Será que mereço que... — quase perguntou Claudete.

— Depende — respondeu Pilar, muito séria. — Tá fazendo o que eu mandei? — Depois, riu do casal encabulado a quem, anos atrás, havia recomendado uma terapia dobrada de pouca-vergonha.

Mandou que o marido se sentasse no sofá e caminhou com a mulher para o escritório, onde ficou por dez ou quinze minutos.

O homem orou em sussurros até ser interrompido pelo som da porta se abrindo. Saíram de lá Pilar, com seu riso aberto, e Claudete, chorando.

— Vai ficar tudo bem. É só vocês terem fé.

— Mas o sonho... — perguntou o marido.

— Foi bom vocês terem vindo. O sonho foi premonição. A gestação ia se desenvolver pro lado errado e iam morrer mãe e filha. Mas eu fiz um trabalho aqui e pronto. Agora é só vocês orarem com fé que vai dar tudo certo.

O casal a abraçou com agradecimento sincero. Limparam o rosto com a manga da roupa, e ele tirou do bolso uma carteira que devia estar lhe entortando a coluna.

— Ouvi dizer que...

— Não carece, não. Ninguém faz nada por dinheiro aqui nessa casa — disse Pilar. — Sabe o que que prefiro? Que vocês se mudem para São Paulo e venham orar com a gente toda sexta-feira para eu poder olhar essa gravidez de perto.

Pilar lhes abraçou mais uma vez e subiu antes que eles fossem embora.

— Se vocês quiserem fazer uma doação para o fundo de conservação da casa... — disse João enquanto os acompanhava até a porta.

— Claro! Quanto as pessoas normalmente doam?

— Cada um decide, mas, quando a graça é importante, normalmente as pessoas dão o valor de um mês ou dois do salário... combinado da família.

O casal engoliu em seco e fez o cheque.

†

Após um sábado de curas, um domingo de leseira. Ninguém fez muito. Mal se falaram. A primeira movimentação na casa desde a visita inesperada foi quando Caio desceu com um livro e seu violão.

— Posso mostrar uma coisa, mentora?

Ela tomava sol no jardim. Com ambas as partes do biquíni, dessa vez.

— Mostra.

O sargento colocou a palheta na boca, a viola apoiada sobre a perna. Procurava a página certa quando o interfone tocou. Pilar apenas indicou que ele continuasse, João resolveria a porta. O policial seresteiro encontrou o texto que procurava. Uma poesia.

Devagar, começou a dedilhar uma melodia doce e lenta, que fez com que os olhos de Pilar marejassem só de ouvir. Ele esticou o pescoço na direção do livreto e seguiu a cantar:

De bom amor e de bom fogo claro
Uma casa feliz se acaricia

Pilar sorriu satisfeita quando viu a menina sardenta se aproximar atrás do tocador. Caio estava concentrado demais na melodia para entender o que se passava a suas costas.

Basta-lhe luz e basta-lhe harmonia
Para ela não ficar ao desamarro

A pequena sentiu as bochechas queimarem. Será que alguém percebeu? Por um instante, esqueceu o que tinha acontecido na véspera.

Um sentimento quando é nobre e raro
Veste tudo de cândida poesia
Um bem celestial dele irradia
Um doce bem que não é parco e avaro

Pilar acenou, indicando que a mocinha se sentasse na frente com ela. Dessa vez, foi Caio que enrubesceu e quase perdeu o tom. Será que era essa a menina de quem a mãe tinha falado?

Um doce bem que se derrama em tudo
Um segredo imortal, risonho e mudo,
Que nos leva debaixo de sua asa

E nossos olhos ficam rasos d'água
Quando, rebentos de uma oculta mágoa,
São nossos filhos todo o céu da casa

Que música linda era aquela? Pilar e Sílvia aplaudiram, acompanhadas de Irmã Madalena e Noemi, que surgiam do fundo, levadas por João.

— Eu que fiz. Para essa casa. Lembrei de uma poesia de Cruz e Souza que li há muito tempo e musiq...

Caio parou no meio. Pilar havia revirado os olhos. Levantou de supetão.

— Eita, exa! — gritou Olomô.

— Salve — saudou Irmã Madalena.

A jovem Sílvia de repente se lembrou do que tinha ido fazer ali. Por instinto, quase levou a mão até o ponto da operação, mas desistiu na última hora, diante da repreensão da enfermeira.

— Eu vô contá um segredo poxeis, exa. Um segredu qui eu, Olomowewê, fui fazenu pu muitchus anu, muitchus, muitchus memo. Pra mai de duzentos. Mai di mil. Toda religiaum puraí tem um livru, num é memo? A Bibra, u Coraum, u livru dus ixpritu... Cada um teim u seu, num teim, exa? Pra lê, pra ixtudá, pra passá di um pruotro... Se nói qué crescê, si noi qué sê rexpeitadu, noi teim qui tê um livro tumém. I essi livru eu já ixcrevi. Muito antis doxeis nascê e despoi tumém, eu às vezi deço e sopro umas palavra nus ovidu di gente du mundo todu. Aí exas palavra vira hixtória, poesia, pensamentu... Só qui tá tudu espaiado pu aí. Perque eu sabia qui um dia ia vi oxeis e ia discubri tudu di novu. I eu só tava ixperanu u primero começa... Oxeis num tá intendenu? Exa puesia qui exi mininu cantô é a primera a sê incontrada. Parabeins, seu puliça, agora tá na hora di oxeis incontrá u rextu.

— Éééguas! E onde a gente encontra isso, minha mãe? — perguntou João, de repente sem graça pelo entusiasmo exagerado.

— Qui neim exi mininu incontrô. Vai procurá nus livru. Qui si oxêis tivere im sintunia cumigu, eu vô soprá num ovidu doxeis, vô guiá us dedu doxeis, vô alumiá us oiu doxeis... E oxeis vão incontrá tudu qui eu ixcondi. I exi vai sê nossu segredu, pa sempri, tá xerto, exa?

O livro sagrado. Se tivesse um concurso das atividades mais importantes do mundo, seria difícil haver uma mais alta. A honra era toda deles.

35.
MARESIAS

Os tons de laranja e rosa rasgavam o céu, disputando cada canto daquele pôr do sol. O azul já tinha ido quase todo embora, ao menos de cima. Abaixo do horizonte, ela se mexia bem aos poucos, como se risse escondida do olhar abestado de João.

— Odoiá, rainha do mar! — gritou ele.

Era a primeira vez que via o oceano. Que via Iemanjá dançar, como uma areia colorida que se mexe. O codoense entendeu a cor azul-marinho naquele dia. Mas o que mais lhe encantou, vai entender, foi o som. O chiado longo, terminando num sorriso: chuááá! Aquilo, ele não teria imaginado. Naquela noite, deixaria a janela aberta. Que aparecessem mosquitos, baratas, morcegos... o que fosse. Dormiria ninado pelos sussurros de Iemanjá.

Ninguém sabia como Pilar tinha conseguido aquela casa, tão linda e arejada, tão perto da água. A construção terminava na varanda que dava num gramado que dava na areia que dava no mar, bem onde o sol nascia, explicou o caseiro. Eles mal podiam esperar para ver aquilo tudo de manhã. Até lá, bastavam as estrelas e a fogueira que João tinha arrumado como desculpa para ficar do lado de fora mais um pouco.

Pilar preparou ela mesma as caipirinhas. Fogo ateado, o sargento puxou o violão, dedilhando algumas coisas gostosas e sem rumo certo.

Tocou Baby Consuelo, Caetano, Roupa Nova, Elis. Os copos bebidos, como feitiço, enchiam-se de volta.

— Hoje não dá ressaca! — declarou a mentora, como se tivesse acabado de suspender a lei da gravidade.

Três ou quatro rodadas depois, ela mesma começou a dançar.

— "Baila comigo" — pediu.

Depois:

— Aquela do Lulu... "Perdidos no tempo"... "Achados no espaço"... "Senhores da terra"... "Homem com H"!

A trilha sonora foi carregando a noite sem pretensão, até que Pilar, com sua língua enrolada e o equilíbrio prejudicado, pediu que Caio parasse. Com dificuldade, correu ao violeiro e disse, em seu ouvido, alguma coisa que o fez perder o jeito. Ele olhou para a mentora, para o violão, para a mentora novamente.

— Tem certeza? — insistiu ele.

— Toca, anda! — disse ela, gargalhando e tropeçando nas inconveniências da areia.

Ele segurou a palheta com força e tocou o ritmo bem marcado antes de arriscar a letra sem sentido:

You and me awh! all of the time at
conga la conga quiero bailar...

Pilar ligou a saçariquice e foi puxar Noemi pelo braço. A enfermeira levantou o copo com uma mão, como se fizesse um brinde às estrelas, e saltou de pé, já rebolando:

Conga la conga...
Conga, conga, conga!

As duas requebravam como chacretes, se esfregavam e pegavam sem tirar os olhos dos homens da roda. Com as mãos na cintura de Noemi, Pilar a dirigiu até a frente de João, deixando para si mesma a audiência cativa de Caio e seu violão.

Madalena se despediu:

— Boa noite, crianças!

Pilar não parecia muito disposta a deixá-la ir tão fácil, porém. Antes que pudesse pegar lonjura, sua afilhada a puxou para o meio da roda, obrigando a freira a dançar a conga. Embora parecesse feita de madeira, Madalena até tentou. Na frente do policial, rebolou o que soube, mordendo os lábios e subindo um palmo de saia. Foi a surpresa do policial, quando entendeu que talvez ela não estivesse fazendo graça, que a trouxe de volta. Madalena, então, fincou na areia que nem pau de bandeira e cruzou os braços num protesto discreto.

Já a mentora, esta estava de volta atrás de Noemi. No ritmo da cancionice, botou as mãos nas cadeiras da enfermeira e lhes moveu para um lado e para o outro, como se fizesse um oito. Mordeu-lhe o cangote e quase lhe apalpou os peitos. Percebendo que a música estava no fim, cantou alto o refrão - não era hora de parar. Desceu os dedos pelas costelas da ruiva, depois a abraçou por trás. Botão por botão, abriu sua blusa, de baixo para cima, deixando-lhe ao vento o vale entre os peitos.

Conga la conga
Conga, conga, conga

Elas continuaram dançando, as mãos de Pilar agora por dentro da camisa desabotoada da ruiva. E, de repente, Pilar a arreganhou! Assim, de supetão. A enfermeira gritou, cuspindo a caipirinha em João, que por um segundo viu tudo que queria ver. E, veja bem, Noemi era mulher de fazer estátua! Pilar se abriu numa gargalhada tão grande que até caiu no chão. A outra foi atrás. Riram que nem duas abiloladas, quase relando os narizes, as bocas. De um lado, João acompanhava, avexado. Do outro, Caio se divertia com a saliência. Coisa de menina.

— Chega disso por hoje — disse Irmã Madalena, ligeiramente entretida com a ideia de abrir os braços de forma que o hábito bloqueasse a visão dos dois.

— Vamos nadar peladas! — desafiou Pilar.

Noemi concordou:

— Vocês dois, vira pra trás! Irmã, fica na frente deles aí. Não deixa eles olharem, não, hein?!

De trás da freira, elas tiraram a roupa inteira. Caio achava graça e, embora tenha gritado um ou dois "Vou olhar!" e e até ameaçado se levantar, nem sequer virou o pescoço na direção do mar. João até arriscou uma espiada ou outra, mas tomou um safanão da freira antes de localizar qualquer uma das duas. Ficaram os dois ali, guardados pelo muro humano, até que as ouviram voltando. Elas vestiram as roupas sobre o corpo molhado, revelando ainda mais.

— Pronto, podem dormir, vocês três — ordenou Pilar. — E tem uma coisa: hoje é noite de segredo. O que acontecer de quando a gente chegou até de manhã é segredo pra sempre, viu?

Os dois rapazes e a freira obedeceram. Pilar e Noemi continuavam achando graça de tudo, cochichando e apontando como se elaborassem um plano. E estavam.

†

Suado e dolorido entre as pernas, João Batista fechou a porta do quarto no térreo, que lhe tinham determinado, e decidiu não acender a luz. O lugar era pequeno e decorado com mais parcimônia que os outros, mas ele não se importava. A única vontade que tinha era de uma vista para o mar.

Chuááá... Do outro lado das venezianas de madeira, Iemanjá lhe chamava. Ele se aproximou para escancará-las o mais que pudesse. Foi quando ouviu os gemidos. Abriu apenas uma fresta para entender o que estava acontecendo. Pilar e Noemi dançavam, se abraçavam e se bolinavam, sem tirar os olhos da entrada escusa para o quarto de João Batista. Ele evitou se mexer; se desse, nem respirava. Não queria interromper o espetáculo.

Pilar virou Noemi na direção da janela, tomou suas costas e abriu-lhe a camisa, dessa vez por completo. A enfermeira não protestou nem se arrumou. Deu-lhe, então, o cangote cheio de sal, que Pilar mordeu e lambeu. Ela tornou a gemer. Arfava alto. João já não se lembrava de Iemanjá.

— Abre a janela, João — disse Pilar.

Nada aconteceu.

— Eu sei que tu tás olhando. Abre a janela, homem.

Ele abriu, com alguma hesitação, deixando as estrelas alumiarem seu rosto consternado.

As duas se aproximaram do parapeito, deixando a boca de Noemi bem perto da dele. Eles sentiam o cheiro um do outro. A mão de Pilar se esticou até a nuca de João e a puxou até que os lábios dele encontrassem os da enfermeira. Eles se beijaram com força e ofegância. Logo, as mãos de João desceram abaixo da cintura de Noemi e, como se ela fosse de algodão, puxaram a moça para dentro, quase sumindo no breu. Pilar ficou ali de fora, observando as sombras por mais um pouco. O primo não era de todo mal.

†

Caio dormia de sonhar quando sentiu algo tocar sua boca. A luz era fraca, mas ele conseguiu reconhecer a mentora bem perto.

— Shhhh — disse ela, fazendo sinal com o dedo.

†

— Pilaaaaaaaar! — gritou Madalena, acordando a casa toda.

— Danou-se! — comentou João, de longe, esticando a cabeça para fora da porta antes de sair por inteiro.

Noemi passou encolhida, protegendo os olhos da luz e do rapaz. Praticamente uma colegial. Na mesa de café, encontraram a mentora segurando o riso e a Irmã com uma cara bufenta, sob uma inédita camisola até o pé. Embora morassem todos juntos fazia alguns meses, ninguém ali jamais tinha visto a freira sem a indumentária católica.

— Éééguas! Que moda é essa? — tentou perguntar João.

— Algum engraçadinho roubou meu hábito — disse ela, arreliada, soltando fumaça pelo nariz, enorme.

Noemi, que tinha ouvido os passos do único que faltava, esticou o corpo para os lados a fim de alongar seus músculos doloridos e comentou:

— Chama a polícia, ué... — E apontou com os olhos para trás.

— Booooooom... dia! — anunciou-se Caio, de trás das duas.

Pilar e João, que estavam de frente, começaram um riso espantado. Quando as outras duas se viraram, deram de cara com o policial escovando os dentes, vestido com o hábito da freira.

— Fii duma rapariga! — gritou Irmã Madalena, jogando uma colher na direção dele. Com agilidade de quartel, Caio desviou. A mulher de camisola avançou desajeitada, e ele disparou para o lado oposto. No caminho, se deu o trabalho de piscar em agradecimento à autora do plano. Na travessura, Pilar era imbatível.

†

Eles tinham rido, comido e feito outras coisas também. Mas estavam lá para algo mais importante e formidável. Divino, até: o Livro dos Escritos. Foi assim que Pilar batizou a Bíblia das Bíblias que Olomô havia mandado montar. João largou quatro caixas de livros pelo chão. Cada uma com o nome do sacerdote que a selecionou – inclusive a dele mesmo, feita com a ajuda da Irmã. Havia coleções de orações, compêndios de filosofia, tratados de meditação. Tudo o que eles puderam encontrar. Até a Bíblia de verdade deu de aparecer.

— Que Olomô nos brinde com seu olhar — disse Pilar.

A mentora abriu a cerimônia com uma mistura de gotas de visão, do Amazonas, e clarividência, do Peru. Um gole depois, começaram a correr pelas páginas marcadas por pedaços de papel, fita e etiquetas. Não havia regras para o que valia nem de como proceder. Abriam, liam em voz alta, aguardavam a decisão de Pilar. Artigos, cânticos, salmos. De pensadores, santos e poetas. Pesquisaram umbanda, meditação, reiki e manuais de cura pela fé. Muitas formas de cristianismo e o misticismo do mundo todo. Muitas vezes, chegaram às lágrimas.

Foi Caio quem começou, com um texto de Santo Agostinho. Era sempre o sacerdote que encontrava o texto a ler em voz alta. Depois, tomados pela intuição divina, os demais davam um parecer. Apoio ou desapoio, só para constar mesmo, porque quem escolhia era Pilar. E ela o fazia sem dó. Sim, não. Próximo.

Vez ou outra, Pilar passava mais uma rodada de clarividência líquida. Queria os espíritos erguidos e as intuições abertas. A maresia, a certa altura, chegava a ser visível pelos sentidos escancarados dos cinco. O sopro de Iemanjá dançava ao redor da pilha dos textos aprovados. A seleção era rigorosa, como deveria ser. Seleção, não: revelação. Porque eles apenas identificavam os pensamentos que Olomô havia escondido por séculos dentro de outros livros. Que finalmente estariam juntos, no Livro dos Escritos. Noemi correu os olhos para ver se os seus eram maioria. Madalena, pelos dela. Se ao menos seus olhos obedecessem. Então, numa biloura só, tudo apagou.

†

Em torno de João, era um breu só. Uma gruta úmida e fria. Ele andava na areia, seus dedos brilhavam, sua pele brilhava. O chão, molhado, se espalhava ao redor das mãos, cobria-lhe o tornozelo. Pinicavam. Ele apontou para baixo, alumiando o que havia no chão. Caranguejos. Menores que uma unha, as criaturas, mas aos milhões. Passavam uns sobre os outros e se agarravam em seu couro reluzente. E subiam. O peito alfinetava. Não era camisa o que ele usava. As pequenas criaturas lhe subiam por todo lado, entrando na boca, nos ouvidos, em cada orifício. João sentiu as beliscadas lhe tomarem a língua e a puxarem para fora. Eles estavam lhe virando do avesso. Tentou gritar, mas o grito em seu corpo virado de dentro para fora correu para o lado errado, num silêncio em vez de barulho. Seus olhos, perdidos no breu de sua própria cabeça, enxergaram uma luz trêmula. Uma vela. Uma mulher. Ele gritou:

— Mainha!

— Sua mãe está aí? — perguntou Pilar, com a voz saída João não sabia de onde.

— Mainha? — insistiu ele.

Marta se aproximou e sussurrou em seu ouvido.

João não acreditou no que ouviu. Só podia ser uma provação. Sentiu sua língua ser puxada mais fundo, trazendo agora tudo que ele tinha comido nos últimos dias. A onda verde avançou furiosa e quebrou bem longe, onde ele não podia mais ver. Chuááá. Entrevado de tanta dor, deu graças a Deus que aquilo agora estava fora de seu corpo.

†

As ruas eram as de São Luís, mas Madalena não reconhecia a estranha luz. A que ela lembrava era escura, triste. Não tinha o brilho daquela noite. Aquilo não era sua casa. Onde será que ela estava? Um menino de rua assoviou por sua atenção. Uma voz de longe gritava:

— Mainha? Mainha?

Parecia a voz de João. Mas o que ele fazia aqui? E Marta? Estaria lá também, naquele mundo dos mortos? Ela sentiu um frio lhe congelar os ossos, o sangue e a carne. Já não conseguia andar. Foi Marta quem se aproximou primeiro, olhando seu corpo petrificado com certo prazer. Depois Maria, mãe Maria. As duas deram voltas ao redor, se escondendo atrás de suas costas e reaparecendo a seguir, do outro lado. Em seguida, saíram por uma porta que Madalena não sabia haver ali. Estavam num quarto pequeno. Um convento. Uma roupa de freira largada no cimento. Estava quente, e sua pele começou a descongelar. Seus dedos, primeiro, foram se tornando água e pingando na poça que ela mesma se tornava no chão. O hábito vazio, então, se moveu. De dentro dele, como quem saía de um buraco na terra, surgiu uma mulher, esquálida, sem vida apesar de se mover. Sua mãe, o couro praticamente grudado no esqueleto cheio de arestas, a vontade lhe faltando. Madalena tentou sacudir a memória, mas a visão não lhe deixava. Ela continuava a escorrer, a mãe continuava a lhe observar. Havia uma vela. Uma só, num canto, onde a mãe foi buscar. Andava devagar e sem pressa. Ela chegou a tentar um carinho no rosto da filha, mas seus dedos, de tão agudos, só fizeram lhe cortar a pele que derretia cada vez mais ligeiro. O corpo esvaído já cobria todo o chão, o hábito lhe cobria os pés e o tornozelo. Quando sua mãe olhou para a vela que terminava e a poça no chão, Madalena soube o que ia acontecer.

— Mata ela — disse a senhora de ossos. E largou a vela acesa.

A chama mal tocou o corpo liquefeito de Madalena e se espalhou, como se ela fosse inteira feita de gasolina.

— Mata ela! — gritou Madalena. — Mata ela!

†

— Mainha? — Ele ouviu alguém gritar do escuro. E repetiu: — Mainha?

— Sua mãe também está aí? — perguntou Pilar.

Também? Do que ela estava falando? Não tinha sentido. E, não, a mãe dele não estava ali. Uma luz se acendeu no meio do breu. Pilar, pulsos e tornozelos acorrentados, nua, no que parecia um instrumento medieval. Ela o olhava com desejo.

— Shhhhhhh — dizia ela.

Outra luz. Sílvia, acorrentada do outro lado, chorava de pavor. Caio sentiu o corpo tremer, não se aguentava mais naquela posição estranha, e caiu no chão, de quatro. Seus braços cobertos de pelos. Suas mãos... Os dedos eram tão curtos... Caio inspecionou o próprio corpo: um vira-lata, magricelo e sarnento, o que, de alguma forma, não pareceu surpreendê-lo. Os cheiros ao redor... Ele sentiu o estômago roncar. Sílvia e Pilar cheiravam bem. Ele saltou sobre a mentora, que o recebeu com gosto.

— Lambe a mamãe, lambe.

Ele passou a língua em seu peito, arrancando um gemido jocoso. Feliz com o sabor, foi ao outro lado da câmara, apoiando as patas ao lado da cintura de Sílvia. Ela chorava. Caio lambeu-lhe o rosto salgado para que ela se acalmasse. "Por favor, não chora", pensou. Quanto mais ele lambia, mais gostava. Mais saborosa ela parecia. E mais e mais. O estômago roncou e o sangue queimou até o pé de cada pelo. Ele ganiu pelo que vinha, não aguentou. Mordeu o pescoço da mulher com tanto gosto que o sangue jorrou ainda quente, ampliando os cheiros e os sabores do banquete ao qual ele não conseguia resistir.

— Mata ela! — Ele ouviu, às costas. — Mata ela, mata ela!

†

Noemi espremeu os olhos para enxergar direito, aquela água a tinha deixado meio tonta. Fez duas contagens seguidas na pilha dos aprovados, para garantir. Aquele era um passo importante para a casa de Pilar. Não existia religião de respeito sem um texto sagrado, afinal. E nenhum dos outros sacerdotes tinha emplacado mais textos do que ela. Orgulhosa, lançou um olhar na direção da freira. Um tripúdio, um abuso. No final do dia, todo seu conhecimento da Bíblia e dos santos não a havia salvado de um humilhante segundo lugar. Madalena, no entanto, não parecia prestar atenção. O que quer que se passasse pela cabeça dela deveria ser aterrorizante. Ela mirava o nada, em pavor, congelada numa posição estranha, como se fosse uma estátua. Soluçava e suava como se fosse uma fonte.

— Mata ela! — dizia, louca.

A água batizada. Noemi achou graça.

Alguém ao fundo gritou pela mãe. João, coitado. Gostosinho, mas sem muito mais serventia que um martelo. Corria pela casa, miolo virado, tentando tirar a roupa. Ela já tinha visto o que ele escondia por baixo daquelas vestes, mas não se importava de ver mais uma vez, agora com mais luz. Caio agora estava de quatro no chão. Latia e rosnava que nem cão raivoso. As únicas criaturas sãs ali pareciam ser ela mesma e Pilar. A mentora parou do lado do policial, lhe observando curiosa.

— Mata ela! Mata ela! — suplicou novamente Madalena.

Noemi de repente entendeu. Nenhum dos outros dois haveria de ser um problema. A freira, contudo... Noemi encarou Pilar. A mentora não tinha medo. Estava preparada. Segurava um punhal pela lâmina, o mesmo usado nas cirurgias espirituais. Madalena só estaria pedindo à afilhada que cuidasse da única criatura que lhe ameaçava. Noemi procurou com o que se defender. Seria aquele o final de tudo? Estaria sua missão terminada, agora que tinha encontrado os textos sagrados? Não era esse o final escrito em seu destino, disse a si mesma, sabendo bem que poderia estar errada. O fato era que não estava pronta para morrer. Pilar ergueu o punhal sobre a cabeça, apontou-o na sua direção. Noemi saltou sobre o sofá e agarrou uma almofada, que usou como escudo. Uma almofada? Ela se odiou pela escolha. Pilar lançou o punhal, que girou preciso naquela direção e... Puf! Um impacto seco no escudo de araque e um toque afiado bem acima de seu peito. Na altura do pulmão. Ela fechou os olhos. Esperou o sangue escorrer, para dentro e fora do corpo, lhe afogando em minutos. Aguardou que o coração parasse. Doeria? Ela tinha visto gente demais morrer para saber que sim, dói. Mostrou o rosto. Pilar ia embora.

— Toda sua — disse a mentora.

— Toda sua — repetiu Noemi.

Madalena, ainda congelada, manteve os olhos em sua direção. Já não gritava. Sabia que sua hora havia chegado.

Noemi chegou bem perto. Rodeou a freira. Patética, imóvel em seu medo, sua insignificância. Relou a lâmina afiada em seu pescoço e, sem misericórdia, abriu-lhe um talho de lado a lado.

A Irmã caiu no chão, seu corpo uma ilha sem cor numa lagoa encarnada. Noemi assoviou. Caio atendeu, em suas quatro patas igualmente patéticas, e bebeu da lagoa de sangue como se fosse a água mais fresca. João, alheio a tudo, estava nu, arrancando de sua pele pequenos seres imaginários. Gostosinho, mesmo de miolo mole.

†

Já era de manhã, e o sol lhes queimava a vista. João, Madalena e Caio acordaram com um cheiro de vômito, não sabiam de quem. João, sabia-se lá por que motivo, estava nu. Noemi ainda desacordada. A voz de Pilar os saudou de volta:

— Como eu disse, esse é o dia do segredo. O que vocês fizeram, pensaram ou viram... é só para vocês mesmos.

Pelo que podiam entender, os quatro tinham dormido ali, no chão da sala mesmo, sem que nenhum deles soubesse o que os demais haviam visto ou ouvido de sua performance. Aperreados, ninguém comentou nada.

Pilar aproximou-se de Noemi e deu-lhe uns tapinhas no rosto, com mais força do que talvez devesse. Ela voltou a si. Apavorada como quem via o próprio cramulhão, saltou para trás. João e Madalena tentaram acudir, mas ela deu mais um passo assustado na direção oposta. Pilar indicou que ficassem onde estava. A ruiva precisava de espaço.

— Um pouco de Jesus para recobrar a força — disse a mentora, estendendo-lhe um copo de um líquido cor-de-rosa com muito gás.

Noemi aceitou, confusa. Deu um gole e fez a careta mais contorcida que pôde.

— O que é isso? Detergente? — Havia funcionado.

Madalena e João, que já tinha encontrado parte de suas roupas, acharam graça. O refrigerante maranhense talvez não fizesse sentido para o povo do sul. Caio também mal tocara o dele. Pilar pouco se entreteve. Mandou que todos se sentassem. Tinha muito o que falar. Embora a inteligência de Olomô em esconder seus textos dentro de outros fosse uma ideia surpreendente, e exatamente por isso, ninguém ali devia comentar sobre o que haviam realizado. Para ninguém. Poucos teriam maturidade espiritual para entender.

— O povo não está preparado — avisou.

Ela carregava um maço de papel. Páginas diferentes, arrancadas de livros de cores, idades e gramaturas distintas. Ela dividiu as páginas em quatro pilhas, uma para cada um dos sacerdotes.

— Agora copiem de próprio punho esses textos numa folha em branco. Vamos dizer que vocês anotaram de minhas visões, o que não deixa de ser verdade, e mandamos datilografar. Mas se alguém aqui contar qualquer coisa diferente...

— Não vai acontecer, mentora — interrompeu, afobado, o violeiro.

Sua voz carregava um cacoete de medo. Não sabia o que havia transparecido de sua alucinação. Ninguém sabia. Talvez... Pilar.

— Bom mesmo que não aconteça — disse a mentora. — Especialmente você, que agora deu de ficar de futrico com a menina da bunda.

Caio arriou os olhos, nervoso e preocupado.

— E não me vem com essa cara de cachorro que tomou banho, não — continuou Pilar, olhando para o policial. — Eu não estou dizendo que ela é saravu. Sabe o que é saravu? É gente com espírito do mal. Eles às vezes até disfarçam bem, mas cedo ou tarde revelam os chifres. Essa menina que você está comendo...

O sargento sacudiu a cabeça, constrangido e apavorado.

— O quê? Não comeu ainda? Pelo menos te bateu uma punhetinha? Tá esperando o quê, rapaz? Então, essa sua namoradinha, ela me parece uma boa menina. Mas entre isso e ela saber os segredos do sacerdócio, é um pulo muito grande, entendido? E vocês? Tem alguma coisa que querem me contar antes de voltarmos?

Responderam com um silêncio de velório.

†

Claudete tinha despencado de Brasília para seu segundo milagre com Pilar, trocando uma posição alta no Banco do Brasil por um cargo menor e abandonado na sucursal. Ao longo da gravidez, todas as sextas-feiras desde a viagem dos sacerdotes a Maresias, a moça recebia, após a oração, um envelope de textos psicografados. Direto de Olomô, mas alguns anotados pela própria mentora, outros ditados para um dos sacerdotes, o que explicava as letras tão diferentes. Cerca de oito ou nove por vez. Não deveria fazer sentido, mas para ela, que era meio tonta de tanta fé, fazia. Os textos tinham que ser datilografados seguindo a diagramação e a organização de um livro, número de página e tudo. Embora fosse qualificada demais para o trabalho (de secretária, que era no que aquilo consistia), Claudete estava feliz por algo tão importante ter caído em suas mãos. Não era raro, aliás, ela ter que parar de datilografar porque seus olhos estavam cheios d'água, tamanha a beleza de cada uma daquelas mensagens tão ricas e ecléticas.

— Que coisa mais linda! A senhora é um gênio — disse, certa vez, folheando o dever da semana na frente de Pilar.

A mentora respondeu. Gênio não era.

— Tenho espíritos evoluídos e bondosos falando pela minha boca e soprando em meu ouvido. Eu não lembro nada. Quando volto, é só um clarão.

Claudete, que acreditava em Pilar mais do que na própria vida, tinha certeza de que não era bem assim. Havia modéstia demais naquela explicação fuleira.

36.
O CASAMENTO

Eram trinta adultos, jogando, rindo, como adolescentes. Até que a danada da garrafa parava de girar.

— Se você não fosse casado, daria em cima de quem? — perguntou Pilar para o cabra defronte à boca de vidro.

Ele suou e enrolou. Tentou se picar, mas a mentora não era de deixar ninguém escapar de jogo de vergonha. Queria dizer que escolhia Pilar, mas era mexer com fogo. Pensou mais um pouco.

— Noemi — disse ele, querendo morrer, como se tivesse treze anos, só que casado.

À noite ia ter coça. Mas fazer o quê? Noemi era tão predileta, pelo menos da segunda pensada, e tão vistosa logo de cara que talvez a mulher nem se apocasse tanto. Pior seria se fosse outra de menos expressão, que poderia parecer que ele andava pensando mesmo. A enfermeira peituda, em sua evidência unânime, era mais segura. Tornaram a rodar a garrafa. A mulher na frente da boca tentou se mover para o lado. Tarde demais.

— Qual homem aqui nessa roda tem a bunda mais gostosa?

A moça ficou vermelha e repetiu o padrão de tantas outras respostas cabulosas daquela tarde:

— Caio.

— Vocês são muito clichê! — reclamou a mentora, achando graça. — Uma enfermeira e um homem de farda. Ninguém aqui tem uma fantasia nova, não? Imaginar não tira pedaço. Tá tudo bem...

Sílvia, sim, esperta de verdade, tinha ido embora assim que percebeu o rumo do jogo. Fazia quase dois anos que namoravam, e não era a primeira vez que a mulherada resolvia declarar periquitice para cima de seu homem. Não era culpa dele, ela sabia. Por mais discreto que ele fosse, usava farda, não tinha barriga e tocava um violão de fazer os olhinhos piscarem. Talvez até mesmo ser discreto as atraísse. Ou será que longe dela ele era diferente? Será que dava trela para bando de assanhada? O grupo tinha crescido tanto que ela já não conseguia manter a lista das quengas.

Estavam a apenas alguns dias do casamento, porém. Não ia arrumar motivos para brigar. A verdade era que, por mais que evitasse pensar no assunto (Pilar a tinha curado de um câncer no cérebro, afinal), Sílvia mal podia esperar para ver o noivo fora daquela casa. Tinha medo do que acontecia quando as portas se fechavam e apenas os cinco ficavam por ali. Segredos demais, silêncios demais, cumplicidade demais para o gosto dela.

†

Caio olhava para o teto escuro, pela última vez. Ouviu a porta bater.

— Entra — respondeu. Não conseguia dormir, mesmo.

Pilar entrou acendendo a luz, queimando a retina do policial.

— Xuxa ou Christiane Torloni? — perguntou ela, acenando com alguma coisa que ele não conseguiu ver.

Ela insistiu. Quem era a mais bonita das duas?

— Sei lá... Nunca prestei muita atenção.

— Deixa de esparrela, rapaz — debochou ela.

Sentou-se ao pé da cama para ele decidir. Mas não era por isso que tinha ido até ali. O ritual de purificação antes do casamento, explicou Pilar. Coisa que ela tinha aprendido nas arábias para dar vida longa ao casório: antes da cerimônia, o noivo havia de descarregar as culpas e as sementes nas mãos de outra. Daí que tinham surgido as despedidas de solteiro que o povo agora confundia com esbórnia.

Ele respirava tão depressa que fazia a cama balançar. A mentora colocou a mão sobre o peito nu do policial.

— Desde quando polícia tem medo de mulher? — perguntou Pilar. — Você sente umas quenturas por mim, é isso?

Ele fechou os olhos e tentou engolir o pranto que explodiu de repente. Pilar o acariciou no rosto, mas a choradeira fez foi piorar.

— Esse amor é bonito, rapaz. Você não é o único, eu entendo. Até a Sílvia entenderia, se não fosse tão jovenzinha.

— Eu sei, mas... É um pecado duplo...

— E pecado lá existe? Isso é coisa de padre invejoso. O que existe é vontade, existe o que a gente pensa... e as consequências. Então, não se avexe, seu segredo está seguro em minha mão.

A mão. Pilar deixou a dela resvalar de leve onde não devia, fazendo com que o policial quase gritasse de susto. Deram boa-noite, e ela foi-se embora, deixando a luz acesa. Caio ficou ali, bitolado no teto, o suor lhe descendo pela testa. Sentou-se na cama para respirar melhor, planejando ir até o interruptor ao lado da porta, quando reparou nas imagens coloridas largadas no chão.

Xuxa, Christiane Torloni. Nas capas de duas edições da revista *Playboy*. Ele riu da espirituosidade de Pilar. Abriu primeiro a da loira. Olhou as páginas, abriu o pôster. Que mulher linda... Os peitos pequenos e a bunda de marquise, como a de sua noiva. Havia algo perverso na nudez da apresentadora de programa infantil. A tensão se esvaziava aos poucos. Agora, era ele quem queria saber. Abriu a edição da atriz de novela. A Torloni tinha mais peito, cadeiras, coxa... Não parecia boneca. Parecia saber o que fazer. Que nem... Pilar.

Sua mão direita escorregou para dentro do pijama. As imagens em sua cabeça misturavam as fotos da revista com a visita recente. Aí, ligeira, sem aviso, a maçaneta se mexeu.

Ele jogou as duas revistas no chão.

A mentora entrou fazendo o próprio vento. Vestia uma camisola tão leve que lhe marcava os mamilos e a alça da calcinha, uma santa descarada. Encostou a porta sem trancar e caminhou rumo à cama, ignorando as revistas e os pôsteres arreganhados pelo chão.

Acompanharam-se, os dois, um passo após o outro. Ele se virou de lado e apertou uma perna contra a outra, na esperança de que ela não percebesse o que acontecia.

— Shhhhhhhhhh — disse ela, com cara de arteira.

Caio sentiu a mão morna empurrar seus joelhos para baixo e se enterrar, atrevida, entre suas coxas. Seria um teste? A concha quente e delicada envolveu o pedaço mais vulnerável de seu corpo. Ele pulsava sem querer. Tentou uma reza que não veio. Pensou em dizer que não, mas era como se a vontade estivesse amarrada. Uma das alças da camisola de Pilar despencou até logo abaixo dos seios redondos sem marca de sol. Ele, uma vez, tinha olhado escondido pela janela do quarto. Eram maiores de perto. Queria pegá-los, lambê-los, chupá-los. Seu corpo inteiro tremia. "Não existe pecado", lembrou. Mas as consequências viriam. Tomou coragem e deu um sinal arrependido com o quadril.

A mão danada subiu mais alguns centímetros e o segurou com firmeza. Moveu-se para cima e para baixo, como se a dona não soubesse de nada. E, de repente, parou. Ele agradeceu a Deus e amaldiçoou o diabo – ao mesmo tempo. Pilar, então, trouxe a mão até a boca, deixou uma grande gota de saliva escorrer e voltou ao movimento de antes.

Ele ficou, parado e sem voz, mordendo a própria carne de tanta culpa. Deixou que ela escorregasse sua longitude, àquela altura temendo que ela, como ele, se arrependesse. Até que seu corpo explodiu. Uma, duas, três... quatro. Cinco vezes. Seis vezes. Ele se derramou todo pela barriga e pelo lençol branco. Caiu em silêncio, como se estivesse morto, cobrindo o rosto com o próprio braço.

Ela o soltou. Limpou a mão no lençol. Já ele, ficou ali, escondido no breu impuro do próprio cotovelo.

— Purificado — disse ela, já de longe.

E apagou a luz.

†

Na primeira hora da manhã, o carro o esperava do lado de fora, porta-malas aberto, pronto para levá-lo ao apartamento em que moraria após o casamento naquela noite. Um lugarzinho pequeno, mas honesto, que a própria Pilar tinha comprado e oferecido para ele alugar. Uma honra, ele pensou, sem sequer calcular o impacto do aluguel que não teve que pagar nos três anos em que morou na Casa Branca.

João aguardava com paciência ao lado de Sílvia. Essa, sim, mal podia esperar.

— Gostou do presente que te dei? — perguntou Pilar assim que o sargento apareceu na escada.

— Presente? — perguntou Sílvia, curiosa e inocente.

Caio gaguejou e tossiu.

— Você ainda não soube? — perguntou a mentora diante do embaraço do rapaz. — Eu fui à delegacia ontem. Disse pro capitão que meu nome era Joana das Cruzes e que eu tinha sido salva por um sargento bonitão que botou três bandidos pra correr. Claro que ele sabia que era seu noivo, porque o resto daquela delegacia é tudo gente feia e gorda. Ele disse que não havia ouvido falar, e eu então expliquei que, quando fui agradecer, o sargento disse que não tinha feito mais do que o dever, então não me surpreendia que ele não tivesse comentado nada. Falei que ele devia ser um grande capitão, que, pra ter gente valente assim, devia ser um grande líder. E contei que tinha até escrito uma carta para o prefeito elogiando os dois, capitão e sargento.

— Obrigada! — respondeu Sílvia, estranhamente lisonjeada pela mentira. — Esse meu noivo é mesmo um...

— Um sujeito durão — completou a mentora.

Todos riram, menos o policial da história. Esse achou que ia vomitar ali mesmo.

†

João abriu o caminho batendo suas palmas em concha. Irmã Madalena e Noemi o seguiam, olhares emocionados e concentrados. Todos de branco, parecia convenção de dentista. Ao comando da freira, o grupo cantou uma música "de fora", que tinha sido incorporada à liturgia:

Por isso essa força me leva a cantar
por isso essa força estranha no ar...

Os três sacerdotes se apresentaram diante do altar, naquele dia enfeitado só com flores e toalhas brancas. Um a um, ajoelharam-se defronte a estátua de Santana, fizeram o sinal da cruz e botaram uma rosa cor de leite sobre seus pés. Dois de um lado, um de outro, numa combinação desequilibrada que jamais tinha acontecido, pois, em geral, eram quatro.

Entre os fiéis, alguém perguntou, baixinho feito homem corno quando chega em casa, se os pais da noiva estavam ali.

— Não — respondeu outra voz baixa. — Os pais dela vieram aqui uma vez e não voltaram mais.

Outro completou:

— Eles moram no Sul, e Pilar disse que são dois saravus que queriam tirar a filha do caminho. E proibiu Sílvia de falar com eles também. — E continuaram a cantar.

Por isso essa voz, essa voz tamanha!

Pilar e Caio esperaram da porta da varanda até que o canto acabasse. Quando fizeram silêncio, foi João quem abriu passagem até a frente do altar para uma Sílvia jeitosa em vestido curto e fresco, bordado com poucos brilhos, e um pequeno véu lhe caindo até os ombros. Trazia um buquê de copos-de-leite, escolhidos e benzidos pela própria Pilar, e um sorriso de quem estava para receber a maior de todas as bênçãos.

Em silêncio, Pilar levou o noivo pelo braço e o entregou diante do altar. Ela desceu de joelhos e se ergueu, seguida pelo casal. Eles deram-se as mãos. João acendeu três velas enquanto Irmã Madalena iniciava o próximo canto.

De bom amor e de bom fogo claro
Uma casa, feliz se acaricia

Caio e Sílvia viraram-se de frente um para o outro, emocionados em ouvir a música que ele tinha composto quando se conheceram. Algum dia teriam que agradecer a alguém pela escolha. A música corria, e a mentora se aproximou, pousando suas mãos sobre as do casal. Juntos, aguardaram o fim da canção. Segundos depois, veio o grito esperado.

— Eita, exa! — saudou Olomô, bem mais doce do que de costume. — Hoji ixtamu aqui prá falá di bem-querê. Prá cumemorá u primeru... casamentchu... num é assim qui si diz, exa? Num é bunitu isso? I casamentchu, eu digu a oxeis, num é uma coisa pra si fazê i quebra, naum. Dissi qui sim aqui na minha freinti, tá ditu pa sempre, num é, exa? Exa cousa di genti jovem achá qui podi juntá i desjuntá num vali aqui naum. Mas exi casal aqui? Exi eu achu qui é pa sempri, oxeis num achum? Pois eu achu qui é. É um casal bunitu, cheirosu, chei di fé... i que num tem segredu um cu otro. Oxeis podi num sabê, mas eu qui entro na cabeça delis tudo dia, qui falu cum elis tuda noitche, ou casi tuda purqui essa minina aqui às vezi si exqueci di orá, exis doix eu sei qui num têm segredu um cu otro, num é, Encaio?

— Isso, minha mãe.

— Num é, Súvia?

— Isso, minha mãe.

— Intão, u qui eu vim fazê aqui? Perque queim num tem segredo já é um só, num é memo? Pensa aí, exa, cum essis seus butaum... Tudo mundu tem segredo. Só num tem pa si memo, num é? I memo assim, tem genti qui faz as coisa cus oio fechadu pra ele memo num vê... pra ixcondê dele memo, podi isso, exa? Sabi aquelax cousa qui si faz ixcondidu, sozinhu? Faz assim, cu braçu no oio comu si num tivesse acontecenu.

Olomô esperou que parassem de rir da piada para continuar.

— Mais exis doi aqui, naum. Exis nasceru um pru otro, i elis sabe dissu. Elis sabe e já mi disseru qui um é u únicu amô du otro pru restu da vida, i é isso qui importa. Um amô pa sempre. Perque a vida é assim. Primeru vem a sua fé, dispois sua família i dispois tudo u restu, num é memo, exa? Intão, anti di fechá essa fexta eu pregunto: tem alguém aqui qui tem algum segredo di um dessis dois pra contá? Algum segredo qui u otro pricisa sabê antis di casá? Não? Oia lá, perque si um discobre um segredu qui oxê num contô i inresolvi abandoná u otro, vão ficá us dois amaldiçuadu... Entaum, vamu lá. Dô-lhe uma, dô-lhe duas, dô-lhe... treix! Si num teim ninguém aqui pra dizê qui naum, intão eu é qui num vô impidi essa junçaum di oxeix. Súvia, oxê qui é a muié, qui é a cabeça du casal, perque tudo mundo sabe qui quem manda nu mundo é as muié... Oxê aceita casá, na paz di deux i na presença di Olomô, cum esse moçu bunitu... Qual u nome dele memo? Encaio?

Sílvia riu de leve.

— Aceito.

— I tu, Encaio, homi forte, aceita carregá pa sempri essa princesa arretada qui tu ixcoieu pra tu memo? In nomi di Deux i na presença di Olomô?

— Aceito.

— Intaum oxês podi se beijá, mas só um porquinho perque agora já é marido i muié i vaum tê muitcho tempu pra fazê as coisa que já tão pensano aí...

Eles se beijaram de pontinha de boca. Pareceriam encabulados, não fosse Sílvia ter enchido a mão com a bunda do novo marido. Depois de engolir as gargalhadas, Irmã Madalena novamente fez a música prosseguir. O público, que agora já passava dos cem, fazia um corredor até a varanda, cantando o hino da Casa Branca e jogando-lhes pétalas da mesma cor.

O casal se preparou para sair ao lado da mentora como combinado. Mas Pilar disparou na frente e sumiu detrás da porta. A Irmã fez um gesto para cima para que o povo continuasse a cantar e acompanhou os outros sacerdotes na direção da sala.

Do lado de dentro, encontraram Pilar com os braços para trás. De frente para a parede. Tensa. Não se movia. Já não tinha o corpo retorcido por Olomô, era ela mesma, ereta. Mas não tinha a leveza de todo dia. Algo estava errado.

Então, ela se virou.

— O amor... Que bênção, que coisa linda! — disse Pilar, a maquiagem lhe escorrendo em vários fios negros ao longo do rosto.

Ninguém é livre do próprio passado.

37.
OS HOMENS DE PILAR

Eliel tinha mangado de monte, feito piada por dias do culto que o tio frequentava. Até o dia em que ele o chamou para ajudar a levar umas bananas de seu sítio para a tal *mentora*. Seria muito descaso dizer que não. Era hóspede em sua casa, afinal. Foi, mas deixou claro que a macumba não estava nos planos. Bonitão, recém-formado em direito, o mundo era promissor demais para ele querer bater tambor no meio da fuleiragem. Em sua imaginação, afinal, encontraria uma senhora desdentada de turbante e vestida de branco. Qual não foi sua surpresa quando uma mulher elegante e de dentes perfeitos abriu a porta? Um encontro que mudaria sua vida para sempre.

— Mas banana... de novo, Roberval?

Riram o tio e o sobrinho.

— E os ovos daquelas galinhas que eu te dei, cadê? Sabe que banana sem ovo não dá em nada, né? — E fez um sinal de pinto brocha com o dedo.

O tio, que nunca tinha recebido tanta atenção de Pilar, avermelhou.

— Mentora, este é meu sobrinho, aquele de que falei.

Ela o olhou de cima a baixo e falou para o tio, como se o rapaz nem estivesse ali:

— Hmmm, gostei dele. Alma velha. Já chegou pronto. Pode trazer ele, sim.

Deixaram as bananas na pia da cozinha e foram embora. E não é que, no caminho para casa, o rapaz já não tinha mais tanta certeza de que ali não era lugar para ele? Que mulher bonita e engraçada! Aura de nuvem, cheiro de pimenta. Ela tinha feito uma piada de pinto broxa sem nem corar? Uau! Por que o tio não tinha insistido? Ele falava consigo mesmo, como se estivesse numa cachoeira de pensamento. Já tinha percebido que era diferente dos outros sujeitos da idade dele e de vários mais velhos também. Talvez fosse por isso. Alma velha. O tio Roberval, por exemplo, era boa gente, mas não alcançava suas ideias. Enxergando aquilo tudo, algum poder especial ela devia ter.

Dali em diante, por três meses mais, Eliel foi chamado para todas as festas, todos os eventos, todos os programas em que Pilar – ou apenas a garotada do grupo – estava metida. Ele se encantou com a inteligência dos sacerdotes, gente estudada e bem-sucedida. E mais ainda com a beleza das mulheres. Esse era seu ponto fraco. Ou forte. Em pouco tempo, atentado por Pilar, que adorava juntar e desjuntar casais, saiu com umas três ou quatro. Todas mais velhas e experientes, que o teriam deixado apaixonado, não fosse a ansiedade com a fartura ao redor. Ele era tratado como um prêmio! O bonitão evoluído, menino de ouro, convidado para tudo, portas abertas em qualquer lado. Até na sala da Casa Branca, após as orações, espaço reservado aos mais próximos e evoluídos, ele podia entrar. Pilar parecia ter grandes planos para o rapaz.

Foi fácil aceitar os méritos de sua alma velha, infalível, e assumir a posição de liderança entre jovens e velhos. A meninada o batizou de Embaixador, pelo pouco que precisava fazer para o prestígio que tinha. E foi aí que se danou.

Ele havia presenciado as mudanças bruscas de Pilar com o resto do povo. Às vezes, ela era mãe, às vezes, palhaça, tantas vezes uma juíza sanguinária – especialmente quando alguém começava a conquistar muito poder entre os outros discípulos. Mas isso era com os outros, ele tinha um motivo além desta encarnação para estar onde estava.

Um dia, o embaixador chegou em casa com amigos do trabalho, um pouco antes da meia-noite, e Pilar o aguardava de pé, na porta de casa. Eliel achou que fosse vomitar.

— Não me espanta... — disse ela, em tom de decepção.

Eliel deu com a mão e largou um riso de pangaré para os colegas. Eles foram embora sem entender o porquê de tanta pressa. O rapaz sabia das opiniões da mentora sobre as relações fora do grupo, mas sempre achou que era uma restrição para quem não tinha discernimento. Ele, afinal, sabia separar a vida social da fé. Pensou tudo isso, mas disse outra coisa.

— Era... a despedida de meu chefe... Eu tinha que...

Pilar ouviu a explicação com tanto desgosto que Eliel preferia que tivesse caído um raio em sua cabeça ali mesmo. Foi embora a pé, sem dizer mais nada, deixando o advogado perdido no breu da decepção. Não fazia muito que o próprio Eliel havia confessado aos amigos do grupo que a provação constante era estressante, mas ao menos tinha o conforto do mérito. Isso foi quando ele estava no alto. Durante a queda, era só terror. E assim, numa noitada inconsequente, o rapaz de alma velha tinha entrado na lista dos "pouco espiritualizados".

De longe, observando escondida pela noite, Pilar abafou o riso. Era sempre divertido puxar o tapete dos que se achavam. Molecagem com benefícios.

Foram meses sem apelidos grandiosos, sem prestígio entre a rapaziada, sem convites. Sem dar no couro, quem imaginaria! Deixou de ser o menino de ouro para ser um pária. Leproso espiritual, o bichinho. De repente, ser visto com ele era risco de levar de pau nas ruas e nas orações. Até o tio quase foi posto num exílio ainda mais distante. Velhaco que era, no entanto, resolveu tudo transformando a mentora em sócia de sua pequena gráfica – um investimento que ao certo acarretaria benefícios no futuro. O sobrinho elogiou. A verdade é que Eliel podia ter saído, ido embora do grupo e até de São Paulo, ainda dava tempo de reconstruir a vida, de ser o advogado que ele tinha estudado para ser. Mas não era de covardia que o moço era feito.

Toda manhã, ele se olhava no espelho e se preparava para a única missão que importava: recuperar a posição antiga. Pediu demissão do escritório (*gente de fora* demais para distrair) e conseguiu uma vaga de vendas na gráfica que o tio havia aberto junto com Pilar. Nos finais de semana, embora ignorado pela mentora, cortava grama na Casa Branca e usava sua aparência para ajudar João Batista a recrutar mais jovens como ele. Até os pais se impressionaram com a mudança do rapaz, que pela primeira vez se mostrava interessado em assuntos sérios da vida, e pediram para conhecer o famoso *grupo*. Ele pelejou para recuperar o status que não queria vir.

Só que o tal do Eliel era arroxado mesmo. A rejeição fazia era ele tentar com mais vontade ainda. Era o primeiro a chegar nas orações e sempre sabia de cor os cantos e as rezas. Se oferecia para fazer cópias das novas letras para a Irmã Madalena na gráfica do tio. E estava sempre carregando alguma coisa, para um lado e para outro, para quem quer que fosse. E nada. Foi só quando renegociou o financiamento do quartel-general do grupo (conseguindo um belo desconto, inclusive) que Noemi contou que a mentora falava bem dele de novo. Aleluia!

Havia ele encontrado de volta seu espaço? Quem sabia? Mas, como gato escaldado tem medo de água fria, ele continuou a trabalhar por uma posição mais segura. Se preciso, até se deitaria com Noemi, o que não seria uma grande dificuldade, e ele já tinha percebido os olhares maliciosos dela. Antes que precisasse fazer tal sacrifício, no entanto, foi convidado para um curso secreto. Um intensivo espiritual do qual um dos alunos, um apenas, sairia condecorado sacerdote.

Era sua chance.

†

— Em dois meses, alguém daqui ou do grupo da sacerdotisa Madalena vai ser escolhido sacerdote. Minha intuição diz que será alguém daqui — comentou o sacerdote Caio para a turma de oito alunos naquela noite de domingo. Nem precisou argumentar.

Um ano e meio depois de deixar seu quarto na Casa Branca, Caio ainda passava mais tempo lá do que com a esposa Sílvia. A proximidade de Pilar traria frutos para os dois, muito embora ele percebesse que nada era o mesmo desde o casamento.

— Livros dos Escritos, página doze — anunciou o sacerdote.

Os alunos obedeceram. Ele queria muito que o escolhido fosse um deles.

— Vocês sabem a diferença entre vocês e um ser humano ordinário? — perguntou, sem esperar resposta. — É que vocês, em vez de estarem em casa assistindo a *Trapalhões* e *Fantástico*, em vez de dormirem cedo para trabalhar na segunda, vocês estão aqui, dedicados a aprender e se preparar. Você... Pode ler o início desse texto pra mim? — pediu o policial, entregando os escritos abertos.

O jovem Fabiano, analista de sistemas promissor, tinha ido parar no grupo por causa de uma das sessões de cura em que Pilar tratou de sua mãe e, desde então, mostrava-se um dos mais dedicados dessa nova geração. Ele recebeu o livro e, honrado, obedeceu:

— Aquele que quiser ouvir a voz do silêncio, o som sem som, terá de aprender a natureza da concentração perfeita. A mente é a grande assassina do real. Que o discípulo mate o assassino. Porque quando...

O professor agradeceu e, olhando para o resto da turma, perguntou:

— A natureza da concentração perfeita... Vocês já pensaram nisso?

Ele estava lá quando a mentora escreveu os escritos, explicou. Quando ela ditou para ele e outros três sacerdotes cada texto do livro das verdades ocultas do mundo. Esse trecho, em particular, ela havia ditado para ele. O sargento se lembrava de ter matutado sobre ele. Do que ela estava falando. O som sem som, a concentração perfeita...

— O que vocês acham que é isso?

— Meditação? — respondeu um dos alunos.

Era o que ele havia pensado no início. Mas... esses grandes conhecimentos às vezes se escondem debaixo do nariz. Não adiantava apenas ler, era preciso pensar e observar.

— Alguém aqui já viu a mentora meditar?

Naqueles quase três anos ao lado dela, o sargento nunca tinha visto. Tampouco havia visto ela dizer para alguém meditar. Então o que um texto sobre meditação fazia ali, com tanto destaque, no livro sagrado? O sacerdote perguntou de novo:

— Então o que é a voz do silêncio?

— O Espírito Santo? — perguntou um.

Caio retribuiu com um olhar entre o desgosto e a gozação.

Se nem a Irmã Madalena, que é freira, continuava lendo a Bíblia, por que Pilar levaria uma ideia tão antiga para um livro tão avançado?

— Intuição? — respondeu uma menina de óculos no fundo. Caio gostava dela. Ela era esperta.

— Exatamente! — gritou ele. — Sabe quando você está com um problema e pede pra Deus, pede pra Olomô, te guiar, e você sai do meio do barulho pra pensar melhor e de repente uma ideia te vem, do nada?

Aquilo era o que eles, no grupo, chamavam de intuição. O sopro divino. A pista que só recebiam aqueles que se desdobravam com os níveis superiores.

— E o que é a intuição senão essa voz que vem lá do canto vazio de dentro da gente? — provocava ele, andando na sala como um professor de cursinho. — A voz... do silêncio!

Apontou novamente para Fabiano e pediu ao rapaz que lesse o que o Livro dos Escritos dizia sobre o que fazer pra ouvir essa voz. O rapaz voltou ao livro.

— Terá de aprender...

— A natureza da concentração perfeita — completou Caio, de memória. — Vocês vão ter que memorizar esse livro se quiserem chegar ao meu lugar. Eu sei ele todo de cor. E até hoje, todo dia, pego um trecho para relembrar e pensar. Terá de aprender... a natureza da concentração perfeita. Do que estamos falando aqui? O que é essa concentração?

— A fé? — perguntou um.

— Não. Quem mais?

— A natureza?

— Não.

— Que a força esteja com você — disse a menina de óculos.

Por um minuto, a classe riu, uns por deboche, outros por admiração nerd, mesmo. Eliel estava na turma do escárnio.

— Exatamente! — gritou Caio, num pinote de quase meio metro que deixou a turma inteira com cara de montanha-russa.

Ele sabia que a menina pensava que fora piada. Mas *isso* era a voz do silêncio! Essa ideia que vem do nada, sem lógica, às vezes até como piada, e que sai da boca como se não tivéssemos sido nós a dizê-la. Podemos até ignorar porque não desembaralhamos direito a ordem que os sujeitos lá de cima mandaram, mas, ainda assim, o sopro é a força.

— Quando eu estava na patrulha, me mandavam ordens pelo rádio usando códigos. Eu tinha que interpretar de acordo com a situação. É a mesma coisa aqui! O som do silêncio é como a tal da força no filme. Ela fala por você, pra você, sem você nem perceber! Mas ela não é uma concentração qualquer. Ela é, conforme o Livro dos Escritos, uma concentração perfeita. Uma concentração que só se consegue ao desligar todos os canais falando em seus ouvidos. Trabalho, família, os jornais... Pra chegar aonde Pilar chegou, você tem que botar todas as estações do rádio beeeeeeeem baixinho e colocar a frequência divina no volume máximo! É assim que se evolui neste mundo. É isso que a mentora espera de cada um de nós. E qual é o inimigo? Está ali, no texto... — Ele apontou o livro de Fabiano, que leu em voz alta:

— A mente é a grande assassina do real. Que o discípulo... mate o assassino.

Caio estava tão animado que parecia que ia sair rodando pelo ar.

— Nós somos os discípulos, não somos? Não estamos aqui estudando a nova palavra divina? Não seguimos os ensinamentos de Pilar? O que ela diz aqui? Matem a própria mente. Deixem a intuição falar. Porque, então, nós seremos os verdadeiros porta-vozes da palavra de Deus.

Estava claro para Eliel quem seria sua maior adversária.

†

Sílvia acordou com a zoada vindo da sala. Meia-noite e meia. Fechou os olhos novamente, precisava acordar cedo. Às segundas, o trânsito era horrível de manhã. Mesmo depois da promoção de Caio a tenente, o que na prática fazia dele o vice-delegado, sem o salário dela eles não conseguiriam pagar o aluguel que Pilar lhes havia determinado na zona nobre da cidade. Sem acender a luz, Caio entrou no quarto, jogou a roupa num canto e se largou sobre a cama. Seu braço forte pesou sobre ela e, em um segundo, ele começou a roncar.

†

Ela havia guardado sua velha agenda de telefones. Gente com quem estudara, trabalhara... Lembrava como folheava, animada, as pequenas páginas desde a quarta até a sexta-feira, pensando em quem chamaria para sair na primeira noite do fim de semana, em como se sentia orgulhosa sabendo que seu telefone sempre tocava, apesar de a letra "S" de Sílvia estar quase no final de todos os caderninhos do mundo.

Foi assim com cada um dos mais de duzentos seguidores de Pilar. Por um tempo, os convites de sexta-feira vieram toda semana: cerveja, cinema, jantares. No início, a menina de sardas e bunda de marquise fez o que pôde para arrumar suas desculpas. Uma hora, os tais "amigos" cansavam. Os convites rareavam, o que era um conforto, até. E, como ela mesma não tinha feito nenhum esforço para manter os laços, finalmente chegou sua vez de ser esquecida. Silvia tentava não se importar. Mas volta e meia uma saudade do tempo livre lhe batia forte.

Não naquela sexta-feira, no entanto. Daquela vez, foi ela quem pressionou para que saíssem cedo. Cantou e orou como sempre faziam. Ouviu quase com atenção as palavras de Olomô, sobre as tentações de um mundo que conspiraria dia e noite para que eles se distraíssem... A coisa não acabava. Ela olhou no relógio. Nove horas. Pilar tinha finalmente voltado a si. Os oito sacerdotes seguiram Pilar para o interior da Casa Branca. Os outros súditos formaram sua fila para agradecer suas graças diante da estátua de Santana. Sílvia seguiu na direção contrária: direto para dentro da casa.

Foi o próprio marido que a barrou na porta. Ela insistiu. Precisava conversar com Pilar. De sua cadeira alta, parecendo um trono, a mentora conversava com dois dos novos sacerdotes quando viu a movimentação ao fundo.

— Mande entrar! — disse ela, sem saber do que se tratava.

Sílvia passou, aperreada, mas com cuidado. Bem na frente de Pilar, se ajoelhou.

— Minha mãe... posso falar em particular?

Pilar parecia maior ainda dentro da casa. Como se a luz e a mobília e a roupa de cada um dos presentes tivessem sido escolhidas para lhe ressaltar o brilho. Quando a mentora a ajudou a se levantar e arrumou-lhe o cabelo com carinho, ela quis desaparecer. Pilar indicou que todos saíssem de perto e seguiram juntas até o escritório, de braços dados. Anos atrás, antes mesmo que pudesse ter no que acreditar, tinha sido ali que Sílvia sentira seu crânio ser aberto e revirado por aquela muher. Ela jamais esqueceria – se estava ali, era por causa daquela tarde de caridade e magia. Sem os jornais cobrindo o chão, e com mais móveis e livros, o espaço não era tão opressor quanto lembrava. O coração, no entanto, carreirava como da primeira vez.

— Como anda sua cabeça? — perguntou Pilar, delicada.

— Ótima. — Sílvia se espantou que ela ainda lembrasse.

— O casamento?

— Está bem...

A mentora torceu o nariz.

— Quando mulher vem aqui de surpresa, é problema de homem. E sendo seu marido o predileto da mulherada daqui...

Não era isso. Era de Caio que Sílvia queria falar, mas não de desconfiança. Mais para preocupação.

— Me fala mais — pediu Pilar.

— O Caio... tá cansado demais, mas ele não para. Eu digo pra ele tirar uma folga, mas ele não quer. Coisa de homem, sabe? Quer ser durão...

— Seu marido não tem sido... *durão* com você, é isso? — Pilar estava se divertindo mais do que imaginava.

— Não, digo... sim. Nós... Às vezes, não como antes, mas algumas vezes...

A mentora cerrou os olhos em desafio.

— Tô falando... Toda vez que mulher vem conversar é a mesma coisa — caçoou.

— Eu tô falando da carreira dele, mentora.

O trabalho não era para ser problema. Pilar tinha falado com o chefe dele e tudo. A mentora se aprumou para entender melhor. Ele não tinha sido promovido?

— Foi, e ele é muito agradecido. *Nós* somos — esclareceu a pequena. — Mas, nesse estágio novo, a política faz parte do trabalho também. Socializar com os outros tenentes, com os superiores, com os soldados... Mas aí tem...

Pilar sabia. Ele estava sempre estudando os escritos ou dando aula ou capinando o jardim... A menina confirmou com a cabeça baixa.

— Você escolheu um homem diferente pra casar, num sabe? Ele é mais caxias, mais carola, mais CDF que todo mundo aqui junto. E aí mistura com essa mania de soldado que não tem medo de nada...

Era isso. Sílvia tinha medo que ele estivesse fazendo tanto esforço para agradar Pilar que perdesse oportunidades no emprego. A mentora era a única que poderia mudar isso. Ela ouviu, pensou e botou o braço ao redor de Sílvia. Uma corrente elétrica correu o corpo da menina. De volta ao salão principal, Pilar comentou baixinho que ela não se preocupasse mais com o assunto. Ela ajudaria, mas o tenente era assim mesmo. Fé e dedicação demais. Gente assim vai longe, porém. Ela não estranharia se, um dia, ele virasse governador. Do meio dos sacerdotes, falou para o primeiro que escutasse:

— Deem uma água pra essa menina. E outra pra mim também, por favor. Ô, Caio... Você precisa cuidar mais de sua mulher. Ela tá muito cansada, sabia? Mas venha cá, tenho um trabalho pra você.

Sílvia tomou sua água devagar, tentando em vão entender o que Pilar conversava com o marido.

Enquanto isso, do lado de fora, dezesseis jovens aguardavam o momento em que um deles seria escolhido o novo e mais jovem entre os sacerdotes.

†

Eliel voltou para casa desolado. Ele estava tão preparado... Quer dizer, a menina de óculos grossos era esperta. CDF de verdade. Mas ele achava que tinha ido melhor do que ela. A competição parecia ganha, até um médico baixinho e gordinho, tamborete de puta, abrir a boca, quase no final. Ele não falou dos escritos, como todos os outros. Não falou de Olomô nem do que tinha aprendido com Pilar, que eram os temas que lhe haviam sido dados. Ele tinha escolhido falar de viagens. Quando ele abriu a exposição, ainda na apresentação do tema, Eliel viu a expressão de Pilar se transformar. Como se ouvisse um filho falando. Ou um sobrinho próximo. Ela transpirava curiosidade. Perguntou, interagiu. Ao final de sua apresentação, estava claro quem seria o novo sacerdote entre eles.

Eliel se arrastava rumo à porta quando veio um chiado. Olhou para trás. Pilar o chamava. Ele voltou correndo, deixando os outros candidatos seguirem sua jornada derrotada. Será que ela...

Não, ela não havia mudado de ideia. Agora sem distrações, parecia um novo homem, e a tinha impressionado bastante. Por pouco, não foi escolhido. Quem sabe da próxima vez? Mas a conversa ali era outra. Uma missão. A gráfica do tio não andava bem. Ela carecia de um novo par de olhos na operação.

†

— Você não precisava ter feito isso, pequena — disse Caio, no caminho até o carro.

Parecia mais preocupado, talvez decepcionado, do que com raiva. Era bonzinho demais para reações fortes.

— Eu tava entalada — respondeu Sílvia.

— Entalada de quê?

Foi aí que Sílvia entendeu que a conversa entre Pilar e Caio não tinha tido nada a ver com a sua. Que ele não tinha ideia do que ela havia pedido e que ele também tinha seu próprio segredo. "Droga", pensou ele, ao perceber que havia perdido a única vantagem naquela negociação. Foi a vez dela perguntar o que haviam conversado.

— Nada demais. Coisa de sacerdote — desconversou o policial, limpando a garganta.

A rouquidão catarrenta do marido! Era um tique, ela havia aprendido. Culpa. Ela insistiu, até ele não aguentar.

— Tá bom, tá bom! Ela mandou eu ligar pra um sujeito.

Num interrogatório, sargento Favacho era um pato. Dava graças a Deus por não ter nascido bandido nem subversivo. Não resistiria calado ao primeiro confronto. Antes de chegarem ao automóvel, já tinha contado tudo. Um cabra resolveu abrir uma gráfica ao lado da do Roberval, da qual Pilar era sócia. A mentora queria que ele convencesse o sujeito, um saravu de primeira, a mudar de ideia. As visões de Pilar diziam que o miserável traria presidiários, traficantes, prostitutas, pederastas... Todo tipo de degenerado ia aparecer por lá. Manter a tal empresa longe era bom para todos.

— Você é besta mesmo, né, Caio César? — disse a baixinha, um metro e sessenta de indignação.

O que a irritava, contudo, não era o trabalho de mafioso. Era a inocência do pobre. Já era o quarto negócio em que Pilar pedia para o marido intervir. De repente, estava todo mundo ficando rico à custa do risco que *ele* corria. Não era certo.

— Mas, meu amor — ele tentou explicar —, existe uma coisa chamada vocação. No caso...

Sílvia largou a mão e dessa vez gritou, mandando que ele guardasse a aula babaca para aquele bando de aluno beato que acredita em qualquer coisa. Ela não era trouxa como eles, não. Não era trouxa como *ele*, não. E foi aí que, do meio das sombras, uma voz descontente interrompeu o escândalo:

— Eita! Que tá acontecendo aqui?

Noemi. Sílvia não gostava dela. O olhar superior. Os peitos arreganhados. A mania de ouvir a conversa dos outros.

— Perdeu alguma coisa nas minhas costas, foi? — reagiu Sílvia.

— Vim só pegar uma coisa no carro, que a mentora pediu.

Caio e a mulher acharam melhor terminar o papo a sós. Aquela ali não era inimiga que se fizesse. Abriram a porta do Chevette vermelho e seguiram, deixando um aceno pela metade.

†

As conversas ainda não tinham esfriado na terça-feira, quando Caio saiu para o trabalho. Mesmo assim, Sílvia se despediu de uma forma diferente:

— Não vai fazer nada perigoso hoje, tá? — Seu pedido era mais para que o universo o livrasse de encrenca por tempo suficiente para ele ser promovido do que para que o marido fugisse da linha de tiro. Tivesse ouvido sua intuição, ela não o teria deixado sair naquela manhã.

Pois estava numa pausa para o cafezinho da tarde no consultório de dentista onde trabalhava quando a secretária entrou afobada.

— Um assalto com refém, na região de seu marido. A polícia tá lá...

Sílvia ligou para a DP. Caio não estava. Foi transferida para quatro pessoas diferentes até que algum caboclo tivesse coragem de lhe dizer onde ele tinha ido. Ela foi de táxi. Era caro, mas não dava para esperar dois ônibus. Saltou do carro atrás das vans das emissoras de televisão e tentou passar entre elas, mas foi parada por um soldado onde a polícia fazia uma barricada. Ela se deu conta de que não conhecia ninguém do trabalho do marido.

— Eu sou a mulher do tenente Favacho. Preciso passar.

— Senhora — desculpou-se o guarda —, é um assalto com refém. Não posso deixar ninguém passar.

— Você não está entendendo, soldado. Qual é seu nome?

— Soldado Batista, senhora. E infelizmente a senhora não vai passar.

De longe, ela enxergou o marido.

— Caioooooooo!

Ele não ouviu. Estava concentrado numa conversa com alguém. Sílvia tentou identificar quem era, mas tinha gente demais na frente.

Corriam de um lado para outro, armas em punho atrapalhando a visão. Até que uma clareira se abriu e... Pilar?

— O que aquela mulher está fazendo ali com o tenente Favacho, soldado?

— Aquela lá é a psicóloga que o tenente trouxe para orientar na negociação.

— O quê?!

— Ele mandou chamar, e uma viatura trouxe ela agorinha mesmo. Eles estão lá combinando tudo.

— Tudo o quê, soldado?

O rapaz percebeu de repente que tinha falado demais. E Sílvia percebeu que não arrancaria mais nada dele. Tornou o chamar o marido. Estava longe demais. Apenas Pilar falava. Para eles, imponente e segura. Para Sílvia, inconsequente. O tenente acenava positivamente, mostrando que prestava atenção. Dois outros policiais observavam atentos. Talvez até tivessem trocado um olhar impressionado. Pilar, psicóloga? Pilar?!

Caio tirou a camisa da farda e a camiseta que sempre usava por baixo. Deixou a arma com um soldado. Segurou o distintivo. As pernas da calça, ele dobrou até o joelho. Deu ordens para que os demais policiais ficassem atrás do carro.

Sílvia achou que fosse desmaiar. Ele não estava fazendo isso.

Estava. Desarmado e sem nenhuma proteção, ele caminhou numa velocidade lenta e constante na direção do pequeno mercado. Mãos levantadas para o alto, o distintivo em uma delas. Foi quando veio um papoco que fez os cabelos quase caírem da cabeça. Um tiro! De dentro do estabelecimento. Caio apontou para trás pedindo calma aos soldados que quase começaram a atirar. Ele seguiu adiante, até sumir pela entrada do estabelecimento. Sílvia se apegou com a bolsa e chorou sozinha.

— Vai ficar tudo certo, senhora — disse o policial.

Sílvia agradeceu a empatia, mas estava ocupada demais tentando contato visual com Pilar no meio da confusão. Uma viatura mais alta entrou no meio das duas e cortou de vez as chances de comunicação. Merda!

Mais um tiro. Sílvia sentiu as pernas fraquejarem. Primeiro, a movimentação tática do lado de fora, que não parecia de guerra. Então, os soldados começaram a se mover mais ligeiro e em grupo. Alguma coisa estava acontecendo.

— Meu Deus, me ajude! — disse Sílvia para si mesma pouco antes de o batalhão inteiro entrar correndo, com todas as armas apontadas para o interior.

Quatro adultos e uma criança saíram correndo e foram atendidos pela equipe de médicos. Sílvia reconheceu uma enfermeira alta, de cabelos vermelhos, na equipe de socorro. Mas onde estava o marido?

Então, ela ouviu uma série de estalos. Não eram tiros dessa vez. Eram mais fracos, mas repetidos. Palmas. Várias. De todos eles. Um homem pardo, fraco e malamanhado, mais parecendo um retirante do que um bandido, saiu com os dedos cruzados atrás da nuca. Logo atrás, veio o tenente Caio Favacho, o delegado interino que tinha salvado a vida de cinco reféns na pura valentia, sem precisar dar um tiro. Seu marido, seu orgulho. Seu filho da puta.

†

Naquela noite, Sílvia não o deixou falar. Foi com ele para casa direto da delegacia e tirou sua roupa antes mesmo que a porta se fechasse, e se atracaram com a consciência de que não deviam ter se deixado afastar tanto.

Longe dali, Pilar foi dormir satisfeita com a aventura. Fazia tempos que não se divertia tanto. E melhor: tinha dado tudo certo. Quem sabe, até, um dia sua profecia se realizaria e seu pupilo viraria governador? Ela adormeceu pensando nisso. Em seu sonho, estava escondida num pequeno espaço de madeira, achando graça do plano. O alto-falante, então, anunciou:

— Senhoras e senhores, o novo governador do estado do Maranhão, comandante Caio Favacho!

Ela esperou que o chão se ajustasse e abriu a cortina azul. A braguilha do uniforme estava bem na altura de seu rosto. Ela a abriu e, num movimento só, enfiou o sujeito inteiro em sua boca. Ela o chupou devagar, prestando atenção se a ladainha no microfone acusava a saliência. Mas o cabra manteve o discurso seguro, preciso e incorrigível. "Impressionante", pensou ela. Deve ter falado bonito até o fim, porque o povo danou-se a aplaudir no exato momento em que ele explodiu em sua goela. Gozou tanto e tanto que o gosto quente lhe voltou para a frente da boca, quase espirrando para fora. Ela tentou engolir, mas ele lhe bloqueava de novo a garganta. Ela abriu a boca, sem ar, e soltou o rapaz. Ele a olhava do alto. Não tinha mais cortina nem púlpito. O sujeito estava nu, de braços abertos, um Cristo d'África, se banhando feliz com a luz do sol. Soltou sua gargalhada de dez quilômetros em agradecimento ao favor, a rola semidura lhe caindo quase até o joelho. Légua...

38.
A MORTE DO SARAVU

— Você brincava de Mulher Maravilha quando era pequena? — perguntou o menino com as mãos para o alto.

Devia ter uns oito anos e uma mecha branca nos cílios enormes, que pareciam um imã para o olhar da mentora. A pergunta causou uma gargalhada geral. Em Pilar, teve o efeito contrário: ela mergulhou no pensar.

Esperto que era, o moleque entendeu que os adultos riam dele, mas não percebeu a graça. Ficou vermelho de vergonha e raiva. Mas era valente, sair correndo é que não ia. Ficou, emburrado como pôde, bracinhos cruzados em sinal de protesto.

Das boas ideias de Pilar, as aulas dominicais eram uma das melhores. Deixou o grupo crescer (já não cabiam crianças e adultos juntos nas orações de sexta-feira), e a interação com a meninada fazia a semana começar mais leve. Divertida, até.

Normalmente, eram os sacerdotes que falavam, de tudo: ética, carreira, saúde, alimentação. Pilar gostava de falar de sexo, para o horror silencioso dos pais. Ela provocava: "Tem que usar camisi...". E eles completavam: "...Nha!!!".

— Apareceu grávida sem querer, em pleno ano de 1984, é porque é abestada, mesmo. Ou abestado.

Essa era uma de suas prediletas. Houve uma vez em que ela perguntou à turma dos adolescentes quem já tinha posto "aquilo na mão, a mão naquilo e aquilo naquilo". Aquela pergunta, todavia, a da Mulher Maravilha, era diferente.

— Peraí, gente, a pergunta é boa! Esse bichinho aí vai virar um jornalista famoso um dia, e ele que vai rir de vocês! — disse Pilar, carinhosa e irritada ao mesmo tempo.

Perguntou se o que ele queria saber era se, quando criança, ela era santa ou se brincava de coisas de criança que nem as meninas da escola dele. O moleque concordou, quase vingado.

Pilar explicou que tinha sido uma criança pobre e só conheceu a Mulher Maravilha depois de mocinha. Mas ela brincava de outras coisas. De boneca, de subir no tamarindeiro, de se esconder na mata para espiar os encantados...

— Mas agora eu brinco — ela continuou, com uma intensidade diferente. — E sabe o que eu faço com meus inimigos? Eu acabo com eles.

Pilar deu um soco na outra mão, e a criançada adorou. Bateu palmas e tudo. Dos bancos ao redor, onde os sacerdotes sentavam ao longo da manhã, os buchos reviraram de uma vez só. A ameaça não era das leves. Só não sabiam para quem era.

†

Na sequência da turma miúda, era a dos "grandes", uma meninada dos catorze aos vinte e cinco anos. Até gente como o embaixador Eliel, advogado formado e tudo, e a jovem Sílvia, "ex-marquise" e atual esposa do sacerdote Caio, estavam na classe.

As aulas haviam começado motivadas pela escolha do novo jovem sacerdote, um médico chamado Vicente, ou simplesmente doutor Vic, que alguns achavam mais puxa-saco do que brilhante e que agora, para o horror dos outros oito, ocupava o primeiro lugar na ordem de apresentação aos domingos.

— Sacerdote doutor Vic, presente. — O novo integrante bateu no peito e sentou-se.

— Sacerdote professor Emanuel, presente — disse o seguinte.

— Sacerdote delegado Caio, presente.

E assim seguiam as apresentações. O economista Figueira, o engenheiro Cristóvão. O matemático Agostinho. A Irmã Madalena. E o "assessor" João Batista.

Os marmanjos, decepcionados, foram os primeiros a notar a falta da enfermeira Noemi.

— Eu pedi pra ela fazer um trabalho de uns meses lá no Maranhão, a terra do foooogo — explicou Pilar, com um gesto dramático dos tempos de circo.

A freira, que sabia da viagem, mas não do destino, tomou um susto com a notícia e tropeçou na respiração. Tinha mesmo percebido a mentora verificando sua reação? Manteve a concentração na moçada.

Meses antes, tirar a enfermeira de cena teria sido impossível. Noemi era os olhos e os ouvidos da mentora no meio da comunidade. A alcagueta mor. Era por causa dela que a intuição de Pilar enxergava tão longe. Ficar sem seu braço direito seria como se o cigano do circo tivesse que fazer leituras de mão de dentro de uma redoma à prova de som. Desde que as aulas começaram, no entanto, Pilar passou a ter muito mais fontes.

Doutor Vic assumiu a palavra. Era sua vez, e estava ansioso para falar de um livro que estava lendo.

— Por que nós acreditamos mais no mal do que nas forças do bem? Por que a gente acredita em doença, em guerra, em fofoca e duvida da virtude, da paz, da saúde? Quem aqui já se pegou duvidando da existência de Olomô, por exemplo?

Não foi uma pergunta retórica, como todos torciam para que fosse. Nenhum braço se levantou.

Pilar os encarou em desafio. Sabia que estavam mentindo.

— Deixa eu contar um segredo — disse ela. — Desde pequena, eu enxergo umas bolas coloridas nas cabeças das pessoas... Umas bolas azuis, outras vermelhas. Só depois de grande é que eu entendi que as azuis são as coisas boas da mente divina, e as vermelhas, as culpas e sem-vergonhices da mente mortal. Eu posso até não saber o que vocês fizeram para causar cada uma delas, mas sei direitinho se tem muito mais de um lado ou do outro. E sabe o que cria as maiores bolas vermelhas de todas? Mentira. Então, deixa eu repetir a pergunta do sacerdote: quem aqui já se perguntou se Olomô existe mesmo?

Um, outro, mais dois... Quase todos levantaram o braço. De tanto medo, houve até quem fechasse os olhos e se escondesse atrás do da frente. Pilar jamais questionou a confissão de nenhum deles. Mas memorizou a lista com cuidado e ficou de olho em cada um a partir de então. Lá do fundo, Eliel, o embaixador, cruzou os braços, estufou o peito e encarou a mentora com o orgulho de quem, depois que acreditou, nunca se deixou questionar.

O método das bolas vermelhas e azuis se tornou recorrente. Às vezes, se dava no começo, às vezes, no fim. Os sacerdotes imaginavam que aquela era só mais uma molecagem da mentora. Eles eram moleques, e moleques fazem bobagem. A estatística estava do lado dela.

— Você aí, de camisa vermelha — chamou Pilar. — Você mesmo. Estou vendo alguma coisa feia aí. O que foi?

— Eu? Eu, eu, eu... Eu tirei uma nota quatro em química, mentora.

— Que papelão, hein? Você é abestado ou preguiçoso?

— Preguiçoso, mentora — respondeu o rapaz, preferindo a humilhação rápida.

— Quero ver seu boletim no fim do bimestre. Você aí, do beiço caído...

O menino de uns treze anos, um dos mais novos da classe, começou a chorar.

— Para de chorar, rapaz. Senão eu te mudo pra aula dos pequenos. É isso que você quer?

Ele mal conseguia falar.

— Sabe o que é? É que eu... Eu pedi pra minha mãe... deixar eu não ir à oração na sexta-feira... E ela disse... que ia dizer que eu fiquei com dor de ouvido e que ela teve que ficar comigo. E que era pra eu confirmar. Mas eu não estava.

Pilar fez cara de detetive de fim de livro e continuou:

— Era isso mesmo que eu tava vendo. Mas, como você me contou, olha aí a bola azul crescendo, ó.

O rapazote fungou as últimas lágrimas e procurou as cores pairando sobre sua cabeça. Achou até que tinha visto. Pilar deu prosseguimento:

— Quem mais? Você aí, do cabelo ruim, de óculos. Fala aí, o que são essas bolas vermelhas que eu tô vendo?

— São nada, mentora.

— Nada?

— Nada.

— Tem certeza?

— Tenho.

— Vou perguntar mais uma vez: o que são essas bolas vermelhas em sua cabeça?

— Nada, mentora, eu juro! — A boca da menina tremeu e seus olhos se encheram de uma só vez.

— Então você se levante e vá pra casa pensar. Na semana que vem, falamos de novo.

Entre as lágrimas e a falta de espaço, a menina foi tropeçando até a saída. Os pais a receberam do lado de fora da casa, envergonhados e irritados, e a levaram embora na hora. "É para o bem dela", Pilar lhes diria mais tarde, em caridade.

Na semana seguinte, o ritual se repetiu. As perguntas saltaram pela sala, mas uma hora caíram de volta na menina agora oficialmente batizada de Cabelo Ruim. Ela, por sua vez, tornou a dar sua resposta vazia, "Nada", seguida pela insistência da mentora e a consequente expulsão. Não só naquela vez, mas nas quatro seguintes também. Somente na sexta vez, Cabelo Ruim confessou:

— Ontem, quando minha mãe me mandou desligar o telefone, eu desejei que ela morresse — tentou a moça, tremendo feito um passarinho.

Pilar olhou para ela com olhos apertados. Ninguém sabia se devia rir, vaiar, se horrorizar... Até que a mentora relaxou o sorriso e aplaudiu. Mais e mais palmas vieram de todos os lados. A menina de óculos e cabelos crespos, cujo nome Pilar nunca tinha perguntado, mal conseguia acreditar. O reconhecimento, o apoio.

— Qual é seu nome mesmo? — perguntou a mentora.

— Vanessa — respondeu a Cabelo Ruim.

— Então, pronto. A partir de hoje, quem chamar a Cabelo Ruim de Cabelo Ruim, se for menino, vai cair o pinto, se for menina, vai cair o peito. Ela é a Vanessa, entenderam? — disse a mentora, alongando as palmas.

Depois, para a surpresa geral, se levantou, como nunca fazia, foi até ela e a abraçou com um carinho genuíno. O mundo da mocinha estava novamente no lugar.

†

Depois da segunda turma, a sala principal dava lugar à reunião dos sacerdotes. Pilar escolhia quem daria a aula seguinte, corrigia aqueles que não tinham sido precisos nas respostas... Uma vez por mês, havia um almoço com pouquíssimos convidados. Naquele domingo, ela trouxe a família do pixoto com a mecha nos olhos. E a de Vanessa, a quem não chamavam mais de Cabelo Ruim.

Pilar botou os alunos bem à frente e, numa ameaça direta, falou:

— Eu sei que um de vocês aqui está pensando em deixar o grupo. Vou dar uma única chance de a pessoa se identificar e se explicar. Uma. Única. Chance.

Foi como se faltasse oxigênio na sala. Ela sabia mesmo ou estava apenas testando? Pela expressão de aperreio geral, haveria mais de um? Quem se entregaria primeiro? Pilar pediu, por respeito e consideração, que a pessoa levantasse a mão antes que ela tivesse que apontar.

Do canto do sofá, um deles arriou a vista e levantou a mão. Agostinho, o sacerdote matemático e professor, juntou suas coisas e se preparou para ir embora sem dizer mais nada.

Pilar o mirou com frieza.

— Por que isso, rapaz?

— Eu tenho muito respeito por isso aqui...

— Para de me enrolar que eu não sou carretel. Abre a boca e fala.

— É que... às vezes eu fico pensando que a voz de Olomô é parecida com a sua... E que vocês falam a mesma coisa, só que com sotaque diferente. Sei que a culpa é minha, mas não consigo vir aqui, falar com a criançada sobre fé e chegar em casa e me olhar no espelho e ter que enfrentar esses pensamentos todos.

Pilar, que era uma surpresa por vez, fez um beiço de pensamento e balançou a cabeça para cima e para baixo, como se entendesse a posição dele. Sentou-se, tranquila, e falou, mexendo na unha sem nem olhar para a criatura:

— Obrigada pela sinceridade. Agora, me faça um favor. Pegue suas coisas e não volte mais até resolver essa viadagem espiritual. Enquanto isso, se alguma coisa acontecer, se perder o emprego, se descobrir uma doença horrível, não venha procurar ninguém aqui, não, entendido? Quando chorar lágrimas de sangue, não vem pedir arrego pra mim nem pra ninguém aqui. E o resto de vocês está proibido de falar com esse saravu.

Cheio de medo, o homem botou a bolsa no ombro e seguiu reto na direção da porta. Não abraçou ninguém, não apertou as mãos. Evitou os olhos de quem pôde. Nem pediu desculpas. Sabia que Pilar jamais o perdoaria e que agora teria que lidar com as consequências. Ele não planejara nada daquilo e, imediatamente depois de abrir a boca, já tinha se arrependido. O que seria de sua vida? Perdera a chance de uma encarnação? E os amigos? Os seus estavam todos ali. É o que acontece depois de um ano sem retornar nenhuma ligação de ninguém de fora. Até moradia teria que procurar, porque dividia um apartamento com o sacerdote Emanuel. Seria despedido também? A vida, de repente, por causa de uma declaração imbecil, estava inteira suspensa no ar. O dia seguinte, se houvesse, não tinha nem como começar. Não havia perspectiva.

Pilar nem sequer esperou o desertor terminar de sair. Apontou para a freira e ordenou a substituição:

— Vai chamar o Eliel. Tá na hora dele graduar.

— Eliel, o embaixador? — perguntou a freira, contrariada.

— E tem outro Eliel aqui, velha doida?

Agostinho cruzou o gramado pensando que o portão era até onde seu plano conseguia chegar. De lá, avistou Claudete, mulher do sacerdote Figueira, que vinha com algum quitute de última hora e não sabia de nada. O último aceno antes que ela soubesse. Quantas noites ele tinha passado na casa do casal, debruçado sobre os escritos, estudando para aulas que dariam em conjunto. Ela fazia um bolo de milho gostoso, que ia bem com o café que embalava a madrugada. Dava até para sentir o cheiro. Uma memória para guardar, porque agora que ele era um saravú...

Uma freada estridente interrompeu seu pensamento e tudo o mais.

Uma batida surda. Escuridão.

De dentro da sala, ainda em choque pelo abandono de Agostinho, eles ouviram um grito de cortar os ouvidos. Saíram correndo na direção do portão. O delegado primeiro, Pilar logo atrás.

Encontraram Claudete de pé, as mãos na frente do rosto, de puro pavor. No chão, o corpo de Agostinho, estirado em ângulos estranhos, quase debaixo do capô amassado de um carro esportivo. Um fio vermelho escorria do lado de um dos olhos. Atrás do volante, um sujeito jovem e almofadinha tremia feito passarinho. Era vidro para todo lado. Figueira acudiu a mulher, Vic foi tratar do atropelado, e o delegado quase arrancou o condutor pela janela do carro.

— Espera — disse Pilar, com a mão no ombro de Caio. — Ele foi o instrumento. O acidente... estava escrito, não tá vendo? A decisão foi dele.

No susto, todos esqueceram o que tinha havido dentro da casa.

— Qual é seu nome, rapaz? — perguntou Pilar ao motorista em choque.

— Alfredo... Amaral — respondeu ele.

— De onde eu conheço esse nome?

— Eu sou repórter... do *Jornal de São Paulo*.

— Ah... Alfredo Amaral, do *Jornal*! Você por acaso é parente do...

— Filho dele.

O herdeiro do jornal mais poderoso de São Paulo. Ali mesmo, Pilar formulou seu plano. Ou melhor, o plano se formulou em sua frente, coisa de encantado, só podia ser. "Laroiê!", disse ela, escondido e se virou de novo para o jornalista.

— Você ainda não sabe, rapaz, mas essa tragédia...

— Ele pulou na frente do carro! Me olhou nos olhos e pulou. Eu juro!

A mentora abriu a porta e o retirou como se a vítima fosse o motorista. Pediu que se acalmasse. Apresentou-lhe o delegado Favacho, da delegacia ali de perto. Maior azar do mundo: bem na hora daquela merda toda logo o delegado estava presente? O jovem se encolheu.

— Calma. Ele é dos nossos — disse Pilar.

Chamou Claudete, única testemunha do acidente, e perguntou com firmeza, antes que ela pudesse dizer qualquer coisa:

— Você viu tudo, né?

— Vi! Foi horrível! O Agostinho! Ele estava...

No desespero daquele nó cego, Pilar parecia gigante. Mandou que Caio fosse para a delegacia e levasse Claudete para testemunhar. Botou a mão sobre o ombro dela e apertou para que ela se acalmasse. Disse mais uma vez, firme, olhando nos olhos, para que ela entendesse bem a memória que deveria ter:

— Agostinho pulou na frente do carro sem olhar pra trás, como o rapaz contou, não foi?

A testemunha fez que sim, obediente e confusa.

— Quero esse moço liberado em uma hora. Eliel, ele vai precisar de um advogado. Vai junto. Vic, como está o Agostinho?

— Ele teve sorte. Podia ter sido pior.

— Eixa, exa! — gritou Olomô, tomando de repente o corpo de Pilar. — Sorti uma ova. Eu que sigui u carru pra eli num morrê. Queru qui eli veji ax conxequênxa. I qui oxeix vê tumém u qui acontexi cum caboclo qui vira contra Pilá.

A mentora voltou a si, amparada em João Batista e na Irmã Madalena. Os olhos do motorista praticamente caiam para fora da cara.

Rumou sozinha para o casarão. Um inimigo a menos. Olhou para as próprias mãos com ar de espanto genuíno. Se aquilo era coisa de anjo ou do cão, ela não sabia. Mas que era forte, ah, isso era. Talvez fosse hora de outros inimigos também. Em sua cabeça, a lista se fazia sozinha.

Sentou-se na sala vazia para pensar mais. A mesma sala que, no dia seguinte, estaria inteira enfeitada com flores entregues com um único cartão: "Jamais terei como agradecer. Muito obrigado por tudo. Alfredo".

Um dia, ele teria. Por enquanto, não era hora de fazer amigo. A temporada era de caça.

39.
KETAMINA

— Sacerdotisa enfermeira Noemi, presente — disse ela, de volta à aula dominical.

Parecia a mesma de sempre, embora quem morasse na Casa Branca soubesse que havia algo estranho. A mulher dos cabelos vermelhos havia passado mais de mês no Maranhão, onde todos os outros moradores da casa tinham nascido, mas, quando João e a freira perguntaram o que ela foi fazer lá, ela rosnou. Só quem podia saber o que ela tinha ido fazer nas terras do Guaraná Jesus era Pilar. E haja saber, pois as duas tinham passado quase três horas trancadas no escritório depois que a enfermeira chegou.

Se os companheiros da Casa Branca não conseguiram resposta, os alunos ainda eram uma esperança. Uma das meninas da turma dos grandes se pronunciou:

— Fui conhecer a terra onde a mentora nasceu — comentou Noemi. — Você sabia que ela foi anunciada pelos anjos?

A explicação se estendeu por minutos, cheia de detalhes sobre as histórias que o povo conta, mas nenhum detalhe sobre o verdadeiro motivo da viagem.

— O sacerdote Caio já fez até uma música sobre isso, vocês já ouviram?

— Nããão! — responderam todos juntos.

— E vocês querem que ele toque? Ele canta bem — provocou a enfermeira.

Do fundo da sala, Sílvia notou o bico dos seios de Noemi despontando sob a camisa de seda branca. Dali, não podia fazer nada além de deixar o fogo esvair pelas ventas.

— Siiiiiiim! — disseram as mocinhas, num suspiro geral.

O delegado tentou escapar – não por vergonha, que ele não tinha, mas por achar que aula não era lugar para performance. Balançou a cabeça, olhou para os lados, protestou com as mãos, até que a própria Pilar se manifestou:

— Vai pegar o violão, homem!

Enquanto ele buscava o instrumento no andar de cima, a mentora apontou para Vanessa:

— E aí, alguma coisa para contar para a gente hoje?

A menina se ergueu. Tinha cortado o cabelo bem curto, pouco abaixo da orelha, e usava uma tiara para segurá-lo para trás.

— Essa semana eu pensei bobagem sobre um homem mais velho...

— Pela quantidade de bola vermelha na cabeça, deve ser mais que isso — debochou Pilar.

— O problema é que ele... ele é casado — respondeu a menina, decepcionada consigo mesma, mas orgulhosa da própria coragem.

Caio apareceu de volta com o instrumento e, na mesma hora, a menina ficou roxa. Pilar, que não perdia nada, perguntou se ele estava naquela sala.

— Agora, sim.

— Ih... Então é melhor sentar-se, porque esse aí tem fila...

Sílvia sentiu o estômago embrulhar. E, fosse qual fosse o movimento que fez em resposta, deve ter sido o que atraiu o dedo pontudo de Pilar em sua direção.

— Sílvia, e você, o que são essas bolas vermelhas em *sua* cabeça?

Ela conhecia o jogo. Sabia como se comportar e o que dizer para se ver livre. Uma confissão menor, mesmo que inventada. Era fácil. Não naquela manhã, porém. Sílvia se levantou e, do alto, sentiu como se as cabeças em torno rodassem. Não tinha em que, em quem nem onde se apoiar. Seu estômago explodiu, e um jato aberto de vômito atingiu quem sentava à frente. Ela tentou pedir desculpas, mas a língua enrolou, a luz enfraqueceu. Desmaiou.

†

Sílvia acordou sem ideia da hora. Sentia o cheiro da própria bile. Que vergonha, meu Deus! A moçada tinha ido embora. A aula tinha sido cancelada por causa da confusão. Noemi a ajudou a erguer o pescoço. A menina queria recusar, mas estava... fraca... demais. De pé ao lado de suas pernas, doutor Vic pediu que ela descansasse. Não parecia preocupado.

Tinha tanto sono... Fechou os olhos e dormiu.

†

— Há quanto tempo você sabe? — perguntou Noemi.

Pela luz, devia ser fim do dia.

— Há um mês — respondeu Sílvia, contrariada.

Ela não queria contar. Não para Noemi, de todas as pessoas do mundo! E não antes de falar com o marido. Tarde demais. Todo mundo sabia. Na hora do vexame mesmo, quando ela caiu segurando a barriga, Pilar anunciou, na frente de todo mundo: "Mais uma criança nascida em Olomô".

— O Caio já sabe? — perguntou a grávida.

Sim, doutor Vic tinha confirmado antes que o delegado ficasse ainda mais aperreado. Melhor assim. Ele estava do lado de fora, com Pilar, aguardando que ela se sentisse melhor. O médico e a enfermeira pareciam ansiosos para deixá-los entrar. Ansiosos demais, até.

Noemi apontou para a porta, mas Sílvia a interrompeu com um gesto.

— Espera... Está tudo bem? Digo, com o bebê?

— Vou chamar Pilar — disse o doutor.

A mentora apareceu instantes depois, sozinha e sussurrando:

— Você desmaiou.

— Eu sei...

— Sabe por quê?

Sílvia, acostumada a ver grávidas desmaiando, aguardou explicação.

— Esse grupo tem uma energia forte... especialmente as mulheres. É coisa de Olomô, que sempre tem um efeito maior na gente do que neles. E seu marido... Ele tem deixado essa energia muito ouriçada. Não é culpa dele nem de ninguém. Mas eu tô preocupada com você e com o bebê. — Pilar sentou-se na cama e segurou a mão de Sílvia. — Se essa energia não se estabilizar, você pode perder esse filho.

Sílvia tentou se levantar, mas a mentora a segurou pelo braço.

— Cadê o Caio?!

— Ele está lá embaixo, fazendo os preparativos para o trabalho mais importante da vida de vocês.

†

Duas horas depois, começaram a chegar as convidadas. Tudo mulher. Vinte delas, de idades diferentes, algumas casadas, outras solteiras. Cochichavam e riam de nervoso. Um assanhamento só! Pilar caminhava vestindo um penhoar amarelo transparente, daqueles de cena de filme da madrugada. Nada por baixo.

— Shhhhhhhhhh — disse a mentora. — João, vá lá pra cima. Não deixe a menina sair do quarto. Tranca ela lá, se precisar.

Ele sumiu.

Pilar chamou as mulheres todas defronte à porta do escritório. Segredos de multidão não eram segredos, mas aquele deveria ser, ela disse. A vida de uma criança, e mesmo a dos pais, estaria em jogo caso alguém ali quebrasse o silêncio. Espalmou as mãos para o céu, pediu que suas correntes femininas lavassem do pai o feitiço que elas lhe tinham rogado sem querer. Elas acompanharam que nem peixe de açude: mudas, arregaladas, com os rabos balançando. Só esperando a hora de avançar na comida.

A porta foi finalmente aberta. Caio estava sentado no chão, apoiado na parede e enrolado apenas num lençol branco. Sem camisa, sem calça, o brilho do suor lhe marcando os músculos desenhados. Sua boca semiaberta, os olhos distantes. Uma viagem profunda e sem memória. Alguém deixou escapar um gemido nervoso.

Noemi se aproximou com respeito, levando a bandeja de gotas espirituais de Pilar. A mentora sacou o elixir do amor balinês e tirou sua tampa de rolha. Pilar conhecia suas gotas. Descartando o conta-gotas de prata, a mentora derramou o frasco inteiro numa enorme jarra d'água e misturou tudo com a lâmina de um punhal. Noemi reconheceu na hora o cheiro de ketamina, um relaxante muscular conhecido como a droga do amor. O primeiro copo, ela serviu ao próprio delegado. Não devia ser a primeira dose naquele dia. Ele bebeu, desajeitado e obediente, babando mais do que engolindo.

— Para consumar o sortilégio.

Sem necessidade de instruções, as mulheres entraram em fila, solenes e compenetradas. Pilar escolheu um disco com cuidado, ligou a vitrola e deixou a agulha se encontrar com a voz e as guitarras dos Rolling Stones.

Please allow me to introduce myself
I'm a man of wealth and taste
I've been around for a long, long year
Stole many a man's soul and faith

Pilar dançou, lânguida e insinuante. Ergueu os cabelos, exibindo o pescoço longo, a tatuagem enorme nas costas, movendo o corpo ao som da música, ondulando igual a uma serpente. Com uma mão levantada e outra segurando a jarra, disse algumas palavras indecifráveis e levou a poção batizada e o único copo até a primeira da fila, Noemi.

A enfermeira desabotoou a própria blusa, exibindo os seios que desafiavam a compreensão. Depois, tirou a calça. Completamente nua, serviu-se de metade da água oferecida por Pilar. Entregou o copo para Claudete, que estava logo atrás, e entrou dançando no escritório.

Claudete repetiu o gesto. Desnudou-se, serviu-se da água batizada direto das mãos de Pilar e seguiu dançando na direção de Noemi.

Uma a uma, elas se despiram, beberam e entraram. Do lado de dentro, a dança as aproximava umas das outras. Os corpos se tocavam, se roçavam, as mãos aos poucos se libertavam. As primeiras carícias as aproximaram. O primeiro beijo as uniu. Três delas chegaram junto ao corpo quase desacordado de Caio e o ajudaram a se levantar, deixando para trás o lençol branco que pouco lhes servia. O homem estava mesmo pronto.

Pleased to meet you
Hope you guess my name
But what's puzzling you
Is the nature of my game

Por baixo do som da música, lá do fundo da casa, de um segundo andar mais longínquo do que nunca, alguém esmurrava a porta. Uma voz de mulher gritava. Embaixo, elas continuaram seu ritual. Despiam-se, bebiam e entravam no pequeno aposento, forçando os corpos a ficarem cada vez mais encostados. As primeiras a entrar, já tomadas pela poção de Pilar, andavam em círculo ao redor do homem, roçando seus peitos, bundas e coxas onde quer que pudessem. Na cabeça delas, elas não andavam, voavam. No círculo seguinte, as próximas candidatas aguardavam, excitadas, o efeito da droga para poderem tomar seu lugar e começar o trabalho. As instruções de Pilar, porém, tinham sido claras, e mesmo naquele estado elas ainda se lembravam da recomendação que a mentora tinha feito: que esperassem a última delas estar pronta para iniciar o próximo passo.

E eis que a derradeira convidada chegou, uma adolescente tímida, de cabelos crespos na altura da orelha, entrou com sua dança nua, Pilar, a única ainda vestida, desamarrou o penhoar, tomou um copo cheio e deixou que seu próprio corpo se misturasse às demais.

— Espera — disse uma voz insegura, da direção da porta.

Madalena largou o hábito, com solenidade de mártir, e bebeu a parte que lhe coube daquela água abençoada.

Pleased to meet you
Hope you guessed my name, oh yeah
But what's puzzling you
Is the nature of my game, oh yeah, get down, baby

No meio da roda, a mentora segurou Caio pelos cabelos, esticando seu pescoço para trás. Com a outra mão, derramou o que restava da jarra na boca do rapaz, que obedeceu sem protestar. O que lhe escorreu pelo torso e pelas costas foi lambido e sorvido direto de sua pele pelas dançarinas que o aguardavam e que àquela altura o apertavam, beijavam e apalpavam como se Caio fosse propriedade de todas elas.

— Salve, Olomô! — gritou Pilar, seguida pelas demais.

Nas cabeças desaceleradas, a música e as imagens se misturavam. Os gritos e os murros já pareciam estar tão longe que quase não importavam mais. A mentora aproximou-se do rapaz. Beijou-o com a língua solta, correu a mão até a parte rígida entre suas pernas. Um *flash*. No olhar de Pilar, um negro alto sorria, de braços abertos e corpo nu. Outro *flash*. O delegado, quase indefeso, lhe trançou os dedos nos cabelos da nuca e empurrou a cabeça de Pilar para baixo. De onde estava, Caio assistiu à criatura, às vezes mulher, às vezes cobra, se enrolar por seu corpo até lhe engolir com a boca. Ele inteiro pulsava.

Oh, yeah, get on down
Oh, yeah
Oh, yeah!

Sob o comando de Pilar, elas o deitaram novamente no chão. A mulher-serpente, então, sentou-se sobre ele e o cavalgou, as asas enormes iluminando o quarto inteiro. Ela ficou ali pelo que podem ter sido horas ou segundos, não tinha como saber. Depois deu lugar a mais uma, e outra, e outra. Ele enxergava e sentia tudo, cada poro, dele mesmo e delas, se tocando, se comunicando, se beijando. Suas asas se trançavam, mãos e bocas se enfiavam enquanto elas se esfregavam e escorregavam em sua pele. O chão era parede e era teto, tudo rodava em seu próprio lugar.

Oh, yeah!

Uma a uma, algumas com rabos, outras com escamas, umas com cabelos de fogo, outras feitas de vento e água, e se virando ao avesso de suas bocas enormes, todas o mergulharam dentro de si. Simultaneamente, mas não o tempo todo, se alternavam em beijos e peitos em sua boca e mãos. Longe da vista, sentia seus dedos em frestas que ele só podia imaginar. Era um ídolo e um objeto, um falo e um altar. Gozou mil vezes, sem vontade nem nome. Seu pulso permaneceu firme. Até tudo... acabar.

Oh, yeah.

40.
GUERRA E CAOS

— Levaram ela embora, Caio! Levaram! — gritava Sílvia em desespero. — Ela disse que a nossa filha ia... que ela tava morrendo! Levaram ela de mim!

Quem levou? Como assim? O treinamento policial o preparara para muitas circunstâncias, mas não para aquela. Seu estômago embrulhou, e sua cabeça parou de funcionar. Onde estava a clareza que sempre tinha nas situações de emergência?

— Calma, Sílvia, me explica direito — disse ele, tentando mostrar uma frieza que não tinha.

— Noemi veio aqui, levou a Olívia embora. Eu não tava, a Zefa... viu a mulher de branco... disse que era caso de vida ou morte... deixou ela levar!

— Tem certeza de que foi a Noemi?

— A Zefa disse que era uma médica ruiva.

— Fica aí. Não faz nada, tá? Deixa eu entender o que está acontecendo.

— Pelo amor de Deus, acha minha filha!

Caio virou bicho. Discou para o hospital em que Noemi trabalhava e, se pudesse, entraria pelo fio para esganar a rampeira do outro lado. Ela não estava. Diacho! Tirou o dia de folga, disseram. Ele sentiu o sangue correr bem perto da pele. Na cabeça. Ligou na Casa Branca. A própria Noemi atendeu. O grito do sargento saiu na hora, rasgando a goela:

— Cadê minha menina, sua filha da puta?!

— Caio?! Não dá pra falar agora. Pilar tá com ela. É sério. Pega a Sílvia e corre pra cá.

A resposta veio com um medo tão grosso que ele até se esqueceu da briga. Obedeceu. Foi a milhão por hora, na viatura, sirene ligada. Chegaram, ele e a mulher, em menos de trinta minutos, sem conversa. Entraram praticamente derrubando a porta.

Pilar estava ali, alheia e superior, deitada no sofá da sala. Alheia ao banzé, segurava a pequena Olívia, soprando-lhe o rosto para provocar uma risadinha. Sílvia correu e se largou de joelhos, agarrando a filha e tirando a menina das mãos de Pilar sem pedir autorização.

— O que tá acontecendo? — perguntou Caio, socando o ar numa raiva sem destino.

Noemi pegou-o pelo braço e o levou até a poltrona defronte a Pilar. A mentora se ajeitou, com cara de coisa séria. As suas costas, João e Madalena desceram a escada. Pareciam exaustos.

— Eu tive uma visão — disse Pilar. — A menina de vocês sufocava... e morria, Caio.

Noemi fechou os olhos e suspirou, como se quisesse apagar a lembrança.

— Eu fui correndo na casa de vocês. Ela estava azul. Eu tentei fazer tudo o que eu sabia, mas ela não respondeu. Ela morreu na minha mão, Caio. Eu vi, eu...

Pilar interrompeu.

— Graças a Deus, ela teve uma iluminação e trouxe a menina pra cá. Eu mandei pegar água fria e umas toalhas. A Olívia parecia uma boneca de pano, não era? — perguntou Pilar na direção da freira.

— Era — disse Irmã Madalena, seca, olhos arriados no chão.

Noemi chorava, descontrolada:

— Quando você ligou, eu tinha certeza de que não ia dar. Só não queria te contar a notícia por telefone. Mas aí ela fez uma oração, um sinal da cruz e mergulhou a cabeça da menina na água. Quando tirou, ela estava chorando! Foi um milagre! Um minuto antes, ela estava morta, na minha mão. Você tá entendendo?

Caio já não ouvia. Não interessava. Ergueu-se, meio trôpego, e abraçou a mulher e a filha. Sem saber bem se por alívio, raiva ou devoção, choraram os três por uma pequena eternidade. Como se não houvesse mais ninguém ali.

†

Pilar notou quando, na sexta-feira seguinte, Sílvia não apareceu. Até Olomô falou do assunto:

— U mundu é dus bem-agradicidu. Perque muita gente aqui devi a vida pra eu. E muita genti vai devê. Intão quem devê e num pagá, eu vô cobra, vô tirá de vorta.

Caio ouviu quieto, sem olhar para ninguém. Saiu assim que pôde.

No sábado de manhã, sua campainha tocou ainda cedo. Irmã Madalena não parecia feliz. Da porta, avistou o telefone fora do gancho.

— Pilar mandou você ir pra lá, *agora*.

Sílvia pegou Olívia no colo e tomou distância. Aquelas loucas não iam chegar perto de sua bebê. Não de novo. O marido pediu que ela se acalmasse. O que quer que fosse, ele resolveria. Despediram-se com um beijo, a mulher lhe segurando o rosto e olhando fundo nos olhos. Em absoluto silêncio, disseram um ao outro alguma coisa que só eles entenderam. E ele partiu.

†

— Sua mulher vai embora, você sabe, né? — Pilar lhe ofereceu um drinque.

— Ela tá confusa. O susto mexeu com a cabeça dela...

— Você sabe que ela vai. Agora, tem que pensar o que vai acontecer é com a menina. Você ouviu Olomô.

O delegado não soube bem se aquilo era uma ameaça ou um conselho e tentou acreditar na opção melhor. Tudo em Pilar, entretanto, dizia o contrário – sua voz, a expressão, a forma como se movia, rígida, militar. A mentora continuou:

— Ela vai embora e vai querer levar a Olívia pra longe de você. Você não vai ver sua filha nunca mais. Pra piorar, e se acontecer de novo? E se da próxima vez eu não estiver lá pra trazer a menina de volta?

Caio, sempre tão forte e destemido, jazia ali agarrado aos próprios cabelos, patético e fraco, na mais profunda agonia. Os sinais, as evidências... O que era a coisa certa? Ele não conseguia pensar. No que um pensamento começava a se formar, alguém chegava e enfiava um conselho diferente em seus miolos.

— Olha lá... — avisou João.

— Não deixa ela fazer essa bobagem — disse a freira.

— Você tem que ser muito grato — insistiu Noemi.

Pilar se aproximou pelas costas, acariciando-lhe o cocuruto e descendo de leve pela nuca. O delegado, enfim, se rendeu. Caiu de joelhos e implorou.

— O que eu faço, mentora?

— Sei não, meu amigo... Se minha tia fosse viva... — Numa estranha pausa, Pilar encarou a madrinha e depois voltou ao soldado aos seus pés. — Eu pediria para ela jogar os búzios. Mas, sem ela, tem que ser na intuição. Fica esperto porque a luz pode vir em qualquer lugar, a qualquer hora. Você vai ter que ter fé. Por você e por sua filha. E por sua mulher doida também.

Caio pediu licença e arrastou-se até o altar do lado de fora. Longe dos olhares, ou ao menos assim imaginava, acendeu as três velas pela metade e se prostrou de joelhos, um São Francisco. Ficou ali, meditando, procurando o que fazer. Até que sentiu uma sombra crescendo às costas.

Madalena aguardou um sinal. Olhava diferente agora. Seria piedade ou tristeza? Verificou se não tinha ninguém por perto e murmurou:

— Vai embora, homem.

Ela mesma o levou até a saída, como se ele não tivesse morado lá por tanto tempo. Nem sombra de Pilar. Que bom.

Quando a porta bateu, Pilar desceu de volta.

— Eu disse pra ele ir embora — comentou a freira.

— Ele foi?

— Tu não aprendes, não? — O tom de Madalena, em qualquer outra situação, seria considerado desrespeito. Ela mesma não sabia quão longe estava indo. — Uma hora, tu sempre acabas encontrando uma desculpa pra tirar quem te ama da tua vida, não?

Pilar arrancou uma flor do arranjo do vaso ao lado do sofá e cortou o talo com a unha.

— Do que tu estás falando?

— Brasília... Maranhão... Tu te divertes queimando tudo, né?

Pilar desdenhou o bravado. Gato fingindo ser onça. Tirou do bolso uma foto. Dessas polaroides antigas, com uns vinte anos de idade, com o papel amarelo e as cores desbotadas. Largou-a, displicente, na almofada ao lado da freira. Em frente a uma vitrine no comércio de São Luís, uma mulher com seus cinquenta e poucos sorria feliz e realizada. Não podia ser.

— Com licença — disse Pilar.

E subiu as escadas, com pose de vitoriosa.

†

O caderninho de telefone. Madalena nem sabia por que tinha guardado aquilo, mas, se existia uma hora para desencavar o passado, era aquela. Esperou que todos fossem dormir e ligou até do orelhão para não haver risco de alguém ouvir na extensão. Naquela noite, mal pregou o olho. Era tudo ou nada.

A campainha tocou pela manhã, inesperada, interrompendo a faxina de João. Uma mulher linda, alinhada, de chapéu e tudo, perguntou se era ali que morava dona Pilar. Deve ter achado que aquele era o caseiro ou algo parecido. Entrou sem lhe dirigir outra palavra. Quando a moça tirou os óculos, ele entendeu. Sem dizer nada, voou para o andar de cima e bateu na porta da dona da casa.

Esmurrou, assustado ou insistente. Nem ele sabia. Tudo observado com o maior interesse por uma ligeira fresta aberta no quarto da freira. Até que Pilar atendeu. Queria brigar, mas não costumava ver o primo assim tão aperreado.

— Visita.

A mentora deu um passo, mas ele a segurou.

— Te arruma — disse ele, tão certeiro que ela obedeceu.

†

De costas, a moça apreciava o jardim, impedindo que Pilar a reconhecesse da base da escadaria. Que audácia aparecer tão cedo, sem avisar. Armou-se para o primeiro escândalo do dia. Estava até animada com a perspectiva. Queria ver a cara da criatura quando rosnasse. A colher fez tim-tim na xícara de chá. A visita, então, se virou.

A xícara se espatifou no chão. A estranha tirou os óculos escuros, o chapéu. Pilar se impressionou com o peso dos cabelos longos e brilhantes se soltando como num reclame de xampu. Os cílios tão longos que até cócegas faziam, o nariz arrebitado e gelado de que ela ainda se lembrava. A boca em forma de coração, tremendo como a sua. Pilar tentou falar, mas a respiração, histérica de bem-querer, impediu. Da porta de vidro, Socorro ensaiou qualquer coisa que também mal lhe escapou da goela. Um murmúrio melódico, chorado. Uma música, talvez? Pilar se aproximou, ainda sem acreditar. Lágrimas tão grossas que só o som lhe guiava. As notas da visitante saíam engasgadas, mas Pilar as conhecia tão bem que, em sua cabeça, parecia um concerto.

Michelle, ma belle
Sont les mots qui vont très bien ensemble
Très bien ensemble

A música, que elas mal entendiam na juventude, tinha sido composta para aquele momento. Tinha, sim! Pilar correu. Não perdeu tempo em tentar palavras novas. Tudo já tinha sido dito.

I love you, I love you, I love you
That's all I want to say…

Seus braços se enrolaram e suas bocas se colaram sem querer nunca mais se separar. Elas se descabelaram, e apertaram, e choraram, as línguas se encontrando como se dançassem uma canção que realmente tocasse.

41.
SOCORRO

Acordar linda era um dos truques que Socorro tinha aprendido com a mãe. Coisas da profissão. Uma mexidinha no cabelo e lá estava ele: brilhante, vistoso, arrumado. No espelho de pé no fundo do quarto, ela se enxergou sentada na cama. Gostou do que viu. Tudo funcionava: os lençóis egípcios, o cheiro de orvalho, hortênsias e o fim das pinhas queimadas na lareira ao longo da noite, a luz suave da manhã. Ajudava que ela fumasse seu cigarrinho fino, parecendo uma baronesa nua. Suas curvas suaves, desenhadas com tanto trabalho, carregavam pouco da juventude magricela e desengonçada, do tempo "Carcará, pega, mata e come!" em que se conheceram. Pena que não tinha ninguém para apreciar.

Fazia um ano que ela não visitava a casa de Campos do Jordão. Desde que a mãe tinha morrido, ela havia ido uma ou duas vezes apenas e se arrependido – as memórias doíam que só. Tinha até se esquecido de como era garbosa a vista de manhã cedo. Uma formosura. As montanhas, as árvores, os pássaros, tudo desaparecendo no *fog* que espreitava a distância. O ar frio, que diziam fazer bem aos pulmões, entrava gelado e seco, esfriando tão rápido a crosta da pele que não dava tempo de deixar o frio ir mais fundo. Não existia isso no Ceará, em Brasília nem em São Paulo. Em nenhum lugar do mundo onde ela tinha pisado (e eram vários). Largada na cama, adormecida, Pilar não se incomodava com a temperatura. Nua e arrepiada, descansava sua cor de café com leite, como num livro de Jorge Amado.

A fresta da porta se abriu devagar. Uadjit entrou confiante e sem cerimônia, com seu passo rebolado e lento, no mais absoluto silêncio. Um, dois, três, quatro. Na boca da cama, a safada deu uma voltinha, mostrando suas partes, exibindo cada centímetro de seu corpo, e saltou sobre a cama. Não tinha dúvidas de que seu lugar era ali, com as outras duas. Roçou-se em vão contra o corpo de Pilar, que se recusou a acordar, e se rendeu aos chamegos de Socorro, que achou graça do dengo e a acolheu entre as pernas.

Tantas memórias para uma manhã.

†

Um dia, acordaram com dois policiais militares à porta do apartamento da quatrocentos e seis. Tinham que ir embora.

— O senador mandou — disse o meganha, definitivo, sem espaço para negociação.

Foi um quiproquó. Socorro chorou e gritou que não ia pra lugar nenhum. A mãe, resignada, se fazendo de mouca, jogava algumas roupas na única mala que tinham e reclamava alto para o policial ouvir do outro lado da casa:

— Avisa o senador que ele vai ter que comprar tudo de novo. E diga também que ele é um grande filho da puta.

O soldado queria concordar, mas manteve o respeito:

— Aviso, sim, senhora.

Socorro seguiu o fio enrolado pela sala até encontrar o telefone cor-de-rosa. Levou-o correndo e se trancou no quarto. A confusão era tanta que ninguém protestou. Melhor assim. Tentou ligar para a amiga Pilar. Discou tão rápido que quase lhe arrancou o disco. Mas o telefone da casa só dava um som estranho, como se o número tivesse sido desconectado. Tentou na escola, onde informaram apenas que Pilar não estudava mais lá. Ela insistiu, chorou, sem efeito. Não parecia ser a primeira vez que uma adolescente desesperada tentava o número de outra. Ligou, então, para Nazeera, torcendo para que não atendesse um daqueles monstros que a haviam concebido.

— Nazeera mandou dizer que não tem a menor interesse em você — avisou a embaixatriz, fria e cruel.

O choque a derrubou. Destrancou a porta achando que nunca mais conseguiria respirar. A mãe, que esperava uma continuação do escândalo, lhe abraçou, sem saber ao certo o que era e resistindo à tentação de perguntar. O desalento dizia o suficiente.

Na mesma noite, voaram para o Rio de Janeiro. Quem quer que fosse o senador, arrumou-lhes um hotel porreta. Em uma semana, foram em definitivo para um apartamento em Ipanema, onde moraram até a mãe morrer.

Socorro chorou por seis meses. Sentia falta do *fog* de Brasília, do clima seco, dos colegas de escola, da amiga Pilar. Amiga, não. A maranhense era, sim, o amor de sua vida. Paixão de adolescente, desafiou a mãe, prometendo que lhe daria uma gatinha, que ela queria desde criança, assim que ela arrumasse um namorado carioca. Por conta mais da oferta do que de vontade – Socorro, ou melhor, Help – chegou com um de quem nem gostava tanto assim, mas ao menos havia posto a fila novamente para andar. A gatinha nunca veio, e Pilar, conforme tinha previsto sua mãe, aos poucos se tornou uma lembrança delicada, uma história distante. Até a ligação de Madalena.

†

Uadjit, nome estranho da gota. Mas não havia de ser surpresa que alguém que havia dado de batizar uma cobra com o nome de um pássaro de pernas compridas chamasse uma gata pelo nome de uma deusa-serpente. Talvez até fizesse sentido. A gata egípcia tinha manchas escuras feito uma cobra e olhos que pareciam entender o que as pessoas sentiam. Além disso, o nome curto combinava com a personalidade arisca, sempre encafifada com estranhos. Pilar tinha sido o primeiro ser humano a quem a bichinha havia se afeiçoado.

Ela esfregou os pelos macios em Pilar, desde a coxa até as axilas. Golpe baixo.

— Bom dia, Uadjit — disse a hóspede, contrariada.

Ela espreguiçou, o corpo dolorido abraçado na bichana, e esticou-se para beijar a boca de Socorro. Ela cheirava a sexo.

— Obrigada — disse a hóspede.

— Oxente, Pilar! E obrigada por quê?

— Por me tirares as teias de aranha!

As duas riram como antigamente. Tão amigas, tão amantes.

Uma mesa de café da manhã as aguardava na pequena varanda. Flor e tudo. O pequeno banquete parecia flutuar entre a casa e as montanhas. Onde Socorro tinha conseguido atas no meio da serra paulista? Apesar do frio, recusaram-se a se vestir. Comeram ali, com suas longas pernas cruzadas, peitos empinados, dedos mindinhos de pé, guardadas do mundo apenas pelas cortinas brancas. Divertiam-se com a possibilidade de alguém ao longe ter um binóculo apontado naquela direção, tentando em desespero driblar o bloqueio do *fog*.

— De onde veio isso tudo? — perguntou Pilar, apontando para o terreno.

A casa, herança de um cliente da mãe, era mesmo enorme.

— A família dele nunca soube, não me pergunte como.

O lote tão vasto que não terminava antes de a neblina começar.

— Sua mãe devia ser das boas...

Era como se não fossem parar de rir nunca mais na vida.

†

A construção principal era um espetáculo colonial. Tantos quartos que Pilar teve preguiça de contar. Um estábulo, piscina, uma cozinha em que devia caber a Casa Branca inteira. Mas, de todo o tour daquela manhã, o que mais enfeitiçou a visitante foi a antiga senzala.

A mansão que Socorro herdou tinha sido, um dia, o centro do maior loteamento das terras que depois virou Campos do Jordão. Ali, próximo à casa-grande, de trás de alguns pinheiros centenários, se escondia o local onde os escravos domésticos do final da escravidão passavam a noite. Até Socorro assumir a propriedade e dar fronte a sua veia comunista, a construção ainda servia de morada para alguns funcionários. Não mais. Era um desses absurdos em que ela e a mãe discordavam com tanta força que resolveram não discutir mais – isso e essa coisa de gostar de meninas, algo sem problemas enquanto fosse brincadeira, mas que era bom que se resolvesse logo.

— Assim que eu morrer, tu faz do teu jeito. Até lá, vai ser do meu.

Assim foi.

†

Um calafrio fez Pilar se chacoalhar quando seu pé descalço fez um "splash" pela primeira vez no chão encharcado. O lugar era um barracão precário e sombrio, sem cômodos, com um sifão e uma pia improvisada à vista, num dos cantos do espaço aberto. Algumas cadeiras quebradas, pratos no chão, objetos que mostravam um uso recente da habitação. Outros, nem tanto: ainda havia correntes grossas pendendo das paredes. A estrutura cheirava a mofo, o que não era estranho, considerando que uma camada d'água de dois dedos de fundura cobria quase toda a extensão do chão irregular e corria por uma fresta da parede para o lado de fora. Um vazamento que eles nunca conseguiram identificar, explicou Socorro. Talvez uma mina d'água, até.

— Tudo bem se o povo ficar esse tempo todo sem tu? — perguntou Socorro. Ainda mantinha um resto do sotaque cearense, mesmo que só por charme.

Pilar não se lembrava de ter passado tanto tempo sem pensar neles. Preferia deixar assim – tentou até desconversar. Mas, àquela altura, a dúvida já lhe mastigava a orelha. Estavam lá, sozinhos, sem notícias nem instruções, fazia quase uma semana, como será que se viravam?

Dez minutos depois, assim que pisaram de volta na casa-grande, ela ligou.

— Alô, João?

A conversa começou alegre, curiosa. Depois, ficou enfezada. Em minutos, ela bateu o telefone na cara dele (ou de quem quer que estivesse na linha naquela hora). Voltou bufando como o jegue do cão.

— Que foi? — perguntou Socorro.

— Quarenta pessoas não foram ontem à noite.

— E isso é ruim, é?

— Quarenta pessoas são vinte por cento. De uma hora pra outra. Parece que alguém andou fazendo fofoca. Sobre a gente.

Foi o primeiro momento de silêncio entre as duas. Naquelas circunstâncias, melhor a quietude.

†

Cada um dos escolhidos recebeu o comunicado por escrito em mãos. João Batista, Irmã Madalena, Caio, o casal Figueira, Eliel, doutor Vic e outros quatro dos servos mais dedicados. Noemi tinha trabalhado duro demais para manter o grupo unido quando a mentora desapareceu e não queria que nada desse errado naquela hora. A mensagem de Pilar chegou a quem tinha que chegar e foi lida na frente dela para não haver desavisos nem enganos. Um retiro especial para os sacerdotes e mais uns poucos. Que se virassem com os empregos, deixassem os filhos com alguém – para eles, não era opcional. Aos demais, férias. A mentora avisaria no dia em que estivessem de volta.

O lugar era lindo. O terreno, o jardim, a casa.

— Eu vou ficar aqui — disse Pilar, apontando para a casa principal. — E vocês, ali — completou, indicando para uma pequena construção rústica com apenas uma porta e uma janela, escondida atrás dos pinheiros.

Sua pele reluzia, seus cabelos brilhavam. Nunca a tinham visto com tantos sinais de alegria, embora o sorriso esculpido demais criasse um ar de ameaça.

— E podem deixar as malas aqui na garagem. Vocês não vão precisar de nada disso.

Noemi foi a primeira a entrar. Descalça, conforme a instrução. O chão de cimento, coberto de uma água que corria devagar. No fundo, separada por meia parede, havia uma latrina e uma pia manchada de ferrugem.

— Que é isso? — brincou o doutor Vic. — O maior banheiro do mundo?

A única luz vinha através da janela coberta por venezianas empenadas e da porta aberta.

— Vai ser uma festa. Um São João fora de época — disse Pilar.

Assim que estavam todos do lado de dentro, barras das calças enroladas para não encharcar, Pilar bloqueou a entrada.

— Esta é a casa de vocês. Quem quiser sair, é só abrir e ir embora. A porta, ninguém vai trancar. Mas, se sair, não carece de voltar mais, não.

— Mas e se... — começou o doutor Vic.

— Shhhh! Não mandei ninguém falar. Este é um retiro de resistência e fé. Uma provação pra ver quem está mesmo a meu lado. Se algum de vocês quiser sair antes, é só levantar a mão e dizer: "Mentora, me perdoe, fui eu que contei as fofocas sobre você". O que mais... Ah, comida! Vou trazer umas guloseimas de vez em quando. Não comam demais pra não engordar.

O grupo se entreolhou, procurando um culpado. Alguns botaram as mãos nos ombros dos outros em sinal de apoio. Outros estufaram o peito em demonstração de força. Em comum, sentiam-se todos sinceramente prontos para o que estivesse por vir.

Ou por não vir. Aquele dia inteiro passou, e a promessa de comida não se concretizou. Para se entreter, criaram um protocolo para o uso do banheiro. Homens e mulheres se ajudariam: se um deles precisasse usar o aparelho, os demais do mesmo sexo fariam uma parede de privacidade com o próprio corpo. Nojento, mas um bom exemplo de como sobreviver em cooperação. Um motivo de orgulho para lhes embalar na noite desconfortável que viria a seguir. Quando a luz começou a mudar, o ar gelado entrou, poderoso, cruel, com cheiro de madeira queimando ao longe, bem longe. O nevoeiro entrava como um fantasma, se enfiando por cada fresta, ardendo ao tocar a água que lhes cobria a pele e penetrando até os ossos. Com fome e frio e sem enxergar mais que um braço de lonjura, dormiram todos que nem bicho, emparelhados uns com os outros, procurando um pouco mais de calor e um apoio que os mantivesse com os rostos fora d'água.

De manhã, Pilar apareceu junto com o sol, banhada e cheirosa, com uma caixa na mão. Entregou a Noemi e saiu sem explicar. Arroz branco, grudado e queimado, e farinha. Foi aí que começaram a ficar assustados. Que diacho era aquilo? Com civilidade, concluíram que, se fosse para ter resposta, ela já teria chegado. Então, dividiram com os dedos e comeram a única refeição do dia usando as mãos como prato. No resto do tempo que sobrava naquele encharcado sem fim, conversavam sobre orações, os escritos, Pilar. Um retiro franciscano de fé. O aprendizado do sacrifício e da reclusão. Teorizaram o quanto puderam para aliviar a agonia da tortura, da total falta de ideia de que diacho estava acontecendo.

No segundo dia, já não queriam tanto falar. E a comida? Feijão aguado e sem tempero, servido num saco plástico em que eles fizeram um furo e beberam, um a um, em comunhão. No terceiro dia, um bife. Apenas um. A ironia do prato feito à prestação teria sido percebida com mais facilidade se a carne não tivesse sido encolhida. Tiveram que cortar com os dentes, feito bichos, e decidir se todos comeriam quase nada ou se alguém ficaria com menos fome que os demais. Preferiram a igualdade. Um pingo de humanidade, embora pouca, ainda restava.

Nos sete dias seguintes, mais arroz, feijão e bife, um a cada dia, e nada além. Nenhum contato, nenhuma conversa, nenhuma novidade. As roupas encharcadas ardiam na pele e pioravam o tormento. Mas o pior mesmo era a água agarrando os passos. Um agreste ao contrário: molhado, frio e escuro. Consumindo as forças aos poucos e sempre. Isso, mais a fome, o sono... Cada vez viam menos amigos ao redor. Líderes evidentes em outras situações começavam a perder a influência.

No décimo dia, Pilar entrou com uma cadeira.

— Quem aqui já jogou dança das cadeiras?

Os doze discípulos se entreolharam, confusos e exaustos, e levantaram as mãos. Quase acharam graça. Mas a fraqueza da fome e dos pulmões maltratados pelo frio roubava-lhes o bom humor. Pilar explicou, com uma satisfação sádica:

— Todo dia, um de vocês vai perder. Esse perdedor sai daqui. Se for sacerdote, perde o sacerdócio. Se não for, perde o direito de ir à Casa

Branca. Mas tem uma coisa boa: depois de sair daqui, vocês vão lá para a casa principal, onde um tem quarto quentinho e comidinha fresquinha. E quem chegar até o final poderá escolher mais cinco eliminados para voltarem ao status anterior. Que tal?

Atrás das aparências de dignidade e nobreza, havia pânico. Perder o grau seria ruim, pensava cada um a seu jeito. Mas cair na humilhação de brigar por um assento naquela poça d'água gigante? Nenhum deles estava pronto para tanto. Ao menos era o que repetiam para si mesmos. Alguns até falavam alto para posar de líder e ganhar apoio. Assim, quando Pilar saiu para buscar as outras cadeiras, alianças desesperadas começaram a se formar, umas para boicotar o jogo, outras para ganhar.

A mentora deixou as cadeiras do lado de fora, oferecendo-lhes o luxo de pisar em chão seco depois de tanto tempo, desde que se ajoelhassem e beijassem sua mão antes de sair. Onze cadeiras para doze pessoas. Então, Pilar tirou um radinho de pilha do bolso e mandou que os doze rodeassem as cadeiras. Sorriram todos, uns para os outros, em sinal de paz. Uma gota de dignidade ainda lhes restava. Talvez fosse essa a provação.

A música começou:

Nas favelas, no Senado
Sujeira pra todo lado
Ninguém respeita a Constituição
Mas todos acreditam no futuro da nação!
Que país é esse?
Que país é...

Quando Pilar desligou sem avisar, foi Noemi quem se viu longe de qualquer assento. A cadeira mais próxima estava praticamente sob a bunda de Claudete, mulher do Figueira, o único casal ali dentro. A enfermeira deu de ombros para Pilar, como se aceitasse a derrota, mas, em seguida, mudando de repente de ideia, jogou o ombro com força contra a oponente, lançando-a de cara n'água. Sentou-se, vitoriosa, evitando olhar para os lados para não rir.

O marido avançou em protesto. Que caralho era aquilo? Que selvageria! Teve que ser agarrado antes que conseguisse acertar na enfermeira o murro que daria sem dó. Não tinha jeito, porém: Claudete estava eliminada e poderia cuidar do corte que tanto sangrava na ponta de seu queixo.

— Eu vou ganhar isso aqui, aí te trago de volta, meu amor. Me espera lá fora — disse ele.

Naquela noite, todos dormiram encostados nas paredes mofadas, alguns usando as correntes como apoio para a cabeça. O véu da neblina caiu até bem, permitindo que cada um deles se sentisse distante e protegido dos demais. Uma dessas bobagens que acalentam quando a pressão aumenta além da conta.

Na manhã seguinte, forçados a conviver novamente, a briga pelo saco de feijão foi tão grande que fez com que o plástico se rasgasse e a comida se perdesse pelo aguaceiro no chão. Houve quem catasse grãos, quem reclamasse, quem quisesse brigar. Naquele quarto confinado e sem cantos, não havia espaço para agremiações secretas. Era tudo na frente dos outros. O circo de Pilar, com suas bestas exóticas e ferozes, manipulações galantes e momentos de tirar o fôlego, finalmente chegara à cidade.

†

Quando voltaram as cadeiras, já havia organização naquele bando: um grupo de seis atrás de Noemi e mais três atrás do Figueira. A música tocou, irônica por si mesma:

Família, família
Cachorro, gato, galinha
Família, família

A violência se preparava para explodir. Os punhos fechados, os dentes se arrastando. Dava para ver, para sentir. Antes mesmo que o som fosse cortado, eles já se empurravam para a frente e se protegiam por trás. A canção insistia em continuar:

Vive junto todo dia,
Nunca perde essa mania
A mã...

No silêncio repentino, houve trancos, reclamações, encaradas de guerra. Teve gente agarrando duas cadeiras e as arrastando para longe. Mãos agarradas a cabelos alheios. Até tapas rolaram. A única a se recusar a tamanha falta de dignidade foi Madalena. Ficou sem cadeira. Quem sabe não fosse uma boa notícia?

†

Caio saiu rápido também, ainda bem no início. Enquanto esteve isolado na casinha, sua mulher havia ligado três vezes. Se ele nunca retornou, foi porque não ficou sabendo. Assim que foi eliminado, recebeu o recado e chamou de volta, mas ela parecia diferente.

— Estou indo embora pra Curitiba com a Olívia — disse, exasperada. — Não fico mais um dia perto dessa maluquice.

— Meu amor! — respondeu ele. Era assim que se chamavam quando o clima esquentava. — Vai melhorar. Eu tô aqui pra isso. Me dá um tempo. As coisas estão se encaminhando bem. Vê, eu nem sacerdote sou mais.

— Esse é o problema, Caio. Você não deveria ter ido e já deveria ter voltado. Eu não quero criar a Olívia no meio desse inferno. Não aguento mais ter medo de fazer uma coisa errada sem saber e ser posta na cruz por isso.

— Sílvia, espera. E se a Pilar estiver certa? E se vocês forem embora e isso... — Ele parou por ali. Não teve coragem de prosseguir.

Claudete, que ouviu a conversa inteira pela extensão, mais tarde alcaguetaria cada detalhe para os ouvidos curiosos de Pilar.

Na casa principal, as inimizades criadas nos duelos com as cadeiras e a música se reafirmavam. O conforto dos quartos, com seus colchões macios e suas lareiras quentinhas, se contrapunha ao desconforto da proximidade de inimigos. Entre eles, Pilar caminhava soberana, ouvindo as fofocas e as acusações que cada um lhe contava.

Aquele era o verdadeiro jogo. E, antes mesmo de ser finalizado, já estava ganho.

Socorro, por sua vez, ficou longe, transparente o quanto pôde, tentando entender a dinâmica daquilo em que se metia.

— Estou com um pressentimento — disse a mentora ao delegado, num canto solitário. — Sua mulher está pra fazer uma bobagem. E, se ela fizer, quem vai pagar vai ser sua filha. Não garanto que ela chegue nem aos sete anos.

Caio cobriu o rosto com as mãos e começou a soluçar em desespero.

— Eu tenho uma proposta — disse a mentora. — Deixe ela ir.

— O quê?!

— E deixe a menina ir também.

— Mentora, com todo respeito, é minha filha... Não posso...

— Eu posso fazer um trabalho, dando você em sacrifício. Você ama sua filha o suficiente pra isso?

Amava mais que tudo no mundo. Mais que a própria fé que tinha, e ela era grande. Por fora, manteve a postura segura. Por dentro, queria mesmo era morrer. Aceitou, resignado, se retorcendo as tripas de dor. Quem sabe o sacrifício fosse literal. Perguntou o que tinha que fazer. Estava pronto para tudo.

— O sacrifício mais nobre de todos. O do exílio. Você nunca mais vai falar com nenhuma das duas. Nem com sua mulher nem com sua filha. Se quebrar a promessa, a punição virá maior e mais dolorida ainda.

Ele aceitou e, daí em diante, só saiu do quarto quando não teve escolha.

†

Cada dia mais fracos, doentes e raivosos, os outros prosseguiram com a gincana dos infernos. Autorizados por Pilar, os que haviam perdido passaram a voltar para assistir e torcer pelos que ficavam, numa mistura grotesca de vingança e redenção. Era visível a diferença de pele, disposição e humor entre os libertos e os da senzala. Como se os vencedores fossem os que saíam. Não para Noemi nem para Figueira, no entanto, cujo ódio alimentava a maior das richas até então.

A grande surpresa foi que entre os finalistas estava também o baixinho e gordinho doutor Vic, talvez simpático demais para ser atacado com descaro. Finalmente, havia João, o mais forte, dono de todas as apostas. A não ser por um milagre, sairia vencedor daquele jogo.

A água cheirava mal. Os competidores pareciam exaustos, magros, machucados nos joelhos, nos cotovelos e no rosto. A dignidade tinha morrido fazia tempo e, àquela altura, eles sabiam o que esperar. Ao menos faltava pouco para o fim daquela tortura.

Pilar olhou para o quarteto e botou apenas duas cadeiras no chão. Uma eliminação dupla para aumentar o drama, quem poderia imaginar? Do lado de fora, as torcidas se estabeleciam diante daquele espetáculo grotesco. A mentora exibiu o rádio de pilha. A plateia se calou. Ela triscou o dedo no botão. Encarou os quatro semifinalistas. Mais uma guerra estava para começar. Foi quando alguém bateu em suas costas e tomou-lhe o radinho da mão.

— Chega. Hora de ir embora — disse Socorro, entojada de tanta barbárie. — Todo mundo pra casa pra tomar um bom banho e descer a serra sem essa inhaca.

Pilar emendou uma gargalhada tranquila e declarou, grandiosa, feito um narrador de luta de boxe:

— Todos, aqui e na casa, passaram no teste. Hora de ir embora!

Milagre.

42.
QUERIDA MENTORA

Ao sentirem o dedo de Socorro, os pelos das costas de Pilar, desde a bunda até o cangote, se arrepiaram de uma só vez. Não por nada (dessa vez), apenas um fecho ecler subindo-lhe o vestido justo que deixava só os olhos da serpente à vista. Minutos mais tarde, desceram a escada juntas. Uadjit observava tudo, curiosa: Pilar dois degraus à frente, num sorriso maior que a vida, desses que só se tem depois de uma tarde encantada e um chuveiro que deveria relaxar, mas... não, Socorro logo atrás, cautelosa em cada gesto. Os joelhos das duas ainda tremiam. Fosse pela mentora, andariam de mãos dadas, se abraçariam e se beijariam como quisessem. Já tinham mais de trinta, não era agora que iam pedir permissão na vida. Socorro, todavia, que oficialmente tinha até escolhido ficar no quarto que um dia tinha sido do delegado Favacho, só para evitar falação, preferiu uma entrada menos arteira. Era a primeira oração após o retiro de Campos do Jordão, afinal. Se tinha uma coisa que poria tudo a perder, era fofoca de gente tacanha. Não estava disposta a arriscar.

Seguiram em procissão, cercadas pelos sacerdotes, como de costume, até o escritório, onde Pilar sacou do conta-gotas de prata alguns pingos de um vidro cor-de-rosa. "Felicidade, Grécia", dizia o frasco. Ao lado, no aparelho de som que raramente ligava, colocou um disco que tinha mandado comprar especialmente para aquela noite. Seguiu sem escolta para o lado de fora. Sem ritual nem sacerdotes, agarrando um vaso de flores no caminho. A música, então, começou.

Now I've had the time of my life
No I've never felt like this before
Yes I swear it's the truth
And I owe it all to you

Socorro observava. Toda aquela gente de branco, seguindo cada movimento de Pilar. Interesse, confusão, amor, até. Mais que tudo, encantamento. A mentora girava e dançava igual a criança. Ou uma adolescente apaixonada. Diante da própria conclusão, Mary Help corou.

Pilar distribuía flores a quem chegasse perto, arrancando sorrisos surpresos de cada um. Lascava uns tantos beijos, abraços. Apertava bochechas de gente que nunca tinha olhado nos olhos, com autêntica vontade. De um canto escuro, Irmã Madalena comandou o que pôde: apontava com as mãos para que ninguém cantasse, mandou João Batista até o escritório e alinhou os demais sacerdotes ao redor do grande altar enfeitado com flores de todas as cores, a pedido de Pilar. Radiante, a mentora entregou a última flor e continuou dançando e cantando, segurando as pessoas pelas mãos, fazendo-as rodar e dançar junto.

You're the one thing
I can't get enough of
So I'll tell you something
This could be love...

Quando o último acorde tocou, como se tivessem ensaiado durante dias, a luz baixou e o silêncio voltou. Irmã Madalena acenou aliviada para João, que voltava correndo para tomar seu lugar. Do meio da roda, Pilar procurou Socorro. Ela devia ter se perdido na multidão. Engraçado como a idade a tinha transformado numa mulher tão confiante.

Concentrou-se. Três... dois... um... e jogou as mãos para o alto.

— Eita, exa!

†

Ah, o prazer de fazer uma pessoa tão feliz. Socorro bordejava as sombras, tentando evitar o olhar de Pilar. Queria observá-la assim mesmo, de longe, sem inibições. Tão linda, rodopiando. Tão feliz por estarem juntas. Tão exausta por causa daqueles dedos, bocas, pernas e peitos... Foi a vez dela de se arrepiar. Não era hora de pensar nisso.

Um tranco no ombro lhe tirou do transe *voyeur*. Um homem obeso, careca, de pele brilhante como se a banha lhe escapasse pelos poros. Socorro riu, simpática, mas ele não retribuiu. O ensebado a olhou com desdém e juntou-se a um grupo mais à frente. Deu a mão para uma senhora ainda mais pesada, que a mediu de cima a baixo e fez o sinal da cruz. O gordo disse qualquer coisa para os companheiros, que olharam todos de uma vez. A reprovação era acintosa. Socorro observou ao redor. Não eram só eles os incomodados, mas o gordo, sabe-se lá por que razão, parecia haver tomado a frente da insurreição moralista. Ela sabia o que estava por vir.

Não dessa vez.

Ela esperou que o sujeito se afastasse da manada. Banheiro, torceu ela. E o seguiu.

— Aquela lá é tua mulher, é? — disse Socorro.

Ele bufou pela audácia. Não respondeu. Ela continuou, inconveniente como queria ser.

— Feia, ela, pra alguém como tu.

Homens são tão fáceis. Um dengo de moça bonita, uma cara de licenciosa e pronto. Amolecem de um lado e endurecem de outro. Quanto mais conservador, melhor.

— Eita, exa! — Ouviram lá de baixo.

Certos de que a atenção estava toda bem longe, subiram as escadas. Socorro na frente, correndo para dentro do quarto de Pilar.

O homem precia prestes a infartar. Só depois que ela desabotoou a blusa e botou a mão dele em seu peito é que ele parou de olhar a saída. Respirava pesado, os olhos loucos. Quase não falaram. Ela tirou a roupa. A dele também. De joelhos, deu uma boa olhada no que lhe esperava. Um pinto médio, tão apertado na própria pele que a cabeça não escapulia por completo. Massageou-o com os dedos e lambeu-o uma vez antes de botá-lo inteiro na boca, esfregando a mão na bunda de porca prenha, de onde uma verruga saltava bem do lado esquerdo. O homem gemeu sem querer.

— Faz que nem tu faz com tua mulher — disse ela, rastejando na direção da cama.

Ele a jogou contra o colchão e a penetrou, desajeitado, meio flácido ainda. Ela gemeu também, não tinha problemas com isso. Um, dois, três, quatro, cinco... Ele a virou de quatro e lhe agarrou os cabelos.

— Que nem eu faço com ela? Então tá: goza, bebezinha, goza!

"Goza, bebezinha, goza"?! Por sorte, vieram lá de baixo gritos engraçados de "amô, amô, amô!", que justificaram seu riso repentino sem levantar suspeitas. Como era possível alguém gozar com aquele show grotesco? Era o bastante. Ela acelerou, gritou e fingiu, fazendo-o gozar junto.

— Ai, neném, ai, neném!

Dois minutos, ela conferiu. Bem na média. Amém.

— Amô! — gritaram novamente lá de baixo enquanto eles desciam correndo. Na base da escada, ela o segurou pelo colarinho. Tomado pelo medo, o homem largou o sorriso bobo e ouviu, obediente, o que a loira lhe sussurrou ao ouvido:

— Agora tu trata de convencer tua laia de que não tem nada errado comigo e com Pilar ou eu conto tudo pra tua *bebezinha*, tá entendido?

Por pouco, o infarto não veio.

†

— Eita, exa! — gritou Olomô, com os braços para o alto. — Qui bom ixtá coxeis aqui hoje di novu, num é, exa? Eu maix us sacerdoti i Pilá fomu fazê uns trabaio pra elis voltá mais forte, pra podê elis mexmo fazê us ritual quando Pilá tivé qui viajá pra levá a mensaje pru mundo.

Um burburinho cresceu no fundo do jardim.

Olomô estava num dia tão alegre quanto a pessoa em quem montava. Disse que tinha ido ver os trabalhos lá na serra. Que acompanhou direitinho e viu quão dedicados eram os sacerdotes. Eles, os servos, eram pessoas de sorte por serem lideradas por uma gente tão comprometida e evoluída.

— Oxeis fórum ixcoiído, i elis tumém. Elis foram pego um a um pra comandá u mundo, assim comu oxeis vaum liderá mais um monte tumém, num é bom isso, exa? I oxeis sabi u qui pricija pra liderá u mundo? Amô. Amô. Amô! Fala cumigo! Amô!

A plateia repetiu, achando graça da brincadeira.

— Amô, amô, amô!

— Quando oxeis tiverem dúvida, o qui pricija? — provocou Olomô.

— Amô! — gritou a audiência, sem precisar de explicação nem ensaio.

— I quando um doxeis tivé trixte e sozinhu? U qui us otro têm qui dá?

As mãos de Olomô acariciaram com afeto o rosto de Caio.

— Amô! — disseram todos mais uma vez.

— I quando ax pessoa de fora dissereim qui oxeis são tudu loco di botá a vida numa rilijão qui elis num cunheci, oxeis respondi cum u quê?

— Amô!

Naquele momento, o sorriso de Socorro, que a olhava com tanto carinho de um canto de luz no fundo da sala, quase lhe desconcentrou. Após uma pausa mais longa que de costume, Olomô prosseguiu, falando direto em sua direção:

— Já reparô qui quanu a criatura tá feliz, quanu tá cum amô, tudo mundo im vorta fica tumém? É comu si Pilá ô Jesuiz fosse na sua casa, fazesse uma faxina di tristeza i levasse tudo imbora. I podi anotá u qui eu digo. Oxeis a parti de agora vão sê tudo vitorioso, framoso, filiz. Vai tudo tê amô i sorriso pru rexto da vida. Per quê? Perque eu tô dizenu. Perque eu quero. Sacerdoti Encaio?

— Salve! — disse Caio, batendo triste no peito.

— Oxê num tá feliz, num é memo, exa?

— Estou, sim, minha mãe. — Uma lágrima quase lhe escapuliu.

— Encaio, num mente pra mim qui eu sei. Qui eu vejo aí dentro de tua cabeça, exa. Tu tá cum dô di coração. Intaum eu vô ti dá uma missaum. Oxê amanhã vai pru Sul, praquela terra lá longe, ondi eu mandei tua muié i tua fia. Vai cuidá delas por lá. I vai montá nossa segunda igreja, nossa segunda casa. Tá certo, exa?

Caio despencou de joelhos entre Noemi e João Batista, num pranto tão alegre e intenso que os ombros dos dois sacerdotes que lhe seguravam as mãos chacoalharam junto.

— Intaum hoje vamu celebrá u amô. Juaum Batista, vá lá pô a música di novo qui hoje num queru vê ninguém di juelho. Quero vê tudu mundu dançá!

Enquanto Pilar desfalecia (amparada pela madrinha e pela enfermeira), João corria até o escritório e botava o disco novamente para tocar.

Be my, be my baby
and drive me crazy...

Naquela noite, não houve fila. Não teve pedido nem reza. Eles dançaram até meia-noite. Uns com os outros, sozinhos, com Pilar, com os sacerdotes e até com Socorro.

Num dos poucos instantes sozinhas, a música as embalou até a frente do altar. Sem perceberem, se deram as mãos.

— Me explica o que são? — pediu Socorro, apontando para as santas entre as flores.

Pilar lhe mostrou a estátua da família, Santana, onde, desde sua avó, morava Olomowewê. As velas acumuladas, acesas umas por cima das outras ao longo dos últimos anos. O crucifixo comprado em Israel, os colares de contas tailandesas ao redor dos vasos de flores, as fotos de São Jorge, Santa Bárbara e Iemanjá, as ferramentas de Ogum. Na parte de baixo, a cobra negra que dispensava apresentação.

— Tu ainda tens isso?

Elas se abaixaram para ver de perto.

— Ela me lembra de ti — disse Pilar. Socorro esticou a mão como se fosse acariciar a Saracura.

— Não — interrompeu a dona da casa, baixinho. — Tem umas coisas guardadas aí dentro... Se tu encostares, podem acabar... fugindo.

— Coisas?

— Um encosto que persegue minha família faz muitas gerações.

Socorro respeitou e levou-a de volta para dançar. João, que tinha sumido no meio da noite, reapareceu com baldes e mais baldes de cerveja. Agora, sim, era uma festa.

†

Por três sextas-feiras seguidas, a festa se repetiu. As mesmas palavras entusiasmadas de Olomô, a música, a cerveja. Só um pouco menos de gente. Pilar já não parecia mais tão preocupada, porém. Melhor um grupo menor e encantado do que carregar gente com bico. Até a gatinha parecia se enturmar.

Quem não se conformava era Noemi. Não pela insurreição, mas pelo resultado. Quando trouxe a carta deixada no meio da tarde, tinha cara de "eu te avisei".

Querida mentora,

Neste mundo cão, tão cheio de tentações e ecos do demônio, mesmo os iluminados podem sucumbir à tentação. Nós acreditamos que é uma questão de tempo até que a senhora acorde, mas, enquanto isso, nós e nossas famílias preferimos nos manter longe. Estaremos aguardando ansiosos para voltar ao convívio. Com a fé de sempre e o maior amor do mundo.

Quatro famílias tinham assinado a carta. Ao todo, doze pessoas. Socorro ainda não tinha decorado o nome de muitos, mas sabia bem quem eram esses.

— Manda um recado pra eles por mim? — pediu Pilar.

— Claro, minha mãe — respondeu a enfermeira.

— Diga pra eles pegarem a preocupação deles e enfiarem no meio do cu.

Ficou trancada durante o resto do dia.

Naquela sexta-feira, os sacerdotes tiveram que fazer a oração sem Pilar. E a festa das últimas semanas, obviamente, não aconteceu. Na casa de um dos autores da carta, a noite foi agitada. Meio motim, meio celebração. No meio da madrugada, o telefone tocou. Uma louca contando como eram partes da anatomia do marido da outra e seus hábitos mais grotescos na cama. Chegou a tocar uma gravação do miserável gritando o que nunca deveria ter saído da santidade do lar. Humilhação sem tamanho.

†

Sempre que a garoa tomava o jardim, eles carregavam o altar para dentro, onde fiéis se apertavam feito fumo de rolo. Sobravam só as escadas, por onde Pilar desceu, dando graças pela limpeza recente da audiência, senão não caberiam todos ali.

— Sabe aquele casal gordo e fedido, que ficava num canto reclamando de tudo? — fofocou Noemi. — Separaram.

— Bem feito! Vão morrer sozinhos, saravus fiis de uma égua! Quem vai querer ficar com aquelas poias? — retrucou Pilar.

— Saiu daqui, cai tudo — disse o jovem sacerdote Eliel.

João puxou as palmas quando começaram a descer. Ele mais Pilar e depois os outros sacerdotes. Socorro seguia meia escada atrás, em sinal de respeito.

— Falando em coisa que cai... Chega de me chamar de "mãe". Mentora, tudo bem, mas mãe Pilar... é coisa de macumbeira.

Do fim da fila, Noemi olhou acusatória para a loira logo atrás. Socorro achou graça. Havia sido desmascarada.

A oração correu tranquila. A entrada, a preleção... Ao final, para permitir mais espaço e privacidade, Pilar subiu de volta para o quarto. Foi quando o telefone tocou. Quem poderia ser? Só servos mais graduados conheciam aquele número e sabiam que não deveriam... A não ser que fosse saravu criando confusão. Pilar parou para ouvir a conversa.

— Alô? — disse Madalena. — Sim... Sim... O quê? Como assim?!

O horror. Ela desligou, tremia de ver de longe. Subiu as escadas correndo e carregou a mentora pela mão. Os sacerdotes a seguiram. Alguns ainda não tinham cruzado os últimos degraus quando ouviram as palavras da freira.

— O Caio, Pilar. Morreu!

†

— A gente devia ter ido — sussurrou a Irmã.

— Noemi e João nos representam — respondeu Pilar.

Desceram a escadaria num luto frio e solene, as duas na frente. Era sábado, um dia normalmente vazio entre a oração da sexta e as aulas de domingo. Protegido da chuva fina insistente, o povo se reunia ao redor de uma mesa com violão, três velas e umas fotos.

— Caio odiava a garoa — discursou Pilar, falando alto e na própria voz. Usava o corrimão como púlpito. — Era um homem de ação, e essa chuvinha atrapalhava. Ele foi para o Sul para encontrar a família e se preparar para sua nova missão. Fez isso a mando de Olomô, que deu as ordens na frente de vocês. O que ninguém aqui sabia era que essa missão não seria conosco.

Pilar enxugou uma lágrima que não pretendia mostrar.

— Nessa noite, eu sonhei com ele, meu amigo Caio. Tava deitado no colo de Olomô. Tinha aqueles olhinhos inocentes brilhando em minha direção. Quando eu cheguei perto, ele me abraçou e disse: "Avisa que eu tô bem. Eu, Sílvia, Olívia... Viemos todos juntos pra que ninguém sofresse sem os outros. E diz também que eu vou fazer do lado de cá o que vocês fazem daí da terra. Toda sexta-feira estarei concentrando por aqui. Só peço uma coisa: enterrem meu violão num canto seco do jardim e plantem umas flores bem bonitas sobre ele. Brancas pra Sílvia, amarelas pra Olívia, vermelhas pra mim. Toda vez que elas se abrirem, é a gente espiando de longe".

Fizeram todos o sinal da cruz e honraram a desgraceira com músicas compostas pelo sacerdote. Irmã Madalena levou pessoalmente o violão até a cova seca pré-cavada por alguém que ela nem sabia quem era. Pilar jogou a primeira mão de terra. Uma fila se formou para abraçá-la como se fosse a viúva.

Mais tarde naquela noite, Madalena, que havia esperado um dos tantos momentos em que Pilar se afastava de tudo, se aproximou.

— Estamos perdendo tudo de novo...

Pilar segurou a mão da madrinha.

— Olha a pequenice da pessoa! Não estamos perdendo nada, não. Não ouviste o sonho que contei?

— Pilar... eu ouvi... mas ouvi também o que as pessoas cochichavam. Elas estão aperreadas. Perguntam que tipo de proteção é essa que deixa morrer um dos mais próximos a ti.

A mentora tentou sair, impaciente, mas a freira a seguiu.

— Eles estão com medo, Pilar. Desde que Socorro chegou, as coisas foram ficando diferentes. Isso já aconteceu antes... Tu constróis uma casa, e ela começa a ruir...

— E tu, o que achas? — Pilar não tentou esconder o tom de dívidas antigas.

— Eu te amo como filha, não sabes? Vou contigo pra onde for.

— A gente fica, *madrinha*. Amanhã, anuncio a substituta dele.

— Tu juras que...

— Está decidido, sacerdotisa.

†

— Sacerdote cirurgião Vic, presente.

— Sacerdote professor Emanuel, presente.

— Sacerdote economista Figueira, presente.

Eles continuaram o ritual na ordem de sempre: Eliel, Madalena, João Batista, Noemi. Então, Pilar olhou para o lado. Houve uma pausa e, em seguida, uma nova saudação:

— Sacerdotisa estilista Maria do Socorro, presente.

Pilar aguardou as reações antes de começar a falar. Era a primeira aula sem o sacerdote Caio.

— Vocês devem ser muito gratos a ele — disse a mentora, explicando que os dois vinham conversando sobre o que fazer com o assento vago desde que ele foi para o Sul. — A gente sabia que a coisa certa era trazer a sacerdotisa Socorro pro lugar dele. Ela é uma mulher viajada, que conhece coisas que ninguém aqui conhece, e vai ajudar a responder a muitas perguntas importantes. Vocês têm alguma questão pra ela?

Várias mãos se levantaram. Pilar apontou uma menina no fundo.

— Minha mãe disse que a mentora virou sapatão.

— Eu respondo — disse o sacerdote Vic. — Sua mãe deve estar confundindo as coisas. E diga pra ela que não é certo fazer fofoca sobre a vida dos outros, ainda mais sobre nossa mentora. Mas fico muito feliz que você tenha trazido essa pergunta pra que a gente possa desfazer o mal-entendido e...

— Não tem mal-entendido — interrompeu Pilar. — Pra você poder responder a ela, eu não virei sapatão. Eu sou o que eu sempre fui. Eu e a sacerdotisa Socorro, que é a criatura mais culta dessa sala, que lê três jornais todos os dias antes de tomar café e um livro inteiro toda noite antes de dormir, nós duas nos conhecemos desde a idade de vocês, dos mais novos daqui. Já sabíamos que tínhamos uma relação especial, mas o mundo, naquela época, era muito confuso. Sabe aquilo de almas gêmeas? Nós somos assim, só que aconteceu de *nessa encarnação* chegarmos em corpos do mesmo sexo. E daí, eu pergunto? Uma pessoa se apaixonar pela alma de outra deveria ser normal. Muito tempo atrás, a sensação de que estávamos erradas e outras mesquinharias do mundo acabaram nos separando. Agora nos reencontramos e temos maturidade para entender que nunca estivemos erradas, que o amor nunca é errado.

Socorro pediu licença para falar.

— Qual é seu nome? — perguntou à menina.

— Victória.

— Olha, Victória, eu, na sua idade, como disse a mentora, tinha várias dúvidas também. As pessoas me mostravam o que era *certo* e *errado*. Mas as coisas mudam, e ninguém sabe a verdade absoluta, além de seu próprio tempo e seus próprios preconceitos. Só quem mora em outra dimensão pode saber. Daqui de baixo, nós sabemos apenas o que nos contam. Quer ver uma coisa? Jesus... Ele tinha quantos... doze apóstolos? E havia uma mulher sempre com ele, certo?

Maria Madalena, a prostituta. Apesar do que diz a Igreja, todo mundo em algum momento se pergunta se Jesus e Madalena tiveram um caso, se eram namorados, marido e mulher... Mas sabe o que eu um dia percebi? Que Jesus escolheu viver no meio de doze homens. E que se tem chance de ele e Madalena terem tido alguma coisa, as chances são ainda maiores de que seu amor tenha sido por um dos outros barbados ao redor, não? As chances são de doze para um. Pensa só: "Pedro, tu és Pedra, sobre ti erguerei minha igreja". Não é meio baitola, isso?

A meninada riu. Os sacerdotes, não. Socorro continuou:

— Eu não tô dizendo que Jesus era gay, só que pode ser que fosse, e isso não muda nada na mensagem que ele deixou.

Ao lado, Pilar concordou com a cabeça e segurou a mão de Socorro, orgulhosa. Por um instante, acreditou até que seria possível terem uma vida juntas.

43.
MOTIM

Para toda aquela pose, era engraçado que o programa predileto da profeta do Maranhão fosse *Os Trapalhões*. Não que Socorro não gostasse. Afinal, Renato Aragão era de sua terra e havia uma conexão especial entre os cearenses e seus comediantes famosos. Seus planos eram outros, porém. Com Noemi em plantão e Madalena tendo saído para tomar um sorvete (pediu que João a levasse), teve a impressão de que deixaram a casa só para as duas namorarem.

A cearense usou a música do programa para começar seu *striptease*. Jogou a blusa sobre a tela da TV, deixando claro, apesar dos risos frouxos, que a intenção era séria. Pilar saltou da cama e seguiu o rastro de peças que levava até o banheiro. O som do chuveiro convidava. Parada feito bagre na água corrente, Socorro aguardava.

— Eu não sabia nadar — disse ela, com uma voz fina de matuto.

A princípio, Pilar achou engraçado, mas Socorro não se moveu. Permaneceu de pé, curvada, cabelos escorridos para baixo, joelhos dobrados na direção um do outro, como se tivesse as pernas tortas.

— Eu não sabia nadar — repetiu o corpo possuído de Socorro. — Agora eu vô bagunçá a tua, qué vê? — Em seguida, na maior normalidade, Socorro jogou o cabelo pra trás e falou com sua voz de sempre: — Hummm, que demora.

Pilar a encarou por alguns segundos, procurando um riso, um cheiro de chacota. Socorro andava falando com João. Teria ele contado sobre Garrincha, e aquela era apenas uma piada de mau gosto? Ela manteve o sorriso desavergonhado, convidando Pilar para baixo do chuveiro. Nenhum sinal de humor. Socorro abriu a porta e a segurou pela nuca, encaixou a boca contra a sua; com a outra mão, apertou-lhe o peito. Pilar obedeceu ao chamado, embora não tenha conseguido aproveitar um segundo sequer.

†

A revolução estava armada. Combinaram de se encontrar durante *Os Trapalhões*, o único momento de lazer que Pilar se permitia. Assim, os sacerdotes (os originais, sem essa novidade de Maria do Socorro) teriam mais chance de conversar sem que ela os tivesse procurasse.

— Não sei se dá pra segurar a revolta por muito mais tempo — disse o embaixador.

— Ligaram pra mim ontem — completou o sacerdote Emanuel.

A resposta de Socorro durante a última aula dominical tinha jogado gasolina na fogueira da revolta. Fiéis aguentavam a conversa aberta sobre sexo com os seus filhos adolescentes. Ficavam desconfortáveis, mas quem sabe ela estivesse certa. E as fofocas de orgias e drogas, não havia confirmação, poderiam perfeitamente ser maldade de gente de cabeça fraca. Mas... uma profeta sapatão confessa?! Era desfaçatez demais para um grupo que se dizia de princípios, todos pareciam concordar. A coisa toda ia ruir, a não ser que eles fizessem alguma coisa.

— Peraí, gente. Quem reclama quer consertar — disse Madalena.

Figueira concordou, relembrando a vida boa e animada dos primeiros dias do grupo. Antes do dinheiro, do trabalho, das aulas, das faxinas, das empresas... Quando a missão era uma ideia, e Olomô se manifestava em palavras e milagres. Era tudo tão lindo antes de a vida virar um martírio. Aí, em cima dessa gente torturada, cai uma agressão como essa? A obra que eles haviam construído precisava ser salva.

— A gente não pode deixar essa mulher destruir tudo o que a gente construiu — disse Noemi.

— Essa mulher?! Tá falando da Pilar? — desafiou Madalena.

— Não! Da outra, a Socorro.

— Ok, mas "a gente construiu" o quê, cara pálida? — prosseguiu a freira. — Que eu lembre, só quem viu tudo desde o começo fui eu e o João, então é melhor você...

— Você não vai entender. Não colocou sua família nesse barco — falou Figueira, do fundo da sala.

— Você não tem ideia do que é minha vida, seu corno fii duma égua...

Madalena, quando inventava de brigar, era igual a boi bravo: não tinha pé de pau que a segurasse sozinho. Foi preciso Emanuel e João juntos para não embolar. Doutor Vic pediu calma. Todo mundo ali havia dedicado os últimos anos às palavras de Pilar. Tinham aberto mão de tudo na vida. Era justo que quisessem ter certeza de que essa desavergonhada não era uma coisa do demônio para distrair a mentora.

— Pilar já era — concluiu a enfermeira, distante e resignada.

— Tu sabe que isso que tu disse é traição, né? — disse João, em suas únicas palavras na noite toda.

— Traição é deixar essa serpente enfeitiçar a mentora e destruir nosso paraíso! — respondeu Figueira.

— Não sei se reconheço um paraíso na vida que a gente vive — disse Noemi, recobrando um pouco de sua energia. Ela mirou os olhos de cada um para ter certeza de que a observavam. Um sorriso ligeiro lhe escapou, e ela murmurou com confiança, como se revelasse um segredo: — Eu andei pesquisando... Descobri umas coisas importantes... mas preciso saber quem tá comigo.

O encontro soava cada vez mais como motim. Madalena, João e Vic se levantaram e partiram. Não tinham estômago para compactuar com aquele golpe. Não falariam nada para ela, prometeram, mas também não participariam.

— Isso tudo é loucura — disse a freira antes de bater a porta e desaparecer. O embaixador os seguiu, torcendo para que estivesse tomando a decisão certa.

†

Socorro não teria mostrado o papel se Pilar não tivesse insistido. "Você não é bem-vinda aqui", dizia a carta, escrita com sangue.

Não era uma boa maneira de começar uma segunda-feira.

— Bando de frouxo. Não sabem nem dizer desaforo em pessoa — comentou Pilar, sem se distrair do queijo, da banana e da canela na cartola boa de matar o guarda que João tinha preparado. — Daqui a pouco passa.

Socorro não tinha certeza. Sem apetite, pediu licença e voltou para o quarto. Pilar, então, largou o engodo. Sozinha com João, não precisava disfarçar.

— O que tu achas?

— Se toda noite tu deixa comida pro rato comê, uma hora ele aparece de dia também. Aí tu pega ele — disse João.

Era um plano.

†

Por insistência de Noemi, a mentora acompanhou, do lado do telefone, enquanto ela falava com uma voz mal disfarçada de secretária velha:

— Olá, querida. Aqui é Nélida Costa, assessora da presidência na construtora Hermes de Mello. Nós vamos dar uma... *festinha* para um grupo de Brasília e queríamos ver algumas fotos de suas melhores meninas.

Curiosa, mas por motivos diferentes do que Noemi pensava, Pilar aceitou o convite para se encontrar com a cafetina da ligação. Duas horas depois, as duas cruzavam a porta do Café Girondino, defronte ao Mosteiro de São Bento. O cheiro dos chás, dos bolos e da decadência parecia delicioso. Noemi falou algo com o *maître*, que apontou para o fundo da grande sala. Pouco antes da porta do banheiro, uma mulher com um chapéu de abas largas estava sentada de costas. Noemi foi na frente e pôs-se diante dela, com um sorriso irônico e vitorioso.

— Muito prazer, madame Zizou. Nélida Costa, da construtora Hermes de Mello — disse a enfermeira, dando-lhe a mão em desafio e olhando para Pilar em seguida.

A madame arribou sem se alterar e estendeu uma mão. Com a outra, tirou o chapéu, encarou-a por longos segundos e virou-se lentamente para onde Pilar aguardava em silêncio. Noemi mal podia esperar. Elas se olharam de perto, e a expressão de Pilar mudou de curiosidade para a mais exagerada surpresa. E explodiu em gargalhada.

— Senta aí. Já que estamos aqui, por que não tomamos um chá? — disse Maria do Socorro.

Pilar aceitou o convite. Noemi preferiu ficar de pé.

— Você sabia que, na Índia, sexo é considerado terapia? — perguntou Socorro, com toda a pose que conseguiu. — Por lá, eu seria considerada uma terapeuta espiritual... ou uma sacerdotisa. Ah, aqui também!

Desconcertada, Noemi pediu para conversar em particular com a mentora, mas Pilar negou.

— Senta, Noemi. Toma um chá com a gente.

A enfermeira recusou-se, mais uma vez.

Pilar, então, mudou de expressão de novo e olhou-a com um rigor frio e calmo.

— Pois, se não quer conversar, então é ordem: por quarenta e oito horas, e contando de agora, você não vai abrir a boca, não vai escrever, não vai se comunicar com ninguém. Quebre meu mando e vai crescer um câncer tão grande nessa sua goela que antes do fim do mês você vai morrer sem ar. Agora, pode ir.

Feito uma adolescente malcriada, Noemi arfou, furibunda, e seguiu em linha reta no rumo da porta, fazendo o máximo barulho que pôde com os pés. Nenhum com a boca, contudo. Não era besta nem nada.

†

Uadjit saltou na cama das duas como fazia todos os dias pela manhã. Naquela, porém, parecia agitada. Miava alto, rodava em torno do próprio corpo, se retorcia. Socorro olhou no relógio. Eram quatro da manhã, cedo demais para aquilo. Estendeu a mão para segurá-la, e a gata vomitou em cima do lençol. Primeiro, o que comeu; depois, sangue. Muito mais sangue do que deveria caber naquele corpo tão pequeno. Quando Socorro finalmente conseguiu pegá-la no colo, ela deu um suspiro, e todos os músculos relaxaram. Sua gata deusa-serpente estava morta.

A veterinária, que foi visitá-las em casa porque Socorro estava tão em choque que não conseguia deixar o corpo da gata nem o tirar de lá, informou que tinha sido algum tipo de envenenamento. Algo muito tóxico e perigoso. Talvez ela tivesse ingerido algum veneno em seus passeios noturnos. Mas Uadjit não passeava. Ficava ali no quarto, preguiçosa. Maria do Socorro andava de um lado para outro, puxando os próprios cabelos, mordendo o próprio punho, desejando todo o mal que podia.

— Eu vou matar aquela vaca! — gritou Socorro, assim que a veterinária se foi.

— Calma. Deixa eu descobrir quem fez isso.

— Tu sabes muito bem quem foi. Vai lá e joga um raio na cabeça daquela quenga e manda ela pro inferno, senão faço isso eu mesma.

— Eu preciso de provas antes de fazer qualquer coisa — disse Pilar, tentando acalmá-la. — Depois, prometo que ela vai pagar caro. Isso foi comigo também, mas eu não posso correr o risco de atacar a pessoa errada. Já tô muito fragilizada por causa da morte do Caio e dessa nossa relação.

— Fragilizada? Por que a gente não faz o seguinte: eu mato essa filha da puta, vou presa e tu podes se fortalecer de novo enquanto eu tô na cadeia? Ou então eu vou-me embora, e tu vai ter todo o tempo do mundo pra procurar tuas *provas*.

Era a primeira briga delas.

— Socorro, não faz isso...

— Claro que faço! Eu vim aqui atrás de tu. Não queria nada dessa maluquice de guru. Queria minha amiga. O amor de minha vida, que eu nunca esqueci. Eu tô cheia. Cheia dessa mundiça. Desse controle. Desse preconceito. De morar numa casa cheia de gente. De ter todo mundo olhando pra mim como se eu fosse fedida... Chega, Pilar! Se tu quiseres, a gente vai embora juntas. Vamos pra Paris, pra Tóquio, pra Toronto... Tanto lugar no mundo onde a gente pode começar de novo e ser feliz do nosso jeito... Por que tu vais preferir essa vida de escrava?

Pilar a abraçou, com força.

— Vai dar tudo certo.

— Certo um caralho! A gente mata ela e foge. — De súbito, o tom era mais baixo e perigoso, como se ela não quisesse ser ouvida do outro lado da porta.

Não era simples assim. Pilar tinha sua missão.

Socorro gargalhou, com o semblante sombrio.

— Missão? Isso foi invenção de tua mãe, mulher. Porque ficou grávida ainda menina. Meu amor, tu sabes muito bem disso.

Pilar virou-se de costas e tomou ar para ganhar tempo. De cabeça baixa, disse a única coisa que poderia dizer naquela hora:

— Melhor tu ires embora mesmo... Não dá pra conversar contigo assim.

Socorro jogou o abajur contra a parede. Pilar voltou-se para ela, calada. Socorro abriu a porta do quarto e espatifou o telefone no chão. Mais uma vez, sem protesto. Correu na direção da escada, lançando longe luminárias e quadros, numa barulheira cada vez maior. Na escada, parou por um segundo e olhou Pilar para ter certeza de que ela tinha entendido. E correu na direção do altar.

Pilar a seguiu o mais depressa que pôde, mas não a tempo de alcançá-la. Socorro agarrou a Saracura e a ergueu, pronta para estraçalhá-la no chão. Foi quando sentiu a lâmina fria lhe encostar no cangote.

— A Saracura, não! — avisou Pilar, sem emoção.

Pilar rodeou Socorro sem desencostar a ponta do punhal. Precisava que ela entendesse que falava sério. Encararam-se sem que nenhuma se movesse. A cobra continuava erguida no alto.

— Tu não podes ir. Todo mundo que foi embora... morreu ou se destruiu — disse Pilar.

— Isso é uma ameaça? — disse Socorro.

— Quem vai embora se destrói. Simplesmente acontece.

Socorro não acreditou no que ouviu. Pilar acreditava mesmo naquilo? Estava mentindo havia tanto tempo que já não distinguia suas mentiras e a realidade?

— O sujeito que escreveu a carta... — disse Pilar.

— Tu ficaste burra, é? Aquele ali quem ferrou fui eu!

— Tô falando do Caio.

— Foi um acidente, mulher! Se tu achas mesmo que tem esse poder, é mais louca do que eu pensava. — Ela deu uma pausa para que Pilar respondesse. Como ela se manteve calada, Socorro continuou: — Vamos fazer um trato...

Pilar parou para ouvir. Não esperava que essa fosse apenas a deixa para que Socorro deixasse cair a Saracura e agarrasse sua mão desarmada. No único segundo em que a mentora se distraiu, sentiu o mundo rodar. Seus pés se soltaram do chão. Seu pulso girou para um lado, seu ombro para outro. Caiu com violência, o rosto apertado contra a grama molhada, braço esticado para trás, torcido até o limite do que os tendões aguentavam. Rolou os olhos para a cobra negra, um metro e meio além. Estava intacta, protegida da queda pela grama fofa. Graças a Deus. Do alto, às costas, Socorro comentou:

— Nunca ameaces alguém da profissão.

Pelas portas escancaradas, ouviram passos descendo as escadas depressa.

— Tudo bem aí? — gritou Madalena.

— Eu te amo. Mas não aqui, não nesta vida — sussurrou Socorro, antes de fazer algo que Pilar custou a entender.

Arrancou o punhal de sua mão e puxou-a para perto. De onde estava, de costas para a casa, apontou a lâmina, desajeitada, para Pilar e disse, assustada:

— Tu tás me mandando embora?

Assim que Madalena, Noemi e João apareceram na varanda, Socorro olhou para trás, como se acabasse de perceber o que havia feito, e largou a arma no chão. Correu para dentro, quase atropelando a ruiva no caminho.

Minutos depois, enquanto Pilar era acudida com água com açúcar, enquanto Socorro carregava as próprias malas para dentro de um táxi a fim de nunca mais voltar. Mesmo no calor do abandono, Socorro havia pensado nela. Tinha deixado tudo preparado para que Pilar pudesse retomar a vida que escolheu, fazendo com que todos achassem que foi a mentora que a havia expulsado. Um gesto generoso e radical, da quenga orgulhosa que fugia do amor.

A madrinha a abraçou com carinho. Pilar chorou, dura e sem soluço.

— Eu sou a anunciada. Não fujo de ninguém.

— Eu sei, minha filha, eu sei — respondeu Madalena.

Naquela noite, observada de longe pelo olhar silencioso de Noemi, Pilar foi para seu quarto, derrotada e sozinha, como havia tempos não fazia. Tudo cheirava a ela. A Socorro. A sexo. A vômito de gato. Pegou seu travesseiro, uma casca de jurema e levou para o quarto de hóspedes para se afogar.

Adormeceu, ainda em lágrimas e embalada pelo transe, chamando pelo amigo encantado que há tempos não via.

— Laroiê! Laroiê! Laroiê!

44.
LÉGUA

Tinha gente ao redor. Muita gente. Algumas pessoas choravam, outras comemoravam. O cigano de circo, com seus brincos de lata e colete de cetim, aproximou-se do corpo e, com os dedos, abriu os olhos de Pilar. Ela viu o nariz grosseiro bem de perto, cravos maiores que um feijão. Suas medalhinhas douradas balançavam pelas bordas do lenço cafona. Observava, curioso. Chegou a boca bem perto, como se fosse beijá-la. O hálito cheirava a lixo. Virou antes, deixando a bochecha quase encostar. Nada. Botou o dedo contra o pescoço de Pilar, nada novamente. Ao menos esse foi o gesto que ele fez. Não se pode confiar em ciganos.

"Chega", pensou Pilar. E se levantou.

Não, não conseguia. Que merda. Tentou, mas não se moveu. Nem um músculo sequer. O que estava acontecendo? Estava frio, ela notou. O medo correu seu corpo, e seu coração não batia. Uma sombra cobriu o céu. Gotas d'água geladas pingaram sobre seu rosto, bem ao redor da boca. Ela estava com sede. Uma cabeça, encharcada, pingando. De cabeça para baixo, viu o corpo de menino, seu cabelo escorrendo, a camisa colorida, o short curto, como ele usava quando ela era criança, e os joelhos tortos para dentro.

— Garrincha?

Ele riu ao ser reconhecido. Seu pai, paramentado como nos tempos de picadeiro, zeloso e orgulhoso ao fundo.

— Desiste — disse o menino. — Não vou deixar dar certo.

Um *flash*. João e sua madrinha ajoelharam ao lado. Acariciaram seus braços, que pendiam abertos para os lados, apontando para bem longe do resto do corpo. Sofrimento honesto, choravam de secar. Ao menos aqueles dois se importavam.

Era sonho? Não. Pilar reconhecia os seus. Aquilo era diferente. Real, embora bizarro. Ela estava morta mesmo, mas não se importava tanto. A jurema!

Um corte ardido fez alguma coisa se mover. Seu pulso. Algo se mexia dentro dele. Alguém tocava nas suas mãos, como se lhe roubasse o relógio, só que em ambos os lados. O *fog*, as luzes se movendo... Não dava para entender o que nem quem. Não conseguia olhar. Cigarras cantavam alto, como nos tempos de Brasília. Algo se mexeu de novo, agora nos tornozelos. João e Madalena chegaram mais perto. Um ar de dever cumprido.

Um casal se aproximou, carregado por longos cordões cor de sangue que se esticavam de dentro dos próprios pulsos e tornozelos escancarados. Duas marionetes do cão. Edimar e Antônia, os bispos que a tinham expulsado de Brasília! Eles cumprimentaram, por vontade própria ou de quem os comandava do alto, e foram alçados aos céus, desaparecendo no meio das nuvens baixas que escondiam parte da lona vermelha. Pilar sentiu um puxão nas mãos e nos pés, e seu corpo foi erguido no ar, as mesmas veias esticando nas pernas e nos braços. Seu corpo ficou de pé, mas a posição de seus membros não se modificou. Seus braços continuaram abertos para os lados, os pés, juntos, para baixo. Tudo preso numa estrutura de madeira. Uma cruz!

— Respeitável público! — anunciou o dono do circo, em sua voz tão gloriosa que os céus sorriram. — Essa que eu lhes apresento curou doentes, deu de comer aos pobres, levantou os mortos e juntou uma ruma de gente à volta. E agora, em seu ato final...

O doutor Vic, vestido em uma alinhada casaca, com uma cartola de mágico, lhe apontou a varinha mágica. Fez uma cena, indicando os assistentes de palco: o jovem sacerdote Eliel, a quem chamavam de embaixador, e Sanjaia, o velho faquir do circo que lhe levou de Codó. O apresentador continuou:

— Em seu ato final, Pilar, a menina anunciada, anuncia sua própria... res-sur-rei-ção! Isso mesmo, senhoras e senhores, pela segunda vez na história da humanidade, um ser humano subirá aos céus de corpo e alma e voltará para iniciar uma nova era!

Os bispos desceram de volta, dessa vez avoantes, com seus sorrisos congelados para sempre e asas de madeira velha. Aplaudiram. Pilar sentiu as veias se esticarem, puxando-a em direção às nuvens. Embaixo, sua mãe e José Ribamar acenavam, emocionados. A plateia aplaudia, urrava, cantava. Jogavam dinheiro, joias, relógios, e o rapaz de pernas tortas e roupas molhadas enfiava tudo nos bolsos.

Do meio do nada branco e úmido das nuvens, uma luz quente e uma paz sem tamanho. Em seguida, um tremor no estômago. Veio um cheiro de fogo. A correria e os gritos. Garrincha corria pelos lados da lona, incendiando tudo que via. A fumaça entrou em seus pulmões como aconteceu no dia em que a mãe morreu. Ela viu Madalena pedir perdão e a mãe perder o couro no fogaréu.

Abriu os olhos e baldeou com violência, o vômito chegando quase até a parede adiante. Custou a se situar. O quarto de hóspedes da Casa Branca. Olhou no relógio. Sete da manhã e uma fuá sem tamanho para arrumar.

†

Légua normalmente aparecia quando ela precisava. Chamado pelo vinho de jurema, então, não costumava falhar. Mas onde estava ele? Teriam perdido o contato? O menino Garrincha, era imaginação ou aquilo tinha acontecido mesmo?

— Tá melhor? — perguntou João, saindo da cozinha com uma caneca fumegante.

— Um pouco. O que é isso em tua mão?

— Café com leite. Quer?

Ela aceitou, sem graça. João abriu um sorriso e deu-lhe sua caneca mesmo.

— Faço outro pra mim. Nem encostei, prometo. Qué que eu...

— Eu tô bem. Preciso dar uma caminhada. Tu me levas ao parque?

João concordou, com certa satisfação. Não lhe agradava ver a prima triste daquele jeito. Por mais que ele às vezes tivesse vontade que ela... Que nada. Ele se importava com Pilar, talvez mais que todos ali. Talvez não, com certeza. Se o grupo inteiro era a missão dela, ela era a missão dele. Ela e nada mais. Uma missão irritante, às vezes, mandona, implicante, sádica e cruel... Mas ainda dele.

Vinte minutos depois, estavam lá.

— Espero aqui — disse João, com a edição do *Jornal* debaixo do braço.

Sem pressa nem destino, Pilar caminhou na direção do silêncio. Queria apenas ficar sozinha, sem paparicos, perguntas nem pessoas olhando. Escolheu uma área de grama com pouca gente, comprou uma água de coco e sentou-se sem dar satisfação a ninguém. Alongou-se e tentou uma posição de ioga. Fazia anos que não praticava, desde que tinha voltado da Índia. Vela. Cobra. Cachorro invertido. O básico. Seu peito e sua barriga se esticaram com um sofrimento que ela não lembrava mais. Fechou os olhos para conter a dor e segurou a postura o quanto pôde. Quando voltou ao mundo, um sujeito estava sentado ao lado. Negro, alto, jovem, uma juba *black power* bem redonda. Comia uma fatia enorme de cuscuz de coco com leite condensado e carregava na mão, para depois, uma espiga de milho maior que um braço de menino. Pilar prestou atenção... Não tinha nada que ele pudesse roubar. Relaxou.

— Oi? — disse o rapaz.

Aquela voz. As roupas vermelhas e pretas de ginástica. O rosto... Era ele mesmo?

— Como tu estás, fiia?

— Eu?

— Não, a moça lá do outro lado do parque. Claro que é tu, fiia. Estás melhor? Não quis interromper teu sono. Tu precisavas descansar.

Se tivesse alguma coisa na mão, Pilar tinha jogado no maldito. Ele chamava aquilo de descansar? Ele podia pelo menos ter ajudado.

— Tu precisavas ficar sozinha — disse Légua. — Pra peitar o menino e por causa do que vem por aí.

— O quê?

— Tu sabes. O calvário, minha fiia. Vai ser difícil. Esse mundo que tu criaste mais tua mãe. Tá na hora de fazer o que tem que fazer.

Ela disse que não estava entendendo. Mas estava. Já tinha feito milagre, conquistado rebanho, só faltava a última coisa. As duas últimas.

— Como os bispos falaram? — perguntou ela para confirmar.

— Isso. Tá na hora.

Mas ainda faltava tanto a fazer...

— Eu aceito o castigo. Mas dá pra adiar? Um tico só?

— Cês não aprendem. Não tem isso de punição com a gente, não. Tem consequência, que é diferente. Tu tás vivendo a tua.

Pilar sentiu o medo lhe torcer o estômago de novo. Vomitou o café com leite inteiro sobre o gramado. Merda. Talvez Légua tivesse razão. Recuperou o fôlego. Mas e o menino? Olhou para o lado... Ele ainda estava lá.

— Que foi?! Achavas que eu ia sumir que nem ninja? Só porque sô preto?

Légua ligou seu *walkman* e botou o fone de ouvido. Ergueu-se, dançando, encantado com seu brinquedo novo. De lá, foi sozinho, suingando seu corpo comprido, até desaparecer numa curva qualquer.

— Ô menino! — Pilar protestou para si mesma. Tinha se esquecido de perguntar.

†

João estava bem onde havia prometido estar. Uma mocinha parecia dar bola de longe, e ele achava graça. Abriu a porta de trás quando a prima chegou. Piscou para a menina e saiu.

— Tens ficha telefônica aí? — perguntou Pilar.

— Ôxe não. Pra que é que tu vai querê ficha de telefone?

— Pra pescar orelhão lá no lago, éguas! — Ela respirou fundo. Não era hora disso. — Desculpa. Preciso ligar pra um amigo.

Ela tirou uma nota grande do sutiã e entregou ao primo.

— Troca pra mim? Tudo em ficha.

Ele obedeceu. Depois, pararam no primeiro telefone público que acharam. Pilar ficou quase uma hora conversando sabia-se lá com quem. Voltou com cara de quem tinha assistido à própria morte.

45.
MELANCOLIA

— Nunca vi maranhense gostar tanto de chá — provocou Madalena.

Pilar não tomou conhecimento. Pegou sua xícara e sentou-se numa cadeira no jardim, como fazia desde que Socorro tinha ido embora. Se ao menos chorasse... de desespero, saudade... Mas não. Ficava ali, um dia depois do outro, por horas, olhando o vento passar. Chorar mesmo, apenas uma vez, quando esbarrou no saco de comida de gato escondido na despensa.

— Queres que eu ligue pra ela? — ofereceu a madrinha, cheia de dó.

Pilar nem sequer se importou em responder.

†

— Lembra o dia do tigre, nos tempo do circo? — perguntou João, tentando puxar papo. — A gente passô na frente da jaula e a porta tava aberta! Eu até entrei na tua frente pra proteger, eu lembro, e tu gritô pro sujeito que limpava a jaula que o bicho ia fugir.

— Minha Santa Bárbara! — disse Irmã Madalena, que ouvia aquela história pela primeira vez.

Pilar arriscou um sorriso falso, como se fingisse lembrar, mas ele tinha certeza de que ela lembrava, sim. Não queria mesmo era conversa. Ele insistiu:

— O homem estalô o chicote, fez os dois tigre rugi com raiva e foi embora com a porta aberta, lembra? A gente quase morreu de medo, ficô tão paralisado que pra mode tirá a gente dali foi só bem mais tarde. Aí ele contô que os dois tigres tinham nascido dentro da jaula. Que lá dentro eles era brabo, rugia, atacava... E que, se um dia eu entrasse lá, eles me comia de sobremesa, porque o almoço deles pesava mais que nós dois junto naquela época. Tu era magriceeeela, lembra?

Pilar tirou o cabelo da frente do rosto. Não por vaidade (não andava de se emperiquitar ultimamente), mas porque lhe cobria a boca mesmo. Apesar do corpo formado, parecia ainda mais magra do que nos tempos de circo, quando tinham tão pouco o que comer que ele amarrava um barbante na cintura para a calça não cair. Pilar tomou uma colher de sopa de abóbora, com um pingo de leite de coco pro cheiro ficar igual a quibebe. Fazia um tempo, só queria comida quente e molinha. Mesmo assim, fez careta quando engoliu e levou a mão à garganta, uma reclamação que crescia havia dias.

João achou que ela queria que continuasse:

— Lembra que o domador um dia mostrô pra gente que botava a comida do lado de fora da jaula, com a porta aberta, e eles corria encolhido, pegava correndo e ia tudo comê escondido lá dentro?

Dessa vez, ela riu e acenou com o queixo, incentivando. A lembrança de alguma forma lhe aliviava a dor.

— Dentro da jaula, era dois monstro, mas era só passá pela porta e encolhiam a cabeça dentro do pescoço como se fosse dois gatinho.

Madalena cobriu o rosto de frustração. "Gatinhos? Jura que tu disseste isso, João?", pensou ela quando viu Pilar deixar ir embora o ensaio de sorriso que se formava.

— Come, prima — disse ele. Ela tentou mais uma ou duas vezes e acabou deixando o resto no prato. Trancou-se no quarto até de manhã.

†

— Melancolia — diagnosticou Noemi, dois meses antes, certa de que a tristeza adolescente passaria logo.

Só que não passou. A falta de entusiasmo se dava junto com uma dor de garganta que mesmo mastruz não sarava. A miséria começava a lhe roubar o apetite. Num pulo, Pilar era só um pau de virar tripa: quarenta quilos e diminuindo. De tão fraca, já nem se banhava sozinha.

— Ganhaste na loteria, hein, João? — mangou Pilar da meia bomba do primo no chuveiro.

Um raro instante de leveza em tempos tão tristes. Ele fingiu que o que sentia era vergonha. Mas, enquanto esfregava os ossos pontudos e a pele vazia, o rapaz imaginava era a morte. Ali, fulminante. Tanto havia sonhado com esse momento, a prima em suas mãos... e ela vinha nesse estado desgracento. Um castigo pelas ousadias do pensamento, mas injusto. Esse era um pecado só dele, por que ela tinha que sofrer consequência?

Do lado de fora, varria-se e polia-se cada canto da Casa Branca. Madalena fazia questão de que estivesse tudo um brinco para a oração especial da próxima sexta-feira. Havia batizado o evento de "O Retorno" para empolgar a audiência que começava a debandar – trinta por cento de queda desde que Pilar tinha deixado de participar (por fraqueza – primeiro da cabeça, depois do corpo mesmo). As implicações alcançavam todos os cantos, especialmente o caixa.

— Acabou a creolina e o ferro de passar quebrou, Irmã — avisou um dos voluntários.

Madalena caçou a carteira que carregava no bolso do hábito. Cem cruzeiros. Não era suficiente. Inflação maldita! Notou a enfermeira, observando de longe, pronta para se intrometer. Qual era a alternativa? Noemi se ofereceu para completar o dinheiro para as compras, e ainda encomendou mais. Vinha fazendo isso desde que as doações tinham deixado de manter o lugar. Não se gabou nem pediu aplauso, porém. Estava triste. Tanta decadência... Talvez não devesse ter jogado tão pesado para tirar aquela mulher dali. Já Madalena, que conhecia a vida, mas não lia pensamento, tinha certeza de que era tudo embuste. Um ato magnânimo (em sua falsidade), arquitetado para ganhar poder.

Ela dava duro, mas, em algum lugar de sua mente doentia, como descrevia a freira, Noemi decidiu que, na falta de Pilar, o comando era dela. "João, vá comprar isso." "Madalena, vá arrumar aquilo." "Fulano, conserta aquilo lá." Por conta própria, Noemi tinha resolvido renovar a jardinagem, construir um telhado novo, trocar o piso do banheiro... Em cada uma dessas atividades, todas ditas encomendadas pela mentora, um grupo diferente era mobilizado. Madalena conhecia aquela conversa: ocupar para não pensar em bobagem. Besta, isso ela não era.

†

— Bagunça da porra — reclamou Pilar, com dificuldade, quando uma menina esbarrou nela sem querer. A mãe, que ouviu, teria se desintegrado se soubesse como. — As flores, cadê? — continuou a mentora.

— Estavam feias — respondeu Noemi, numa mentira honesta.

Os fiéis se aproximavam, homens, mulheres e crianças. A filha dos Figueira olhou para a mentora, confusa.

— Ela morreu, papai?

Era hora de se preocuparem. Isso porque não imaginavam a preleção daquela noite. Seguindo a liturgia, João entrou batendo palmas, seguido por Pilar, que naquela noite usava Irmã Madalena como bengala. Era possível ouvir os suspiros de medo, contar os olhares encharcados de horror. Então, ela ergueu os braços. Só até a altura da cintura, dessa vez, e mesmo assim com dificuldade.

— Eita, exa! Sarve, divino ixprito santo!

— Salve! — repetiram todos.

— Sarve, Iemanjá, mãe de todos; sarve, Xangô e santa Barba Soeira!

— Salve!

— Eu hoji vim aqui pra mi dispidi.

Numa frase seca, sem aviso nem preparação, Olomô anunciou sua partida. Apoiou-se nos outros quem pôde, alguns quase desmaiaram. Choradeira geral. Olomô continuou:

— Hoji é u fim da missão di Pilá. Ela tá duenti, si preparanu pa vi cumigo, cu'Encaiu e a muié deli. Pra ixperá oxeis tudo quando oxeis vié tumém.

Dessa hora em diante, ninguém mais conseguiu ouvir. Nem o corpo frágil de Pilar aguentou muito. Aquela foi a preleção mais ligeira e triste da história da Casa Branca. Quando o espírito subiu, Pilar apontou o dedo de agulha para o doutor Vic e para Eliel.

— Um da saúde, um da lei. Me leva pra cima.

O embaixador se aproximou para lhe dar apoio, e foi quando ela desfaleceu. Foi um "Oooooh" geral. Ninguém disfarçava o medo e a aflição. Ele a aparou depressa e, junto com o doutor Vic, subiu correndo as escadas até o quarto da mentora.

— Vocês são os únicos em que posso confiar, meus queridos — disse ela, largando um olhar triste para os outros sacerdotes que a observavam ir embora.

Foi a última coisa que Madalena, João Batista e Noemi, e todo o resto atrás deles, ouviram antes que Eliel fechasse a porta. As instruções eram claras. Eles, mais ninguém. Ficaram mais de uma hora conversando trancados. Falavam tão baixo que mesmo o melhor dos ouvidos pregado à porta não entendeu uma palavra sequer. Quando abriu a porta, o doutor Vic soluçava, Eliel rezava de joelhos, rosto para o céu. Do lado de fora, dezenas aguardavam com o desespero contido de quem espera notícias de uma cirurgia de risco.

— Melhor vocês entrarem — disse o doutor para os sacerdotes restantes.

Pilar estava deitada na cama. O rosto do doutor, encharcado.

— Sentem-se — pediu ele.

Cada um pegou o lugar que conseguiu. Noemi preferiu ficar de pé.

— A mentora... A mentora tem um... — Vic engasgou e não conseguiu completar a frase.

— Fala logo, homem de Deus! — gritou Noemi, em súbito desespero.

— A mentora... está... com câncer. Na garganta.

Madalena abriu a boca, mas não soube dizer nada. Em seus olhos, o horror maior de todos. De mãe que enterra o filho, da ordem errada das coisas. Não conseguiu mais respirar. Não era a única. Uma pontada lhe afligiu o peito. De culpa, de medo e de dor mesmo. Se fosse um infarto, que viesse depois. Aquela não era a hora. Tomou o braço anônimo ao lado e tentou se controlar.

— O quê? E como é o tratamento? — perguntou Figueira, saltando sobre todas as cabeças para agarrar a mão de Pilar.

— Eu vendo minha casa e meu carro, vocês vendem o de vocês... A gente junta um dinheiro pra mandar ela pros Estados Unidos... — Emanuel, cuja fé era maior do que tudo, desandou a falar sandice e a chorar.

— Agora, é só milagre — disse o médico.

— A gente vai fazer uma vigília, então! O milagre vai vir! Não te preocupes, minha filha — disse Madalena, se aproximando com dificuldade, o peito ainda ardendo como se lhe enfiassem uma faca feita de sal.

Jogou-se na cama e agarrou a cabeça da afilhada contra o peito. Ao mesmo tempo, o resto caiu de joelhos de uma só vez. Um sopro escuro e agourento infestou o quarto, desses que só conhece quem já ouviu anúncio de morte. Pilar pediu silêncio com as mãos, chamando-os em seguida para perto.

— Shhhh, descansa, mentora — pediu Noemi.

— Minha missão acabou, minha filha — respondeu Pilar, a voz fraquejando. — E o mais chato é que, com essa garganta, não vou nem ter uma última ceia com vocês... — Ela riu da própria piada, sozinha, e tossiu um pouco antes de continuar: — Mas eu sou a menina anunciada, vocês sabem o que isso significa?

Ninguém respondeu. Pensaram, mas não tiveram coragem de falar.

— Significa que vou e volto, em corpo e espírito.

Teriam eles ouvido mesmo o que ouviram? Olharam uns para os outros para confirmar. Ela esclareceu:

— Vocês, meus queridos. Vocês são meu corpo. Quando eu me for, quero que continuem a missão. Prometam.

Cabeças acenavam por todo lado, num desgostar escancarado.

— Minha mãe! — disse Noemi. — Você vai ficar bem, a gente promete.

— Não prometa, não, pequena. Porque não vou. Essa doença é minha cruz.

— Mas, minha mãe, você já curou tanta gente...

— Shhhhhhhhhh — disse Pilar, cobrindo com o dedo a boca da enfermeira.

A mentora segurou as mãos de Noemi e de Irmã Madalena e pediu que se aproximassem ainda mais, antes de continuar:

— Quando eu for, uma de vocês, tu ou tu, vai herdar meu nome, vai se chamar Pilar e vai continuar minha mensagem no mundo. Uma das duas vai ser minha ressurreição.

46.

A MORTE DE PILAR

O céu estava quase escuro, o ar cheirava a café com leite. Pilar não conseguia engolir direito, mas do aroma ela gostava. Cheiro de café passado, pão quente com manteiga derretendo e qualquer cheiro do Maranhão: quibebe, cuxá, farinha-d'água, camarão seco, bolo de goma, rapadura... Guaraná Jesus! Só não se fazia bobó de folha, justamente o prato predileto de dona Ana e da família Anunciação, porque enjoava. Todo dia, duas ou três vezes, Irmã Madalena passava pelo quarto e levava um pouquinho de algo diferente. Sentava-se ao lado da cama, mexia a comida para o aroma sair bem e se servia ela mesmo de um tiquinho, para aumentar a vontade. Pilar comia uma colherada, às vezes duas, quando a gula era maior que a dor.

— Não chora, madrinha. Eu nasci na tua mão, mas a maldição é de antes — disse Pilar. — Não tem nada que pudesses ter feito.

— Eu ouvi as histórias, minha filha. Tu tens escolha, sim. Foi o presente que tua mãe te deu — disse a freira, o sotaque tão forte que mais parecia que estavam de volta ao Maranhão.

Pilar respondeu com um sorriso resignado. Aquela era a sua escolha.

— A gaveta. — Apontou, trêmula e fraca, a mentora, sem conseguir sequer descolar o braço inteiro do colchão.

A irmã abriu a gaveta, na qual duas fotos em preto e branco lhe olhavam de volta. Numa delas, uma moça bonita, vestida de mãe de santo, posava séria e contida, como se a julgasse. Na outra, que Noemi tinha levado de sua missão secreta no Maranhão, a mesma mulher, mais vivida e feliz, de calça e camisa de chita, sorria abraçada com um sujeito de sorriso assombrado e familiar.

— Vovó... — disse Pilar. — Eu sei.

As lágrimas que já escorriam dos olhos da freira então jorraram aos borbotões, embaladas por soluços e gemidos guardados por anos. Ela tremia. Contorceu-se, espremeu o próprio rosto, fincando as unhas na testa com tanta força que quase arrancou a própria face. Pilar lhe pousou a mão com a calma de quem já não teme a morte.

— Eu te perdoo.

— Deixa eu explicar?

— Carece não. Eu entendo.

— Tua avó... Dona Ana... Aninha de Iemanjá, como eu conheci, ficava em minha casa quando ela ia a São Luís. Meu pai era quem cuidava dela, quem ensinava pra ela as coisas da África. Minha mãe dava guarida. Ficaram amigas e tudo. Um dia, meu pai contou que estava indo embora. Com tua avó. Nunca mais voltou nem deu notícias. O que tua mãe te contava, dela indo embora na floresta, virando encantada... Ela fugiu. Deixou todo mundo pra trás, inclusive tua mãe e tua tia, que ainda eram meninas. Eu era mocinha na época. Vi minha mãe definhar de tristeza e vergonha. Ela morreu dois meses depois. Eu resolvi virar freira nessa época, de pura vingança de meu pai, que odiava freira. Mas também resolvi me vingar da mulher que matou minha mãe. Ela sempre falava das filhas que tinha deixado pra trás, então eu decidi.

— O terreiro... Eu vi a garrafa quebrar e queimar tudo. Igual a que tu jogaste no prédio em que a gente morava.

Irmã Madalena parou, engoliu o choro. Precisava terminar. Pilar não ia mudar o rumo da conversa mais uma vez. Respirou e deixou as palavras continuarem a escorrer, mais por desespero do que por valentia:

— Tua avó chorou muito quando eu contei. Sofreu duas vezes, pela perda e por não estar lá pra proteger. Mesmo assim, não teve coragem de largar meu pai e voltar pra cuidar da outra. Aí eu pensei: “Essa, quem sabe, nem deu tempo dela pegar amor”. Fugiu quando ela era tão pequena, não é mesmo?

— Vingança faz... a gente ficar... leso... — disse Pilar, com seu fio de voz.

Entre a vergonha, o medo e o pranto, Madalena manteve uma ponta de concentração. No fundo, talvez quisesse que Pilar levantasse dali e desse nela com o que tivesse na frente. Mas a fraqueza não deixava, e essa dor era a pior de todas.

— Mas, com tua tia, eu esperei mais... Pra ela cuidar de ti, pequena. Quando tu ficaste maiorzinha, eu dei um dinheiro pros militares botarem ela em cana e não deixarem ela sair de lá. Disse que era comunista. Eu queria que tua avó lesse no jornal, lá de onde ela vadiava com o pai dos outros.

— E funcionou?

— Ela chorou mais ainda. Mas, mesmo assim, não voltou. Ficou com vergonha, disse que era culpa dela. Eu queria continuar. Só que depois vinham tu e essa doçura que é João Batista. Quando tu nasceste morta em minha mão, eu peguei amor de verdade.

Pilar acariciou, com dificuldade, o rosto da madrinha.

— Estás... perdoada, meu... amor. Agora te... apruma... porque... pode ser que tenhas... que tomar... meu nome... Ironia... não?

A freira não queria nada com aquilo. Ajoelhou-se ao lado da cama e agarrou-se aos ossos quase mortos da afilhada, na esperança ingênua que o tumor pulasse de uma para a outra. Nenhuma das duas merecia um milagre tão divino.

†

Noemi era a dona dos remédios que o doutor Vic havia receitado. Uma tarefa inglória diante da teimosia de Pilar.

— Não vou insistir, mentora. A senhora sabe o que faz.

— Você quer ser minha sucessora, não quer?

— Seria uma honra, mentora. Mas agora não é ho...

— Eu quero que você tome conta de uma coisa pra mim: de minha morte.

Enfermeira treinada, Noemi engoliu o golfo de culpa que quase veio.

— Claro, minha mãe. Me diga.

— Eu tive uma visão. Entre os seguidores de Jesus, havia um chamado José. José de Arimateia. Um visionário. Pois quando Jesus morreu, ele entendeu que, se Cristo não estivesse ali quando abrissem a tumba, o mundo todo acharia...

Pilar contou sua história daquela noite que mudou o mundo. Noemi prestou atenção, pasma com as implicações, tanto no passado como no futuro.

†

As palmas de João nunca soaram tão tristes. Irmã Madalena entrou em silêncio, e o impôs aos outros também. Não era noite de cantos. Foi seguida pelos demais sacerdotes, todos menos uma. A freira acendeu uma das velas, o doutor Vic acendeu outra, João, a terceira. Não tinha som que se atrevesse, nem vento, nem grilos, nem um rádio perdido na vizinhança sequer. Os aviões cessaram de voar. Não havia estrelas e até as chamas das velas se erguiam sem dançar, em pose de soldado inglês.

Pilar entrou em uma cadeira de rodas, empurrada com cuidado pela sacerdotisa enfermeira. Houve quem chorasse dali mesmo ao ver a mentora agonizar em seu esqueleto público, uma Cazuza de Deus.

— Shhhhhhhhhh — comandou a freira. A cadeira foi posicionada no meio da roda, e Noemi puxou uma oração que tinha sido entregue de casa em casa alguns dias antes e ensaiada, com muita dor e padecer, só para aquele evento tão triste.

A morte chega cedo,
Pois breve é toda vida
O instante é o arremedo
De uma coisa perdida.

O amor foi começado,
O ideal não acabou,

E quem tenha alcançado
Não sabe o que alcançou.

E tudo isto a morte
Risca por não estar certo
No caderno da sorte
Que Deus deixou aberto.

— Eita, exa! — disse Olomô, só um tom acima do sussurro. — A luz de Pilá tá acabano, oxeis tão venu? Mas foi ela qui quix vir aqui si dispidi doxeis. Mi pidiu pra falá coxeis, dizê qui ela vai ficá beim. Qui vai olhá pu oxeis. Qui a missão dela na terra acaba neste corpo, mas volta nu próximo. I qui vai rexussitá no corpo de uma das minina dela. Mardalena, Enoemisi, vem aqui minhas fia. Ajoeia aqui na minha frenti. Eu vô fazê aqui u sinal da cruz, em nome du pai, du fii, du ixprito santo, pra que, quem qué que das dua vai virá a nova Pilá, que venha cum energia nova e intenção boa, num é memo, exa?

As duas se olharam. Deram-se as mãos. Olomô botou as suas sobre a cabeça de ambas.

— I aqui, em nome de tudas força da natureza, du norte, du sul, du lexti i du oexti, é, em nomi di minha fia Pilá, declaro...

Uma forte tosse interrompeu Pilar, ou Olomô, quem sabia a essa altura? O som engasgado e raspado não parecia bom. O doutor Vic correu para o meio, amparado pelas duas mulheres que mantiveram a distância para que Pilar pudesse respirar.

— João, leva ela pra cima. Agora! — disse o médico.

†

No quarto, Pilar respirava com dificuldade. O médico ao lado, a enfermeira e a freira logo atrás. Ele auscultou seu peito. Cada ponto, uma esperança a menos. Que fosse ele ali! Com os olhos fracos, Pilar avistou cada um deles antes de deixar as pálpebras caírem pela última vez. A respiração acalmou. Desacelerou. Foi ficando cada vez mais esparsa, até parar de vez.

O doutor Vic tirou o estetoscópio do ouvido, olhou o relógio e chamou a hora do falecimento. Oito e vinte e sete da noite. Noemi colocou o dedo no pescoço de Pilar para ter certeza, enxugou uma lágrima e se estendeu ereta. Com respeito quase militar, puxou a oração que tinha escolhido para esse pesar:

Pai nosso que estás conosco
Tu nos revelaste e comunicaste Teu amor.
Nós queremos vivê-lo bastante para transmiti-lo
através de nossas amizades e de nossas fraternidades
de nossas paternidades e maternidades
a todos os que esperam esse amor.
Estabeleceste Tua habitação entre nós;
Nós queremos revelar a cada homem
Tua dignidade e fazê-la respeitar.
Tu, enviando-nos Jesus Cristo,
Enviaste-nos teu desejo de justiça,
de comunicação e de amor,
nós queremos realizá-lo na Terra
para que ela se torne um lugar
onde habitam a justiça e o amor recíproco.
Tu repartiste maravilhosamente teu pão
e nos ensinaste também a repartir o nosso;
Tu nos perdoaste de tal maneira
que nos inspiras o tato,
o respeito e a alegria
com que devemos
nos reconciliar contigo;
Tu estás conosco em nossas provações,
em nossas tentações e sofrimentos
Para ajudar-nos a superá-los contigo.
E contigo, em Ti e por Ti
libertaremos o mundo do mal!

Amém!

O choro de Madalena se ouviu lá de Codó. O de João, ao contrário, ele engoliu tão forte que por pouco não secou de uma vez. Em negação, sacerdotes chacoalhavam a cabeça, queriam fugir de si mesmos, tentando acordar daquele sonho tão ruim. Mas sonho aquilo não era, e decisões práticas, da vida real e acordada, careciam de ser tomadas. Como seria o enterro? Quem daria a notícia ao resto do grupo, que aguardava ansioso no andar debaixo? Quem assumiria o comando, uma vez que Olomô não teve tempo de fazer a escolha final? Noemi, forte como uma besta, marchou à frente, chamando a responsabilidade para si:

— O que importa agora é que a partida da mentora não seja motivo para ninguém perder a fé, certo?

— Certo! — confirmaram os demais.

— Então, eu tenho um trabalho pra todo mundo aqui. Hoje de tarde, nossa mãe me contou uma história. Na hora, deu muito medo. Mas agora... Agora faz sentido. Ela me disse que quando Jesus morreu e fecharam sua tumba, foram José de Arimateia e Maria Madalena que, no meio da noite, roubaram o corpo. Eles sabiam que, se o povo acreditasse que Jesus tinha subido de corpo e alma, a memória dele seria preservada para sempre. Eles, os seguidores dali e os que viriam, precisavam disso. Acho que dá para entender por que ela me contou isso logo hoje, não?

Todos, mais uma vez, assentiram com a cabeça. Por mais horrível que fosse, era a oportunidade que eles ali tinham de fazer algo especial. Olharam-se com seriedade. Empilharam as mãos sobre o peito da morta, num pacto de silêncio que duraria para sempre.

Diante do corpo recém-defunto da primeira Pilar, os sacerdotes testemunhavam o início da disputa viva pela escolha da próxima.

Madalena foi até a beira da escada para ter certeza de que ninguém subiria desavisado. Coube a João, por seu laço de sangue e antiguidade, envolver o corpo com o lençol branco e levá-lo nos braços, escondido, até o quarto no fundo do corredor. O embaixador e o doutor cuidariam do resto. Os demais esperaram que a porta do tal quarto fechasse e caminharam até o parapeito.

Uma profusão de velas os aguardava no escuro. Uma maré de fogo. Tinha um canto baixinho também. Sussurrado até, como uma brisa de padecer:

Calai, meu menino, calai, meu amor
Que a faca que corta não dá tai sem dor

Irmã Madalena sentiu o peito apertar mais uma vez. O dia em que Pilar nasceu morta e voltou se repetia ao contrário. Às vezes, o destino é de uma poesia cruel.

O médico tomou a palavra, tirando força mal sabia ele de onde:

— Meus amigos, é duro informar que, sete minutos atrás, a mentora deixou este nosso mundo.

Os olhares de agonia, os abraços de medo, os gritos de tristeza eram os de quem tinha perdido a própria mãe. O choro coletivo e confuso de uma catástrofe, daqueles que foram traídos por um Deus em que sempre haviam confiado. Por quê?!

Não havia sentido em tentar controlá-los. O que quer que dissessem no tormento da hora seria perdoado no dia seguinte. Os sacerdotes apenas aguardaram a catarse diminuir para se dirigirem mais uma vez a todos. Era a vez da freira. Ela limpou a goela, abriu a boca, mas a voz lhe falhou. Tornou a tentar e nada. Noemi veio em seu socorro, tomando a frente, e, num choro contido, deu as ordens do ritual:

— É um dia triste, mas se lembrem do que ela disse, do que Olomô falou. Agora, Pilar está presente o tempo todo, em todo lugar. Não se foi: se dissolveu em nós. Como somos humanos, porém, e humanos precisam de um momento de despedida, eu queria pedir que aqueles entre vocês que quiserem se despedir do corpo da mentora se arrumem em fila aqui nesta escada.

Eles se empurraram em direção à linha traçada do alto pelas mãos da enfermeira. Lobotomizados, em transe, drogados de padecimento. Recomposta, Irmã Madalena pigarreou para pedir a palavra, tirou um papel do bolso e começou a ler:

— Eu conheço... conhecia Pilar desde o dia em que ela nasceu.

Fui eu que fiz seu parto. Fui eu que a apresentei à cidade numa noite em que eles cantavam essa mesma música que vocês cantam agora. Pilar nasceu morta, depois voltou à vida em meu colo. Eu coloquei aquele pingo de gente no peito, e o coração dela aprendeu a bater com o meu. Desse dia em diante, nunca mais nos separamos. Ela era valente. E como alguém que nasceu morta, não tinha medo de voltar para o mesmo lugar. Morrer e nascer, pra ela, foram a mesma coisa. Então, ela me deu suas últimas palavras para ler. Uma mensagem que ela escreveu para vocês:

> *A morte não é nada. Não conta. Eu só fui para a próxima sala. Nada aconteceu, tudo está exatamente como era. Eu sou eu, e você é você, e a vida tão boa que vivemos juntos permanece intocada, sem mudança nenhuma. Me chame pelo mesmo nome de sempre. Fale comigo do mesmo jeito simples que você sempre usou. Não mude seu tom. Não fale forçado, não seja solene nem triste. Brinque, sorria, pense em mim, ore por mim. Quando nos encontrarmos de novo, tudo será como antes. E riremos de toda essa dor por minha partida.*

A leitura gerou um sopro de dignidade. Alguns ao menos conseguiram reerguer as costas e secar a cara com a manga da camisa. Se era assim que ela queria, tentariam.

O primeiro casal subiu a escada e abraçou a freira e cada um dos sacerdotes. Os que seguiam logo atrás copiaram e foram na direção do quarto de onde a mentora se tinha ido. A senhora encarou a porta fechada, respirando a poucos centímetros dela, aguardando por algo que não sabia o que era. Um casal parou atrás, depois mais um e outro... O apoio às costas encorajava a primeira da fila a segurar a maçaneta, a girá-la devagar, a empurrar a porta sem querer ver o que tinha lá dentro. Mas não havia ninguém! Uma cama desfeita, uma janela escancarada. Nada do corpo da mentora.

A senhora desmaiou e foi acudida pelo médico sacerdote com um espanto fingido com tanta convicção que parecia maior do que o dos que tinham acabado de descobrir a cena. Os gritos, dessa vez, eram de "Aleluia", de "Salve", de "Meu Deus!". A mentora havia ascendido na carne!

Como num jogo de telefone sem fio, a notícia correu feito eletricidade. Da sala, já se queria subir correndo para beijar os pés da mentora que estava no andar de cima, esperando, ressuscitada, ao lado de Jesus Cristo.

Mesmo depois do esclarecido, a comoção continuou. Os gritos de milagre prosseguiram. A curiosidade de ver o... de ver aquele nada vazio, de repetir suas histórias e de arriscar interpretações durou mais duas horas. Naquela explosão mediúnica, todo mundo parecia sentir uma "presença". Como se Pilar estivesse ali ainda, rindo do furdúncio que causou. Até na morte, espirituosa.

Foi preciso que Noemi mandasse os fiéis embora para que os sacerdotes pudessem descansar um pouco antes dos preparativos secretos e complexos que deveriam iniciar no próximo dia. Ela mesma levou lençóis e travesseiros, e todos os sacerdotes, inclusive os que moravam na casa, dormiram ali mesmo, espalhados, juntos, na sala.

Pela manhã, ao que os primeiros começaram a acordar, João terminava de passar um café preto. Eles se juntaram ao redor da mesa comprida. Não tinha graça sem o riso e as provocações de Pilar. Era como se a santa ceia lhes tivesse esquecido. A melancolia (e a solidariedade) era tamanha que ninguém percebeu quando Noemi escapou sem avisar. Subiu a escada e desapareceu na direção do último quarto no fim do corredor. E de lá gritou como se Satanás encarnado lhe tivesse atacado:

— Aaaaaaaaaaargh!

A voz era de pavor. Os outros subiram correndo, saltando os degraus, três ou quatro por vez, e encontraram Noemi de joelhos no chão, agora muda e perplexa. Dentro do quarto, para o espanto de todos, o lençol branco estava aberto e vazio. Não havia ninguém ali.

João se aproximou e levantou o pano branco com que ele mesmo tinha enrolado o corpo da mentora. Uma mancha escura delineava o rosto e o corpo esquálido de Pilar.

— Quem fez isso desta vez? — perguntou o sacerdote Figueira, num aperreio profundo. Não se devia brincar com aquelas coisas.

Só que ninguém se acusou.

Sem combinarem nada, checaram e rechecaram cada quarto e cada canto da casa. Não havia sinal do corpo de Pilar.

47.
A NOVA PILAR

Os fiéis aguardavam no jardim, servidos de suco de maracujá e sanduíches de mortadela, em que mal tocaram de tanta ansiedade. Do lado de dentro, os sacerdotes estavam todos reunidos para a mais sofrida das obrigações: escolher aquela que seria a nova Pilar. O combinado era que votassem. Dois terços dos votos para que uma das duas fosse eleita.

— Aí a gente coloca uma fumaça branca pela lareira para avisar que temos uma nova Pilar — brincou Emanuel. Pilar brincaria assim. Falaria besteira. Mas ela não estava mais lá.

Era estranho pensar em Pilar como um cargo.

— Aquela que segura o mundo — comentou Eliel. Na semântica, fazia sentido. De resto, não. Tinha sido a última ordem da mentora, porém. Haveriam de cumprir à risca.

Noemi pediu para ser a primeira a falar e já ia começar quando Irmã Madalena a interrompeu.

— Melhor começar comigo, sacerdotisa. Vai simplificar tudo...

— Com todo o respeito, Irmã, eu preparei este evento praticamente sozinha enquanto você ficou trancada no quarto. O mínimo a que eu tenho direito é me pronunciar primeiro.

Madalena não discutiu mais, e Noemi, como se fizesse a exposição findoura num tribunal, deu início aos trabalhos:

— Meus colegas, que eu admiro e respeito tanto, Pilar deixou o Livro dos Escritos, podou o sacerdócio de saravus... Escolheu as possíveis sucessoras. Ela estabeleceu a fundação e decidiu partir. Ou vocês acham que ela não poderia ter curado a si mesma? Ela foi embora porque está na hora de a missão dela crescer, e ela, em sua humildade sem tamanho, decidiu que outras pessoas poderiam fazer o trabalho melhor do que ela.

Noemi deu a volta e postou-se ao lado da freira, espalhando o braço ao redor da oponente.

— Eu amo nossa Irmã Madalena por tudo o que fez, desde o Maranhão. Uma mulher de fé que dedicou a vida a zelar não só pela nossa mentora, mas pela família dela também. Não é, João? Ela sempre será um exemplo de dedicação, mas agora precisamos de *comando*. Eu, meus amigos, tenho mais de duzentas pessoas trabalhando para mim. E, se vocês me escolherem, eu largo o emprego e venho cuidar desta grande obra que é a nossa. Se vocês concordarem, eu me ponho a serviço de vocês.

A reação foi morna. "Querem ouvir a outra candidata antes de se manifestarem", pensou Noemi. A freira tomou a palavra.

— Eu queria dizer... que vou embora pro Maranhão.

Mal a surpresa assentou, Noemi já estava de pé, dedo em riste, voz nas alturas:

— Eu sei o que você tá fazendo, Madalena. Sabia que ia perder e resolveu tirar minha legitimidade, né?

— Não, mentora — respondeu Madalena. — Eu já fiz demais por Pilar e pela *família* dela, como a senhora disse. Tá na hora de eu descansar.

Furibunda, a enfermeira ameaçou. A última pessoa que tinha resolvido morar longe para escapar das obrigações tinha sido o sacerdote Caio. E todos sabiam no que tinha dado.

— Mas quem sou eu para falar — continuou Noemi —, se ainda não fui oficialmente escolhida. Vá com Deus, Irmã... Com Deus e com a luz de Olomô.

A freira abraçou Noemi, segurou sua mão e puxou-a até a porta da varanda. De lá, na frente de todos, ergueu a mão da enfermeira ruiva e declarou:

— Senhoras, senhores, com vocês, a nova mentora. A nova... Pilar!

A freira puxou as palmas, e os sacerdotes acompanharam, encafifados. O público veio junto. Noemi acenou, sem graça, e voltou depressa para dentro ,sem dar satisfação.

Freira filha da puta!

†

Chegou, então, a hora da primeira oração da nova mentora, nove semanas depois da partida da primeira Pilar. Noemi rodava de um lado para outro, a ansiedade lhe suando. O tempo todo era gente em volta perguntando de tudo. Ela mal conseguia se concentrar.

João aguardou.

— Sabe o que eu fazia se fosse a sinhora, mentora? — disse João, solícito, com um copo de café com leite.

Noemi fingiu não ouvir. Ele continuou mesmo assim, com uma cara sarcástica de que Noemi não sabia que ele era capaz:

— Eu mostrava o amor de tuas palavras.

Noemi olhou, surpresa, para o rapaz que sempre se recusava a falar – não se lembrava de outra vez em que ele houvesse lhe inspirado uma ideia de verdade. Pediu a jarra d'água que Pilar servia nas noites especiais e foi até a bandeja de gotas da antecessora. Cheirou alguns vidros diferentes e achou graça. O último segredo de Pilar.

— São todos iguais! — gargalhou.

A ideia do vinho, todavia, quem sugeriu foi João Batista mesmo.

— Onde você esteve esse tempo todo, rapaz? Se fazia de burro, é? — debochou Noemi.

Talvez ela o tivesse libertado da jaula emocional que sua antecessora representava. Fosse o que fosse, se ele estava disposto a ajudar, era bem-vindo.

Passaram duas horas na cozinha. Primeiro, ferveram duas garrafas de vinho barato até que elas secassem a menos da metade. Derramaram o que restou numa jarra de prata. Em outra, essa de vidro, misturaram um pouco de água e cachaça e um pouco do relaxante muscular dos vidrinhos impostores de Pilar. A enfermeira foi zelosa na proporção: dez gotas e estariam bem. Não queria ninguém viajando nem apagando de repente no meio do evento. João obedeceu. Oito... nove... dez. Estavam prontos.

Assim que ela subiu as escadas para se arrumar, no entanto, ele derramou o resto do vidro na bebida e sorriu orgulhoso para o espelho.

†

No começo do reinado da segunda Pilar, foi Eliel quem entrou batendo palmas, no lugar de João. E Figueira puxou a oração, no lugar de Madalena. Escolheu com pertinência uma das primeiras orações dos Escritos:

Senhor, no início deste dia
Venho pedir-te saúde, força, paz e sabedoria
Quero olhar hoje o mundo com olhos cheios de amor;
Ser paciente; compreensivo; manso e prudente;
Ver além das aparências teus filhos como tu mesmo os vês
E, assim, não ver senão o bem em cada um.

Enquanto oravam, João pegou as duas jarras de dentro do altar e levou para a nova mentora, que aguardava, quieta e concentrada, no meio da roda. A jarra prateada era tão grande que ele precisou de duas mãos para segurá-la enquanto Noemi a enchia da água da outra jarra. A mentora cobriu o vasilhame de prata com um pano rendado. Embalados pelo final da oração, João e os outros sacerdotes se concentraram enquanto o líquido era abençoado:

Cerra meus ouvidos a toda calúnia.
Guarda minha língua a toda a maldade.
Que só de bênçãos se encha meu espírito.
Que eu seja tão bondoso e alegre,
Que todos quando se achegarem a mim
Sintam tua presença.
Reveste-me de tua beleza, Senhor,
E que no decurso deste dia, eu te revele a todos.

Amém!

Noemi retirou o pano que cobria a jarra de prata. Como se já estivesse quase em transe, pediu para João Batista encher um copo. Mas, quando ele obedeceu, foi vinho que derramou.

— Oh! — disseram todos eles de uma vez só.

Bando de leso! A performance estava dando certo. Transformar água em vinho, o primeiro milagre de Jesus, foi o primeiro dela também. Um pouco de gotinhas mágicas e quem estava ali nunca mais esqueceria aquele momento. João levou o copo quatro vezes até a boca e o entregou para a pessoa às costas.

— Quatro goles e passa pra trás — disse ele.

Eles obedeceram com cuidado, seguidos pelas linhas iniciadas pelos demais sacerdotes, cada uma com seu copo. O vinho tinha um cheiro forte e um gosto estranho, mas não importava: vinho santo não haveria de ter gosto de vinho de garrafa, afinal. Beberam e cantaram:

Senhor, faz-nos compreender
Que uma verdade é muito mais viva
Quando ela se move
Quando ela evolui
E traz novos frutos em cada estação.
Quando muda diante de nossos olhos
Com a hora do dia, a idade do homem
Com o passo dos séculos.
Mas permanecem substâncias para todos,
Séculos e homens, sempre iluminadoras
Sempre vivificadoras,
Alimentando-nos a cada dia
E levando-nos à perfeição.

Senhor, dá-nos a inteligência.

— Eita, exa! — gritou a nova Pilar. — Eu disse qui voltava, voltei. Não disse? E vim aqui pra presenteá, quér dizê, pra privilegiá a nova Pilá de voceis. — Noemi estava nervosa. O sotaque lhe escapava, as palavras lhe faltavam. Será que alguém ia notar? As gotinhas... Eles não iam lembrar de nada. Sacudiu-se um instante e prosseguiu: — I oxeis qui num acreditavaum agora podi acreditá, perque nexa nova missaum, esta casa vai crescê, vai prosperá, i oxeis tudo vai ganhá mucho diero, num vai, exa?

As palavras de Olomô foram recebidas com suspiros ainda maiores do que Noemi esperava. Alguns gritos ligeiros até, mãos que passavam, devassas, pelas costas da pessoa ao lado. João não riu, ou quase. Àquela altura, ninguém ouvia o que Noemi dizia. As reações vinham mais da onda de ternura química do que da apresentação. Tudo o que importava era o amor. Eram todos tão bonitos e alegres... E aquela quentura? O que mais? Ah, a alegria. Devia ser fé. Fé descontrolada da porra, que fazia amar, amar, amar... como jamais haviam amado. Por que nunca tinham se sentido tão bem assim? Seria a nova mentora tão mais poderosa do que a primeira? Ou quem sabe a força de Olomô fosse mais forte num corpo mais novo. E que corpo... Aqueles peitos, ali, balançando soltos... em câmera lenta...

— Cala a boca, impostora! — gritou uma voz potente, do fundo. Noemi se encolheu de susto e todo o resto do povo olhou para trás tão rápido que um deles caiu.

Numa túnica branca, os cabelos ao vento, braços abertos em cruz, Pilar, a primeira e única, a original, parecia flutuar. Ou voar. Alguns a viam em cores ou com asas, outros a viam gigante ou cercada de um exército de anjos.

Pilar se aproximou da nova mentora e lhe acariciou o rosto. Depois, enfiou-lhe uma bolacha tão bem dada que ardeu os ouvidos. Noemi se desmantelou de costas sobre a grama. E, num reflexo extraordinário, a audiência acompanhou. De uma vez só, desabaram todos de joelhos no chão. Olhada debaixo, Pilar, a única e verdadeira, ressuscitada e gloriosa, parecia ainda mais luminosa. O maior amor do mundo os engoliu de uma só vez.

— Eu queria ter ido. Devia ter ido. Mas tu me traíste — disse a verdadeira Pilar. — Me trocaste pela vaidade. Mentiu para seus seguidores, que vergonha! Foi por isso que Olomô me mandou voltar. Ela me disse: “Filha, volte, que tua gente merece melhor que essa filhote de carcará”. Então, sai daqui, saravu maldito. Voa com essa asa preta pra longe e não aparece aqui nunca mais. E vocês aqui em volta: pela força de minha palavra, se virem essa mulher, ponham ela para fora. Por bem ou por mal, viva ou morta, vocês que sabem. Essa estagiária de encosto não bota mais os pés nesse chão sagrado.

Dizem que, depois disso, Noemi se transformou em uma fumaça negra que Pilar inspirou e soprou bem longe. Ou que o chão se abriu e engoliu a impostora ali mesmo. Ou que ela se partiu em mil pedaços e voou feito um enxame de mariposas descontroladas na direção das estrelas. A fé tem dessas coisas. A cada um, se manifesta de um jeito diferente. O que João Batista lembra, ele que foi o único a não engolir a beberagem, foi que, quando ergueu a camisa e mostrou o cabo do revólver, Noemi o acompanhou mansinha até a porta.

No jardim, os abraços eram tão calorosos e os beijos e carinhos, tão entusiasmados que mais um pouco suas memórias lhes deixariam confusos sobre o que acabariam fazendo. Piedoso, João abriu a torneira, apertou o polegar na ponta da mangueira e jogou água para cima. As gotas geladas caíram sobre eles numa tempestade benta, uma chuva derramada das estrelas, alguém disse. Não era exatamente o que ele tinha planejado, mas ao menos as roupas ainda estavam abotoadas. Transparentes, mas no lugar.

— Vão para casa, meus queridos — disse Pilar. — Durmam. Amem. Sonhem com minhas palavras. E voltem amanhã. Eu estarei aqui, por certo. De corpo e alma, trazida de volta do mundo dos espíritos pela fé de cada um de vocês. Que a luz de Olomô os abençoe.

Foi preciso uma dose de pastoreio para que, naquele estado, eles achassem a porta. Para onde iriam depois dali, problema de cada um. Muitas confissões haviam de vir, isso era certo, assim como era bom.

Pilar foi buscá-lo na porta, com duas taças do vinho bento na mão. Estavam só os dois naquela casa gigante, e ela estava animada demais para apagar tudo e dormir. Que espetáculo triunfal! Que plano perfeito! A encenação da doença, o susto da ressurreição, o retorno heroico... E a farsa da morte? Os encontros secretos com o guru Sanjaia tinham funcionado tão bem que nem mesmo a enfermeira percebera os sinais vitais tão baixos. Pena que o doutor Vic e o embaixador não estivessem em condições de celebrar – ou talvez até estivessem em condições demais. Ela saltava e dançava feito uma cabrita adolescente. Gargalhava de prazer. Mal podia esperar para ouvir os testemunhos de sua volta espetacular. Tudo graças à mão firme do primo João Batista. Ela tomou sua taça numa talagada só e deixou escorrer o que restou de sua boca molhada.

— Acho que vou até deixar tu me comer hoje, João.

Ele não se manifestou nem bebeu. Não que Pilar esperasse algo diferente. Ela correu ao redor dele, puxando-o até a entrada do jardim. Dançou e se esfregou em João, que permanecia ali, rígido feito uma estátua, torcendo para que seu corpo não o traísse. Pilar encheu a mão entre suas pernas e tomou um susto tão grande que teve que tirar o revólver que ele levava na cintura para saber se o que sentia era ele mesmo.

— Valei-me, João! Se eu soubesse que tu era ajegado desse jeito, tinha vindo bater aqui antes!

Pilar deu um passo para trás, devorando-o com os olhos. Minutos antes, quando ela não estava ali, aquele rapaz musculoso, sua arma em punho, como um feroz xerife do Nordeste, tinha posto sua maior inimiga para correr. Agora, em sua presença, como o tigre do circo, parecia um gatinho medroso, todo encolhido. Não, medroso, talvez, mas encolhido não era o caso.

Ela tirou a túnica. Uma calcinha branca e mais nada. Incrível como dois meses bem alimentados lhe tinham rendido umas carnes. João tentou não olhar. Ela passou as mãos nos peitos, uma delas desceu pelo próprio ventre e enfiou dois dedos dentro de si. Depois os chupou com gosto. João se contorcia no mesmo lugar, como se estivesse para explodir.

— Tira a calça, João — ordenou ela.

Ele espremeu os olhos de dor. Atrapalhado com o revólver que tinha tomado de volta, começou a abrir o cinto, com dificuldade. De repente, parou. Congelou por alguns segundos e correu na direção da escada.

— João? — chamou ela. Ele não respondeu. Um barulho de porta batendo explodiu no segundo andar.

Pilar encontrou o primo sentado na cama. Já não tinha a confiança triunfante de minutos atrás. Parecia em transe, olhava para dentro do cano da arma, o polegar a experimentar com o gatilho. Pilar se aproximou devagar e tomou-a com cuidado para não haver acidente. Não era a hora de aquele tigre partir.

Pilar o empurrou contra a cama, arrancou-lhe a calça pelas barras e montou sobre ele ali mesmo. Ela sorria, encharcada pelo amor todo do mundo. Ele chorava pela tristeza de seu destino imundo.

48.
CHÁ DE LICHIA

Enquanto a peladona se enroscava nos coqueiros, ela se arrumava na cama, ansiosa pelo novo capítulo. Não havia se acostumado à liberdade. O privilégio de assistir à novela sozinha, sem brigas nem ninguém para mandar aquietar porque a Betty Faria ia se pegar com o rapazote, ainda lhe dava calafrios. Olhava em volta antes de sonhar com eles em paz, num quarto que, apesar de menor que sua cela de quase quinze anos, era só seu. Vez ou outra, esses sonhos e as novelas eram interrompidos pelo toque inconveniente do telefone, lá do outro lado, na entrada da cozinha, mas tudo bem. No geral, valia a pena. Isso, *pena*, uma expressão que ela tinha aprendido a respeitar de outra maneira desde que teve que cumprir a sua pelo famoso assassinato dos embaixadores da Turquia no Brasil. Cirlene Assunção Peixoto, negra, ex-presidiária, mulher de fé, noveleira incurável, empregada doméstica.

O telefone tornou a tocar. Por um momento, entre um toque e outro, havia esquecido. Correu para atender – era parte de seu trabalho, afinal. Um que ela prezava em dobro. Não só porque tinha esperado uma quinzena de anos pela oportunidade, mas também porque era sua chance de ficar bem perto da Santinha de Codó.

— Alô, gostaria de falar com Pilar, por favor? — disse a mulher do outro lado.

A voz e o sotaque do Norte lhe eram vagamente familiares, mas não o suficiente. Por alguma razão que Cirlene não conseguia entender, a pessoa não parecia se aperrear em estar no telefone durante o capítulo da novela das oito.

— Quem gostaria? — perguntou a empregada.

— Uma velha amiga.

Cirlene deixou o telefone da cozinha fora do gancho e foi até o escritório onde a patroa assistia a mesma novela que ela.

— Telefone para a senhora — disse Cirlene, se aprumando para tentar acompanhar o desenrolar da trama dali mesmo, pelo menos até o próximo comercial.

— Quem é?

— Alguém lá do Norte, de onde a senhora veio. Não quis dizer o nome.

— Tá bom. Vai, vai, vai — enxotou Pilar.

Cirlene ainda se lembrava do tempo em que as duas trabalharam na mesma casa. De quando Pilar a tinha convidado para morar no apartamento no Lago Norte. Agora estavam juntas novamente, naquele casarão todo emperiquitado de panos e pratarias, com tantos quartos, televisões, flores e luxos... Pilar podia ter até a própria empregada, veja você. Igualzinho à Tieta da novela. Que orgulho! Cirlene, por sua vez, e provavelmente pelo que passara na vida, tinha certeza de que era uma privilegiada. Ela acordou do devaneio com a patroa lhe empurrando. Correu de volta para não perder a cena final, mas se lembrou de apagar as luzes no caminho. Desperdiçar energia é muito feio. Depois de tudo, como sempre fazia, foi terminar sua noite sozinha, em seu próprio quarto, com o Tarcísio Meira, torcendo para que o telefone não a interrompesse de novo.

†

O táxi parou defronte a casa de chá. O motorista deixou a Irmã na porta de entrada, constrangido. "As noviças", dizia o letreiro. Pilar não tinha perdido o bom humor. O hábito desbotado, longo e envelhecido de Madalena contrastava com as fantasias de negrume brilhoso das meninas de vinte e poucos anos. Naquela casa, garçonetes serviam, vestidas de noviças (daí o nome!), as poucas mesas ocupadas. Parecendo ensaiado, olharam todas ao mesmo tempo, sem certeza de quem estava fazendo piada de quem. De longe, a freira de verdade reconheceu sua mesa e prosseguiu sem perguntar. Mal se sentou, um bule e duas xícaras apareceram à frente.

— Lichia — disse a garçonete.

Pilar agradeceu.

— Fui pedindo logo — disse ela, e usou um garfo para pescar duas bolinhas brancas de dentro do bule antes que elas pudessem se servir. — Experimenta. — Na ponta do garfo, uma das frutas viscosas cruzou a largura da mesa e foi parar na boca da madrinha. Pilar serviu-se da outra e, sem engolir, prosseguiu: — Tem gosto de porra, né? Textura também. Impressionante essa natureza de Deus...

— E João, como está? — desconversou Madalena.

— Tá lá, na quietice dele. Vai ficar feliz que estás voltando.

— Eu não estou voltando, Pilar.

— Depois de todo esse tempo, tu me ligas só pra *encontrar*?

— Queria saber como vai minha afilhada. Não pode?

— Claro que pode. Eu tô bem. O grupo cresceu, a saravu da Noemi nunca mais voltou... Mas eu tô meio sozinha, não sabes? No meio de todo esse espetáculo, às vezes bate uma solidão, porque ninguém ali sabe como foi no começo, de onde veio isso tudo. Só o João, mas ele não fala, então não dá pra conversar.

Serviram-se as duas de uns *petit fours* postos na mesa com embaraço, as garçonetes tão encabuladas que dava vontade de rir.

— Sabe o que eu acho? — continuou Pilar. — Que tu te arrependeste de ter ido embora e é orgulhosa demais pra admitir.

Encararam-se por alguns segundos, como dois caubóis em duelo.

— Não precisa admitir, é só voltar. Tu sabes que eu ressuscitei na frente de todo mundo?

— Eu ouvi alguma coisa. Como assim? Eu entendo que o Vic tenha cumprido tua ordem e dito que tu morreste, mas a Noemi olhou também. Eu fui lá e chequei... Tu não tinhas mais pulso.

— Guru Sanjaia, lembra dele?

O queixo de Madalena caiu. Lembrava-se dele no circo.

— Tu aprendeste a fazer aquilo de parar o coração?

Pilar fez uma cara orgulhosa, de menina que tirou nota boa.

— Lembra que os bispos lá em Brasília disseram que se eu era mesmo a filha de Deus eu tinha que ressuscitar? Foi lá que tive a ideia. E queres saber? Eles tavam eram certos!

— Pilar, Pilar... Tu sabes por que a gente nunca brigou? Porque a gente é feita do mesmo farrapo.

— Duas missões?

— Duas mentiras.

Pilar fechou a cara. Estava disposta a aceitar a mulher que matou sua mãe e sua tia, porque, no fundo, entendia suas razões (e porque ela tinha levado Socorro de volta, mesmo que por pouco tempo). Mas a acusar de mentirosa? A mentora bateu com as mãos na mesa e ameaçou ir embora, mas a freira não deixou. Segurou-lhe o pulso e pediu que ficasse. Desculpou-se e tudo. Pilar ficou, mais intrigada com a força da mão de Madalena do que com o pedido de perdão.

— Tu acreditas mesmo nessa tua missão, então?

— Claro que sim! E tu, não?

A Irmã fez que não.

— Na profecia, não acreditas?

Tornou a negar.

— E em Olomô?

Na terceira negativa seguida, o relógio de parede bateu a hora cheia e um galo cantou no lugar do cuco.

— Sabe o que mais eu aprendi no circo? — perguntou Pilar, tentando não aceitar a provocação.

— A ler mão?

— Eu aprendi que todo tigre tem medo de alguma coisa. Os do circo tinham medo da vida fora da jaula. O João tem medo de não conseguir me proteger e decepcionar a mãe. Tu tinhas medo de que eu descobrisse tua história. Então... Aqui estamos, as duas descobertas. E tu, madrinha, tens remorso?

— Claro. Às vezes, a gente mete uma coisa na cabeça e vai até o fim porque deixou a ideia definir a gente. Por muitos anos, eu virei essa minha vingança, o que era muito confuso, porque, como eu te disse, do fundo do coração, eu peguei amor de verdade por ti e pelo João. Então, quando tu me perdoaste... eu... eu preferi que tu tivesses gritado, que tivesses me mandado embora. Foi muito humilhante, uma vergonha...

Pilar soltou uma gargalhada de novela.

— Tu achas mesmo que eu perdoei?

A freira, que ia tomar mais um gole do chá, desistiu.

— Claro que não! Tu mataste minha mãe! Minha tia também, mas minha mãe foi muito pior. Ela morreu queimada, na minha frente. Eu ainda sinto cheiro de cabelo queimado quando vejo fogo grande. Não vou perdoar nunca. Eu pensei em contar pro João e mandar ele te matar. Ele mataria assim, que nem se mata um mosquito. Mas depois me dei conta de que te manter aqui, presa nesta vida de merda de cuidar da filha de tua vítima, era muito pior. Esta vida de tigre enjaulado que não sabe fugir. Esta é a vingança: eu deixo tu voltares. Não porque eu sinto saudades. Mas porque eu sei que isso dói. E vai doer até o dia em que tu fores enterrada num caixão sem ninguém da família por perto. Porque eles te abandonaram, e agora sua família sou eu, tua afilhada, que tu trouxeste ao mundo, aquela que tu sabes que vai te matar um dia, mas a quem não consegues resistir. Eu, como tu, não tenho problema em tirar gente da frente. Matei e mato. Torturo. Expulso. A diferença entre nós duas é que eu tenho uma missão de verdade. Tu? Só essa mentira que inventaste pra preencher tua vida vazia e renegada.

Era tanto fogo nos olhos de Pilar que a freira sentiu sua saia ficar molhada. Foi a primeira vez que viu com aquela clareza o monstro que botara no mundo, com suas próprias mãos, com a batida de seu coração. A criatura realmente acreditava naquela loucura toda! Não tinha alternativa, portanto. "O plano tem que continuar", precisava avisar ao comparsa. Enfiou as mãos nos bolsos do hábito e confirmou que o sinal ainda estava lá.

Pilar abriu um sorriso de conversa besta, tomou um gole do chá de porra e perguntou:

— E tu, estás morando onde?

†

Madalena deixou a mesa antes que a conta chegasse.

— Eu pego um táxi — disse ela, esperando um pouco além da conta por uma reação contrariada.

— Quer uma carona? O João pode te levar até em casa. Ou tu podes ir comigo e ficar de uma vez... — Pilar falava com tanta calma que era como se não tivessem tido o resto da conversa. Madalena não titubeou para aceitar. A carona, apenas.

Pagaram a conta e saíram juntas. Pilar, com o peito estufado de orgulho, Madalena tremendo de um tanto que as ventas sacudiam. A Irmã tirou dos bolsos os pratos de bronze de João Batista e esfregou-os na mão.

— Não queria que João me visse assim — disse Madalena.

— De onde desencavaste isso, mulher? Vai chamar fantasma no meio da rua?

Ah, as ironias da percepção... No fundo da rua, um Opala preto parou, fechando o trânsito. Pilar apontou, empolgada, para a dona ao lado, como se o motorista pudesse não ter notado a senhora de hábito preto. Eles cruzaram olhares, João e Madalena. O buzinaço atrás pedia que João andasse. Deixou buzinarem.

Os pratinhos de bronze bateram um no outro. Era o sinal que ele esperava. Engatou a primeira marcha, pisou no acelerador. Os pneus rodaram em falso, espalhando uma fumaça branca que relinchava alto. O Opala partiu como se tivesse um foguete no rabo.

O carro de João se aproximava. A cara de mártir de Madalena. As lanternas amarelas, chegando, um centímetro de cada vez. Os *tingshas* de João nas mãos da madrinha. O sorriso de Pilar de repente se desfez. A mentora enxergou sua vida, a deles, tudo. Entendeu finalmente o plano dos dois, a arapuca. Fazia sentido. Sentiu pena, afinal. Depois, medo, enfim. Avistou a porta do restaurante – alguns passos e estaria do lado de dentro. Se corresse, chegaria a tempo. Gritos de ambos os lados, daqueles que antecipavam o desastre inevitável. Os *tingshas* com que Madalena chamava as visagens se chocaram contra o chão de pedra e soaram pela última vez. Segurou o braço da afilhada, com força.

— Tu vais comigo — disse a freira.

Pilar viu um cajueiro encantado, desses que só se lembrava de ter visto lá no Maranhão, se abrir de dentro do chão. Alumiava-se para fora, seus galhos de malassombro entortando feito víbora com fome. Enxergou-os todos ali, aguardando em sua sombra, salivando por sua carne. Garrincha, os embaixadores turcos, Caio, Sílvia... e Madalena.

Entre os viventes, gente de todas as idades saltava para os lados e buscava proteção – ninguém devia ter vontade de morrer. A perua empetecada e a freira continuarem agarradas no mesmo lugar não fazia sentido nenhum. Pilar gritou por socorro e tentou sem sucesso se desgarrar, fazendo Madalena abrir um sorriso de vitória. A essa altura, o desastre era tão claro que mudava a escala do tempo. O carro já não corria, andava um centímetro de cada vez, assim como tudo ao redor. E, mesmo assim, não tinha nada que o impedisse.

Do outro lado da rua, o fantasma de Garrincha batia palmas e saltitava. Encosto maldito! Foi aí que Pilar avistou sua mãe, coberta em chamas, a pele borbulhando. Apontava para o automóvel assassino.

— Mamainha?

Garrincha achou graça: água e fogo. Um jato d'água atingiu Maria em cheio, direto das mãos do menino afogado. O fogo apagou. Em retribuição, Maria lançou um pé de vento na direção do moleque, que num segundo secou. Enxuto, o encosto se surpreendeu. Estava livre da dor e da raiva. Saiu correndo para longe, chamando o pai, feito um menino de carne e osso. Passou sem se importar pelo meio dos anjos que se aproximavam, o loiro e o turco com cara de misericórdia, o negro, seu amigo Légua, na maior diversão, lambendo os dedos melados do que quer que fosse. A vida toda em um instante. Aquela era a de Pilar. Tinha chegado a hora.

Já a freira não viu nada disso. Sentiu apenas o calor de Pilar, seu braço insurgente que não arredava, o capô quente lhe estraçalhar o quadril, o para-brisa se estilhaçando através de seu rosto, o impacto lançando-a no ar. Sentiu o ardido da vitrine lanhar suas costas. Lembrou-se da reza que ela mesma tinha traduzido: "Quando sua própria forma lhe parecer irreal, como parecem ao acordar todas as formas que ele vê em sonhos, então poderá divisar o uno". Madalena achou ter visto o olhar arregalado do casal português e xícaras voando para todo lado. Quem se importava? Para ela, não havia ruído nem confusão, apenas objetos congelados no ar, sem pressa, como numa polaroide de seu momento no uno. Uma chapa em cores do último momento de sua vida.

Enfim.

49. UM NOVO COMEÇO

Ela abriu os olhos devagar, zonza feito uma barata. As coisas ainda rodavam. Borrões. Sentiu as entranhas lhe subirem pelo esôfago. Uma mão piedosa apoiou sua cabeça, movendo-a numa direção qualquer. Pilar obedeceu e deixou a bile jorrar. Um som metálico. A imagem, aos poucos, tomou foco. Os sentidos acordaram. Cheiro químico, de remédio, de iodo. As paredes verdes, a cama... Pilar odiava hospitais.

O quarto era pequeno. Flores deixadas na véspera se empilhavam numa mesa armengada, alguns balões saltaram do fundo. Cirlene tinha orgulho de manter o lugar em ordem. Fazia três dias que ela cuidava de tudo. Da arrumação, do balde de vomitar, de quem entrava e saía. Desde o susto que tomou quando ligaram para avisar do acidente. Ela não tinha passado quinze anos na prisão para a santinha morrer logo agora. Não. Juntou as malas e se mandou para o hospital. De lá, não arredou mais o pé. Até porque não se incomodava. Viveu muito mais tempo numa cela sem flores, balões nem visitas bem-apessoadas.

Um bonitão e bem-arrumado aguardava, sentado num canto, assistindo à paciente virar do avesso. Cara de menino rico, vagamente familiar. Parecia um pouco com o Tarcísio Meira, até. Dado o sorriso besta da empregada e os olhos que não largavam do quase sósia do ator de novela, era esse o motivo de tê-lo deixado ficar. Ele esperava, sereno e paciente, bloco de notas e um lápis na mão.

— Dona Anunciação?

Pilar já tinha sido chamada de muita coisa, nunca daquilo.

— Quem é você? — perguntou ela.

— Alfredo Amaral, do *Jornal de São Paulo*. A gente se conheceu...

— Naquele dia... do atropelamento — interrompeu ela.

Era ele mesmo. Tinha escapado de uma boa nas mãos de Pilar. Mas não era por isso que estava ali.

— O acidente foi feio... Um carro dentro de uma casa de chá. Vítimas, sangue pra todo lado. Precisa ver a manchete do *Notícias Populares*.

Ela tinha visto. Pilar pediu um pouco d'água, que teve que beber com a mão esquerda. Não conseguia se acostumar com o braço engessado. Um *flash* – o carro se aproximando depressa, na direção das duas. Pilar sentiu o puxão no antebraço quando a madrinha voou, como se estivesse acontecendo mais uma vez. Enxergou o primo atravessar o para-brisa entre as duas.

— João... — disse ela, com um traço de agradecimento e compaixão.

— Sinto muito. Ele era seu primo, não era?

A paciente confirmou, num desolado legítimo.

— Notícias da Irmã?

Madalena havia falecido na véspera. Era dela que o repórter queria perguntar, inclusive. Sobre a moça vestida de freira.

Pilar deixou o riso escapar. Eram todas freiras. Ele continuou olhando, quieto até a paciente entender.

— Segundo os dados que encontramos, ela nunca foi freira.

Aquela safada. Essa nem ela tinha imaginado.

— Não tinha ideia. Vai ver ela era doida — disse Pilar.

— E seu primo. Que deu nele?

Pilar enxugou uma lágrima de verdade. Não se lembrava de quase nada. O que soube foi pelo noticiário. Testemunhas dizendo que ele acelerou para cima delas e, na última hora, mudou de direção. "Para a freira, uma tragédia; para a outra, milagre."

O primo cuidou dela até o final.

— Vocês eram próximos?

— Como irmãos — respondeu a paciente, apertando o botão da morfina. Depois, desconversou: — E você? Conseguiu o cargo que queria, hum?

O rapaz deu de ombros, com um pouco de orgulho.

— Vamos fazer o seguinte: eu te concedo uma entrevista. Mas a que *eu* quero dar, não essa que você está procurando. Você espera uns dias e publica quando eu já estiver fora daqui. Se sair direito, eu prometo que ainda neste ano você estará no comando do jornal. Que tal?

— Como é que você pode prometer isso?

— É essa a história que eu queria te contar.

†

Cirlene atendeu à campainha naquele domingo de manhã. Claudete Figueira, com um jornal embaixo do braço. Pilar não gostava de jornal, sujava as mãos, dizia ela. Mas, naquele dia, aguardava ansiosa por sua cópia desde as cinco da manhã, para ser exata, muito embora tivesse preparado tudo para que não parecesse assim.

Claudete caminhou até o jardim, onde Pilar tomava seu tradicional banho de sol, *topless*. A visitante já entregou a edição aberta na página certa, na qual uma foto bem aproximada dos olhos de Pilar era sublinhada pelo título que abria a matéria:

A Profeta de Codó

Vem do Maranhão a nova guru dos poderosos do Brasil – Por Alfredo Amaral

Debaixo de tanto sol, Pilar apertou os olhos para enxergar. Depois, deitou-se de novo e pediu que Claudete lesse para ela.

São Paulo, 23 de fevereiro de 1990

No coração de São Paulo, um grupo religioso reivindica milagres, mudanças de vida e até ressurreição. A líder desse grupo, dizem as lendas, foi anunciada por anjos como a nova messias, um título elevado mesmo no mundo de egos dilatados dos carismáticos gurus dos tempos atuais.

De pastores apocalípticos como o americano Jim Jones aos novos profetas da TV, o espetáculo religioso é a nova mania do mundo. E no Brasil não podia ser diferente. Por aqui, nunca se buscou tanto a espiritualidade. Pergunte aos romeiros devotos do padre Cícero em Juazeiro do Norte ou aos filhos de mãe Menininha do Gantois, a mãe de santo baiana que virou até música de Dorival Caymmi. No Planalto Central, um dos maiores centros místicos do país, todos os dias chegam ônibus e mais ônibus para as sessões espirituais com tia Neiva, no vale do Amanhecer. Já no Maranhão, celebridades e políticos como o ex-presidente José Sarney são frequentadores assíduos de casas como a de Bita do Barão, um pai de santo do terecô, a encanteria que nasceu na cidade de Codó. É exatamente de lá que vem a nova guru de empresários e poderosos de São Paulo. A autoproclamada irmã de Cristo, no entanto, é criteriosa e discreta em suas funções. Não gosta de ter o nome publicado nem de dar entrevista, odeia publicidade e só permite que pessoas cuidadosamente selecionadas frequentem sua casa. A menina anunciada, como pediu para ser chamada (ou AN, na transcrição abaixo), concordou em falar com exclusividade para o Jornal de São Paulo, *desde que preservada sua identidade.*

JSP: O Brasil tem tantos gurus, pais de santo, adivinhos, existe lugar para mais um? Ainda mais vinda de Codó, de onde já vêm tantos?

AN: Se as respostas da vida e do nosso tempo vêm do Tibete, das pirâmides maias, do juremá ou da mata do Codó, isso pouco importa. O mundo está passando por uma grande mudança. Dizem que o fim pode estar logo ali na esquina. É natural que as pessoas estejam mais ansiosas para encontrar essas respostas. E quando há gente procurando, há gente oferecendo sua versão também. Não vejo problema nenhum.

JSP: Dizem que a senhora não necessariamente oferece... que escolhe um a um aqueles que poderão frequentar sua igreja, é verdade? Falam inclusive que esses são, na maioria, gente poderosa. Empresários, políticos...

AN: Eu atendo muita gente comum, gente pobre... embora ninguém fique muito tempo em más condições a meu redor. O trabalho de Deus acaba refletindo nos bens materiais. Cada um de nós tem dois lados, uma mente divina, que nos aproxima de Deus, e uma mente mortal, que nos faz homens, falhos e imperfeitos, o que parece poético, mas no final serve apenas para nos aproximar da miséria e da cova. Meu trabalho é ajudar as pessoas a entenderem quando estão pensando com uma dessas mentes ou com a outra. E com isso deixar que elas evoluam no ritmo certo, tanto espiritual como materialmente.

JSP: Isso não seria uma questão de ter ética e bom senso?

AN: Deveria ser. Mas convenhamos: esses são dois produtos em falta no mercado. (risos)

JSP: Dizem que a senhora opera milagres e que até voltou do mundo dos mortos.

AN: Essa gente é muito criativa. Eu só ajudo as pessoas a pensarem, a se conectarem com seu lado divino. Eu viajei o mundo, estudei com gurus das mais variadas conexões, e todos eles, no fim, dizem a mesma coisa: nosso objetivo aqui é fazer o bem. E, se fazemos, Deus, o Tao, os espíritos, os orixás, Jesus... seja lá como você chama, ou quem você quer chamar, acaba lhe dando ondas de poder que permitem a cada um de nós operar pequenos milagres no dia a dia. Talvez eu tenha uma capacidade acima do comum de ampliar essas ondas, mas é só isso.

JSP: Se essa capacidade é tão especial assim, não deveria ser acessível para todos?

AN: Deveria. Por isso estou dando essa entrevista. Acho que todo mundo deveria saber disso. Está na Bíblia, aliás. E nos escritos budistas, nos cantos do santo daime e da ciência cristã. Não estou inventando nada de novo. Mas eu mesma, infelizmente, sou uma só. Atendo as pessoas de acordo com o espaço e o tempo que tenho. Por isso não gosto de divulgar meu nome ou o local em que eu atendo. Preciso me preservar para aqueles que estão prontos para ouvir e agir no que eu tenho para oferecer. Porque o tempo está correndo...

JSP: Tem certa pressa nessa declaração? O que está para acontecer, em sua opinião? Tem alguma profecia para compartilhar?

AN: A profecia está todos os dias nos jornais, meu caro. A ameaça nuclear. O desmatamento. A corrupção. A inflação. A violência contra as mulheres, contra os menores. O fim do mundo não é essa coisa literal que se aprende no catecismo. Isso é bobagem de quem não sabe interpretar. O fim do mundo é a degradação da sociedade, do mundo ao redor. Assim como o paraíso nunca foi realmente algo para depois da morte da carne. O paraíso é aqui, na Terra, nesta vida. As forças divinas operam de forma a dar mais poder àqueles que podem realizar mais. Realizar, entendeu? Claro que há o poder corrupto, que é um tipo de provação. Mas, para a maioria, o poder, o sucesso, é apenas o resultado de uma vida mais ligada ao divino, seja lá o nome que você quiser dar a ele.

JSP: Essa fé tem alguma influência na riqueza dos praticantes? Você ajuda seus seguidores a ficarem ricos?

AN: O milagre vem de acordo com o que a pessoa precisa fazer. Se a missão de alguém exige saúde, vai ser saúde. Se for dinheiro, a mesma coisa. Agora, como eles vão chegar lá, isso não é por orientação minha. Eu só posso ajudar o sujeito a ter mais merecimento e a sintonizar sua intuição do melhor jeito. Por exemplo: nessa semana teve gente que me disse que achava que deveria investir todo o dinheiro no banco. Outro, na empresa. Outro, colocar tudo embaixo do colchão. Eu abençoei todos eles. Mas só um desses três pode estar certo. Eu até sei qual, e esse vai ficar é muito bem. Mas eu não posso interferir na escolha, entende?

JSP: Essa sua religião tem nome? Como nossos leitores podem encontrá-la?

AN: Tem um nome, claro. O nome de cada pessoa. Porque ela é diferente para cada um de nós. O João vai ser da religião do João. O Caio vai ser da religião do Caio, a Madalena vai ser da religião da Madalena. E ninguém precisa me encontrar para praticá-la. É só ouvir as vozes dentro de si e prestar atenção em qual lado está falando: o divino ou o mortal. É claro que para isso é preciso conhecer a si mesmo para não se enganar, não se boicotar. Na vida, no trabalho, no amor... a gente faz isso muito, sabe? Se boicota. Se convence de que o caminho mais fácil é o certo. Vai nas palavras do primeiro vigarista que oferece salvação para vender. Geralmente, não é assim. Para chegar até nosso grupo, você tem que viver por esses princípios, e aí você não precisa me encontrar. Você faz do seu jeito, sua religião. E, se for a coisa certa, mais cedo ou mais tarde, quem vai te encontrar sou eu.

Claudete fechou o jornal, apreensiva. Não sabia o que pensar, o que esperar.

— Cirlene! Traz o telefone. Claudete, liga pro teu marido.

A empregada levou o aparelho e Claudete obedeceu.

— Alô, Figueira? Já leu o jornal? Isso, ficou bom, não ficou? Lembra aquela casa que você me mostrou? Pode fazer uma oferta por mim. Esta aqui não vai ser suficiente, não.

Desligou sem se despedir. Sem olhar para trás, ordenou em sequência:

— Essa menina, liga o telefone pro menino do jornal. Aquele do número que te dei. — Cirlene, que sabia que era com ela, obedeceu.

A mentora ouviu o disco girar sete vezes e o telefone novamente lhe foi colocado nas mãos.

— Alfredo? Ficou ótima, Alfredo. Faz o seguinte: eu vou te receber, sim. Pode vir aqui amanhã. E pode anotar a promessa que eu te fiz; quando você menos esperar, vai tudo acontecer. Sabe por quê? Porque eu quero. E o que eu quero, Alfredo, o que quer que seja, sempre acontece.

FIM

EPÍLOGO

E assim terminou a história de Pilar. Com toda a riqueza, a esperteza e a podereza que ela pediu. Viveu feito jegue solto, dançou no cangote dos poderosos, fez fortuna maior do que podia usar, foi amada, rezada e odiada... Até que chegou sua hora, que veio numa morte matada, feita com tanta raiva que só alguém como ela podia ter tido. Uma dessas de folhetim. Mas isso fica pra outra vez. O que importa mesmo não é como ela morreu, mas o que aconteceu depois. Dizem que dali a três dias estava de volta, sobrevoando Codó pela última vez. Passou pelo alto da Igreja Matriz, o antigo corredor escuro onde foi concebida, as tantas tendas de santo. As casinhas ainda eram mal pintadas. O comércio ainda pintava seus reclames nas paredes. Mas as ruas de paralelepípedos agora estavam cheias de motocicletas. Em sua época, usavam cavalo e burro. E os crentes? Quando tinham chegado? Ironias da vida, da morte.

Pousou no cemitério sem muro. Simplezinho, cheio de mato. Légua aguardava, aproveitando um prato de camarão seco que deixaram pra ele. Do lado, um copo do refrigerante cor-de-rosa do Maranhão, para limpar a goela. Um orixá bebendo Jesus. Só no Maranhão. Pilar postou-se ao lado dele para ver o cortejo, sem fazer barulho nem sombra. Coisa de alma penada mesmo.

Como no funeral da mãe, o caixão estava fechado, por causa do estado da defunta, mas cheio de formosura ao redor. Só não choveu peixe porque a dor era menor. Mas que era grande, isso era. Tinha flores, banda e estandarte. Chegava do alto da rua Tancredo Neves, carregado nos braços de tanta gente que a fila devia terminar lá no Piauí. Todos para saudar a filha mais querida de Codó, a menina santa, a criança anunciada pelos anjos. Pilar sempre imaginou seu enterro assim. Para ela, pouco importava a autoria ou a forma da morte. Apenas que acabasse num cortejo rico, longo e chorado. Havia certo alívio na conclusão.

A procissão, num *déjà vu* carnavalesco, entoava a melodia familiar. *Senhora Santana na beira do rii...* Pilar achou bonitinho. Perguntou se encontraria a avó entre os vivos ou os mortos, ao que Légua respondeu com um "sei lá" desinteressado. Estava entretido demais com os camarões para responder.

O cortejo foi chegando, em alas marcadas, revelando detalhes que nem ela mesma esperava. O povo da Bíblia seguia na frente, carregando seus livros sagrados e suas camisas de igrejas de que ela mal tinha ouvido falar. Como se sua vida tivesse terminado em Brasília, bradando a palavra de Jesus. Ela achou tanta graça que tomou até um gole do refrigerante do outro pra piada ficar melhor.

Atrás, romeiros de todos os cantos. Carregavam uma Santana toda enfeitada de flor. Só esses eram mais gente do que cabia em Codó. Não se importavam com nada. O que ela fez, para onde foi, com quem deitou... Nem o que disse no tempo em que passou nessa terra de Deus. Importava só o nascimento e a morte. As duas, aliás, porque os rumores da tal da ressurreição assanharam foi muito os que procuraram se manter informados. Mas a maioria mesmo ainda contava as histórias dos milagres de criança, espalhadas pela tia, que sempre as declamou tão bem. Tinha gente com terços, santinhos, camafeus. Cantavam e falavam das graças com tanto fervor que, não fosse a tristeza, pareceria que iam ver o circo chegar, com anões, trapezistas, animais ferozes, palhaços... Mas circo não aparece em momento triste. Ela havia de saber.

Uns passos atrás, já no finzinho, o povo do terecô. Uma dúzia, apenas.

— Cadê minha gente? — perguntou ela.

Légua gargalhou e, de propósito, deixou voar um pedaço de casca bem entre os olhos da pequena.

— Minha gente? — mangou. — Você abandonou esses cabra tudo, fez mal ao nome do terecô e queria que eles viessem?

Ela tinha que concordar. Ficaram ali, vendo o caixão descer e conversando. Certa obrigação antes de continuar viagem.

— E agora? — perguntou o encantado.

— Tenho o que escolher? — Ela parecia genuinamente confusa.

— A vida toda você fez o que eu pedi. Agora, escolhe. Quer vir de novo?

— Tu dizes nascer? Com anjo, profecia e tudo? — Pilar até se animou.

— Uma versão disso. Mas outra vida, outro nome.

No cemitério, eles baixavam o caixão num buraco mais fundo que o de costume. Sem que ninguém soubesse, o povo da Santa Igreja tinha dado uma caixinha pro coveiro cavar mais perto do inferno. Enquanto seu corpo descia, Pilar enchia o bucho de camarão. Matutou e matutou e deu uma bicada no Guaraná Jesus também. Observou mais um tanto. Só falou de novo quando a corda parou lá no fundo.

— Pode ser em outra cidade? Já me enchi de Codó.

Légua achou graça. E, como seu balde de comida já tinha acabado, abriu as asas e fez que ia partir. Ela o interrompeu:

— Mais uma coisa...

— Fala, muié — disse ele, impaciente só de graça, pois gostava mesmo do jeito desmedido da filha. Tinha a quem puxar.

— Dá pra providenciar uma estátua minha também?

— Essa é fácil.

Os dois bateram asas e deixaram Codó para trás sem gaguejar. Os crentes, os romeiros e terecozeiros viram dois carcarás voando de casal e discutiram se era sinal de alguma coisa. Mas eles não ouviram o debate. Foram-se tão animados que nem pensaram em olhar para trás. Assim, também não perceberam a dona chique no fim da fila. A última mesmo, que deixou todo mundo passar para sobrar sozinha na beira da cova. Uma mulher bonita, cintura fina... Usava óculos escuros e chapéu de abas largas para se esconder não se sabia de quem, porque, se fosse dali, não seria a roupa cheia das extravagâncias da capital que a protegeria. Tinha um gato malhado no colo. Ficaram ali, ela e o gato e mais ninguém, até o sol sumir. Quando não tinha mais dia, jogou uma flor para dentro do buraco e cuspiu. Dali mesmo, na luz falhada do único poste que a prefeitura não tinha deixado queimar, retocou a maquiagem num espelhinho de ouro e nunca mais voltou.

O povo, mesmo não tendo visto nada, diz que foi assim. Um enterro de circo, como tinha que ser. Com direito a procissão de varar o estado, fantasma e cuspida de amor. Mas eles também acreditam em encosto, em morto que volta e em anjo amigo de orixá. Vai saber. O que se sabe mesmo é que naquele dia enterraram com Pilar as estátuas dos dois anjos, o turco e o branco, que ficavam no fundo da igreja. Antes que acontecesse de novo. O terceiro, o negro, ninguém nunca mais viu. Avoou para algum canto e nunca mais.

AGRADECIMENTOS

Na preparação para este livro, conversei com dezenas de vítimas de abuso religioso. Gente de idades, países e crenças diferentes. Suas histórias de famílias rompidas, patrimônios dilapidados, carreiras destruídas, tentativas de suicídio e mortes desnecessárias, independentemente da origem, eram tão similares que às vezes parecia que, em algum lugar escondido, existe uma universidade de guru do mal. Por isso, os relatos de gente como André Luiz, Célia, Flávio, Flor, Guillermina, Isabelle, Jerônimo, Letícia, Luís, Maria Lucia, Márcio, Marisa, Matthew, Nilson, Octavio, Paulo Roberto, Renato, Ricardo, Sérgio, William e outros que preferiram não ser mencionados, mesmo sem o sobrenome, são tão importantes. Somente conhecendo os sinais, as práticas e as nuances do processo de manipulação religiosa é que podemos impedir que novas vítimas sejam capturadas por mais um desses predadores da fé. A importância da missão, contudo, não aliviou a dor de quem ousou mexer em suas mais doloridas memórias. Em nome daqueles que serão salvos por causa delas, meu mais sincero obrigado.

Além desses heróis, houve também aqueles cuja generosidade ajudou a construir a ambientação. O cineasta Ananias Caldas, a pesquisadora Martina Ahlert e o escritor Cícero Centrini, por exemplo, aconselharam-me e indicaram diversas fontes de pesquisa sobre o fascinante mundo do terecô do Codó. Espero não ter dilacerado nenhuma tradição, mas, se o fiz, assumo a culpa. Já as preciosidades da vida maranhense me foram contadas com paciência por minha mãe, Maria da Graça Milet Pereira, por meus tios, Paulo, Maria Lucia e Evandro Milet, por Bernardete Cardoso, por Maria Francisca Carvalho e pelo novo amigo Thelmir Sarben, que vasculhou a primeira redação do livro inteiro para me ajudar com o palavreado. As maiores contribuições nesse sentido, todavia, vieram mesmo de minha avó Lygia (que me deu a receita do quibebe, por exemplo) e de meus saudosos avós Clodomir e Simone, cuja memória dos trejeitos, das manias e das expressões fizeram essa história ter cheiro. Hen-hein!

Aos amigos arretados Thais Lyro (de Maceió), Mauro Alencar (de João Pessoa), Fred Siqueira (de Caruaru) e Karen Zlochevsky (de Israel no documento, mas do Recife no coração), meu obrigado pela peleja que foi me fazer entender as diferenças e as similaridades das diferentes regiões desse Nordeste tão grande que não acaba mais. Um abraço também para André Laurentino, escritor pai-d'égua que tanto me inspirou, tanto com seus escritos como com nossas conversas sobre seu processo de pesquisa.

A história de Brasília teve foi gente pra ajudar também. Tios, primos, amigos. Entre eles, Nena Cunha, Fernando Jorge Pereira, Marcos Jorge Pereira, Macarrão, Evandro Milet, Marga Milet, Nídia Caldas, Marcela Villas Boas, Leonardo Caldas, Ricardo Figueira, Mario Nelson Carvalho e mais uma cambada que eu já me arrependo de ter me esquecido de anotar. Para sempre pensarei em vocês quando vir uma ariranha ou um barro vermelho ou quando me der conta de que é dia dez e um toró está se armando. Ah, e espero, um dia, ver um Lacerdinha em pessoa também.

Com todos esses, eu conversei, explorei, discuti... Eles me deram tempo que eu sei que não tinham. Mas isso foi durante as etapas de pesquisa formal. Outra lista, ainda maior, vai para quem saltou em meu socorro em aperreios de última hora, naqueles momentos, no meio da escrita, em que as respostas precisavam ser ligeiras e precisas. Via redes sociais, eles comentaram e me ajudaram a resolver problemas de bairros, moedas, preços, nomes e todo tipo de memória urgente: Eunice Braz, Fernanda Flandoli, Lena Castellon, Ana Cortat, Tatiana Ferrentini, Celso Reeks, Rafael Peixoto, César Lopes, Thati Schlesinger, Beatriz Henriques, Haydee Uekubo, Ricardo Cavalini, Paula Zeigert, Xavier Mantilla, José Luiz Tahan, Ricardo Makul, Elisa Calvo, Sophie Shoenburg, Claudia Daltro, Thais Ferraresi, Juarez Queiroz, Marcos Caetano, Flavia Riger, Andrea Cals, Marco Gomes, Arthur Brant. Um cheiro para todos vocês, e um especial para Mariana Cunha, pela preciosa consultoria histórico-jurídica.

No assunto religião e cristianismo, considerando o vixe-maria em que me meti, precisei também da inspiração de gente como o professor Patrick Hunt, de Stanford, que me mostrou um lado da Bíblia muito mais safado e sombrio – ou melhor, fuleiro e cabuloso – do que aquele que eu conhecia tendo estudado a vida toda em colégio e em universidades católicos. A Bertrand e Natasha, agradeço pela apresentação. Mas não só a eles. Mais gente ajudou conectando-me com pessoas críticas nesse ano e meio de trabalho: Mauricio Magalhães, Paula Abramowicz, Rafael Rizuto, Alessandro Bêda, Roger Baran, Suzane Veloso e até o galego legítimo Karpat Polat, que me conectou com o professor Artun Avci, esclarecedor de várias de minhas ignorâncias sobre a Turquia.

A Carlinhos Brown, que me surpreendeu com uma melodia tão linda para a música que eu havia escrito para Pilar como parte da narrativa. Foi uma honra.

A Ana Motta, minha agente incansável, mesmo no meio e depois de sua emprenheza, um abraço carinhoso também. E a Raquel Cozer, minha editora, por me empurrar tão mais longe a cada conversa, a cada comentário elogioso, sarcástico ou destruidor, todos levados muito mais a sério do que ela imagina. Por se importar com cada personagem, cada frase, cada cena. Amei teu convite e amei mais ainda trabalhar contigo, visse? Tem também a turma da boniteza, os designers Pedro Inoue, Moses Kelani e Jussara Fino, que cuidaram do visual dessa obra tão caprichada. O mesmo vale para aqueles que leram versões intermediárias e me ajudaram a enxergar problemas e soluções importantes: Denise Corazza, Marcos Almirante, Ana Carolina Almeida, Lo Braz, Arthur Verissimo, Bruna Santoyo, Suzane Veloso e Ana Cortat. Beijos a todos.

A Estefanio Holtz, Nixon Freire, Nivio Alves e à PBA filmes; Tiago Cavalcanti, Gabriel Bico, ao elenco e ao povo da produção: obrigado pelo sangue colocado no trailer de sonhar.

O mais agradecido dos agradecimentos, porém, vai para a escritora e jornalista Talita Ribeiro, essa, porreta de verdade. Ela leu pra mais de cinco versões deste livro, que não é dos menores. Capítulo por capítulo, trocando e-mails interessantes, provocadores, engraçados... E ainda por cima me ajudou com a pesquisa bíblica. Este livro não existiria sem você, bichinha. Te devo pra sempre.

ÍNDICE DE CANTOS E ORAÇÕES

Se Pilar não se incomoda em roubar textos e orações, eu me incomodo. Alguns deles fui eu mesmo que escrevi, mas outros tirei de livros antigos ou novos ou de fontes on-line e gostaria de deixar registrado para que ninguém me acuse de fazer a mesma patifaria que fez a personagem.

Prólogo. "Alá, seu Vitorino" (PJ Pereira)

Capítulo 1. "Senhora Santana" (canção popular)

Capítulo 3. "Boi na beira" (João Bá)

Capítulo 4. "Rolinha" (canção popular)

Capítulo 5. "Senhora Santana" (canção popular)

Capítulo 6. "Ave-Maria" (oração católica); "Bambu verde" (canção popular tirada do filme Terecô da mata do Codó, de Ananias Caldas); "Um peito pro meu radar" (canção popular tirada do filme Terecô da mata do Codó, de Ananias Caldas)

Capítulo 9. "Presta atenção, ó, terra..." (Miqueias 1, 2-9); "Anhuma mandó llamar" (PJ Pereira)

Capítulo 12. "Ô, marinheiro, é hora" (canção popular da umbanda)

Capítulo 13. "Onde é que eu vô morá" (canção popular tirada do filme Terecô da mata do Codó, de Ananias Caldas)

Capítulo 14. "Come together" (John Lennon e Paul McCartney)

Capítulo 15. "Ob-la-di, ob-la-da" (John Lennon e Paul McCartney)

Capítulo 16. "Yellow submarine' (John Lennon e Paul McCartney)

Capítulo 23. "How long must I wander" (Nina Simone)

Capítulo 26. "My sweet lord" (George Harrison)

Capítulo 27. "All you need is love" (John Lennon e Paul McCartney)

Capítulo 31. "Todos estão surdos" (Roberto Carlos); "História de uma gata" (Chico Buarque)

Capítulo 32. "Senhora Santana" (canção popular); "Alá, seu Vitorino" (PJ Pereira)

Capítulo 34. "Domus Aurea" (Cruz e Souza)

Capítulo 35. "Conga, conga, conga" (Gretchen)

Capítulo 36. "Força estranha" (Roberto Carlos)

Capítulo 37. "O som do silêncio" (Paul Simon)

Capítulo 39. "Sympathy for the Devil" (Mick Jagger e Keith Richards)

Capítulo 40. "Michelle" (John Lennon e Paul McCartney)

Capítulo 41. "Que país é esse" (Renato Russo); "Família" (Arnaldo Antunes e Toni Bellotto)

Capítulo 42. "The time of my life" (Bill Medley); "Be my baby" (Phil Spector, Jeff Barry e Ellie Greenwich)

Capítulo 46. "A morte chega cedo" (Fernando Pessoa); "Oração do homem de hoje" (oração presbiteriana); "A morte não é nada" (Santo Agostinho)

Capítulo 47. "Oração da manhã"; "Senhor, dá-nos a inteligência" (Marie Noel)

Este livro foi composto nas fontes Chalet e Swift e impresso pela RR Donnelley
para a Editora Planeta do Brasil em fevereiro de 2017.